RUTH RENDELL

Die Tote im falschen Grab

Phantom in Rot

Die Tote im falschen Grab

Eigentlich war Inspektor Wexford nach London gekommen, um sich bei Verwandten zu erholen. Doch als er eines Morgens die Zeitung aufschlägt und entdeckt, daß sein Neffe – wie er ebenfalls Kriminalist – an der Aufklärung eines höchst mysteriösen Verbrechens arbeitet, ist es mit seiner Ruhe vorbei. Der Mord an einem noch nicht identifizierten jungen Mädchen, das erdrosselt in einer Gruft aufgefunden wurde, läßt ihn nicht mehr los. Die ansässige Polizei steht vor einem Rätsel, und Wexford begeht einen entscheidenden Fehler, der beinahe ein weiteres Menschenleben kostet ...

Phantom in Rot

Ein grausiger Fund setzt einem Popfestival, auf dem auch der große Star Zeno Vedast auftreten soll, ein abruptes Ende: Eine junge Frau liegt tot im nahe gelegenen Steinbruch. Inspektor Wexford findet schnell heraus, daß die Tote, Dawn Stonor, bereits einige Tage vor dem Festival ermordet wurde. Anscheinend hatte sie kurz vor ihrem Tod eine Verabredung – mit Zeno Vedast, einem alten Schulfreund von ihr. Doch Zeno hat ein hieb- und stichfestes Alibi ...

Autorin

Ruth Rendell wurde 1930 in South Woodford/London geboren. Zunächst arbeitete sie als Journalistin, bevor sie sich ganz dem Schreiben von Romanen widmete. Seitdem hat sie über dreißig Bücher veröffentlicht. Dreimal bereits erhielt sie den »Edgar Allan Poe Award« und zweimal den »Golden Dagger Award«. 1997 wurde sie mit dem »Grand Masters Award« der Crime Writer's Association of America, dem renommiertesten Krimipreis, ausgezeichnet. Ruth Rendell lebt in London.

Von Ruth Rendell außerdem bei Goldmann lieferbar:

Die Romane aus der Inspektor-Wexford-Reihe:

Leben mit doppeltem Boden (44590) · Durch Gewalt und List (44978) Dunkle Wasser (46074) · Eine entwaffnende Frau/Mord ist ein schweres Erbe. Zwei Romane in einem Band (13361) · Alles Liebe vom Tod/Mord ist ein schweres Erbe. Zwei Fälle für Inspektor Wexford (46738) Schweiß der Angst/Mord am Polterabend. Zwei Fälle für Inspektor Wexford (46739) · Der Liebe böser Engel/Schuld verjährt nicht. Zwei Fälle für Inspektor Wexford (46740)

Außerdem bei Goldmann lieferbar:

Die Herzensgabe. Roman (44363) · Der Duft des Bösen. Roman (46597)

Ruth Rendell

Die Tote im falschen Grab

Phantom in Rot

Zwei Fälle
für Inspektor Wexford

GOLDMANN

FSC
Mix
Produktgruppe aus vorbildlich
bewirtschafteten Wäldern und
anderen kontrollierten Herkünften

Zert.-Nr. SGS-COC-1940
www.fsc.org
© 1996 Forest Stewardship Council

Verlagsgruppe Random House FSC-DEU-0100
Das für dieses Buch verwendete FSC-zertifizierte Papier
Holmen Book Cream liefert Holmen Paper, Hallstavik, Schweden.

2. Auflage
Taschenbuchausgabe August 2008
Die Tote im falschen Grab

Phantom in Rot

Umschlaggestaltung: Design Team München
Umschlagfoto: plainpicture / whatapicture
IK · Herstellung: sc
Druck und Einband: GGP Media GmbH, Pößneck
Printed in Germany
ISBN: 978-3-442-46741-9

www.goldmann-verlag.de

Die Tote im falschen Grab

Deutsch von
Ilse Bezzenberger

Die Originalausgabe von »Die Tote im falschen Grab«
erschien 1972 unter dem Titel »Murder Being Once Done«
bei Hutchinson Ltd., London.

Die Zitate am Anfang der Kapitel stammen aus Sir Thomas Morus, »Utopia«, übersetzt von Gerhard Ritter (mit einer Einleitung von Hermann Oncken), Berlin 1922.

Für Frits und Nelly Twiss

I

Die Kranken pflegen sie mit großer Hingabe, und sie unterlassen nichts, wodurch sie ihnen wieder zur Gesundheit verhelfen können, sei es durch Arzeneien oder durch Diät.

Als Wexford an diesem Morgen die Treppe hinunterstieg, war sein Neffe schon fort zum Dienst, und die Frauen bereiteten ihm mit dem teuflischen Eifer von Amateur-Diätetikern ein Rekonvaleszentenfrühstück zu. So war es bisher jeden Tag gewesen, seit er in London angekommen war. Bis zehn hielten sie ihn im Bett; sie ließen ihm das Badewasser ein, und eine von ihnen wartete am Fuß der Treppe auf ihn, die Hand ausgestreckt für den Fall, daß er fiele, ein idiotisches Lächeln der Ermutigung auf dem Gesicht.

Die andere – an diesem Morgen war es Denise, die Frau seines Neffen – thronte vor dem mageren Angebot auf dem Eßzimmertisch. Wexford nahm das »Frühstück« grimmig in Augenschein: Zwei Stück runder Zwieback, offensichtlich aus Sägemehl und Leim kreiert, ein Klecks ungesättigtes Streichfett, eine halbe Grapefruit ohne Zucker, schwarzer Kaffee und als Krone des Horrors ein Glas wabblig bleicher Substanz, von der er annahm, daß es Joghurt sein könnte. Seine eigene Frau trottete von ihrem Posten als Treppenwächter hinter ihm her und hielt ihm zwei weiße Pillen und ein Glas Wasser hin.

»Diese Diät wird noch mein Tod«, sagte er.

»Ach, ist doch gar nicht so schlimm. Stell dir mal vor, du wärst auch noch Diabetiker.«

»Wer«, deklamierte Wexford, »kann ein Feuer tragen in der hohlen Hand – allein in dem Gedanken an den Frost des Kaukasus?«

Er schluckte die Pillen, und nachdem er seine Verachtung für das Joghurt gezeigt hatte, indem er es mit seiner Serviette zudeckte, fing er unter ihren besorgten Blicken an, die saure Grapefruit zu essen.

»Wohin wirst du heute morgen deinen Spaziergang machen, Onkel Reg?«

Er hatte bereits Carlyles Haus besichtigt; er hatte die King's Road erkundet, wobei er gleichermaßen die Läden, als auch die Leute, die darin einkauften, bestaunt hatte; er hatte am Eingang des Stamford Bridge-Fußballfeldes gestanden und allen Ernstes Alan Hudson gesehen; er war über jeden einzelnen der schönen kleinen Plätze von Chelsea gegangen, hatte die eindrucksvolle Größe von The Boltons bewundert und die malerischen Winkel von Walham Green; mit schmerzenden Füßen war er durch die Chenil Galleries und den Antique market gelaufen. Sie wollten ja unbedingt, daß er spazierenging. An den Nachmittagen drängten sie ihn, zusammen mit der U-Bahn oder dem Taxi ins Natural History-Museum zu gehen, zum Brompton Oratory und zu Harrods. So lange er nicht zu viel nachdachte oder sein Gehirn unnötig viel belastete, spät aufblieb oder gar versuchte, in einen Pub zu gehen, schmeichelten sie ihm mit einer Art nachsichtigen Spottes. »Wo ich heute morgen hingehe?« meinte er. »Vielleicht mal runter zum Embankment.«

»Ach ja, tu das. Was für eine gute Idee!«

»Ich dachte, ich könnte mir mal die Statue ansehen.«

»St. Thomas«, sagte Denise, die katholisch war.

»Sir Thomas«, erwiderte der nicht katholische Wexford.

»St. Thomas, Onkel Reg.« Denise nahm unauffällig das unsaturierte Streichfett weg, ehe Wexford zu viel davon essen konnte. »Und heute nachmittag, wenn es nicht zu kalt ist, gehen wir alle zusammen und schauen uns ›*Peter Pan*‹ in den Kensington Gardens an.«

Aber es war kalt, beißend kalt und ziemlich neblig. Er war froh über den Schal, den seine Frau ihm um den Hals gewikkelt hatte, obwohl es ihm lieber gewesen wäre, wenn sie ihm dabei nicht so jammervoll mitleidig in die Augen geblickt hätte, so als fürchte sie, das nächste Mal werde sie ihn in einer Schublade des Leichenschauhauses wiedersehen. Er fühlte sich nicht krank, nur gelangweilt. Heute morgen waren wenige der Leute unterwegs, die ihn sonst so amüsierten mit ihren flatternden Haaren, den Perlen und mittelalterlichen Eisenketten, mit ihren blumenbemalten Stiefeln und den zottigen Mänteln, die sie aussehen ließen wie zottige afghanische Hunde. An solch einem Vormittag trafen sich diese jungen Leutchen, die sonst gleichgültig an ihm vorüberwimmelten, wohl eher in den kleinen Cafés mit Namen wie *Friendly Frodo* und *The Love Conception*.

Die Theresa Street, wo das Haus seines Neffen stand, lag an der Grenze zum eleganten Chelsea oder eigentlich außerhalb, wenn man der Meinung war, daß die King's Road im Grunde an der Beauford Street zu Ende sei. Allmählich entwickelte Wexford für solche lokalen Spitzfindigkeiten ein Gespür. Mit irgendwas mußte er ja sein Gehirn schließlich in Gang halten. Er überquerte also die King's Road am Ende der Welt und ging zum Fluß hinunter.

Er war bleifarben heute morgen, am 29. Februar. Der Nebel raubte dem Damm alle Farbe, und selbst die Albert

Bridge, deren blau-weiße Schlankheit er so liebte, hatte ihr Wegdewood-Flair eingebüßt und schimmerte als bräunliches Gerippe durch den Dunst. Er wanderte über die Brücke hinüber und wieder zurück, überquerte dann die Straße, und er blinzelte mit dem Auge und rieb es. Aber sein Auge war in Ordnung, bloß dieser kleine blinde Fleck störte ihn. Es fühlte sich bloß so wie ein unbewegliches Staubkörnchen an, und er vermutete, so werde es wohl auch in Zukunft bleiben.

Die sitzende Statue ihm gegenüber erwiderte seinen Blick mit dunstverschleierter Freundlichkeit. Sie schien vertieft in Dinge des Staates, Dinge von Anstand und Sitte, utopische Dinge. Mit seinem Auge und bei diesem Nebel mußte er näher herantreten, um zu erkennen, daß es tatsächlich eine farbige Statue war, nicht nur aus nackter Bronze oder Stein, sondern schwarz und gold bemalt.

Er hatte sie noch nie gesehen, aber er kannte natürlich Bilder des Philosophen, Staatsmanns und Märtyrers, vor allem Holbeins Zeichnung von Sir Thomas und seiner Familie. Bis jetzt aber war ihm die große Ähnlichkeit dieses im Bild verewigten Antlitzes mit einem ihm bekannten, lebenden Gesicht noch nie aufgefallen. Man brauchte nur den heiligen Ernst dieser Augen gegen ein spöttisches Glitzern auszutauschen, dachte er, diese milde resignierten Lippen gegen die Kurven der Ironie, und schon war es Dr. Crocker, wie er leibte und lebte.

Wexford fühlte sich wie Ahab in Naboths Weinberg, und laut redete er ihn an:

»So hast du mich gefunden, oh, mein Feind?«

Sir Thomas fuhr fort, über den idealen Staat nachzudenken, oder auch über die Gefahren der Reformation. Sein Gesicht schien – ein Werk des Nebels vielleicht – noch ernster geworden zu sein, ja geradezu Strafe androhend. Es hatte jetzt genau den Ausdruck wie Crockers Gesicht an jenem Sonntag in Kingsmarkham, als er eine Thrombose im Auge seines Freundes diagnostiziert hatte.

»Weiß Gott, Reg, ich hab dich oft genug gewarnt. Ich hab dir gesagt, du sollst abnehmen, ich hab dir gesagt, du sollst die Dinge leichternehmen. Und wie oft hab ich dir gesagt, du sollst das Saufen lassen?«

»Na schön. Und was jetzt? Werd ich noch eine kriegen?«

»Wenn ja, dann kann es in deinem Gehirn passieren, wo sich ein Gerinnsel festsetzt, nicht im Auge. Du solltest dich schleunigst irgendwohin verziehen, wo du totale Ruhe hast. Einen Monat weit weg von hier, das rate ich dir.«

»Ich kann nicht für einen ganzen Monat weg!«

»Warum nicht? Niemand ist unersetzlich.«

»O ja, manch einer doch. Nimm Winston Churchill, nimm Nelson!«

»Das Schlimme bei dir ist außer dem hohen Blutdruck dein Größenwahn. Fahr mit Dora an die See.«

»Im *Februar*? Außerdem, ich hasse die See. Und aufs Land fahren kann ich nicht. Ich leb schon auf dem Lande.«

Der Arzt nahm sein Sphygmomanometer aus der Tasche, krempelte schweigend Wexfords Hemdsärmel auf und befestigte das Instrument an seinem Arm. »Das Beste wäre vielleicht«, meinte Crocker, ohne sich über das Meßergebnis auszulassen, »ich schicke dich auf die Gesundheitsfarm meines Bruders in Norfolk.«

»O Gott! Was soll ich da wohl den ganzen Tag mit mir anfangen?«

»Wenn du erst mal drei Tage lang nichts weiter genossen hast als Orangensaft und Saunabäder«, sagte Crocker sanft, »dann hast du gar nicht mehr die Kraft, was zu tun. Der letzte Patient, den ich dort hingeschickt habe, war zu schwach, um den Telefonhörer zu heben und seine Frau anzurufen. Dabei war er erst seit einem Monat verheiratet und sehr verliebt.«

Düster und eingeschüchtert blickte Wexford den Arzt an. »Gott schütze mich vor meinen Freunden! – Ich will dir mal was sagen, ich fahre nach London. Wie findest du das? Mein Neffe lädt uns schon dauernd ein. Du weißt, welchen ich meine, den Sohn meiner Schwester, Howard, Superintendent bei der Polizei. Der hat ein Haus in Chelsea.«

»In Ordnung. Aber keine langen Nächte, Reg. Kein süßes Leben in London. Keinen Alkohol. Ich geb dir einen Diätplan über tausend Kalorien pro Tag mit. Das klingt nach viel, aber glaub mir, das ist es nicht.«

»Glattes Verhungern ist das«, sagte Wexford zu der Statue.

Er fing an zu frösteln, während er dort herumstand und grübelte. Zeit, nach Hause zu gehen, zu der verordneten Ruhe vor dem Essen und dem Glas Tomatensaft, das sie ihm immer verpaßten. Aber so viel war sicher, an irgendwelchen ›*Peter Pan*‹-Expeditionen beteiligte er sich hinterher nicht. Er glaubte nicht an Märchen, und eine Statue pro Tag war genug. Eine Busfahrt vielleicht. Aber nicht mit dem, den er eben die Cremore Road entlangtrudeln sah mit Zielrichtung Kenbourne Vale. Howard hatte nämlich in seiner freundlich bestimmten Art unmißverständlich klargestellt, daß dies ein Londoner Distrikt war, in dem sein Onkel nicht willkommen sei.

»Und komm mir ja nicht auf die Idee, mit deinem Neffen übers Busineß zu fachsimpeln«, waren Crockers Abschiedsworte gewesen. »Du mußt dich eine Weile aus dem ganzen Kram raushalten. Was hast du gesagt, wo sein Herrschaftsbereich ist? Kenbourne Vale?«

Wexford nickte. »Lausige Gegend, hab ich gehört.«

»Schlimmer geht's gar nicht. Ich war dort während meiner Ausbildung am St. Biddulph's-Krankenhaus.« Wie immer, wenn er auf seine jungen und wilden Jahre in der Hauptstadt zu sprechen kam, setzte Crocker seine Doktor-Allwissend-Miene auf, und seine Stimme wurde väterlich herablassend. »Dort gibt es einen riesigen Friedhof, größer als Kensal Green und noch bizarrer als Brompton, mit mächtigen Mausoleen – ein paar mindere Abkömmlinge aus königlichem Geblüt liegen dort begraben – und die geriatrische Abteilung des Krankenhauses geht genau auf den Friedhof hinaus, um den armen Alten zu zeigen, welches ihre nächste Station sein wird. Abgesehen davon besteht die ganze Gegend aus kilometerlangen heruntergekommenen Häuserreihen, in denen zwei Sorten Menschen hausen: Dreigroschenoper-Gauner und die unverdient Armen.«

»Ich glaube allerdings«, konterte Wexford leicht ironisch, »das hat sich in den dazwischenliegenden dreißig Jahren vielleicht geändert?«

»Jedenfalls muß dich das ja auch gar nicht interessieren«, gab der Arzt barsch zurück. »Ich will auf keinen Fall, daß du deine Nase in die Kriminalität von Kenbourne Vale steckst. Du wirst dich also eventuellen Aufforderungen deines Neffen gegenüber gefälligst taub stellen.«

Aufforderungen! Wexford lachte bitter in sich hinein. Sich taub zu stellen, wo Howard in den zehn Tagen seit seiner Ankunft kein einziges Wort gesprochen hatte, das auch nur darauf hindeutete, daß er Polizist war, ganz zu schweigen etwa von einem Vorschlag, ihn mal im Revier zu besuchen oder ihn mit seinem Inspektor bekannt zu machen.

Nicht daß er unaufmerksam gewesen wäre; Howard war die Zuvorkommenheit selbst, der umsichtigste Gastgeber, den man sich denken konnte, und was die Gespräche betraf, äußerst ehrerbietig und zurückhaltend, auch bei dem Thema Literatur, trotz seines Cambridge-Examens. Bloß was das Thema betraf, welches seines Onkels Herzen (und seinem eigenen vermutlich auch) am nächsten lag, da war er entmutigend schweigsam.

Der Grund dafür lag klar auf der Hand. Ein Detective Superintendent, der bei der Londoner Kriminalpolizei eine hohe Stellung innehatte, hielt es für unter seiner Würde, mit einem Chief Inspector aus Sussex Dienstliches zu besprechen. Männer, die Häuser in Chelsea geerbt hatten, ließen sich nicht mit Leuten ein, die in der Provinz ein Häuschen mit drei Schlafzimmern bewohnten. Das war nun mal der Lauf der Welt.

Howard war ein Snob. Ein freundlicher, aufmerksamer, nachdenklicher Snob, aber eben doch ein Snob. Und das war auch der Grund, weshalb Wexford wünschte, er wäre lieber an die See gefahren oder auf diese Gesundheitsfarm. Als er in die Theresa Street einbog, fragte er sich, wie er noch einen weiteren Abend in Denises elegantem Wohnzimmer ertragen sollte, wo die Frauen über Kleider und Küche tratschten, während er und Howard Belanglosigkeiten über das Wetter und die Sehenswürdigkeiten von London austauschten, hie und da vermengt mit ein paar Bröckchen Eliot.

»Du mußt dir unbedingt ein paar Kirchen der City ansehen, während du hier bist.«

»St. Magnus Martyr, weiß und golden…?«

»St. Mary Woolnoth, die die Stunden zählt mit hohlem Klang auf dem letzten Schlag der Neun…!«

O Gott, und das noch nahezu vierzehn Tage!

Ohne ihn wollten sie auch nicht zu ›*Peter Pan*‹ gehen. Dann ein andermal, meinten sie und begnügten sich ohne allzu großes Bedauern damit, statt dessen zu Harvey Nichols Modenschau zu gehen. Er schluckte seine Pillen, aß seinen gedünsteten Fisch und den Obstsalat und sah ihnen nach, wie sie das Haus verließen, jede angemessen herausgeputzt, wie es sich für dreißig und für fünfundzwanzig Jahre geziemte. Denise in dunkelrotem Samt mit Federn und Bilderbuchhut, Dora in dem Zuchtnerz, den er ihr zur Silberhochzeit geschenkt hatte. Sie kamen gut miteinander zurecht, die beiden. Abgesehen von ihrer gemeinsamen Entschlossenheit, ihn wie einen zurückgebliebenen Sechsjährigen mit erblich bedingter Krankheit zu behandeln, schienen sie auch in allem, was weiblichen Geschmack betraf, übereinzustimmen.

Alle kamen sie gut zurecht, bloß er nicht: Crocker mit seiner Siebzig-Zentimeter-Taille; Mike Burden im Kingsmarkhamer Polizeipräsidium, der sich an das Gefühl gewöhnte, Last und Würde seines – Wexfords – Amtes auf den Schultern zu spüren und Geschmack daran fand; Howard, der jeden Morgen zu seinem sorgsam verschwiegenen Job aufbrach, der wohl mehr mit Whitehall zu tun hatte als mit den Knästen von Kenbourne Vale, trotz allem, was er seinem Onkel erzählte, um ihn vom Gegenteil zu überzeugen.

Aber Selbstmitleid führte zu nichts. Er mußte dies hier eben nicht als Urlaub betrachten, sondern als Erholungskur. Es war Zeit, all die schönen Visionen zu vergessen, die er im Zug nach London gehabt hatte, Bilder, wie er Howard bei seinen Ermittlungen half, wie er ihm gar – er errötete bei der Erinnerung daran – diesen und jenen kleinen Ratschlag erteilte. Crocker hatte recht gehabt, er litt wirklich an Anfällen von Größenwahn.

Und in dieser Hinsicht hatte er hier einiges einstecken müssen. Allein schon das Haus hatte gereicht, einen Provinzler auf das rechte Maß zusammenzustauchen. Es war nicht mal ein großes Haus, aber schließlich war auch das Taj Mahal nicht sehr groß. Was ihn so verunsicherte und ihn wie auf Katzenpfötchen umhertappen ließ, war die exquisite Ausstattung: das fragile Mobiliar, chinesisches Porzellan, das auf winzigen Tischchen balancierte, Wandschirme, die er immer um Haaresbreite umwarf, und dann Denises Blumenarrangements – unirdisch, exotisch, befremdlich zusammengestellt, irritierten sie ihn, denn nahezu täglich erschien ein frisches Gesteck. Nie konnte er sicher sein, ob eine Rosenknospe absichtlich in so nachlässiger Weise auf der Marmorplatte eines Tisches liegen sollte, oder ob er selbst sie womöglich mit seinen plumpen Händen versehentlich aus dem Strauß ihrer Schwestern in der Majolicavase herausgerissen hatte.

Die Temperatur des Hauses war – so konstatierte er, leicht übertreibend, im stillen – wie an einem griechischen Strand im August um die Mittagszeit. Wenn man die Figur dazu besaß, hätte man glatt im Bikini herumlaufen können. Er wunderte sich, daß Denise, die sie hatte, es nicht tat. Und wie bloß die Blumen das überlebten, die Narzissen, die gequält zwischen den Avocadopflanzen standen?

Nachdem er seine Ruhestunde mit hochgelagerten Füßen hinter sich hatte, nahm er die beiden Bibliotheksausweise, die Denise ihm hingelegt hatte und ging die Manresa Road hinunter. Bloß raus aus diesem Haus! Es deprimierte ihn mit seiner wunderschönen, warmen, langweiligen Stille.

Warum fuhr er eigentlich nicht nach Hause?

Dora konnte ja noch hierbleiben, wenn sie mochte. Er dachte an zu Hause mit einem Knurren in den Eingeweiden, das nur zum Teil vom Hunger herrührte. Zu Hause... Die grünen Wiesen von Sussex, der Kiefernwald, die High Street, wimmelnd von Leuten, die er kannte und die ihn kannten, das Polizeipräsidium und Mike, der sich freute, daß er wieder da war; sein eigenes Haus, kalt wie ein englisches Haus sein mußte, außer unmittelbar vor dem einzigen, großen, prasselnden Feuer; anständiges Essen, anständiges Bett und im Kühlschrank die heimlichen Bierdosen.

Immerhin, ein paar Bücher konnte er sich ja trotzdem ausleihen, etwas zum Lesen für die Zugfahrt. Später konnte er sie per Post an Denise zurückschicken. Er suchte sich einen Roman aus und außerdem, weil er jetzt das Gefühl hatte, den alten Burschen persönlich zu kennen, nachdem er so eine Art Unterhaltung mit ihm geführt hatte, Thomas Mores ›*Utopia*‹. Danach hatte er rein gar nichts mehr zu tun, und so ließ er sich für eine ganze Weile in der Bibliothek nieder, ohne jedoch die Bücher auch nur aufzuschlagen. Er dachte an zu Hause.

Es war beinahe fünf, als er fortging. Er kaufte sich eine Abendzeitung, mehr aus Gewohnheit als aus dem Bedürfnis, sie zu lesen. Auf einmal wurde ihm klar, daß seine Müdigkeit der schleppende Stumpfsinn eines Menschen war, der nichts anderes zu tun hatte, als die Stunden zwischen dem Aufstehen und dem Schlafengehen irgendwie totzuschlagen.

Zu Fuß bis zur Theresa Street, das war ein langer Weg – zu lang. Er hielt ein Taxi an, sank in die Polster und faltete die Zeitung auseinander.

Von der Mitte der Titelseite her starrte ihn das knochige, fast kadaverhafte Gesicht seines Neffen an.

2

Man errichtet ein Denkmal auf der Grabstätte mit den Ehrentiteln des Verstorbenen.

Die Frauen waren noch nicht zurück. Die lähmende Hitze, die ihm wie ein tropischer Luftschwall entgegenfuhr, als er das Haus betrat, machte ihm zu schaffen. Er setzte sich, nahm seine neue Brille und las die Zeilen unter dem Zeitungsfoto. *Detective Superintendent Howard Fortune, Chef der Kriminalpolizei des Distrikts Kenbourne Vale, der den Fall übernommen hat, bei der Ankunft auf dem Kenbourne Vale-Friedhof, wo die Leiche des Mädchens gefunden wurde.*

Der Fotograf hatte Howard geknipst, als er aus seinem Wagen stieg, eine Frontalaufnahme. Darunter war ein weiteres Foto, makaber und abstoßend. Wexford blickte rasch weg, um sich nicht vereinnahmen zu lassen, und wandte seine Aufmerksamkeit der Reportage zu, dem Aufmacher des Blattes. Er las ihn langsam und bedächtig.

Heute morgen wurde in einem Mausoleum des Friedhofs von Kenbourne Vale, West London, die Leiche eines jungen Mädchens entdeckt. Die Tote wurde später als die etwa zwanzig Jahre alte Miss Loveday Morgan aus der Garmisch Terrace, W. 15, identifiziert.

Gefunden wurde sie von Mr. Edwin Tripper aus dem Kensington Lane, einem Friedhofswärter, der das Grabgewölbe einer monatlichen Routineinspektion unterzog. Detective Superintendent Fortune erklärte: »Es handelt sich hier mit Sicherheit um ein Verbrechen. Mehr kann ich zum gegenwärtigen Zeitpunkt noch nicht sagen.«

Mr. Tripper berichtete folgendes: »Das Grabgewölbe ist Eigentum der Familie Montfort, das waren früher mal wichtige Leute in Kensington. Irgendein Geldbetrag wurde einem Treuhänder übergeben, um das Mausoleum instandzuhalten, aber das Schloß an der Eingangstür zum Gewölbe ist schon seit Jahren kaputt. Heute morgen wollte ich also, wie immer am letzten Dienstag eines Monats, reingehen, um den Boden zu fegen und ein paar Blumen auf den Sarg von Mrs. Viola Montfort zu legen. Die Tür war fest zu, und sie klemmte. Ich mußte Werkzeug benutzen und sie mit Gewalt öffnen. Als ich sie offen hatte, ging ich die Stufen runter, und da sah ich die Leiche dieses Mädchens zwischen den Särgen von Mrs. Viola Montfort und von Captain James Montfort liegen.

Ich kriegte einen entsetzlichen Schreck. Das ist ja schließlich auch der letzte Ort, wo man 'ne Leiche vermuten würde!«

Wexford mußte darüber ein wenig schmunzeln, aber das Foto des Grabgewölbes ließ ihn gleich wieder frösteln. Es war ein monströses Mausoleum, erbaut offenbar während der Blütezeit der Neugotik. Auf seinem Dach lagen zwei riesige getötete Löwen, über denen sich triumphierend die Statue eines Kriegers aufreckte, das Ganze ausgeführt in schwarzem Eisen. Möglich, daß einer der Montforts ein Großwildjäger gewesen war. Unterhalb dieser Figurengruppe stand die mit heroischen Fresken bemalte Tür halb offen, dahinter gähnte undurchdringliches Dunkel. Stechpalmen, diese Bäume, von denen Friedhofsarchitekten so viel hielten, wölbten ihre staubigen, immergrünen Wedel über dem Mausoleum und verhüllten des Kriegers Haupt.

Es war ein gutes Foto. Beide Fotos waren gut, auch das von Howard. Es zeigte in seinen Augen jenen Scharfblick und jene leidenschaftliche Entschlossenheit, die jeder gute Polizeibeamte haben sollte, die Wexford jedoch bisher an seinem Neffen noch nie bemerkt hatte. Und auch nie bemerken würde, dachte er, und ließ die Zeitung seufzend sinken. Er traute sich gar nicht, auch noch den Rest der Reportage zu lesen. Wetten, daß Howard zum Abendessen nach Hause kam, seine Frau küßte, sich erkundigte, was seine Tante eingekauft hatte und besorgt nach der Gesundheit seines Onkels fragte, als ob nichts geschehen sei? Wenn einer diese Abendzeitung schlichtweg ignorieren würde, dann er. Er würde sie einfach klammheimlich verschwinden lassen, und der Status quo wäre wiederhergestellt, für immer und ewig.

Aber jetzt wäre es noch schlimmer. Jetzt konnte Howard ihm nun wirklich nichts mehr vormachen, und sein fortgesetztes Schweigen würde nur beweisen, was Wexford bereits vermutete, nämlich daß er seinen Onkel für einen ausrangierten Altvorderen hielt, eben noch gut genug vielleicht, einen ländlichen Ladendieb zu schnappen oder eine Bande von Gaunern bei ihren heimlich veranstalteten Hahnenkämpfen in den South Downs aufzustöbern.

Er mußte eingedöst sein, und er hatte wohl ziemlich lange geschlafen. Als er aufwachte, war die Zeitung fort, und ihm gegenüber saß Dora mit seinem Abendessen auf einem Tablett, kaltes Huhn und schon wieder von diesem verdammten Zwieback, und dann dieser Quark und die beiden weißen Pillen.

»Wo ist Howard?«

»Er ist gerade erst nach Hause gekommen, Liebling. Wenn er mit dem Essen fertig ist, will er herkommen und mit dir den Kaffee trinken.«

Und übers Wetter reden?

Tatsächlich, es war das Wetter, womit er anfing.

»Zu dumm, daß wir gerade jetzt diese Kältewelle haben, Reg.« Er nannte seinen Onkel nie Onkel, und es hätte wohl auch in die Höhe gezogene Augenbrauen gesetzt, wenn er es getan hätte, denn Howard Fortune mit seinen sechsunddreißig Jahren sah aus wie fünfundvierzig. Die Leute interessierten sich verstohlen für den Altersunterschied zwischen ihm und seiner Frau, nicht ahnend, daß er bloß sechs Jahre betrug. Howard war ungewöhnlich groß, außerordentlich dünn, und sein hageres, knochiges Gesicht war voller Falten, aber wenn er lächelte, wurde es charmant und nahezu schön. Man sah, daß sie Onkel und Neffe waren. Auch hier das Wexford-Gesicht, der gleiche Knochenaufbau, obgleich diese Knochen im Fall des Jüngeren beinahe fleischlos, beim Älteren dagegen unter Polstern und schweren Kinnbacken verborgen waren. Jetzt, als er Wexford Kaffee einschenkte und ihm die Tasse hinstellte, lächelte Howard.

»Ich sehe, du hast da die ›*Utopia*‹.«

Nicht gerade eine Bemerkung, die man von einem Mann erwartete, der seinen Tag mit den ersten Ermittlungen eines Mordfalls zugebracht hatte. Aber danach sah Howard auch ganz und gar nicht aus. Sein silbergrauer Anzug und das Beale-and-Inman-Hemd waren doch sicherlich die Kleidung, die er heute morgen angezogen hatte, dabei sahen sie aus, als kämen sie frisch aus der Hand eines Kammerdieners. Seine dünnen, geschmeidigen Finger, die über den Ledereinband von Mores Klassiker fuhren, sahen aus, als hätten sie nie mit derberen Dingen zu tun als mit alten Büchern. Nachdem er seinem Onkel ein Kissen hinter den Kopf gestopft hatte, fing er an, sich über ›*Utopia*‹ auszulassen, über die Übersetzung von Ralph Robinson von 1551, über Mores Freundschaft mit Erasmus von Rotterdam, gelegentlich innehaltend, um bescheidene Artigkeiten wie »was du natürlich längst weißt, Reg« einzuflechten. Er sprach über andere ideale Gesellschaften in der Literatur, über Andreaes ›*Christianopolis*‹, über Campanellas ›*Stadt der Sonne*‹ und über Butlers ›*Eriwan*‹. Sein Monolog war angenehm und zeugte von Belesenheit, und manchmal machte er eine Pause, um Wexford Gelegenheit zu einem Kommentar zu geben, aber Wexford sagte nichts.

Er kochte innerlich vor Wut. Dieser Howard war nicht bloß ein Snob, er war ungeheuer grausam, ein Sadist. Hier zu sitzen und wie ein Professor über idealistische Philosophie zu dozieren, wo sein Gehirn mit dem Gegenteil voll sein mußte, wo er doch wußte, daß sein Onkel nicht nur die ›*Utopia*‹ mitgebracht hatte, sondern auch jene »Dystopia«, über die sich die Zeitung lang und breit ausgelassen hatte! Und das war nun der kleine Junge, dem er, Wexford, beigebracht hatte, Fingerabdrücke zu nehmen!

Das Telefon klingelte draußen in der Diele, und Denise nahm ab, aber Wexford sah sehr wohl, wie Howard auf dem Sprung war. Er sah, wie sich das Gesicht seines Neffen spannte, und als Denise hereinkam, um ihrem Mann zu sagen, es sei für ihn, da bemerkte er sehr wohl das stumme Signal zwischen ihnen, das winzige Kopfschütteln auf Howards Seite, welches bedeutete, daß dieser Anruf und alles, was damit zusammenhing, vor ihrem Gast geheimgehalten werden mußte. Natürlich war es jemand von Howards Untergebenen, der da anrief, um ihm irgendwelche neuen Entwicklungen mitzuteilen. Trotz seiner Verstimmung brannte Wexford darauf zu wissen, was für neue Entwicklungen das wohl sein mochten. Er lauschte auf Howards murmelnde Stimme in der Diele, aber er konnte keine

Worte unterscheiden. Alles, was er tun konnte, war, sich zu beherrschen und nicht die Tür aufzumachen, und später, wenn Howard zurückkäme, ihn direkt zu befragen. Aber er wußte schon, wie die Antwort ausfallen würde.

»Du wirst dir doch mit diesem Kram nicht den Kopf belasten wollen.«

Er wartete gar nicht, bis Howard zurückkam. Er nahm ›*Utopia*‹ und ging rasch zur Treppe, wobei er Denise ein kurzes »Gute Nacht!« zurief und seinem Neffen zunickte, als er an ihm vorüberging. Das Bett war heute der beste Ort für einen alten Trottel wie ihn. Er kroch zwischen die Laken und setzte seine Brille auf. Dann schlug er das Buch auf. Seine Augen fühlten sich wieder so seltsam verändert an, aber *solch* einen Streich konnten ihm die Augen doch wohl nicht spielen...? Er starrte in das Buch und knallte es zu.

Es war lateinisch.

Er träumte eine Menge in dieser Nacht. Er träumte, Howard hätte nachgegeben und ihn höchstpersönlich zum Kenbourne Vale-Friedhof gefahren, um gemeinsam mit ihm die Montfort-Gruft zu inspizieren, und als er aufwachte, erschien es ihm ganz und gar unmöglich, nach Hause zu fahren, ohne sie tatsächlich gesehen zu haben. Dieser Mord würde, eine Weile wenigstens, selbst in Kingsmarkham Gesprächsthema sein. Wie sollte er Mike erklären, daß man ihn von allem, was damit zusammenhing, ausgeschlossen hatte? Daß er bei dem Mann gewohnt hatte, der dafür zuständig war, und doch nicht mehr erfahren hatte als ein beliebiger Zeitungsleser? Sollte er vielleicht lügen? Sollte er sagen, es habe ihn nicht interessiert? Sein Temperament revoltierte bei dem bloßen Gedanken.

Sollte er also die Wahrheit sagen, nämlich daß Howard sich geweigert hatte, ihn einzuweihen?

Um zehn an diesem Morgen ging er nach unten, wo sich die übliche Pantomime abspielte. Geschroteter Weizen und Orangensaft und diesmal Denise, die am Fuß der Treppe wartete. Ansonsten war es dasselbe wie jeden Morgen.

Ohne daß er es ihr erzählt hatte, war Dora dahintergekommen, daß die ›*Utopia*‹ lateinisch war, und die beiden machten bereits Pläne, ihm eine englische Übersetzung zu verschaffen. Denises Schwägerin arbeitete in einer Buchhandlung und würde ihm eine Taschenbuchausgabe besorgen, und – doppelt hält besser – sie selbst würde in die Bibliothek gehen und die Ralph Robinson-Übersetzung bestellen.

»Ihr braucht euch nicht all die Mühe für mich zu machen«, sagte Wexford.

»Wohin gehst du heute vormittag spazieren, Onkel Reg?«

»Victoria«, antwortete er, ohne hinzuzufügen, daß er zum Bahnhof wollte, um die Zugverbindungen zu erkunden, und ebenso schweigend nahm er ihr basses Erstaunen hin, daß er so weit laufen wolle.

Laufen würde er natürlich nicht. Da fuhr bestimmt ein Bus. Der Elfer, dachte er, Elfer fuhren ja zu Dutzenden in der Gegend rum – bloß nicht, wenn man einen brauchte. Heute schienen sich Elfer und Zweiundzwanziger im Streik zu befinden, während Dutzende in Richtung Kenbourne Vale über die King's Road herankamen und den Gunter Grove hinunterfuhren.

Er verspürte so eine verdammte Lust, diesen Friedhof einmal zu sehen. Howards Leute würden inzwischen dort fertig sein, und schließlich konnte jeder, der wollte, Friedhöfe besuchen. Dann konnte er, wenn er nach Hause kam, Mike doch wenigstens die Gruft beschreiben und sagen, es sei doch zu dumm gewesen, daß er gerade zu diesem Zeitpunkt hätte abfahren müssen. Victoria Station konnte warten. Außerdem konnte er dort ja auch telefonisch anfragen.

KENBOURNE LANE STATION stand auf dem nächsten Bus. Wexford traute sich nicht, nach dem Friedhof zu fragen, damit der lächelnde Schaffner von den westindischen Inseln ihn nicht für einen der sensationslüsternen Gaffer hielt – in London fühlte er sich irgendwie unsicher, gewissermaßen eines Quentchens seiner Identität beraubt –, deshalb verlangte er: »Endstation bitte«, und lehnte sich in seinen Sitz zurück, damit es aussähe, als beherzige er den abgedroschenen Ratschlag für Touristen, nämlich, die beste Art, London kennenzulernen, sei vom Oberdeck eines Busses aus.

Dieser hier fuhr zur Holland Park Avenue hinauf und dann den Ladbroke Grove entlang. Kaum war der Bus in den Elgin Crescent eingebogen, verlor Wexford die Orientierung. Er fragte sich, wie er merken sollte, ob sie North Kensington oder Notting Hill oder was sonst immer verlassen hatten und sich schon in Kenbourne Vale befanden? Die Gegend hier paßte jedenfalls schon zu Crockers Beschreibung von den kilometerlangen, verkommenen Häuserzeilen, aber inzwischen waren dreißig Jahre vergangen, und es gab hier auch Hochhäuser und Wohnblöcke.

Dann sah er ein Schild: LONDON BOROUGH OF KENBOURNE. COPELAND HILL. Sämtliche Schilder mit den Straßennamen – Copeland Terrace, Heidelberg Road, Bournemouth Grove – trugen die Postbezirksnummer West 15.

Gleich mußten sie da sein. Seine Unsicherheit machte seiner Aufregung Platz. Der Bus war um einen von Häusern umstandenen runden Platz gerumpelt und bog jetzt in den

Kenbourne Lane ein, eine breite, baumlose Durchgangsstraße, die leicht anstieg, eine Straße mit asiatischen Lebensmittelhandlungen, niedrigen kleinen Kneipen, Pfandleihen und engen Tabaklädchen. Er überlegte gerade, wie er den Friedhof finden sollte, da fuhr der Bus über die Kuppe des Hügels, und links vor ihm erhob sich ein riesiger, von Säulen getragener Portikus aus gelbem Sandstein. Die schmiedeeisernen Gittertüren, mächtig wie die Pforten einer von Mauern umschlossenen orientalischen Stadt, standen offen und ließen den Arbeiter, der den schwarzen Anstrich der Pfosten ausbesserte, geradezu zwergenhaft erscheinen.

Wexford drückte auf die Klingel, und als der Bus daraufhin anhielt, stieg er aus. Ein scharfer Wind fuhr ihm an diesem ungeschützten Ort entgegen, und er stellte den Mantelkragen auf. Der schwere, bleifarbene Himmel sah nach Schnee aus. Nirgends waren Schaulustige zu sehen, auch keine Polizeiwagen, und weder der Arbeiter noch ein Wärter – Mr. Tripper womöglich? –, der an der Tür des Pförtnerhäuschens stand, sagten ein Wort zu ihm, als er unter dem Torbogen hindurchging.

Kaum war er innerhalb des Friedhofs, da fiel ihm ein, was Crocker gesagt hatte, wie riesig und bizarr er sei. Das war keine Übertreibung, aber was Crocker nicht gesagt hatte, war, daß er, vielleicht wegen seiner Größe und wegen Personalmangels, grauenhaft vernachlässigt war. Wexford blieb stehen und ließ den Blick über das wild wuchernde Panorama gleiten.

Direkt vor ihm stand eines jener Gebäude, mit denen sich alle großen Friedhöfe brüsten und deren Funktion zweifelhaft war. Es war weder eine Kapelle noch ein Krematorium, wahrscheinlich beherbergte es Büros für die Angestellten und Toiletten für die Trauernden. Im Stil war es ähnlich wie der Petersdom in Rom, natürlich nicht so groß, aber immerhin groß genug. Pech für die Bewohner von Kenbourne Vale, daß sein Architekt kein Bernini gewesen war: die Kuppel war zu klein, die Säulen zu dick, und der gesamte Bau war in dem gleichen gelben Sandstein ausgeführt wie der Portikus.

Gleichfalls aus diesem Material waren die beiden Kolonnaden, die wie umfangende Arme von der rechten Seite des St. Peter-Bauwerks ausgingen und etwa hundert Meter weiter an einem Torbogen zusammentrafen, der eine geflügelte Victoria trug. Zwischen ihnen und der Außenmauer, über die hinweg man das St. Biddulph's Hospital sehen konnte, erstreckte sich das tiefer gelegene Friedhofsareal, völlig verwildert, ein Dschungel aus Buschwerk und Bäumen, aus dem hier und da die verwitterten Spitzen von Grabmälern sichtbar wurden.

Zwischen den umlaufenden Kolonnaden hatte man wenigstens den Versuch unternommen, Ordnung herzustellen. Das wuchernde Gras war gekürzt worden, die Büsche ein wenig zurückgeschnitten. Schmutzverkrustete Monumente waren dabei zum Vorschein gekommen, Engel mit Schwertern, Geschützlafetten, geborstene Säulen, weinende Niobes, ägyptische Obelisken, und direkt neben St. Peter zwei Grabmäler von der Größe kleiner Häuser. Als Wexford genauer hinsah, erkannte er, daß eines davon das der Prinzessin Adelberta von Mecklenburg-Strelitz war und das andere das seiner Durchlaucht, des Großherzogs Waldemar von Retz.

Der Ort hatte etwas Lächerliches, eine grandiose Nekropole, die unnötig Land verschlang, die den Obdachlosen von Kenbourne Vale nützlicher gewesen wäre. Außerdem war sie zutiefst unheimlich; sie konnte einen das Gruseln lehren. Noch nie, weder in einer Leichenhalle noch an einem Tatort, hatte Wexford so buchstäblich den erdrückenden Hauch des Todes verspürt. Die geflügelte Victoria zügelte ihre sich aufbäumenden Rösser vor einem Himmel, der nahezu schwarz war, und unter den Wölbungen der Kolonnaden waberte unstetes Zwielicht. Er mußte sich eingestehen, daß er um nichts in der Welt dort unter diese Bögen und Säulen vor den Mausoleen treten würde, etwa um die Schrift der alten Bronzeplatten auf dem feuchtgelben Gemäuer zu entziffern. Nicht um den Preis neuerlicher Gesundheit und Jugend würde er eine Nacht an diesem Ort verbringen.

Er war die Stufen hinaufgestiegen, um den Friedhof besser überblicken zu können. Aber genug war genug. Zum Glück mußte das Mausoleum der Montforts zwischen der Außenmauer und den Kolonnaden liegen; er vermutete das, weil nur dort Stechpalmen wuchsen, und er war geradezu kindisch erleichtert bei dem Gedanken, nicht das innere Areal absuchen zu müssen, wo die monströsesten und abwegigsten Grabmäler standen und die geflügelte Victoria wie ein finsterer gefallener Engel alles beherrschte.

Aber kaum war er die Stufen wieder hinabgestiegen und hatte einen Weg eingeschlagen, der ihn auf die rechte Seite des Friedhofs führte, da wurde ihm klar, daß der tiefer gelegene Teil kein bißchen angenehmer war als der hoch gelegene. Gewiß, die geflügelte Victoria und die Kolonnaden waren jetzt unsichtbar und hinter Bäumen verschwunden, aber diese Bäume, dicht bei dicht stehend, unbeschnitten und fast ausnahmslos immergrüne Nadelhölzer, hielten ihre eigenen Schrecken bereit. Sie verdunkelten den Weg. Die Stämme waren bis in Schulterhöhe verborgen durch Efeu und dicke Dornenranken, und zwischen diesem Gestrüpp begannen sich vage Umrisse abzuzeichnen, von

Grabsteinen zuerst und dann, als der Weg parallel zur Außenmauer verlief, von immer größeren Familiengrüften.

Wexford versuchte, über ein paar allzu schwülstige Inschriften zu lachen, aber das Gelächter blieb ihm im Hals stecken. Das Unheimliche siegte über das Absurde: die Bronzefiguren und Steinskulpturen, bösartig entstellt durch wucherndes Moos und den Schmutz von Dezennien, lauerten hämisch zwischen wedelnden Ranken und schienen sich gar, als der Wind über ledrige Blätter und bröckelndes Steinmetzwerk fuhr, zu bewegen. Über seinem Kopf sah er nur einen schmalen Korridor des Himmels, stürmisch, schwarz und wie von Turner gemalt. Er ging weiter, stur geradeaus blickend, den abfallenden Weg entlang.

Gerade, als er das Gefühl hatte, nun ertragen zu haben, was Fleisch und Blut ertragen konnte, stieß er auf das Mausoleum der Montforts. Es hatte die Ausmaße eines kleinen Hauses und wirkte in Wirklichkeit noch viel schrecklicher als auf dem Bild. Der Fotograf hatte ja den Modergeruch nicht vermitteln können, der einem aus der halboffenen Tür entgegenschlug, oder etwa den schauerlichen Effekt des sauer-grünen Mooses, das über das Gesicht des Kriegers und über die Pranken der toten Löwen kroch.

Auch war die Inschrift nicht in der Zeitung erschienen. Sie war anders als alle Grabinschriften, die Wexford je auf einem Friedhof gelesen hatte. Sie enthielt keinerlei Information über die Toten, die in der Gruft ruhten. Die Kupferplatte war von hellem Grünspan überzogen, aber die Buchstaben waren aus irgendeinem nichtoxydierenden Metall – Goldblatt vielleicht – und hoben sich klar und deutlich ab.

Wer Fragen stellt, der ist ein Narr.
Wer darauf Antwort gibt, ein größ'rer noch.

Was ist Wahrheit?
Was der Mensch entscheidet, daß sie sei.
Was ist Schönheit?
Was des Menschen Auge dazu macht.
Und was ist richtig, was ist falsch?
Heut ist's das eine, das andere schon morgen.
Der Tod allein ist Wirklichkeit.
Lies des letzten Montfort mahnendes Gebot
und gib es weiter, ohne Kommentar.

Dieses Epitaph – wenn man es denn so nennen konnte – interessierte Wexford so sehr, daß er ein Stück Papier und einen Stift aus der Tasche nahm und es abschrieb. Dann stieß er die Tür auf. Er hatte ein Knarren erwartet, aber es gab nicht das leiseste Geräusch. Vielleicht hatte Mr. Tripper die Angeln geölt. Ein Knarren oder Quietschen wäre irgendwie beruhigend gewesen. Ihm wurde plötzlich klar, daß die Beklemmung und die Unruhe, die er verspürte, zum Teil von der vollkommenen Stille herrührten. Seit er auf dem Friedhof war, hatte er nichts gehört als das Rascheln der toten Blätter unter seinen Füßen und das Rauschen des Windes.

Das Innere der Gruft war nicht völlig dunkel. Äußerste Finsternis wäre sogar weniger unheimlich gewesen. Ein kleiner grauer Lichtschein fiel von dem schmalen Fenster an der Rückwand auf die Treppe. Er stieg die Stufen hinab und befand sich in einer Kammer von etwa vier mal vier Metern. Die toten Montforts lagen nicht in Särgen, wie Mr. Tripper behauptet hatte, sondern in Steinsarkophagen, die in Gestellen übereinanderstanden. In der Mitte der Kammer war ein Marmorbecken, das eine kleine Wasserlache enthielt, sinnwidrig wie ein Vogelbad. Man konnte sich beim besten Willen nicht vorstellen, welchem Zweck es diente. Er ging auf die Sarkophage zu und stellte fest, daß sie in zwei

Reihen standen, mit einem schmalen Raum dazwischen. Hier mußte es gewesen sein, an dieser Stelle auf dem feuchten Steinboden hatte man Loveday Morgans Leiche gefunden.

Wexford erschauderte ein wenig. Die Gruft roch nach Verwesung. Sicherlich nicht nach den toten Montforts, die längst zu Staub zerfallen waren, sondern nach verrotteten Grabsträußen, nach stehendem Wasser und modriger alter Luft. Ein grauenhafter Ort. Sie war zwanzig gewesen, fiel ihm ein, und er hoffte bloß, daß sie schnell gestorben war, und nicht hier drinnen. *Was ist richtig, was ist falsch? Heut ist's das eine, das andere schon morgen. Der Tod allein ist Wirklichkeit.*

Er wandte sich wieder der Treppe zu, und in diesem Moment hörte er über sich ein Geräusch, das Geräusch von Schritten auf dem überwachsenen Kiesweg. Ein Aufseher bestimmt. Er setzte seinen Fuß auf die unterste Stufe und blickte hinauf in das Rechteck trüben Lichts zwischen Tür und Rahmen. Und dann, als er ansetzte, um seine Anwesenheit zu erklären, da erschien in der Öffnung, hager und ernst, das Gesicht seines Neffen.

3

Du kannst dir ja auch kein Bild davon machen oder nur ein falsches.

Jeder kennt das Gefühl – den brennenden Wunsch, die Erde möge ihn verschlingen, wenn er in einer peinlichen Situation ertappt wird. Und welch adäquatere Stelle gäbe es denn wohl! dachte Wexford verstört. Diese Erde hier, vollgestopft mit Toten, konnte gewiß noch einen weiteren aufnehmen. Aber es half nichts, und so blieb ihm nichts anderes übrig, als die Stufen hinaufzusteigen und die Suppe auszulöffeln, die er sich eingebrockt hatte.

Howard, der in das Halbdunkel hinabblinzelte, hatte den Eindringling zuerst nicht erkannt. Aber dann, als nämlich Wexford, verlegen die Spinnweben von seinem Mantel klopfend, auf den Weg heraufgeklettert kam, zeichnete sich auf seinem Gesicht ungläubiges Staunen ab.

»Guter Gott, Reg«, sagte er.

Er sah seinen Onkel von oben bis unten an, dann starrte er in die Gruft, als sei er das Opfer einer ungeheuerlichen Sinnestäuschung. Entweder war dies nicht Wexford, sondern irgendein Bewohner von Kenbourne Vale, der sich verkleidet hatte, um auszusehen wie er, oder dies war nicht der Friedhof von Kenbourne Vale. Er brauchte ein paar Augenblicke, um sich zu fangen, dann sagte er:

»Ich dachte, du wolltest mal Urlaub machen von diesem ganzen Kram.«

Es war idiotisch, fand Wexford, hier wie ein Schuljunge herumzustehen. Gewöhnlich war ihm Verlegenheit völlig fremd, und er strotzte förmlich vor Selbstsicherheit. Deshalb sagte er sich jetzt, daß er schließlich schon Verbrecher gejagt hatte, als Howard noch an seinem Zahnring kaute, und ziemlich kühl erwiderte er: »Ach ja? Ich wüßte nicht warum.« Niemals sich entschuldigen, nie etwas erklären! »Aber ich will dich nicht von der Arbeit abhalten. Ich muß den Bus kriegen.«

Howards Augen wurden schmal. »Nein«, sagte er, »so kommst du mir nicht davon.« Er sprach immer ruhig, in gemessenem Ton. »Ich mag das nicht. Wenn du die Gruft sehen wolltest, warum hast du es gestern abend nicht gesagt? Ich hätte dich heute morgen mit hierhergenommen. Wenn du Internes über den Fall wissen wolltest, dann hättest du doch nur zu fragen brauchen.«

Wie absurd das war, wie unwürdig, hier in der bitteren Kälte zwischen umgekippten Grabsteinen herumzustehen und sich zu streiten. Nein, das konnte Wexford nicht auf sich sitzen lassen. Sein ganzer Groll brodelte an die Oberfläche.

»Fragen?« schrie er. »*Dich* fragen, wo du es darauf abgesehen hattest, mich von allem auszuschließen, was mit deiner Arbeit zu tun hat? Wo du und Denise euch geradezu verschworen habt, all das totzuschweigen, wie ein Elternpaar, das vor seinem Kind den Fernseher abschaltet, wenn der Sexfilm beginnt? *Ich* weiß, wann ich unerwünscht bin. Von wegen *fragen*!«

Howards Gesicht hatte sich zu Beginn seiner Rede verfinstert, aber jetzt zuckte ein leises Lächeln um seine Lippen. Er suchte in der Tasche seines Mantels herum, während Wexford sich gegen die Gruft lehnte, die Arme trotzig verschränkt.

»Hier, lies das mal. Es kam zwei Tage vor dir hier an.« Bestärkt durch das Beweismaterial, das er vorweisen konnte, wiederholte Howard energisch: »Los, lies es, Reg.«

Argwöhnisch nahm Wexford den Brief. Ohne Brille konnte er ihn nur recht und schlecht lesen, aber was er entzifferte, reichte schon. Die Unterschrift *Leonard Crocker* grinste ihn schwarz an. *...Ich bin überzeugt, ich kann mich auf Ihr Einfühlungsvermögen verlassen... Ihr Onkel, ein enger Freund von mir und mein Patient... Er braucht nichts dringender, als einmal aus allem herauszukommen, was mit Polizeiangelegenheiten zu tun hat... Am besten,*

Sie lassen ihn überhaupt nicht damit in Berührung kommen…

»Wir dachten, wir machten es so am besten für dich, Reg.«

»Enger Freund!« explodierte Wexford. »Was fällt ihm eigentlich ein, sich in meine Angelegenheiten einzumischen?« So umweltbewußt er sonst war, jetzt vergaß er seine Prinzipien, knüllte den Brief zu einem Ball zusammen und schleuderte ihn ins Gebüsch zwischen das bröckelnde Quaderwerk.

Howard brach in Gelächter aus. »Ich habe mit meinem eigenen Arzt gesprochen«, sagte er, »hab ihm erzählt, was mit dir los war, und er hat gesagt – du weißt ja, wie diplomatisch die immer sind – er hat gesagt, darüber gäbe es zwei verschiedene Ansichten, und er könne nicht einsehen, daß es dir schaden würde, wenn du deinen – äh, deinen gewohnten Vorlieben fröntest. Aber Denise bestand darauf, daß wir uns nach dem richten, was *dein* Arzt vorschreibt. Und wir dachten, das wäre auch dein Wunsch.«

»Ich hab dich für einen Snob gehalten«, polterte sein Onkel, »von wegen höherer Rang und so.«

»Ach, wirklich? Darauf bin ich nie gekommen.« Howard biß sich auf die Lippen. »Du ahnst nicht, wie ich mich nach einem richtigen Gespräch gesehnt habe, statt dieses literarischen Schnickschnacks, besonders weil ich jetzt so knapp an Leuten bin und bis zum Hals in dieser Sache drinstecke.« Immer noch stirnrunzelnd über das Mißverständnis meinte er: »Aber du mußt ja halb erfroren sein. Hier kommt gerade mein Sergeant, da können wir die Flucht ergreifen vor all diesen aufgestapelten Urnen und diesen beseelten Büsten.«

Ein untersetzter Mann von etwa vierzig kam aus der Richtung des St. Peter-Bauwerks auf sie zu. Er trug den freundlich pragmatischen Gesichtsausdruck eines Mannes zur Schau, der völlig unsensibel für die Atmosphäre ist, sowohl für die des Friedhofs als auch für die der beiden Männer. Howard stellte ihn als Sergeant Clements vor und machte Chief Inspector Wexford bekannt, ohne zu erwähnen, daß er sein Onkel sei und ohne zu versuchen, dessen plötzliche und gewiß erstaunliche Anwesenheit am Tatort eines Verbrechens zu erklären.

In solch erlauchter Gesellschaft hütete sich der Sergeant denn auch, Fragen zu stellen; vielleicht hatte er aber auch die Mahnung des letzten Montfort gelesen.

»Sehr angenehm, Sir.«

»Mein Onkel«, meinte nun Howard ein wenig lockerer, »ist hier auf Urlaub. Er kommt aus Sussex.«

»Ziemlicher Unterschied, möchte man meinen, Sir. Keine grünen Felder und Kühe und was weiß ich hier in dieser Gegend.« Er bedachte Wexford mit einem respektvollen und etwas nachsichtigen Lächeln, ehe er sich wieder an den Superintendenten wandte. »Ich hab noch mal mit Tripper geredet, Sir, aber ich hab nichts weiter aus ihm rausgekriegt.«

»Na gut. Wir gehen zum Wagen zurück. Mr. Wexford geht mit mir zum Lunch, und beim Essen will ich mal versuchen, ihn rumzukriegen, daß er uns mit seinem Erfahrungsschatz zu Hilfe kommt.«

»Das könnten wir sicherlich brauchen«, meinte der Sergeant und trat beiseite, um den beiden anderen den Vortritt zu lassen, als sie den Friedhof verließen.

Das kleine Restaurant, in das Howard ihn mitnahm, hieß *Grand Duke* und befand sich an der Ecke eines ehemaligen Marstalls am Kenbourne Lane.

»Ich wußte gar nicht, daß es so was in London noch gibt«, meinte Wexford und betrachtete anerkennend die Fächerpaneele der Wände, die Sitzbänke und die alten kleinen Sprossenfenster. Das war wie zu Hause, genau die Art Kneipe, wie man sie in Pomfret oder Stowerton fand.

»Gibt es auch sonst nicht mehr. Kenbourne ist nicht Utopia. Würde man es glauben, wenn man aus dem Fenster blickt, daß Hood in einem nicht veröffentlichten Gedicht schrieb:

Ach, auf hochbelad'nem Karren
durch den Kenbourne Lane zu fahren
zwischen Schlüsselblumenwiesen!

Was willst du essen, Reg?«

»Ich darf ja so gut wie nichts essen.«

»Aber doch wohl ein bißchen kalte Ente und etwas Salat? Das Essen hier ist sehr gut.«

Wexford war fast schwindlig vor Wohlbehagen, aber er durfte es sich nicht leisten, vollends das Gesicht zu verlieren. Es war schon ein Triumph der Kommunikation über das Mißverstehen, daß er jetzt hier saß mit Howard, drauf und dran, seine Zähne nicht bloß in ein handfestes Stück Polizeiarbeit zu schlagen, sondern auch noch in ein Stück Entenfleisch. Die Auslagen am Speisetresen waren verführerisch genug und ließen einem das Wasser im Mund zusammenlaufen. Er wählte aber doch das Kalorienärmste, dünn geschnittenes rotes Roastbeef und *ratatouille froide*. Dann lehnte er sich mit einem Seufzer der Zufriedenheit zurück. Selbst das große Glas Apfelsaft, das Howard ihm brachte mit der Beteuerung, er sei aus Cox Orange-Äpfeln aus Suffolk hergestellt, konnte sein Glück nicht trüben.

Die ganze Zeit seit seiner Ankunft in London hatte er eine

Art partiellen Verlust seiner Identität gespürt, so wie es wohl jedem Urlauber ergeht, außer vielleicht höchst versierten Reisenden. Aber statt daß es sich wieder einstellte, dieses sein Ego, je mehr er sich in der Stadt einlebte, war ihm dieses spezifische »Wexfordtum« mehr und mehr abhanden gekommen, bis es ihm auf dem Friedhof vorübergehend völlig außer Kontrolle geraten war. Das war ein erschreckender Moment gewesen. Jetzt hingegen fühlte er sich so sehr er selbst wie schon seit Tagen nicht mehr. Dies hier war, als säße er mit Mike im *Olive and Dove*, wo sie bei so mancher Gelegenheit über einem guten Lunch erfolgreich einen Fall geknackt hatten. Jetzt allerdings war Howard der Instrukteur, und er spielte Mikes Rolle. Er merkte, daß ihm das nicht das mindeste ausmachte. Er konnte sogar mit Gleichmut Howards Lunch betrachten: ein riesiger Teller voll Nierenpastete, jungen Kartoffeln und Zucchini au gratin.

Die ersten fünf Minuten aßen und tranken sie und redeten dabei noch ein wenig über das Mißverständnis zwischen ihnen. Dann aber eröffnete Howard die Diskussion klar und deutlich, indem er ein Foto über den Tisch schob.

»Dies ist das einzige Foto, was wir von ihr haben. Möglich natürlich, daß noch weitere auftauchen. Dies hier war in ihrer Handtasche. Ein wenig ungewöhnlich, oder – ein Foto von sich selbst mit sich herumzuschleppen? Vielleicht hatte sie irgendeinen sentimentalen Grund dafür. Wann und wo es aufgenommen wurde, wissen wir nicht.«

Der Schnappschuß war viel zu blaß und zu verwaschen, um ihn in der Zeitung reproduzieren zu können. Er zeigte ein dünnes, blondes Mädchen im Kattunkleid, mit auffallend schweren Schuhen an den Füßen. Ihr Gesicht war einfach nur ein blasser Fleck. Nicht mal ihre eigene Mutter würde sie darauf erkennen, dachte Wexford. Im Hintergrund erkannte er ein bißchen staubig wirkendes Gebüsch, ein Stück von einer Mauer mit giebelartigem Abschluß und etwas, das wie ein Wäschepfahl aussah.

Er gab es zurück und fragte: »Ist Garmisch Terrace hier in der Nähe?«

»Die Rückseiten der Häuser gehen auf den Friedhof hinaus, aber an der entgegengesetzten Seite, nicht dort, wo wir waren. Eine gräßliche Gegend. Gewaltige Häuser, so um 1870 herum für städtische Kaufleute erbaut, die nicht die fünfzehnhundert pro Jahr für ein Palais in Queen's Gate aufbringen konnten. Sie werden jetzt zumeist zimmerweise vermietet, oder als ›Kleinwohnungen‹, wie das euphemistisch heißt. Sie hatte da ein Zimmer und wohnte dort seit ungefähr zwei Monaten.«

»Womit verdiente sie sich ihren Lebensunterhalt?«

»Sie arbeitete in einer Leasingfirma für Fernseher. Der Laden nennt sich Sytansound und ist im Lammas Grove. Das ist die Straße, die beim Kenbourne Circus links abzweigt und ebenfalls am Friedhof entlangläuft. Anscheinend nahm sie auf ihrem Weg zur Arbeit immer die Abkürzung über den Friedhof. Warum machst du so ein Gesicht?«

»Ich stelle mir gerade vor – jeden Tag über diesen Knochenacker!«

»Die Einheimischen sind daran gewöhnt, die nehmen schon gar keine Notiz mehr davon. Du würdest dich wundern, wie viele junge Mütter im Sommer dahingehen, um ihre kleinen Kinder an die Luft zu bringen.«

Wexford fragte: »Wann und wie ist sie gestorben?«

»Wahrscheinlich am vergangenen Freitag. Ich habe noch keinen abschließenden gerichtsmedizinischen Befund, aber sie wurde mit ihrem eigenen Seidenschal erdrosselt.«

»Letzten Freitag – und keiner hat sie als vermißt gemeldet?«

Howard zuckte die Achseln. »In Garmisch Terrace, Reg? Loveday Morgan wohnte ja nicht zu Hause bei ihren Eltern in irgendeinem erlesenen Vorort. In Garmisch Terrace, da kommen und gehen sie, kümmern sich um ihren eigenen Kram, stellen keine Fragen. Warte nur, bis du Sergeant Clements zu diesem Thema hörst.«

»Was ist mit Männern? Hatte sie einen Freund?« fragte Wexford.

»Nein, keinen, soweit wir wissen. Die Leiche wurde durch eine junge Frau namens Peggy Pope identifiziert. Die ist Hausmeisterin in Garmisch Terrace 22, und sie sagt, Loveday hätte keine Freunde gehabt. Sie kam im Januar nach Kenbourne Vale, aber woher, das scheint niemand zu wissen. Als sie sich um das Zimmer bewarb, gab sie Mrs. Pope eine Adresse in Fulham. Wir haben das nachgeprüft. Die Straße, die sie nannte, existiert wirklich, und die Hausnummer auch, aber sie hat dort nie gewohnt. Die Eigentümer des Hauses sind ein junges Ehepaar, die nie Zimmer vermietet haben. Also wissen wir bis heute nicht, woher sie kam, und eigentlich wissen wir überhaupt nicht, wer sie war.«

Nachdem er die Spannung seines Berichts in einer Weise aufgebaut hatte, die Wexford sehr vertraut war, denn er selbst hatte es bei zahllosen Gelegenheiten selber so gemacht, ging Howard, um Käse und Cracker zu holen. Er brachte noch einen Apfelsaft für seinen Onkel mit, und der fühlte sich so wohl und zufrieden, daß er ihn gehorsam trank.

»Sie lebte in Garmisch Terrace ganz für sich, sehr zurückgezogen«, fuhr Howard fort, »und am letzten Freitag, dem

25. Februar, ging sie wie gewöhnlich zur Arbeit, kam dann, wie sie es gelegentlich tat, während ihrer Mittagspause nach Hause zurück. Mrs. Pope vermutete, daß sie am Nachmittag dann wieder zur Arbeit gegangen wäre, aber das tat sie nicht. Sie rief den Manager von Sytansound an und sagte, sie sei krank. Und das war das letzte, was man von ihr gehört hat.« Er hielt kurz inne. »Möglich, daß sie geradewegs auf den Friedhof gegangen ist; vielleicht aber auch nicht. Das Friedhofstor wird jeden Tag um sechs geschlossen, und auch freitags immer genau um diese Zeit. Clements geht manchmal auf dem Heimweg über den Friedhof, das tat er auch am Freitag wieder, sprach kurz mit Tripper, und Tripper schloß Punkt sechs die Pforte hinter ihm. Überflüssig zu erwähnen, daß Clements nichts Ungewöhnliches aufgefallen war. Sein Weg führte ihn ja auch nirgends in die Nähe des Montfort-Mausoleums.«

Wexford erkannte die kleine Pause als Chance für sich, eine intelligente Frage zu stellen, und er stellte sie: »Wie habt ihr festgestellt, wer sie war?«

»Ihre Handtasche lag neben ihr in der Gruft und strotzte nur so von Informationen: Ihre Adresse stand auf einer Rechnung von der Reinigung, und auch dieses Foto steckte drin. Und außerdem war da ein Notizzettel mit zwei Telefonnummern drauf.«

Wexford hob fragend die Augenbrauen.

»Die ihr natürlich angerufen habt?«

»Natürlich. Das war so ziemlich das erste, was wir getan haben. Eine war die Nummer eines Hotels in Bayswater, ein vollkommen respektables, ziemlich großes Hotel. Dort erzählte man uns, sie hätten per Inserat in einer Zeitung eine Empfangsdame gesucht, und Loveday Morgan hätte sich auf die Anzeige hin gemeldet. Telefonisch. Aber sie habe nicht so geklungen, wie die Art Mädchen, die sie suchten – zu schüchtern und unbeholfen, hieß es –, und sie hätte auch nicht die nötige Berufserfahrung für den Job gehabt.

Die andere Nummer war die einer West End-Gesellschaft, die sich Notbourne Immobilien nennt. Sie arbeitet vor allem in Notting Hill und Kenbourne Vale, daher der Name. Die hatten ebenfalls eine Stelle ausgeschrieben, diesmal die einer Telefonistin. Loveday meldete sich und wurde sogar zu einem Vorstellungsgespräch bestellt. Dieses Gespräch fand Ende der vorvorigen Woche statt, aber man hatte nicht die Absicht, sie einzustellen. Anscheinend war sie schlecht angezogen, und dann war sie nicht vertraut mit dem Telefonsystem, das sie dort haben.«

»Sie wollte also ihre Stellung wechseln? Weiß jemand, weshalb?«

»Mehr Geld, nehme ich an. Vielleicht gelingt es uns, ein paar weitere Informationen über sie und ihre Lebensumstände aus dieser Mrs. Pope herauszukriegen.«

»Das ist die Frau, die sie identifiziert hat? Die Hausmeisterin?«

»Ja. Wollen wir erst noch Kaffee trinken, oder würdest du lieber gleich in die Garmisch Terrace rüberfahren?«

»Lassen wir den Kaffee«, sagte Wexford.

4

Erst auf der Weiterfahrt gestaltet sich allmählich alles freundlicher: das Klima wird erträglicher, die Erde schimmert im Grün...

Die Garmisch Terrace war eine schnurgerade Straße, grau und abweisend, ein Canyon, dessen Seiten aus sechsstöckigen Häusern bestand. Alle Häuser waren gleich, eins eng neben dem anderen, mit platter Vorderfront bis auf die vorspringenden, überdachten Hauseingänge, und wie bei dem Friedhofsgebäude waren ihre Proportionen irgendwie falsch. Eine unglückliche Periode der Architektur war das gewesen, die Zeit, als sie gebaut wurden, eine Periode, in der Architekten, wenn sie sich nicht die Neu-Gotik zu eigen machten, geneigt waren, den georgianischen Stil zu übertreiben.

Das alles wäre noch nicht so schlimm gewesen, wenn man wenigstens versucht hätte, die Häuser instandzuhalten, aber Wexford, der sie trostlosen Herzens betrachtete, konnte nicht eine einzige frisch gestrichene Fassade entdekken. Der Putz bröckelte, und die Pfeiler der Vordächer hatten graue Streifen, wo das Wasser durch den Staub gerieselt war. Abfall häufte sich in den Vertiefungen vor den Souterrains, die vom Trottoir durch halbzerbrochene, mit Draht notdürftig reparierte Geländer getrennt waren. An Stelle von Bäumen standen Parkuhren in grauer Reihe: als trostlose Parade säumten sie die Sackgasse bis zum Ende, an dem eine rote Backsteinkirche stand.

Es waren wenig Leute zu sehen, ein Sikh mit Turban, der seinen Mülleimer die Treppe zur Straße herauftrug, eine alte Frau, einen Kinderwagen vor sich herschiebend, der anscheinend mit den Überresten eines Trödelmarktes beladen war, ein schwangeres schwarzes Mädchen, deren königsblauer Regenmantel den einzigen Farbfleck in der Straße bildete. Der Wind blies Papier aus dem Mülleimer des Sikhs, wirbelte die Zeitungsblätter in den grauen Himmel hinauf. Dabei streiften sie das wollige Haar des Mädchens, das es wohl in dem verzweifelten Versuch, »dazuzugehören« und modern zu sein, wachsen ließ. Wexford empfand Trauer bei dem Gedanken, daß diese Farbigen, die sich doch das Gelobte Land erhofft hatten, hier in der Armseligkeit der Garmisch Terrace gelandet waren.

»Ob irgend jemand hier freiwillig wohnen würde?« fragte er Sergeant Clements, der sich ihm als Mentor, Führer und möglicherweise auch als Beschützer angeschlossen hatte, während Howard noch im Wagen saß und einen Bericht durchlas.

»Das können Sie zweimal fragen, Sir«, meinte der Sergeant. Seine Miene war die eines Schulmeisters, der sich an einen vielversprechenden Schüler wendet. Wexfords Rang und Alter flößten ihm einen gewissen Respekt ein, aber er war sich auch der uralten Überlegenheit des Stadtmenschen gegenüber einem Greenhorn vom Lande bewußt. Clements pummeliges Gesicht, das sich wohl nicht sehr verändert hatte, seit er ein pausbäckiger Schuljunge gewesen war, trug einen Ausdruck zur Schau, der blasiert und unzufrieden war. »Die wollen's ja hier nicht anders«, erklärte er. »Die mögen's eben so, diesen Sumpf, zu viert in einem Zimmer hausen, nichts, als ihre Weiber kitzeln, die ganze Nacht rumlungern und den ganzen Tag pennen.« Finster blickte er einem jungen Mann und einem Mädchen nach, die Arm in Arm über die Straße gingen, sich vor der Kirche auf dem

Straßenpflaster niederließen und anfingen, aus einer Tüte Pommes frites zu essen.

»Und um Mitternacht fallen sie dann bei ihren Freunden ein und pennen auf dem Fußboden zwischen den Zigarettenkippen, weil der letzte Bus weg ist. Wenn man die fragt, die meisten von denen wissen nicht mal, wo sie wohnen; diese Woche hier, nächste Woche dort, Catch-as-catch-can, und immer so weiter. Die leben nicht so wie Sie und ich, Sir. Die leben wie diese kleinen Pelzdinger, die es bei Ihnen auf dem Lande gibt, wie die Maulwürfe, buddeln ewig im Dunkeln rum.«

Wexford erkannte in dem Sergeant den Typ Polizisten, wie es ihn nur allzu häufig gab. Polizisten sehen so viel von der schmierigen Seite des Lebens, und da ihnen die spezielle Ausbildung des Sozialarbeiters fehlt, werden manche von ihnen roh und zynisch, anstatt die Dinge allmählich barmherziger zu betrachten. Mike Burden war manchmal gefährlich nahe daran, auch so einer zu werden, bloß seine Intelligenz rettete ihn davor. Von der Intelligenz des Sergeant hielt Wexford nicht sehr viel, obwohl er ihn trotz allem eigentlich ganz sympathisch fand.

»Armut und Elend ermutigen nicht gerade zu einem anständigen Leben«, meinte er und lächelte, um der Zurechtweisung den Stachel zu nehmen.

Clements nahm es aber gar nicht als Maßregelung auf, sondern schüttelte nur den Kopf über so viel Naivität.

»Ich meinte ja auch die *Jungen*, Sir, die jungen Nichtstuer wie die beiden da drüben. Aber Sie werden's schon noch sehen. Ein paar Wochen in Kenbourne Vale, das wird Ihnen die Augen öffnen. Ach, als ich hier neu war, da dachte ich, Hasch wäre 'ne Art Lammgulasch, und S.T.D. ein Zahlenschloß-System.«

Wexford sagte nichts, obwohl er die Bedeutung dieser Termini sehr wohl kannte, sondern blickte zum Wagen hinüber. Er fing an zu frösteln, und auf ein Kopfnicken von Howard stellte er sich unter das Vordach von Nummer 22. Ihm war klar, daß ihm jetzt unausweichlich eine Lektion über den Kontrast zwischen dem Gebaren der modernen Jugend und dem Eifer, dem Ehrgeiz und der untadeligen Moral des Sergeant Clements und seiner Altersgenossen während ihrer jungen Jahre drohte, er hoffte aber doch, sie irgendwie zu vermeiden. Aber der Sergeant folgte ihm, trat stampfend die Füße auf der schmutzigen Stufe ab und stürzte sich vehement in die Schimpfkanonade, die Wexford gefürchtet hatte. Ein paar Minuten lang ließ er sie über sich ergehen, dann unterbrach er ihn.

»Übrigens, Loveday Morgan...«

»Die angebliche Loveday Morgan«, versetzte Clements hämisch. »Das war doch nicht ihr richtiger Name, Sir. Sagen Sie mal selbst, glauben Sie daran? Wir haben bei der Steuerbehörde, in Somerset House, nachgeforscht. Haufenweise weibliche Morgans, aber keine Loveday Morgan. Sie nannte sich eben einfach so. Und warum? Da kann man lange fragen, heutzutage legen sich die Mädchen ja alle möglichen Namen zu. Passen Sie mal auf, da kann ich Ihnen ein paar Beispiele erzählen, damit Sie wissen, was ich meine...«

Aber ehe er anfangen konnte, hatte sich Howard zu ihnen gesellt und brachte ihn mit einem ungewohnt eisigen Blick zum Schweigen. Neben der Haustür war eine Reihe von Klingelknöpfen mit Nummern daneben statt Namensschildern.

»Die Hausmeisterin wohnt in der Kellerwohnung«, sagte Howard, »versuchen wir es also mit Nummer 1.« Er läutete, und aus dem Haustelefon sagte eine Stimme kurz und schnarrend etwas, das sich wie »Teal« anhörte.

»Wie bitte?«

»Hier ist Iwan Teal. Apartment 1. Wer ist da?«

»Detective Superintendent Fortune. Ich möchte zu Mrs. Pope.«

»Aha«, sagte die Stimme. »Sie meinen Apartment 15. Aber der Summer, der die Tür öffnet, ist kaputt. Ich komme runter.«

»Von wegen Apartments!« mokierte sich der Sergeant, während sie warteten. »Daß ich nicht lache. Keins von denen da ist ein Apartment. Zimmer sind das, mit 'nem Wasserhahn und einem Gaszähler. Und sieben Lappen pro Woche hat unser Mädchen dafür hinlegen müssen, dabei gibt es bloß zwei Klos in dem ganzen Saustall. Was für eine Welt!« Er klopfte Wexford auf die Schulter. »Wappnen Sie sich bloß für das, was jetzt kommt, Sir. Wer immer dieser Teal ist, menschlich sieht der bestimmt nicht aus.«

Aber er war es doch. Der einzige Schock, den Wexford empfand, war, daß er einem Mann gegenüberstand, der fast so alt war wie er selbst, ein ziemlich kleiner, muskulöser Mensch mit dickem grauen Haar, das er ziemlich lang trug.

»Entschuldigen Sie, daß ich Sie habe warten lassen«, sagte er. »Es ist ein ziemlich langer Weg hier runter.« Er blickte die drei Männer an, ohne zu lächeln, abschätzend und von oben herab. Es war ein Ausdruck, den Wexford schon oft gesehen hatte, aber fast immer waren es junge Gesichter gewesen. Teal hatte darüber hinaus den glatten, flüssigen Tonfall der gehobenen Klasse. Er trug einen makellos sauberen weißen Pullover und duftete nach *Aphrodisia* von Faberge. »Wir werden hier wohl anscheinend alle verfolgt?«

»Wir verfolgen keinen Menschen, Mr. Teal.«

»Nein? Dann müssen Sie sich aber sehr geändert haben. Mich haben Sie früher immer verfolgt.«

In der Annahme, daß Howard ihm freie Hand ließe, mögliche Zeugen zu befragen, wenn er es für richtig hielt, fragte Wexford: »Kannten Sie Loveday Morgan?«

»Ich kenne jeden hier«, deklamierte Teal, »die ältesten Bewohner, wie die Schiffe, die des Nachts vorüberfahren. Der ich bei Theben einst am Fuß der Mauer saß...« Er grinste plötzlich. »Apartment 1, wenn Sie mich brauchen.«

Er führte sie an die Treppe zum Kellergeschoß und ging dann, ohne ein weiteres Wort zu sagen.

»Komische alte Queen«, meinte Howard. »Fünfzehn Jahre in dieser Höhle... o Gott! Also los, hier unten ist es.«

Die Stufen waren schmal und mit dünnem, abgewetztem Haarteppich ausgelegt. Sie führten in eine geräumige, hohe Diele, die vor langer Zeit einmal dunkelrot gestrichen worden war, aber jetzt blätterte die Farbe ab und hinterließ weiße Inseln, geformt wie phantastische Kontinente, so daß die Wände Landkarten einer anderen, unbekannten Welt hätten sein können, ein kartographiertes Utopia. Möbelstücke, die aussahen, als seien sie zu groß, um die Treppe hinaufzugehen, obwohl sie ja auch irgendwie heruntergekommen sein mußten, eine Anrichte, ein riesiges Bücherregal, vollgestopft mit staubigen Büchern, nahmen den größten Teil des Raumes ein. Es gab drei geschlossene Türen, vor jeder ein überquellender Mülleimer, und der ganze Raum stank nach gärendem Abfall.

So etwas wie dies hatte Wexford noch nie in seinem Leben gesehen, das Interieur des Apartment 15 dagegen war ihm schon vertrauter. Es erinnerte ihn an gewisse Wohnungen in Kingsmarkham, in denen er gewesen war. Hier herrschte die typische Verwahrlosung, die immer dann entsteht, wenn

Eßbares und Waschbares durcheinandergewürfelt werden: offene Konservendosen zwischen schmutzigen Socken, dazu einer jener schäbigen alten Kinderwagen mit einem Baby darin, dessen Gesicht von Essensresten verschmiert war, wie Stadt und Land sie gleichermaßen produzieren. Es war natürlich bedauernswert, daß diese junge Frau und ihr Kind in so einer unterirdischen Höhle leben mußten, beständig bei künstlichem Licht; andererseits hätte grelles Tageslicht die kaputten Sessel und den grauenhaften Teppich noch viel unbarmherziger bloßgestellt. In gewisser Weise war er eigentlich ein Kunstgegenstand, so geschickt hatte irgendein weibliches Familienmitglied des Vermieters ihn repariert. Wexford konnte nicht erkennen, ob es ein blauer Teppich war, der mit Rot gestopft worden war, oder ein rotes Gewebe, dem man Flicken eines blauen Axminsterteppichs aufgesetzt hatte. Das Ganze war übersät mit Flecken, festgetretenen Essensresten und den ausgekämmten Haaren der Hausmeisterin.

Sie allein unter dem ganzen Inventar des Zimmers hätte dem entlarvenden Tageslicht standhalten können. Ihre Kleidung war entsetzlich schmutzig und zerschlissen wie die Bezüge der Sessel, und in ihrem fettigen schwarzen Haar klebte der Staub, aber sie war schön. Sie war mit Abstand die schönste Frau, die er gesehen hatte, seit er in London war. Sie strahlte jene Lieblichkeit aus, die ihn an die Filmstars seiner Jugendzeit erinnerte, aus den Tagen, als die Filmschauspielerinnen noch nicht aussahen wie gewöhnliche Frauen. In ihrem makellosen Gesicht fand er Züge einer Carole Lombard, einer Loretta Young. So mißmutig und schmutzig sie war, er konnte seinen Blick nicht von ihr abwenden.

Howard und Clements schienen völlig unbeeindruckt

von ihr. Natürlich, sie waren zu jung, um seine Erinnerungen zu haben. Vielleicht waren sie auch zu zielstrebig, um durch Schönheit abgelenkt zu werden. Und das Benehmen der jungen Frau hatte auch wahrlich nichts mit ihrem Aussehen gemein. Sie saß auf der Lehne eines Sessels, kaute an den Nägeln und starrte sie stumpf und mürrisch an.

»Nur ein paar Fragen, bitte, Mrs. Pope«, sagte Howard.

»Miss Pope, ich bin nicht verheiratet.« Ihre Stimme war rauh und tief. »Was wollen Sie wissen? Ich hab nicht viel Zeit, ich muß diese Mülltonnen raufschleppen, wenn Johnny nicht rechtzeitig wiederkommt.«

»Johnny?«

»Mein Freund, mit dem ich zusammenlebe.« Sie zeigte mit dem Daumen zu dem Baby hinüber. »Ihr Vater. Er hat gesagt, er kommt gleich wieder und hilft mir, wenn er seine Sozialhilfe abgeholt hat; aber an Müllabfuhrtagen macht der sich immer rar. Ach Gott, ich weiß auch nicht, warum ich nie auf ordentliche Leute treffe, immer diese Nichtstuer.«

»Loveday Morgan war aber keine Nichtstuerin.«

»Sie wollen damit sagen, die hatte einen Job.« Das Baby hatte angefangen zu plärren. Peggy Pope hob einen Schnuller vom Boden auf, wischte ihn an ihrer Strickjacke ab und schob ihn dem Kind in den Mund. »Möchte mal wissen, wie sie's geschafft hat, den zu behalten, die war nämlich vielleicht bescheuert! Konnte mit dem Gaszähler nicht fertig werden und mußte zu mir runterkommen, um zu fragen, wo sie eine Glühbirne kaufen könnte. Als sie hier ankam, mußte ich ihr sogar zeigen, wie man mit dem Telefon umgeht. Na ja, sie nützen mich ja alle aus hier, aber doch nicht so wie die. Und dann hatte sie auch noch den Nerv und versuchte, mir Johnny auszuspannen.«

»Tatsächlich?« fragte Howard ermunternd. »Ich meine, das sollten Sie uns mal genauer erzählen, Mrs. Pope.«

»Miss Pope. Also wissen Sie, ich muß jetzt wirklich diese Kübel raufbringen. Außerdem ist auch gar nichts dabei rausgekommen, jedenfalls nicht von Johnnys Seite. Aber Loveday hat den vielleicht angemacht, sag ich Ihnen. Dauernd ist sie hier runtergekommen, um mit ihm zu reden, wenn ich weg war, und das wurde während der letzten zwei Wochen immer schlimmer. Jedesmal, wenn ich zurückkam, saß sie hier und glotzte ihn an oder tat so, als ob sie sich aus dem Baby was machte. Ich hab ihn gefragt, worauf die es eigentlich abgesehen hätte. ›Worüber unterhaltet ihr euch denn bloß, Menschenskind?‹ hab ich gefragt. ›Ach, nix‹, hat er gesagt, ›sie macht ja kaum den Mund auf.‹ Mann, die war so 'ne verdammt jämmerliche Type!« Peggy Pope seufzte, als habe sie, die Seele von Witz und Charme, schließlich ein Anrecht auf gleichwertige, geistsprühende Gesprächspartner.

»Wissen Sie, weshalb sie so jämmerlich war?«

»Na, das Geld natürlich, wie bei den meisten. Sie reden doch alle bloß darüber. Als ob ich mich in der Knete wälze! Sie hat mich gefragt, ob ich ihr nicht ein billigeres Zimmer verschaffen könnte, aber ich hab gesagt, nee, kann ich nicht. Wir haben hier eben keine Apartments unter sieben die Woche. Ich hab gedacht, die fängt an zu heulen. Mensch, hab ich gedacht, warum wirst du nicht endlich erwachsen?«

»Können wir mal auf letzten Freitag zu sprechen kommen, Mrs. Pope?« warf Howard ein.

»Miss Pope. Wenn ich 'ne Mrs. werden will, dann such ich mir erst mal einen Mann, der einen Job hat und mir was Besseres bieten kann zum Leben als diese Erdhöhle, das kann ich Ihnen sagen. Über letzten Freitag weiß ich überhaupt nichts. Ich sah sie reinkommen, ungefähr zehn nach eins, und dann wieder weggehen gegen zehn vor zwei. Oh, und sie hat telefoniert. Mehr weiß ich darüber nicht.«

Wexford verständigte sich durch einen Blick mit Howard und beugte sich vor. »Miss Pope«, sagte er, »wir möchten gern, daß Sie uns das mal in allen Einzelheiten erzählen. Erklären Sie uns mal genau, was Sie getan haben, wo Sie sie gesehen haben, was sie gesagt hat, einfach alles.«

»Okay, ich versuch's.« Peggy Pope nahm ihren Daumennagel aus dem Mund und betrachtete ihn angewidert. »Aber wenn ich das getan hab, dann müssen Sie mich endlich die Mülleimer raufbringen lassen.«

Das Zimmer war ziemlich kalt. Sie legte den oberen Hebel an dem elektrischen Ofen um, und eine zweite Heizspirale begann zu glimmen. Sie wurde offensichtlich selten benutzt, denn als sie rotglühend war, verbreitete sie den Geruch verbrannten Staubs.

»Es war kurz nach eins, vielleicht zehn nach«, begann sie. »Johnny war unterwegs, wie gewöhnlich, auf Arbeitsuche, sagt er, aber ich nehme an, er saß im *Grand Duke*. Ich war in der Diele und hab da so 'n bißchen saubergemacht, da kam Loveday rein. Sie sagte hallo oder so was, und ich sagte auch hallo, und dann ist sie die Treppe rauf. Ich holte gerade den Staubsauger raus, da kam sie wieder runter und fragte, ob ich zehn Pence wechseln könnte, sie brauchte zwei Pence, um zu telefonieren. Die hätte ja wohl wissen können, daß ich kein Geld mit mir rumschleppe, wenn ich das Haus saubermache, aber na ja, ich hab gesagt, ich würde mal nachsehen, und ich bin hier reingegangen und hab meine Tasche geholt. Geld zum Wechseln hatte ich nicht, aber ich hatte ein Zwei-Pence-Stück, das hab ich ihr gegeben, und sie ging in die Telefonzelle.«

»Wo ist die?«

»Unter der Treppe. Sie sind dran vorbeigegangen, als Sie runterkamen.«

»Wissen Sie, wen sie angerufen hat?«

Sie wärmte ihre zernagten Finger am Feuer und zerfurchte ihr schönes Gesicht zu einer wütenden Grimasse. »Wie denn wohl, hä? Die Zelle hat ja schließlich 'ne Tür. Und sie hat auch nicht gesagt, sie ruft mal eben ihre Mutter an oder ihren Freund, falls Sie das meinen. Loveday hat nie viel gesagt. Das muß ich ihr lassen, sie hat nie getratscht. Also, sie kam wieder raus und ging wieder nach oben, und ich bin runtergegangen, um nachzusehen, ob mit dem Baby alles in Ordnung ist, und als ich dann mit dem Kinderwagen wieder raufkam, um mit der Wäsche zum Waschsalon zu gehen, da ging sie gerade zur Haustür raus, fein aufgetakelt in einem grünen Hosenanzug. Das fiel mir auf, weil es das einzige anständige Stück war, was sie besaß. Gesagt hat sie nichts. So, kann ich jetzt weitermachen mit meiner Arbeit?«

Howard nickte, und nachdem er sich kurz bedankt hatte, wandten er und Clements sich zur Treppe. Wexford zögerte. Er sah, wie das Mädchen – sie hatte runde Schultern und war ziemlich dünn – eine der stinkenden Mülltonnen aufhob, und da sagte er: »Ich helf Ihnen.«

Sie schien erstaunt, aber die Welt, in der sie lebte, hatte sie nicht gelehrt, Hilfe dankbar anzunehmen. Sie zuckte nur mit den Schultern und verzog den Mund zu einem häßlichen Flunsch.

»Die sollten hier einen Mann anstellen, der das macht.«

»Möglich, aber das tun sie nicht. Welcher Mann würde denn auch diesen Saustall hier übernehmen und all die Scheißarbeit machen wollen, für acht Pfund die Woche und das Zimmer? Sie vielleicht?«

»Wenn ich's vermeiden könnte, nicht. Können Sie denn nicht einen besseren Job finden?«

»Ja, sehen Sie mal, mein Guter, da ist doch das Kind. Ich muß einen Job haben, wo ich für das Kind sorgen kann. Aber keine Bange, eines Tages kommt mein Prinz, und dann bin ich hier auf und davon und überlaß Johnny die Mülltonnen!« Sie lächelte zum erstenmal, ein überirdisches, sieghaftes Lächeln, das in ihm Erinnerungen an dunkle Kinos und helle Leinwände wachrief.

»Na, vielen Dank auch. Alles geschafft!«

»Gern geschehen«, sagte Wexford.

Die ungewohnte Anstrengung hatte ihm das Blut in den Kopf getrieben. Es war ja auch dämlich gewesen, so etwas zu machen, und das Pochen in seinen Schläfen beunruhigte ihn. Howard und der Sergeant waren nirgends zu sehen, deshalb ging er, um den Kopf klar zu kriegen, während er auf sie wartete, die paar Schritte zum Ende der Garmisch Terrace hinunter. Inzwischen hatte ein dünner Nieselregen eingesetzt. Er stieß auf etwas, das zu Hause als eine Art Hauptstraße gegolten hätte. Es war ein schäbiges Einkaufszentrum, und eingeklemmt zwischen einer Kneipe und einem Friseurgeschäft entdeckte er eine kleine, billige Boutique mit dem Namen LOVEDAY. Hier also war sie auf den Namen gekommen. Sie hatte in Wirklichkeit einen anderen gehabt, einen langweiligeren, aber vielleicht passenderen oder sogar einen peinlichen, den sie hatte vertuschen wollen...

»Na, bißchen frische Luft geschnappt?« meinte der Sergeant, als er sich wieder zu ihnen gesellte. »Oder das, was hier in der Gegend dafür gehalten wird? Mann Gottes, diese Mülltonnen stanken ja zum Himmel!«

Howard grinste. »Wir bringen jetzt den Sergeant zum Revier zurück, und dann möchte ich dir noch was anderes zeigen. Du sollst hier nicht die Flucht ergreifen in dem Glauben, ganz Kenbourne Vale sei so wie diese Rattenlöcher.«

Sie ließen Clements am Revier aussteigen, einem schwarz verfärbten Gebäudekomplex in der Kenbourne Vale Highstreet, dessen blaue Lampe in der Mitte eines Bogens hing, der sich über einer breiten Treppe wölbte. Dann bog Howard, der den Wagen selbst steuerte, ab in ein Slumgebiet mit gewundenen Straßen, in denen Eckläden und kleine Kneipen abwechselten mit unbebauten Flächen, einstmals wohl Parzellen einer Gartenkolonie, jetzt jedoch mit Drahtgitter eingezäunt wie Tennisplätze und übersät mit kaputten Fahrrädern und rostigen Ölfässern.

»Da oben wohnt Clements.« Howard zeigte nach oben, quasi durch das Dach des Wagens, und als Wexford den Kopf verdrehte und aus dem Fenster schaute, sah er einen Wohnblock, ein Hochhaus, schwindelnde dreißig Stockwerke hoch. »Muß ein toller Blick sein von da oben, kann ich mir denken. Er kann an klaren Tagen bestimmt den Fluß sehen und ein gut Teil des Mündungsgebiets.«

Jetzt wuchsen die Wohntürme dicht und dichter um sie herum, ein Wald aus Monolithen, der aus einem verkommenen, sterbenden Dschungel sproß. Wexford überlegte gerade, ob dieses der Kontrast sei, den er bewundern sollte, da beförderte eine Kurve in der Straße sie plötzlich in eine offene Landschaft. Der Wechsel war nahezu ein Schock. Noch vor einer Sekunde war Wexford in einer der trostlosesten Regionen gewesen, die er je zu Gesicht bekommen hatte, und jetzt, wie bei einem blitzschnellen Szenenwechsel auf der Bühne, sah er ein weites grünes Dreieck vor sich, Platanen, verstreute georgianische Häuser... Das war eben London, nahm er an, immerfort anders, immer überraschend.

Howard hielt vor dem größten dieser Häuser, einem cremefarbenen mit hohen, blitzenden Fenstern und kannelierten Säulen, die das Dach der Vorhalle trugen. Da gab es Blumenbeete, kunstvoll arrangierte Zypressengruppen zu beiden Seiten des Hauses und sorgfältig beschnittene Hecken. Auf einem Schild an der Wand stand: VALE PARC, PRIVATGRUNDSTÜCK. PARKEN NUR FÜR BEWOHNER GESTATTET. NOTBOURNE PROPERTIES LTD.

»Das alte Montfort-Haus«, erklärte Howard, »jetzt Eigentum der Gesellschaft, bei der Loveday sich um einen Job beworben hat.«

»Der Pfad des Ruhms«, deklamierte sein Onkel, »führte nur ins Grab. – Was ist eigentlich aus den Montforts geworden, außer daß sie im Grab endeten?«

»Weiß ich nicht. Der Mann, der es uns erzählen könnte, wäre Stephen Dearborn, Präsident von NOTBOURNE PROPERTIES. Von ihm heißt es, er sei ein großer Kenner von Kenbourne Vale und seiner Geschichte. Die Gesellschaft hat eine Menge Häuser in Kenbourne Vale aufgekauft, und sie haben wirklich gute Arbeit geleistet, sie zu verschönern.«

Ein Jammer, dachte Wexford, daß sie nicht auch das Polizeirevier von Kenbourne Vale verschönert hatten. Das hatte eine Renovierung dringend nötig, einen helleren Anstrich vor allem, um die Düsterkeit der flaschengrünen Wände und der Mahagonitäfelung in den dunklen Korridoren aufzuhellen. Einer dieser überwölbten Korridore führte zu Howards Büro, einem riesigen Zimmer mit dunkelrotem Teppich, Aktenschränken aus Metall und der Aussicht auf eine Brauerei. Das einzig Erfreuliche in diesem Raum war menschlicher Natur und obendrein weiblich, nämlich ein Mädchen mit kastanienrotem Haar und sicherlich den längsten Beinen von London.

Sie blickte aus der Akte auf, die sie gerade las, als die beiden eintraten und sagte: »Mrs. Fortune hat für Sie angerufen, Sir. Sie sagt, Sie möchten gleich zurückrufen, es sei sehr dringend.«

»Dringend, Pamela? Was ist denn los?« Howard griff hastig nach dem Telefon.

»Anscheinend Ihr...« Das Mädchen stockte. »Ihr Onkel, der bei Ihnen wohnt, ist verschwunden. Er ist vor fünf Stunden weggegangen und nicht zurückgekommen. Mrs. Fortune klang sehr besorgt.«

»Mein Gott«, sagte Wexford, »ich wollte doch zur Victoria Station! Jetzt sitz ich ganz schön in der Patsche.«

»Du und ich, wir beide«, sagte Howard, und dann fing er an zu lachen.

5

Vielmehr hören sie auch gern den jungen Leuten zu, ja, sie fordern sie absichtlich zum Reden heraus...

»Tante Dora hat sich hingelegt«, sagte Denise eisig. »Wenn ihre Kopfschmerzen besser sind, gehen wir zu meinem Bruder und spielen Bridge.«

Wexford versuchte noch einmal, sie zu besänftigen. »Es tut mir wirklich sehr leid. Ich hatte doch nicht die Absicht, euch aufzuregen, aber es war mir glatt entfallen.«

»Meinetwegen brauchst du dir da keine Sorgen zu machen. Es ist Tante Dora, die sich aufgeregt hat.«

»Männer müssen arbeiten, Frauen müssen weinen«, mischte sich Howard ziemlich unfreundlich ein. »Gut, wo ist mein Abendessen und sein Diäthäppchen?«

»Tut mir leid, ich habe nun gar nichts Besonderes für Onkel Reg vorbereitet. Weißt du, wir dachten, wenn er sowieso alle Warnungen seines Arztes in den Wind schlägt…«

»Dann bestraft ihr ihn eben, indem ihr ihm eine anständige Mahlzeit vorsetzt? Armer alter Reg. Sieht aus, als müßten wir dich behandeln, wie Thomas More mit den Kindern von Utopia verfuhr, indem er sie bei Tisch stehen ließ, auf daß sie von ihres Meisters Teller gefüttert würden.«

Dora benahm sich gekränkt und geistesabwesend, als sie herunterkam, aber der Chief Inspector war seit dreißig Jahren verheiratet und hatte sich selten in die Rolle des Pantoffelhelden gefügt.

Als sie den entschlossenen Ausdruck in seinen Augen sah, begnügte sie sich denn auch mit einem mitleidheischenden: »Ach, Liebling, wie konntest du!«, bevor sie sich auf den Weg machte zu ihrem Bridgespiel.

»Laß uns in mein Arbeitszimmer gehen«, sagte Howard, als sie ihr Pilaf gegessen hatten. »Ich möchte mit dir über diese Telefongespräche reden.«

Das Arbeitszimmer war bei weitem angenehmer als Howards Büro in Kenbourne Vale, und die Einrichtung bei weitem weniger empfindlich als die in den übrigen, von den Frauen beherrschten Regionen des Hauses. Wexford setzte sich in die Nähe des Fensters, aus dem man durch einen schmalen Spalt zwischen den Rückseiten der Häuser hindurch unablässig die Scheinwerfer des Autostroms aufblitzen sah, der die King's Road entlangfloß. Er war nicht daran gewöhnt, an einem Ort zu leben, wo es nie ganz dunkel wurde und wo der Himmel die ganze Nacht hindurch ein dunkelrotes Glühen beibehielt.

»Du siehst viel besser aus, Reg«, sagte Howard lächelnd. »Darf ich dir sagen, daß glatt zehn Jahre von dir abgefallen sind, und das in der Zeitspanne eines einzigen Nachmittags?«

»Das kannst du allerdings behaupten. Man nimmt eben nicht gern auf den Hinterbänken Platz und lebt sozusagen stellvertretend.« Wexford seufzte. »Die Tragödie des Altwerdens ist nicht, daß man alt ist, sondern daß man jung ist.«

»Ich habe ›*Dorian Gray*‹ immer für ein sehr törichtes Buch gehalten, und dieses Epigramm für eine seiner versöhnlichen Passagen. Und das kommt fast auf der letzten Seite.«

»Literarischer Schnickschnack, Howard?«

Sein Neffe lachte. »Kein Wort weiter!« beteuerte er. »Also jetzt zu dem Telefonanruf, den Loveday von der Garmisch Terrace aus tätigte...«

»Sie rief bei Sytansound an, stimmt's? Du hast gesagt, sie habe dort angerufen, um zu sagen, daß sie krank sei.«

»Richtig, aber der Anruf erfolgte um zwei Uhr und der von der Garmisch Terrace aus um ein Uhr fünfzehn. Wen also hat sie da angerufen?«

»Ihre Mutter vielleicht? Eine alte Tante? Eine Freundin? Vielleicht hat sie sich auch auf eins dieser Inserate beworben.« Als Howard den Kopf schüttelte, meinte Wexford: »Bist du überzeugt, daß der Anruf bei Sytansound nicht früher stattfand?«

»Der Manager selbst nahm ihn entgegen, ein Mann namens Gold, und der ist ganz sicher, daß Loveday nicht vor zwei angerufen hat. Sie sollte um zwei zurück sein, und er fing schon an, sich zu wundern, wo sie blieb, als das Telefon klingelte.«

»Sie führte das eine Gespräch von zu Hause, das andere aber von einer Telefonzelle aus. Warum wohl?«

»Ach, sicher, weil sie kein Kleingeld mehr hatte. Weißt du nicht mehr, diese Mrs. Pope sagte doch, Loveday hätte sie um Kleingeld gebeten, aber alles, was sie hatte, war ein Zwei-Pence-Stück? Loveday muß sich draußen Wechselgeld besorgt haben, hat vielleicht Zigaretten oder einen Riegel Schokolade gekauft und ist dann in eine Telefonzelle gegangen.«

»Ja, der erste Anruf war also der entscheidende, der wichtige. Davon, was dabei herauskam, hing es ab, ob sie wieder zur Arbeit ging oder nicht. Er galt ihrem Mörder.« Wexford rieb sein Auge, ertappte sich dabei, daß er es tat, und entspannte sich. Es war ein Leichtes, sich zu entspannen, jetzt, wo er sozusagen zum innersten Kern von Howards Haus zugelassen war und – noch besser als das – zum innersten Kern seiner Gedanken. »Erzähl mir von den Sytansound-Leuten«, sagte er.

In der Annahme, die Lichter von draußen störten seinen Onkel, zog Howard die Vorhänge zu und fing an. »Gold ist ein Mann von sechzig Jahren«, sagte er. »Er hat eine Wohnung über dem Laden, und er war den ganzen Freitagnachmittag unten im Geschäft. Um halb sechs schaltete er das Telefon auf Kundendienst und ging nach oben, wo er den ganzen Abend blieb. Das alles ist geprüft und bestätigt. Außerdem gibt es bei Sytansound zwei Vertreter und zwei Techniker. Die zwei Vertreter und ein Techniker sind verheiratet und wohnen außerhalb von Kenbourne. Der andere ist ein Junge von einundzwanzig Jahren. Jeden ihrer Schritte haben wir überprüft, und wenn wir davon ausgehen, daß derjenige, dem Lovedays Anruf galt, auch ihr Mörder war, so war es keiner von den Älteren. Sie waren alle in *Lammas Arms*, von eins bis zehn Minuten vor zwei, und keiner hat den Tisch verlassen, um einen Telefonanruf entgegenzunehmen. Der Einundzwanzigjährige war in einem Haus in der Copeland Road und setzte eine neue Röhre in einen Fernsehapparat. Man könnte immerhin nachprüfen, ob irgend jemand dieses Haus angerufen hat, während er sich dort aufhielt, aber das ist wenig wahrscheinlich. Soweit wir wissen, hat Loveday kaum je mit den Vertretern und den Technikern gesprochen. Hör mal zu, dies ist Golds Aussage.«

Howard hatte seine Aktentasche mit ins Arbeitszimmer gebracht. Er öffnete sie, blätterte in einer Akte und zog ein Blatt heraus. »Sie war sehr ruhig und höflich. Sie war bei den Kunden beliebt, weil sie immer höflich und geduldig war. Man konnte nicht sagen, daß sie zu den Mädchen gehörte, die jemals von sich aus aufbegehrt hätten. Sie war altmodisch. Als sie zuerst hier war, trug sie kein Make-up; ich mußte es ihr erst nahelegen.« Anscheinend hatte er ihr auch nahegelegt, ihre Röcke ein bißchen zu kürzen und nicht jeden Tag dasselbe anzuziehen.

»Was für ein Gehalt zahlte er ihr?«

»Zwölf Pfund die Woche. Nicht viel, wenn man bedenkt, daß sie sieben allein für das Zimmer bezahlen mußte. Aber es war auch ein sehr anspruchsloser Job. Alles, was sie zu tun hatte, war, den Leuten zwei oder drei verschiedene Typen von Fernsehern zu zeigen und Namen und Adressen zu notieren. Die Leihverträge ausfertigen und das Geld kassieren war die Aufgabe der Vertreter.«

Wexford biß sich auf die Lippen. Ihn bekümmerte die Vorstellung, daß dieses ruhige und höfliche Mädchen, ein Kind in seinen Augen, zwischen den Peggy Popes dieser Welt gelebt und mehr als die Hälfte seines Gehalts für ein Zimmer in der Garmisch Terrace gezahlt hatte. Er fragte sich, wie sie wohl ihre Abende ausgefüllt hatte, was sie gemacht hatte, wenn sie nach der Arbeit durch die unheimlichen Gefilde des Friedhofs nach Hause gegangen und in ihr Zimmer gekommen war, in eine Zelle von vielleicht vier mal vier Metern – die private Gruft für ein Leben? Keine Freunde, kein Geld zum Ausgeben, kein netter Liebhaber, keine hübschen Kleider...

»Was war alles in ihrem Zimmer?« fragte er.

»Sehr wenig. Zwei Pullover, ein Paar Jeans, ein Kleid, ein Mantel. Ich glaube, ich bin noch nie in einem Zimmer gewesen, das von einem Mädchen bewohnt wurde und so wenig danach aussah, daß es von einem Mädchen bewohnt wurde. Das bißchen, was sie an Make-up-Stiften hatte, war in ihrer Handtasche. Im Zimmer fand sich bloß ein Stück Seife, eine Flasche Shampoo, zwei oder drei Frauenzeitschriften und eine Bibel.«

»Eine *Bibel*?«

Howard hob die Schultern. »Es ist vielleicht nicht ihre gewesen, Reg. Es stand kein Name darin, und das Zimmer war möbliert – angeblich, wie Clements sagen würde. Möglich, daß die Bibel von einem Vormieter zurückgelassen worden war oder daß sie irgendwie aus alten Buchbeständen dort hingeraten ist. Da stand doch so ein Bücherregal im Keller, falls du es gesehen hast. Peggy Pope wußte auch nicht, ob es ihre war oder wessen sonst.«

»Wirst du versuchen, ihre Eltern ausfindig zu machen?«

»Wir sind schon dabei. Natürlich haben wir kein ordentliches Foto von ihr, aber in sämtlichen Zeitungen wurden detaillierte Beschreibungen abgedruckt. Sie müßten eigentlich in den nächsten Tagen in Erscheinung treten, wenn sie noch leben, aber warum sollten sie das nicht tun? Die sind doch wahrscheinlich erst zwischen vierzig und fünfzig.«

Wexford fragte vorsichtig: »Hast du was dagegen, wenn ich morgen mal so 'n bißchen rumschnüffle in der Garmisch Terrace, so mit den Leuten rede und so?«

»Schnüffle, so viel du magst«, sagte Howard herzlich. »Ich brauch deine Hilfe, Reg.«

Wexford war schon um halb acht auf, eisern gewillt, mit Howard im Wagen wegzufahren, und dieser offene Widerstand versetzte die beiden Frauen in helle Aufregung. Dora war eben erst heruntergekommen, und es war noch keine Zeit gewesen, ein Extrafrühstück für ihn vorzubereiten.

»Koch mir einfach ein Ei, meine Liebe«, sagte er ein wenig arrogant zu Denise, »und dazu eine Tasse Kaffee.«

»Wenn du uns gestern nicht so zu Tode erschreckt hättest, wären wir ja gegangen und hätten dir was von diesem österreichischen Müsli mit den getrockneten Früchten und den zusätzlichen Vitaminen besorgt.«

Wexford schüttelte sich und nahm sich verstohlen eine Scheibe Weißbrot.

»Deine Pillen«, sagte seine Frau und versuchte, kühl zu klingen. »O Reg«, jammerte sie plötzlich, »nimm sie mit, und bitte, bitte, vergiß nicht, sie einzunehmen!«

»Bestimmt nicht«, versicherte Wexford und steckte die Flasche in die Tasche.

Der Berufsverkehr war dicht, und es vergingen fast vierzig Minuten, ehe Howard ihn vor der Garmisch Terrace 22 aussteigen ließ. Das Straßenpflaster war feucht und schimmerte dunkel. Als er die Wagentür zuknallte, sah er eine Gestalt im schwarzen Cape aus der Kirche kommen und zu den Läden hinüberhuschen.

Die einzige lebende Kreatur außer einer Katze, die durch einen Gullyrost in die Tiefen der Kanalisation starrte, war ein junger Mann, der auf der obersten Stufe von Nummer 22 saß und ein Exemplar der Zeitschrift *The Stage* las.

»Der Summer funktioniert nicht«, sagte er, als Wexford herankam.

»Ich weiß.«

»Ich laß Sie rein, wenn Sie wollen«, sagte der junge Mann mit dem müden Gleichmut eines trägen Bediensteten. Er sah aus, als sei er willens, bis morgen hier sitzen zu bleiben, wenn es keine Möglichkeit zum Hineinkommen gäbe. Aber er hatte einen Schlüssel, jedenfalls behauptete er das, und er machte sich tatsächlich daran, in allen Taschen seiner muffig riechenden, zottigen Wolljacke danach zu suchen. Im modernen Sprachgebrauch, fand Wexford, würde man ihn zu den *Beautiful People* rechnen, und da sich gleich zu gleich gesellte, mußte dies wohl Johnny sein.

»Ich glaube, Sie waren mit dem toten Mädchen befreundet?« fragte er.

»Befreundet? Nicht daß ich wüßte. Irgendwie bekannt war ich halt mit ihr. Sind Sie von der Polizei?«

Wexford nickte. »Sie heißen Johnny. Wie ist Ihr Familienname?«

»Lamont.« Johnny war nicht gerade gesprächig. Er fand seinen Schlüssel, und sie traten in die Diele, wo er stehenblieb und den Chief Inspector finster anblickte. Eine Strähne von dunklem Kastanienrot fiel ihm in die Stirn. Er war wirklich sehr attraktiv, hatte das Aussehen eines ungepflegten, unterernährten Lord Byron.

»Mit wem war sie denn befreundet hier im Haus?«

»Weiß ich doch nicht«, sagte Johnny. »Sie hat gesagt, sie hätte überhaupt keine Freunde.« Er wirkte noch mürrischer und gleichgültiger als Peggy Pope, und weit weniger gesprächsbereit. »Sie hat nie mit jemandem hier gesprochen, außer mit Peggy und mir.« Mit einer Art bekümmerter Zufriedenheit setzte er hinzu: »Hier kann Ihnen kein Mensch was sagen. Außerdem, jetzt sind die auch alle schon zur Arbeit.« Er zuckte heftig die Achseln, stopfte seine Zeitschrift in die Tasche und latschte davon in Richtung Kellertreppe.

Wexford nahm die Treppe nach oben. Johnny hatte recht gehabt mit seiner Vermutung, daß die meisten Mieter zur Arbeit wären. Er hatte angenommen, die Tür zu Lovedays Zimmer sei versiegelt, aber die Tür war nur angelehnt. Zwei Männer in Zivil und einer in Uniform standen an dem kleinen Schiebefenster und unterhielten sich mit gedämpfter Stimme. Wexford blieb stehen und schaute sich neugierig in dem Raum um. Er war sehr klein und sehr kahl, mit nichts darin als einem schmalen Bett, einer Kommode und einem Rohrstuhl. Eine Zimmerecke war mit einem schmalen Streifen gelben Kretonnes abgeteilt und diente als Kleiderschrank. Vor dem Fenster sah man nichts als eine glatte, alles verstellende Backsteinmauer, offenbar die gegenüberliegende Wand eines schmalen Schachts zwischen diesem und dem Nachbarhaus. Der Schacht wirkte wie ein Schalltrichter, und das Gurren einer Taube, die irgendwo weiter oben saß, dröhnte Wexford wie hohles, heiseres Kreischen in die Ohren.

Einer der Männer sah ihn, und da er ihn wohl für einen neugierigen Gaffer hielt, kam er energisch herüber und knallte die Tür zu. Wexford stieg weiter die Treppen hinauf. Im dritten Stock traf er zwei Mieter zu Hause an, einen Inder, dessen Zimmer nach Currygewürz und Räucherstäbchen roch, und ein Mädchen, das sagte, sie arbeite in einem Nachtclub. Keiner von beiden hatte je mit Loveday Morgan gesprochen, aber sie erinnerten sich an sie als äußerst zurückhaltend, still und traurig. Mittlerweile etwas außer Atem, erreichte er den Flur des vierten Stockwerks und begegnete dort Peggy Pope. Sie hatte ein Bündel Bettwäsche unter dem Arm und sprach mit einem Mädchen, das ein zwar wenig hübsches, aber lebhaftes Gesicht hatte.

»Ach, Sie sind das«, sagte Peggy. »Wer hat Sie reingelassen?«

»Ihr Freund Johnny.«

»O Gott, der sollte doch zur Arbeitsvermittlung. Jetzt liegt der wieder im Bett rum, bis die Kneipe aufmacht. Ich weiß einfach nicht, was seit kurzem in den gefahren ist, der geht noch völlig vor die Hunde.«

Das andere Mädchen kicherte.

»Kannten Sie Loveday Morgan?« fragte Wexford scharf.

»Ich hab ein- oder zweimal hallo zu ihr gesagt. Die war nicht so mein Typ. Das einzige Mal, wo ich richtig mit ihr geredet hab, war, als ich sie zu 'ner Party einlud, die ich gegeben hab. Stimmt doch, Peggy, oder?«

»Glaub schon.« Peggy wandte sich verärgert an Wexford. »Sie gibt jeden Samstagabend 'ne Party, und die machen vielleicht einen Krach! Meine Kleine brüllt jedesmal die halbe Nacht.«

»Nun halt mal die Luft an, Peggy. Du weißt ganz genau, du und Johnny, ihr amüsiert euch immer mächtig bei meinen Parties.«

»Hat Loveday Morgan Ihre Einladung angenommen?« fragte Wexford.

»Natürlich nicht. Sie sah ganz verstört aus, als ob ich sie zu einer Orgie eingeladen hätte. Ich meine, sie war ja sehr nett und hat gesagt, wir sollten uns wegen des Lärms bloß keine Gedanken machen, sie fände es schön zu hören, wie Leute sich amüsierten, aber ich hab gedacht, Mensch, du bist doch mehr 'ne alte Tante als ein junges Mädchen.«

»Die hatte wirklich kein bißchen Leben in sich«, sagte Peggy mit einem tiefen Seufzer.

Auf dem obersten Treppenabsatz erlebte Wexford ein ähnliches Gefühl wie kürzlich, als er aus der schmuddeligen Enge von Kenbourne plötzlich in die helle Weitläufigkeit gekommen war, die das Montfort-Haus umgab. In der Wölbung am Kopf der Treppe war eine Glastür mit einem Rahmen aus poliertem Holz eingebaut worden, und von diesem Rahmen hing, mit Haken an weißen Spaliergittern befestigt, eine Fülle verschiedener Zimmerpflanzen herab. Sie waren so hübsch arrangiert und so gut gepflegt, daß selbst Denise zufrieden gewesen wäre.

Die Luft roch hier sauberer und frischer. Wexford stand einen Augenblick still, um wieder zu Atem zu kommen, dann drückte er mit dem Finger auf den Klingelknopf über einem kleinen Schild, auf dem stand: *Chez Teal.*

6

Die religiösen Anschauungen sind nicht nur über die ganze Insel hin, sondern auch in den einzelnen Städten verschieden.

»Ich dachte mir schon, daß Sie früher oder später hier auftauchen würden«, sagte Iwan Teal. In dem Blick, mit dem er Wexford maß, lag nicht die unverhohlene Überheblichkeit wie am Tag zuvor, sondern ein leiser Spott, hinter dem sich heimliches Amüsement verbarg. »Kommen Sie herein. Sie scheinen ziemlich außer Atem zu sein. Vielleicht hatten Sie Angst, überhaupt zu atmen, um nicht womöglich etwas Schädliches zu inhalieren? Die Treppen stinken erbärmlich, nicht wahr? In all den Ritzen und Rissen müssen sehr ungewöhnliche Mikroben hausen. Ich bin überzeugt, sie wären ein Quell ewiger Faszination für einen Bakteriologen.«

Er schloß die Tür und plauderte in demselben, leicht nachsichtigen Ton weiter. »Vielleicht wundern Sie sich, warum ich hier wohne? Tatsachen hin, Tatsachen her, es hat auch seine Vorteile. Da ist zum Beispiel die Aussicht. Und dann habe ich eine Menge Platz für eine niedrige Miete. Außerdem werden Sie mir zugeben, daß ich mir die Wohnung einigermaßen hübsch gemacht habe.«

Sie wäre in jeder Umgebung hübsch gewesen, hier war sie wie ein Juwel im Schweinestall. Außer daß sie makellos sauber war, hatte er die Wohnung mit dem Geschmack eines Künstlers dekoriert, in leuchtenden, klaren Farben, die Teppiche in dunklen Tönen. An den Wänden hingen hier und da abstrakte Gemälde. Wexford trat vor Teal in einen Wohnraum, der die ganze rückwärtige Breite des Hauses einnahm. Die kleinen Schiebefenster waren entfernt und durch ein nahezu vier Meter langes Panoramafenster ersetzt worden, durch das man einen atemberaubenden, beinahe taktlosen Ausblick auf den gesamten Friedhof von Kenbourne hatte, über den ein heftiger Wind fuhr. Wexford trat verwirrt zurück und sah, wie es um Teals Lippen zuckte.

»Unsere Gäste finden, wir hätten einen ungesunden Hang zum Makabren«, sagte er. »Ja, mein Kind, vielleicht sollten wir uns doch lieber niedliche kleine Spitzengardinen anschaffen?«

Wexford war so beeindruckt gewesen von dem Fenster, daß er den Jungen nicht bemerkt hatte, der neben einem wohlbestückten Bücherregal, das die volle Länge der Wand einnahm, am Boden kniete. Als Teal ihn ansprach, erhob er sich, stand linkisch da und nestelte verlegen am Gürtel seines Bademantels herum. Er war vielleicht einundzwanzig Jahre alt, schlank, blond und mit großen, ziemlich leeren Augen.

»Darf ich Ihnen Philip Chell vorstellen, den zweiten mündigen Erwachsenen in dieser Behausung?« Teals spöttisch zuckende Lippen verzogen sich zu einem Grinsen. »Sie glauben gar nicht, was für ein Vergnügen es ist, das in aller Offenheit zu einem Polizisten zu sagen.«

»Oh, Iwan!« sagte der Junge.

»Oh, Iwan!« mokierte sich Teal. »Kein Grund zur Angst. Wir tun doch nichts Unrechtes. Du in deinem Alter kannst dich bestimmt kaum daran erinnern, wie es war, als es noch Unrecht war.« Immer noch lächelnd, aber durchaus weniger liebenswürdig, sagte er zu Wexford: »Im Gegensatz zu mir, der ich sehr viel Böses von Polizisten habe aushalten müssen.« Er wandte sich wieder an den Jungen und meinte achselzuckend: »Aber wir müssen Vergangenes vergangen sein lassen und ihm einen Kaffee anbieten. Los, geh und hol uns welchen, mein Kind.«

Philip Chell zog mit einem Flunsch ab.

Teal blickte auf den Friedhof hinaus, den Kopf leicht zur Seite geneigt. »Ich versteh da ziemlich wenig Spaß, was? Soll ich Ihnen mal einen Witz erzählen? Er ist durch und durch anständig, auch wenn man es nicht glaubt, so wie er anfängt.« Er heftete seine blaßblauen, hochmütigen Augen auf Wexfords Gesicht. »Also: drei Männer, ein Engländer, ein Franzose und ein Russe. Jeder erzählt den anderen, was ihm das größte Vergnügen bereitet. Der Engländer sagt, Kricket auf dem Rasen vom Stadtpark an einem schönen Samstagnachmittag im Juni. Eine Terrine Bouillabaisse, zubereitet von *une vraie Marseillaise*, sagt der Franzose. Also es ist Nacht, sagt der Russe, und ich bin in meiner Wohnung. Plötzlich ein Klopfen an meiner Tür, und draußen steht Geheimpolizei, weiche Hüte, Regenmäntel, unter denen die Pistolen versteckt sind. Und mein größtes Vergnügen erlebe ich dann, wenn sie nach Iwan Iwanowitsch fragen und ich ihnen sagen kann, daß Iwan Iwanowitsch nebenan wohnt.«

Wexford lachte.

»Aber sehen Sie, mein Freund, ich war nicht imstande, das zu sagen, denn Iwan wohnte hier. Und bei zwei solcher Gelegenheiten mußte ich mit ihnen gehen.« Sein Tonfall änderte sich, und er meinte leichthin: »Jetzt ist es mein Vergnügen, Polizisten zum Kaffee einzuladen. Wissen Sie, *ein* Vorteil, den der Normale gegenüber dem Schwulen hat, ist ja, daß der eine Frau im Haus hat, und Frauen sind besser für die Hausarbeit geeignet. Dieser Junge hier ist jedenfalls hoffnungslos. Bitte machen Sie es sich bequem, ich gehe mal hin und rette ihn.«

Die Bücherregale enthielten Proust, Gide und Wilde, wie man es hätte erwarten können, und noch viele andere, die man nicht erwartet hätte. Wenn Teal all diese Bücher gelesen hatte, dann war er ein gebildeter Mann. Wexford griff nach einem ledergebundenen Buch, und noch während er es tat, meinte die Stimme seines Besitzers hinter ihm:

»John Addington Symonds? Ist das nicht ein ziemlich

alter Hut? Armer Kerl, Swinburne nannte ihn Mr. Sodomiton Symonds, wußten Sie das?«

»Nein, wußte ich nicht«, meinte Wexford lachend, »und ich wollte auch gar nicht Symonds. Ich sehe, Sie haben die Robinsonsche Übersetzung von der ›*Utopia*‹.«

»Wollen Sie sie sich ausleihen?« Teal nahm das Buch heraus und gab es Wexford. »Nehmen Sie Sahne zum Kaffee? Nein? Mein Freund hat sich ins Schlafzimmer zurückgezogen. Ich glaube, er hat Angst, ich könnte mich Ihnen gegenüber zu allen möglichen Enthüllungen hinreißen lassen.«

»Das hoffe ich doch stark, Mr. Teal, wenn auch nicht zu solchen, die Mr. Chell verlegen machen könnten. Ich möchte Sie bitten, mir von Loveday Morgan zu erzählen.«

Teal setzte sich ans Fenster und stützte einen Arm auf die Fensterbank. Im Sitzen konnte Wexford den Friedhof nicht mehr sehen. Teals Gesicht, eins jener glatten braunen Gesichter, die beides sind, ohne Jugend und ohne Alter, hob sich gegen den milchigen Himmel ab. »Ich kannte sie nur sehr flüchtig«, begann er. »Sie war ein merkwürdig verklemmtes Kind, im Aussehen und Verhalten wie ein Mensch, der von sehr strengen, altmodischen Eltern aufgezogen worden ist. Ein- oder zweimal sah ich sie am Sonntagmorgen zur Kirche gehen, eigentlich eher schleichen, als tue sie etwas, das nicht nur verboten, sondern auch unwiderstehlich wäre.«

»Zur *Kirche*?« Plötzlich fiel ihm die Bibel ein. Es war also ihre eigene gewesen.

»Und warum nicht, bitte schön?« ereiferte sich Teal mit lauter, ungeduldiger Stimme. »Manche Leute gehen eben immer noch zur Kirche, sogar in diesen aufgeklärten Zeiten!«

»Und in welche Kirche?«

»In die da oben am Ende der Straße natürlich. Ich hätte ja schließlich nicht gewußt, daß sie zur Kirche geht, wenn sie zum Beispiel in die St. Paul's Cathedral geschlichen wäre, oder?«

»Sie brauchen sich nicht so aufzuregen«, besänftigte Wexford ihn. »Gehört die zur Church of England? Nein, wohl eher nicht, glaube ich.«

»Die nennen sich *Kinder der Offenbarung* und sind wohl ziemlich ähnlich wie die *Exclusives* oder die *Plymouth Bretheren*. Da gibt es einmal diese Kirche hier – Tempel nennen sie sie –, dann eine weitere irgendwo weiter oben im Norden und noch eine im Süden Londons. Sie als Polizist werden sich bestimmt an den Skandal vor ein oder zwei Jahren erinnern, als einer ihrer Priester vor Gericht gestellt wurde wegen irgendwelcher Unanständigkeiten. Armes Schwein, es stand *alles* in den Zeitungen.« Gedankenvoll setzte er hinzu: »Das tut es ja immer.«

»War Loveday denn so ein – äh, Kind der Offenbarung?«

»Wohl kaum. Sie arbeitete doch in so einem Fernsehladen, und für diese Leute sind Fernsehen, Zeitungen und Filme Synonyme für die Sünde schlechthin. Wahrscheinlich ging sie einfach dorthin, weil es die am nächsten gelegene Kirche ist und sie Trost brauchte. Darüber habe ich mit ihr nie gesprochen.«

»Über was haben Sie denn mit ihr gesprochen, Mr. Teal?«

»Darauf komme ich gleich. Noch etwas Kaffee?« Er füllte Wexfords Tasse nach, dann streckte er seine Beine aus und gähnte. »Sie war ein äußerst stilles und trauriges Mädchen, wie Sie vermutlich schon erfahren haben. Ich glaube, ich habe sie nie lächeln oder auch nur fröhlich gesehen, bis zu dem Tag vor etwa zwei Wochen. Es war der 14. Februar, wenn Ihnen das was nützt. Ich weiß es so genau, weil –« er lächelte säuerlich – »weil diesem idiotischen Kind, diesem Philip, doch tatsächlich nichts Besseres einfiel, als mir zum Valentinstag Blumen schicken zu lassen, und deswegen kriegten wir Krach. So ein sentimentaler Quatsch! Also gut, statt mit ihm auszugehen, wie wir es vorhatten, ging ich allein auf einen geruhsamen Drink ins *Queens Arms*, und da traf ich Loveday, die kam den Queen's Lane runter – das ist die Straße hier am Ende, falls Sie es nicht wissen –, und sie sah aus, als hätte sie ein Vermögen gewonnen. Es war kurz vor sechs, sie kam von der Arbeit und war auf dem Heimweg. Ich hab sie nie zuvor so gesehen wie an dem Abend. Sie lachte fast los, einfach so, wie ein Kind lacht, vor Freude, wissen Sie.«

Wexford nickte. »Weiter bitte.«

»Sie rannte mich beinahe um. Sie wußte kaum, wo sie eigentlich ging. Ich fragte sie, ob alles in Ordnung sei, und sie blieb stehen, lächelnd, und plötzlich sah sie mich entgeistert an. Ich dachte einen Moment, sie würde in Ohnmacht fallen. ›Ist alles in Ordnung?‹ fragte ich sie noch mal. ›Ich weiß nicht‹, meinte sie, ›ich fühl mich so komisch. Ich weiß selbst nicht, was ich fühle, Mr. Teal. Aber ich würde mich gern hinsetzen.‹ Das Ende vom Lied war, daß ich sie mitnahm ins *Queens Arms* und ihr einen Brandy besorgte. Sie zierte sich ziemlich deswegen, aber sie hatte wohl nicht mehr viel Widerstandskraft übrig. Ich glaube nicht, daß sie schon jemals Brandy getrunken hatte. Aber ihr Gesicht bekam wieder Farbe, soweit man bei ihr von Farbe reden konnte, und ich dachte, jetzt würde sie mir ihr Herz ausschütten.«

»Aber sie tat es nicht?«

»Nein. Sie sah zwar aus, als würde sie's gern tun. Aber sie konnte einfach nicht. Jahrelange Unterdrückung oder Verdrängung hatten es ihr wohl unmöglich gemacht, sich jemandem anzuvertrauen. Statt dessen fing sie an, mich nach Johnny und Peggy auszufragen. Ob die vertrauenswürdig seien? Ob ich glaubte, daß Johnny bei Peggy bleiben würde? Ich konnte es ihr nicht sagen. Die waren ja erst seit vier Monaten hier, nicht viel länger als Loveday selbst. In welcher Hinsicht vertrauenswürdig, fragte ich sie, aber sie sagte bloß: ›Ach, weiß nicht.‹ Dann brachte ich sie hierher zurück, und das einzige andere Mal, daß ich mit ihr gesprochen habe, war letzte Woche, als sie mich nochmals wegen Johnny und Peggy befragte. Sie wollte wissen, ob die beiden sehr arm seien.«

»Merkwürdige Frage. Sie hätte ihnen doch finanziell jedenfalls nicht helfen können.«

»Bestimmt nicht. Sie hatte überhaupt kein Geld.«

»Wie verdient Lamont seinen Lebensunterhalt?«

»Peggy hat mir erzählt, daß er von Beruf Maurer ist, aber diese Art Arbeit verdirbt die Hände, bitte schön, und unser Johnny hat den Ehrgeiz, Schauspieler zu werden. Er hat mal irgendwie ein bißchen als Modell gearbeitet, und seitdem hat er grandiose Ideen, was seine Zukunft betrifft. Er hat zwar Angst, daß Peggy ihn verläßt und das Baby mitnimmt, aber doch nicht genug Angst, um sich auf einen Job einzulassen, der mit Arbeit verbunden ist. Ich nehme an, Loveday hatte sich ein bißchen in ihn verliebt, aber er hat sie gar nicht weiter beachtet. Peggy ist ja auch umwerfend schön, finden Sie nicht, trotz des Drecks?«

Das fand Wexford auch; dann dankte er Teal für den Kaffee und die Informationen, obgleich sie wenig Licht in das Dunkel gebracht hatten.

Die Schlafzimmertür bewegte sich sachte, als sie in die Diele hinaustraten.

»Sie hatte keine Freunde, niemanden, der sie besuchte?« fragte Wexford.

»Das weiß ich nicht.« Teal betrachtete mit zusammengekniffenen Augen die Tür und riß sie plötzlich auf. »Komm mal raus, mein Kind! Warum lauschst du?«

»Ich hab nicht gelauscht, Iwan.« Der Junge hatte sich in der Zwischenzeit einen scharlachroten Pullover und eine Samthose angezogen. Er sah hübsch aus und roch nach Eau de Toilette. »Und ich *wohne* hier doch, du kannst mich nicht immer einfach von allem ausschließen!«

»Vielleicht kann Mr. Chell uns helfen?« Wexford hatte Mühe, nicht zu lachen.

»Jawohl, vielleicht kann ich das wirklich.« Chell machte eine kokette Schulterbewegung in Teals Richtung und wandte sich mit gewinnendem Lächeln an Wexford. »Ich hab ein Mädchen gesehen, das Loveday besucht hat.«

»Wann war das, Mr. Chell?«

»Oh, ich weiß nicht. Ist noch nicht sehr lange her. Sie war jung. Sie kam mit einem Wagen, einem roten Mini. Ich ging gerade aus, und dieses Mädchen stand an der Haustreppe und sah die Klingeln an. Sie sagte, sie hätte bei Apartment 8 geklingelt, aber die junge Dame sei wohl nicht da. Komisch, wenn ein junges Mädchen ein anderes so nennt, nicht wahr? Die junge Dame! Dann kam aber Loveday gerade die Straße entlang und begrüßte sie und nahm sie mit nach oben.«

Teal war pikiert. Er fühlte sich ausgepunktet, weil Chell Wexford so viel erzählt hatte und er nur so wenig.

»Na, dann beschreib das Mädchen doch mal, Kind«, sagte er gereizt, »los, beschreib sie. Sie müssen wissen, Mr. Wexford, hier haben wir es mit einem äußerst präzisen Beobachter zu tun, der die Taten der Menschen total durchschaut.«

Wexford ignorierte ihn. »Wie sah sie aus?«

»Nicht so richtig ›in‹, wenn Sie verstehen, was ich meine.« Der Junge kicherte. »Sie hatte kurze Haare, und sie trug so was wie einen dunkelblauen Mantel. Oh, und *Handschuhe*«, fügte er hinzu, als seien letztere nahezu unbekannte Ausrüstungsgegenstände der menschlichen Spezies.

»Ein vollkommenes und detailliertes Porträt«, giftete Teal. »Kommt ja auch nicht drauf an, welche Farbe ihre Augen hatten oder ob sie einsfünfundsechzig oder einsneunzig groß war, nicht wahr? Sie trug ja Handschuhe! Alles, was Sie jetzt noch tun müssen, ist, eine konventionelle junge Dame ausfindig zu machen, die Handschuhe trägt, und schon haben Sie Ihren Mörder! Los, *presto,* troll dich wieder zu deinem Spiegel! Sei ein liebes Kind und überlasse es anderen, schlau zu sein, ja?«

Erst als Wexford schon wieder auf der Straße war, merkte er, daß er die *›Utopia‹* auf Teals Tisch liegengelassen hatte. Mochte sie da liegenbleiben! Der Gedanke, die ganzen Stufen nochmals hochzuklettern und sie zu holen, paßte ihm gar nicht, zumal er dabei bestimmt mitten in den Riesenkrach hineingeplatzt wäre, der, wie er annahm, zwischen den beiden Männern ausgebrochen war. Statt dessen ging er zum Ende der Sackgasse hinunter, wo zwei dicke Steinpfosten aus dem Straßenpflaster ragten, und sah sich die merkwürdige, häßliche Kirche an.

Ähnlich wie bei Peggy Popes Kleidung war jedes Detail dieses unattraktiven Gebildes mit unfehlbarem Sinn für Scheußlichkeiten ausgewählt worden. Welcher Mann oder welches Team von Männern, fragte er sich, hatte denn bloß dieses Bauwerk entworfen und es obendrein noch für tauglich befunden, darin ihren Gott zu verehren? Schwer zu sagen, wann es erbaut worden war. Nirgends war eine Spur von Klassik oder Gotik in der Architektur zu entdecken, keine Analogie zu irgendeinem bekannten Baustil. Das Ding wirkte einfach nur gedrungen, schäbig und vulgär. Vielleicht gab es ja in irgendwelchen verborgenen Tiefen Fenster, hier an der Frontseite jedoch war nur eine einzige Rosette aus rotem Glas, nicht viel größer als ein Fahrradreifen, die saß unter einem gewölbten Giebel aus rotbraunem Backstein. Und über die ganze Fassade zog sich ein wirres Kästchenmuster aus schwarzen und ockerfarbenen Ziegeln zwischen den terracottafarbenen Steinen.

Die Tür war klein und hätte zu einem Gartenschuppen gehören können. Wexford versuchte, sie zu öffnen, aber sie war verschlossen. Er bückte sich ein wenig, um zu lesen, was auf der Granitplatte neben der Tür stand: TEMPEL DER OFFENBARUNG. DIE AUSERWÄHLTEN SOLLEN GERETTET WERDEN. Die Hand, die mit hartem Schlag auf seiner Schulter landete, ließ ihn herumfahren.

»Gehen Sie weg«, sagte der bärtige Mann in Schwarz. »Für Unbefugte verboten!«

»Würden Sie bitte Ihre Hand von meinem Mantel nehmen!« fuhr Wexford ihn an.

Überrascht vielleicht durch den ungewohnten Widerspruch, tat der Mann, wie ihm geheißen. Er funkelte Wexford an, mit hellen, fanatischen Augen. »Ich kenne Sie nicht.«

»Das gibt Ihnen nicht das Recht, mich anzugreifen. Dafür kenne ich Sie. Sie sind hier der Priester.«

»Der Hirte. Was wünschen Sie?«

»Ich bin Polizeibeamter und ermittle im Mordfall Loveday Morgan.«

Der Hirte verbarg seine Hände unter dem schwarzen Cape. »Mordfall? Ich weiß von keinem Mordfall. Wir lesen keine Zeitungen. Wir halten uns fern von allem.«

»Sehr christlich ohne Zweifel«, entgegnete Wexford. »Das Mädchen besuchte Ihre Kirche. Sie kennen sie.«

»Nein.« Der Hirte schüttelte den Kopf. Er sah böse und gekränkt aus. »Ich war gar nicht da, ich war krank, und jemand anders hat vertretungsweise meine Herde übernommen. Vielleicht hat sie sich eingeschlichen, vielleicht hat er sie in seiner Unwissenheit für eine der Fünfhundert gehalten.«

»Fünfhundert?«

»Das ist unsere Anzahl, die Anzahl der Auserwählten auf dem Antlitz der Erde. Wir wollen keine Konvertiten. Um ein *Kind der Offenbarung* zu sein, muß man von Eltern geboren werden, die beide ihrerseits *Kinder* sind, und so steigt die Anzahl und vermindert sich wieder durch den Tod. Fünfhundert«, sagte er und fügte weniger erhaben hinzu: »Ein bißchen mehr, ein bißchen weniger...« Und indem er die weiten Falten seines Capes raffte, murmelte er: »Ich habe zu tun. Guten Tag.« Damit entschritt er in Richtung Queen's Lane.

Wexford schlug den Weg zum nördlichen Eingang des Friedhofs ein. Dieser Bereich war den katholischen Grabstellen vorbehalten. Offenbar hatte am Tag zuvor eine Beerdigung stattgefunden, und die Blumen, die die Trauernden zurückgelassen hatten, welkten im Märzwind. Er nahm aufs Geratewohl einen Weg, der zwischen Mausoleen entlangführte, in denen Angehörige des griechisch-orthodoxen Glaubens bestattet waren, und er entdeckte sogar das Epitaph einer russischen Prinzessin. Ihr Tauf- und Vatersname erinnerten ihn an die Romane von Tolstoi mit den Listen der dramatis personae. Er versuchte gerade, die kyrillischen Buchstaben zu entziffern, da fiel ein Schatten auf das Grabgemäuer, und eine Stimme sagte:

»Tatjana Alexandrowna Kratow.«

Zum zweitenmal an diesem Tag war er überrascht worden, während er eine Inschrift las. Wer war es diesmal? Wieder ein ungehobelter Priester, darauf aus, ihn zu korrigieren und ihm Unwissenheit zu bescheinigen? Diesmal wandte er sich langsam um, und sein Blick begegnete den Augen eines großen Mannes in einer Schaffelljacke, der die Hände in den Taschen vergraben hatte und ihn wohlmeinend anlächelte.

»Wissen Sie, wer sie war?« fragte Wexford, »und weshalb sie hier begraben wurde?«

Der Mann nickte. »Es gibt nicht viel, was ich über diesen Friedhof nicht weiß«, sagte er, »oder auch über Kenbourne insgesamt, genauer gesagt.« Sein jungenhafter Enthusiasmus nahm den nächsten Worten die Arroganz: »Ich bin nämlich Experte, was Kenbourne Vale betrifft, ein wandelndes Lexikon.« Er klopfte sich seitlich an den Kopf. »Hier drinnen stecken ungeschriebene Geschichts- und Geographiebücher.«

»Dann müssen Sie...« Wie war doch der Name, den Howard ihm genannt hatte? »Sie sind NOTBOURNE PROPERTIES«, sagte er reichlich einfältig.

»Na ja, der Präsident.« Wexfords Hand wurde mit festem Griff gepackt. »Stephen Dearborn. Wie geht es Ihnen?«

7

Er bildet sich so viel Weisheit ein, daß er den Rat eines anderen nicht gutheißen will.

Sie waren auf eine kleine Lichtung hinausgetreten, über die der Wind hinwegwehte und jetzt, da er ihn genauer betrachtete, sah Wexford, daß sein neuer Bekannter ein wohlhabender Mann war. Dearborns Anzug entstammte einer Preisklasse, zu der sich Wexford nie würde aufschwingen können, seine Schuhe sahen handgearbeitet aus, und sein Uhrenarmband bestand aus breiten goldenen Kettengliedern.

»Sie sind hier fremd, nicht wahr?« fragte Dearborn.

»Ich befinde mich in Urlaub.«

»Und Sie gedachten sich mal die Szenerie eines kürzlich stattgehabten Verbrechens anzusehen?«

Dearborns Stimme war durchaus noch freundlich und angenehm, aber Wexford glaubte doch darin jenen verächtlichen Unterton herauszuhören, wie er oft in seiner eigenen Stimme mitschwang, wenn er mit sensationslüsternen Gaffern sprach. »Natürlich habe ich von dem Mord gehört«, sagte er, »aber der Friedhof ist ja schon für sich genommen faszinierend genug.«

»Sie wären also nicht einverstanden mit den Leuten, die es darauf abgesehen haben, dieses Gebiet zu säkularisieren und es als Bauland zu benutzen?«

»Ich wußte gar nicht, daß es solche Bestrebungen gibt.« Wexford sah, daß das Gesicht des anderen sich verfinsterte. »Sie sind gegen das Bauen?« fragte er. »Gegen die Sanierung des Distrikts?«

»Ganz und gar nicht«, sagte Dearborn mit Nachdruck.

»Ich bin sogar weitgehend verantwortlich für den baulichen Aufschwung von Kenbourne Vale. Ich weiß nicht, wie viel Sie von dem Bezirk hier gesehen haben, aber die Veränderungen im Copeland Square zum Beispiel, das ist alles mein Werk. Und das alte Montfort-Haus. Das Ziel meiner Gesellschaft ist es, so viel wie möglich an georgianischer und früher viktorianischer Bausubstanz zu erhalten und vor der brutalen Demolierung zu retten, die jetzt im Gange ist. Was ich verhindern möchte, ist, daß jeder Platz von einigem Interesse, etwa wie dieser Friedhof hier, schlichtweg eingeebnet wird, um...« Er breitete die Arme aus und fuhr mit noch größerem Elan fort: »...charakterlose Betonwüsten entstehen zu lassen!«

»Sie wohnen in Kenbourne Vale?« fragte Wexford, während sie gemeinsam den Weg zum Petersdom und zum Haupteingang entlanggingen.

»Ich bin hier geboren. Ich liebe jeden Fußbreit des Distrikts, aber ich wohne in Chelsea, am Laysbrook Place. Kenbourne Vale gefällt meiner Frau nicht. Aber eines Tages, wenn ich hier fertig bin, dann wird es ihr gefallen. Ich werde ein neues Hampstead daraus machen, es wird die Nachfolge des vornehmen Chelsea antreten. Und ich *kann* das!« Wieder machte Dearborn eine ausladende Armbewegung, schlug dabei gegen einen Stechpalmenzweig und löste einen Sprühregen staubbeladener Regentropfen aus. »Ich will den Leuten zeigen, was wirklich hier drinsteckt, unter dem Bodensatz eines Jahrhunderts, all die wunderschönen Fassaden, die großartigen Plätze. Ich würde Ihnen auch gern den Friedhof genauer zeigen, bloß, ich fürchte, Sie haben keine Zeit, und dann – nun ja, mir ist nicht so...«

»Der Mordfall«, meinte Wexford intuitiv, »hat Ihnen vorübergehend die Freude daran verdorben?«

»In gewisser Weise ja, das stimmt.« Er blickte Wexford anerkennend an. »Klug von Ihnen, daß Sie darauf gekommen sind. Wissen Sie, das Vertrackte daran ist, daß ausgerechnet dieses Mädchen wegen eines Jobs bei mir gewesen ist. Ich habe selbst ein Vorstellungsgespräch mit ihr geführt. Ihre Leiche in dieses Mausoleum zu schleppen, es kam mir wie eine Entweihung vor.« Er hob die Schultern. »Reden wir nicht weiter davon. Was halten Sie denn von diesem Bauwerk?« fuhr er fort und zeigte auf den Sandsteindom. »Achtzehnhundertfünfundfünfzig, und keine Spur von Gotik, aber um die Zeit hatte man die Kunst, die Klassik nachzuahmen, bereits vergessen und experimentierte mit dem Byzantinischen. Sehen Sie sich mal die Länge dieser Säulen an...« Er legte seine große Hand auf Wexfords Arm und erging sich in einer Lektion über Architekturstile, gespickt mit so obskuren Wendungen und Worten, daß sie für Wexford nahezu bedeutungslos waren. Als ob ihm die leise Verwirrung seines Zuhörers intuitiv bewußt würde, stockte Dearborn plötzlich und meinte: »Aber ich langweile Sie.«

»Nein, das tun Sie nicht. Ich fürchte bloß, ich bin ein ziemlicher Ignorant. Ich finde diese Gegend faszinierend.«

»Wirklich?« Der Präsident von NOTBOURNE PROPERTIES war offensichtlich nicht an eine interessierte Zuhörerschaft gewöhnt. »Also«, bemühte er sich eifrig weiter, »warum kommen Sie nicht einfach mal abends bei uns vorbei? Laysbrook House. Ich könnte Ihnen Karten und Pläne des Distrikts zeigen, wie er vor hundertfünfzig Jahren gewesen ist. Ich besitze noch Unterlagen von einigen dieser alten Häuser, die würden Sie bestimmt interessieren. Was halten Sie davon?«

»Das würde ich sehr gern tun.«

»Warten Sie mal... Heute ist Donnerstag. Wie wär's mit

Samstag abend? Kommen Sie gegen halb neun, dann nehmen wir einen Drink und sehen uns gemeinsam die alten Karten an. Und jetzt – kann ich Sie irgendwohin mitnehmen?«

Aber Wexford schlug das Angebot aus. Der Mann war so freundschaftlich und offen gewesen. Wenn er sich jetzt als Polizist zu erkennen gab, noch dazu zuständig für das Revier Kenbourne Vale, dann sah Dearborn womöglich einen verkappten Spion in ihm.

Statt zur Station zurückzugehen, ging er in östlicher Richtung den Lammas Grove hinunter auf der Suche nach Sytansound. Noch ehe er die Ladenschilder gelesen hatte, sah er an einem parkenden Polizeiwagen, wo es war. Sergeant Clements saß hinter dem Steuer. Er begrüßte den Chief Inspector mit einem vergnügten: »Hatten Sie schon Lunch, Sir?«

»Nein, ich dachte, ich könnte mal Ihre Kantine ausprobieren«, erwiderte Wexford, als er sich neben ihn setzte. »Können Sie sie empfehlen?«

»Ich fahr gewöhnlich schnell nach Hause, wenn ich kann. Ich wohne ja bloß um die Ecke. Ich versuche eben, meinen Jungen zu sehen, so oft ich kann. Wenn ich abends nach Hause komme, ist er ja schon im Bett.«

»Ihr Sohn?«

Clements antwortete nicht gleich. Er beobachtete angestrengt einen jungen Mann, der aus einem Sytansound-Lieferwagen etwas auslud, aber Wexford hatte das sichere Gefühl, daß er sein Interesse nur vortäuschte, deshalb wiederholte er seine Frage. Der Sergeant wandte sich um und blickte ihn an. Die kräftige Farbe seiner Wangen hatte sich in Dunkelrot verwandelt, und er mußte sich mehrfach räuspern.

»Genau gesagt«, meinte er, »wir adoptieren ihn. Wir haben ihn drei Monate auf Probe bekommen, aber die Mutter hat ihre Einwilligungserklärung bereits unterschrieben, und innerhalb der nächsten Woche müßte die Adoption perfekt werden. Morgen in einer Woche!« Er ließ die Hände langsam um das Lenkrad gleiten. »Wenn die Mutter jetzt noch ihre Absicht ändert, ich glaube, das würde meine Frau umbringen.«

Jetzt war es an Wexford, seiner Verwirrung und Verlegenheit Herr zu werden, nur wußte er nicht recht, wie. »Aber wenn sie doch eingewilligt hat...?«

»Ja, Sir, natürlich. Das sag ich ja meiner Frau auch andauernd. Wir haben's zu neunundneunzig Prozent geschafft. Es ist alles seinen richtigen und legalen Weg gegangen, aber man weiß, daß die leiblichen Mütter oft in letzter Minute ihre Absicht ändern, und das Gericht schützt immer die Mutter, auch wenn sie ihre Einwilligung schon schriftlich gegeben hat.«

»Kennen Sie die Mutter?«

»Nein, Sir. Und sie kennt uns auch nicht. Für sie sind wir nur eine Codeziffer. Das läuft alles über eine sogenannte Adoptionspflegerin, eine Fürsorgebeamtin. Wenn es endlich soweit ist, dann gehen meine Frau und ich zum Gericht, und meine Frau sitzt dann da mit dem Jungen auf dem Schoß – ich seh das vor mir, wissen Sie –, und dann wird die Urkunde ausgestellt, und dann... dann gehört er uns, für immer. Gerade so, als wäre es unser eigener.« Clements Stimme wurde unsicher, und seine Lippen zitterten. »Aber man kann eben nicht anders, als immer an dieses eine Prozent zu denken, daß doch noch was schiefgeht.«

Es tat Wexford schon leid, daß er das Thema überhaupt berührt hatte. Das Lenkrad, das Clements' Hände umklammert hielten, war naß von Schweiß, und in seiner linken Schläfe konnte er eine Ader pochen sehen. Und bei seinen letzten Worten hatte es ausgesehen, als würde er allen Ernstes in Tränen ausbrechen.

»Ich nehme an, Mr. Fortune ist da drinnen im Geschäft?« versuchte er, das Thema zu wechseln. »Wer ist der Junge mit dem Lieferwagen?«

»Das ist Brian Gregson, Sir. Sie haben schon von ihm gehört, nehme ich an. Das ist der mit all den Freunden, die darauf brennen, ihm ein Alibi zu bescheinigen.« Clements war jetzt ruhiger, nachdem er seine Aufmerksamkeit von den persönlichen Problemen abgewandt und wieder auf den anhängigen Fall konzentriert hatte. »Er ist einer von den Technikern bei Sytansound, der junge, unverheiratete.«

Wexford erinnerte sich jetzt, daß Howard Brian Gregson erwähnt hatte, aber nur beiläufig und nicht namentlich. »Was ist das mit dem Alibi?« fragte er. »Wozu braucht er überhaupt eins?«

»Er ist so ziemlich der einzige Mann, der mit der sogenannten Loveday Morgan Kontakt hatte. Tripper – das ist dieser Friedhofsheini – hat ihn gesehen, wie er sie eines Abends in seinem Lieferwagen mitgenommen hat. Und einer von den Vertretern sagt, Gregson hätte manchmal im Geschäft auf sie eingeredet.«

»Ein bißchen dünn, was?« wandte Wexford ein.

»Na ja, aber sein Alibi für den Freitagabend ist auch ziemlich dünn. Er *sagt*, er wäre im *Psyche Club* in Notting Hill gewesen, das ist so 'ne Art Getränkebar, Sir. Weiß Gott, was da sonst noch alles läuft – und vier von diesen sauberen Typen dort sagen, er sei von sieben bis elf mit ihnen zusammengewesen. Aber drei von denen haben schon was auf dem Kerbholz, denen kann man nicht über den Weg trauen. Und sehen Sie sich den doch an, Sir. Sieht er nicht aus, als ob er was zu verbergen hätte?«

Es war ein schmächtiger, blonder Junge, er wirkte viel jünger als einundzwanzig Jahre, die er laut Howard auf dem Buckel hatte. Seine dünnen Schuljungenarme wirkten viel zu zerbrechlich für die Kisten, die er vom Lieferwagen in den Laden schleppte. Wexford hatte das Gefühl, er benahm sich wie jemand, der glaubt, wenn er bei seinem Job nur möglichst eifrig arbeitet und den Eindruck ungeheuren Engagements erweckt, dann käme er unbehelligt davon und entzöge sich dem Auge des Gesetzes. Einerlei, ob es diese Hoffnung war, die ihn so anspornte, mit seinen Kisten hin- und herzuflitzen, seine Arbeit wurde dennoch unterbrochen. Als er sich eben wieder an der Rückseite des Lieferwagens zu schaffen machte, wobei er es eisern vermied, seine Blicke zu dem Polizeiwagen abschweifen zu lassen, kam ein rothaariger Mann mit scharfen Gesichtszügen aus dem Geschäft, nickte zu ihm herüber und rief:

»Gregson! Kommen Sie doch mal eben!«

»Das ist Inspector Baker, Sir«, sagte Clements. »Der wird den mal tüchtig in die Mangel nehmen und ihm ein paar Sachen sagen, die sein Vater ihm schon vor Jahren hätte sagen sollen.«

Wexford seufzte in sich hinein, denn er ahnte, was jetzt kommen würde, und er wußte auch, daß er dagegen machtlos war.

»Durch und durch verdorben, diese jungen Leute heutzutage«, legte Clements los. »Nehmen Sie doch bloß diese Mädchen, die uneheliche Kinder kriegen. Die haben kein bißchen mehr Verantwortungsbewußtsein als... als Kaninchen.« In dem letzten Wort klang leiser Triumph über den gelungenen Einfall mit, in der Annahme vielleicht, daß der

Chief Inspector mit seiner ländlichen Herkunft sich sicherlich mit dem Verhalten kleinerer Säugetiere auskenne.

»Aber für sie sorgen, das können sie nicht«, fuhr er fort. »Sie hätten mal unseren Jungen sehen sollen, als er zu uns kam – mager, blaß und mit ewig laufender Nase. Ich glaube, der war nie an der frischen Luft gewesen, seit er geboren war. Das ist doch nicht fair!« Clements' Stimme überschlug sich fast vor Leidenschaftlichkeit. »Sie wollen sie ja auch gar nicht, sie würden eigentlich lieber abtreiben, aber dann warten sie, bis es zu spät ist... und eine anständige, sauber lebende Frau, eine religiöse Frau wie meine, die hat eine Fehlgeburt nach der anderen und verzehrt sich jahrelang vor Kummer und Sehnsucht. Ach, ich könnte die alle einsperren, allesamt, ich würde am liebsten...«

»Kommen Sie, Sergeant...« Wexford wußte überhaupt nicht, was er sagen sollte, um ihn zu beruhigen. Er suchte in seinem Gehirn nach tröstlichen Platitüden, aber noch ehe er ein Wort sagen konnte, hatte sich die Wagentür geöffnet, und Howard machte ihn mit Inspector Baker bekannt.

Vom ersten Moment an, als sie im *Grand Duke* zusammensaßen, war Wexford sich darüber klar, daß Inspector Baker zu den Leuten gehörte, die, wie gewisse fanatische Philosophen und Wissenschaftler, eine Theorie aufstellen und dann die Fakten zwingen hineinzupassen. Alles, was nicht in ihr Denkmuster paßte, wie wichtig es auch immer war, wurde über Bord geworfen, während unbedeutende Details gewaltig aufgebläht wurden. Wexford stellte diese Betrachtungen schweigend an und sagte nichts, denn des Inspectors Schlußfolgerungen waren auch nicht an ihn gerichtet. Nach dem ersten obligatorischen Händeschütteln und ein paar gemurmelten Höflichkeitsfloskeln hatte Baker alles darangesetzt, ihn von der Diskussion auszuschließen, allein schon, indem er ihn geschickt ans untere Ende des Tisches placiert hatte, während er und Howard sich am anderen Ende gegenübersaßen.

Natürlich war Gregson Bakers Kandidat für den Morgan-Mord, eine Hypothese, die er außer mit den Vorstrafen des Mannes – eine einzige wegen Diebstahls – mit dessen Freunden begründete sowie mit dem, was er die »Freundschaft« zwischen dem jungen Mann und Loveday Morgan nannte.

»Er ist im Laden um sie rumgeschlichen, Sir. Und in seinem Lieferwagen hat er sie mitgenommen.«

»*Einmal* hat er sie mitgenommen, soweit wir wissen«, wandte Howard ein.

Baker hatte eine scharfe, unangenehme Stimme. Die mangelhafte Grammatik seiner Cockney-Kindheit hatte er inzwischen abgelegt, aber der Tonfall war geblieben. Alles, was er sagte, klang verbittert. »Wir können nicht erwarten, daß wir für jedes Mal, wo sie zusammen waren, Zeugen finden. Sie waren immerhin die einzigen jungen Leute in dem Laden. Sie können mir doch nicht erzählen, daß ein Mädchen wie diese Morgan ihn nicht ermutigt hätte.«

Wexford blickte auf seinen Teller. Er konnte es nicht leiden, wenn Frauen nur mit ihrem Familiennamen erwähnt wurden, weder mit Vornamen noch als Mrs. oder Miss, er mochte es nicht, nicht mal, wenn es Prostituierte, nicht mal, wenn es Kriminelle waren. Loveday war keine von beiden gewesen. Er blickte kurz auf, als Howard fragte: »Und wie steht es mit dem Motiv?«

Baker hob die Schultern. »Die Morgan ermutigte ihn zuerst, und dann zeigte sie ihm die kalte Schulter.«

Wexford hatte nicht die Absicht, das Gespräch zu unterbrechen, aber er konnte einfach nicht an sich halten. »Auf einem Friedhof?« fragte er.

Der Inspector reagierte ähnlich wie victorianische Eltern, deren Gespräch am Mittagstisch von einem Kind unterbrochen wird, einem jener Wesen, die man zwar sehen, aber nicht hören sollte. Er sah aber aus, als zöge er es vor, Wexford auch nicht zu sehen. Er warf ihm einen durchdringenden, strafenden Blick zu und forderte ihn auf zu wiederholen, was er gefragt hätte.

Wexford tat es. »Betreiben die Leute Beischlaf auf einem Friedhof?«

Einen Augenblick sah es so aus, als wolle Baker, ähnlich wie Clements, behaupten, »die« machten eben überall alles. Ganz offensichtlich gefiel ihm Wexfords Bemerkung nicht, aber er zeigte es nicht direkt. »Zweifellos haben *Sie* bessere Vorschläge«, sagte er bloß.

»Ich hätte erst mal ein paar Fragen«, meinte Wexford zögernd. »Ich habe gehört, der Friedhof schließt um sechs Uhr. Was hat Gregson den ganzen Nachmittag über gemacht?«

Howard, der anscheinend verärgert war über Bakers Verhalten, versuchte seinem Onkel gegenüber das wettzumachen durch besondere Zuvorkommenheit bei Tisch, etwa das Nachfüllen seines Glases aus der Apfelsaftflasche. Jetzt sagte er schnell: »Bis etwa gegen halb zwei war er bei Mrs. Kirby in der Copeland Road, und dann wieder bei Sytansound. Danach fuhr er zu einem Haus in der Monmouth Street – das ist in der Nähe des Vale Park, Reg – und darauf wieder hatte er eine langwierige Reparatur im Queen's Lane, die ihn bis halb sechs beschäftigte, und danach fuhr er nach Hause zu seinen Eltern in Shepherd's Bush.«

»Dann versteh ich nicht ganz...«

Baker hatte mit der Miene eines Mannes, der mit seinen

eigenen Gedanken beschäftigt ist, ein Brötchen zu kleinen Kügelchen zerkrümelt. Jetzt hob er den Kopf und sagte in einem Ton, der gewöhnlich als geduldig beschrieben wird, der jedoch in Wirklichkeit kaum verhohlene Gereiztheit offenbart: »Daß der Friedhof um sechs schließt, bedeutet ja nicht, daß dort niemand hinein oder hinaus kann. In der Mauer sind überall Breschen, eine der schlimmsten am Ende der Lammas Road, und diese Vandalen machen sie immer schlimmer. Das ganze verdammte Terrain sollte man unterpflügen und Häuser drauf bauen.« Nachdem er sich mit diesem Statement, so völlig konträr zu Dearborns Ansicht, Luft gemacht hatte, schlürfte er seinen Gin und hüstelte ein bißchen. »Aber das nur nebenbei. Sie werden wohl zugeben, Mr. Wexford, daß Sie diesen Distrikt nicht so kennen wie wir, und so einfach während eines Morgenspaziergangs läßt sich das auch nicht nachholen.«

»Nun kommen Sie, Michael«, sagte Howard ärgerlich. »Mr. Wexford möchte sich ja bloß informieren. Deshalb hat er gefragt.«

Wexford war entsetzt, als er hörte, daß sein neuer Bekannter – oder wohl eher sein Gegner – denselben Vornamen trug wie Burden, und er mußte daran denken, wie anders die Antwort seines eigenen Inspectors ausgefallen wäre. Aber er sagte nichts. Baker schien Howards milde Zurechtweisung kaum registriert zu haben; er zuckte bloß leicht die Achseln. »Gregson hätte in den Friedhof ebenso leicht rein- und rauskommen können, wie Sie dieses Zeug da in ihrem Glas schlucken, was immer das nun ist.«

Wexford nahm einen Schluck von dem »Zeug« und versuchte es noch einmal, wild entschlossen, vor Howard nicht gekränkt zu wirken: »Liegt schon ein medizinisches Gutachten vor?«

»Darauf kommen wir gleich. Gregson traf sich also um halb sechs mit ihr in der Queen's Lane, und sie gingen auf ein verborgenes Plätzchen auf dem Friedhof. Da bekam sie es mit der Angst, schrie vielleicht auch, und er strangulierte sie, um sie zum Schweigen zu bringen.«

Warum waren sie dann nicht in ihr Zimmer gegangen? fragte sich Wexford im stillen. Warum nicht einfach in ihr Zimmer, in einem Haus, wo keine Fragen gestellt wurden? Und warum hatte sie sich den Nachmittag freigenommen, wenn sie sich mit Gregson doch erst nach der Arbeit treffen wollte? Das waren Fragen, die er Howard stellen konnte, wenn sie beide allein waren, aber nicht jetzt. Er sah ja, Baker war ein Mann, dessen Konzept einer Diskussion darin bestand, daß es ihm erlaubt wäre, seine Ansichten auszubreiten, während die übrigen sogenannten Gesprächsteilnehmer ihn bewunderten, zum Weiterreden ermunterten und ihm zustimmten. Nachdem er seine eigene, reichlich begrenzte Rekonstruktion des Falls zum besten gegeben hatte, wandte er sich erneut an Howard und versuchte, sich mit ihm kaum hörbar über die Ereignisse des gerichtsmedizinischen Gutachtens zu unterhalten.

Aber Howard hatte nicht die Absicht, seinen Onkel auszuschließen. Und da er wußte, daß dieser im Ausforschen verschrobener Charaktere ein kleines Renommee besaß, drängte er Wexford, von seinen morgendlichen Erkundungen zu erzählen.

»Sie war ein sehr unschuldiges Mädchen«, begann Wexford. Er fühlte sich jetzt auf sicherem Terrain, denn Baker würde schwerlich behaupten können, mit der Persönlichkeit des toten Mädchens ebenso vertraut zu sein wie mit der Geographie von Kenbourne Vale. »Sie war sehr schüchtern«, sagte er, »hatte Angst, auf Parties zu gehen, und höchstwahrscheinlich ist sie nur ein einziges Mal in ihrem Leben in einem Lokal gewesen.« Es schmeichelte ihm, ein Lächeln auf Bakers Gesicht zu sehen, das Zustimmung bedeuten konnte. Es ermunterte ihn, kühner zu werden, eine Frage zu stellen, die sich auf die Theorie des Inspectors bezog. »Würde ein solches Mädchen einen Mann verführen, würde es allein mit einem relativ Fremden an einen einsamen Ort gehen? Dazu wäre sie doch wohl zu ängstlich.«

Baker lächelte immer noch verkniffen.

»Es gibt noch etwas, das mir auffiel...«

»Raus damit, Reg. Vielleicht hilft es uns weiter.«

»Dienstag war der 29. Februar. Ich frage mich, ob der Mörder sie in das Montfort-Mausoleum gebracht hat, weil er wußte, daß es immer nur am letzten Dienstag des Monats inspiziert wird, und dieser Dienstag, dachte er, sei bereits vorüber.«

Baker blickte verständnislos drein, aber Howards Augen wurden schmal. »Du meinst, er hat vergessen, daß es in diesem Jahr ein Schaltjahr, einen zusätzlichen Dienstag im Monat gab?«

»Immerhin eine Möglichkeit, nicht wahr? Ich glaube aber nicht, daß ein Junge wie Gregson über die Gruft und diese Treuhandregelung Bescheid wußte. Ich meine jedoch, daß der Mann, der sie umbrachte, es sehr wohl wußte, und daß er sie dort verborgen hat, weil Loveday etwas wußte, von dem er nicht wollte, daß es bekannt würde, ehe nicht ein paar Wochen verstrichen wären.«

»Interessant«, meinte Howard. »Was sagen Sie dazu, Michael?«

Der Mann, der nicht Burden war, der mit Burden nur den Taufnamen und eine gewisse scharfgeschnittene Hellhäutigkeit gemein hatte, hob die Augenbrauen und knurrte:

»Zu der Ansicht Ihres... äh, Ihres Onkels, Sir?« Es war schlau, dieses kleine Zögern, das er einlegte, ehe er das Wort »Onkel« aussprach, genügte es doch, den Hintergedanken an Vetternwirtschaft zu beschwören. Aber er war ein bißchen zu weit gegangen. Seine Bemerkung bewirkte, daß sich Howards gewöhnlich so freundliches Gesicht verfinsterte und er anfing, mit den Fingern gegen sein Weinglas zu trommeln. Und Baker begriff, daß er verwarnt wurde. Er zuckte die Achseln, lächelte und sagte mit kühler Höflichkeit:

»Sie nannten die Morgan unschuldig und schüchtern, Mr. Wexford, aber ich bin überzeugt, Sie wissen selbst, wie irreführend äußere Anzeichen sein können. Post mortem festgestellte Fakten dagegen sind nicht irreführend. Würde es Sie sehr überraschen zu hören, daß sie dem gerichtsmedizinischen Gutachten zufolge während des letzten Jahres ein Kind bekommen hat?«

8

Sie müssen auswandern, sage ich, aus der vertrauten und gewohnten Heimstätte und finden nichts, da sie ihr Haupt niederlegen könnten.

Nach Howards Freundlichkeiten und dem wohlmeinend nüchternen Empfang, der ihm von Howards Truppe entgegengebracht worden war, empfand er Bakers Feindseligkeit als besonders schmerzlich. Er war seltsam entmutigt. Dabei hatte sein erster Tag hier als »Privatdetektiv« so vielversprechend begonnen. Bakers Intervention war wie eine schwarze Wolke, die sich vor die Sonne geschoben hatte.

Er wußte, wenn er körperlich fit und völlig in Ordnung, wenn sein Selbstvertrauen nicht erschüttert gewesen wäre, weil sein alter, zäher Körper ihn plötzlich im Stich ließ, dann hätte er dieses Hindernis auf dem Parcours leicht überwunden. Schließlich war er ja kein Kind, das sich von seinem Lieblingsspiel verdrängen ließ, bloß weil ein anderes, stärkeres und gesünderes Kind daherkam und ihm vormachen wollte, wie man Klötzchen stapelt. Jetzt aber fühlte er sich innerlich wirklich fast wie ein Kind, nachdem seine stolze, erwachsene Identität neuerlich erschüttert worden war. Wenn er jetzt auf seine Unternehmungen dieses Morgens zurückblickte, so kamen sie ihm reichlich amateurhaft vor. Und der entsetzliche Gedanke, daß Howard ihn bloß auf seine kleine Privatjagd entsandt hatte, um ihn zu beschäftigen und bei Laune zu halten, war auch nicht mehr von der Hand zu weisen.

Da konnte ihn auch das private Büro nicht sonderlich trösten, das Howard ihm zur Verfügung gestellt hatte und in das Detective Constable Dinehart ihn soeben führte. Wie alle Räume, die Wexford in diesem Polizeirevier gesehen hatte, war es düster und beklemmend und hatte eine enorm hohe Decke. In diesem lag ein Stück grauer Teppich, die Stühle hatten blankgewetzte braune Lederbezüge, und als Ausblick aus dem Fenster bot sich die Frontalansicht der Gaswerke von Kenbourne dar. Er konnte nicht umhin, sehnsüchtig an sein Büro in Kingsmarkham zu denken, das so hell und modern war, und besonders angesichts des von Löchern und Kratzern übersäten Kiefernholzmonstrums vor ihm an seinen geliebten Rosenholzschreibtisch, sanft rötlichbraun und stets beladen mit seinem persönlichen Krimskrams.

Er setzte sich hin und fragte sich energisch, was eigentlich mit ihm los sei? Howards Haus war ihm zu großartig, dieses Büro hier zu schäbig. Was erwartete er denn? Daß London ein Kingsmarkham aus ›*Utopia*‹ wäre und daß sämtliche Londoner Polizisten den roten Teppich vor ihm ausrollten?

Er starrte auf den Gasometer und überlegte, wie er den Nachmittag herumbringen sollte. »Schnüffle herum, soviel du magst«, hatte Howard zu ihm gesagt, aber *wo* sollte er herumschnüffeln, und wieviel Autorität hatte er eigentlich? Gerade überlegte er, ob es wohl aufdringlich oder protokollwidrig wäre, wenn er Howard aufsuchte, da klopfte sein Neffe an die Tür und trat ein.

Howard sah müde aus. Er hatte ein Gesicht, auf dem sich Erschöpfung und Verschleiß leicht zeigten. Die grauen Augen hatten ihren Glanz verloren, und die Hautpartien darunter waren geschwollen.

»Wie gefällt dir dein Büro?«

»Sehr schön, danke.«

»Grauenhafte Aussicht, was? Aber wir haben nur die Wahl zwischen dieser oder der Brauerei oder der Bushaltestelle. Ich möchte mich entschuldigen – für Baker.«

»Aber ich bitte dich, Howard«, sagte Wexford.

»Nein, nein, die Art, wie er dich behandelt hat, war schon unverschämt, wenn auch nicht unentschuldbar. Man muß bei Baker Zugeständnisse machen. Er hat in letzter Zeit sehr unter Druck gestanden. Er hatte nämlich eine Frau geheiratet, die halb so alt war wie er. Sie wurde schwanger, was ihn sehr glücklich machte, bis sie ihm erzählte, das Kind sei von einem anderen Mann, und sie werde ihn wegen dieses anderen verlassen. Seit dem Moment hat er sein Selbstvertrauen verloren, mißtraut allen Leuten und hat chronische Angst, seinem Beruf nicht mehr gerecht zu werden.«

»Ich verstehe. Eine schreckliche Geschichte.«

Sie schwiegen beide eine Weile. Wexford ertappte sich dabei, daß er verzweifelt hoffte, Howard möge jetzt nicht weggehen und ihn mit dem Gaswerk und seinen trüben Gedanken allein lassen. Um ihn ein bißchen aufzuhalten, sagte er: »Übrigens, dieses Kind von Loveday Morgan...«

»Das ist der eigentliche Grund, weshalb ich mit dir reden wollte«, sagte Howard. »Ich weiß einfach nicht, was ich davon halten soll. Ich weiß nicht mal, ob es für den Fall von Bedeutung ist. Ich brauche jemanden, mit dem ich drüber reden kann. Mit dir zum Beispiel.«

Wexford merkte, wie er sich erleichtert entspannte. Sein Neffe klang ehrlich. Möglich natürlich, daß... »Das Kind könnte vielleicht bei den Großeltern leben?« überlegte er laut, und während er sprach, spürte er, wie »der Fall« alles Selbstmitleid aus seinen Gedanken verscheuchte. »Ihr habt noch nichts von ihnen gehört?«

»Wir haben alles nur Mögliche unternommen, um sie ausfindig zu machen. Vor allem muß man sie finden, ehe das Mädchen beerdigt wird, aber allmählich glaube ich, die müssen tot sein. Oh, ich weiß, daß Mädchen heutzutage immer Differenzen mit ihren Eltern haben, daß sie von zu Hause fortziehen und so, aber das macht die Eltern doch oft nur um so besorgter um sie. Was für Leute also müssen das sein, die eine vermißte oder doch wenigstens abwesende einundzwanzigjährige Tochter haben und all diese Zeitungsartikel lesen, die in den letzten paar Tagen erschienen sind, ohne sich mit uns in Verbindung zu setzen?«

»Sehr simple, phantasielose Menschen vielleicht, Howard. Oder Leute, die ihre Tochter nicht mit Loveday Morgan in Verbindung bringen, einfach, weil das nicht ihr richtiger Name ist und weil sie nicht wissen, daß ihre Tochter in Kenbourne Vale wohnte.«

Howard hob die Schultern. »Es ist schlichtweg so, als sei sie vom Himmel gefallen, Reg, einfach vor zwei Monaten in Kenbourne Vale aufgetaucht, ohne Vergangenheit. Laß mich dich noch ein bißchen genauer ins Bild setzen. Also, wie du weißt, gibt es bei uns keine hieb- und stichfesten Identitätsnachweise, wie andere europäische Nationen sie in Form von Personalausweisen haben, aber bei uns hat doch jeder seine Karte der staatlichen Gesundheitsfürsorge und seine Krankenversicherungsnummer. In Loveday Morgans Zimmer war aber keine solche Karte zu finden, und sie war auch in keiner Patientenkartei der hiesigen Ärzte. Es ist doch unvorstellbar, daß sie bei irgendeinem Arzt Privatpatientin gewesen ist? Aber gut, vielleicht war sie so gesund, daß sie nie ärztliche Hilfe brauchte. Nur, sie hat ein *Kind* gekriegt, Reg. Wo? Und wer half ihr bei der Geburt?

Als sie bei Sytansound anfing, fragte Gold sie nach ihrer staatlichen Versicherungskarte. Sie erklärte ihm, sie hätte keine, und er schickte sie zum Gesundheitsamt, um sich eine zu besorgen, was sie auch tat – auf den Namen Loveday Morgan.«

»Moment mal, Howard«, unterbrach ihn sein Onkel. »Das bedeutet doch, daß sie vorher noch nie gearbeitet hat. Ein zwanzigjähriges Mädchen aus der Arbeiterklasse, das noch nie gearbeitet hat…«

»Sie kann sehr wohl schon vorher gearbeitet haben – mit einer Versicherungskarte auf ihren wirklichen Namen. Die fragen ja nicht nach der Geburtsurkunde, weißt du, sie fragen einfach nach dem Namen, wo man geboren ist und so weiter. Ich glaube wirklich, man kann niemanden daran hindern, sich ein halbes Dutzend Karten zu verschaffen und auf betrügerische Weise beliebig Krankengeld und Arbeitslosenversicherung zu kassieren, bloß, daß sie einem eines

Tages eben auf die Schliche kommen. Außerdem gibt es ja auch gewisse Jobs, wo du überhaupt keine Karte brauchst. Die meisten Putzfrauen haben keine. Prostituierte ebenfalls nicht. Und natürlich auch die Leute nicht, die ihren Lebensunterhalt mit Verbrechen oder Drogenhandel bestreiten. Aber ganz gewiß gehörte doch Loveday Morgan zu keiner dieser Gruppen?«

Wexford schüttelte den Kopf. »Das war nun wirklich die letzte, der man ein illegitimes Kind zugetraut hätte.«

»Du weißt doch, man sagt, es sind immer die anständigen Mädchen, die die Babies kriegen. Nun gut, wir bemühen uns also nicht bloß, ihre Eltern ausfindig zu machen, sondern auch ihr Kind. In Kenbourne Vale lebt es jedenfalls nicht, das haben wir festgestellt. Aber es kann überall sonst sein. Weißt du, was ich am unbegreiflichsten finde, Reg?«

Wexford blickte ihn fragend an.

»Ich kann ja verstehen, daß sie vielleicht Gründe hatte, ihre Spuren zu verwischen und anonym leben zu wollen. Sie könnte zum Beispiel sehr besitzergreifende Eltern gehabt haben, die ihr nicht ihr eigenes Leben zugestehen wollten. Sie könnte sich vor irgendeinem Mann versteckt haben, der sie bedrohte – ein wichtiger Punkt übrigens, das muß ich mir merken. Aber ich kann mir beim besten Willen nicht erklären, warum sie das offenbar schon *seit Jahren* getan hat. Es sieht fast so aus, als ob sie es seit Jahren schon vermieden hätte, zu einem Arzt zu gehen oder sich eine Versicherungskarte zu besorgen, so daß eines Tages – nämlich jetzt, da sie eines gewaltsamen Todes gestorben ist – der Anschein entstehen mußte, als sei sie wirklich von einem anderen Planeten herabgefallen.«

»Was ist mit dieser Adresse in Fulham?« fragte Wexford.

»Die, die sie Peggy Pope angegeben hat? Das ist ein Haus

in der Belgrade Road, wie ich dir schon sagte, aber sie ist dort nie gewesen.«

»Die Eigentümer des Hauses...«

»Die *könnten* natürlich lügen und womöglich ihr eigenes verborgenes Spiel dabei spielen, aber die Nachbarn doch nicht. Ich vermute eher, Loveday ist eines Tages mit dem Bus durch die Belgrade Road gefahren, und der Name blieb ihr im Gedächtnis haften. Mir ist natürlich klar, wenn man eine falsche Adresse angibt – außer, man denkt sich einfach einen Namen aus –, dann handelt es sich dabei sicherlich um eine Straße, die man gesehen oder von der man gehört hat, der man also eine gewisse Bedeutung beimißt und die man deshalb im Gedächtnis behalten hat. Aber das Gedächtnis ist so eine komplexe Sache, Reg, und sie lebt ja nicht mehr, daß man das alles analysieren könnte. Und wenn, dann säßen wir ja auch nicht hier und stellten solche Überlegungen an.«

»Ich dachte gerade – ob sie vielleicht in dieser Belgrade Road jemanden gekannt hat?«

»Meinst du etwa, wir sollten auf diese winzige Chance hin eine Befragung von Haus zu Haus veranstalten?«

»Na ja, das könnte *ich* ja machen«, meinte Wexford.

Er stellte sich auf die Waage, bevor er ins Bett ging und entdeckte, daß er über vier Pfund abgenommen hatte. Aber anstatt darüber am nächsten Morgen gehobener Stimmung zu sein, wachte er deprimiert auf. Es regnete. Wie ein bescheidener Volontär würde er nun im Regen durch Fulham trotteln müssen. Und wo lag überhaupt Fulham?

Denise hatte ein ziemlich aufregendes Blumenarrangement auf das Treppenpodest gestellt, eine Kombination, die in der floralen Dekorationskunst etwa das sein mußte, was

Dali in der Malerei war. Er verfing sich in einem Stechpalmenzweig, und als er sich davon befreite, geriet seine Hand in unliebsame Berührung mit einer Spinnenpflanze.

»Wo ist Fulham?« fragte er, während er seine ungesüßte Pampelmuse aß. »Nicht meilenweit entfernt, hoffe ich?«

Denise sagte: »Es ist bloß hier die Straße runter.« Und voller Trauer setzte sie hinzu: »Manche Leute nennen sogar dies hier Fulham.«

Sie fragte nicht, warum er es wissen wollte. Sie und Dora dachten, er mache sich auf seinen Lieblingsspaziergang am Damm entlang. Sie begriffen nicht, daß er den Fluß haßte, wenn er unruhig unterm Nieselregen dahinfloß. Mittlerweile war ein handfester Dauerregen daraus geworden, kein Landregen, der alles sauberwusch und erfrischte und einen grünen Duft mit sich brachte, sondern Londoner Regen, schmutzig und nach Ruß riechend. Er ging nach Westen, über die Stamford Bridge hinüber und am Eingang des Fußballplatzes vorbei. An den Sportsouvenir-Kiosken kauften Fans CHELSEA-Abzeichen und -Halstücher. Junge Pärchen begutachteten verdrossen altes Mobiliar, schäbige dreiteilige Sitzgarnituren, die regenfeucht auf dem Bürgersteig standen. In der North End Road zwängte sich der Verkehr zwischen den kleinen offenen Läden hindurch und bespritzte die einkaufenden Menschen. Aber es war doch eher eine Umgebung, die er gewohnt war, es war ähnlich wie Stowerton etwa. Hier war nichts von der desillusionierten, düsteren Weltklugheit von Kenbourne Vale zu spüren. Die Nebenstraßen wirkten schon fast vorstädtisch. Die Häuser hatten Gärten, und Familien wohnten darin. Hier gingen Hausfrauen mit soliden Henkelkörben einkaufen, und fast jeder, dem er begegnete, gehörte zu einer Gesellschaftsordnung, die ihm vertraut war.

Er mußte über sich selbst lachen, weil er so ein konservativer alter Greis war, und dann sah er die Belgrade Road vor sich, die im rechten Winkel von der Hauptstraße abbog. Die Häuser dort waren drei Stockwerke hoch, sechzig oder siebzig Jahre alt, eine Reihensiedlung. Am Ende stand, genau wie in der Garmisch Terrace, eine Kirche, aber grau und mit einem Turm, wie es sich für eine Kirche gehörte. Er klappte den Regenschirm, den er trug, zusammen und begann mit seiner Haus-zu-Haus-Befragung.

Es gab einhundertundzwei Häuser in der Belgrade Road. Zuerst ging er zu dem, in welchem Loveday angeblich gewohnt hatte, ein gepflegtes Haus, das erst kürzlich frisch gestrichen worden war. Selbst die Backsteinsimse waren überstrichen worden, und es war eine reichlich kuriose Farbe, die man hier gewählt hatte für ein englisches Haus in einer düsteren Straße: ein leuchtendes Rosarot. Nummer siebzig. Mit dem Namen ROSE BANK; weiß auf rosa gemalt; das Schild pendelte im Regen. Hatte sie sich das Haus wegen der Nummer ausgesucht? Oder wegen des Namens? Hatte sie es überhaupt gesehen?

Ein Ehepaar wohne dort, hatte Howard gesagt, und es war denn auch eine junge Frau, die auf sein Läuten öffnete. Es war ihm ein wenig unangenehm, als er nach einem Mädchen mit blondem Haar fragte, sehr still und reserviert, einem Mädchen, das womöglich ein Baby bei sich gehabt hätte, denn diese junge Frau war ebenfalls blond, und sie trug ein kleines Kind auf dem Arm, das sie seitlich auf der Hüfte abstützte.

»Hier ist doch schon mal jemand gewesen und hat gefragt«, antwortete sie, »ich habe denen bereits gesagt, wir vermieten niemals Zimmer oder eine Wohnung.« Stolz fügte sie hinzu: »Wir bewohnen das *ganze* Haus.«

Er versuchte es bei den unmittelbaren Nachbarn, arbeitete sich dann bis zur Hauptstraße zurück, von der diese abzweigte, und dann auf der anderen Seite wieder rückwärts in Richtung auf die Kirche. Eine Menge Leute in der Belgrade Road vermieteten Zimmer, und er sprach mit einem halben Dutzend Zimmerwirtinnen, die ihn wieder zu anderen Zimmerwirtinnen schickten. Einmal glaubte er, auf etwas gestoßen zu sein. Ein dunkelhäutiger Krankenpfleger, der nachts arbeitete, jedoch keinerlei Verärgerung darüber zeigte, daß er aus dem Schlaf gerissen wurde, erinnerte sich an die junge Mrs. Maitland, die im obersten Stock von Nummer 59 gewohnt und deren Mann sie und ihr Baby im Dezember verlassen hatte. Ein paar Wochen später war sie dann weggezogen.

Also ging Wexford noch einmal zurück zu Nummer 59, wo er vor kurzem der mürrischen Unfreundlichkeit der Eigentümerin begegnet war. Diesmal war es giftige Grobheit. »Ich hab Ihnen doch schon gesagt, meine Tochter hat hier gewohnt, wie oft soll ich das denn noch sagen, möchte ich mal wissen! Also bitte gehen Sie jetzt, damit ich mit dem Kochen weiterkomme. Sie ist im Dezember weggezogen, und sie wohnt jetzt irgendwo in Shepherd's Bush. Ich hab sie gestern abend gesehen, und da war sie nicht tot. Reicht Ihnen das?«

Entmutigt ging er weiter. Es hatte gar keinen Zweck, ihren Namen zu nennen. Er war sicher, sie hatte sich erst Loveday Morgan genannt, als sie in die Garmisch Terrace übersiedelte. Alles, was er tun konnte, war, immer aufs neue ihre Beschreibung zu wiederholen und zu fragen, ob man ein Mädchen kenne, das Ende letzten Jahres hier weggezogen sei? Der Regen war noch stärker geworden. Was für eine dämliche Erfindung ein Regenschirm doch war, nahezu zwecklos für einen Job wie diesen! Aber er spannte ihn doch wieder auf und kippte ihn nach hinten, während er unter den triefenden Vordächern stand.

Gegenüber des rosaroten Hauses und an der Ecke der einzigen Seitenstraße, die von der Belgrade Road abzweigte, war ein kleiner Laden, ein Tante-Emma-Laden, sehr ähnlich jenen, die man in den Dörfern rings um Kingsmarkham fand. Wexford war erfreut, so ein Lädchen hier, keine hundert Meter von einem großen Einkaufszentrum entfernt, anzutreffen; und noch erfreuter war er, als er feststellte, daß es einen florierenden Handel betrieb. Nur eine einzige Verkäuferin bediente die Schlange, eine dürftige kleine Frau mit einem Muttermal seitlich an der Nase, und er stellte seine Fragen knapp und präzise, um sie nicht so lange von der Arbeit abzuhalten. Sie hatte eine merkwürdig akzentfreie Sprache, ohne jedes Cockney, und sie war sehr geduldig mit ihm, aber weder sie noch die Frau, die hinter ihm in der Schlange stand – eine Bewohnerin der Seitenstraße – konnten sich auf ein Mädchen besinnen, auf das seine Beschreibung paßte und das im Dezember weggezogen war.

Noch zwanzig Häuser mußte er besuchen. Er klapperte sie alle ab. Ihm war mittlerweile jämmerlich kalt, und er fragte sich, wie er Dora erklären sollte, weshalb er bis auf die Haut durchnäßt war. Die schaffen es noch, einen Hypochonder aus mir zu machen, dachte er, und er wurde nervös bei der Überlegung, wie sich diese ganze Herumrennerei und das Naßwerden auf seine Gesundheit auswirkte. Crokker würde einen Schlag kriegen, wenn er ihn jetzt sähe, wie ihm das Wasser aus den Haaren den Hals hinunterlief, als er unter dem letzten Haustürdach hervortauchte. Na ja, Crokker wußte eben nicht alles, und für den Rest des Tages bis zum Abend würde er es halt sachte angehen lassen.

Er blieb stehen, wandte sich um und überblickte die Straße noch einmal ihrer ganzen Länge nach. Durch den silbrig strömenden Regen unter den massigen Wolken, die von der Kirche her über den Himmel fegten, sah die Belgrade Road außerordentlich vulgär aus. Durch nichts außer der Kirche und dem rosaroten Haus unterschied sie sich von einer ganz ähnlichen Straße, die in entgegengesetzter Richtung von der Hauptstraße abzweigte. Letztere war womöglich sogar noch ein wenig interessanter und erinnerungswürdiger, denn Busse fuhren hindurch, und an sonnigen Tagen lagen beide Häuserseiten für ein paar Stunden in der Sonne. Weshalb also hatte sich Loveday ausgerechnet die Belgrade Road ausgesucht?

Er versuchte sich vorzustellen, er selbst wolle eine falsche Adresse in London angeben. Was für eine Straße würde er wählen? Jedenfalls keine, die er gut kannte oder in der er gewohnt hatte, denn das konnte zu leicht zur Entdeckung führen. Wie wär's mit Lammas Grove, W 15? Nummer 43 zum Beispiel? Sofort fragte er sich, wieso er gerade darauf käme, und ihm fiel ein, daß er sich die Straße gemerkt hatte, weil er mit Clements dort vor dem Sytansound-Laden im Auto gesessen hatte. Die Nummer war eine beliebige Ziffer, die ihm bloß eben so eingefallen war...

So also mußte es geschehen sein. Es war Howards Vermutung gewesen, daß es so zustande käme, und er hatte wieder einmal recht gehabt. Demnach war es ziemlich hoffnungslos, Lovedays Spur mit diesen Mitteln aufzufinden. Er mußte die Sache von einer anderen Seite her angehen.

9

Darin ziehen sie Wein, Obst, Küchenkräuter und Blumen von solcher Pracht und Kultur, wie ich es nirgends üppiger, nirgends zierlicher gesehen habe.

Abends auszugehen, das war einer der Exzesse, die Crocker mit striktem Verbot belegt hatte. Und wenn Wexfords Glauben an seinen Arzt auch ein wenig erschüttert war, der seiner Frau war es nicht. Sie war nur durch das Versprechen zu trösten, sich ein Taxi zum Laysbrook Place zu nehmen, sich aller harten Getränke zu enthalten und nicht zu lange fortzubleiben.

Er freute sich auf diesen Besuch. Mit ein paar ausgeklügelten Fragen konnte man Dearborn vielleicht weitere Informationen über den Friedhof entlocken. War es zum Beispiel wirklich so leicht, dort hinein- oder herauszukommen, wie Baker es behauptete? Und bevor Tripper und seine Kollegen abends nach Hause gingen – machten sie da eine Art Inspektionsrunde? Oder war Loveday vor sechs Uhr gestorben? Wenn das zutraf, dann war Gregson, der bis dahin noch bei der Arbeit gewesen war, außer Verdacht. Und ob nicht Dearborn auch über Loveday selbst etwas wußte? Er hatte immerhin dieses Vorstellungsgespräch mit ihr geführt. Es war doch möglich, daß sie ihm bei diesem Gespräch etwas über ihre Vergangenheit erzählt hatte.

Laysbrook Place war einer jener ländlichen Winkel Londons, wo die Luft süßer roch, wo manchmal Vögel sangen und wo außer Platanen auch andere Bäume wuchsen. Ein Rundbogen, überwuchert von einer bräunlichen Kletterpflanze, die Wexford für eine Glyzinie hielt, verbarg das meiste der schmalen Gasse, die vom Laysbrook Square abzweigte. Wexford ging hindurch und sah im Licht zweier Laternen, die auf Wandarmen saßen, ein alleinstehendes Haus vor sich, wie es auch in der High Street von Kingsmarkham hätte stehen können. Es war kein altes Haus, aber alte Ziegelsteine und altes Holz waren bei seinem Bau verwendet worden, und es war anders als alle Häuser, die Wexford gesehen hatte. Vor allem war es ziemlich niedrig, und es strotzte nur so von kleinen Giebeln und Sprossenfenstern; darüber hinaus war es von einem richtigen Garten mit Apfelbäumen umgeben und von hohen Sträuchern, die wahrscheinlich Fliederbüsche waren. Jetzt im März leuchteten Forsythien gelb und üppig durch die von Lampenlicht erhellte Dunkelheit, und als er die Pforte öffnete, sah er die dichten Büschel Schneeglöckchen, so dicht und weiß wie echter Schnee.

Die Haustür öffnete sich, ehe er sie erreicht hatte, und Stephen Dearborn kam die Stufen herunter.

»Was für ein schönes Plätzchen«, sagte Wexford.

»Sie würden also meiner Frau zustimmen, daß es hier besser ist als in Kenbourne?«

Wexford lächelte und seufzte in sich hinein, weil er sich so schmerzlich an zu Hause erinnert fühlte. Auf einmal wurde er sich des Friedens und der Stille bewußt, die hier herrschten. Nicht einmal in Howards Haus hatte er dem ewigen Verkehrslärm entrinnen können, hier aber war nichts weiter zu hören als ein fernes Pulsieren, das »Schwirren«, wie die Londoner eines in City und Vororten allgegenwärtiges Geräusch nannten, und selbst das war manchmal so entfernt, daß man es für ein Summen im eigenen Kopf halten konnte.

»Meine Frau ist oben bei unserer Tochter«, sagte Dearborn. »Sie konnte nicht einschlafen, und es hat gar keinen

Sinn, daß ich bei ihr bleibe. Ich möchte doch am liebsten immer mit ihr herumschmusen oder -spielen.«

Drinnen war es warm, aber luftig; warm genug, um die Märzkühle zu vertreiben, aber ohne daß man nach Atem rang. Das Haus war ganz offensichtlich die Residenz eines reichen Mannes, obwohl Wexford nirgends Anzeichen von Protzerei entdeckte oder dafür, daß hier Geld ausgegeben worden war in der Absicht zu imponieren. Es war nicht einmal sehr ordentlich. Unter einem Teetisch lagen Krümel verstreut, und ein elfenbeinerner Kauring lag auf einer Wolldecke mitten auf dem Teppich.

»Was möchten Sie trinken?«

Wexford hatte es satt, dauernd die Aufmerksamkeit auf seine Krankheit und seine Diät zu lenken. »Haben Sie Bier?« fragte er.

»Aber sicher. Ich selbst käme am Wochenende ohne Bier nicht aus, nach all den harten Sachen, die ich in der übrigen Zeit trinken muß. Ich trink es einfach aus der Dose.« Dearborn setzte ein lausbubenhaftes Lächeln auf. »Aber wir nehmen uns wohl besser Gläser, sonst bringt meine Frau mich um, wenn Sie gegangen sind.«

Das Bier wurde in einem holzverkleideten Kühlschrank aufbewahrt, den Wexford auf den ersten Blick für einen Gläserschrank gehalten hatte. »Mein schönstes Spielzeug«, sagte Dearborn. »Wenn Alexandra erst ein bißchen größer ist, dann stopfe ich ihn voll mit Eiscreme und Coca-Cola.« Noch immer lächelnd, füllte er ihre Gläser. »Ich bin recht spät in meinem Leben in den Stand der Vaterschaft gelangt, Mr. Wexford – ich bin am letzten Dienstag dreiundvierzig geworden –, und meine Frau behauptet, es hätte mich total närrisch gemacht. Ich würde meiner Tochter am liebsten den Mond und die Sterne vom Himmel holen, und da das nicht möglich ist, soll sie statt dessen alle guten Dinge dieser Welt kriegen.«

»Haben Sie nicht Angst, daß Sie sie verwöhnen?«

»Ich habe vor vielen Dingen Angst, Mr. Wexford.« Das Lächeln erstarb, und er wurde tiefernst. »Etwa davor, zu nachgiebig oder zu besitzergreifend zu sein. Ich predige mir immer wieder, daß sie nicht mir gehört, daß sie sich selbst gehört. Ach, es ist nicht einfach, ein Vater zu sein.«

»Nein, das ist nicht einfach. Und es ist ganz gut, daß die Leute das nicht wissen, sonst würden sie sich womöglich nicht trauen, Kinder zu kriegen.«

Dearborn schüttelte den Kopf. »So hab ich das nie empfunden. Ich bin ein glücklicher Mann. Mit meiner Ehe habe ich Glück gehabt, und Sie wissen ja, man sagt, glücklich der Mann, der mit seinem Hobby seinen Lebensunterhalt bestreiten kann. Aber trotz alledem habe ich nicht gewußt, was richtiges Glücklichsein ist, bis ich Alexandra bekam. Wenn ich sie verlöre, ich... ich würde mich umbringen.«

»Na, na, na, so was dürfen Sie nicht sagen.«

»Es ist wahr. Ich meine es ganz ernst. Sie glauben mir das nicht?«

Aber Wexford, der schon oft Menschen derartige Drohungen hatte aussprechen hören, ohne sie sehr ernst zu nehmen, glaubte ihm. Das ganze Wesen dieses Mannes schien von einer Art untergründiger Verzweiflung bestimmt, und er war richtig erleichtert, als Mrs. Dearborn eintrat und die Spannung sich löste.

Sie sagte, es freue sie, ihn kennenzulernen. »Solange Sie Stephen nicht ermuntern, uns allesamt in irgendein Slumgebiet zu verfrachten«, meinte sie. »An Orten, die er nicht mehr verschönern kann, hält er es nie lange aus.«

»Und es wäre ja wirklich schwierig, Laysbrook House noch zu verschönern«, erwiderte Wexford höflich.

Sie war keine schöne Frau, und sie hatte auch keinen Versuch unternommen, jünger auszusehen als ihre vierzig Jahre. Ihr nußbraunes Haar war von grauen Fäden durchzogen, der Hals schon leicht faltig. Er überlegte, worin ihre Anziehungskraft wohl lag. War es die schlanke Leichtigkeit, mit der sie sich bewegte – denn sie war sehr schlank –, oder die Gesten ihrer langen, feinen Hände, oder ihre extreme Weiblichkeit? Letzteres wohl, fand er. Ihre Nägel waren lakkiert, ihr Rock kurz, sie nahm sich gerade eine Zigarette aus dem Zedernholzkästchen, aber trotz alldem hatte sie die altmodische, weibliche Grazie einer Dame aus einem Roman von Trollope – eine Aristokratin, eine Schloßherrin.

Daß Dearborn in sie verliebt war, sah man sofort an der Art, wie er ihr mit den Augen folgte, als sie sich in einem Sessel niederließ, und wie seine Blicke sie auch weiterhin umfingen, während sie sich zurechtsetzte und ihren Rock über den gekreuzten Beinen glattstrich. Es war fast, als ob diese streichelnden Hände für einen Augenblick zu seinen eigenen geworden wären und gleichsam stellvertretend die Sanftheit der Seide und des Fleisches spürten.

Wexford überlegte gerade, wie er das Gespräch auf den Friedhof von Kenbourne bringen konnte, da verkündete Dearborn, es sei jetzt Zeit, die alten Karten herauszuholen.

»Langweilig für dich, Liebling«, sagte er. »Du hast das alles schon so oft gehört.«

»Ich halt das schon aus; ich werde eben stricken.«

»Ja, tu das. Ich sehe so gern, wenn du strickst. Merkwürdige Sache, was, Mr Wexford, die Vorzüge, von denen die Frauen glauben, sie zögen uns an, und die Vorzüge, die es tatsächlich tun? Ich könnte einer Miss World beim Striptease zusehen, und es würde mich kaltlassen, aber wenn ich einer Frau in einer sauberen Schürze zusehe, wie sie Teig ausrollt, dann verliebe ich mich in sie, noch ehe sie die Küchentür zumachen kann.«

Mrs. Dearborn lachte. »Ja, das ist wahr«, sagte sie, »das hast du getan.«

So also waren sie zusammengekommen, dachte Wexford. So etwas passierte tatsächlich, und allzu lange her konnte es auch noch nicht sein. Es mußte sich in einem holländischen Interieur zugetragen haben: Der Mann, der das Haus zum erstenmal als Gast besucht, die Küchentür steht halb offen, und dahinter diese braunhaarige Frau, die mit ihrem süßen Gesicht aufblickt, erhitzt vom Kochen, und verlegen, weil sie in der Schürze und mehligen Armen überrascht wird...

Mrs. Dearborn schien zu spüren, was in seinem Kopf vorging, denn ihre Blicke begegneten sich flüchtig. Sie schürzte die Lippen und unterdrückte ein Lächeln. Dann holte sie aus einer Tasche eine Menge Wolle und ein halbfertiges Strickzeug, genauso weiß und flaumig wie Mehl, und fing an zu stricken.

Es war seltsam beruhigend, ihr zuzusehen. Jeder gehetzte Geschäftsmann, dachte er, sollte ein Aquarium mit tropischen Fischen an einem Ende seines Büros haben und eine strickende Frau am anderen. Ermüdet, wie er jetzt war, hätte er ihr den ganzen Abend zuschauen können, aber er mußte seine Aufmerksamkeit den Karten, Fotos und alten Urkunden zuwenden, die Dearborn ins Zimmer gebracht hatte und nun vor ihm ausbreitete.

Der Fanatismus des Kreuzfahrers hatte sich Dearborns bemächtigt, und ein Leuchten erschien in seinen Augen, während er redete. Dies war Kenbourne, wie es zu Zeiten Georgs IV. gewesen war; hier hatte das Herrenhaus gestanden, das ein Herzog und Mitglied des königlichen Hauses für seine Mätresse gemietet hatte; hier an der Südseite des Lammas Grove hatte eine Reihe riesiger Ulmen gestanden. Warum sollte man dieses Stück Land nicht wieder freimachen und neue Bäume anpflanzen? Warum sollte man nicht überhaupt diese ganze ungenutzte Fläche zu Sport- und Spielplätzen machen? Nach dem Friedhof brauchte Wexford erst gar nicht zu fragen. Ehe er dazu Gelegenheit hatte, erfuhr er bereits seine Ausmaße, die Geschichte sämtlicher interessanten Menschen, die dort begraben lagen, und auch, daß der Zustand der Außenmauer auf der Ostseite so schlecht sei, daß demnächst irgendwelche Gewalttäter einfach dort eindringen und nach Lust und Laune plündern und zerstören konnten.

Ein Punkt also für Baker. Wexford bemühte sich, entspannt und aufnahmebereit zu bleiben, aber er fühlte sich überfordert. Es beschlich ihn ein Gefühl, das er schon oft verspürt hatte, wenn er dem Redeschwall eines Besessenen zuhörte: Es war alles zuviel. So etwas sollte in kleinen Etappen erfolgen, aber das kann ein Besessener nicht einsehen. Tag und Nacht hatte er seiner Leidenschaft gelebt, nur, wenn es gilt, den Neuling zu begeistern, so ist er dazu nicht fähig, weil er nicht gelernt hat zu lehren, einen einfachen Hintergrund zu erstellen, Interesse zu erwecken und die komplexeren Details für eine spätere Gelegenheit aufzuheben. Unzusammenhängende Fakten, historische Anekdoten, Beispiele von Bilderstürmerei purzelten bunt durcheinander von Dearborns Lippen. Dabei griff er nach jenen Karten, um dieses, nach diesen Urkunden, um jenes zu beweisen, bis Wexford der Kopf dröhnte.

Es war eine Erlösung, als es Zeit wurde, sein Glas neu zu füllen und er sich kurz zurücklehnen konnte, um mit Mrs.

Dearborn ein Lächeln auszutauschen. Aber als er zu ihr hinüberblickte in der Erwartung, durch den Anblick jener sich rhythmisch bewegenden Finger ruhiger zu werden, da sah er, daß sie ihre Arbeit in den Schoß gelegt hatte und ihre Augen starren Blickes auf einen entfernten Punkt des Raumes geheftet waren. Dabei zupfte sie unentwegt krampfhaft an dem Schnurbesatz ihrer Sessellehne herum.

Der Schnurbesatz war bereits so zerfleddert, daß darunter an beiden Armlehnen die Nähte, die er kaschierte, offen zutage lagen. Das war nicht das Resultat eines einzigen Abends unter nervöser Spannung, sondern sicherlich vieler. Und als er mit raschem Blick die fünf oder sechs Sessel des Zimmers wie auch das Sofa ansah, da stellte er fest, daß sie – obwohl sonst makellos – sämtlich in demselben Zustand waren. Heraushängende Fäden, die aus der zerschlissenen Litze stammten, an jeder Armlehne.

Der Anblick irritierte ihn aufs höchste, denn er zerstörte das Bild traulichen Glücks, das er von diesem Paar hatte. Er empfand eine plötzliche Hochspannung. Drüben an dem Tablett mit den Getränken stand Dearborn und beobachtete seine Frau, das Gesicht mitleidvoll, aber auch leicht gereizt.

Niemand sprach. Mitten in die Stille hinein schrillte das Telefon und ließ sie zusammenfahren, am heftigsten jedoch Mrs. Dearborn. Sie war schon beim zweiten Klingeln aus ihrem Sessel hoch, und ihr scharfes: »*Ich* geh ran!« war fast wie ein Schrei. Ihre Grazie war wie fortgeblasen. Sie war jetzt wie ein Medium, das, aus einer seltsamen, unirdischen Gemeinschaft auftauchend, erst wieder die Fäden in die Hand bekommen mußte, die sie an die Realität banden, und indem sie sie sammelte, unerträgliche seelische Qualen erlitt.

Das Telefon stand am entlegenen Ende des Raumes auf einem Tisch unterhalb des Punktes, auf den Mrs. Dearborns Augen so lange fixiert gewesen waren. Sie nahm den Hörer und sagte flüsternd hallo, dann räusperte sie sich, um das Wort noch einmal mit vernehmlicher Stimme zu wiederholen. Daß sie den Anruf herbeigesehnt hatte und ihn nicht fürchtete, war ersichtlich; daß die falsche Person anrief, zeigte sich an dem plötzlichen Absinken ihrer Schultern.

»Schon gut«, sagte sie in die Sprechmuschel, und zu ihrem Mann gewandt: »Bloß eine falsche Nummer.«

»Das passiert so oft«, sagte Dearborn, als müsse er sich für einen eigenen Fehler entschuldigen. »Du bist müde, Melanie. Komm, ich gebe dir einen Drink.«

»Ach ja«, sagte sie, »ja, danke.« Sie wischte hastig eine Haarsträhne aus der Stirn, und Wexford sah, wie schmal ihre Handgelenke waren. »Es geht um meine Tochter«, erklärte sie, ganz höfliche Gastgeberin, die wußte, daß man einem Gast keine peinlichen Heimlichkeiten zumuten durfte. »Ich mache mir solche Sorgen um sie. Kinder sind schon ein Grund zu dauernder Besorgnis heutzutage, nicht wahr? Man weiß nie, in welchem Ärger sie vielleicht gerade stecken. Aber ich will Sie nicht langweilen.« Sie nahm den Whisky, den ihr Mann ihr reichte. »Dank dir, Liebling.« Sie seufzte.

Mann und Frau standen einander gegenüber, ein flüchtiger Händedruck... Wexford tappte mehr im dunkeln als vorher. Was hatte sie gemeint: Ihre Tochter, und sie wisse nicht, in welchem Ärger sie vielleicht stecke? Ein Baby, noch so klein, daß es einen Zahnring brauchte, ein Baby, das die Mutter vor einer Stunde oben allein gelassen hatte, schlief doch sicherlich friedlich in seiner Wiege. Außer, sie erwartete vielleicht den Anruf eines Arztes, weil das Kind krank gewesen war...

Er trank mit leisem Schuldgefühl sein zweites Bier. Der ungewohnte Alkohol machte ihn lethargisch und benommen, und er war froh, als Dearborn seine Papiere zusammenpackte und meinte, das sei nun genug für einen Abend.

»Sie müssen wiederkommen. Oder, noch besser, ich mache mit Ihnen eine Besichtigungstour zu einigen der Plätze, über die wir gesprochen haben. Und Alexandra nehme ich mit nach Kenbourne Vale.« Er sprach ganz ernsthaft. »Sie ist natürlich noch nicht alt genug, um es zu verstehen, aber man sieht ihren Augen an, daß sie anfängt, sich zu interessieren. Sie ist ein sehr intelligentes Kind. Sind Sie länger in London?«

»Nur bis nächsten Samstag leider. Dann geht's zurück nach Sussex und wieder an die Arbeit.«

»Was für Arbeit?«

»Ich bin Polizist.«

»Wie interessant. Aber bestimmt kein gewöhnlicher Polizist.«

»Detective Chief Inspector.«

Ihr Gesicht wurde scharf. Sie sah zu ihrem Mann hinüber und blickte dann weg. Man hätte von Dearborn erwarten können, daß er nun den Mord erwähnte, aber er tat es nicht. »Da werden wir unsere Tour verschieben müssen. Sie fahren nach Hause, und ich habe Ende der Woche einen Architektenkongreß in Yorkshire. Vielleicht nächstes Mal, wenn Sie nach London kommen?«

Wexford nickte, aber ein weiteres Gespräch wurde unterbunden durch jammervolles Geschrei von oben. Das angebetete, sorgenmachende, frühreife, superintelligente Kind war wieder aufgewacht.

Melanie Dearborn, die durch die Telefonklingel wie elektrisiert gewesen war, benahm sich jetzt wie eine Frau, die sechs Kinder großgezogen hatte. Mit einem: »Ach, schon wieder Alexandra«, erhob sie sich gemächlich aus ihrem Sessel. Es war Dearborn, der sich aufregte.

Ob das Kind krank war? Ob man den Arzt rufen sollte? Dieser Hautausschlag auf ihrem Gesicht hatte ihm gar nicht gefallen, obwohl seine Frau ja meinte, das seien bloß die Zähne.

Wexford nahm diese kleine Auseinandersetzung zum Anlaß, sich zu verabschieden, nachdem er ihnen Howards Telefonnummer gegeben und sich für den angenehmen Abend bedankt hatte. Mrs. Dearborn begleitete ihn hinaus. Ihr Mann war bereits oben und rief dem Baby zu, Daddy käme ja schon, und nun würde doch alles wieder gut.

10

Gewiß läßt sich Liebe oft durch bloße Schönheit gewinnen, aber ohne Tugend und Gehorsam ist keine auf Dauer festzuhalten.

Während Wexford bei den Dearborns war und Howard zu Hause Bridge spielte, fand in Kenbourne Vale ein Einbruch statt. Er gehörte zu einer ganzen Einbruchsserie, bei der es sich stets um Diebstähle von Silber, Schmuck und Geld handelte, und sie alle ereigneten sich stets am Freitag- oder Samstagabend.

»Dein neuer Freund ist dabei in gewisser Weise mitverantwortlich«, meinte Howard am Montag morgen.

»Dearborn?«

»Ja, weißt du, es geht eben aufwärts mit Kenbourne, Reg.

Ich bin ja sehr für Verbesserungen, dafür, daß diese alten Slums saniert werden und so, aber es besteht doch kein Zweifel, daß man, wenn man hier Geld hineinbringt, auch das Verbrechen nachzieht. Vor zehn Jahren noch gab es, abgesehen von den Ladeninhabern, kaum einen Einwohner von Kenbourne, der irgend etwas Stehlenswertes besaß. Jetzt haben wir in den besseren Gegenden Firmenbosse mit ihren Erbstücken und mit diesen Safes, die ein Kind knakken könnte. Bis jetzt war keins der Häuser aus dem Besitz von NOTBOURNE PROPERTIES von den Einbrüchen betroffen, aber wenn mich nicht alles täuscht, werden sie sich demnächst Vale Parc vornehmen.«

»Habt ihr 'ne Ahnung, wer ›sie‹ sind?«

»Hat man doch immer, das weißt du ja selbst«, sagte Howard bitter. »Ich hab den Großteil des gestrigen Tages damit zugebracht, einen Mann namens Winter zu verhören – der natürlich ein hieb- und stichfestes Alibi hat. Und was glaubst du, wer es ihm verschafft hat? Kein anderer als unser alter Freund Harry Slade.«

Wexford blickte verdutzt drein. »Kein alter Freund von mir.«

»Ach, das tut mir leid, Reg, haben wir dir das nicht erzählt? Harry Slade ist einer der Burschen, der behauptet, Gregson sei an diesem Freitag abend, dem 25. Februar, mit ihm im *Psyche Club* gewesen. Er ist uns noch nicht einschlägig bekannt geworden, aber ich glaube allmählich, er ist ein professioneller Alibivermittler.«

»Aber sicherlich...?«

»Du meinst, dessen Aussage zählt sowieso nicht? Nicht für den Richter, Reg. Er ist schließlich ein unbescholtener Bürger, auch noch ein Milchmann, rein und sauber wie die Waren, mit denen er handelt, und der sagt, Winter habe den

Samstag abend mit ihm, seiner lieben alten Mutter und seiner Verlobten, einer Stenotypistin, verbracht, und das auch noch in der Wohnung seiner Mutter!«

»Das verschafft euch wenigstens einen Anklagepunkt mehr gegen Gregson«, sagte Wexford, als Baker den Raum betrat. Er sagte es tröstend, denn ihm tat jeder Mensch leid, der fürchtete, daß ihm die Dinge aus der Hand glitten. Aber Baker sah ihn nur flüchtig an, mit frostiger Höflichkeit. Er hatte das Gesicht eines Leoparden, dachte Wexford unwillkürlich, nichts als Nase und kleiner, scharfer Mund, dazu die fliehende Stirn und das rötliche Haar, das ihm als Bartkoteletten bis tief in die Wangen wuchs.

»Falls Sie jetzt zu Sytansound runterfahren, Michael«, meinte Howard, »könnten Sie meinen Onkel mitnehmen.«

»Nichts, was ich lieber täte, Sir«, erwiderte Baker, »aber ich nehme schon Sergeant Nolan mit, und dann habe ich bereits dem jungen Dinehart versprochen, ihn mal vor Ort mit unseren Schlichen vertraut zu machen. Und sähe das nicht auch aus, als ginge man mit einem Vorschlaghammer auf eine Fliege los?«

Es fiel Wexford schwer, seinen Zorn zu bändigen, zu lächeln und Howard mit der Bemerkung zu Hilfe zu kommen, daß er ganz zufrieden sei mit der Rolle des Zuschauers, der sowieso das meiste vom Spiel sähe. Er besann sich auf Bakers unglückselige Geschichte mit der grausamen jungen Frau und dem Kind, das nicht seines war. *Tout comprendre, c'est tout pardonner*. Aber was sollte er mit dem Rest des Tages beginnen? Mit Howard schwätzen und ihn von der Arbeit abhalten? In Kenbourne umhertrödeln? Er fing an zu begreifen, worauf Howards freundliche Geste, ihn ehrenhalber seiner Truppe einzuverleiben, hinauslief: Er richtete ja keinen Schaden an, er schien sich dabei zu amüsieren, er lieferte Ideen, die Spezialisten dann ad absurdum führen konnten; er war, fand er, wie ein Arbeiter, mit dessen Verwendbarkeit es vorbei war, der einfach überflüssig war, für den jedoch ein freundlicher Chef eine Aufgabe gefunden hatte, die sehr viel effizienter durch einen Computer erledigt werden konnte, wenn sie denn überhaupt getan werden mußte.

Er konnte wirklich ebensogut nach Hause zurückkehren und mit Dora ins Kino gehen. In der Eingangshalle begegnete er Sergeant Clements.

»Hatten Sie ein schönes Wochenende, Sir?«

»Sehr schön, danke. Wie geht's Ihrem kleinen Jungen?«

»Dem geht's super, Sir. Hat meine Frau die ganze Nacht auf Trab gehalten, hat sich fast die Kehle aus dem Leib gebrüllt. Aber wenn sie dann zu ihm reinging, dann wollte er nichts als spielen. Und die Art, wie er dann lacht! Er fängt jetzt an zu krabbeln. Der läuft, ehe er ein Jahr alt ist, sag ich Ihnen.«

Diese Väter! »Wie werden Sie ihn denn nennen?«

»Na ja, Sir, ich glaube, die leibliche Mutter war so eine von der romantischen Sorte, die es mit ausgefallenen Namen hatte. Sie nannte ihn Barnabas, aber meine Frau und ich, wir mögen lieber was Einfacheres, deshalb haben wir uns auf James geeinigt, nach meinem Vater. Sobald wir diese Adoptionssache perfekt haben, feiern wir eine anständige Taufe.«

»Nur noch vier Tage, stimmt's?«

Clements nickte. Seine Fröhlichkeit war wie weggeblasen bei der Erinnerung an die kurze Zeitspanne – diese quälend kurze, quälend lange Zeit –, welche die probeweise Vaterschaft noch von der echten trennte. Oder die ihn womöglich jeder Vaterschaft berauben konnte? Wenn Wexford sich das wettergegerbte rote Gesicht des Mannes ansah, das bei aller vermeintlichen Weltklugheit so unreif und schuljungenhaft wirkte, dann dachte er mit Besorgnis und leisem Schaudern an den kommenden Freitag. Angenommen, die junge Frau, dieses romantische Mädchen, das seinem Kind einen so phantasievollen Namen gegeben hatte, änderte seine Meinung und erschiene vor Gericht, um es zurückzufordern? Wie sähe das Leben dann aus für Clements und seine gute, geduldige Frau, einsam und verzweifelt dort oben in ihrem Turm? Schön und gut, dieses Gesetz, das in erster Linie die Belange der leiblichen Mutter und ihres Kindes schützte, aber es war ein grausames Gesetz für die Unfruchtbaren, die da warteten und hofften und beteten.

»Sie haben so viel Interesse an unserem Jungen gezeigt, Sir«, sagte Clements und lächelte wieder, »da haben meine Frau und ich uns gedacht, ob Sie nicht mal eines Tages bei uns vorbeikommen möchten, zum Lunch vielleicht, und... na ja, um den kleinen James kennenzulernen? Sagen wir morgen oder Mittwoch? Es wäre uns eine Ehre.«

Wexford war gerührt. »Morgen wäre prima«, sagte er und überlegte dabei, daß ihm das helfen würde, die Zeit zu vertreiben. Einem Impuls folgend, klopfte er dem Sergeant auf die Schulter.

Denise und Dora waren gerade mit ihrem Lunch fertig. Keine von beiden zeigte sich erstaunt, ihn zu sehen, oder erleichtert, daß er noch am Leben war. In den Augen seiner Frau lag ein Ausdruck, den er seit vielen Jahren nicht mehr gesehen hatte.

»Na, was stellst du denn so alles an, Onkel Reg?« fragte Denise, und dabei blickte sie ihn zum erstenmal, seit sie sich kannten, an wie einen Mann statt wie einen alten Invaliden.

»Ich? Wieso?« fragte Wexford perplex. »Was meinst du damit?« Verrückt, dachte er, wie leicht einem Unschuldigen Schuldgefühle aufgedrückt werden konnten. Mit dem Telegramm: »Sofort fliehen! Alles ist entdeckt!« konnte man wahrscheinlich die halbe Erdbevölkerung aufscheuchen und dazu bringen, den Koffer zu packen und zum nächsten Flughafen zu hasten. »Was meinst du damit – ›anstellen‹?«

»Nun ja, eine Frau hat für dich angerufen, eine Melanie Sowieso, den Nachnamen habe ich nicht verstanden. Sie bat, ob du vorbeikommen und sie besuchen könntest, aber bitte während des Tages, *solange ihr Mann nicht da ist*. Du sollst sie wieder anrufen. Sie sagt, die Nummer weißt du.«

Wexford war sprachlos, aber dann brach er in Gelächter aus.

»Wer ist sie, Reg?« fragte Dora, nicht direkt überzeugt, betrogen zu werden, aber auch nicht sonderlich glücklich.

»Melanie?« meinte er gedehnt. »Oh, *Melanie*! Bloß so eine Frau, mit der ich gerade eine glühende Affäre hab. Denk mal an all die Zeiten, wo du glaubtest, ich sei mit Howard in Kenbourne. Also gut – in Wirklichkeit bin ich mit ihr zusammengewesen. Es gibt eben manch ein schönes Lied, das man aus einer alten Fiedel noch rausholen kann, meine Liebe.« Er hielt inne und suchte den Blick seiner Frau. Der war warnend, aber auch leise verzweifelt. »Dora!« sagte er. »Sieh mich an. Sieh mich doch an! Welche Frau bei vollem Verstand würde denn *mich* wollen?«

»Ich.«

»Ach, *du*.« Er war so verdammt gerührt. Er küßte sie. »Das ist die Blindheit der Liebe«, sagte er. »Entschuldigt mich. Ich will nur eben mal meine Geliebte anrufen.«

Dearborn stand im Telefonbuch, Stephen T., mit noch ein

paar Buchstaben dahinter, die, wie Wexford annahm, irgendwelche Architektenqualifikationen bedeuteten. Er wählte die Nummer, und Melanie Dearborn antwortete nach dem zweiten Läuten. Tat sie das immer? Hatte sie neben dem Telefon gesessen, um wie von der Tarantel gestochen aufzuspringen, wenn es klingelte?

»Es tut mir sehr leid, Sie zu stören, Mr. Wexford. Ich... ich... Wäre es eine große Zumutung, wenn ich Sie fragte, ob Sie wohl herkommen und mich besuchen könnten?«

»Jetzt gleich, Mrs. Dearborn?«

»Na ja... Ja, bitte, jetzt gleich.«

»Können Sie mir ungefähr sagen, worum es sich handelt?«

»Darf ich das aufschieben, bis Sie hier sind?«

Ziemlich verwirrt antwortete Wexford: »Geben Sie mir zehn Minuten«, und legte den Hörer auf. Er erklärte es Denise und Dora, vielmehr, er gab die Erklärung, die er geben konnte, denn er wußte ja ebensowenig wie sie, weshalb Melanie Dearborn ihn in Abwesenheit ihres Mannes sprechen wollte. Könnte es sein, daß sie echt besorgt war wegen Dearborns Besessenheit, was die Veränderungen von Kenbourne Vale betraf, weil diese Leidenschaft vielleicht dazu führte, daß er sie oder sein Geschäft vernachlässigte? Oder waren es irgendwelche Sorgen wegen Alexandras Wohlergehen, die sie verzweifeln ließen? Aber keine von diesen beiden Möglichkeiten schien sehr einleuchtend.

»Die Bibliothek hat inzwischen dein Buch bekommen, Onkel Reg«, sagte Denise. »Du kannst es ja auf dem Rückweg gleich abholen.«

Als er die Leihkarte eingesteckt und das Haus verlassen hatte, war er zu dem Schluß gekommen, daß Mrs. Dearborn nach ihm geschickt hatte, weil er Polizist war.

Das Taxi kam vor einer weißen Doppellinie zum Stehen, und auf der Vorfahrtstraße fuhr ein roter Mini an ihnen vorüber, der aus Richtung Laysbrook Square kam. Nur mit flüchtigem Blick streifte Wexford die Fahrerin, eine junge Frau in dunklem Mantel. Die Handschuhe, die sie trug, setzten zwar eine Alarmglocke in seinem Gehirn in Gang, aber da sein Gedächtnisspeicher nichts hergab, vergaß er das behandschuhte Mädchen wieder, als das Taxi unter dem Glyzinien-Torbogen hielt und er Melanie Dearborn an den Stufen zum Laysbrook House bereits auf sich warten sah.

Wexford brachte ein ruhiges und, wie er hoffte, ermunterndes Lächeln zustande, aber sie lächelte nicht zurück. Sie ergriff seine Hand mit beiden Händen und überschüttete ihn mit einem Schwall von Entschuldigungen, sich jemand so aufgedrängt zu haben, den sie doch nur flüchtig kenne.

Er hatte recht gehabt mit seiner Vermutung. »Es ist, weil Sie Polizist sind«, sagte sie, als sie im Haus waren, »oder vielmehr, weil Sie Kriminalbeamter sind, der zur Zeit nicht richtig im Dienst ist, wenn Sie verstehen, was ich meine.«

Nein, Wexford verstand es nicht.

»Sie können mir vielleicht sagen, was ich tun soll«, meinte sie, ließ sich in einen Sessel fallen und fing augenblicklich an, mit beiden Händen den Schnurbesatz zu bearbeiten.

»Da bin ich nicht so sicher«, verwahrte er sich. Sie war eine so nette Person und so offensichtlich in Bedrängnis, daß er sich einen Rat erlaubte, der eigentlich nur einem nahen Freund zustand. »Jetzt versuchen Sie erst mal, sich zu beruhigen«, sagte er, »Ihre Hände… Kommen Sie, ich gebe Ihnen eine Zigarette.«

Sie nickte, zog die Hände von den Sessellehnen weg und schlang sie ineinander. »Sie sind so ein beruhigender

Mensch«, meinte sie, als er ihr Feuer reichte, »jetzt fühle ich mich schon ein bißchen besser.«

»Das ist schön. Also – was ist los?«

»Meine Tochter«, sagte Melanie Dearborn. »Sie ist verschwunden. Ich weiß nicht, wo sie ist. Meinen Sie, ich sollte sie als vermißt melden?«

Wexford starrte sie an. »Das *Baby*? Wollen Sie damit sagen, jemand hat das Baby entführt?«

»O nein, nein, natürlich nicht! Alexandra ist oben. Ich rede von meiner älteren Tochter, von Louise. Sie ist einundzwanzig.« Es war rührend zu sehen, wie sie verlegen auf einen galant erstaunten Einwurf wartete. Wexford brachte ihn nicht zustande, denn heute sah Mrs. Dearborn gut und gern alt genug aus, um die Mutter einer erwachsenen Tochter zu sein. Aber Dearborn – war er der Vater? Er hätte schwören können, daß dieses Paar nicht länger als drei oder vier Jahre verheiratet wäre. »Sie ist nicht Stephens Tochter«, erklärte sie. »Ich war schon einmal verheiratet. Ich war neunzehn, als Louise geboren wurde, und mein erster Mann starb, als sie zehn war.«

»Wie kommen Sie darauf, daß sie verschwunden ist? Wohnt sie sonst hier bei Ihnen?«

»Nein, das hat sie nie getan. Sie und Stephen kommen nicht gut miteinander aus, dabei weiß ich eigentlich nicht, warum. Zuerst funktionierte es nämlich sehr gut, und genaugenommen habe ich Stephen durch Isa – so nennt sie sich – kennengelernt. Ich vermute, sie hat es übelgenommen, daß ich wieder geheiratet habe.«

Die alte Geschichte. Mutter und Tochter in inniger Beziehung zueinander, und dann der dazwischenkommende Liebhaber, der die Tochter in der Kälte stehen läßt.

»Wir haben vor drei Jahren geheiratet«, sagte sie. »Isa war

noch in der Schule und wollte ihren Abschluß machen. Sie war sogar schon für Cambridge vorgemerkt, aber als sie hörte, daß wir heiraten wollten, da schmiß sie alles hin, lief weg und zog mit einem anderen Mädchen zusammen in eine Wohnung.« Mrs. Dearborns Hände hatten das krampfhafte Zupfen an der Litze wiederaufgenommen, während ihre Zigarette auf dem Rand des Aschenbechers verglühte. »Sie hat nach dem Testament ihres Vaters ein Einkommen von tausend Pfund pro Jahr. Ich weiß nicht mal, ob sie je gearbeitet hat.«

»Hören Sie denn nie von ihr?«

»O doch, wir haben unseren Zwist in gewisser Weise beigelegt. Aber wir verstanden uns nicht mehr so gut wie früher. Sie war schon immer sehr reserviert, aber jetzt wurde sie entsetzlich verschlossen. Ich nehme an, es war meine Schuld. Ich möchte Sie nicht mit wehleidigen Enthüllungen und Selbstmitleid belästigen, Mr. Wexford, aber ich hatte in meiner ersten Ehe ziemlich viel auszustehen, und die Zeit danach war auch nicht einfach. Ich habe Isa also mehr oder weniger selbst beigebracht, nun ja, die Ohren steifzuhalten und ihre Gefühle nicht zu zeigen.«

Wexford nickte. »Aber sie blieb telefonisch oder brieflich doch mit Ihnen in Verbindung?«

»Sie rief mich von Zeit zu Zeit an, aber herkommen wollte sie nie, und sie weigerte sich auch, mir zu sagen, wo sie wohnte, nachdem sie aus der Wohnung, die sie mit dem anderen Mädchen geteilt hatte, ausgezogen war. Sie rief mich von Telefonzellen aus an. Das alles machte mich sehr unglücklich, und Stephen merkte es, und deshalb – deshalb ließ er durch einen Privatdetektiv herausfinden, wo sie war. Oh, es war entsetzlich! Isa schwor, sie werde nie wieder mit mir reden. Sie sagte, ich hätte ihr Leben ruiniert. Danach gab ich mir Mühe, Stephen nicht merken zu lassen, wie besorgt ich um sie war, und das ist auch der Grund, weshalb ich Sie bat herzukommen, während – während er fort ist.«

»Wann haben Sie zuletzt von ihr gehört?«

Sie drückte ihren glimmenden Zigarettenstummel aus und zündete sich eine neue an. »Es ist wohl besser, ich erzähle Ihnen ein bißchen mehr von alldem. Nachdem Stephen sie aufgestöbert hatte und sie mich anrief, um mir zu sagen, ich hätte ihr Leben ruiniert, hörte ich monatelang nichts von ihr. Dann, vor einem Jahr ungefähr, fing sie an, wieder regelmäßig anzurufen, aber sie wollte mir wieder nicht sagen, wo sie wohnte, und sie klang immer sehr unglücklich.«

»Darauf müssen Sie sie doch angesprochen haben?«

»Natürlich hab ich das. Sie antwortete bloß immer: ›Ach, es ist nichts. Die Welt ist eben kein besonders vergnüglicher Platz, nicht wahr? Das hast du mir doch selbst beigebracht, und es ist wahr.‹ Mr. Wexford, Sie kennen sie nicht. Sie wissen nicht, wie unmöglich es ist, sie auszufragen. Sie sagt dann einfach: ›Lassen wir das, ja?‹ Ich wollte so gern, daß sie Weihnachten herkäme, damit ich ihr etwas erzählen könnte, das...«

Er hob kaum merklich die Augenbrauen.

»Verzeihen Sie, wenn ich Ihnen nicht erzähle, was dieses ›etwas‹ war. Es kann auch nichts mit Isas Verschwinden zu tun haben. Jedenfalls, ich bat sie zu kommen, und sie kam auch wirklich. Sie kam am zweiten Weihnachtstag. Es war das erste Mal seit fast drei Jahren, daß ich meine Tochter wiedersah. Und danach kam sie auch öfter, zwei- oder dreimal, aber immer, wenn Stephen nicht da war.«

»Hat er sie am zweiten Weihnachtstag gesehen?«

Melanie Dearborn schüttelte den Kopf. »Nein, er verbrachte den Tag mit seiner Mutter. Sie lebt in einem Pflegeheim. Isa sah sehr dünn und blaß aus. Das beunruhigte mich sehr. Sie war nie sehr vital und kräftig, wenn Sie verstehen, was ich meine, aber jetzt schien alles Leben in ihr erloschen zu sein. Immerhin begann sie nun, mich regelmäßig anzurufen, ungefähr einmal in der Woche. Das letzte Mal, daß ich von ihr hörte, war – und das wollten Sie doch wissen, nicht wahr? – das letzte Mal war Freitag vor einer Woche, am Freitag, dem 25. Februar.«

Wexford spürte sein Gesicht blutleer werden. Er hoffte bloß, daß man es nicht sah. »Sie rief Sie am Freitag vor einer Woche an?«

»Ja, um die Mittagszeit. Sie weiß, daß Stephen nie zum Lunch nach Hause kommt, und sie rief immer gegen Viertel nach eins an.«

11

Die übrigen Klippen sind nicht sichtbar: sie liegen unter Wasser und bilden so eine heimtückische Gefahr.

Wexford saß ganz still. Er wußte, ihre scharf beobachtenden Augen würden jedes Unbehagen entdecken, das er zeigte. Er hörte eine Uhr im Zimmer ticken, einen Ton, den er vorher nicht wahrgenommen hatte. Dazu gesellte sich das reißende Geräusch, das Mrs. Dearborns Finger machten, während sie weitere Zentimeter des Schnurbesatzes von der Sessellehne zerrte. Fieberhaft daran zerrend, redete sie weiter.

»Isa klang so ungeheuer glücklich; es lag ein Ton in ihrer Stimme, wie ich ihn nicht mehr gehört habe, seit sie ein kleines Mädchen war. Sie fragte mich sogar, wie es mir ginge, und wie es Alexandra ginge. Dann sagte sie, sie glaube, sie hätte bald eine Neuigkeit für mich, die mir gefallen würde. Natürlich fragte ich, was für eine Neuigkeit, und sie meinte, sie dächte, das könne noch ein oder zwei Wochen warten, aber sie werde mich in ein paar Tagen wieder anrufen. Nun, ich brachte es einfach nicht fertig, das so auf sich beruhen zu lassen, und ich bettelte, sie solle es mir doch erzählen. Aber da piepste im Apparat der Signalton, daß die Sprechzeit zu Ende sei. Ich rief noch, sie solle mir ihre Nummer geben, ich würde zurückrufen, aber bevor sie es tun konnte, waren wir unterbrochen.«

Es paßte alles. Es paßte so grauenhaft. »Und sie hat nicht noch einmal angerufen?« fragte er und wußte doch die Antwort schon genau.

»Nein. Es war so eine entsetzliche Demütigung für mich. Ich wurde schier verrückt vor – nun, vor Neugierde, müßte man wohl sagen. Ich vergaß alle guten Vorsätze, sie nicht zu verfolgen und versuchte, Stephen anzurufen und ihn dazu zu bewegen, sie nochmals ausfindig zu machen, wenn er könnte... Aber er war an dem Nachmittag nicht da, und als er dann später nach Hause kam, da hatte ich mich schon wieder beruhigt und dachte, ich warte eben einfach, bis sie wieder anruft. Aber sie hat seitdem nicht wieder angerufen.«

»Was ängstigt Sie denn am meisten?«

»Ihre plötzliche Glückseligkeit.« Sie lachte ein wenig schrill. »Klingt ganz schön absurd, was? Ich frage mich halt, ob dieses Glücklichsein sie vielleicht dazu getrieben hat, irgend etwas Leichtsinniges zu tun, irgendein entsetzliches Risiko einzugehen.« Sie schauderte und fragte: »Was soll ich bloß tun? Sagen Sie mir, was ich tun soll.«

Kommen Sie mit nach Kenbourne und identifizieren Sie eine Leiche. Aber das konnte er nicht sagen. Wenn dies Kingsmarkham gewesen wäre und er zuständig für den Fall Morgan, dann hätte er so etwas Ähnliches gesagt, aber auf möglichst schonende, zart andeutende Weise. Er war aber nicht in Kingsmarkham, und bevor er etwas unternahm, mußte er mit Howard sprechen, mußte möglichst noch mehr herausfinden, ehe er selbst das tat.

Melanie Dearborn hatte während ihrer vierzig Jahre viel gelitten. Aber wenn seine augenblickliche Vermutung zutraf, dann wäre alles Leid, das sie je erduldet hatte, nichts gegen den Schmerz, den sie noch würde ertragen müssen. Das wünschte er seinen ärgsten Feinden nicht. Und dazu gehörte diese Frau nicht. Er mochte sie. Er mochte ihre Weiblichkeit und ihre Empfindsamkeit und ihre Contenance.

Was schadete es schon, sie zu trösten und die Dinge eine Weile treiben zu lassen? Er war hier nicht im Dienst, er hatte Urlaub.

»Es ist doch erst wenig mehr als eine Woche her, Mrs. Dearborn«, sagte er. »Vergessen Sie nicht, es gab eine Zeit, da hörten Sie monatelang nichts von Isa.«

»Das ist wahr.«

»Wenn ich darf, dann rufe ich Sie am Mittwoch wieder an, und wenn Sie dann immer noch nichts von ihr gehört haben, dann melden wir Ihre Tochter als vermißt.«

»Glauben Sie wirklich, ich mache aus einer Mücke einen Elefanten?«

»Ja, das tue ich«, log er. Und warum auch nicht? Immerhin konnte er unrecht haben. Nach allem, was er wußte, konnte Isa – wie war doch ihr anderer Name? – quicklebendig sein und mit irgendeinem Jungen durch Europa bummeln. So etwas Ähnliches war ihm schon mal passiert. Damals hatte er *gewußt,* daß das Mädchen tot war, alle Beweise hatten darauf hingedeutet, und dann war sie plötzlich wiederaufgetaucht, braungebrannt und lächelnd – zurück von einem Italien-Urlaub mit einem Dichter.

»Wie ist der Nachname Ihrer Tochter?« fragte er.

»Sampson«, sagte Mrs. Dearborn. »Louise Sampson, oder Isa oder Lulu oder wie immer sie sich zur Zeit gerade nennt.«

Oder Loveday? Hören Sie auf, hätte er am liebsten geschrien – er, der sich sonst immer so freute über eine positive Identifikation –, hören Sie auf, Sie machen nur alles immer schlimmer für mich, immer zutreffender.

»Ich muß jetzt gehen.«

»Und wie?« fragte sie. »Taxi? Bus?«

»Eins von beiden«, lächelte er.

»Ich fahre Sie. Sie sind so freundlich gewesen, haben mir Ihre Urlaubsstunden geopfert, und ich muß sowieso einkaufen.«

Sie stritten sich ein wenig, und Mrs. Dearborn gewann. Sie ging hinauf, um das Baby zu holen, und als sie oben an der Treppe wieder auftauchte, kam Wexford ihr entgegen, um ihr mit der Tragetasche zu helfen. Alexandra, dessen Köpfchen auf einem blaßrosa Kissen lag, blickte mit großen, ruhigen blauen Augen zu ihm auf. Es war ein ziemlich dikkes Baby, makellos sauber, und es steckte in einem teuer aussehenden, einteiligen Kleidungsstück aus rosa Angorawolle.

Mrs. Dearborn wickelte sie in eine weiße Felldecke ein. »Die letzte Extravaganz meines Mannes«, sagte sie. »Er kauft praktisch jeden Tag Geschenke für dieses Kind. Sie hat schon jetzt viel mehr zum Anziehen als ich.«

»Hallo«, sagte Wexford zu dem Baby. »Hallo, Alexandra.«

Sie benahm sich altersgerecht, indem sie ihr Gesichtchen zuerst bedrohlich verzog und es dann ganz langsam zu einem entzückenden Lächeln der Fröhlichkeit und des Vertrauens glättete.

»Schön ist sie«, sagte er ernst.

Mrs. Dearborn antwortete darauf nicht. Sie suchte am Garderobenständer der Diele zwischen den Mänteln herum. »Ich suche meinen Schal«, sagte sie halb zu ihm, halb zu sich selbst, »einen blauen Seidenschal, den ich sehr gern habe. Weiß der Himmel, wo der wieder ist. Wenn ich es recht bedenke, hab ich ihn eigentlich schon seit Wochen nicht gesehen. Ob Stephen ihn womöglich unserer alten Putzfrau geschenkt hat? Als sie hier aufhörte, bestand er darauf, ihr massenhaft Kleidungsstücke mitzugeben. Er ist ein so impulsiver Mann.« Das Baby fing an zu weinen. »O Alexandra, hör bloß auf! Sie ist wie ein Hund«, meinte Mrs. Dearborn ziemlich gereizt. »Kaum weiß sie, daß wir ausgehen, läßt sie einem keine Ruhe, bis es wirklich losgeht. Ich könnte mir eigentlich Stephens Jacke ausborgen. Mein Pelz ist in der Reinigung, und es ist doch so kalt, nicht wahr?«

Sie wickelte sich in Dearborns Schaffelljacke, die ihr viel zu groß war, und sie rannten durch einen plötzlichen Regenschauer zum Wagen. Kind und Tragetasche wurden energisch auf den Rücksitz verfrachtet, als sei es Gepäck, das man sicher verstaute und dann vergessen konnte. Wexford war einigermaßen erstaunt. Er hatte Mrs. Dearborn für eine sehr mütterliche Frau gehalten, die völlig in ihrem Mann und ihren Töchtern aufging. Sie war nicht zu alt, um ein Baby zu bekommen, aber vielleicht war sie zu alt, um den Umgang mit ihm zu genießen? Dabei war sie nicht älter als die Frau des Sergeants, die es sogar sehr genoß, mit ihrem Baby zu spielen, wenn es sie nachts aufweckte. Es mußte ihre alles absorbierende Sorge um Louise sein, die sie dem Rest ihrer Familie innerlich entzog.

»Sagen Sie mir den Namen der Freundin, mit der Isa die Wohnung geteilt hat.«

»Verity Bate. Sie waren zusammen in der Schule, und Verity ließ sich dann am St. Mark und St. John als Lehrerin ausbilden.«

»Ich nehme an, das ist in London?«

»Wir sind hier keinen halben Kilometer davon entfernt«, sagte Mrs. Dearborn. »Es ist dort, wo Sie wohnen, ganz in der Nähe, in der King's Road. Ich werde es Ihnen zeigen. Sie müßte im letzten Ausbildungsjahr sein, aber ich weiß nicht, ob sie noch in dieser Wohnung wohnt. Die liegt nahe am Holland Park, und ich habe auch schon versucht, die Nummer anzurufen, aber ich konnte kein Gespräch herstellen.«

Inzwischen hatten sie die King's Road gekreuzt und fuhren nordwärts. Auf dem Rücksitz gab Alexandra sanft gurgelnde Laute von sich. Wexford blickte über die Schulter und sah, daß sie den Regen beobachtete, der gegen die Fenster schlug. Sie reckte eine dicke kleine Hand, als könnte sie die hellen, glitzernden Tropfen fangen. Sie fuhren durch die Sydney Street und bogen in die Fulham Street ein, und als sie am Kino vorbei waren und den Teil der Straße erreichten, der eng war wie ein ländlicher Fahrweg, fragte Mrs. Dearborn, ob es ihm etwas ausmachte, ein paar Minuten zu warten.

»Ich kaufe mein Brot und Gebäck immer hier ein«, erklärte sie. »Halten Sie es aus, wenn ich Sie einen Moment mit Alexandra allein lasse?«

Wexford sagte, er hielte es mit Freuden aus. Sie stellte den Wagen an einer Parkuhr in der Gilston Road ab, bekundete laut ihre Zufriedenheit, weil der letzte Benutzer noch zehn

Minuten Parkzeit übriggelassen hatte, und ging dann zu ihrem Brotladen, ohne zum Abschied auch nur ein Wort zu der Kleinen zu sagen. Also drehte Wexford sich um und redete mit ihr. Es schien sie kein bißchen zu irritieren, mit einem Fremden allein gelassen zu werden; sie streckte sogar die Hände aus, um sein Gesicht anzufassen. Der Regen trommelte auf das Wagendach, und Alexandra lachte und strampelte die weiße Felldecke fort.

Die Zeit verging so angenehm, während er mit dem Baby spielte, daß er Mrs. Dearborn beinahe vergaß, und er war höchst verwundert, als er feststellte, daß schon zehn Minuten vergangen waren. Alexandra hatte vorübergehend das Interesse an ihm verloren und kaute an ihrer Decke. Er blickte aus dem Fenster und sah Mrs. Dearborn in ein Gespräch vertieft mit einer anderen Frau, unter deren Regenschirm sich die beiden zusammendrängten. Sie bemerkte seinen Blick, rief so etwas wie: »Komme schon!«, und die beiden Frauen kamen gemeinsam auf das Auto zu.

Anscheinend wollte Mrs. Dearborn der Freundin ihr Baby zeigen, wenn es denn ihre Freundin war. Nach allem, was Wexford durch den strömenden Regen von ihr sehen konnte, als sie ihr Gesicht an das Rückfenster preßte, schien sie keine sonderlich adäquate Bekanntschaft für die Frau eines Firmenbosses zu sein. Sie trug einen Männerregenschirm, ein billiges Ding in unauffälligem Schwarz, auch ihr schäbiger Mantel war schwarz, und darunter trug sie etwas, das wie ein Overall aussah. Ein alter Filzhut, den sie tief über den Kopf gestülpt hatte, verbarg zum Teil ihr Gesicht, nicht aber ein entstellendes Muttermal zwischen Wange und linkem Nasenflügel. Er hatte sie schon irgendwo einmal gesehen.

Er fing eben an, sich zu wundern, wie lange die beiden es

wohl noch aushielten bei ihrem Tratsch in einem Regenschauer, der sich inzwischen zu einem wahren Platzregen ausgewachsen hatte, da sprang Mrs. Dearborn in den Wagen und strich mit nassen Händen ihr nasses Haar zurück.

»Tut mir so leid, daß ich Sie habe warten lassen. Sie bedauern bestimmt schon, sich kein Taxi genommen zu haben. Aber Sie wissen ja, wie das ist, wenn man zufällig Leute trifft und es so sehr...« Sie brach abrupt ab. »So, jetzt bringen wir Sie nach Hause«, sagte sie.

»Sie wollten mir noch das St. Mark- und St. John-College zeigen.«

»Ach ja. Sehen Sie da geradeaus an der linken Seite dieses runde Gebäude? Kurz bevor man zur Stamford Bridge kommt? Das ist die St. Mark's Bibliothek. Das Grundstück dcs Colleges reicht bis an die King's Road. Wollen Sie mit Verity sprechen?«

»Ich denke, ja«, erwiderte Wexford, »wenigstens wird sie mir sagen können, wohin Isa gegangen ist, als sie sich von ihr trennte.«

»Das kann ich auch tun«, sagte Melanie Dearborn rasch. »Vergessen Sie nicht, daß es dort war, wo Stephen sie aufgestöbert hat. Es ist im Earls Court. Ich schreibe Ihnen die Telefonnummer auf. Ich würde ja selbst anrufen, ich würde ja versuchen, mit Verity zu reden, bloß...« Sie zauderte und fügte dann traurig hinzu: »Keine ihrer Freundinnen würde mir *irgend etwas* erzählen.«

Sie hielten vor dem Haus in der Theresa Street, und Mrs. Dearborn schrieb ihm die Nummer auf. Eine halbe Stunde lang waren ihre Gedanken abgelenkt gewesen von ihrer Tochter, aber jetzt sah er, wie die Hand, die den Stift hielt, zitterte. Sie blickte ihn nervös an und zog sorgenvoll die Augenbrauen zusammen.

»Wollen Sie wirklich versuchen, sie für mich ausfindig zu machen? Ich bin ein bißchen ... ich muß immer daran denken, was passiert ist, als Stephen ...«

»Ich werde sehr diskret vorgehen«, versprach Wexford. Dann verabschiedete er sich und fügte noch hinzu, er werde sich auf alle Fälle Mittwoch bei ihr melden.

Das Haus war leer. Denise hatte ihm eine Notiz hinterlassen, die gegen eine Kristallvase mit Fresien lehnte, darauf stand, sie seien ausgegangen, um einen Blackberry-Poncho zu kaufen. Er wußte nicht recht, ob das wohl etwas zum Anziehen oder zum Essen war.

Er rief die Nummer am Holland Park an, aber niemand antwortete. Jetzt also das Mädchen Nummer zwei, vielleicht eine Zeugin von Dearborns unbeholfener und taktloser Fahndungsaktion.

Die Stimme eines jungen Mannes sagte hallo.

»Wer hat vor Ihnen in Ihrer Wohnung gewohnt?« fragte Wexford, nachdem er erklärt hatte, wer er sei.

»Das weiß ich nicht. Ich bin schon seit vier Jahren hier drin.«

»Vier Jahre? Vor zwei Jahren hat doch Louise Sampson dort gewohnt.«

»Das stimmt. Mit mir zusammen. Lulu und ich haben – warten Sie mal –, wir haben so vier oder fünf Monate zusammengewohnt.«

»Ich verstehe.« Dieses war sicherlich ein Stückchen Information, das Dearborn klugerweise seiner Frau verschwiegen hatte. »Könnte ich mal kommen und mit Ihnen sprechen, Mr....?«

»Adams. Natürlich können Sie. Aber nicht heute. Sagen wir morgen – so gegen sieben?«

Wexford legte den Hörer auf und blickte auf die Uhr. Kurz nach fünf. Der Regen war wieder zu einem Nieseln geworden. Um welche Zeit machten die Collegeklassen wohl Feierabend? Wenn er Glück hatte, dann kam Verity jetzt gerade heraus, oder – was noch besser wäre – womöglich wohnte sie während ihres letzten Jahres im College.

Er fand das große Tor des Colleges, das von den Studenten »Marjohn« genannt wurde, ohne Schwierigkeiten. Auf dem Vorhof tummelten sich ein paar Jungen und Mädchen herum, angehende Lehrer, die ihm genau jene Seitenblicke zuwarfen, mit denen sonst seine Generation – er allerdings nicht – die Jungen bedachte, Blicke, die fragten: Warum trägst du diese komische Kleidung, diesen Haarschnitt, diese ganze fremdländische Aufmachung? Er war überzeugt, kein Mensch in der King's Road trug seine Art Kleidung, kein Mensch war so alt wie er. Ziemlich zaghaft betrat er die Pförtnersloge und fragte, wo er Miss Verity Bate finden könne.

»Sie haben sie gerade verpaßt. Sie ist eben hier gewesen, um zu fragen, ob Briefe für sie da wären, und dann ist sie nach Hause gegangen. Sind Sie ihr Vater?«

Wexford fühlte sich geschmeichelt. Mal angenommen, man hätte ihn gefragt, ob er der Großvater des Mädchens wäre?

»Ich werde hier eine Nachricht für sie hinterlassen«, sagte er.

Er sollte wirklich mit Howard sprechen, ehe er noch weiterermittelte. Seinem Neffen stand schließlich ein ganzer Polizeiapparat zur Verfügung, ein Apparat, für den es eine Sache von Stunden wäre, Louise Sampson ausfindig zu machen und entweder festzustellen, daß sie mit Loveday Morgan identisch war, oder aber, daß die beiden Mädchen – zwei

Mädchen waren. Aber wieviel befriedigender wäre es, wenn er ihm von sich aus ein *fait accompli* liefern könnte, bei dem sämtliche Ermittlungen und Spurenfahndungen bereits abgeschlossen wären…

12

Die Wahrheit würde leichter ans Licht gebracht… So kommt der Richter weniger gewandten Parteien gegen die Verleumdung verschlagener Gegner zu Hilfe.

»Schon wieder eins von deinen Weibern am Telefon«, sagte Denise ziemlich hämisch.

Wexford hatte eben sein Frühstück beendet. Er war froh, daß Howard, der gerade in sein Arbeitszimmer gegangen war, um seine Aktentasche zu holen, und Dora, die die Betten machte, diese Bemerkung nicht gehört hatten. Er ging ans Telefon, und eine Mädchenstimme, atemlos vor Neugierde, sagte, sie sei Verity Bate.

Es war erst Viertel nach acht. »Na, Sie haben ja keine Zeit vergeudet, Miss Bate.«

»Ich mußte gestern abend noch mal ins Marjohn zurück, um etwas zu holen, und da fand ich Ihre Notiz.« Ein wenig blasiert fuhr sie fort: »Ich vermute, es ist sehr wichtig, und da ich gesellschaftliches Bewußtsein besitze, dachte ich, ich setze mich so schnell wie möglich mit Ihnen in Verbindung.«

Konntest es wohl eher nicht abwarten zu erfahren, worum es geht, dachte Wexford. »Ich versuche jemanden zu finden, den Sie kannten.«

»Ach, wirklich? Wen denn? Ich meine, wen könnten Sie denn wohl…?«

»Wann und wo können wir uns treffen, Miss Bate?«

»Also, ich habe bis halb zwölf Unterricht. Ich wünschte wirklich, Sie würden mir sagen, wer es ist.« Zweifel an seiner Identität äußerte sie nicht. Er hätte ein krimineller Wahnsinniger sein können, der ihr nach dem Leben trachtete. »Sie könnten in meine Wohnung kommen… Nein, ich habe eine bessere Idee. Ich treffe Sie Viertel vor zwölf in *Violet's Voice*, das ist ein Café gegenüber vom Marjohn.«

Howard stellte keine Fragen, als Wexford ihm erklärte, er würde erst nach seinem Lunch bei Sergeant und Mrs. Clements ins Revier kommen. Vielleicht war er froh, daß ihm die Gesellschaft seines Onkels für den Vormittag erspart blieb, oder vielleicht vermutete er, Wexford betreibe sozusagen seine privaten Ermittlungen, oder, simpler ausgedrückt, er sei wohl mit eigenen Dingen beschäftigt.

Er war schon zehn Minuten vor der Zeit im *Violet's Voice*. Es war ein kleines, dunkles Café, und es war beinahe leer. Decke, Fußboden und Mobiliar waren von dem gleichen tiefen Rot, und die Wände waren mit wirbelnden Drogenvisionen aus Violett, Lavendelblau, Silber und Schwarz bemalt. Wexford setzte sich und bestellte einen Tee, der ihm in einem Glas serviert wurde, in welchem eine Zitronenscheibe und ein Pfefferminzblatt schwammen. Durch das Fenster konnte er das Portal vom Marjohn sehen, und noch ehe er angefangen hatte, seinen Tee zu trinken, sah er ein winziges Mädchen mit langem roten Haar aus diesem Portal kommen und die Straße überqueren. Sie kam ebenfalls zu früh.

Ohne zu zögern trat sie an seinen Tisch und sagte laut: »Es ist wegen Lou Sampson, stimmt's? Ich habe mir den Kopf zerbrochen, und es kann nur Lou sein.«

Er stand auf. »Miss Bate? Bitte setzen Sie sich und lassen Sie mich Ihnen was zum Trinken bestellen. Wieso sind Sie so sicher, daß es Louise ist?«

»Sie *wollte* verschwinden. Ich meine, wenn es irgend jemanden unter meinen Bekannten gibt, dem zuzutrauen ist, daß er in Schwierigkeiten gerät oder daß die Polizei hinter ihm her ist, dann ist das Lou.« Verity Bate setzte sich und stützte die Ellbogen auf den Tisch. »Danke, ich möchte einen Kaffee.« Sie hatte ein aggressives, ziemlich theatralisches Benehmen, ihre Stimme war schneidend, so daß jeder im Café sie hören konnte. »Ich hab nicht die leiseste Idee, wo Lou ist, und wenn ich's wüßte, dann würde ich es Ihnen nicht sagen. Ich nehme an, es ist Mrs. Sampson, die wieder mal hinter ihr her ist? Mrs. Dearborn, wollte ich sagen. Eins muß man dieser Frau lassen, aufgeben tut die nie.«

»Sie mögen Mrs. Dearborn nicht?«

Das Mädchen war sehr jung, sehr streng und sehr intolerant. »Ich mag Verrat nicht. Wenn meine Mutter mit mir machen würde, was sie mit Lou gemacht hat, dann würde ich nie wieder mit ihr reden.«

»Darüber würde ich gern etwas hören«, sagte Wexford.

»Ich werd's Ihnen erzählen. Ist ja sowieso kein Geheimnis.« Verity Bate war einen Moment still, dann sagte sie sehr ernst: »Das verstehen Sie doch, was, daß ich's Ihnen nicht sagen würde, selbst, wenn ich *wüßte*, wo Lou ist? Ich weiß es nicht, aber wenn ich es wüßte, ich würde es Ihnen nicht sagen!«

Ebenso ernst erwiderte Wexford: »Ich weiß das zu schätzen, Miss Bate. Ihre Prinzipien in Ehren, das möchte ich von vornherein klarstellen. Sie wissen nicht, wo Louise ist, Sie haben keine Ahnung, und Sie würden es mir nicht sagen, weil es gegen Ihre Prinzipien ist.«

Sie blickte ihn unsicher an. »Das stimmt. Ich würde Mrs. Samp... Dearborn oder *ihm* nicht helfen.«

»Mr. Dearborn?«

Ihre weiße Haut wurde wohl leicht rot, jetzt jedenfalls loderte Verity flammendrot. Ernst und gekränkt sagte sie: »Er war der beste Freund meines Vaters. Sie waren Partner. Eigentlich dürfte überhaupt niemand je wieder mit ihm reden. Glauben Sie nicht auch, daß die Welt um einiges besser wäre, wenn wir uns einfach weigerten, mit Leuten zu reden, die sich schlecht benehmen? Dann würden die endlich lernen, daß sich verdammt mieses Benehmen nicht auszahlt, weil nämlich die Gesellschaft es nicht hinnimmt. Habe ich nicht recht?«

Sie wirkte eher wie fünfzehn, als wie einundzwanzig. »Wir benehmen uns alle schlecht, Miss Bate.«

»Ach, Sie sind genau wie mein Vater! Sie haben resigniert. Und bloß, weil ihr alten Leute immer Kompromisse macht, sitzen wir doch in dem Schlamassel, den wir – na ja, den wir jetzt haben. Ich will Ihnen mal was sagen: wir sollten endlich aufhören, Leute ins Gefängnis zu stecken, weil sie Sachen gestohlen haben und statt dessen die Leute ins Gefängnis stecken, die das Leben anderer Menschen zerstören. So wie der verdammte Stephen Dearborn.«

Wexford seufzte. Was für eine kleine Schwätzerin sie war! »Mir scheint er ein ganz angenehmer Mensch zu sein«, sagte er. »Aber ich nehme an, Louise mochte ihn nicht besonders?«

»Ihn *mögen*?« Verity Bate schüttelte das Haar zurück und schob ruckartig ihr Gesicht vor, bis ihre kleine, scharfe Nase und die großen blauen Augen keine zwanzig Zentimeter von ihm entfernt waren. »Ihn mögen? Sie wissen also überhaupt nichts, was? Lou betete den Mann an, sie war so verrückt nach Stephen Dearborn, das war schon gar nicht mehr wahr.«

Diese Äußerung übte auf ihn die Wirkung aus, auf die sie offenbar gehofft hatte. Er war zutiefst verblüfft, und doch, wenn er es recht bedachte, fragte er sich, weshalb er nicht selbst auf die Wahrheit gekommen war. Daß es die Wahrheit war, daran zweifelte er nicht. Kein einigermaßen vernünftiges Mädchen verläßt die Schule in einem entscheidenden Stadium ihrer Ausbildung, läßt einen Studienplatz sausen und schottet sich nahezu völlig gegen ihre Mutter ab, bloß weil ihre Mutter eine anständige und vollkommen angemessene Ehe mit einem Mann eingeht, mit dem das Mädchen selbst sie bekannt gemacht hat.

»Sie war in ihn verliebt?« fragte er.

»Natürlich war sie das!« Verity Bate schüttelte den Kopf, bis ihr Gesicht vollkommen von roten Haaren verborgen war, aber ob sie es aus neuerlicher Verwunderung über ihre Enthüllungen tat oder über Wexfords Borniertheit, war nicht zu erkennen. Das Haar flog mit einem scharfen Ruck nach hinten. »Ich erzähl Ihnen wohl besser die ganze Geschichte, und das wird auf jeden Fall ein völlig unparteiischer Bericht. Es hat gar keinen Sinn, daß Sie mit Stephen Dearborn reden, der ist solch ein Lügner. Der würde bloß sagen, er hätte doch nie in *dieser* Weise an Lou gedacht, denn das hat er ja auch schon zu meinem Vater gesagt. Oh, der ist *entsetzlich*!«

»Ist das Ihr – äh – unparteiischer Bericht, Miss Bate?«

»Ja, also, wir gingen zusammen zur Schule, Lou und ich, in Wimbledon. Da wohnen meine Eltern, und Lou und Mrs. Sampson wohnten gleich in der nächsten Straße. Stephen Dearborn wohnte in dem scheußlichen Kenbourne Vale, und Vati brachte ihn manchmal mit nach Hause, weil er doch so ein armer, einsamer Witwer war, wie er ihn nannte.«

»Er ist also früher schon einmal verheiratet gewesen?«

»Seine Frau starb, und ihr Baby auch. Das lag alles schon Jahrhunderte zurück. Von Stephen hieß es, er möge Kinder gern, und so ging er öfter mit mir aus. London Tower, Wachablösung, die ganze Leier. Ach, und er schleppte mich auch in Kenbourne Vale herum und zeigte mir eine Menge langweiliger alter Architektur. Es ist ein Wunder, daß ich mir in den Slums dort nicht irgendwas Schlimmes geholt habe. Als ich mich mit Lou anfreundete, nahm er uns beide mit.«

»Wie alt waren Sie damals?«

»Sechzehn, siebzehn. Ich mußte ihn Onkel Steve nennen. Es macht mich noch krank, wenn ich daran denke, richtig körperlich krank!« Sie zog die Mundwinkel nach unten. »Lou ist nicht so wie ich, wissen Sie. Bei ihr bleibt alles unter der Oberfläche, aber da ist es dann eben, und die Emotionen schäumen und sprudeln wie ein« – die kindische Stimme senkte sich beschwörend – »wie ein Hexenkessel! Egal, jedenfalls gingen wir zusammen aus, aber ich war die Überflüssige. Stephen und Lou – na ja, es war wie in den Tagen, als die Leute Chaperons hatten. Und diese Anstandsperson war ich für die beiden. Und dann, eines Abends, als sie bei uns blieb, erzählte sie mir, sie sei in ihn verliebt, und ob ich glaubte, daß er sie auch liebte? Es versetzte mir einen ziemlichen Schock, daß Lou mir überhaupt irgend etwas Privates erzählte. Ich wußte nicht, was ich sagen sollte, ich begriff es nicht. Ich meine, sie war doch siebzehn – vielleicht auch damals schon achtzehn –, und er war in den mittleren Jahren, wie es so schön heißt. Ein Mädchen von achtzehn, das auf einen Mann von vierzig fliegt, können Sie sich das vorstellen?«

»Das kommt vor.«

»Ich finde es ekelhaft«, sagte Miss Bate mit echt wirkendem Schaudern. »Das nächste, was sie tat, war, daß sie ihn zu sich nach Hause einlud. Damit er ihre Mutter kennenlernen würde«, fügte sie düster hinzu.

Wexford hatte fast vergessen, daß der Grund zu dieser Unterhaltung gewesen war, etwas über Louise Sampson zu erfahren. Er sah im Geiste wieder die kleine Kamee vor sich: der Fremde, der allein das Haus betritt – weil ein ungezogenes Mädchen es ihm selbst überläßt, sich einzuführen – und dann, auf der Suche nach der Mutter des Mädchens, jene halboffene Tür findet, und dahinter in der Küche die Frau mit der weißen Schürze, beschäftigt mit einer uralten weiblichen Tätigkeit. Die durchdringende Stimme des Mädchens weckte ihn aus seinem Tagtraum.

»Lou und ich hätten für unsere Prüfungen büffeln müssen, aber in der Woche, ehe sie anfingen, kam Lou nicht zur Schule. Ich rief bei ihr zu Hause an, und ihre Mutter sagte, sie sei unpäßlich. Dann kam eines Abends mein Vati rein und sagte zu Mami: ›Weißt du was? Steve wird dieses Sampson-Mädchen heiraten.‹ Natürlich dachte ich, er meinte Lou, aber das tat er nicht. Eine Frau von siebenunddreißig ›Mädchen‹ zu nennen – das muß man sich mal vorstellen! Lou hat ihr Examen nie gemacht. Sie war wirklich krank, sie hatte eine Art Nervenzusammenbruch.«

»Ein Fall von *filia pulchra, mater pulchrior*«, sagte Wexford.

»Versteh ich nicht, Latein hab ich nie gehabt. Sie schickten Lou weg zu ihrer Großmutter, und dann haben sie geheiratet. Ich verließ die Schule und fing im Marjohn an, und Vati hatte gesagt, er zahlte mir die Hälfte der Wohnungsmiete, wenn ich ein anderes Mädchen fände, mit dem ich zusammenziehen könnte. Ich war gerade am Suchen, da rief Lou mich von ihrer Großmutter aus an und sagte, sie würde nie im Leben zu den beiden nach Chelsea ziehen, und ob wir uns zusammentun könnten?«

»Wie lange hat das gedauert?«

»Ungefähr ein Jahr. Lou war verschlossener denn je. Sie war völlig am Boden zerstört. Ihre verdammte Mutter rief dauernd an und erklärte mir, es sei doch alles Unsinn, von wegen Lou in Stephen verliebt und so. Jedenfalls hatte Lou es satt, dauernd verfolgt zu werden, und sie ging weg und zog mit jemandem in Battersea zusammen. Die Adresse gebe ich Ihnen nicht, das lassen Sie sich gesagt sein.«

»Ich hätte auch nicht im Traum daran gedacht, Sie danach zu fragen, Miss Bate.«

»Danach haben wir dann ziemlich die Verbindung verloren.«

»Sie konnten es nicht mitansehen, daß jemand so litt, war es das?«

»Ganz genau.« Sie schien erleichtert über eine so simple Lösung, die es ihr vielleicht ersparte, erklären zu müssen, warum sie sich nicht die Mühe gemacht hatte, zu telefonieren oder Briefe zu schreiben. »Louise Sampson«, sagte sie dramatisch, »verschwand aus meinem Leben. Vielleicht hat sie ihr Glück gefunden, vielleicht auch nicht. Ich werde es nie erfahren.« Sie hob ihr Kinn und starrte intensiv in Richtung der Kaffeemaschine; dabei wandte sie Wexford ein zartes und ganz leicht vibrierendes Profil zu. Er fragte sich, ob sie wohl alle oder nur einige Filme der Garbo-Retrospektive gesehen hatte, die, wie er von Denise wußte, kürzlich im Kino weiter oben an der Straße stattgefunden hatte. »Das ist alles, was ich

Ihnen erzählen kann«, sagte sie, »aber auch, wenn ich mehr wüßte, würde ich darüber hinaus kein Sterbenswörtchen sagen.«

Sicherlich machte die Frau des Sergeants nicht all diesen Aufwand – mehrgängiges Menu, Leinenservietten, Beistellteller und alles das –, wenn ihr Mann auf einen Sprung heimkam, um einen Happen zu essen. Wexford war überzeugt, daß sie das nicht tat, aber er benahm sich, als sei dieses ganze Zeremoniell normal, und er vergaß sogar seine Diät.

Ihm war klar, daß der feierlichste Moment der Auftritt des Kindes sein würde, hinausgezögert bis nach dem Kaffee, nicht nur, um die Spannung zu erhöhen, sondern auch, um Mrs. Clements' Fähigkeit zu beweisen, trotz ihrer Mutterrolle eine vollendete Gastgeberin zu sein. Es war rührend, fand er, wie sie stoisch bei dem Thema ihrer Unterhaltung blieb – nämlich, unter reger Teilnahme ihres Mannes, beim allgemeinen Verfall des modernen Lebens –, während sie doch verstohlen auf jeden Pieps aus dem Nebenzimmer horchte. Und endlich, als Clements und Wexford sich erhoben hatten, an dem großen Wohnzimmerfenster standen und aus der Höhe von zwölf Stockwerken Kenbourne Vale betrachteten, trat sie wieder ins Zimmer, mit dem Baby auf dem Arm.

»Er hat schon zwei Zähne«, sagte sie, »und nicht den kleinsten Ärger, als sie kamen.«

»Ein feiner Junge«, sagte Wexford. Er nahm ihr das Kind ab und redete mit ihm, wie er mit Alexandra Dearborn geredet hatte, aber James reagierte weniger glücklich, und seine blanken schwarzen Augen wurden ängstlich. Ein adoptiertes Kind, dachte Wexford, zeigte wahrscheinlich leicht Spuren von Unsicherheit; und besonders dieses, so wie mit ihm umgegangen worden war, seit er seine leibliche Mutter verlassen hatte – von einem Fremden zum anderen. »Der macht Ihnen alle Ehre«, sagte er, und voller Scham stellte er fest, daß seine Stimme unter einer unverhofften Gefühlsregung unsicher wurde. Es war ihm nicht möglich, noch mehr zu sagen.

Aber er hatte schon genug gesagt, oder sein Gesicht hatte ausgedrückt, was er nicht sagen konnte. Mrs. Clements strahlte. »Fünfzehn Jahre habe ich *darauf* gewartet.«

Wexford gab ihr den Jungen zurück. »Und jetzt haben Sie fünfzehn Jahre harte Arbeit gekriegt.«

»Jahre des Glücks, Mr. Wexford.« Das Lächeln erstarb. Ihr volles, ziemlich leeres Gesicht schien einen Augenblick lang schmaler zu werden. »Wenn – wenn sie mir ihn lassen.«

»Sie hat doch schließlich ihr Einverständnis unterschrieben, oder?« sagte der Sergeant heftig. »Sie hat versprochen, ihn aufzugeben.«

Sie bedachte ihn mit dem Blick einer alten Ehefrau, halb Mitgefühl, halb sanfte Zurechtweisung. »Du bist doch genauso besorgt wie ich, das weißt du doch selbst, mein Lieber. Er war zuerst sogar noch besorgter als ich, Mr. Wexford. Er wollte – also, er wollte sogar rausfinden, wer sie ist und ihr ein bißchen Geld geben, wollte ihr James sozusagen abkaufen, wissen Sie.«

»Ich verstehe nicht viel von Adoptionen«, sagte Wexford, »aber es ist doch sicher gesetzwidrig, bei diesen Transaktionen Geld ins Spiel zu bringen?«

»Klar ist es das«, sagte Clements gereizt. Er sah betreten drein. »War ja auch nicht ernst gemeint.« Seine nächsten Worte straften diese Bemerkung Lügen. »Ich bin immer sparsam gewesen, kann ich wohl sagen, ich hätte 'ne ganze Menge aufbringen können auf diese oder jene Art, aber... Sie glauben doch nicht, daß ich es ernst meinte, Sir?«

Wexford lächelte. »Das wär ein bißchen zu riskant, nicht wahr?«

»Das Gesetz zu brechen, meinen Sie, Sir? Man würde zwar das Kind behalten, hätte aber immer die Angst im Nacken, daß es rauskäme?«

Clements war noch nie schnell von Begriff gewesen, mußte Wexford denken. Er sagte: »Aber würde man das Kind wirklich besitzen?«

»Natürlich, Sir. Man bekäme es von der leiblichen Mutter sozusagen auf mündliche Abmachung, obgleich es nicht sehr schön klingt, so ausgedrückt. Man bietet ihr, sagen wir mal, tausend Pfund, damit sie der Adoption ganz bestimmt nicht widerspricht.«

»Und mal angenommen, sie nimmt das Geld und stimmt zu, und dann widerspricht sie trotzdem? Was für einen Gegenwert hätten Sie dann? Überhaupt keinen. Sie könnten sie ja nicht auffordern, eine Vereinbarung zu unterschreiben oder sich durch einen Vertrag zu binden, weil im Fall einer Adoption all solche Absprachen illegal sind.«

»Daran hab ich noch nie gedacht. Dann könnte ein skrupelloses Mädchen es ja sogar so hindrehen, daß sie das Geld kriegt, um damit ihr Kind zu unterstützen.«

»Das könnte sie allerdings«, meinte Wexford.

13

In Utopia dagegen ist jeder einzelne rechtskundig.

Auch sie hatte ein Baby bekommen... Während des vergangenen Jahres hatte Loveday Morgan ein Baby bekommen. Wenn Loveday Morgan Louise Sampson war, dann hatte Louise das Baby bekommen. Ein guter Grund, außer den anderen guten Gründen, sich von ihrer Mutter bis Weihnachten nicht sehen zu lassen, bis sie sich von der Geburt vollständig erholt hatte.

Nun mußte diese Geburt ja irgendwo registriert worden sein, aber anscheinend nicht von einer Mutter namens Morgan. Sicherlich hätte sich Louise nicht getraut, das Kind unter einem falschen Namen anzumelden? Die Strafen für falsche Eintragungen waren, wie Wexford wußte, bei jedem Standesamt deutlich genug ersichtlich. Sie waren mehr als ausreichend, ein junges Mädchen einzuschüchtern. Nein, sie hätte es bestimmt unter ihrem eigenen Namen angemeldet.

Also brauchte er lediglich das nachzuprüfen, ehe er weitere Schritte unternahm. Und vielleicht brauchte er dann weiter gar nichts zu unternehmen. Aber dieser Plan war zunächst zum Aufschub verurteilt, denn kaum war er in seinem Büro angekommen, da rief Howard an und bat ihn, zu einem Haus in der Copeland Road mitzukommen.

»Mrs. Kirby?« fragte Wexford. »Wer ist das?«

»Gregson hat in der Mittagszeit des 25. Februar ihren Fernseher repariert. Sie hat eben angerufen, um zu sagen, ihr sei etwas eingefallen, was wir wissen sollten.«

»Da brauchst du *mich* doch nicht.«

Aber Howard bestand darauf, er drängte regelrecht. Als Wexford sich mit ihm am Wagen traf und Inspector Baker mit seiner verdrossenen Miene sah, war ihm alles klar. Die sanfte Erpressung hatte im Grunde Baker gegolten, nämlich hinzunehmen, daß der Chief Inspector in diesen Besuch einbezogen wurde. Dies war nun allerdings ein Riesenvorschlaghammer, um einer Fliege zu Leibe zu rücken, es sei denn, die Fliege entpuppte sich als ein weitaus größeres Insekt. Baker gefiel das offensichtlich nicht, und nicht bloß aus diesem Grunde. Er bedachte Wexford mit einem durchdringenden Blick.

Und Wexford selbst war auch verärgert. Es wäre ihm viel lieber gewesen, seine eigenen Untersuchungen voranzutreiben. Howard hatte das bloß arrangiert, um seinen Onkel nicht zu kränken, und Wexford war bloß hier, um seinen Neffen nicht zu kränken, aber alles, was sie damit erreichten, war, Baker vollständig aufzubringen. Sein Nacken, stachelig von rotblonden Stoppeln, war dunkelrot geworden vor Ärger.

Wexford dachte an Bakers Privatleben, an das einsame Dasein, das er irgendwo führen mußte, vielleicht in einem adretten Vorort in einer gepflegten Doppelhaushälfte, eigens für die junge Frau eingerichtet, die ihn dann im Stich ließ. Man konnte sich kaum eine größere Demütigung für einen Mann mittleren Alters vorstellen als die, die Baker erlitten hatte. Das mußte an den Wurzeln seiner Männlichkeit nagen und das, was in seinen Jahren eine wohlgesetzte Persönlichkeit sein müßte, vollends erschüttern.

Er saß neben dem Fahrer, Wexford mit seinem Neffen im Fond, und seit sie am Polizeirevier abgefahren waren, hatte noch keiner ein Wort gesprochen. Jetzt fragte Howard, um die Spannung ein wenig zu mildern, wann Baker aus Wimbledon wegziehen würde in die neue Wohnung, die er im Nordwesten Londons gerade gekauft hatte.

»Nächsten Monat, hoffe ich, Sir«, antwortete Baker knapp. Er wandte den Kopf nicht zurück, und wieder erschien in seinem Nacken die dunkle Röte.

Die Erwähnung Wimbledons erinnerte Wexford an Verity Bate, die gesagt hatte, daß ihre Eltern, und damals auch die Sampsons, in diesem Vorort lebten. Dort also hatte sich das Mißgeschick des Inspectors ereignet. Howard ließ sich nicht entmutigen und beharrte auf dem Thema, aber Wexford hatte den Eindruck, Baker antwortete nur, weil Howard sein Vorgesetzter war. Und als der Superintendent jetzt auf die Tage bis zum 27. Februar zu sprechen kam, jene Woche, die sich Baker freigenommen hatte, um sich mit seinem Rechtsanwalt zu beraten und die Renovierung der neuen Wohnung zu arrangieren, da war Bakers Achselzucken nahezu unverschämt.

»Ich fürchte, Sie gehören zu den Leuten, die nie richtig Urlaub machen, Michael«, meinte Howard freundlich. »Selbst, als Sie eigentlich frei gehabt hätten, hingen Sie dauernd in Kenbourne Vale herum. Ist das denn eine so attraktive Gegend?«

»Drecknest!« erwiderte Baker verächtlich. »Verstehe gar nicht, wie hier überhaupt jemand leben kann.«

Die Art, wie der Fahrer seine Schultern auf Ohrenhöhe brachte, ließ Wexford vermuten, daß er einer von denen war, die dort wohnten. Wieder so ein Beispiel, wie der Inspector die Leute gegen sich aufbrachte, diesmal im buchstäblichen Sinn des Wortes. Düsteres Schweigen breitete sich aus. Howard vermied es sorgfältig, seinen Onkel anzublicken, und Wexford schaute verlegen aus dem Fenster.

Es war ein feuchter, rauher Tag, und obgleich es erst früher Nachmittag war, schien hier und da schon Licht hinter den langen Schiebefenstern und bildete matterleuchtete Rechtecke in den grauen Fassaden. Selbst die Luft schien grau, nicht diesig genug für richtigen Nebel, aber doch gesättigt mit einer Feuchtigkeit, die das Straßenpflaster schwarz färbte. Kenbourne Vale trug die Farben eines Schneckenhauses, es schimmerte flau in den fahlen, dumpfen Farbtönen einer Schnecke, unter einem aschfarbenen Himmel, der gleichsam herabgefallen war und tief und düster auf ihr lag. Kirchtürme, ein Stadion, verstreute Fabrikgebäude tauchten vor dem Wagen auf, nahmen feste Gestalt an und lösten sich wieder auf, als sie vorüberfuhren. Nur die neuen Bürogebäude, trutzig-aufrechte Säulen aus Licht, waren in der dichter werdenden Finsternis von greifbarer Realität.

Sie kamen nach Copeland Hill, jenem Bezirk, der sich vor fast einer Woche für ihn als Einlaßpforte zu Howards Königreich erwiesen hatte. Viel war seitdem geschehen. Er überlegte, wie ihm wohl zumute gewesen wäre in jenem Bus letzte Woche, wenn er gewußt hätte, daß er heute neben Howard in einem Polizeiwagen zu einer wichtigen Zeugenvernehmung fahren würde, ehrenhalber zwar, aber von Howard ehrenvoll behandelt. Der Gedanke schmeichelte ihm, und indem er die Copeland Road mit neuerwachtem Interesse betrachtete, beschloß er, sich von Baker nicht abschrecken und in seinem Elan nicht bremsen zu lassen.

Dies war eine der Straßen, die Dearborn aufs Korn genommen hatte, und Wexford sah, daß die ganze Häuserreihe linkerhand renoviert wurde. Gerüste zogen sich an ihr entlang, von denen aus Männer die gesamte Fassadenfläche mit einem hellen, cremefarbenen Anstrich versahen, so daß die Stukkaturen über den Fenstern wieder als Girlanden und Traubenbüschel sichtbar wurden. Neue Gitter aus Schmiedeeisen lehnten an den Gerüsten und warteten darauf, als Balkonbalustraden montiert zu werden.

Das Resultat dieser halb abgeschlossenen Erneuerung war, daß die Häuser der Nachbarschaft noch schäbiger aussahen. Aber weder die Risse des Verfalls noch die unübersehbaren Zeichen, daß jedes von ihnen eher von bunt zusammengewürfelten Mietern als von wohlsituierten, ganzen Familien bewohnt wurde, konnten ihre Stattlichkeit vollends ruinieren. Garmisch Terrace war nicht erst jetzt gemein und minderwertig, sie war es schon von ihrer ganzen Konzeption her gewesen; diese Straße hier besaß dagegen eine seltsam unzerstörbare Schönheit, wie eine alte Frau, die einmal ein hübsches Mädchen gewesen war – das Knochengerüst war wohlgestaltet.

Mrs. Kirby bewohnte einen Teil des Erdgeschosses in einem Haus, dessen Putz von Rissen wie von einem Flußnetz überzogen war. Auch sie war einmal schön gewesen während ihrer Mädchenzeit in Yorkshire. Ihr Akzent ließ auf ihre Herkunft aus dem East Riding schließen, und Wexford fragte sich, welches Zusammentreffen von Umständen sie wohl nach Kenbourne Vale verschlagen hatte. Sie war um die Sechzig. Anscheinend war sie Mieterin des ganzen Hauses, wohnte jedoch in nur drei Zimmern, die sie blitzsauber und gepflegt hielt.

Er staunte über so viel Bürgerlichkeit. Die ganze Gegend hier erschien ihm so zwiespältig – die Häuser wie Felsen in der Brandung der Zeit, mit Ornamenten und Fenstern –, und er meinte, auch sie mit ihrem Herkommen müßte es so betrachten. Was mußte sie dann von diesen Menschen in ihrer exotischen Kleidung denken, von den schwarzen Gesichtern, den provozierenden Jungen und Mädchen, die zusammengepfercht über ihrem Kopf hausten? Sie führte ein Leben, als wohne sie immer noch in einem Häuschen in Yorkshire, so schien es jedenfalls auf Grund ihrer minuziösen und detaillierten Beschreibung, wie sie den 25. Februar verbracht hatte. Sie war Frühaufsteherin, darum war sie um sieben aufgestanden, hatte die Wohnung saubergemacht, hatte über den Zaun mit einer Nachbarin geschwatzt. Redselig ließ sie die drei Polizisten teilhaben an ihren Einkäufen, zählte auf, was sie sich zum Lunch bereitet hatte, und kam endlich, während Baker schon ungeduldig mit dem Fuß wippte, zu Gregsons Ankunft um genau zwölf Uhr dreißig.

»Jawohl, es war zwölf Uhr dreißig, als er kam. Ich weiß das so genau, weil ich um die Zeit immer mein kleines Mittagessen einnehme, und ich dachte so bei mir, manche Leute haben doch einfach kein Benehmen. Frag ich ihn also, wie lange brauchen Sie? Und er sagt, 'ne halbe Stunde. Also stell ich meinen Teller in den Backofen, schließlich mag man's ja nicht, wenn einem die Leute beim Essen zusehen.«

»Wann kam der Telefonanruf?« fragte Howard.

»Das muß *nach* eins gewesen sein.« Sie sagte es vorwurfsvoll. »Tja, ich weiß noch, ich dachte, du brauchst aber 'ne lange halbe Stunde, mein Bürschchen. Ich höre also das Telefon klingeln und gehe ran, und da sagt dieses Mädchen, kann ich mal Mr. Gregson sprechen. Hier ist das Geschäft.«

»Sind Sie sicher, daß es hieß – ›das Geschäft‹?«

»Nein, ganz sicher natürlich nicht. Könnte auch Sytansound geheißen haben oder wie die sich nun nennen. Ich rufe also den jungen Mann, und der redet mit ihr, sagt bloß ja und nein und tschüs. Dann macht er seinen Kram zu Ende und geht.«

»Bitte ein bißchen präziser, *wann* der Anruf war, Mrs. Kirby.«

Sie liebte es, präzise zu sein. Aber Wexford merkte – und

sah, daß Howard es merkte –, daß für sie Präzision und Akkuratesse nicht ein und dasselbe waren. Ihre Augen blinzelten unsicher. Sie wollte Eindruck schinden, wollte gelobt werden, und wenn es durch präzise Inakkuratesse sein mußte.

Baker sagte: »Wenn Sie fanden, es sei eine lange halbe Stunde gewesen, Mrs. Kirby, dann muß es eine ganze Weile nach eins gewesen sein. Fünf oder zehn Minuten?«

Wexford wünschte, es stünde in seiner Macht, wie ein Richter zum Verteidiger zu sagen: »Bitte keine Zeugenbeeinflussung, Mr. Baker!«

Die Zeugenbeeinflussung hatte ganze Arbeit geleistet. »Also, ja, eher zehn Minuten nach«, sagte Mrs. Kirby, und fügte aufs Geratewohl hinzu: »Fast schon Viertel nach.«

Baker lächelte in schweigendem Triumph. Lächle du nur, dachte Wexford. Loveday hat nicht Gregson angerufen, sie hat ihre Mutter angerufen. Jetzt sprach auch er. Unter Howards ermunterndem Blick erlaubte er sich eine Frage: »Haben Sie die Stimme des Mädchens wiedererkannt?«

»Nein, wie sollte ich denn?«

»Nun ja, vermutlich haben Sie doch selbst im Geschäft angerufen, um zu sagen, daß Ihr Fernseher repariert werden müsse?«

»Ja, das hab ich, und hab da neulich auch noch mal angerufen, aber ich hab nie mit einem Mädchen gesprochen. Es war immer der Chef selbst dran, dieser Mr. Gold.«

»Da soll der sich mal herauslügen«, meinte Baker, als sie gemeinsam den Sytansound-Laden betraten, wo auf einem Dutzend flimmernder Mattscheiben Koboldpuppen mit ihren Kapriolen für die Unterhaltung von Kleinkindern sorgten. Hinter dem Schreibtisch, an dem sonst Loveday gesessen hatte, kam eine fünfzigjährige Frau in Stiefeln und Kniehosen hervor und trat auf sie zu, gefolgt von dem schwerfälligen, dicken Mr. Gold.

»Es war an dem Freitag nach zehn vor eins gar kein Mädchen im Laden«, sagte Gold, sichtlich unglücklich über derartig häufige Begegnungen mit den Hütern des Gesetzes.

»Wo ist er?« fragte Baker.

»Da draußen beim Lieferwagen.«

Eine hohe Mauer verdunkelte den Parkplatz. Dahinter lag, wie Wexford wußte, der Friedhof. Man konnte die Bäume über die Mauer hinweg sehen. Nirgends in Kenbourne Vale konnte man diesem Friedhof entrinnen. Er war Herz und Seele der Gegend.

Gregson hatte sie kommen hören. Er lehnte mit verschränkten Armen an der Mauer und wartete auf sie. Die Pose war herausfordernd, aber in seinem Gesicht stand Angst geschrieben.

»Er sagt nichts, weißt du«, erklärte Howard wie nebenbei seinem Onkel, als Baker auf ihn zutrat. »Ich meine, er macht buchstäblich den Mund nicht auf. Er hat Baker erklärt, daß er nicht mit dem Mädchen ausgegangen sei, und wo er am Freitag abend gewesen sei, und seitdem redet er einfach nicht mehr.«

»Die beste Verteidigung. Ich frage mich bloß, wer ihm das beigebracht hat?«

»Ich wollte, ich wüßte das. Ich hoffe nur, sein Lehrer unterrichtet nicht sämtliche Spitzbuben von Kenbourne.«

Gregson ließ die Arme an den Seiten herabfallen, weil Baker es ihm befohlen hatte und entfernte sich eine Handbreit von der Mauer. Die Fragen des Inspectors beantwortete er durch bloßes Achselzucken. In seiner dünnen Drillichjacke sah er verfroren, krumm und sehr jung aus.

»Wir beide werden uns mal ein bißchen unterhalten,

mein Bürschchen«, sagte Baker, »und zwar unten im Polizeirevier.«

Gregson zuckte die Schultern.

Im Polizeirevier brachten sie ihn ins Vernehmungszimmer. Wexford ging nach oben und betrachtete in Gedanken versunken die Gaswerke. Das Gasometer war um ein gutes Stück zusammengesunken und gab den Blick auf eine Konservenfabrik, eine Kirche und ein Gebäude frei, das wahrscheinlich das Rathaus von Kenbourne war. Er dachte an Mädchen, die romantische Namen mochten, an Babies, die nicht wie ihre Eltern aussahen, und schließlich an Peggy Pope und ihren Liebhaber. Aber zu Schlußfolgerungen kam er dabei nicht.

Sein Telefon klingelte. Howards Stimme sagte: »Uns gegenüber sitzt Gregson wie erstarrt vor Angst. Wie wär's, wenn du ihn dir mal vornimmst?«

»Warum sollte er bei mir reden?«

»Weiß ich auch nicht, aber schaden könnte es doch nichts.«

Aber es half auch nichts. Gregson rauchte am laufenden Band. Er beantwortete keine von Wexfords Fragen. Wexford fragte ihn, ob er wisse, welche Sorte Mensch Harry Slade wäre, daß man sich auf sein Wort nicht verlassen könne (was nicht so ganz stimmte), ob er sich des Verdachts bewußt sei, in den er durch den Telefonanruf geraten sei, den er bei Mrs. Kirby entgegengenommen habe? Gregson sagte nichts. Es war in gewisser Weise eine eindrucksvolle Darbietung. Hartgesottene Kriminelle, zweimal so alt wie Gregson, hätten das nicht durchgestanden.

Wexford versuchte es mit Einschüchterung, obgleich es ihm gegen den Strich ging. Er stand über den Jungen gebeugt und brüllte ihm Fragen ins Ohr. Gregson roch nach Angstschweiß, aber er redete noch immer nicht. Er hatte keine Zigaretten mehr, und so klammerte er sich mit den Händen an den Tisch vor ihm.

Stoff für Märtyrergeschichten, dachte Wexford. Zu Sir Thomas' Zeiten hätte man ihn jetzt aufs Streckbett gebunden und die Daumenschrauben angesetzt. Er nahm die Stimme zurück und kam noch einmal auf den Telefonanruf zurück. Wer war das Mädchen? Er wisse doch, daß um die Zeit kein Mädchen im Laden gewesen sei, oder? Genau um dieselbe Zeit habe Loveday Morgan einen Anruf getätigt. Dieser Anruf habe ihm gegolten, nicht wahr?

Wexford lehnte sich über den Tisch. Er richtete seine Augen auf Gregson und zwang den Jungen, ihn anzublicken. Und dann – es war fast ein Schock –, dann sprach Gregson. Es war das erste Mal, daß Wexford seine Stimme hörte, ein dünnes Cockney-Näseln. »Ich will einen Anwalt«, sagte er.

Wexford ging nach draußen, rief D. C. Dinehart herein und erzählte dann Howard, was passiert war.

»Das ist ja entzückend«, meinte Baker hämisch, »genau das, was wir brauchen.«

»Wenn er einen Anwalt will, wird er wohl einen haben«, sagte Howard. »Irgend jemand muß dem ja beigebracht haben, wo's langgeht.«

»Mr. Wexford vielleicht?« Baker konnte seinen Zorn kaum beherrschen. »Hat ihn zweifellos über seine Rechte aufgeklärt.«

Wexford nahm ein Blatt aus Gregsons Akte und erwiderte nichts. Sie gingen in den Vernehmungsraum zurück, und Howard fragte den Jungen, welchen Anwalt er wolle.

»Ich habe keinen«, sagte Gregson. »Sie können mir mal das Telefonbuch bringen.«

14

Will aber einer lieber auch diese Zeit seiner Berufsarbeit widmen, so steht dem nichts im Wege.

Es war halb sechs, ehe Wexford gehen konnte. Howard war noch mit einem gewissen Mr. de Traynor beschäftigt, der von Gregson als »meinem jugendlichen Klienten hier« sprach. Gregson hatte ihn sich aus dem Telefonbuch ausgesucht, weil ihm der Klang seines Namens gefiel.

Aber an Mr. de Traynor war mehr dran als nur der Name. Seine seidigen Augenbrauen verschwanden nahezu in seinem seidigen Haar, als er hörte, daß bisher keine Anklage gegen Gregson erhoben worden war, daß im Grunde niemand recht beabsichtigte, Anklage gegen ihn zu erheben, und er setzte sich hin, um Howard über das Gesetz zu belehren.

»Verstehe ich recht, daß man meinen jugendlichen Klienten hier nicht weniger als drei geschlagene Stunden festgehalten hat...?«

Um Baker nicht zu begegnen, stahl sich Wexford aus einer Hintertür, die er entdeckt hatte. Sie führte ihn auf einen gepflasterten Durchgang. Die Wand auf der einen Seite schien zu einem Erweiterungsbau zu gehören, auf der anderen Seite standen neu erbaute Garagen für Polizeifahrzeuge verschiedener Größen. Hier war alles von weit größerem Zuschnitt als in Kingsmarkham, und noch vor ein paar Tagen hätte das eine einschüchternde, ja sogar abschreckende Wirkung auf ihn gehabt. Jetzt aber machte ihm weder die Größe des Reviers noch Bakers ungerechte Behandlung besonders zu schaffen. Die menschliche Natur war hier die gleiche wie auf dem Land, und es war mehr dem Studium dieser menschlichen Natur und deren Verhaltensmustern zuzuschreiben als der Überbewertung beweiskräftiger Umstände, daß er in der Vergangenheit seine Erfolge gehabt hatte. Er sagte sich, während er eilig in Richtung Kenbourne Vale lief, daß er Baker noch allemal eine Nasenlänge voraus sei, denn nie, weder früher noch jetzt, konstruierte er sich die Lösung eines Falls und manipulierte dann die menschliche Natur und Fakten so, daß sie damit übereinstimmten. Schade, fand er, daß er die Gelegenheit versäumt hatte, nach Somerset House zu gehen.

Um sich nicht auf einen Bus verlassen zu müssen, der ihn nach Earls Court brachte, suchte Wexford sich die U-Bahn-Station, die er vom Polizeiwagen aus gesehen hatte. Sie hieß nicht Kenbourne Vale, sondern Elm Green. Ob das etwas mit den berühmten, vor langer Zeit gefällten Bäumen zu tun hatte, von denen Dearborn berichtet hatte? Jetzt gab es hier keine Ulmen mehr, bloß weithin graues Straßenpflaster voll wimmelnder Menschen, die unter fluoreszierenden Lichtern zur U-Bahn hasteten, und drinnen ein Gewirr aus langen, gefliesten Gängen.

In Notting Hill Gate mußte er umsteigen. Er stieg in den falschen Zug, und es verging eine halbe Stunde, ehe er endlich bei Earls Court aus der Tiefe stieg. Mittlerweile kämpfte er mit seiner Klaustrophobie, und das Blut pochte ihm im Kopf. Wie hielten die Londoner das nur aus?

Nevern Gardens entpuppte sich als eine weitere dieser riesigen Siedlungen, wo hohe Häuser einander über lange Reihen von Parkuhren und Platanen hinweg anglotzten. Er fand Lewis Adams in einem dieser Häuser im dritten Stockwerk in einem absurd schmalen, absurd langen Zimmer mit einer winzigen Küche daneben, und er wunderte sich über diese merkwürdige Form, bis er feststellte, daß dies lediglich das durch eine Wand abgeteilte Segment eines ehemals riesigen Raumes war, der jetzt wohl in fünf oder sechs solcher Schuhkartons unterteilt war.

Adams aß gerade sein Abendbrot, eine chinesische Mischung aus Bohnenkeimlingen, Bambussprossen und undefinierbaren kleinen roten Würfeln, alles auf einen Suppenteller gehäuft, den er auf den Knien balancierte. Auf dem Tisch vor ihm stand ein Glas Wasser, eine Flasche Sojasauce und ein Teller mit Pfannkuchen, die aussahen wie rosa Schaumgummistücke.

Aber wenn auch seine Eßgewohnheiten die eines Bohemien waren, das Zimmer, das er mit Louise Sampson geteilt hatte, war es nicht. Ein ordentlich gesaugter Teppich bedeckte den Fußboden, tadellos aussehende Taschenbücher reihten sich in den Bücherregalen, vor dem großen Fernseher standen zwei Sessel, und vom Fenster aus blickte man auf die Wipfel der Platanen.

»Stellen Sie mir lieber Fragen«, meinte Adams. »Ich weiß ja nicht, was Sie wissen wollen.« Er sprach gezielt und sparsam. Seine Stimme war kultiviert und kontrolliert und hatte den Ton eines angehenden Rechtsanwalts oder eines Medizinstudenten, dem ein glänzendes Abschlußexamen sicher war. Aber dafür sah er zu jung aus, ähnlich jung wie Gregson, dem er auch sonst nicht unähnlich war. Er war zartgliedrig und gepflegt und hatte hellbraunes Haar, das exakt auf Höhe der Ohrläppchen geschnitten war. Er würde genau das erzählen, was er wollte, nicht mehr und nicht weniger, dachte Wexford. Hier würde es kein Wiederkäuen schwülstiger Prinzipien geben, keine jugendliche Dramatik.

»Wo haben Sie sie kennengelernt?« fragte er.

»Sie kam in das Restaurant, wo ich Kellner war.« Adams setzte weder ein verständnisheischendes Lächeln auf, noch entschuldigte er sich für seinen damaligen (vielleicht auch noch heutigen) bescheidenen sozialen Status. Er aß seine Bohnenkeimlinge auf und stellte den Teller zur Seite. »Wir unterhielten uns. Sie sagte, sie wohne mit einem Mädchen in Battersea zusammen, aber sie fühle sich dort nicht wohl, denn sie hätten bloß ein Zimmer, und das Mädchen hätte nachts ihren Freund bei sich. Ich fragte sie, ob sie mit mir zusammenziehen wolle.« Er lächelte immer noch nicht, als er hinzusetzte: »Ich fand die Miete ein bißchen hoch.«

»Und sie war einverstanden?«

»Noch am selben Tag. Sie packte ihr Zeug zusammen und zog noch am gleichen Abend hier ein.«

Wexford war einigermaßen schockiert. Machte man das wirklich so heutzutage? »Ein bißchen kaltblütig, was?«

»Kaltblütig?« Adams hatte nicht verstanden, aber schließlich war er noch schockierter, als Wexford es zuvor gewesen war. Sein Gesicht wurde eisig vor Abscheu. »Sie glauben doch nicht etwa, sie hätte mit mir geschlafen, was? *Oder*?« Er schüttelte den Kopf und tippte sich mit dem Finger gegen die Stirn. »Ich verstehe Ihre Generation nicht. Ihr beschuldigt uns der Promiskuität und der Leichtfertigkeit und so weiter, aber *ihr* seid doch diejenigen mit der schmutzigen Phantasie. Es ist mir egal, ob Sie es glauben oder nicht, aber Lulu hat vier Monate hier bei mir gewohnt, und wir waren kein Liebespaar. Nie. Ich nehme an, jetzt werden Sie fragen, warum nicht. Die Antwort ist, daß man heutzutage, einerlei, wie es zu Ihrer Zeit gewesen sein mag, mit einem Mädchen im selben Zimmer leben kann, ohne daß man mit ihr schlafen möchte, weil man nämlich nicht frustriert ist. Es hat heute niemand mehr die Macht, einen in ein unnatürliches Zölibat zu zwingen, man ist frei, die Mädchen zu lieben, die man wirklich will. Wir zogen uns gegenseitig nicht an, das ist alles, und wir waren ja beide nicht in der Position, daß wir mit jedem Hafen im Sturm vorlieb nehmen mußten.« Er hob eine Hand. »Ich bin nicht schwul. Ich hatte Freundinnen, und ich ging eben zu ihnen. Ganz bestimmt ging auch Lulu zu ihren Freunden.«

»Ich glaub's Ihnen, Mr. Adams.«

Jetzt endlich lächelte er. Wexford sah, daß er entspannt war, nachdem er ihm diese kleine Lektion erteilt hatte, und es überraschte ihn nicht, als er sagte: »Bitte nennen Sie mich nicht so. Meine Name ist Lewis. Die Leute nannten uns immer Lew und Lulu.«

»Hat Lulu gearbeitet?«

»Sie besaß selbst etwas Geld, aber manchmal arbeitete sie auch. Sie ging putzen. Warum auch nicht? Sie sind vielleicht konventionell! Das wird hier in der Gegend gut bezahlt, und was man verdient, das behält man auch. Keine Karten, keine Marken, keine Steuer.«

»Wie war sie, was für ein Typ Mädchen?«

»Ich mochte sie gern«, sagte Adams. »Sie war ruhig und sensibel und reserviert. Ich mag das. Lautstärke und Betriebsamkeit machen mich krank. Ihr Stiefvater«, fügte er hinzu, »das war so einer von der lautstarken und betriebsamen Sorte.«

»Kam der hierher?«

»Ja. Da war sie schon vier Monate hier.« Adams nahm einen Schluck aus dem Wasserglas von seinem Essenstablett. »Sie machte die Tür auf, und als sie ihn reinließ, da hörte ich sie so ein bißchen aufschreien – ich war da draußen in der Küche –, und dann sagte sie: ›Stephen, Stephen, mein Liebling, ich wußte ja, daß du eines Tages zu mir kommen würdest.‹« Er schüttelte befremdet den Kopf, wahrscheinlich nicht nur über den hysterischen Ausbruch selbst, vermutete Wexford, sondern auch über die Wiederholung von seinen eigenen Lippen. »Es paßte so gar nicht zu ihr, daß sie die Beherrschung verlor. Ich war ganz durcheinander.«

»Aber er war gekommen, um herauszufinden, wo sie steckte?«

»Er erklärte das. Sie kennen ja all diese endlosen Erklärungen, in denen die Leute sich gefallen. Ich machte mir nichts aus ihm, ein großer, protziger Mensch, völlig extrovertiert. Lulu sagte nicht viel. Hinterher erzählte sie mir, als sie ihn gesehen habe, da hätte sie wirklich geglaubt, er habe sich endlich für sie entschieden, und der Schock, zum zweitenmal erkennen zu müssen, daß es nicht so war, das war einfach zuviel für sie. Er dachte natürlich, was Sie auch dachten, nämlich, daß ich ihr Liebhaber wäre. Er veranstaltete ein Mordstheater deshalb. Ich habe nichts bestritten und mich auch nicht verteidigt. Warum hätte ich das tun sollen? Danach gab es eine sehr häßliche Szene, die man am besten vergißt, und dann ging er.«

»Was war das für eine Szene?«

Adams legte jetzt ein Verhalten an den Tag, das in krassem Gegensatz zu seiner jugendlichen Erscheinung stand. Es war, als sei aus dem jungen Anwalt ein älterer und erfolgreicher Strafverteidiger geworden, der bei der Verhandlung eines unschönen Falls zwar die nackten Tatsachen enthüllt, weil er es zum Besten seines Klienten tun muß, sich dabei jedoch peinlichst bemüht, alle unappetitlichen Details auszulassen, nicht ohne durchblicken zu lassen, *daß* er sie ausläßt.

»Was würde es Ihnen schon helfen, wenn Sie es wüßten?«

»Alles über Louise könnte helfen. Ich kann Sie nicht

zwingen, es mir zu erzählen, aber Sie sollten es wirklich tun.«

Adams hob die Schultern. »Ich nehme an, das können Sie am besten beurteilen. Dieser Stiefvater – ich besinne mich nicht auf seinen Namen, fürchte ich, Stephen Sowieso – erzählte Lulu auf sehr taktlose Weise, wie glücklich er und ihre Mutter wären, da fragte Lulu: ›Du magst doch Kinder so gern, nicht wahr, Stephen?‹ Und er sagte ja, das stimme, und er hoffe sehr auf eigene. Auf einmal machte Lulu den Eindruck eines – ja, eines Dampfkessels. Ich will die Dinge nicht dramatisieren, aber sie machte den Eindruck, als bedürfe sie einer ungeheuren Kraft, um einen wahnwitzigen inneren Druck niederzuhalten.«

Dampfkessel, dachte Wexford, Hexenkessel... Ein Mädchen zum Fürchten, beängstigend wie all jene leidenschaftlichen und turbulenten Kreaturen ohne Ventil für ihre Ausbrüche. »Hat sie etwas zu ihm gesagt?«

»O ja. Ich sagte ja schon, es war sehr häßlich. Sie sagte: ›Mit meiner Mutter kriegst du jedenfalls keine, Stephen. Sie hat doch sicherlich nicht vergessen, dir zu erzählen, daß sie eine Hysterektomie hatte, als ich fünfzehn war?‹« Adams Gesicht wurde ganz faltig vor Ekel. »Ich ließ die beiden allein und verzog mich wieder in die Küche. Der Stiefvater brüllte los und beschimpfte sie, und Lulu schrie zurück. Sie hat mir nicht erzählt, was sie sich an den Kopf geworfen haben, und eine Woche später zog sie aus.«

»Wohin?«

»Das wollte sie mir nicht sagen. Wir verstanden uns nicht mehr besonders gut, als wir uns trennten. Schade, denn wir hatten uns immer gegenseitig vertraut. Jetzt vertraute Lulu mir nicht mehr. Ich hatte ihr Vorwürfe gemacht wegen ihres Streits mit diesem Stephen. Da dachte sie, ich sympathisiere mit ihren Eltern und würde ihnen womöglich sagen, wo sie wäre, wenn sie es mir verriete.«

»Sie müssen aber doch eine Ahnung haben.«

»Aus verschiedenen ihrer Äußerungen entnahm ich, daß sie vielleicht nach Notting Hill gezogen ist. Möglicherweise zu einem Freund.«

»Sein Name?«

»Es gab da jemanden, der sie häufig anrief. Jemand, der sich John nannte. Wenn er nach ihr fragte, dann sagte er immer: ›Hier ist John.‹«

Am nächsten Morgen bat er, alles sehen zu dürfen, was Loveday Morgan am Tag ihres Todes getragen hatte, und man zeigte ihm einen Büstenhalter und eine Strumpfhose aus einem Billigladen, schwarze Schuhe, eine schwarze Plastikhandtasche, einen zitronengelben Acrylpullover und einen blattgrünen Hosenanzug. Er sah ebenfalls den Inhalt jener Handtasche und jeden persönlichen Gegenstand, den man in ihrem Zimmer gefunden hatte.

»Kein Scheckbuch?«

»Sie wird keins gehabt haben, Sir«, meinte Sergeant Clements und setzte die nachsichtige Miene auf, die er diesem naiven alten Polizisten gegenüber für angemessen hielt, der wohl dachte, jede weibliche Leiche entstamme dem grundbesitzenden Adel. »Sie hatte ja kein Geld, abgesehen von ihrem Gehalt.«

»Ich möchte mal wissen, was aus der Geburtsurkunde des Kindes geworden ist?«

»Bei der Großmama«, meinte Clements bestimmt. »Und Großmama ist entweder blind oder in der Klapsmühle, sonst hätte sie sich mittlerweile melden müssen. Sonst noch was, was Sie sehen wollen, Sir?«

»Der Schal, mit dem sie erdrosselt wurde.«

Clements brachte ihn auf einer Art Tablett herein.

»Nimmt man an, daß sie ihn getragen hat?« fragte Wexford. »Das ist ein sehr teurer Schal; nicht gerade was für ein Mädchen, das zwölf Pfund in der Woche verdient.«

»Die haben eben ihre komischen Extravaganzen, Sir. Die verzichten glatt drei oder vier Tage auf ihr Essen und schmeißen dann ein Pfund für 'nen Schal raus.«

Vorsichtig entfaltete Wexford das seidene Quadrat, bis er das Etikett fand. »Dies ist ein Gucci-Schal, Sergeant. Der hat nicht ein Pfund gekostet, der kostet acht- oder neunmal soviel.« Clements blieb der Mund offenstehen.

Wer von allen, die mit diesem Fall zu tun hatten, besäße einen teuren Seidenschal, dachte Wexford, außer Mrs. Dearborn? Hatte sie nicht nach eben diesem Schal gesucht, als sie am Montag nachmittag ausging? Sie hatte ihn nicht finden können, weil ihre Tochter ihn bei ihrem letzten Besuch im Laysbrook House mitgenommen hatte, ohne etwas zu sagen, wie Töchter so etwas eben machten.

15

Das soll deshalb so eingerichtet sein, damit die Würde der Alten und der Respekt vor ihnen die Jüngeren von ungehörigem Reden und Benehmen zurückhält.

Howard nahm an einer Konferenz auf höchster Ebene in Scotland Yard teil, wo zweifellos diskutiert wurde, welches der nächste Schritt sein müsse, nachdem nun Gregson unter der Protektion des erfindungsreichen Mr. de Traynor davongekommen war. Wie allgewaltig Howard auch zu sein schien, Wexford wußte, daß er in Wirklichkeit immer dem Chef seiner vorgesetzten Dienststelle verantwortlich war, einem Mann, der sehr wahrscheinlich von dem Auftreten eines Chief Inspectors vom Lande nichts wußte.

Die Gaswerke blickten ihn durch einen dünnen Regenschleier finster an. Er ging gereizt auf und ab und wartete, daß Pamela anriefe und ihm sagte, wann Howard zurück sein werde. Er mußte mit Howard sprechen, ehe er zum Laysbrook House fuhr, und er hoffte halbherzig, er werde überhaupt nicht hin müssen. Seine Wünsche im Fall Louise Sampson waren merkwürdig gespalten. Er mochte Mrs. Dearborn, und der humane Mensch in ihm sah sie im Geiste natürlich viel lieber aus dem Leichenkeller kommen und vor Erleichterung weinen statt kreideweiß vor Schock. Aber er war auch Polizist, dessen Stolz auf seine Fähigkeiten kürzlich empfindliche Schläge hatte einstecken müssen. Beträchtliche Erfahrung und harte Arbeit steckten in der Annahme, das vermißte Mädchen und die Tote seien ein und dieselbe Person. Er wußte, sein Wunschdenken war gemein, aber er gestand sich ein, daß er großen Stolz empfinden würde, wenn er sich in Bakers Augen rechtfertigen könnte und wenn er Howards Augen sich verengen sähe vor Bewunderung. Und schließlich, irgend jemandes Tochter mußte sie ja sein…

Er fuhr zusammen, so wie Melanie Dearborn zusammengefahren war, als das Telefon klingelte. Aber statt Pamelas Stimme war ein Mann am Apparat, an dessen Stimme er sich nicht erinnern konnte.

»Hier spricht Philip Chell.«

Wexford brauchte ein paar Sekunden, um sich zu besinnen. »O ja, Mr. Chell?«

»Iwan sagt, ich soll Ihnen ausrichten, er hätte was für Sie.«

Das verdammte ›*Utopia*‹, dachte Wexford. Aber das war es nicht.

»Es ist etwas, das er herausgefunden hat. Er fragt, ob Sie wollen, daß er kommt, oder ob Sie hierherkommen wollen?«

»Worum handelt es sich denn?« fragte Wexford ungeduldig.

»Weiß nicht. Das wollte er nicht sagen.« Die Stimme wurde kläglich. »Er erzählt mir nie was.«

»Würde morgen vormittag passen? Gegen zehn in Ihrer Wohnung?«

»Kommen Sie lieber um elf«, sagte Chell. »Wenn er weiß, wir kriegen Besuch, dann holt er mich bei Morgengrauen aus dem Bett.«

Pamela steckte den Kopf durch die Tür. »Mr. Fortune wird um zwölf fertig sein, Sir.«

Noch eine Stunde zu warten. Warum sollte er nicht während dieser Stunde in die Garmisch Terrace fahren, statt bis morgen zu warten? Was immer Teal ihm zu sagen hatte, es konnte ein weiteres Verbindungsglied zwischen Loveday und Louise sein. Er nahm seine Hand von der Sprechmuschel und sagte: »Wie wäre es, wenn ich gleich...?« Aber Chell hatte eingehängt.

Die Haustür war offen, und er ging geradewegs hinein. Heute war die Eingangsdiele regelrecht bevölkert. Chell, in schicken Drillichhosen und kniehohen Stiefeln, lehnte gegen das Geländer, las eine bunte Postkarte und kicherte vor Vergnügen. Peggy saß auf einer Ecke des großen Dielentisches zwischen Zeitungen und Milchflaschen und redete schrill auf den Inder und das Partymädchen ein, während Lamont, das Baby auf dem Arm, düster dreinblickend dabeistand.

Wexford sagte allen guten Morgen und trat auf Chell zu. Als der junge Mann erkannte, wer es war, knipste er sein versonnenes Lächeln aus, wie jemand eine Lampe ausknipst.

»Iwan ist heute den ganzen Tag weg«, sagte er. Er warf einen letzten, liebevollen Blick auf seine Postkarte und schob sie in die Tasche. »Ich kann Ihnen überhaupt nichts sagen. Alles, was ich weiß, ist, daß Iwan in seinen Ausschnitten herumgeblättert hat, und da sagte er plötzlich ›mein Gott‹, und daß er sich mit Ihnen in Verbindung setzen müßte.«

»Was für Ausschnitte?«

»Er ist ja schließlich Designer, nicht wahr? Ich dachte, das wüßten Sie. Nun, die Leute schreiben in den Zeitungen über ihn, und wenn sie es tun, dann schneidet er die Sachen aus und klebt sie in sein Album.«

Peggy war still geworden, und mittlerweile hörten alle zu, deshalb sagte Wexford gedämpft: »Könnten wir nach oben gehen und uns dieses Album mal ansehen?«

»Nein, das könnten wir *nicht*. Also wirklich, was denn sonst noch? Iwan würde mich umbringen. Er war schon echt wütend auf mich, ehe er ging, bloß weil ich den Abwasch von gestern abend stehengelassen hatte. Ich kann doch nichts dafür, daß ich immer diese entsetzliche Migräne habe, nicht?«

Das Partymädchen kicherte.

»Ich bin so furchtbar deprimiert«, sagte Chell. »Ich geh jetzt aus und geb mein ganzes Geld für Klamotten aus, um mich ein bißchen aufzuheitern.« Er reckte das Kinn in die

Höhe, marschierte hinaus und schlug die Haustür geräuschvoll hinter sich zu.

»Manche können's«, meinte Peggy, wischte sich mit einer schmutzigen Hand übers Gesicht und hinterließ schwarze Spuren auf ihrer schönen Stirn. »Nett, ein ausgehaltener Mann zu sein, was, Johnny?«

»Ich sorg ja schließlich für sie, oder etwa nicht?« brummte Lamont und drückte das Baby an sich, um zu zeigen, wen er damit meinte. »Ich hab doch praktisch alles für sie gemacht, seit sie geboren ist.«

»Außer, wenn du in der Kneipe bist.«

»Drei lausige Stunden um die Mittagszeit! Und du gehst jeden Abend aus und läßt mich mit ihr zu Hause sitzen. Ich geh wieder ins Bett.« Er schwang die Kleine auf die Schulter und strebte auf die Souterraintreppe zu. Aber er wandte sich noch einmal um und warf Peggy einen Blick zu, aus dem eher verletzte Liebe sprach als Wut, fand Wexford.

»Hören Sie mal, Mister Dingsbums«, sagte Peggy, »wann macht ihr denn endlich Lovedays Zimmer wieder auf, damit ich es weitervermieten kann? Die Hausbesitzer haben bereits vierzehn Pfund eingebüßt, die können nachts schon gar nicht mehr schlafen.«

»Haben Sie denn jemanden, der es mieten möchte?«

»Ja, hier.« Peggy deutete auf das Partymädchen, und die nickte. »Komisch, äh? Hahaha! Einer wie Sie würde sieben Pfund die Woche blechen, wenn er *nicht* drin wohnen müßte.«

»Das kostet zwei Pfund weniger die Woche, als ich jetzt zahle«, erklärte das andere Mädchen.

»Aber ich bespreche ja nicht die Angelegenheiten der Hauswirte in aller Öffentlichkeit«, sagte Peggy großspurig. Sie sprang vom Tisch herab und klemmte sich unter jeden

Arm eine Milchflasche. »Kommen Sie mal besser mit mir runter in mein Erdloch.«

Wexford ging hinter ihr her und erklärte vergebens, die Sache läge nicht in seiner Zuständigkeit. In dem Kellerzimmer lag Lamont auf dem Bett und starrte an die Decke. Peggy nahm keine Notiz von ihm. Sie kramte zwischen Briefen auf dem Kaminsims herum.

»Ich suche nach einem Stück Papier«, erklärte sie, »wo Sie draufschreiben können, an wen die sich wenden müssen, damit sie das Zimmer wiederkriegen.«

»Geht dies hier vielleicht?« »Dies hier« war ein Blatt Papier, das er von einem unordentlichen Stapel genommen hatte, der auf dem Fußende des Bettes lag. Als er es ihr hinhielt, sah er, daß es das spezifizierte Angebot eines Immobilienmaklers über ein Haus in Brixton war, das für 4999 Pfund zum Verkauf angeboten wurde.

»Nein, das geht nicht!« sagte Lamont, erhob sich halbwegs, schnappte sich den Bogen, knüllte ihn zusammen und warf ihn in die rußgeschwärzte Höhlung hinter den elektrischen Heizspiralen.

Peggy lachte bösartig. »Du hast gesagt, du würdest das da alles wegschmeißen – Gott, das muß schon vorvoriges Wochenende gewesen sein. Warum machst du hier nicht endlich mal sauber, statt dich den ganzen Tag auf dem Bett rumzufläzen? Ist sowieso Zeit, daß du aufstehst, wenn dieser Typ dich anrufen will wegen dieses Fernsehjobs. Hast du ihm die Nummer vom *Grand Duke* gegeben?«

Lamont nickte. Er rutschte vom Bett herunter, schlängelte sich an Peggy heran und legte die Arme um sie.

»Oh, du bist ein hoffnungsloser Fall«, sagte sie, aber sie stieß ihn nicht weg. »Hier«, sagte sie zu Wexford, »Sie können die Nummer hier hinten auf den Umschlag schreiben.«

Wexford schrieb die Nummer des Polizeireviers und Howards Durchwahlnummer auf, blickte auf seine Uhr und stellte fest, daß die Stunde um war.

Der Superintendent hatte Fotos vor sich ausgebreitet, die das sorgfältig hergerichtete Gesicht Loveday Morgans zeigten, aufgenommen nach ihrem Tod. Die Augen waren blau, das Haar hellblond, der Mund und die Wangen rosa. Aber für jeden, der den Tod gesehen hatte, war dies die moderne Version einer Totenmaske, eine seelenlose, bemalte Hülse.

»Lange schon sind diese Lippen und das Leben voneinander getrennt...«, zitierte Wexford. »Du wirst die doch wohl nicht Ihrer *Mutter* zeigen?«

»Wir haben keine Mutter gefunden, der wir sie zeigen könnten.«

»Ich aber«, sagte Wexford und erklärte.

Howard hörte zu, nickte in leicht zögerndem Einverständnis. »Man sollte sie wohl lieber herholen«, meinte er. »Wir werden sie brauchen, um die Leiche zu identifizieren. Das Beste ist, du nimmst dir Clements mit, und vielleicht noch eine Beamtin dazu, und holst sie ab. Ich meine, du solltest jetzt gleich fahren, Reg.«

»Ich?« Wexford starrte ihn an. »Du erwartest doch nicht, daß ich da hinfahre und...?«

Ihm war zumute wie Hassan, der gerade noch die Vorstellung erträgt, daß die Liebenden außerhalb seines Gesichtsfeldes zu Tode gefoltert werden, sich aber vom Horror gepackt aufbäumt, als Harun al Raschid ihm sagt, sie sollten in seinem Haus gefoltert werden, mit ihm als Zuschauer.

Howard war kein orientalischer Sadist. Er sah gequält

aus, und sein dünnes Gesicht war ziemlich blaß. »Natürlich kann ich dir keine Befehle erteilen. Du bist bloß mein Onkel, aber…«

»Verschon mich mit deinen ›Abers‹ und ›Onkels‹«, schnaubte Wexford. »Ich geh ja schon.«

Er rief sie zuerst an. Er hatte ja versprochen, sie anzurufen. Eine armselige Hoffnung, eine armselige Furcht ließ ihn fragen: »Sie haben noch nichts von Louise gehört?« Er blickte auf seine Uhr. Kurz nach eins, genau die Zeit, wo sie – wenn überhaupt – etwas von ihr hören würde.

»Kein Wort«, sagte sie.

Bring's ihr sachte bei, bereite den Boden vor… »Ich glaube, ich…« Feige geworden durch ihr erwartungsvolles Japsen, fuhr er fort: »Ich hätte gern, daß Sie hier mit ein paar Leuten reden. Kann ich gleich mal rüberkommen?«

»Baker meinte, wir würden sie nie identifizieren«, sagte Howard. »Dies wird ihn umschmeißen. Sieh nicht so jammervoll drein, Reg. Irgend jemandes Kind muß sie ja schließlich sein.«

Clements saß am Steuer. Sie fuhren durch den Hyde Park, wo die Narzissen blühten.

»Bißchen früh, was?« meinte Wexford mit trockener Kehle.

»Die stellen irgendwas an mit den Knollen, Sir. Behandeln sie, so daß sie vor ihrer natürlichen Zeit blühen.« Clements wußte immer alles, dachte Wexford verärgert, und ließ alles, was er bemerkte, unerfreulich erscheinen. »Ich weiß nicht, warum man den Dingen nicht ihren Lauf lassen kann, statt dauernd gegen die Natur anzugehen. Das nächste, was sie machen, wird wohl sein, daß sie die Kuckucks behandeln, daß sie schon im Dezember rufen.«

In der King's Road standen sämtliche Verkehrsampeln auf

Rot. Das verlangsamte die Fahrt, und als Clements endlich in den Torweg zum Laysbrook Place einbog, fühlte sich Wexford so miserabel wie dreißig Jahre zuvor an dem Tag, als er sein Inspektorexamen ablegte. Das Backsteingemäuer des Laysbrook House schimmerte matt bernsteinfarben in der Sonne, seine Bäume waren noch silbergrau und unberührt vom grünenden Dunst des Frühlings. Aber die Forsythien blühten in gleißendem Gold, und die kleinen silbrigen Büschel, die er zwischen den Schneeglöckchen bemerkt hatte, entpuppten sich jetzt als Seidelbast – rosige Buketts, über den ganzen Rasen hingetupft. Alles war ruhig, ganz still. Das Haus badete im dünnen, verschleierten Sonnenlicht, und die Luft besaß eine duftende Frische, frei von dem Dieselgeruch, an den Wexford sich schon gewöhnt hatte.

Eine junge, recht muntere Putzfrau ließ sie ein und meinte: »Sie hat mir schon gesagt, daß Sie kommen. Sie sollen reingehen und es sich bequem machen. Sie ist oben beim Baby, aber sie ist gleich unten.« War dies die neue Putzfrau, die womöglich Sachen stahl? Hatte sie sich vielleicht – ach nein, sie hatte nicht – einen Gucci-Schal unter den Nagel gerissen? Sie erblickte den Polizeiwagen und sperrte die Augen auf. »Und was ist mit *denen*?«

»Die bleiben draußen«, sagte Wexford, und dann trat er in das Zimmer, in welchem Dearborn ihm die alten Karten gezeigt und seine Frau ihm ihr Herz ausgeschüttet hatte.

16

Ich bin mir wohl bewußt, wie schwer ich mich selbst dazu hätte bringen lassen, es einem anderen Berichterstatter zu glauben, wenn ich es nicht selber erlebt hätte.

Er setzte sich nicht, sondern ging im Zimmer umher und hoffte, sie werde ihn nicht lange warten lassen. Und dann plötzlich, mitten in diesem beklemmenden Warten auf sie, mußte er daran denken, daß, wenn das Mädchen identifiziert wäre, der Fall ja gelöst war. Es sah mehr als nur schlecht aus für Stephen Dearborn. Louise Sampson war ermordet worden, und wer anders konnte der Mörder sein als Dearborn, ihr Stiefvater?

Das Motiv? Besser, er klärte das in Gedanken ab. Und es gab viele Motive. Seit er mit Verity Bate gesprochen hatte, zweifelte er nicht mehr an der Ernsthaftigkeit, mit der Louise Dearborn liebte, aber er hatte doch angenommen, daß Dearborn die Wahrheit sagte, als er Mr. Bate erzählt hatte, er habe diese Liebe nicht erwidert. Andererseits – vielleicht war er ursprünglich in Louise verliebt gewesen oder hatte wenigstens eine starke sinnliche Regung ihr gegenüber empfunden, eine Regung, die an Stärke verlor, als er der Mutter begegnete? Gewiß, das war die Umkehrung des gewöhnlichen Verhaltensmusters, ein Mann, der einer älteren Frau den Vorzug gab vor einem jungen Mädchen, aber Wexford fiel es nicht schwer, sich das vorzustellen. Außerdem konnte ein Mann zwei Frauen gleichzeitig lieben: Mal angenommen, Dearborn hatte die Mutter geheiratet, weil sie mehr seinem Geschmack entsprach, während er die Tochter als Geliebte behielt, weil er es nicht über sich brachte, ihr den Laufpaß zu geben? Oder die Affäre konnte auch erst angefangen haben, nachdem Dearborn sie in Adams Wohnung gefunden hatte; vielleicht war er in der Zwischenzeit seiner Frau überdrüssig geworden?

In diesem Fall war Dearborn mit großer Sicherheit der Vater des Kindes. Wexford setzte sich schwer auf einen Stuhl, als ihm einfiel, daß dieses Kind dann Alexandra sein konnte. Bis jetzt hatte er nicht viel an Louises Behauptung gedacht, die er von Adams erfahren hatte, nämlich, daß ihre Mutter keine Kinder mehr bekommen könne. Schließlich hatte Louise gesagt, sie sei zu der Zeit erst fünfzehn Jahre alt gewesen. Sie konnte es falsch verstanden haben und irgendeinen kleineren Eingriff mit jener weit ernsteren und endgültigen Operation verwechselt haben. Wenn sie aber die Wahrheit gesagt hatte, dann konnte Melanie Dearborn nicht Alexandras Mutter sein. Aber Dearborn konnte sein eigenes Kind nach Hause gebracht haben – sein und Louises Kind –, um es zusammen mit Louises Mutter zu adoptieren. Und Melanie hatte nicht einmal erfahren müssen, wessen Kind es war, bloß daß es ein Kind war, das Dearborn »über einen Dritten« adoptiert hatte. Man mußte ja nicht immer mit der Hilfe einschlägiger Institutionen adoptieren.

Alexandra, ein adoptiertes Kind… Oder doch von einem Elternteil adoptiert. Das wäre die Erklärung für die Gleichgültigkeit der Mutter und die leidenschaftliche Besessenheit des Vaters – des wirklichen Vaters.

Aber wo blieb sie eigentlich die ganze Zeit? Warum kam sie nicht herunter? Er hörte über sich ihre raschen Schritte, aber weiter vernahm er keinen Laut. Louise konnte Dearborn damit gedroht haben, vor allem, falls er sich ihr gegenüber abweisender verhalten hatte, der Mutter ihre Affäre zu verraten, und schließlich auch die Identität des Kindes. Eine verdammt schwerwiegende Bedrohung, dachte Wexford. Louise war ja nicht nur sehr jung und schon seine Geliebte, sondern auch noch seine Stieftochter. Melanie hätte ihn sicherlich verlassen, wenn sie es herausbekommen hätte. Ein starkes Motiv für einen Mord.

Eine clevere Erklärung war das gewesen, die Dearborn ihm aufgetischt hatte für die Tatsache, daß man seine Büronummer in Louises Handtasche gefunden hatte! Wie viel wahrscheinlicher war es, daß sie sie dort verwahrte, weil sie ihn regelmäßig im Büro anrief. Vielleicht war *er* es gewesen, den sie am 25. Februar angerufen hatte... Aber nein, das konnte nicht sein, denn an dem Tag und zu der Zeit hatte sie ihre Mutter angerufen.

Da gab es noch einiges mehr, was aufgeklärt werden mußte. Wahrscheinlich konnte Mrs. Dearborn ihm dabei helfen, wenn sie bloß endlich herunterkommen wollte! Erneut überfiel ihn eine beklemmende Angst um sie, verstärkt nun noch durch den starken Verdacht gegen ihren Mann. Die Schritte verstummten, und Alexandra begann zu weinen, aber es war ein mehr verdrießliches als unglückliches Weinen. Er sah auf seine Uhr und merkte, daß er schon fast eine Viertelstunde hier wartete. Vielleicht sollte er nach der Putzfrau suchen und sie bitten...

Da flog die Tür auf, und Mrs. Dearborn kam herein. Sie war hübscher angezogen als bei ihren vorangegangenen Begegnungen. Ihr Haar war frisiert und ihr Gesicht sorgfältig zurechtgemacht. Sie hatte das Baby auf dem Arm.

»Oh, Mr. Wexford, es tut mir entsetzlich leid, daß ich Sie habe warten lassen.« Sie machte eine Hand frei und streckte sie ihm entgegen. »Mein armes kleines Mädchen hat solchen Kummer mit den Zähnen. Ich habe versucht, mich umzuziehen und sie gleichzeitig zu trösten. Ich sehe, Sie haben sich Verstärkung mitgebracht?« meinte sie und setzte im Spaß hinzu: »Keine Angst, ich wäre ohne Gegenwehr mitgekommen.«

Wäre? Hieß das, sie konnte nicht mitkommen? Er wollte, sie sähe nicht so glücklich und sorglos aus, wie sie da ihr Baby knuddelte und ihm mit einer Zärtlichkeit über den kleinen Kopf strich, von der er gedacht hatte, sie besäße sie nicht. »Mrs. Dearborn«, fing er an, »ich möchte, daß Sie...«

»Setzen Sie sich, Mr. Wexford. Sie können sich doch einen Moment setzen, oder?«

Unbehaglich ließ er sich auf die Kante eines der malträtierten Sessel nieder. Es war weiß Gott schwer genug, irgend jemand zu irgendeinem Zeitpunkt eine böse Nachricht beizubringen, aber sie jemandem beibringen zu müssen, der so heiter und mit dem Leben so zufrieden schien, wie Melanie Dearborn im Augenblick wirkte...?

»Wir sollten wirklich keine Zeit verlieren«, sagte er. »Der Wagen wartet, und...«

»Aber wir müssen ja nirgendwohin. Es ist alles in Ordnung! Meine Tochter hat mich angerufen. Sie rief an, kaum, daß Sie aufgelegt hatten.«

Sein Magen schien sich umkrempeln zu wollen, so wie er es manchmal tat, wenn er in einem Lift fuhr, und in den Handflächen brach ihm der Schweiß aus. Er konnte nicht sprechen. Er konnte sie nur fassungslos anstarren. Sie lächelte ihn triumphierend an, den Kopf ein wenig zur Seite geneigt. Ihre Heiterkeit schien sich auf Alexandra zu übertragen, denn sie hörte auf zu jammern, drehte sich auf dem Sofakissen auf den Rücken und krähte jetzt vor Vergnügen.

»Sind Sie sicher?« fragte er, und seine Stimme war ein Krächzen. »Sicher, daß es Ihre Tochter war?«

»Natürlich bin ich sicher! Sie können sie selbst sehen, wenn Sie noch eine Weile warten. Sie kommt heute nachmittag. Ist das nicht wundervoll? Ganz und gar wundervoll?«

»Wundervoll«, sagte er.

»Das Telefon klingelte, und ich dachte, das wären wieder Sie, Sie riefen aus irgendeinem Grund noch einmal an.« Sie sprach in raschem Plauderton, nicht ahnend, welchen Schock sie ihm versetzt hatte. »Ich nahm ab und hörte den Signalton, und als ich den hörte, da wußte ich Bescheid. Und dann sagte sie: ›Hallo, Mami.‹ Oh, es war wundervoll! Ich hab versucht, mich mit Ihnen in Verbindung zu setzen, aber Sie waren schon weg. Dann hab ich mich hingesetzt und ein gewaltiges Mittagessen verspeist – ich hatte seit Tagen nicht ordentlich essen können –, und dann bin ich raufgegangen und hab mich hübsch gemacht. Ich weiß auch nicht, warum.«

Wexford brachte nur ein steifes, jammervolles Lächeln zustande. Alexandra lachte ihn an und strampelte mit den Beinen in der Luft.

»Bleiben Sie hier, um sie zu sehen?«

»Nein. Ich glaube, niemand könnte Ihre Aussage bezweifeln, Mrs. Dearborn. Ich gehe nur eben und sage dem Sergeant, daß er nicht zu warten braucht, und wenn Sie mir dann nur noch ein paar Details erklären könnten...«

Clements traktierte die Polizistin mit einer seiner Lektionen, wedelte mit den Händen, während er über Veränderung und Verfall, Utopias und Dystopias, über vergangene Gloria und heutige Dekadenz dozierte. Wexford steckte seinen Kopf durchs Wagenfenster.

»Sagen Sie Mr. Fortune, dies hier war kein Treffer. Das Mädchen ist wieder aufgetaucht.«

»Oh, großartig!« sagte die Beamtin ernst.

Clements wiegte in grimmiger Genugtuung den Kopf auf und nieder. Er ließ den Wagen an. »Na, die wird was zu erzählen haben, darauf können Sie Gift nehmen! Und einen Haufen Probleme wird sie mitbringen, mit denen sich ihre Mutter dann herumschlagen kann.«

»Nun hören Sie aber auf, ja?« sagte Wexford aufgebracht. Er wußte, eigentlich sollte er mit einem Mann, der so nett und gastfreundlich zu ihm gewesen war und der ihn mochte, nicht so reden, aber er konnte nicht anders. Er sah, wie Clements' Gesicht rot und brutal wurde vor Gekränktheit, und dann wandte er sich ab und ging zum Haus zurück.

Alexandra kaute genüßlich an ihrem Zahnring, während ihre Mutter geräucherten Lachs und eine Flasche Asti Spumante aus ihres Mannes Wohnzimmer-Luxus-Kühlschrank holte und alles auf ein Tablett setzte. Sie schlachtet das fette Kalb, dachte Wexford sich. Denn du bist immer meine Tochter, und alles, was ich habe, ist dein...

»Wo ist sie gewesen? Was sollte dieses ganze Theater?«

»Sie wird bald heiraten. Diesen Jungen, diesen John. Ich nehme an, sie wohnt schon mit ihm zusammen.« Mrs. Dearborn seufzte. »Sie hatten ihre Höhen und Tiefen, aber es hört sich an, als ob sie sich wirklich lieben. Er ist verheiratet, lebt aber von seiner Frau getrennt – gräßlich, nicht wahr, verheiratet und schon wieder getrennt, noch ehe man fünfundzwanzig ist? Nach dem neuen Gesetz kriegt er seine Scheidung durch. Isa wußte das schon, als sie das letzte Mal anrief, aber sie wollte es mir nicht sagen, ehe er nicht endgültigen Bescheid hatte, für den Fall, daß noch etwas schiefging. Das ist typisch Isa, immer vorsichtig, immer verschwiegen. Sie klingt jetzt so glücklich.«

Er lächelte steif. Sicherlich dachte sie, es mißfiele ihm.

Sollte sie. Das Bewußtsein, der Schock, daß er sich von Grund auf geirrt hatte, begann gerade dort zu wirken, wo es schmerzte. Der brennende Wunsch, einfach wegzulaufen, packte ihn, zur Victoria Station zu rennen und einen Zug nach Hause zu nehmen. Er konnte sich nicht besinnen, jemals einen solch grandiosen Flop gelandet zu haben, und bei der Erinnerung, wie er auf Howard eingeredet, wie er ihn nahezu überzeugt hatte, wurde ihm am ganzen Körper heiß.

Und jetzt, wenn er zurückdachte, dann erkannte er, daß Loveday nie wirklich Louise hätte sein können, obgleich gewisse Umstände im Leben der beiden Mädchen sich ähnelten oder zufällig übereinstimmten. So fragte er sich, ob ein gutbürgerliches Mädchen, das wie Louise aufgewachsen war, sich wohl fürchtete, wenn es zu einer Party eingeladen würde, oder sich sträubte, wenn es in eine Kneipe eingeladen würde? Ob ein solches Mädchen sich seelischen Trostes halber in eine nichtkonfessionelle Kirche geschlichen hätte? Ob Louise, die schon mit Dearborn befreundet war, bevor er der Freund ihrer Mutter wurde, es nötig gehabt hatte, seine Büronummer in der Handtasche mit sich herumzutragen, eine Nummer, die sie längst auswendig kennen mußte? Er wußte jetzt, das war alles unmöglich. Warum war er nicht eher darauf gekommen? Weil er so verzweifelt seine Fähigkeiten hatte unter Beweis stellen wollen, und um das zu tun, hatte er die logische Wahrscheinlichkeit der wilden Spekulation geopfert. Er hatte genau die Fehler begangen, deren er Baker bezichtigt hatte, nämlich, zuerst eine Theorie aufzustellen und dann die Fakten hinzubiegen, bis sie hineinpaßten. Der Ruhm war ihm wichtiger gewesen als die Wahrheit.

»Auf Wiedersehen, Mrs. Dearborn«, sagte er. Und gedämpft fügte er hinzu: »Ich freue mich sehr für Sie.«

Sie schüttelte ihm an der Haustür die Hand, aber sie sah ihn nicht an. Sie blickte an ihm vorbei zum Torbogen. Und sie brauchte nicht lange zu warten. Als Wexford den Laysbrook Square überquerte, sah er das Mädchen aus der Richtung King's Road herankommen, sah sie unter den Schatten des Torbogens verschwinden, ein schlankes, blondes Mädchen, sonst aber Howards Fotografien von der Toten völlig unähnlich.

Kilometerweit marschierte er durch Chelsea, fluchte und nannte sich selbst einen Idioten. Bald mußte er Howard gegenübertreten. Inzwischen hatte Clements ihm bestimmt alles berichtet, und er sah jetzt wohl ein, wie unklug es gewesen war, daß er sich aus Rücksichtnahme und Sentimentalität hatte hinreißen lassen, seinen Onkel um Hilfe zu bitten. Auch Baker würde man es erzählen, und Baker würde den Kopf schütteln, innerlich höhnend.

Endlich ging er heim in die Theresa Street. Er hoffte, es werde niemand da sein, aber beide Frauen waren zu Hause, und obendrein noch eine dritte, Denises Schwägerin, die ihn nach seiner Gesundheit fragte, ihm erklärte, in seinem Alter könne er schließlich nichts anderes erwarten, und ihm endlich versicherte, daß sie über ihre Buchhandlung jede Anzahl von Exemplaren der ›*Utopia*‹ beziehen könne.

»Wir machen alle unsere Fehler, Reg«, sagte Howard freundlich, als sie sich zu Tisch setzten. »Und, Reg...? Wir befinden uns schließlich nicht im nationalen Wettstreit um eine forensische Ehrenurkunde. Es ist ganz einfach ein Job.«

»Wie oft hab ich meinen Leuten das selbst gesagt, oder doch etwas sehr Ähnliches!« Wexford seufzte und brachte ein Lächeln zustande. »Du kannst ruhig lachen, wenn du willst, aber letzte Woche, da hatte ich wirklich so das Gefühl, kaum daß ich die Bildfläche betreten hätte, würde ich diesen kniffligen Fall lösen, mit dem ihr alle nicht fertig wurdet. Ich, ein angejahrter Lord Peter Wimsey. Und ihr könntet bloß dasitzen und das Maul aufsperren vor Bewunderung, während ich euch die Sache erläuterte.«

»Ja, man kann wohl sagen, reales Leben und reale Polizeiarbeit sehen anders aus.« Er hätte wenigstens hinzufügen können, fand Wexford, daß sein Onkel ihnen immerhin ein paar brauchbare Tips gegeben habe. Aber eigentlich hatte er nicht mal das getan, also konnte Howard es auch nicht sagen. Statt dessen sagte er fast ebenso generös: »Mir wäre bestimmt genauso zumute, wenn ich mich in deinem Revier betätigt hätte.«

»Trotzdem, es ist verrückt, wie überzeugt ich war wegen des Mädchens.«

»Und du hast mich ja auch überzeugt. Bloß Baker wollte nie was davon wissen. Ich weiß, du magst ihn nicht, und ich gebe zu, er ist ein schwieriger Charakter, aber Tatsache ist, daß er selten Fehler macht. Selbst als seine Frau ihn verließ und sich diese Geschichte mit dem ungeborenen Kind abspielte, da ging er zwar psychisch vor die Hunde, aber seine Arbeit hat darunter nicht gelitten. Wenn er sagt, daß Gregson schuldig ist – und darauf hat er sich nun mal festgebissen –, so besteht eine hohe Wahrscheinlichkeit, daß Gregson schuldig ist.«

Wexford meinte etwas säuerlich: »Sehr weit scheint er aber nicht damit zu kommen, es auch zu beweisen.«

»Er ist schon sehr viel weiter gekommen. Er knackt gerade dieses *Psyche Club*-Alibi. Zwei der Männer, die mit Harry Slade zusammen waren, haben klein beigegeben und eingestanden, daß sie Gregson nach acht Uhr nicht mehr gesehen haben. Und noch etwas. Slades Freundin – du weißt doch, die, mit der er letzten Sonnabend angeblich Monopoly gespielt hat – ist auch vorbestraft. Baker nimmt sich den Gregson jetzt noch einmal vor, und zwar, wie wir hoffen, ohne die hemmende Gegenwart des Mr. de Traynor.«

Wexford nahm zwei seiner Tabletten und bemerkte, wie tief der Pegel in der Flasche schon gesunken war. Hier hatte er wenigstens nicht versagt, das konnte niemand behaupten.

»Ich glaube nicht, daß ich morgen mit dir aufs Revier fahre, Howard«, sagte er. »Wir fahren doch am Sonnabend, und wir müssen ja noch packen, und...«

»Nun hör bloß auf. Das macht doch Dora.« Howard betrachtete lächelnd die untersetzte Gestalt seines Onkels. »Außerdem, das einzige, was du einpacken könntest, wäre ein Embonpoint.«

Wexford dachte an Lamont. Hatte er sich gescheut, ihn noch einmal zu vernehmen, weil er sich rein physisch davor fürchtete? Vielleicht. Auf einmal wurde er sich bewußt, wie tief seine Krankheit ihn demoralisiert hatte. Angst, müde zu werden, Angst, naß zu werden, Angst, verletzt zu werden – alle diese Ängste hatten zu seinem Versagen beigetragen.

War es nicht im Grunde Angst gewesen, sich zu übernehmen, daß er den Vormittag in Garmisch Terrace vertrödelt hatte, statt zum Somerset House zu fahren, wo eine schnelle Überprüfung der Register den Fauxpas des heutigen Tages verhindert hätte? Nein, das Polizeirevier von Kenbourne Vale war kein Ort für ihn, und Howard, bei all seiner Freundlichkeit, wußte das auch.

»Tja, mir scheint, ich hab mal ein bißchen Zeit für mich, Reg. Da könnte ich mich ja mal wieder ein bißchen ans Lesen machen und mich in diese russischen Kurzgeschichten vertiefen, die meine Schwägerin mitgebracht hat. Komische

Sachen, aber interessant. Ich würde gern mal deine Meinung darüber hören...«

Literarischer Schnickschnack.

Vier Kurzgeschichten und zwei Stunden später stand Howard auf, um ans Telefon zu gehen. Gregson hatte gestanden, vermutete Wexford. Der erbarmungslose Baker, Baker, der sich darauf festgebissen hatte, jetzt hatte er ihn schließlich soweit.

Aber als Howard ins Zimmer zurückkam, sah er dem Gesicht seines Neffen an, daß es sich anscheinend doch nicht so einfach verhielt.

Howard sah alles andere als zufrieden aus. »Gregson ist abgehauen«, sagte er. »Baker hat ihn sich in diesem *Psyche Club* noch mal vorgenommen, wobei Gregson anscheinend wieder seine gewohnte stumme Show abzog. Aber plötzlich besann er sich auf seine Fäuste – und wohl auch auf seine Zunge –, verpaßte Baker einen Schlag und floh mit einem gestohlenen Wagen. Baker fiel vom Barstuhl und schnitt sich den Kopf auf, ausgerechnet an einem ›Advocaat‹-Glas.«

»Oh, armer Mr. Baker!« sagte Denise, die mit einer großen weißen Blumenschale voller afrikanischer Veilchen aus der Küche hereinkam.

»Du solltest das überhaupt nicht hören. Komm mal her, laß mich das Ding nehmen, oder gib es Reg. Das ist viel zu schwer für dich.«

»Gregson wiederzufinden, dürfte euch nicht viel Zeit kosten«, meinte Wexford.

»Mein Gott, nein. Morgen früh sitzt der hinter Schloß und Riegel.«

»Mußt du jetzt noch rüber nach Kenbourne, Liebling?«

fragte Denise, die noch immer die Blumenschale an sich gedrückt hielt.

»Ich doch nicht. Ich geh zu Bett. Die Zeiten, wo ich in einem Streifenwagen durch die Gegend fuhr und kleine Gauner jagte, sind vorbei. Das solltest du wissen.«

Jeder von ihnen streckte die Arme aus, um nach der Blumenschale zu greifen, die aussah, als wöge sie einen halben Zentner. Es war teils der Gedanke, Howard habe sie bereits im Griff, teils eine plötzliche Angst, ob es ihm schaden konnte, wenn er sich eine solche Last auflüde, die Wexford im letzten Moment zurückzucken ließ. Die Blumenschale krachte mit einem dumpfen, vibrierenden Laut auf den Teppich und verspritzte Erde, zerquetschte Blätter, rosa und mauvefarbene Blütenblätter gegen die Wände und über den bis dato makellosen Wiltonteppich.

Denise schrie so laut, daß Wexford Howards hohles Stöhnen nicht vernahm. Unter gemurmelten Entschuldigungen – obgleich jegliche Entschuldigung inadäquat war – kniete sich Wexford mitten in das Chaos, versuchte, mit den Händen die Erde zusammenzuscharren, und machte dadurch alles nur noch schlimmer.

»Wenigstens ist die Schale nicht zerbrochen«, sagte er dümmlich.

»Ach, laß doch die dämliche Schale«, stöhnte Howard, »aber ich!« Er war in einen Sessel gesunken und rieb sich den rechten Fuß. »Die ist haargenau auf meinen Zehen gelandet.«

Denise brach in Tränen aus. Sie saß inmitten der Trümmer und weinte.

»Es tut mir so entsetzlich leid«, sagte Wexford unglücklich. »Ich würd so gern... Ich meine, gibt es irgendwas, das ich tun...?«

»Nein, laß bloß«, sagte Denise und trocknete sich die Augen. »Ich kümmere mich schon drum. Überlaß es lieber mir. Geh du nur zu Bett, Onkel Reg.«

Immer höflich, obwohl er blaß war vor Schmerzen, sagte Howard: »Vergiß es. Du konntest nichts dafür, Reg. Du bist noch nicht wieder fit genug, um dich mit solchen Sachen zu belasten. Kein Wunder, daß du sie hast fallen lassen. O Gott, mein Fuß! Ich hoffe bloß, es ist nichts gebrochen.«

Er zog den Schuh aus und humpelte zur Tür. Denise holte Handfeger und Schmutzschaufel und fing an, die Pflanzen zu retten, die noch intakt waren, während Dora, die, aufgeschreckt durch den Tumult, von oben gekommen war, Erdklümpchen von der Tapete kratzte.

Während er ihnen zerknirscht zuschaute, dachte Wexford über die letzte Bemerkung seines Neffen und ihre doppelte Bedeutung nach.

17

So darfst du deshalb doch im Sturm nicht gleich das Schiff preisgeben, weil du den Winden nicht Einhalt gebieten kannst.

Am nächsten Morgen war Howards Fuß stark angeschwollen, aber einen Arzt aufzusuchen, lehnte er mit der Begründung ab, es sei dringend erforderlich, daß er pünktlich nach Kenbourne Vale käme.

»Aber du wirst gar nicht fahren können, Liebling.« Denise war bis in die frühen Morgenstunden aufgeblieben, um den Teppich sauberzumachen und sah erschöpft aus. Sie löste den Blick von einem untilgbaren Fleck, betrachtete den geschwollenen Rist ihres Mannes und meinte: »*Den* Fuß kannst du doch sicherlich kaum auf den Boden setzen.«

»Macht nichts, ich lasse mir einen Fahrer kommen.«

»Höchstens, daß Onkel Reg dich...«

Sie blickten Wexford an, Howard zweifelnd, Denise aber schien zu glauben, daß einer, der fit genug war, Joghurt abzulehnen zugunsten von Speck und Eiern, auch sehr wohl imstande sein mußte, durch den Londoner Berufsverkehr zu fahren. Wexford wollte nicht. Er hatte alles Interesse an dem Fall Morgan verloren, und blanke Feigheit überfiel ihn bei dem Gedanken, Baker und Clements zu begegnen, die doch beide von seiner geplatzten Theorie informiert sein mußten. Warum war er bloß so dämlich gewesen, in diesem Montfort-Mausoleum herumzustöbern. Damit hatte alles angefangen. Sollte Howard doch nach einem Fahrer telefonieren.

Er wollte sich eben mit Schmerzen in seinem Auge entschuldigen – tatsächlich spürte er zum erstenmal seit Tagen wieder den Schmerz und das Prickeln –, als Dora unerwartet sagte: »Natürlich wird Reg dich fahren, mein Lieber. Das ist schließlich das Wenigste, was er tun kann, nachdem er dir das Ding auf den Fuß geschmissen hat. Er kann ja gleich wieder zurückkommen und sich ein bißchen ausruhen, nicht wahr, Liebling?«

»Gib mir die Schlüssel«, sagte Wexford resigniert. »Ich hoffe, dir ist klar, daß ich noch nie im Londoner Verkehr gefahren bin?«

Aber es war nicht so schlimm, wie er gefürchtet hatte, und die Konzentration auf die Tatsache, inmitten einer hupenden, drängenden Herde wilder Tiere zu stecken, gegen die die Kingsmarkhamer Autofahrer die reinen Schafe waren, ließ ihn sein Auge vergessen, und vor allem jene schlimmeren Ängste. Als sie ankamen, fanden sie Gregson in sicherem Gewahrsam vor, nachdem er im Haus seiner Schwester in Sunbury entdeckt worden war, in das er sich geflüchtet hatte. Howard humpelte davon, um mit ihm zu reden, nachdem er ihn jetzt sicher verhaftet hatte unter der Beschuldigung, einen Polizeibeamten tätlich angegriffen und einen Kraftwagen ohne Zustimmung des Besitzers benutzt zu haben – Anschuldigungen, die nicht einmal Mr. de Traynor in Frage stellen konnte. Wexford beschloß, sich zu verdrücken und heimzufahren, bevor der drohende Regen einsetzte, und strebte auf jene halb geheime Fluchttür zum Garagenbereich zu. Dabei fiel ihm zu seiner Erleichterung ein, daß, wenn schon Howards Verletzung nicht ausreichend war, ihn von der Arbeit fernzuhalten, es Bakers allemal sein würde. Um so verwirrter war er, als er durch die flaschengrünen Korridore marschierte und sich plötzlich von Angesicht zu Angesicht dem Inspector gegenübersah, dessen Kopf mit einem Verband umwickelt war.

Es half nichts, er mußte stehenbleiben und ihn fragen, wie es ihm ginge.

»Ich werd's überleben«, antwortete Baker knapp.

Die einzige höfliche Antwort, die man auf eine so ungehobelte Entgegnung murmeln konnte, war: »Das hoffe ich doch.« Wexford sagte es, fügte hinzu, er sei froh, daß es nicht schlimmer ausgegangen sei, und wollte weitergehen. Baker hüstelte trocken.

»Ach, Mr. Wexford...? Sie haben doch noch ein paar Urlaubstage übrig, stimmt's?«

Das klang wie der erste Schritt auf einen Waffenstillstand zu. Wexford war so niedergeschlagen, daß er für jedes Zeichen der Herzlichkeit dankbar war. »Ja, ich bin noch bis Samstag in London.«

»Dann sollten Sie sich Billingsgate nicht entgehen lassen. Gibt viele Enten dort, und dann auch die Sackgassen bei Smithfield...«

Schnatternd wie eine Ente lachte er über seinen eigenen Witz. Sein Lachen, von einem herablassenden Schulterklopfen begleitet, machte die Bemerkung nicht weniger kränkend, beides machte es Wexford aber auch einfach unmöglich, gekränkt zu sein. Ungeheuer zufrieden mit sich selbst, ging der Inspector zum Lift und knallte die Türen hinter sich zu. Jetzt gab es eigentlich keinen Grund mehr, den Haupteingang zu meiden.

Plötzlich schien es ihm unwichtig, Clements aus dem Weg zu gehen. Hier würde immerhin die Ehrerbietung vor seinem Rang solche Witzeleien verbieten, die Baker sich eben erlaubt hatte.

Wexford kam die letzte Treppe herunter und sah sein eigenes Abbild in einem Fenster, das durch die Backsteinmauer dahinter in einen riesigen, düsteren Spiegel verwandelt wurde. Er sah einen großen, älteren Mann, einen zerknitterten Mann in einem zerknitterten Regenmantel, dessen Gesicht, in welchem manch einer sonst Weisheit und Witz zu entdecken glaubte, jetzt in jeder Linie die frustrierte Verdrossenheit eines verwöhnten Kindes zeigte – und zugleich die Bitterkeit des Alters. Er reckte die Schultern und glättete die Stirn. Was war denn los mit ihm, daß ein kleiner Fehlschlag ihn so niederschmetterte? Und wie konnte er so tief sinken, sich mit seinem Rang zu trösten? Nicht nur mußte er um Clements keinen Bogen machen, er mußte ihn sogar aufsuchen, um sich für sein Verhalten gestern zu entschuldigen und – was noch wichtiger war – sich von ihm zu verabschieden. Hatte er wirklich vorgehabt, Kenbourne Vale auf immer zu verlassen, ohne sich von dem freundlichen Sergeant zu verabschieden?

Die große Vorhalle war menschenleer bis auf die beiden uniformierten Männer, die an einem langen Tresen saßen und mit Anfragen beschäftigt waren. Einer von ihnen erbot sich höflich nachzusehen, ob der Sergeant im Haus sei, und Wexford setzte sich in einen unbequemen schwarzen Ledersessel, um auf ihn zu warten. Es war erst zehn Uhr. Ein leichter Regen hatte eingesetzt und besprenkelte die gewölbten Fenster, die den Eingang flankierten. Vielleicht hatte das meteorologische Amt recht gehabt mit seiner Vorhersage eines über Südostengland lagernden Tiefdruckgebiets. Wäre das Wetter etwas einladender gewesen, dann hätte er Stephen Dearborn anrufen und ihn an die gemeinsame Tour erinnern können, die er vorgeschlagen hatte. Damit täte er dem Mann mehr als nur einen Gefallen. Wexford hatte das Gefühl, Dearborn etwas schuldig zu sein. In diesem Fall keine Entschuldigung – schließlich kann man sich nicht bei einem Mann dafür entschuldigen, daß man ihn für einen Mörder gehalten hat –, aber doch irgendeine freundliche Geste, um die absurden und unbegründeten Verdächtigungen wettzumachen, die er gegen ihn gehegt hatte. Wexford war sich sehr wohl der Schuld bewußt, die man empfinden konnte, wenn man Böses von einem Mann auch nur gedacht hatte, selbst wenn diese Gedanken nie verbalisiert worden waren.

Er war sich nicht sicher, ob es die Erinnerung an seine Verbohrtheit war, die ihm die Röte ins Gesicht schießen ließ, oder Clements' plötzliches Auftauchen. Er erhob sich und vergaß dabei alles Selbstmitleid und alle Selbstanklagen. In ein paar Stunden würde Clements mit seiner Frau und

James beim Lunch sitzen – sein letzter Lunch mit James als Versuchsvater. Oder sein letzter Lunch mit James?

»Sergeant, ich möchte mich entschuldigen für die Art, mit der ich Sie angeblafft habe.«

»Ist schon gut, Sir. Das hatte ich schon vergessen.«

Natürlich hatte er. Er hatte andere Dinge im Kopf. Wexford meinte freundlich und ernst: »Morgen ist der große Tag, nicht wahr?«

Kaum hatte er es ausgesprochen, da bereute er schon, das Thema angeschnitten zu haben. Bis zu diesem Augenblick war ihm nicht klargewesen, unter welcher Anspannung Clements lebte und arbeitete. Diese Qual, die täglich lähmender wurde. Jetzt zeigte sie sich in der unsäglichen Anstrengung, mit der er sein Gesicht in kontrolliertem Zustand zu halten trachtete, mit der er sogar seinen Mund zu einem klaffenden Lächeln verzog. Wexford sah, er konnte nicht sprechen, die Angst hatte sich in jeden Winkel seines Gehirns gefressen und hatte endlich sogar die ganze Flut seines ewigen kritischen Moralisierens ausgetrocknet. Er war jetzt innerlich vollständig leer bis auf den animalischen Trieb, sein Junges festzuhalten.

Sie starrten einander an, Wexford mit wachsender Verlegenheit, der Sergeant, dem alle guten Vorsätze vergangen waren, dumpf vor Panik und Angst vor dem nächsten Tag. Endlich sagte er mit dunkler, trockener Stimme:

»Ich nehme den Vormittag frei. Vielleicht auch den ganzen Tag.« Er stockte und schluckte. »Kommt drauf an... Meine Frau... Was die...«

»Dann werden wir uns nicht mehr sehen.« Wexford streckte die Hand aus. Clements ergriff sie und quetschte sie so heftig und schmerzhaft, als sei sie ein Rettungsring. »Auf Wiedersehen, Sergeant, und alles Gute für morgen.«

»Auf Wiedersehen«, sagte Clements. Er ließ Wexfords Hand los und ging hinaus in den Regen, ohne auch nur den Mantelkragen aufzustellen. Ein vorbeifahrendes Auto bespritzte ihn, aber er schien es nicht zu bemerken. Kleine Vorfälle wie dieser, die sonst eine Schmährede gegen modernes Benehmen ausgelöst hätten, besaßen nicht mehr die Macht, auch nur die Oberfläche seiner Wahrnehmung zu zerstören.

Wexford stand auf den Stufen und blickte ihm nach. Es war auch für ihn Zeit zu gehen, Kenbourne Vale und Loveday Morgan hinter sich zu lassen und nach Möglichkeit zu vergessen. Merkwürdig, wie verbissen er versucht hatte herauszufinden, wer sie war, wie er durch Fulham gestiefelt war und sich in Hirngespinsten verfangen hatte. Wenn er jetzt auf die vergangene Woche zurückblickte, dann stellte er fest, daß er in diesem Moment ebensowenig wußte, wer sie war oder wer sie umgebracht hatte und weshalb, wie in dem Augenblick, als Howard ihn in dem Mausoleum ertappt hatte. Es kam ihm zwar vor, als habe er ein paar ganz vernünftige Ideen gehabt, ein paar richtige Schlüsse gezogen, die selbst durch seinen Flop nicht gegenstandslos geworden waren, aber sie waren irgendwie schemenhaft geworden, und er hatte fast vergessen, worin sie bestanden hatten.

Wasser, das sich auf den blauen Glasscheiben der Lampe über seinem Kopf gesammelt hatte, tröpfelte auf ihn nieder. Er ging langsam die Stufen herab, und während er es tat, spritzte Wasser aus einem anderen Winkel gegen ihn. Eine Woge schwappte gegen seine Hosenbeine, und er blickte empört auf.

Der Übeltäter war ein Taxi, das ein paar Meter von ihm entfernt, direkt vor dem Polizeirevier, stoppte. Die hintere

Tür wurde geöffnet, und ein Traumbild in purpurnem Seidenanzug mit weißer Orchidee im Knopfloch stieg aus auf das nasse Straßenpflaster.

»Was für ein Wetter, ausgerechnet zur Hochzeit der Ehrenwerten Diana!« sagte Iwan Teal, als er den Taxifahrer bezahlt hatte. »Und dabei ist sie so ein sonniges Mädchen. Na, wo bleiben denn die Lakaien mit dem Regenschirm für mich?«

»Dies ist nicht das Dorchester«, meinte Wexford.

»Als ob ich das nicht wüßte! Ich habe so meine Erfahrungen mit Polizeirevieren, besonders mit dem West End Central. Sind Sie gerade auf dem Weg, mich zu besuchen?«

»*Sie* besuchen?« In Wexfords augenblicklicher Geistesverfassung war die Garmisch Terrace und der ganze Fall weltweit entfernt. »Sollte ich Sie denn besuchen?«

»Aber sicher. Ich habe doch durch Philip ausrichten lassen, um zehn Uhr. Er wußte, daß ich zu dieser Hochzeit nach St. George muß. Das Brautkleid ist eins meiner Entwürfe, also muß ich bei der Hinrichtung dabeisein. Da Sie nicht erschienen, bin ich zu Ihnen gekommen. Die Hochzeit ist um halb elf.«

»Ach ja...« Wexford erinnerte sich jetzt, wie Chell ihn mit seinem Gerede über die Zeitungsausschnitte abgelenkt hatte. »Das spielt jetzt keine Rolle mehr. Sie verschwenden bloß Ihre Zeit.«

Teal sah ihn verständnislos an. Sein Haar war sorgfältig gewellt, und Aphrodisia-Wolken entströmten seiner Frisur und seinem Anzug. »Wollen Sie damit sagen, Sie haben herausgefunden, wer sie war?« fragte er.

Fast hätte Wexford gefragt, wer. Dann fiel ihm ein, daß manchen Leuten Loveday Morgans Tod wichtig war, und er sagte: »Wenn Sie Informationen haben, dann reden Sie besser mit Superintendent Fortune oder mit Inspector Baker.«

»Nein, ich rede mit Ihnen.«

»Die Angelegenheit war ja nie mein Fall. Ich bin hier bloß auf Urlaub, und ich fahre am Samstag nach Hause. Übrigens, so werden Sie ziemlich naß, wissen Sie.«

»Ja, so richtig pflegeleicht ist Tussahseide nicht gerade«, meinte Teal und trat unter den Bogen, von dem die blaue Lampe herabhing. »Wäre ich bloß direkt zum Hanover Square gefahren«, schimpfte er. »Es ist immer eine Katastrophe, in Kenbourne ein Taxi zu kriegen. Können Sie sehen, ob das da hinten sein Schild beleuchtet hat?«

Wexford machte keine Anstalten hinzusehen. »Sie sagten doch, Sie wollten mit dem Superintendenten reden.«

»Das haben *Sie* gesagt. Ich bin nicht sonderlich erpicht auf Polizisten, erinnern Sie sich nicht mehr? Sie sind da anders. Aber wenn ich nicht mit Ihnen reden kann, dann bin ich schon weg.« Teal streckte einen roten Seidenarm aus. »Taxi!« rief er.

Das Taxi fuhr in die falsche Richtung. Es wartete, daß eine Ampel grün wurde und vollführte dann gegen alle Verkehrsregeln eine Spitzkehre. Hinter ihm tauchte schemenhaft der Bus in Richtung Chelsea aus dem Regendunst auf.

»War nett, Sie getroffen zu haben«, sagte Teal und ging die Stufen hinunter. »Hätte nie gedacht, daß ich das mal zu einem…«

Das Taxi hielt an, der Bus fuhr vorbei.

»Also, nun kommen Sie schon einen Augenblick rein«, sagte Wexford mit einem Seufzer. »Ich hab gerade noch 'ne halbe Stunde Zeit.«

Teal konnte offensichtlich nie länger als ein paar Minuten liebenswürdig bleiben.

»So lange habe *ich* keine Zeit«, sagte er plötzlich wieder schroff. »Also wirklich, Sie sind vielleicht inkonsequent! Was für ein gräßlicher Raum! Kein Wunder, daß die Polizisten alle einen Groll auf die Menschheit haben. Was ist denn das hier? Eine Erweiterung der Leichenhalle?«

»Ein Verhörzimmer.« Wexford sah zu, wie Teal den Sitz des Stuhls abstaubte, ehe er sich setzte. Wahrscheinlich sollte er sich geschmeichelt fühlen. Wie hoch man auch den Wert seines Berufs einschätzt, es ist doch immer ein Kompliment, sich sagen zu lassen, man sei besser, humaner, sympathischer, weniger konventionell als das übrige Pack. Aber der Überdruß an dieser ganzen Angelegenheit machte ihn nahezu unempfänglich für Schmeicheleien.

»Na? Bequem?« fragte er sarkastisch.

»Oh, kommen Sie mir bloß nicht so!« fauchte Teal. »Sie doch bitte nicht. Sie sind doch keiner von diesen Plattfüßlern, die meinen, bloß weil man schwul ist, hätte man die Mentalität eines albernen Schulmädchens. Ich gehe zu einer Hochzeit, und ich möchte mir meinen Anzug genausowenig verderben, wie Sie an meiner Stelle.«

Wexford blickte ihn voll unverhohlener Abneigung an. »Also, Mr. Teal, was wollten Sie mir sagen?«

»Dieser Priester, über den wir gesprochen haben – wissen Sie noch? Sein Name ist Morgan.«

18

Nur daß die Priester solche Menschen, die ihnen als ruchlose Sünder bekannt werden, vom Gottesdienste ausschließen können.

Es war, wie das Rauchen aufzugeben, dachte Wexford, der es vor Jahren unter Schwierigkeiten geschafft hatte. Die verdammten Dinger machen dich krank, du widerstehst ihnen, sie öden dich geradezu an, aber kaum zückt jemand eine – oder, noch schlimmer, zündet sie vor deiner Nase an – und schon hängst du wieder fest, gierst danach, sehnst dich nach der alten Gewohnheit zurück. Genau dies hatte Teal mit ihm gemacht, obwohl er sie noch gar nicht angezündet hatte. Wexford suchte seine Aufregung zu verhehlen, diese verfluchte, irritierende Aufregung, und fragte: »Welcher Priester?«

Es war zum Verrücktwerden, jetzt schweifte Teal ab. »Natürlich bin ich zu spät darauf gekommen«, sagte er, »aber es war irgend etwas Merkwürdiges an ihrer Stimme. Das bemerkte ich gleich und bemerkte es auch wieder nicht, wenn Sie verstehen, was ich meine. Sie hatte keinen Akzent.«

»Ich habe auch keinen Akzent«, raunzte Wexford.

Darüber lachte Teal. »Sie meinen, Sie *glauben*, Sie hätten keinen. Sie hören eben Ihren schwachen, gutturalen Sussex-Unterton genausowenig, wie ich in meiner Stimme den Textil-Verkäufer-Schulungston höre, außer ich achte darauf. Aber denken Sie mal einen Moment darüber nach. Aus Johnny spricht die Royal Academy of Dramatic Art, aus Peggy der Süden von London; Phil spricht unterdrücktes

Cockney mit schwulem Einschlag, Ihr Superintendent reinstes Trinity. Man muß kein Henry Higgins sein, um all das zu unterscheiden. Jeder hat einen Akzent, den er von seinen Eltern mitgekriegt hat oder von seiner Schule oder von seiner Universität oder der Gesellschaft, in der er sich bewegt. Loveday hatte überhaupt keinen.«

»Und was hat das mit einem x-beliebigen Priester zu tun?«

»Darauf komme ich gleich. Ich habe sehr viel darüber nachgedacht. Ich habe mich gefragt, wer denn diese raren Kreaturen sind, die akzentfreies Englisch sprechen. Das wären einmal zum Beispiel Bedienstete der alten Schule. Ich könnte mir denken, als es noch eine regelrechte Klasse der Bediensteten gab, da sprachen alle so: plattes, reines Englisch ohne Modulation oder Intonation. Ihre Eltern, die selbst Dienstpersonal gewesen waren, brachten es ihnen bei, denn sie wußten, daß Cockney bei einem Dienstmädchen nicht akzeptabel war. Wer sonst noch? Kinder, die in Instituten erzogen werden vielleicht. Dann Leute, die Jahre ihres Lebens in Hospitälern zubringen, und ebenso vielleicht Leute, die ihr ganzes Leben in geschlossenen Gemeinschaften verbringen.«

Wexford wurde allmählich sehr ungeduldig. »In Instituten erzogen…?!«

»Mann Gottes, *Sie* sind doch der Detektiv. Wissen Sie nicht mehr? Sie haben mir doch erzählt, daß Loveday zum Tempel der *Kinder der Offenbarung* gegangen ist.«

»Aber sie konnte nicht dazugehört haben. Sie arbeitete doch in einem Fernsehladen, und die besitzen weder Fernsehen noch lesen sie Zeitung.«

»Also bitte, da haben Sie ihn, den Grund, weshalb ihre Eltern sich nicht gemeldet haben. Sind Sie denn nicht selbst darauf gekommen? Immerhin, der Vater hätte sich gar nicht melden können. Er ist der Morgan, der dort Priester war und den man eingebuchtet hat. Er sitzt im Gefängnis.«

Es entstand eine dramatische Pause. Wexford hatte gedacht, er könne sich nie wieder für diesen Fall interessieren, nie wieder auch nur für eine Sekunde die Erregung und den Schrecken des Jägers im Angesicht seiner Beute verspüren. Jetzt fühlte er das Prickeln des Adrenalins in seinem Blut, ein Schauer, der ihm das Rückgrat hinauffuhr.

»Ich besitze so ein Album mit Zeitungsausschnitten«, fuhr Teal fort. »Das heißt, ich sammle Zeitungen, die etwas über mich bringen, aber oft schneide ich ein Jahr lang oder länger die Artikel nicht aus, und die Zeitungsblätter häufen sich. Nun, neulich abend hatte ich ein bißchen Zeit und beschäftigte mich mit meinen Ausschnitten, und auf der Rückseite eines Fotos von einer meiner Kreationen, da steht was von diesem Morgan, der vor Gericht erschienen war.«

»Haben Sie den Ausschnitt bei sich?«

»Nun entschuldigen Sie mal, ich bin auf dem Weg zu einer sehr eleganten Hochzeit. Wie sagt doch Wilde…« Teal machte affektierte Schlängelbewegungen – bloß um mich zu ärgern, dachte Wexford – und sagte in hohem Falsett: »Ein gut gearbeiteter Anzug hat keine Taschen.« Er kicherte über die sichtbare Betretenheit des Chief Inspectors. »Immerhin, ich hab's in meinem Album verwahrt, mit der Geschichte über die Gerichtsverhandlung nach unten natürlich. So, jetzt haben Sie was zu tun.«

»Wann hat diese Gerichtsverhandlung stattgefunden, Mr. Teal?« fragte Wexford, ohne sich seinen Zorn anmerken zu lassen.

»Vergangenen März. Er wurde angeklagt wegen Bigamie,

Notzucht an *fünf* Frauen – einen Mut muß der Mann gehabt haben! – und des geschlechtlichen Umgangs mit einem vierzehnjährigen Mädchen. Ich weiß nicht, was das genau bedeutet, aber ich nehme an, Sie wissen es. Er wurde dem Geschworenengericht von Surrey überstellt.« Teal blickte auf seine Uhr. »Mein Gott, ich darf nicht zu spät kommen, sonst krieg ich nur einen Platz auf den hinteren Kirchenbänken. Ich will doch die Ehrenwerte Diana in all meiner Pracht ganz genau sehen können!«

»Mr. Teal, Sie sind eine große Hilfe gewesen. Ich bin Ihnen sehr dankbar. Bloß noch eine Sache. Sie sagten, Loveday habe Sie gefragt, ob Johnny und Peggy vertrauenswürdig seien. Was wollte sie denen wohl anvertrauen?«

»Ihm, meinen Sie. Sich selbst, nehme ich an, wenn sie in ihn verliebt war.«

Wexford blickte zweifelnd drein. »Eine Frau von fünfzig würde vielleicht so reagieren, aber ein junges Mädchen – das glaube ich kaum. Ich frage mich, was sie wohl an Wertvollem besaß, das sie jemandem anvertrauen wollte.«

»Das müssen Sie sich selbst fragen, Mr. Wexford, weil ich nämlich jetzt gehen muß.«

»Ja, natürlich. Vielen Dank, daß Sie gekommen sind.«

Das Verhörzimmer wurde wieder zu einem elenden, kleinen Loch, nachdem Teal gegangen war. Wexford ging den Korridor entlang und begann die Treppe hinaufzusteigen. Plötzlich wurde er sich bewußt, daß er Treppensteigen konnte, ohne daß ihm der Atem knapp wurde.

Es war wirklich ein Glückszufall, daß er diese Information von Teal bekommen hatte, denn wenn er sie jetzt sofort weitergab, würde ihn das in Howards und Bakers Augen entlasten. Auch wenn er nicht mehr getan hatte, als zuzuhören, und das äußerst widerwillig. Egal, er würde ihnen einfach berichten, was Teal ihm erzählt hatte, und es ihnen überlassen, die Sache weiterzuverfolgen. Außer… Außer er verschob das Berichterstatten um eine halbe Stunde und benutzte diese halbe Stunde, um auf eigene Faust Nachforschungen in dem Archiv des Reviers zu betreiben.

Wenn sie hier eins hatten. Am Kopf der Treppe begegnete er jemandem, den er für Sergeant Nolan hielt, und fragte ihn. Sie hatten eins. Ein Stockwerk tiefer, dritte Tür rechts.

In dem Archiv saßen Pamela und D. C. Dinehart, beide beschäftigt mit Zeitungsordnern. Auf ihren jungen Gesichtern lag ein Ausdruck von Ernst und Versunkenheit wie bei Studenten im British Museum. Beide blickten kurz auf, nickten und nahmen weiter keine Notiz von ihm. Es kostete ihn zehn Minuten, um zu finden, was er suchte – den Prozeß gegen Morgan vor dem Geschworenengericht. Die *News of the World* hatte den Fall lüstern ausgeschlachtet, nicht ohne den gewohnten Anschein äußerster Entrüstung; *The People* hatte darin die Gelegenheit zu einem giftigen Artikel über die Korruption unter Geistlichen gesehen; *The Observer* hatte ihn hochnäsig hinter den Bericht über ein erpreßtes Mitglied eines Grafschaftsrats eingestuft. Was Tatsachen und Fotos betraf, hielt er sich an *The Sunday Times* und den *Sunday Express*.

Alexander William Morgan hatte sich einige Jahre vor Begehung der Straftaten von seiner Frau getrennt, wohnte seither direkt neben der Kirche in der Artois Road, Camberwell, während sie weiterhin in der ehelichen Wohnung in der nahe gelegenen Ivy Street lebte. Anscheinend hatte das Zerwürfnis stattgefunden, als er zum Hirten des Camberwell-Tempels berufen worden war. Er hatte versucht, das bittere, lebensfeindliche Kredo der *Kinder der Offenbarung* ganz allmählich durch einen gewissen Liberalismus aufzulokkern, obwohl er auf Grund des Widerstands der konservativen Mitglieder nicht weiter gediehen war, als einige wenige zu überzeugen, daß Radio und Fernsehen, in der Privatsphäre des eigenen Heimes genossen, keine Sünde sei.

In sexuellen Dingen war er erfolgreicher gewesen. Ja, sein Erfolg war sogar unglaublich gewesen. Ein Strom junger Frauen hatte davon Zeugnis abgelegt, unter ihnen auch eine Miss Hannah Peters, die er geehelicht hatte (eine Art Eheschließung vollzogen, hieß es) in einer eigens von ihm gestalteten Zeremonie, bei der er zugleich als Bräutigam und als trauender Priester fungierte. Die anderen Mädchen, sogar das vierzehnjährige, betrachteten sich unter der seltsamen Philosophie, die er ihnen nahegebracht hatte, als seine Ehefrauen. Er habe sie sehr liebevoll behandelt. Sie sagten aus, sie hätten auf Grund dessen, was er ihnen gesagt habe und auf Grund seiner Beziehung zu ihnen geglaubt, ihnen sei ein glücklicheres ewiges Leben beschieden als den weniger bevorzugten »Kindern«. Erst als er sich an ältere Frauen herangemacht hatte, waren seine Neigungen ans Licht gekommen. Morgan wurde zu drei Jahren Gefängnis verurteilt – heftig protestierend, daß er zur Verantwortung gezogen werde, bloß weil er diesen Frauen eine besondere Gnade habe angedeihen lassen.

Wexford notierte sich die Namen sämtlicher weiblicher Zeugen. Dann betrachtete er eingehend die Fotos, aber nur eins von ihnen ließ ihn stutzen, ein Bild des Tempels in der Artois Road. Er blickte auf, sah, daß Pamela ihre Arbeit beendet hatte, und winkte sie zu sich.

»Gehen Sie wieder zurück in Mr. Fortunes Büro?«

Sie nickte.

»Er hat da so einen Schnappschuß von Loveday Morgan...«

»Ja, Sir, ich weiß, was Sie meinen.«

»Würden Sie so freundlich sein und ihn bitten, ob er ihn mir mal kurz herschicken könnte?«

Damit hatte es sich dann. Es war die einzige Möglichkeit. Howard würde natürlich selbst mit dem Foto herkommen, würde an Hand der Zeitungsberichte feststellen, daß Morgan zwei Töchter hatte, und damit wäre ihm, Wexford, die Sache aus der Hand genommen. Ihm war ziemlich flau zumute, weil er Loveday auf so undramatische Weise ausfindig gemacht hatte.

Während er wartete, daß Howard auftauchte, schaute er sich die anderen Fotos an. Morgans rundes Gesicht mit Brille, sechsundvierzig Jahre alt, ein Vorort-Satyr; Morgan mit seiner Frau und zwei dicken kleinen Mädchen, von denen jedes Loveday als Kind hätte sein können; Hannah Peters, nichtssagend, lächelnd, eine Braut zwischen Brautjungfern mit einem Band im krausen Haar. Er roch Pamelas Parfum, blickte auf und sah sie neben sich stehen.

»Mr. Fortune ist bei Gericht, Mr. Wexford, und er hat eine Nachricht hinterlassen, daß er gleich hinterher ins St. Biddulph's-Krankenhaus fährt, um seinen Fuß röntgen zu lassen.«

»Aber Sie haben das Foto mitgebracht«, sagte Wexford langsam.

»Es lag auf seinem Schreibtisch, Sir, und da Sie es benötigen, nehme ich an, daß er...«

»Vielen Dank, Pamela«, sagte Wexford.

Seine Hand zitterte merkwürdig, als er es ihr abnahm und es neben das Foto im *Sunday Express* legte, das Morgans Tempel in der Artois Road zeigte. Ja, es war, wie er es sich gedacht hatte. Das Zeitungsbild zeigte die ganze Kirche, der Schnappschuß nur eine Ecke davon, aber auf beiden waren dieselben staubigen Büsche entlang der Mauer zu sehen, derselbe giebelartige Mauerabschluß, und was auf dem Schnappschuß wie ein Holzpfahl ausgesehen hatte, entpuppte sich jetzt als Pfosten einer Tür.

Auf dem Zeitungsbild war kein Mädchen zu sehen. Morgan hatte sie – seine Tochter? Eine seiner Bräute? – bestimmt vor dem Tempel aufgestellt und eigenhändig fotografiert, vermutete Wexford. Er gab Pamela den Schnappschuß zurück und verließ tief in Gedanken die Bibliothek.

Was jetzt? Pamela suchen und eine Notiz für Howard hinterlassen, sagte ihm sein vernünftiges Ich. Oder Baker aufsuchen. Der Inspector würde bald zurücksein vom Gericht. Aber Wexford sträubte sich gegen den Gedanken, sich ihm anzuvertrauen und mit ansehen zu müssen, wie sich sein strenger Mund verzog, als wolle er sagen: »Wird denn dieser alte Trottel niemals klug?«

Das letzte Mal hatte er sich geirrt. Dieses Mal würde er sich nicht irren, das wußte er. Niemand hätte von seinem Flop erfahren, wenn er nicht Howard so drastisch informiert hätte, bevor er sichere Beweise hatte. Es machte ja nichts, wenn er sich diesmal wieder irrte, denn niemand außer ihm selbst würde Bescheid wissen. Die anderen würden denken, er mache eine private Stadtbesichtigungstour, vielleicht – Bakers Rat befolgend – nach Smithfield oder Billingsgate.

Er konnte doch sein, was pensionierte Polizisten manchmal wurden, ein Privatdetektiv. Der Gedanke hatte einen bitteren Beigeschmack, und er verwarf ihn. Nicht pensioniert, nicht alt, sondern frei, eine eigene Spur zu verfolgen, niemandem verpflichtet. Kein Fahrer, der ihn fuhr, kein Sergeant, der ihn begleitete, kein Chief, dem er Rechenschaft schuldete. Und er hielt ja auch wichtige Informationen nicht lange zurück, denn wenn er bis heute abend nicht weitergekommen war, dann würde er eben Howard Bericht erstatten und es dabei bewenden lassen.

Es war gerade halb zwölf. Es regnete. Anscheinend war heute einer dieser Tage, an denen es überhaupt nicht aufhörte. Seinen Regenschirm hatte er in der Theresa Street gelassen. Er leistete sich die Extravaganz, sich einen neuen zu kaufen, und dann marschierte er munter wie ein junger Mann zur U-Bahn-Station Elm Green.

19

Doch wer sich weigert, nach ihren Gesetzen zu leben, den vertreiben sie aus den Grenzen, die sie sich selber stecken.

Er war ein wenig wie Kenbourne Vale, dieser Teil Südlondons, der weder Camberwell noch Kennington war, sondern ein dazwischenliegender Bezirk mit dem Namen Wilman Park. Die Ähnlichkeit lag mehr in der grauen Trostlosigkeit der Gegend und dem Fehlen von Bäumen als in den Häusern selbst. Denn die Häuser von Wilman Park waren klein und standen eng gedrängt in Straßen, die strikt rechtwinklig zueinander verliefen. Wexford vermutete, daß auch der dritte Tempel der *Kinder der Offenbarung* wohl in einem ähnlichen Bezirk irgendeiner Industriestadt Nordenglands stand. Seltsame Sekten florieren nicht unter den Reichen, die den Himmel auf Erden schon besitzen und sich nicht auf künftige Seligkeit verlassen müssen.

Er fand die Artois Road, die mitten durch Wilman Park hindurchführte, und ging sie schnellen Schrittes hinunter, immer um die Pfützen herum. Dabei begegnete er Frauen, die vom Einkaufen zurückkamen, denn heute schlossen die Läden früher. Meist waren es Mütter und Töchter, und die Sprößlinge der Töchter saßen in Kinderwagen und waren durch die hochgeklappten Dächer gegen den Regen geschützt. Ihm fiel auf, daß dies ein Merkmal der Arbeiterklasse war, Mutter und Tochter, die überall gemeinsam hingingen, auch zum Einkaufen, die nicht getrennt worden waren durch die Eheschließung der Tochter. Möglich, daß hier irgendwo eine Mutter allein herumlief, weil die Tochter von ihr getrennt worden war. Oder waren den »Kindern« derartige Verhaltensmuster verboten, so wie sie anscheinend von allem ausgeschlossen waren, indem sie ihre eigenen Gebräuche entwickelten und die Gesellschaft verleugneten?

Der Tempel war so klein, und der Regen strömte so heftig, daß Wexford fast vorübergegangen wäre, ohne ihn zu sehen. Er kehrte um und betrachtete ihn, sehr froh über seinen Regenschirm. Er war unschwer als Zwilling des Tempels in der Garmisch Terrace zu erkennen. Das runde rote Glasfenster war kleiner, der Giebel flacher, die Gartenschuppentür hier in schmutzigem Grün gestrichen, und das ihm bekannte Schild erklärte Sinn und Zweck des Gebäudes. Es war ebenso in das Mauerwerk einzementiert worden, das in diesem Fall einheitlich schmutzigrot war. Die Büsche, vor denen Loveday posiert hatte, waren jetzt ein blattloses Gewirr, von dem das Wasser auf das Pflaster tropfte.

Wie in Garmisch Terrace war auch hier der Tempel das Bindeglied zwischen zwei Häuserreihen, geduckte, vulgäre Häuser aus gelbem Backstein mit betonierten Vorplätzen. In einem der unmittelbar anstoßenden Häuser hatte Morgan gewohnt. Aber in welchem? Zeitungen nennen zwar die Namen der Straßen, in denen Angeklagte und Zeugen wohnen, aber nicht ihre Hausnummern. Doch es war nicht schwer zu erraten. An einem der Häuser entfalteten in einem Balkonkasten Narzissen eben ihre ersten Knospen, auf dem Dach saß eine Fernsehantenne, und an den Fenstern hingen rote und gelbe Vorhänge. Das andere dagegen wirkte abweisend, seine Fenster waren wie erloschen hinter dunkelgrünen Jalousien, die Erde des winzigen Vorgartens war unter einer Betonschicht begraben.

Eine der Jalousien hob sich ein paar Zentimeter, als er an die Tür pochte – es gab keine Klingel, keinen Klopfer, bloß einen Briefkasten –, aber sie fiel sofort wieder herunter. Die Aktivitäten eines Privatdetektivs sind begrenzt. Er kann weder Einlaß verlangen noch einen Durchsuchungsbefehl erhalten. Er pochte noch einmal, und diesmal rührte sich an dem Fenster nichts. Er konnte auch nichts hören im Innern des Hauses, aber er verspürte förmlich eine Feindseligkeit, als ob die Leute drinnen ihm Böses wünschten. Merkwürdig. Selbst wenn sie etwas zu verbergen hatten, sie konnten doch gar nicht wissen, wer er war. Er konnte ja der Gasmann sein oder irgend etwas abliefern wollen. Da ertönte hinter ihm eine Stimme, und er drehte sich um. Ein Postbote mit Päckchen im Arm stieg aus einem roten Lieferwagen.

»Da werden Sie nicht reinkommen, Kumpel. Die lassen nie jemanden rein.«

»Warum denn nicht, um Gottes willen?«

»Genau das«, erwiderte der Postbote grinsend, »um Gottes willen. Die sind zu religiös, verstehen Sie, um mit so was wie Ihnen oder mir zu reden. *Kinder der Offenbarung* nennen sie sich. 'ne ganze Menge von ihnen wohnt hier in der Nähe, aber in ihre Häuser, da lassen sie keinen rein, allesamt.«

»Was, nicht mal die Tür aufmachen tun sie?«

»Manche tun's«, räumte der Postbote ein, »aber rein lassen sie einen nicht.«

»Können sie mir sagen, wo die anderen wohnen?«

»Eine Familie in Nr. 56, eine andere in Nr. 92. Die in 56, die werden wohl mit Ihnen *reden*, könnt ich mir denken.«

Also steckte bei der Weigerung der Bewohner des Hauses neben der Kirche, ihm zu öffnen, keine spezielle böse Absicht dahinter. Er ging zu Nr. 56 – auch so ein düster dreinblickendes kleines Haus, wenn auch mit Unkraut statt mit Beton im Vorgarten. Sehr zögernd öffnete ein älterer Mann in einem blankgewetzten schwarzen Anzug die Tür.

»Tut mir leid. Ich weiß, es regnet, aber ich kann Sie nicht hereinlassen. Was wollen Sie?« Er hatte eine flache, kalte, fast mechanisch klingende Stimme. Worte dienten bei ihm nur dem Geschäft des Lebens, dachte Wexford, nicht dem Reiz des Lebens, es galt nicht, sie sorgsam zu wählen, um Wege zu ebnen, Gefühle auszudrücken, dem Zuhörer zu gefallen. Er mußte an das denken, was Teal gesagt hatte.

»Ich schreibe ein Buch über christliche Sekten«, log er, ohne rot zu werden. »Ob Sie mir vielleicht…?«

In derselben dumpfen Monotonie rasselte der Mann eine Liste von Daten herunter, nannte die drei Tempel und berichtete Wexford, es gäbe fünfhundert Auserwählte auf dem Antlitz der Erde.

»Und Ihr Hirte?« unterbrach Wexford ihn.

»Er hat ein Zimmer in dem Haus neben dem Tempel, aber dort wird man Ihnen nicht die Tür öffnen.« Er stieß einen Seufzer aus wie jemand, der vergeblich gegen die Versuchungen der Welt angekämpft hat. »Dort haben sie sich an einen reineren und geraderen Weg gehalten als ich. Ich habe ›draußen‹ geheiratet.«

»Und wie steht's mit Nr. 92?« fing Wexford wieder an,

aber weiter kam er nicht, denn ihm wurde die Tür energisch vor der Nase zugemacht. Ihm blieb nichts übrig, als in die Ivy Street zu gehen, und wenn das fehlschlug, eine Suche von Haus zu Haus nach den »Bräuten« anzufangen.

Er ließ sich in einem Restaurant ein Sandwich geben und dazu ein Glas Bier, wobei er sich fast so schuldig fühlte wie ein *Kind der Offenbarung*, das die Tür einem von Gott Verstoßenen geöffnet hat. Dann rief er Dora an, damit sie sich nicht länger um ihn sorgte, und sagte ihr, er sei mit Dearborn auf einer Besichtigungstour und wisse noch nicht, wann er heimkäme. Der Regen hatte ein bißchen nachgelassen. Er fragte den Wirt nach dem Weg zur Ivy Street und machte sich auf den Weg durch Quer- und Nebenstraßen, die nahezu ein Abklatsch der Artois Road waren.

Das Haus war klein und stand ein wenig abseits, mit Gartenzwergen und einem überfließenden Vogelbad im Vorgarten. Es sah verschlossen aus. Niemand kam, als er läutete. Als er sich abwandte, kam ihm erneut der hilfreiche Postbote entgegen.

»Mrs. Morgan ist weg. Ihre verheiratete Tochter ist krank, und sie sorgt jetzt für den Schwiegersohn. Moment mal bitte, ich muß nur eben das Päckchen nach nebenan bringen.«

Da er beschlossen hatte, ihn auszuquetschen, wartete Wexford geduldig, daß der Postbote zurückkäme. Was der einen Moment genannt hatte, wurde zu einem zehnminütigen Schwatz mit dem Empfänger des Päckchens, schließlich aber kam er fröhlich pfeifend zurück.

»Und was ist mit der anderen Tochter?«

»Hat sich einen Tag frei genommen. Ich sah sie vor einer halben Stunde weggehen.«

»Ach so.« Wieder eine Enttäuschung, wenn man die Entdeckung, daß jemandes Tochter nicht tot ist, sondern lebt, eine Enttäuschung nennen kann. »Kannten Sie Morgan?«

»Kennen will ich nicht sagen«, meinte der Postbote, »aber ich habe von ihm gehört. Und gesehen hab ich ihn auch manchmal.«

»Haben Sie ihn jemals mit einem Mädchen zusammen gesehen?«

Der Postbote lachte. Er schien gar nicht wissen zu wollen, wer Wexford war oder weshalb er fragte. »Morgan war ein schwarzes Schaf«, sagte er. »Die meisten der ›Offenbarungskinder‹ haben nicht gewußt, was mit dem los war, bis schließlich alles herauskam. Ausgenommen natürlich die Mädchen. Eine oder zwei von denen nannten sich glatt Mrs. Morgan, kriegten Briefe, die mit Mrs. Morgan adressiert waren, da kannten die nix.«

»Wissen Sie noch, wer das war?«

»Na, vor allem Hannah Peters. Sie war diejenige, die so eine Art Eheschließung mit ihm vollzogen hat. Dadurch kamen ja seine kleinen Spielchen ans Licht. Die junge Hannah kriegte einen Brief mit der Anschrift ›Mrs. Morgan‹, ihr Vater wurde mißtrauisch, und dann ging die Bombe hoch. Ein ganzer Haufen anderer Frauen meldete sich empört zu Wort. Ich meine, seine Frau, die hatte ihn ja schon vor Jahren rausgeschmissen, aber geschieden waren sie nicht. Sie sagt, sie läßt sich nicht scheiden. Ziemlich rachsüchtige Frau ist das, die Mrs. Morgan, aber man kann es ihr wohl nicht übelnehmen.«

»Können Sie mir sagen, wo Miss Peters wohnt?«

»Sie arbeiten wohl für 'ne Zeitung, was?«

»So ungefähr«, sagte Wexford.

»Ich frag ja bloß«, meinte der Postbote, »weil's doch wohl ziemlich hart ist für einen Burschen in Ihrem Alter, besonders bei solchem Wetter. Immer sind es die alten Knochen, die zuerst verschlissen werden, was?«

Wexford schluckte diese Demütigung, so gut er konnte, und brachte sogar ein verkniffenes Grinsen zustande. Der Postbote gab ihm die Adresse. »Aber sie wird um diese Zeit wohl arbeiten, denke ich?« fragte er.

»Die doch nicht. Die ›Offenbarungskinder‹ lassen ihre Töchter nicht zur Arbeit gehen. Aber ich glaube nicht, daß Sie sie zu sehen kriegen. Die lassen Sie nicht rein.«

Aber sie machten vielleicht wenigstens die Tür auf. Vielleicht sogar Hannah. Was er jetzt brauchte, war ein Quentchen Glück, eines jener kleinen Beinahe-Wunder, die ihm in letzter Zeit manchmal über den Weg gelaufen waren und ihm die Richtung gewiesen hatten. Und genau das passierte jetzt, als er in die Stockholm Street einbog und das kraushaarige Mädchen des Zeitungsfotos aus dem Eckhaus treten sah, in dem die Familie Peters wohnte.

Sie hielt einen Brief in der Hand, den sie in die Tasche ihres langen, dunklen Regenmantels schob, um ihn vor der Feuchtigkeit zu schützen. Auf dem Türpodest blieb sie stehen und warf schnelle Blicke um sich. Zögernd trat sie dann auf die Straße. Es war nur eine schäbige Seitenstraße, in der sie vermutlich ihr ganzes Leben verbracht hatte, und bis auf ihn war sie menschenleer, aber sie blickte ängstlich um sich und zauderte, als sei sie ein Schulmädchen, das seine Reisegruppe verloren und sich in einer fremden Stadt verirrt hat. Dann ging sie rasch auf den Briefkasten zu, den Kopf gesenkt, die Blicke züchtig beherrscht wie eine Nonne.

Wexford folgte ihr, und auf einmal fühlte er sich selbst ganz eingeschüchtert. Er hatte das Gefühl – wenn auch durch nichts begründet –, daß der Brief an Morgan war. Sie fuhr heftig zusammen, als er sie ansprach, unterdrückte einen Schrei und preßte die Hand auf den Mund.

»Miss Peters, ich bin Polizist. Ich spreche Sie nur deshalb hier auf der Straße an, weil ich fürchte, daß ich bei Ihnen zu Hause nicht eingelassen würde.«

Gingen sie eigentlich zur Schule, diese Mädchen? Oder unterhielten die Offenbarungsleute eigene Schulen für ihre Kinder? Trafen sie nie mit Außenstehenden zusammen? Er überlegte, ob er vielleicht der erste Außenstehende war, mit dem sie sprach, seit sie durch die Peinigung jener Gerichtsverhandlung gegangen war, eine Erfahrung, die höllisch für sie gewesen sein mußte, genug, um an ihrem Verstand zu zehren. Mit dem sie sprach? Würde sie denn mit ihm sprechen?

Sie hatte ein glattes, ungeformtes Gesicht, noch immer halb verdeckt durch ihre Hand. Kein Make-up, keine Ringe an ihrer Hand. Ihr Körper unter dem steifen, schweren Mantel war flach.

»Miss Peters…« Rasch und ziemlich verlegen erklärte er, was er wollte und warum er sie hier im Regen ansprach. Sie blickte nach beiden Seiten die Straße hinunter; die Hand hatte sie jetzt zur Faust geballt und tappte sich damit gegen das Kinn, aber ehe sie mit ihm redete, blickte sie auf ihre Füße hinab. Sie wollte seinem Blick nicht begegnen.

»Vater würde mich hinauswerfen, wenn er mich sähe. Er wollte mich auch hinauswerfen, nachdem… nachdem… Mutter hat ihn dazu gebracht, daß er mich bleiben ließ.«

Das Merkwürdigste unter all diesen Merkwürdigkeiten, dachte Wexford, war doch wohl, daß sie bleiben *wollte*. Aber vielleicht war es gar nicht so merkwürdig. Brüte einen wilden Vogel aus, zieh ihn im Käfig groß, und wenn du ihn freiläßt, wird er zugrunde gehen oder von seinen Artgenossen umgebracht werden. Er hielt seinen Regenschirm so, daß sie beide geschützt waren und sprach beruhigend auf sie ein, entschuldigte sich, erklärte, wie wichtig ihre Auskunft für ihn sei. Aber die ganze Zeit über mußte er an die Welt denken, die außerhalb ihrer Erfahrung lag, an Mädchen wie Louise Sampson und Verity Bate, die sich einen Dreck um ihre Eltern kümmerten, die lebten, wo es ihnen gefiel und mit wem es ihnen gefiel, und für die ein tyrannischer Vater, der handgreifliche Macht ausübte, ein fiktives Monster war, von dem man in Büchern las, die in finsterer Vergangenheit geschrieben worden waren. Es war fast nicht zu glauben, daß Gegensätze wie sie und Hannah Peters gleichzeitig in derselben Stadt und in demselben Jahrhundert existieren konnten.

Ohne aufzublicken sagte sie: »Ich habe nie von einem Mädchen gehört, daß sich Loveday nennt.« Sie schauderte. »Vor Gericht jedenfalls mußte sie nicht erscheinen. Wie ist ihr richtiger Name?«

Wexford schüttelte den Kopf. Er fühlte sich wie gelähmt durch ihre dumpfe, langsame Sprechweise und die sklavische Ergebenheit, mit der sie Härte und Unterdrückung hinnahm.

»Vielleicht hat sie Ihre Glaubensgemeinschaft während der letzten zwölf Monate verlassen?«

»Mary ist fortgegangen, um Lehrerin zu werden, und Sarah ist gegangen, und Rachel. Edna hat nach draußen geheiratet. Sie sind alle fortgegangen.« Sie sagte das nicht sehnsüchtig, sondern so, als handle es sich um eine monströse Ungeheuerlichkeit. »Mein Vater wird mich bestrafen, wenn ich nicht nach Hause gehe.«

»Ihre Adressen?« bat er.

»O nein. Nein, nein! Mary war auch bei Gericht gewesen.« Es kostete sie einiges, das zu sagen, dachte er. Auch Mary war also eine der »Bräute« Morgans gewesen. Sie kämpfte mit einem Gefühl, von dem niemand ihr gesagt hatte, daß es existierte oder wie man es bändigte. Auf ihrem Gesicht waren Tränen – vielleicht auch nur Regentropfen. »Sie müssen zu unserem Hirten gehen«, stieß sie hervor und tauchte aus dem Schutz des Schirms.

»Dort läßt man mich doch nicht ins Haus!«

Sie rief ihm etwas zu von einer Gebetsstunde an diesem Abend. Dann rannte sie durch den Regen nach Hause, flüchtete vor den Menschenfeinden und Menschenfreunden »draußen«, die sie befreien konnten. Zurück in den Käfig, in die Sicherheit eines lebendigen Todes.

Das Gespräch hatte Wexford erschüttert. Hannah Peters hatte körperlich keine Ähnlichkeit mit Loveday Morgan, und doch hatte er das Gefühl, mit letzterer gesprochen zu haben. Hier war es ja leibhaftig gewesen, nur in einer anderen Haut, das tote Mädchen, das schüchterne, ängstliche, schlechtgekleidete Mädchen, das nicht gewußt hatte, wie man Freunde kennenlernte und das kaum imstande gewesen war, eine Tätigkeit auszuüben. Hier endlich hatte sie sich ihm, dem Bibelleser, dem Friedhofsgänger offenbart. Teal hatte sie gekannt, hatte ihr seltenes, tief verwundertes Lächeln gesehen; Lamont hatte mit ihr zusammengesessen, war Zeuge ihres gequälten Schweigens gewesen; mit einem Achselzucken hatte Dearborn ihre linkische Unbeholfenheit abgewiesen. Und jetzt hatte auch er sie gesehen – oder vielleicht nur ihren Geist.

Die Straße war wieder leer, der Geist verschwunden. Aber sie hatte ihm eine Botschaft hinterlassen. Jetzt mußte er den einzigen Weg einschlagen, der ihm offenstand, um ihre Leute außerhalb ihrer Gefängnisse zu stellen.

20

Diese sind nämlich der Meinung, sparsames und gleichsam unsicheres Licht diene zur Sammlung des Gemüts und zur Verstärkung der Andacht.

Die Dunkelheit setzte früh ein nach diesem Tag der Wolkenbrüche. Wexford saß in einer Fernfahrerkantine. Sein Regenmantel dampfte in der roten Glut eines elektrischen Feuers, und er sah zu, wie die fluoreszierenden Straßenlaternen in der Artois Road angingen. Das nasse Pflaster reflektierte das Scharlachrot, das Blau und Orange der Neonreklamen. Der Himmel war rot und dunstig, alle Sterne, die womöglich da waren, wurden ausgelöscht durch das Lichtergeflimmer. Er fragte sich, wann diese Gebetsstunde wohl stattfände. Sicherlich nicht vor sieben Uhr. Hunger hatte er, trotz Tee und einem Doughnut, und er bestellte sich ein Arbeiteressen, eine verboten sündhafte Mahlzeit aus Wurst, Pommes frites und Spiegelei.

Wenn es nach Crocker und Dora und all ihren finsteren Aposteln ginge, hätte er längst tot sein müssen, denn er hatte sämtliche Verbote übertreten. Er hatte gearbeitet, als er sich hätte ausruhen sollen, saturiertes Fett gegessen, obgleich er hätte fasten sollen, war abends ausgegangen, hatte sich aufgeregt und heute hatte er sogar seine Pillen vergessen. Weshalb also nicht noch ein Gesetz übertreten? Wenn schon, denn schon!

Die verbotenste aller Früchte genießen, hieße, in die Kneipe zu gehen, wo er zum Lunch gewesen war, und Schnaps zu trinken. Er fand sie sofort wieder und nahm einen doppelten Scotch. Der warf ihn nicht im mindesten um, im Gegenteil, er erfüllte ihn mit Wohlbehagen, und auf der Stelle faßte er den Entschluß, es ihnen allen zu zeigen. Nur ein Narr befolgte doch Weisungen, die ihn schwächten, wenn er sich bei etwas moderater Läßlichkeit so wohl fühlte!

Während er seinen Drink nahm, hatte es aufgehört zu regnen. Er sog den Geruch Londons nach einem Regen ein – Rauch, Gas, manchmal vermischt mit anderen Gerüchen, dem Dunst von Bratfett und von sonderbaren orientalischen Gerichten, dem Hauch einer französischen Zigarette. Sie verzogen sich, je tiefer er in den Wohnbereich der Artois Road hineinkam, wo die blau-weißen Straßenlaternen viel zu elegant wirkten für die ärmliche Gegend. Noch ein Licht glühte vor ihm, ein rundes rotes Licht, wie ein Zyklopenauge, und er merkte, daß er zu spät kam. Die Gebetsstunde hatte schon begonnen. Er blieb draußen vor dem Tempel stehen und hörte die Stimmen der »Kinder«. Manchmal murmelten sie gemeinsam, dann wieder erhob sich eine einzelne Stimme zu spontaner Lobpreisung oder vielleicht auch Verdammung. Wie viele Stunden würde es dauern, bis sie herauskamen? Und wenn es soweit war, würden sie mit ihm reden?

Das Haus, in dem der Hirte wohnte, in dem auch Morgan gelebt hatte, sah jetzt gänzlich verlassen aus. Kein Lichtschimmer drang aus den Spalten der Jalousien. Der Betongarten lag unter einer dünnen Wasserschicht, die tiefschwarz war, weil es kein Licht gab, das sich darin spiegeln konnte. Es gab an die fünfzig solcher Häuser hier in Wilman Park, Grabgewölbe für die Lebenden. Rachel und Mary und Sarah waren fortgegangen. Er hoffte, daß sie jetzt Parfum trugen und falsche Augenwimpern und Federn und Blumen und daß sie mit ihren Freunden auf den Stufen saßen und aus Papiertüten Kartoffelchips aßen!

Morgan mußte sich irgendwo mit seinen Bräuten getroffen haben, aber doch wohl nicht unter diesem todernsten Dach. War er mit ihnen spazierengegangen, hatte er sich zu klammheimlicher Liebe in den Tempel geschlichen? Wexford verzog die Nase vor Abscheu. Und wenn, dann mußten doch Nachbarn ihn gesehen haben, mußten gesehen haben, wie er mit der jeweils Auserwählten des Augenblicks umherwandelte.

Im Haus nebenan brannte Licht, und die Vorhänge waren nicht einmal zugezogen. Die Klingel tönte wie Glockengeläute, aber als sie kam und ihm öffnete, verließ ihn der Mut. Sie lächelte fragend. Ihre Augen waren blau und leer, und sie stützte sich auf einen weißen Stock.

Sie war eine sehr alte Frau, nahezu achtzig, und er vermutete, daß sie gerade noch so viel Sehschärfe besaß, um seine Gestalt auf der Türmatte auszumachen. Er wollte sie nicht aufregen, deshalb erklärte er, wer er war und weshalb er hier sei, ehe er den Rückzug antrat. Denn sie war nutzlos für ihn, nur konnte er es ihr nicht so unverblümt sagen. Ihre Blindheit disqualifizierte sie.

»Ich wollte mir gerade eine Tasse Tee machen«, sagte sie. »Möchten Sie nicht auch eine? Mein Mann war auch bei der Polizei. Bestimmt haben Sie von ihm gehört. Wally Lyle.«

Wexford schüttelte den Kopf, besann sich dann, daß sie es nicht sehen konnte. »Ich bin fremd in der Gegend«, sagte er, »und ich möchte Sie nicht aufhalten, Mrs. Lyle. Vielleicht könnten Sie mir nur sagen, wie die Leute nebenan heißen?«

»Vickers«, sagte sie, und sie kicherte. »Aber da werden Sie nicht reinkommen. Die einzige Person, die sie reinläßt, ist der Mann zum Stromablesen. Die haben kein Gas.« Ihre Heiterkeit rührte ihn. Hier lebte sie nun, allein, blind, sehr alt, und doch konnte sie noch Späße machen, fand noch einen Sinn im Leben. Und als sie sagte: »Trinken Sie ruhig den Tee. Ich weiß, wie das ist, den ganzen Tag auf dem Sprung zu sein«, da nahm er, einem Impuls folgend, an. Sie konnte nicht sehen, daß er keine Uniform trug. Sie wollte über ihren Mann reden und über alte Zeiten. Warum nicht? Er mußte ja sowieso die Zeit totschlagen, bis der Tempel seine Menschenmenge wieder ausspie.

Sämtliche Lichter brannten in der Diele und in den kleinen Zimmern. Licht half ihr anscheinend, sich zurechtzufinden, wie eine Motte die hellere Lampe in der Küche zu finden. Aber schließlich war doch er es, der den Tee bereitete und ihre beiden Tassen in das kleine Vorderzimmer trug. Die ganze Zeit über blieb sie dicht neben ihm, und als er sich ans Fenster setzte, um zu warten, daß die Tempeltür sich öffnete und einen Lichtschein auf das Pflaster warf, da kam sie an und setzte sich neben ihn. Ihren Stock hängte sie über die Armlehne des Sessels.

Das enge kleine Wohnzimmer war vollgestopft mit Möbeln, überladen mit Nippes und Dekor. Er fragte sich, wie sie sich wohl zwischen all dem Krimskrams bewegte, ohne sich zu verletzen oder Dinge herunterzureißen, und er dachte dabei an seine eigene Ungeschicklichkeit in Howards Haus. Während sie ihm Anekdoten aus dem Leben ihres Mannes erzählte, beobachtete er, wie geschickt sie mit ihrer Teetasse umging, und er konnte nur staunen.

»Wie lange leben Sie schon hier, Mrs. Lyle?« fragte er höflich.

»Vierzig Jahre. Die Vickers lebten schon hier, als wir kamen.«

»Sie sind dann wohl ein ziemlich altes Ehepaar?«

»Nein, nicht die. Seine Mutter und sein Vater. Ich nenne die hier die ›jungen‹ Vickers.« Sie richtete ihre Augen auf Wexfords Gesicht. »Ich vermute, Ihnen würde er alt vorkommen – so um die fünfzig ist er, aber ganz von der alten Schule.«

»Und Sie haben sie nie zu Hause besucht?«

Aber sie redete am liebsten von dem toten Wally Lyle, also kehrte sie zu ihm zurück. »Mein Mann hat einmal versucht, dort reinzukommen, vor vielen, vielen Jahren. Damals waren der junge Vickers und seine Schwester noch Schulkinder, und die Schule schickte ihren Arzt wegen Rebecca – das war die Schwester –, die hatte nämlich Scharlach. Aber sie wollten keinen Arzt, wissen Sie. Offenbarungsleute halten nichts von Ärzten, die lassen ihre Kinder lieber sterben, als daß sie einen Arzt holen.«

»Dann wurde Ihr Mann also gerufen, weil er Polizist war?«

Die Sache interessierte Wexford, wie irrelevant sie auch sein mochte. »Und hat er's erreicht, daß sie den Doktor in ihr Haus einließen?«

Mrs. Lyle lachte schrill auf. »Ganz und gar nicht. Er hämmerte so lange gegen die Tür, bis der alte Vickers rauskam, und der alte Vickers verfluchte ihn. Es konnte einem das Blut in den Adern stocken, wenn man es hörte. Mein Mann sagte, er wolle nie wieder was mit denen zu tun haben.«

»Und das war der einzige Kontakt, den Sie je mit den Leuten hatten?«

Sie blickte ein wenig einfältig. »Der einzige Kontakt, den *er* hatte. Ich hab ihm nie verraten, wie ich Rebecca geholfen habe, wegzulaufen und sich zu verheiraten. Er hätte mich grün und blau geschlagen, weil er doch bei der Polizei war.«

Rebecca, ein Mädchen, das weggelaufen war...

Hastig fragte er: »Wann war das, Mrs. Lyle?«

Aber sie enttäuschte seine leise Hoffnung. »Muß an die dreißig Jahre her sein. Das ist ihr Bruder, der jetzt dort wohnt. Er hat geheiratet und hatte Kinder, und die sind jetzt auch alle weg. Gott weiß, wohin.«

Sie seufzte und schwieg. Wexford blickte auf das dunkle Pflaster hinaus und wurde ungeduldig. Mrs. Lyle trank ihren Tee aus und setzte die Tasse korrekt auf die Untertasse. Ihre blauen, getrübten Augen richteten sich wieder auf sein Gesicht, und er hatte den Eindruck, als wolle sie ihm eine Art Geständnis machen.

»Was ich getan hab«, meinte sie, und ihr Gesichtsausdruck wirkte schlau, beinahe frech, »ich hab oft denken müssen, daß es vielleicht gegen das Gesetz war, aber ich hab mich nie getraut, meinen Mann zu fragen, hab nie auch nur ein Wörtchen darüber verloren.«

»Was haben Sie denn getan?« Wexford legte Lachen und Ermutigung in seine Stimme, denn es hatte ja keinen Sinn, es mit dem Gesicht auszudrücken.

»Kann eigentlich nichts schaden, wenn ich's Ihnen erzähle nach all den Jahren.« Sie lächelte spitzbübisch. »Rebecca wollte einen Burschen heiraten, den sie kennengelernt hatte, einen Mann namens Foster. Der gehörte aber nicht zu ›ihnen‹, und ihr Vater sprach ein Machtwort, und dann sperrten sie sie da drinnen ein. Wie eine Gefangene lebte sie, eingesperrt in ihrem Schlafzimmer. Sie schrieb immer kleine Zettel und warf sie mir aus dem Fenster. Damals konnte ich noch gut genug sehen, um zu lesen. Mir war es gerade recht, den Offenbarungsleuten mal einen Knüppel zwischen die Beine zu werfen. Ich hatte öfters den jungen Foster hier bei mir zu Besuch, um ihn ein bißchen aufzumuntern. Und eines Tages, als sie alle in der Kirche waren, da haben wir eine Leiter genommen und sie ans Fenster gestellt, und schon war sie unten. Wie in einem Theaterstück war das.«

Die Gartenmau'r ist hoch, schwer zu erklimmen. Die Stätt' ist Tod, bedenk' nur, wer du bist, wenn einer meiner Vettern dich hier findet... »Das kann ich mir vorstellen«, sagte er.

»Ich muß bis heute oft tüchtig lachen darüber. Natürlich wär's noch viel schöner gewesen, wenn ich rausbekommen hätte, was die gesagt haben. Hätte zu gern das Gesicht des alten Vickers gesehen, als er merkte, daß der Vogel ausgeflogen war. Rebecca hat geheiratet, und sie hat mir auch geschrieben, hat von sich erzählt, aber das hat jetzt aufgehört. Was hat es auch für einen Sinn, Briefe zu kriegen, wenn man sie nicht lesen kann und man auch niemanden hat, der sie einem vorliest.« Mrs. Lyle lachte fröhlich über die qualvolle Situation, die sie beschrieb. »Vickers – ich meine, der Sohn –, der hat auch geheiratet, und dann kriegten sie Kinder, aber die sind inzwischen eins nach dem anderen auf und davon. Konnten es zu Hause nicht aushalten. Jetzt leben bloß noch die beiden allein da drüben. Der junge Vickers – ich nenne ihn so, dabei muß er an die fünfzig sein –, der spricht nie mit mir. Ich vermute, der weiß, was ich für Rebecca getan hab. Ich muß so oft lachen, wenn ich an sie denke und an diese Leiter und den jungen Foster – ein gesegneter Romeo. Die hat ganz schön Glück gehabt, daß sie ihn gekriegt hat. Eine Augenweide war sie nämlich nicht, sie hatte so ein riesengroßes Muttermal seitlich an der Nase...«

Die Tempeltür mußte sich geöffnet haben, denn ein blasser Lichtschein fiel auf die feuchten Pflastersteine, und nach und nach erschienen Leute. Aber Wexford, der doch darauf gewartet hatte, ignorierte es und wandte sein Gesicht Mrs. Lyle zu, obgleich er wußte, sie konnte es nicht sehen.

»Ein Muttermal seitlich an der Nase?«

»Ja, das saß so hier zwischen Nase und Backe.« Mrs. Lyle tupfte mit einem Finger auf ihre runzlige Apfelhaut. »Mein Mann hat immer gesagt, das hätte man wegmachen können, aber wo die nun mal von Ärzten nichts wissen wollten...«

»Wohin ist sie gezogen?«

»Irgendwo im Südwesten war ihre Adresse. Und irgendwo hier im Haus hab ich auch noch Briefe von ihr. Die müßten Sie aber selbst suchen. Eins kann ich Ihnen gleich sagen: Rebecca kann Ihnen auch nicht helfen, in das Haus nebenan reinzukommen. Da müßten Sie schon mit einem Bulldozer kommen.«

Wexford stand am Erkerfenster und sah zu, wie die Gebetsgemeinde sich auflöste. Die Frauen trugen mehr unmodische als altmodische Mäntel und Hüte in Schwarz oder Grau oder Graubraun, die Männer, selbst die jungen, trugen schwarze Anzüge und dunkle Regenmäntel darüber. Zwischen ihnen bewegte sich der Hirte wie eine Krähe in seiner schwarzen Robe, schüttelte Hände, murmelte Abschiedsworte, bis alle gegangen waren. Nur zwei, offensichtlich ein Ehepaar, standen noch Arm in Arm und warteten auf ihn. Dann verschwanden auch diese drei langsam, einer hinter dem anderen, im Nachbarhaus. Wexford sah ihr Spiegelbild flüchtig in der Wasserpfütze aufscheinen – drei merkwürdige Gestalten, die den Styx zu ihrer eigenen Unterwelt überquerten. Dann wurde die Haustür mit einem Knall geschlossen.

»Sie sehen nach den jungen Vickers?« fragte Mrs. Lyle mit der Hypersensibilität der Blinden. »Ich wollte, mein Enkel wäre hier und ärgerte sie. Alle Kinder der Gegend tun das, und recht haben sie!«

»Könnten Sie wohl mal nach diesen Briefen suchen?«

Sie gingen die Treppe hinauf, die alte Frau als erste. Sie nahm ihn mit in ihr Schlafzimmer. Dort herrschte die Trödelmarkt-Atmosphäre von Räumen, in denen alte Menschen wohnten, Menschen, die auch darin alt geworden waren. Außer dem üblichen Mobiliar gab es hier übereinandergestapelte Arbeitskästen aus Holz oder Peddigrohr, Koffer unter dem Bett und Koffer, die mit Staubhüllen überzogen waren, auf denen sich Stapel alter Magazine unter Alben türmten. Zwei jener Miniaturkommödchen, die im viktorianischen Zeitalter so beliebt waren, standen auf einer massiven, hochbeinigen Kommode, und obendrüber an der Wand eine Etagere, vollgestopft mit Briefen, Papieren, kleinen Schachteln, alten Federhaltern und Behältern mit Haarnadeln.

»Sie könnten hier drinnen sein«, meinte Mrs. Lyle, »aber sie können auch in den anderen Zimmern sein.«

Wexford blickte in die anderen Zimmer. Keins von ihnen war regelrecht unordentlich. Aber es waren auch keine Zimmer, um darin zu wohnen. Es waren Requisitenkammern für die Resultate sechzigjährigen Aufbewahrens, und seinem geschulten Auge wurde schnell klar, daß die Sachen hier nach irgendeinem aberwitzigen System verstaut worden waren – zu den Zeiten, als Mrs. Lyle noch ihr Augenlicht besaß.

Sie schien zu spüren, daß er entsetzt war. In ihrer Stimme schwang ein Unterton, der nicht gerade boshaft war, aber doch ein klein wenig rachsüchtig. »Da haben Sie lange zu tun«, meinte sie, »Sie können schließlich sehen, und ich kann es nicht. Also, fangen Sie nur an.«

Und er fing an, zuerst mit ihrem Schlafzimmer. Vielleicht war es der Geruch dieser Souvenirs – für ihn lediglich abgestanden, für sie jedoch voller Erinnerungen an die Ereignisse, mit denen sie zusammenhingen –, der ihr Gesicht seltsam träumerisch, jedoch nicht unglücklich machte. Ihre Hand zitterte ein wenig, als sie die Karten und Fotografien berührte, die er aus den Schubladen holte. Er nahm sich die alte Messinglampe vom Nachttisch und stellte sie auf die Kommode, damit er mehr Licht hatte, und in ihrem gelben, staubflirrenden Schein erforschte er die Archive von Mrs. Lyles langem Leben.

Sie war eine große Briefschreiberin gewesen, und sie hatte jeden Brief, jede Geburtstags- oder Weihnachtspostkarte aufgehoben, die sie bekommen hatte. Irgendein männlicher Verwandter war ein Philatelist gewesen, also hatte sie auch die Umschläge gehortet, aber der Sammler war nie gekommen, um seine Briefmarken abzuholen, und so hatten sich Tausende von Kuverts und abgerissenen Ecken angehäuft. Die Liebesbriefe des verblichenen Polizisten waren da, umwunden mit einem Band vom Hochzeitskuchen, an dem noch Stückchen von altem, versteinertem Zuckerguß klebten. Jedes Jahr hatte er ihr zum Valentinstag einen Gruß geschickt. Fünf davon fand er in der hohen Kommode, und als er sich an die Arbeitskästen machte, entdeckte er dort noch sieben weitere.

»Ich habe nie etwas weggeworfen«, erklärte Mrs. Lyle glücklich.

Er sprach die grausame Frage nicht aus, aber er stellte sie sich selbst im stillen: Warum nicht? Warum hob sie all diese Karten, diese Keksschachteln, diese Locken Babyhaar auf, all die Grußtelegramme und die Unmengen von Zeitungsausschnitten? Sie war doch blind; sie würde nichts von alldem je wieder sehen können. Aber er wußte, sie verwahrte es aus einem anderen Grund auf. Was machte es schon, wenn sie nie wieder die Schrift ihres Polizisten lesen, wenn sie nie wieder sein Bild oder die ihrer Nachkommen sehen würde: Es waren die Bausteine ihrer Identität, der Stoff, aus dem die Wände waren, welche sie sicher umschlossen, und die Fenster, aus der diese Identität, wenn auch blicklos, noch immer ihre Welt überschauen konnte. Seine eigene Identität war während der letzten Wochen zu nachhaltig erschüttert worden, als daß er es jemandem verübeln konnte, wenn er alles raffte und hortete, um die seine zu bewahren.

Und er konnte sehen. Sein Auge tat ihm nicht im geringsten weh. Selbst in diesem gedämpften, staubigen Licht konnte er die spinnenartigen Schriften lesen und die Gesichter auf den verblichenen, bräunlichen Fotografien erkennen. Mittlerweile hatte er das Gefühl, als könne er Mrs. Lyles Biographie schreiben. Alles war ja hier, jeder Tag ihres Lebens. Es hielt sie am Leben, machte sie zu einer einzigartigen Persönlichkeit und wartete darauf, eines Tages von einem Enkel verbrannt zu werden, wenn sie es nicht mehr brauchte.

Sie arbeiteten sich weiter in den nächsten Raum vor. Wexford wußte nicht, wie spät es war; er hatte Angst, auf die Uhr zu sehen. Es mußte einfachere Wege geben, Rebecca Foster ausfindig zu machen. Wenn er sich bloß erinnern könnte, wo er sie schon einmal gesehen hatte…

Er wollte, er hätte mit dem kleinsten Schlafzimmer angefangen, denn dort fand er es. Er löste die Riemen eines Koffers, ließ ihn aufschnappen und öffnete ihn. Der Koffer enthielt nur Briefe, manche noch in ihrem Umschlag, andere lose, die Bögen zerknittert und mit anderen Briefen vermischt. Und hier schließlich war es. »Biretta Street 36, S.W. 10, 26. Juni 1954. Liebe Mary, es tut mir so leid zu hören, daß du Kummer mit deinen Augen hast…«

»Na also, das hat ja nicht lange gedauert, was?« meinte Mrs. Lyle. »Ich hoffe, Sie haben all meine Sachen auch ordentlich zurückgelegt und nicht durcheinandergebracht. Wenn Sie fertig sind, begleite ich Sie zur Tür, und ich denke, dann gehe ich zu Bett.«

21

Er machte das Sprichwort wahr: »Wer viel kegelt, trifft auch einmal alle Neune.«

Sein letzter Tag. Er dachte nicht an ihn als seinen letzten Ferientag, sondern als letzte Gelegenheit, diesen Fall zu lösen. Und es war das erste Mal, daß er wirklich wußte, was es hieß, wenn einem eine Frist gesetzt war. Natürlich hatte auch in Kingsmarkham der Chief Constable ihn manchmal unter Druck gesetzt, er hatte manchmal damit gedroht, Scotland Yard einzuschalten, aber nie hatte jemand zu ihm gesagt, du hast noch vierundzwanzig Stunden, und wenn diese Zeit um ist, dann wird dir dieser Fall aus der Hand genommen. Auch jetzt sagte das niemand zu ihm, außer er selbst.

Howard betrachtete ihn nicht länger als mit der Angelegenheit befaßt. Genaugenommen hatte er ja auch nie gesagt: Hier, das ist dein Fall, löse ihn für mich. Wie hätte er auch, in seiner Position? Alles, worum er gebeten hatte, waren die Ideen seines Onkels und seines Onkels Rat, und seit

Wexfords Fehlschlag tat er nicht einmal mehr das. Nicht daß er sich in irgendeiner Weise enttäuscht zeigte, aber jetzt setzte er seine Hoffnung auf Baker, und von Baker hatte er auch gestern abend viel geredet.

Wexford war zu müde gewesen, um richtig zuzuhören, er hatte nur begriffen, daß man Gregson wegen Tätlichkeiten gegenüber einem Polizeibeamten in Gewahrsam hielt. Baker sah in ihm noch immer seinen Hauptverdächtigen, wenngleich er auch andere Spuren weiterverfolgte. Der Schal interessierte ihn im Moment, und ein Gespräch, das er mit einem Mieter der Garmisch Terrace gehabt hatte, beschäftigte ihn sehr. Wexford konnte sich nicht aufraffen, Fragen zu stellen, und auch Howard war müde, sein Fuß tat ihm weh, und er ließ seinen Onkel zu Bett gehen mit der optimistischen Versicherung, es sei gut möglich, daß der Fall gelöst werde, ehe Wexford am Samstag abreisen würde.

Das war sogar sehr wohl möglich, überlegte Wexford am Morgen seines letzten Tages, aber nicht durch Baker.

Die Frauen hatten es aufgegeben, am Fuß der Treppe auf ihn zu warten, und was das Frühstück betraf, so nahm er, was sich gerade bot. Er fühlte sich pudelwohl. Durch die gestrigen Aktivitäten hatte er weiteres Gewicht verloren, ohne wegen der Mahlzeiten wieder zuzunehmen, und selbst die zweifelnd besorgte Dora mußte zugeben, daß die Ferien ihm sehr gutgetan hatten. Es fiel ihm schwer zu begreifen, daß für sie dieser Freitag lediglich letzter Ferientag war, gerade noch Zeit zum Packen und um letzte Mitbringsel einzukaufen. Ihre einzige Sorge war, ob sie eigentlich daran gedacht hatte, die Milch am Samstag liefern zu lassen, und ob ihr kleiner Eckladen ihr wohl einen Laib Brot zurücklegte.

»Was hast du gesagt?«

»Das Brot, Reg. Ich sagte, ich hoffe, Dixons legen mir einen Laib Brot zurück.«

»Eckladen hast du gesagt...« *Dort* hatte er sie gesehen! Natürlich nicht bei Dixons in Kingsmarkham, ein Stück von ihnen entfernt die Straße herunter, sondern an einem ganz ähnlichen Ort gegenüber einem rosaroten Haus in Fulham. Die vielen Stunden, in denen er die Rumpelkammer eines Lebens durchstöbert hatte – alle umsonst! »Schade, daß du das nicht eher gesagt hast«, meinte er abrupt.

Sie schauten ihn an, als sei er verrückt, aber Denise pflegte das ja öfter zu tun. »Wie wirst du dir heute die Zeit vertreiben, Onkel Reg?«

»Oh, ich komme schon zurecht.«

»Ein letztes Mal zu St. Thomas?«

»*Sir* Thomas.« Er lächelte sie an, denn er mochte ihre hübsche, parfümierte Frische und war doch froh, demnächst ihrem makellosen Haushalt und ihren gefährlichen Pflanzen zu entrinnen. »Mach dir meinetwegen keine Gedanken. Ich hab noch einiges zu erledigen. Howard ist wohl schon weg?«

»Ja, es kam jemand, der ihn fährt.«

Er wartete, bis sie aus dem Haus gegangen waren, um Spielsachen für seine Enkel einzukaufen, dann spazierte er am hinteren Eingang des St. Mark and St. John entlang, entdeckte am Tor einen roten Schopf, der wahrscheinlich Verity Bates gehörte. Das erinnerte ihn an seinen Fehlschlag. Es würde keinen neuen Fehlschlag geben, diesmal nicht. Alles fügte sich aufs beste zusammen. Er wußte sogar, weshalb sich Loveday ausgerechnet die Belgrade Road und jenes farbenfrohe Haus gegenüber dem Laden als Adresse ausgesucht hatte, die sie Peggy Pope angab. Und geradewegs dort ging er jetzt hin. Warum sollte er erst in die Biretta Street gehen, die so weit abseits seines Weges lag, auf der vom Fluß gebildeten Halbinsel, die zwar zu Chelsea gehörte, aber aussah wie Wilman Park oder Kenbourne Vale?

Der Laden lag jetzt vor ihm. Preisermäßigungen waren auf die Schaufensterscheibe geschrieben, vor der Tür stand Gemüse in Kästen, eine Promenadenmischung von Hund war an einen Laternenpfahl gebunden. Er ging hinein. Der Laden war voller Menschen, eine lange Schlange von Frauen mit langen Einkaufslisten. Zwei Verkäuferinnen bedienten, ein junges Mädchen und eine Frau mit einer rosa Geschwulst, welche die Nase ein wenig zur Seite drängte.

Es half nichts, er mußte warten, bis der Laden sich leerte, wenn er das überhaupt tat an einem Freitag, wo alle Leute sich mit Wochenendvorräten eindeckten. Er ging auf der Straße auf und ab, und die Zeit verstrich mit einer Langsamkeit, die ihn fast verrückt machte. Vor Jahren, als er jung war, hatte er sich so gefühlt, wenn er zu einem Rendezvous zu früh gekommen war und sich die Zeit vertreiben mußte. Der kalte Dunst ließ ihn frösteln, und seine Finger waren schon ganz taub. Zu dumm, daß er nicht daran gedacht hatte, Handschuhe anzuziehen. Handschuhe... Bei all diesen Ermittlungen durfte er das Mädchen mit den Handschuhen nicht vergessen.

Er ging zum viertenmal zum Ladeneingang zurück. Bis auf eine Kundin war die Schlange fort, und diese letzte wurde von dem Mädchen bedient. Seine Verkäuferin, seine langersehnte Gesprächspartnerin, war ans Schaufenster getreten und stapelte Seifenkartons zu einer Pyramide.

»Mrs. Foster?« fragte er mit trockener Kehle.

Sie fuhr ein wenig zurück und nickte überrascht. Das Muttermal, das einstmals ein hübsches Gesicht verunstaltet haben mochte, war jetzt nur mehr ein häßliches Merkmal inmitten allgemeiner ausgelaugter Häßlichkeit. Ihrem Aussehen nach mußte sie etwa fünfzig sein. Ach, die Gartenmau'r ist hoch, schwer zu erklimmen...

»Ich bin Polizeibeamter und würde Sie gerne sprechen.«

Als sie sprach, hörte man die Stimme eines *Kindes der Offenbarung*, akzentlos, monoton, ökonomisch.

»Weshalb?« fragte sie.

»Wegen Ihrer Nichte«, sagte Wexford, »der Tochter Ihres Bruders.«

Sie protestierte nicht und stellte keine weiteren Fragen, sondern beauftragte das Mädchen, sich um den Laden zu kümmern und führte ihn in ein kleines Hinterzimmer.

»Ich habe mit Mrs. Lyle gesprochen«, sagte er.

Das Blut schoß ihr ins Gesicht, und sie preßte ihre ungepflegten Hände zusammen. Es war unmöglich, sie sich als junges Mädchen vorzustellen, als Julia, die die Leiter hinabstieg, in die Arme ihres Geliebten. »Mrs. Lyle... Wohnt sie noch immer da unten? Nebenan von meinem Bruder?«

»Sie ist jetzt blind. Sie wußte nichts, bloß ihre Adresse.«

»Blind«, sagte Mrs. Foster. »Blind. Und ich bin Witwe, und Rachel...« Zu seinem Entsetzen fing sie an zu weinen. Sie weinte, als schäme sie sich ihrer Tränen und wischte sie fort, als sie herabfielen. »Die Welt ist ganz und gar verkehrt«, meinte sie, »man müßte sie ändern.«

»Schon möglich. Bitte erzählen Sie mir von Rachel.«

»Ich habe ihr versprochen...«

»Ihre Versprechen bedeuten jetzt nichts mehr, Mrs. Foster. Rachel ist tot.« Er hatte es ihr ohne Vorwarnung beigebracht, aber er bedauerte es nicht, denn er sah, daß ihre Nichte sehr wenig zu tun hatte mit ihrem Kummer. Sie hatte um ihrer selbst willen geweint, vielleicht auch ein wenig wegen Mrs. Lyle. Wer vergoß schon eine Träne um Loveday Morgan?

»Tot«, sagte sie so, wie sie »blind« gesagt hatte. »Wieso tot?«

Er erklärte es ihr, und die ganze Zeit, während er sprach, blieb ihr Gesicht steinern. »Jetzt sind Sie an der Reihe«, sagte er.

»Sie kam im Juli zu mir, im letzten Juli.« Ihre Stimme tat ihm weh. Sie war flach, monoton, ohne Höhen und Tiefen. »Mein Bruder hatte sie weggejagt, als er herausfand, daß sie schwanger war. Sie war klein und aß nicht viel, und man sah es bis ziemlich gegen Ende nicht. Mein Bruder sagte ihr, sie solle gehen.«

Das hatte er vermutet, aber er konnte es kaum glauben. In heutiger Zeit? Im London der siebziger Jahre des 20. Jahrhunderts? Obgleich sie sich emanzipiert hatte von ihrer Erziehung, hatte Mrs. Foster etwas Viktorianisches an sich, und eine viktorianische Situation, festgehalten in Tausenden von Romanen, war es ja auch, die sie da beschrieb.

»Sie können sich das nicht vorstellen?« meinte sie. »Sie kennen die Offenbarungsleute nicht. Sie kam zu mir, weil es sonst niemanden gab. Sie hatte nie von Leuten oder von Institutionen gehört, die sich um Mädchen wie sie kümmern. Ich hätte sie für einfältig gehalten, wenn ich nicht selbst auch einmal so gewesen wäre.

Sie war ganz verrückt nach Fernsehen. Das war neu für sie, verstehen Sie? Am liebsten wollte sie den ganzen Tag mit dem Baby auf dem Schoß vorm Fernseher sitzen. Sie sagte, sie würde gern irgendwo sein, wo sie den ganzen Tag fernsehen könnte. Dann war das Baby weg, und ohne es, ganz allein in meiner Wohnung zu sein, das machte sie fertig. Da zog sie aus und nahm sich ein Zimmer. Ich habe nichts mehr von ihr gehört. Ich dachte, vielleicht hätte mein Bruder sie zurückgenommen. Denn trotz allem, was sie durchgemacht hatte, wollte sie immer noch zu den ›Kindern‹ gehören...« Mrs. Fosters Stimme blieb ratlos in der Schwebe.

»Wer adoptierte das Baby? Geschah das durch eine Institution?«

»Das kann ich Ihnen nicht sagen. Rachel hat es nie erfahren. Wir dachten, es ist am besten, wenn sie es nicht weiß.«

»Ich muß es wissen.«

»Nicht von mir. Ich hab es versprochen.«

»Dann muß ich zum Jugendamt gehen«, sagte Wexford. Aus dem Telefonbuch ersah er, daß es sich im Holland Park befand, und er wartete auf ein Taxi, das ihn dort hinbrachte. Aber er wußte die Antwort bereits, die ganze Antwort, und während er so am Straßenrand stand, ordnete er im Geiste die Ereignisse nach ihrer Reihenfolge, von Rachel Vickers Erscheinen in der Biretta Street bis zu ihrem Tod als Loveday Morgan auf dem Friedhof von Kenbourne Vale.

Armer Baker. Dieses eine Mal würde er um seinen Triumph betrogen werden, ausgepunktet durch den alten Trottel vom Lande. Wexford war leicht amüsiert bei dem Gedanken an die alle dort in Kenbourne, wie sie Spuren verfolgten, die in Sackgassen endeten, die sich im Nichts verloren, wie sie sich darauf versteiften, die Sache einem jungen Lastwagenfahrer anzuhängen. Sie alle dort im Polizeirevier – Clements ausgenommen. Der würde jetzt im Gericht sein und seine Adoptionsurkunde bekommen. Oder sie womöglich – sogar jetzt noch – nicht bekommen?

Howard und Baker waren beim Yard. Jeder wußte, daß Clements sich den Tag frei genommen hatte, und auch warum. Pamela sagte zu Wexford, sie rechne nicht damit, daß der Superintendent an diesem Tag noch einmal im Revier auftauchte.

Das Foto, das Pamela auf Howards Schreibtisch gefunden hatte, lag nicht mehr da. Irgend jemand hatte es mitgenommen oder weggelegt. Statt dessen lag Mrs. Dearborns blauer Schal dort, verpackt, aber nicht versiegelt, in einer durchsichtigen Plastikhülle. Er sah aus wie ein hübsch verpacktes Weihnachtsgeschenk, wäre nicht das saubere, amtliche Etikett gewesen, das seitlich an der Hülle klebte.

Wexford hob die Schultern, dankte Pamela und ging hinaus. Er wollte zur U-Bahn-Station Elm Green, machte aber einen Umweg über den Friedhof. In dem dichter werdenden Nebel wirkte die geflügelte Viktoria geisterhaft, und die schwarzen Pferde, halb verhüllt vom Dunst, schienen sich ohne Hilfe, ohne Schwerkraft in die Lüfte zu erheben. Auch die königlichen Grabstätten unter ihnen hatten ihre Erdenschwere verloren, und die regungslosen Bäume schwammen schemengleich und wurzellos im Grau. In Wassertröpfchen hing der kondensierte Nebel an faserigem Dornengebüsch. Obelisken, zerborstene Säulen, Engel mit Schwertern, ein Jäger mit zwei toten Löwen zu seinen Füßen...

Wer Fragen stellt, der ist ein Narr.
Wer darauf Antwort gibt, ein größ'rer noch...

Wexford lächelte.

22

Der Mord, einmal getan, bietet sogar größere Sicherheit und mehr Aussicht, unentdeckt zu bleiben. Der Zeuge des Verbrechens ist ja dann beseitigt, der ihn alleine hätte ans Licht bringen können.

Ein gut verbrachter letzter Tag. Wexford war ein armseliger Maschinenschreiber, aber jetzt wäre er froh gewesen, eine Schreibmaschine zur Verfügung zu haben. So mußte er die ganze Sache Seite für Seite auf Basildon Bond-Briefpapier niederschreiben, wobei er Doras alten Füllfederhalter benutzte. Es war nach sieben, als er fertig war. Da ging er nach unten, um auf Howard zu warten.

Seine Absicht war, Howard den Bericht nach dem Essen zu geben, und er nahm an, sie würden sich dann in Ruhe im Arbeitszimmer darüber unterhalten, aber sein Neffe rief an und sagte, er würde spät kommen, und er hatte aufgelegt, ehe Wexford Gelegenheit hatte, mit ihm zu sprechen.

»Du solltest zu Bett gehen, Liebling«, sagte Dora um zehn.

»Warum? Damit ich ausgeruht genug bin, im Zug zu sitzen? Ich habe nicht übel Lust, die ganze Nacht aufzubleiben.«

Er schlug das Buch auf, das Denise ihm, verzweifelt über seine Saumseligkeit, schließlich selbst aus der Bibliothek geholt hatte. »Seinem erhabenen Meister, dem Höchst Ehrenwerten Herrn William Cecil Esquire, mit ergebenen Wünschen für fortdauernde gute Gesundheit und tägliches Wachstum seiner Tugend und seiner Ehre zugeeignet von Ralph Robinson.« Diese Widmung hätte unter Abänderung der Namen genausogut seinem eigenen Bericht als Einleitung dienen können wie Sir Thomas' Meisterwerk. Er hatte kaum den ersten Absatz gelesen, da klingelte das Telefon erneut.

»Er möchte mit dir sprechen, Onkel Reg. Ich hab gesagt, du wolltest gerade ins Bett gehen.«

Wexford nahm den Hörer in eine Hand, die ganz leicht zitterte. »Howard?«

Howards Stimme war hart und ein wenig geringschätzig. »Wenn du gerade ins Bett willst, dann ist es auch egal.«

»Will ich gar nicht. Ich habe auf dich gewartet.« Jetzt, wo es soweit war, befiel ihn plötzlich eine merkwürdige Unsicherheit. »Es gibt da ein paar Dinge... Also, ich hab dir so eine Art Bericht geschrieben... Macht's dir was aus...? Nämlich, meine Schlußfolgerungen...«

»Könnten dieselben sein wie unsere«, beendete Howard den Satz. »Der Schal? Ja, das dachte ich mir. Baker und ich waren gerade bei einer Freundin von dir, und was wir jetzt wirklich dringend brauchen, ist ein wenig Hilfe von deiner Seite. Wenn du mal eben dranbleibst, dann hol ich Baker an den Apparat.«

»Howard, warte mal. Ich könnte doch rüberkommen.«

»Was, jetzt? Nach Kenbourne Vale?«

Wexford war entschlossen, stark zu bleiben, sich auf keine Diskussion einzulassen. Er sah klipp und klar die Möglichkeit, wieder einen Fehler zu machen, aber er wollte nicht kampflos aufgeben, sich nicht von Baker seinen letzten schwachen Trumpf stehlen lassen. »Ich nehme ein Taxi«, sagte er knapp.

Natürlich jammerte Dora, wie erwartet. »Oh, Liebling, um diese Zeit?«

»Ich sag doch, ich bleib die ganze Nacht auf.«

Es verblüffte ihn, daß einige Geschäfte zehn Minuten vor zwölf immer noch geöffnet hatten und die Leute immer noch Lebensmittel einkauften, für merkwürdige, späte Festmähler. In den Waschsalons brannten noch die bläulich-weißen Lampen, und die Maschinen drehten sich unentwegt. Das Taxi fuhr ihn durch Nordkensington, wo die Nachtschwärmer schwatzend auf der Straße flanierten, als sei es Tag. In Kingsmarkham würde jeder, der jetzt noch draußen war, schleunigst nach Hause und ins Bett gehen. Hier breitete der Himmel über den flimmernden Lichtern und der schlaflosen Stadt sein rotes, sternloses Glühen aus. Sie kamen in den Kensington Lane. Der Friedhof war wie eine stockfinstere Wolke, erkennbar nur, weil seine Masse dunkler war als der Himmel. Wexford spürte, wie sich seine Brustmuskeln zusammenzogen, als er feststellte, daß sie gleich da wären. Gleich würde er Baker gegenübertreten müssen. Wenn bloß die Chance bestünde, daß Howard zuerst seinen Bericht läse...

Er hatte die blödsinnige Vorstellung gehabt, es könnte eine Art Empfangskomitee auf ihn warten, aber in der Eingangshalle war niemand außer dem diensthabenden Beamten. Und als er versuchte, so zu tun, als sei er hier bestens vertraut und gemächlich auf den Lift zuging, da rief ihn ein Sergeant zurück und fragte nach seinem Namen und seinem Anliegen.

»Mr. Wexford, Sir? Der Superintendent erwartet Sie, Sir.«

Das war schon besser. Ihm wurde noch wohler, als er oben aus dem Lift trat und Howard allein auf dem Korridor vor seinem Büro stehen sah.

»Das ist aber schnell gegangen.«

»Howard, ich wollte bloß sagen...«

»Du meinst Gregson? Ich wußte schon, daß du nach ihm

fragen würdest, und ich wollte es dir schon am Telefon sagen. Was glaubst du, wo der am 25. gewesen ist? Ausgerechnet mit einem Einbruch war er beschäftigt. Das Mädchen, das ihn bei Mrs. Kirby angerufen hat, war Harry Slades Freundin, um ihm zu sagen, daß die Sache liefe und um ihm genaue Anweisungen zu geben. Jetzt komm aber rein, hier drinnen ist Baker. Soll ich uns Kaffee kommen lassen?«

Wexford antwortete ihm nicht. Er trat in das Büro, begegnete Bakers Blick und zog schweigend seinen Bericht aus der Tasche. Die handgeschriebenen Bögen sahen sehr amateurhaft, sehr ungeschickt aus.

Howard meinte zögernd: »Wir wollten wirklich nur ein paar Insiderinformationen von dir, Reg. Ein paar Fragen wollten wir dir stellen...«

»Steht alles da drin. Es kostet dich nicht mehr als zehn Minuten, die ganze Sache zu lesen.«

Wexford wußte, er war übersensibel, aber man hätte unfähig jeder Beobachtungsgabe sein müssen, um nicht die resigniert-nachsichtigen Blicke zu bemerken, die zwischen Baker und Howard hin- und hergingen. Er setzte sich hin, zog seine Arme aus dem Regenmantel, den er hinten über die Stuhllehne gleiten ließ, dann blickte er stur aus dem Fenster mit dem schwarzen Umriß einer Topfpflanze davor und dem dicken roten Himmel dahinter. Während Howard telefonierte und Kaffee bestellte, nahm Baker den Bericht und überflog ihn mehr, als daß er ihn las.

Er war zehn Seiten lang. Er kam bis Seite fünf, dann meinte er: »All dies Zeug über den Hintergrund des Mädchens, das ist ja sehr einleuchtend, aber doch wohl kaum...« Er suchte nach einem Wort. »...kaum zu dieser Untersuchung gehörend.«

»Lassen Sie mal sehen.« Howard stellte sich hinter Baker

und las rasch. »Du hast dir da eine Menge Arbeit gemacht, Reg. Gratuliere. Du scheinst zu denselben Folgerungen gekommen zu sein wie wir.«

»Alle Indizien zusammengenommen, sind es ja auch die einzig möglichen«, erwiderte Wexford.

Howard warf ihm einen schnellen Blick zu. »Ja, ja... Vielleicht wär's am besten, Sie faßten mal die ganze Sache zusammen, Michael.«

Die blauen Papierbögen waren mittlerweile ziemlich zerknittert. Baker faltete sie zusammen und warf sie ziemlich verächtlich auf die Schreibtischplatte. Aber als er dann sprach, war es nicht verächtlich. Er räusperte sich und sagte in dem befangenen Ton eines Menschen, dem Freundlichkeit fremd ist: »Ich muß mich wohl bei Ihnen entschuldigen, Mr. Wexford. Ich hätte das nicht sagen sollen mit den Enten und den Sackgassen und alles das. Aber zuerst sah es ja wirklich aus wie eine Ente, nicht wahr?«

Wexford lächelte. »Es sah aus wie eine unnötige Komplikation.«

»Durchaus nicht unnötig«, fiel Howard ein. »Ohne das wären wir nie auf den Besitzer des Schals gekommen. Hier kommt unser Kaffee. Stellen Sie ihn hierher, Sergeant, vielen Dank. Also, Michael?«

»Eine Zeitlang«, fing Baker an, »hatten wir durch die Verwechslung von Rachel Vickers und Dearborns Stieftochter total die Spur verloren. Wir hatten weniger wichtig erscheinende Indizien außer acht gelassen, und vor allem wußten wir da noch nicht, daß seine Tochter Alexandra nicht sein eigenes Kind ist.«

Wexford rührte in seinem Kaffee, obwohl er schwarz und ohne Zucker war. »Und wieso wissen Sie es jetzt?«

»Mrs. Dearborn hat es uns heute abend gesagt. Sie war

sehr offen. Als sie die Wichtigkeit der Untersuchung begriff, erzählte sie uns ganz offen, daß Alexandra – so benannt nach ihrem leiblichen Vater, glaubt sie – ein Kind ist, das sie und ihr Mann auf privater Basis adoptiert haben. Zwei für Adoptionen zuständige Institutionen hatten sie bereits auf Grund ihres Alters abgelehnt, und als sich kurz vor Weihnachten die Gelegenheit bot, dieses Baby zu nehmen, da griffen sie zu. Dearborn ging völlig korrekt vor. Er wollte es ganz legal adoptieren, auf normalem, amtlichem Weg. Sobald gegen Ende Dezember das Kind in sein Haus gekommen war, teilte er dem Jugendamt und dem Vormundschaftsgericht seine Absicht mit, es zu adoptieren. Wollten Sie etwas sagen, Mr. Wexford?«

»Nur daß das bei Ihnen alles sehr kühl klingt. Er liebt dieses Kind leidenschaftlich.«

»Ich denke, unsere Gefühle sollten wir hierbei aus dem Spiel lassen. Natürlich, die ganze Sache ist sehr schmerzlich. Lassen Sie mich zusammenfassen: Mrs. Dearborn ist Rachel Vickers nie begegnet. Alles, was sie über sie wußte, hatte sie von der Tante des Mädchens, ihrer früheren Putzfrau Mrs. Foster, und von der Vertreterin der Pflegschaft.«

»Das Mädchen mit den Handschuhen«, warf Wexford ein.

Baker nahm keine Notiz davon. »Die Pflegschaftsbeamtin und Mrs. Foster kannten das Mädchen als Rachel Vikkers, aber nicht als Loveday Morgan. Bis zum 14. Februar kannte auch Dearborn das Mädchen nur unter ihrem richtigen Namen. Er hatte sie nie gesehen und nahm an, alles würde einfach und glatt über die Bühne gehen. An diesem Tag kam er nach Hause und erzählte seiner Frau, während er Alexandra ein Grundstück im Lammas Grove gezeigt habe, das er zu kaufen beabsichtige, sei Rachel Vickers aus einem Laden gekommen und habe ihr Kind erkannt.« Baker hielt inne. »Ich muß zugeben, ich verstehe das nicht ganz, ein Mann, der einem Baby auf seinem Arm Häuser zeigt – aber das ist wohl nebensächlich.« Er blickte zu Wexford hinüber, aber Wexford sagte nichts. »Wie Mrs. Dearborn berichtet, hat Rachel ihn gefragt, ob sie Alexandra wiedersehen könne, und er stimmte zu, wenn auch zögernd, und gab ihr seine Büronummer. Mrs. Dearborn sagte – und ich glaube, sie sagt die Wahrheit –, daß sie von keiner weiteren Begegnung zwischen Rachel und ihrem Mann wisse. Soweit sie weiß, zeigte das Mädchen danach weiter kein Interesse an dem Kind.«

»Wir hingegen«, unterbrach Howard, »haben ja schon ganz am Anfang dieser Untersuchung gehört, daß Rachel nach dem 14. Februar ein Einstellungsgespräch bei NOTBOURNE PROPERTIES hatte, und ich glaube, wir können annehmen, daß dieses Gespräch nichts mit einer Bewerbung um einen Job zu tun hatte. Was ist deine Ansicht, Reg?«

»Dearborn«, meinte Wexford bedächtig, »wollte das Kind behalten, und Rachel wollte es genauso dringend wiederhaben. Bei diesem Gespräch in seinem Büro hat sie ihm also gesagt, sie würde sich der Adoption widersetzen, und er unternahm den höchst illegalen Versuch, ihr fünftausend Pfund anzubieten, damit sie nicht widerspräche.«

»Aber wie willst du das wissen?«

Wexford hob die Schultern. »Lies meinen Bericht zu Ende, dann weißt du, wie. Aber auch ohne ihn zu lesen, wirst du sicherlich einsehen, daß das der Grund ist, weshalb Dearborn seiner Frau nichts mehr erzählte. Er ist skrupellos, aber Mrs. Dearborn ist es nicht. Sie hätte sich nie damit einverstanden erklärt, das Kind in irgendeiner Weise zu *kaufen*. Wann sollten sie die Adoptionsurkunde bekommen?«

»Am 24. März«, sagte Baker mit leisem Triumph. »Wenn Sie das nicht wissen, Mr. Wexford, dann weiß ich gar nicht, wie... Aber lassen Sie mich fortfahren mit meinen Vermutungen, was dann passierte. Rachel war einverstanden, das Geld zu nehmen – etwas Geld, wieviel, das können wir nicht wissen – und versprach, Dearborn anzurufen, um einen Zeitpunkt für die Übergabe festzulegen. Der Termin, den sie aussuchte, war der 25. Februar, und sie rief Dearborn an diesem Tag um ein Uhr fünfzehn von der Garmisch Terrace aus an. Etwa eine Stunde später trafen sie sich auf dem Friedhof.«

»Sie haben den Schal als Mrs. Dearborns identifiziert?«

»Aber sicher. Das war der eigentliche Grund, weshalb wir sie aufsuchten. Sie erzählte uns, daß sie oft die Schaffelljacke ihres Mannes trägt und den Schal wahrscheinlich in der Jackentasche steckengelassen hätte. Dearborn traf also das Mädchen, wie verabredet, aber als es soweit war, sich von dem Geld zu trennen, da dachte er, wieviel einfacher es doch wäre, das Geld zu behalten und das Mädchen zu töten. Denn sonst konnte er ja nie sicher sein, ob sie sich nicht trotzdem noch der Adoption widersetzen würde. Also erdrosselte er sie mit dem Schal und schaffte die Leiche in das Montfort-Mausoleum.«

»Da hast du uns übrigens auch geholfen, Reg«, sagte Howard. »Denn du warst es doch, der uns darauf hinwies, daß dies ein Schaltjahr ist. Dearborn hatte es vergessen. Er nahm an, daß der letzte Dienstag des Monats vorbei sei und daß das Grabgewölbe erst wieder *nach* dem 24. März inspiziert würde, und dann wäre ja die Adoption bereits erledigt.«

Wexford griff nach seinem Bericht, blätterte zögernd darin herum und legte ihn wieder hin. »Hat er das alles eingestanden?« fragte er. »Ihr habt mit ihm gesprochen, und... habt ihr ihn verhaftet?«

»Er ist gar nicht zu Hause«, sagte Baker. »Irgendwo im Norden ist er, auf einer Architektentagung.«

»Wir wollten deine *Meinung* hören, Reg«, sagte Howard ziemlich prononciert. »Natürlich ist vieles von alldem Vermutung, aber wie du schon selbst sagtest, es ist die einzig mögliche Schlußfolgerung. Aber wir dachten, du hättest vielleicht noch irgend etwas Konkretes für uns.«

»Habe ich das gesagt?«

»Ja, sicher. So habe ich es jedenfalls verstanden...«

Wexford stand plötzlich auf, stieß seinen Stuhl zurück, so daß er beinahe umkippte. Er hatte plötzlich Angst, aber nicht um sich selbst, nicht vor irgendeinem weiteren Fehler. »Seine Frau wird sich doch mit ihm in Verbindung setzen!«

»Natürlich wird sie das. Laß sie doch. Morgen früh soll er zurückkommen.« Howard blickte auf seine Uhr. »Heute morgen, genauer gesagt. Sobald er weiß, daß er Gefahr läuft, die Adoption nicht durchzukriegen – seine Frau wird ihm erzählen, daß das Gericht die Sache vertagt, bis die Angelegenheit aufgeklärt ist –, kommt der doch stehenden Fußes hier bei uns an. Mein Gott, Reg, sie weiß doch nicht, daß wir ihn des Mordes verdächtigen.«

»Aber er wird inzwischen wissen, daß er sich nicht die geringste Hoffnung machen kann, Alexandras Vater zu bleiben.« Wexford umklammerte die Rückenlehne des Stuhls. »Das wird sie ihm doch erzählt haben?«

»Wenn sie nicht viel phlegmatischer ist, als ich sie einschätze, ja.«

Er versuchte, ruhig zu bleiben. Er wußte, sein Gesicht war weiß geworden, denn er fühlte die Haut schrumpfen und zittern. Bakers Gesicht war zornig und gekränkt, Howards zutiefst verwirrt.

»Ihr wolltet meinen Rat. So muß es wohl sein, denn meine Meinung wolltet ihr ja nicht. Mein Rat ist, Dearborns Hotel anzurufen, und zwar sofort.« Wexford setzte sich hin und drehte den Kopf zur Wand.

»Er ist in seinem Zimmer«, sagte Baker und legte den Hörer auf. »Ich sehe den Sinn dieser ganzen melodramatischen Aktion nicht. Der Mann ist in seinem Zimmer und schläft. Aber gut, sie gehen und sehen nach und rufen zurück. Ich glaube, Mr. Wexford hat so die Idee, die finden ein Bündel Kleider unter der Bettdecke und den Vogel ausgeflogen?«

Wexford erwiderte nichts darauf. Er hatte die Hände so fest ineinander verschlungen, daß die Knöchel durch den Druck weiß geworden waren. Er konnte der Spannung auch nicht Herr werden, immerhin klang wenigstens seine Stimme einigermaßen gelöst, als er um der Konversation willen fragte: »Wie ist es denn Clements ergangen?«

»Der hat seine Adoption perfekt«, sagte Howard. »Rief an, um es uns zu erzählen. Überhaupt keine Schwierigkeiten.«

»Ich werde seiner Frau Blumen schicken«, meinte Wexford, »erinnere mich daran.« Er goß sich noch eine Tasse Kaffee ein, ohne lange um Erlaubnis zu bitten, aber seine Hand war unsicher, und er verschüttete etwas auf den Schreibtisch. Howard sagte kein Wort.

Im Telefon ertönte ein leises Klicken, ehe es um den Bruchteil einer Sekunde später klingelte. Noch ehe es klingelte, fuhr Wexford wie unter einem Schock zusammen. Drei Hände streckten sich nach dem Hörer aus, denn auch die beiden anderen hatten sich von Wexfords Panik anstekken lassen. Es war Howard, der den Hörer nahm, Howard, der sagte: »Verstehe. Ja. Haben Sie einen Arzt geholt? Und die zuständige Polizei?« Er bedeckte die Sprechmuschel mit der Hand. Sein mageres Gesicht war sehr blaß geworden. »Sie haben einen Arzt unter den Hotelgästen«, erklärte er, »der ist jetzt bei Dearborn.«

»Er hat versucht, sich umzubringen«, sagte Wexford, und es war keine Frage, sondern ein Statement.

»Sie fürchten, er ist tot. Sie wissen es noch nicht. Irgendeine Überdosis, so hört es sich an.«

Baker sagte mit angemessener Trauermiene: »Vielleicht ist es am besten so. Entsetzlich natürlich, aber wenn man an die Alternative denkt – jahrelang im Gefängnis ... Ich in seiner Lage würde denselben Ausweg wählen.«

Howard redete wieder und stellte knappe Fragen.

»Welche Lage?« fragte Wexford. »Sie glauben doch wohl nicht mehr daran, daß er es getan hat, oder?«

23

Kommen sie auf diesem Weg nicht vorwärts, so säen sie den Samen der Zwietracht aus.

Wexford hatte viele Kingsmarkhamer Morgengrauen erlebt, aber bis jetzt noch nie ein Londoner Morgengrauen. Er schob die Vorhänge an Howards Fenster auseinander und sah zu, wie der indigoblaue Himmel aufriß und zwischen den schweren Wolken Streifen grünlichen Lichts zum Vorschein kamen. Ein leiser Wind, zu schwach, um die Bäume des Friedhofs in Bewegung zu setzen, ließ die Fahne auf dem

Dach eines entfernten Gebäudes leicht flattern. Tauben fingen an zu gurren und flatterten schwerfällig gegen die Fassaden der Hochhäuser; begriffsstutzig, wie sie waren, hielten die törichten Kreaturen sie noch immer für die Klippen Süditaliens, von wo die Römer sie vor zweitausend Jahren mitgebracht hatten. Der Verkehrslärm, der während der Nachtstunden gedämpft gewesen war, erwachte wieder zur vollen Lautstärke des Tages.

Außer ihm war niemand in dem Büro. Während der große rote Ball der Sonne sich erhob und durch rötlich-schwarze, dunstige Wolkenballen brach, gingen nach und nach die Straßenlaternen von Kenbourne Vale aus. Wexford ging durch den Raum und knipste den Lichtschalter aus. Aber kaum befand er sich in dem wohltuend beruhigenden Halbdunkel, da ging das Licht wieder an, und Howard humpelte mit Melanie Dearborn in das Büro.

Ihr Gesicht war eingefallen, die Augenhöhlen dunkelrot vor Müdigkeit und Angst. Sie trug Hosen und einen Pullover, und darüber die Schaffelljacke ihres Mannes. Trotz aller Qual und Angst jedoch wahrte sie ihre gute Erziehung. Sie blinzelte ein wenig gegen das Licht, trat auf Wexford zu und streckte ihre Hand aus. »Es tut mir so leid«, begann sie, »daß wir uns auf diese Weise wiedersehen, daß diese entsetzlichen Dinge...«

Er schüttelte den Kopf, zog einen Stuhl heran und half ihr, sich zu setzen. Dann begegnete er Howards Blick. Howard nickte kaum wahrnehmbar und schürzte unmerklich die Lippen.

»Ihr Mann...?«

»Wird sich erholen«, antwortete Howard für sie. »Er ist im Krankenhaus, und er ist sehr müde, aber er ist bei Bewußtsein. Er wird sich völlig erholen.«

»Gott sei Dank«, sagte Wexford ernst.

Sie sah zu ihm auf und brachte ein Lächeln zustande, das den Tränen nahe war. »Warum war ich bloß so dumm, ihn gestern abend anzurufen? Ich war in Panik geraten, verstehen Sie das? Ich konnte einfach nicht daran denken, daß er heimkäme und vielleicht Alexandra gar nicht mehr zu Hause fände. Er erzählte mir alles, was er getan hat, um sie zu behalten.«

Wexford setzte sich und zog seinen Stuhl näher an ihren heran.

»Was hat er getan, Mrs. Dearborn?«

»Ich habe Angst, es Ihnen zu erzählen«, flüsterte sie. »Denn wenn es rauskommt... dann könnte man... ich meine, dann könnte man uns Alexandra wegnehmen und uns...«

Wexford blickte Howard an, aber der rührte keine Miene. »Es ist besser, Sie erzählen es uns«, sagte er. »Es ist immer besser, die Wahrheit zu sagen. Und wenn das Bestechungsgeld nicht angenommen wurde...«

Howard hüstelte warnend, und Melanie Dearborn seufzte tief. Sie kuschelte sich tiefer in die Felljacke, so als habe sie dadurch, daß sie ihrem Mann gehörte und er sie getragen hatte, einen tröstlichen Teil seiner selbst um sich. »Aber das Bestechungsgeld ist angeboten worden«, sagte sie.

»Wieviel?« fragte Howard freundlich, aber bestimmt.

»Fünftausend Pfund.«

Wexford nickte. »Sie sollte als Gegenleistung dafür versprechen, daß sie gegen die Adoption keinen Einspruch erhebt?«

»Sie *hat* es versprochen. Als sie zu meinem Mann ins Büro kam. Und dort trafen sie ja auch die Verabredung, sich am 15. Februar um zwei Uhr fünfzehn auf dem Friedhof von Kenbourne Vale zu treffen.«

»Weshalb hat sie ihre Meinung geändert?«

»Das hat sie eigentlich gar nicht. Wie Stephen mir sagte, war sie ein sehr einfaches Mädchen. Als sie und er sich an diesem Tag trafen, da fing sie an, davon zu reden, daß sie das Geld dazu benutzen würde, es jemandem zu geben, der sich dafür um Alexandra kümmerte, während sie arbeitete. Sie war nicht einmal imstande zu begreifen, was sie da sagte. Stephen sagte: ›Aber Sie werden Alexandra nicht haben. Ich gebe Ihnen das Geld, damit ich sie behalten kann.‹ Da legte sie die Hand über den Mund – man kann sich das vorstellen – und sagte: ›Oh, Mr. Dearborn, ich *muß* sie behalten. Sie ist alles, was ich auf der Welt habe, und Sie werden das Geld nicht vermissen.‹ Sie *begriff* das alles einfach nicht.«

Wexford nickte, sagte aber nichts. Er hatte das Mädchen gesehen, oder ihren Geist, ihr Ebenbild, ihre Doppelgängerin. Beide waren in einer rigiden Moral aufgewachsen, in welcher das, was normale menschliche Wesen Ethik nannten, nicht vorkam.

»Stephen war – ja, völlig entsetzt«, fuhr Mrs. Dearborn fort. »Er sagte, er würde ihr mehr geben, alles, was sie wolle. Er war bereit, bis zu – oh, ich weiß nicht – bis zu fünfzigtausend zu gehen, vermute ich. Aber sie konnte sich eine solche Geldsumme nicht vorstellen.«

»Gab er ihr irgend etwas?«

»Natürlich nicht. Sie schwatzte immer weiter drauflos, daß sie jemandem, der sich um Alexandra kümmerte, einen Tausender geben, und die restlichen vier für die Zukunft aufheben wollte. Er sah, daß das zu nichts führte, und er drehte sich um und ließ sie einfach stehen. Er war sehr still und bedrückt an dem Abend – ich dachte, es sei, weil er es so satt hätte, wie ich mich wegen Louise anstellte. Um die Mitte der nächsten Woche war er dann wieder mit sich und der Welt im reinen. Jetzt weiß ich, warum. Da hatte er erfahren, wer das ermordete Mädchen war.«

Howard hatte die ganze Zeit zugehört, ohne sich einzumischen, jetzt meinte er mit ruhiger, kühler Stimme: »Wenn Sie jetzt losfahren möchten, um Ihren Mann zu besuchen, Mrs. Dearborn, dann kümmern wir uns wohl lieber um eine Fahrgelegenheit.«

»Ach, vielen Dank. Ich fürchte, ich habe Ihnen allen schon genug Mühe gemacht.« Melanie Dearborn zauderte, dann fragte sie hastig: »Was soll ich ihm denn sagen wegen… wegen Alexandra?«

»Das hängt vom Ausgang dieses Falls ab, und vom Gericht.«

»Aber wir lieben sie«, sagte sie flehend, »wir können ihr ein schönes Zuhause bieten. Stephen – er hat schon versucht, sich umzubringen. Und das Bestechungsgeld wurde doch nicht angenommen. Und in den Augen des Mädchens war es auch gar keine Bestechung, sondern einfach ein Geschenk, so wie die Kleider, die wir ihrer Tante gaben.«

»Nun?« meinte Wexford zu Howard, nachdem sie ihnen noch beim Hinausgehen einen beschwörenden Blick über die Schulter zugeworfen hatte.

»Möglich, daß das Gericht die Sache auch so sieht. Aber wenn die Indizien bei Dearborns Strafverfolgung…«

»Weshalb denn Strafverfolgung, Howard? Weil er einem armen Mädchen, der Nichte seiner früheren Putzfrau, ein Geldgeschenk gemacht hat, damit sie ein Kind, das er gern hat, ordentlich aufziehen kann? Und dann zieht er das Angebot zurück, weil die ausgewählte Pflegestelle in seinen Augen unpassend war?«

»Es war doch nicht so, Reg, du redest wie ein Jesuit. Dearborn hat sie getötet. Der Schal gehörte seiner Frau und steckte in der Tasche der Jacke, die sie beide tragen. Er hatte handfestere Motive als jeder andere. Und er verfügte über ganz spezielle Kenntnisse. Er versteckte sie in einem Grabmal, von dem er wußte, daß es erst wieder inspiziert würde, nachdem er seine Adoption in der Tasche hätte.«

»Von wegen wußte!« meinte Wexford. »Er hätte bestimmt nicht vergessen, daß dies ein Schaltjahr ist. Der 29. Februar ist sein Geburtstag.«

»Ich verstehe Sie nicht, Mr. Wexford«, sagte Baker, der gerade hereinkam und die letzten Worte gehört hatte. »Laut Ihrem Bericht stimmen Sie doch vollkommen mit unseren Ansichten überein?«

»Woher wollen Sie das wissen? Sie haben sich ja nicht die Mühe gemacht, ihn zu Ende zu lesen.«

Howard blickte seinen Onkel an, halb lächelnd, als begriffe er bereits dessen Genugtuung über ein Ende, eine Lösung, die er dringender als Wexford herbeigesehnt und gern für sich verbucht hätte.

Er nahm die zwei letzten Seiten auf, winkte Baker heran und las sie rasch durch. »Wir sollten nicht hier sein«, sagte er, als er zu Ende gelesen hatte, »sondern in Garmisch Terrace.«

»*Ihr* solltet«, gab Wexford zurück. Er sah auf seine Uhr und gähnte. »Ich muß den Zug kriegen.«

Baker trat einen Schritt auf ihn zu. Er streckte weder seine Hand aus, noch versuchte er, irgend etwas zurückzunehmen oder auch nur zu lächeln. Er sagte: »Ich weiß nicht, wie Mr. Fortune darüber denkt, aber ich würde es für einen persönlichen Gefallen halten, wenn Sie mit uns kämen.« Und

Wexford begriff, daß dies eine volle, ehrliche Entschuldigung war.

»Es gibt ja noch andere Züge«, sagte er und zog sich den Mantel an.

Früher Morgen in der Garmisch Terrace. Dünnes, blasses Sonnenlicht ließ die Häuser nackt erscheinen in all ihrer Verwahrlosung. Jemand hatte »Gott ist tot« auf die Wand des Tempels geschrieben, und der Hirte war gerade mit einem Eimer Wasser und einer Bürste dabei, es abzuscheuern. Vor Nummer 22 stand Peggy Pope, die Haare in ein Kopftuch gebunden, und lud einige kleine Möbelstücke in einen Lieferwagen.

»Ziehen Sie aus?« fragte Wexford.

Sie hob die Schultern. »Nächste Woche«, sagte sie. »Ich dachte, ich bin's den Eigentümern schuldig, 'ne Woche vorher zu kündigen.« Ihr Gesicht war ungewaschen, ungeschminkt, ziemlich schmutzig und doch hatte es die sonderbar vergeistigte Schönheit einer jungen Heiligen. »Ich will bloß schon mal ein paar von meinen Sachen loswerden.«

Wexford blickte den Fahrer an. Es war der indische Mieter. »Sie gehen mit ihm zusammen weg?«

»Ich geh *allein* weg, ich und das Kind, klar? Ich zieh nach Hause zu meiner Mutter. Wohin sollt ich denn sonst wohl.« Sie schmiß einen kaputten Plattenspieler in den Wagen, wischte sich die Hände an den Jeans ab und stieg die Souterrainstufen hinab. Die drei Polizisten folgten ihr.

Die alten Regale voller Bücher standen noch da – klotziges, schäbiges Sperrgut. An der Wand war ein wenig mehr Farbe abgeblättert und hatte die Landkarte jenes unirdischen Kontinents Utopia vergrößert. Lamont lag im Bett und hielt das zappelnde Baby im Arm.

Peggy legte keinerlei Anstandsgefühl an den Tag, wie es eine respektable Hausfrau unter diesen Umständen wohl getan hätte. Sie war keine respektable Hausfrau, sondern eine unstete Frau, drauf und dran, ihren Liebhaber zu verlassen. Vielleicht erinnerte sie sich, wie Wexford ihr einmal beim Tragen schwerer Sachen geholfen hatte und nahm wohl seine Anwesenheit als Zeichen dafür, daß er in der gleichen Rolle wieder erschienen sei, denn sie wollte ihm wortlos einen Einkaufskorb voller Küchenutensilien in die Arme packen. Aber Wexford schüttelte den Kopf. Er ging zum Bett hinüber und sah Lamont an. Dessen erste Reaktion war, daß er den Kopf ins Kissen vergrub. Und dann richtete er sich langsam und verzweifelt zum Sitzen auf.

Howard und Baker traten näher ans Bett, und Peggy beobachtete sie. Sie wußte jetzt, daß etwas faul war, daß sie nicht bloß kamen, um Fragen zu stellen. Aber sie sagte nichts. Sie verließ Garmisch Terrace mit allem, was dazugehörte, und vielleicht kümmerte es sie nicht.

»Stehen Sie auf, Lamont«, sagte Baker. »Stehen Sie auf und ziehen Sie sich an.«

Lamont erwiderte kein Wort. Unter dem schmutzigen Laken war er nackt. Auch seine Augen hatten einen nackten, leeren Blick, aus dem totales Versagen und tiefste Armut sprachen, Mangel an Liebe, an Besitztum, an Phantasie. Du bist ein Ding nur, mußte Wexford denken, ein Mensch, der Welt nicht angepaßt, ist mehr nicht als ein armes nacktes Tier, wie du eins bist... »Kommen Sie mit, Sie wissen, weshalb wir hier sind.«

»Ich hab das Geld nicht«, flüsterte Lamont. Er ließ das Laken fallen, nahm das Kind in seine Arme und reichte es Peggy. Er war eine letzte, endgültige Selbstaufgabe. »Jetzt mußt du für sie sorgen«, sagte er, »du allein. Ich hab's für dich und für sie getan. Wärst du geblieben, wenn ich das Geld gehabt hätte?«

»Weiß nicht«, sagte Peggy, »ich weiß es nicht.«

»Ich wollte, ich würde mich so wohl fühlen, wie du aussiehst«, sagte Howard müde. »Man sagt ja, Abwechslung sei ebensogut wie Ruhe; aber du hast doch keins von beidem gehabt und siehst doch wohl aus.«

»Ich fühl mich auch wohl.« Und trotzdem bin ich froh, nach Hause zu kommen, dachte Wexford, aber er sagte es nicht laut. »Es ist schön, wieder lesen zu können ohne das Gefühl, blind zu werden.«

»Ach, das erinnert mich daran...«, meinte Howard. »Ich hab was für dich zum Lesen im Zug. Ein Abschiedsgeschenk. Pamela ist extra nach West-End gefahren, um es zu besorgen.«

Eine sehr schöne Ausgabe der ›*Utopia*‹, in bernsteinfarbenem Kalbsleder gebunden und mit Goldschnitt versehen. »Oh, jetzt hab ich es endlich. Vielen Dank. Wenn wir jetzt nach Chelsea zurückfahren, könnten wir nicht einen Umweg machen, damit ich ihm auf Wiedersehen sage?«

»Warum nicht? Und, Reg, vielleicht kannst du mir unterwegs im Wagen noch ein paar Dinge erklären.«

Es würde ein wundervoller Tag werden, der erste wirklich schöne Tag von Wexfords Ferien, jetzt, da die Ferien vorüber waren. Er bat Howard, das Fenster herunterzukurbeln, damit er die weiche Luft auf dem Gesicht spüren konnte. »Nachdem ich diesen ersten Schnitzer gemacht hatte«, sagte er, »wurde mir klar, daß Dearborn niemals seinen Friedhof entweiht hatte, und dann fiel mir ein, daß er erzählt hatte, sein Geburtstag sei am 29. Februar. Ein Mensch vergißt doch nicht, daß sein eigener Geburtstag bevorsteht, besonders dann nicht, wenn er nur alle vier Jahre stattfindet. Lamont hat sie in das Montfort-Mausoleum geschleppt, weil er ihr zufällig gerade davor begegnet ist. Er hat sie umgebracht.«

»Wie bist du darauf gekommen, daß er es war?«

»Dadurch, daß Loveday – ich kann nur als Loveday an sie denken, vielleicht weil sie versuchte, aus ihrer Dunkelheit in eine Art Licht zu gelangen – dadurch, daß sie immer runterging und mit ihm redete und ihm etwas *anvertrauen* wollte. Sie konnte ihm nichts anderes anvertrauen außer Alexandra. Sie wandte sich an ihn und nicht an Peggy, weil sie Angst hatte vor Peggy, und zum Teil auch, weil es Lamont war, der sich am meisten um sein eigenes Kind kümmerte.« Sie kamen in den Hyde Park – ein unverhofft' Narzissenmeer, Zehntausende auf einen Blick. »Sie hat ihm erzählt, sie würde fünftausend Pfund bekommen, und so unwahrscheinlich das auch war, sie muß ihn überzeugt haben, denn er nahm schon Kontakt zu Grundstücksmaklern auf. Ich hab selbst bei ihm eins der Angebote gesehen, über ein Haus, das knapp unter fünftausend kostete.«

»Aber sie wollte ihm bloß tausend geben.«

»Ich weiß. Ich glaube aber nicht, daß er geplant hatte, direkt Gewalt anzuwenden, er dachte wohl, er könnte ihr den Rest irgendwie auch noch abluchsen.«

»Also rief sie Dearborn an«, sagte Howard, während sie an den Museen vorüberfuhren, die an diesem Samstag morgen von Touristen belagert waren. »Sie rief ihn am 25. Februar um ein Uhr fünfzehn an, um das Treffen zu vereinbaren.«

»Das hatten sie bereits in seinem Büro vereinbart. Es war Lamont, den sie anrief. Der saß im *Grand Duke*, dort nahm er immer seine Telefonanrufe entgegen. Sie erzählte ihm, daß ihr das Geld an diesem Nachmittag auf dem Friedhof ausgehändigt würde. Er muß ihr aufgelauert und gesehen haben, wie sie sich von Dearborn trennte, natürlich in der Annahme, daß sie das Geld bekommen hätte.«

»Dann hat er sie gestellt«, ergänzte Howard, »und erst mal einen Tausender verlangt. Aber sie wollte ihm nicht mal den geben. Sie hatte ja nichts zu geben.«

Wexford nickte. »Und er hatte nur den verzweifelten Wunsch, Peggy und das Kind zu behalten, und nichts sollte ihn jetzt noch daran hindern. Er erwürgte sie mit ihrem Schal.«

»Nein, Reg, das stimmt nicht. Es war Mrs. Dearborns Schal.«

»War es mal«, erklärte Wexford. »Dearborn hat ihn Lovedays Tante geschenkt.«

Der Fluß flimmerte braun und golden, ein großer Bruder des Kingsbrook, schmutziger und breiter und stärker. Heute abend, dachte Wexford, wenn wir unsere Koffer ausgepackt haben und die Enkelkinder dagewesen sind, um ihre Geschenke abzuholen, heute abend geh ich runter und schau mir meinen eigenen Fluß an. Er stieg aus dem Wagen und trat auf Sir Thomas zu. Heute morgen blinkte die goldene Kopfbedeckung und die goldene Kette fast zu stark, um sie anzusehen.

Wexford wandte sich zu Howard um, der hinter ihm hergehumpelt war. Er faßte gegen seine Manteltasche, in der das Buch steckte. »Mehr als vierhundert Jahre ist es her, seit er das geschrieben hat«, sagte er, »aber ich kann nicht finden, daß sich die Dinge seither sonderlich zum Besseren gewandelt hätten, jedenfalls nicht so, wie er es gehofft hat. Gut, daß er's nicht weiß. Der würde da von seinem Sessel aufstehen und in den Tower zurückgehen.«

»Willst du nicht dein neues Buch lesen?« fragte Dora, als sie im Zug saßen und die Außenbezirke mit ihren grauen Straßen, den roten Häuserblöcken, weißen Hochhäusern und Bäumen gleich zahllosen Rauchwölkchen im goldenen Dunst am Fenster vorbeiflogen.

»Gleich«, sagte Wexford. »Was hast du denn da? Noch mehr Geschenke?«

»Ach, das hab ich fast vergessen. Diese beiden Sachen kamen heute morgen für dich.«

Zwei Päckchen, eins dick, das andere dünn. Wer schickte ihm denn wohl Päckchen? Die Handschriften auf dem braunen Packpapier sagten ihm nichts. Er löste den Bindfaden des dünneren, und eine Ausgabe der ›*Utopia*‹ fiel heraus, eine Taschenbuchausgabe mit einer Postkarte darin, auf der ein Kaninchen in ländlicher Umgebung hockte, mit einem Gruß von Denises Schwägerin. Wexford schnaubte.

»Geht's dir nicht gut, Liebling?« fragte Dora besorgt.

»Natürlich geht's mir gut«, knurrte Wexford. »Fang bloß nicht wieder so an.«

Das andere Päckchen enthielt ebenfalls ein Buch. Er war kein bißchen überrascht, als noch eine ›*Utopia*‹ zum Vorschein kam, ein antiquarisches Exemplar diesmal, aber wohlerhalten. Die Karte hatte einen violetten Rand, der Name darauf war in goldenen Lettern gedruckt. »Dies hatten Sie vergessen«, las Wexford vor. »Etwas zum Lesen im Zug. Sie können es behalten. Man trifft nicht jeden Tag menschliche Polizisten. I.M.T.«

Etwas zum Lesen im Zug... Schlagartig überfiel ihn die Müdigkeit. Aber er kämpfte dagegen an, bemühte sich krampfhaft, wach zu bleiben, hielt seine drei neuen Bücher umklammert und starrte aus dem Fenster.

Draußen begann jetzt das grüne Land, schob sich zwischen Backsteinbastionen. Bald würden sie durch saftigstes England fahren, durch schwellende Niederungen. Jetzt also ›*Utopia*‹, endlich.

Dora bückte sich und hob leise die Bücher vom Boden des Wagenabteils auf. Ihr Mann war eingeschlafen.

Phantom in Rot

Deutsch von
Ute Tanner

Die Originalausgabe von »Phantom in Rot«
erschien 1973 unter dem Titel »Some Lie and Some Die«
bei Hutchinson Ltd., London.

*Meinem Sohn Simon Rendell, der auf Festivals geht,
und meinem Vetter Michael Richards,
der den Song schrieb,
ist dieses Buch in Liebe und Dankbarkeit zugeeignet.*

Wunschtraumbild

Ihr Haar im Wind, ihr Lächeln kann ich missen,
Fernsein und Warten stören mich nicht mehr,
Doch ach, der Wind hat Lippen nicht zum Küssen.
Ihr Kuß war heiß …
Ich will sie, ich brauch sie so sehr.

Sei mir nah, komm zu mir
Und erklär mir, wofür
Die einen
Nur weinen,
Indes andren beschieden
Die Lüge, die Not,
Das Sterben, der Tod.

Denk doch, mein Liebling, an mein leeres Leben,
Das Licht nicht mehr, das Blüten nicht erfüllt.
Kann es für uns ein Wir denn nicht mehr geben?
O komm, web mit an meinem Wunschtraumbild.

Sei mir nah, komm zu mir …

Fast ist's das Haus, das wir einst hatten,
Dem Liebe sie und Blumen schenkt.
Gemeinsam sitzen wir im Schatten,
Bis sanft mein Traum die Nacht umfängt.

Sei mir nah, komm zu mir …

Der harsche Morgen hat sie fortgenommen,
Die Nacht mag nichts verraten, füg dich drein,
Mir blieb das Warten, Hoffen auf ihr Kommen
Und ihren Wunsch, erneut ganz mein zu sein.

Sei mir nah, komm zu mir …

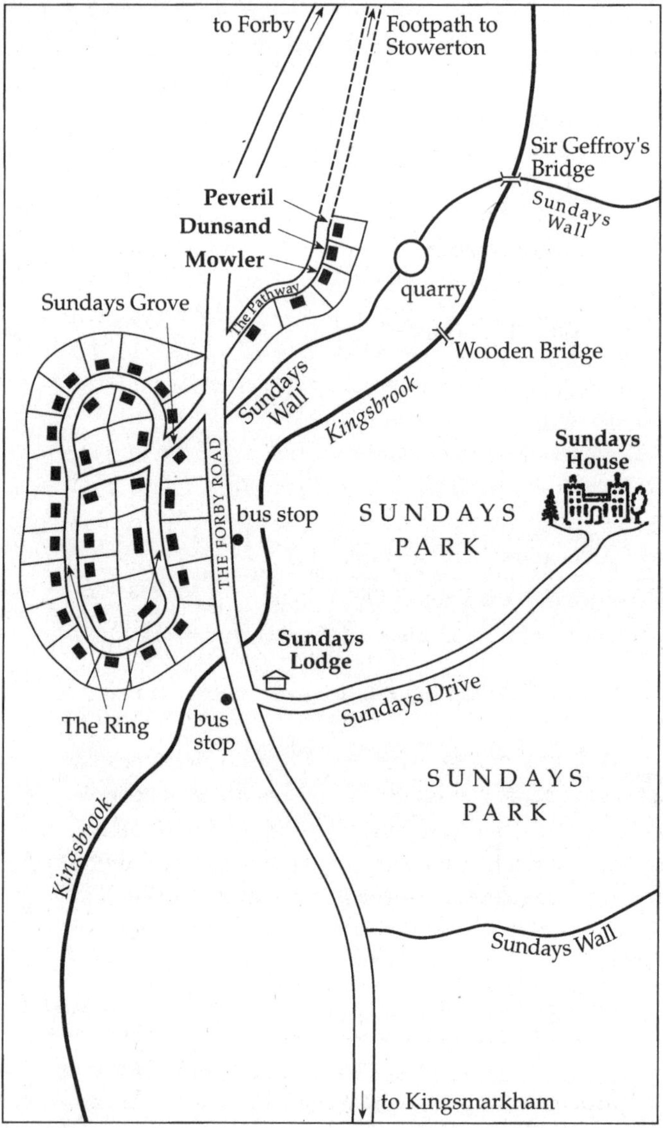
to Forby
Footpath to
Stowerton
Sir Geffroy's
Bridge
Sundays
Wall
Peveril
Dunsand
Mowler
quarry
The Pathway
Sundays Grove
Wooden Bridge
Sundays
Wall
Kingsbrook
Sundays
House
THE FORBY ROAD
bus stop
SUNDAYS
PARK
Sundays
Lodge
Sundays Drive
The Ring
bus
stop
SUNDAYS
PARK
Kingsbrook
Sundays Wall
to Kingsmarkham

I

»Aber warum müssen sie zu uns kommen? Ausgerechnet zu uns? Es gibt doch weiß Gott genügend Gegenden, wo sie sich zusammenfinden können, ohne eine Menschenseele zu stören. Im schottischen Hochland zum Beispiel. Oder in Dartmoor. Wieso es ausgerechnet uns trifft, ist mir ein Rätsel. Ehrlich.«

Detective Inspector Michael Burden äußerte sich bereits seit Monaten tagtäglich in diesem oder ähnlichem Sinne. Diesmal aber schwang in seiner Stimme ein neuer Ton – ein Ton verbitterter Ratlosigkeit. Sich das Kommende auszumalen, war schlimm genug gewesen. Doch was sich jetzt zehn Meter unter ihm auf Kingsmarkhams Hauptstraße abspielte, war Realität, und er machte das Fenster auf, um sie besser – oder in deprimierenderen Details – beobachten zu können.

»Zu Tausenden kommen sie die Bahnhofsstraße herunter. Und das ist nur ein Bruchteil, wenn man bedenkt, daß viele ja auch andere Transportmöglichkeiten nutzen werden. Es ist eine regelrechte Invasion. Herrgott, da kommt der schwarze Riese persönlich. Sie sollten mal seinen Mantel sehen. Wie in der Geschichte vom Rattenfänger von Hameln, die hab ich mal in einem von Pams Schulbüchern gelesen.«

Sein Zimmergenosse hatte bisher auf diesen Erguß nicht reagiert. Er war groß und schwer und zwanzig Jahre älter als der Inspector und stand somit in einem Lebensabschnitt, in dem man nur noch zögernd von einem ›Mann mittleren Alters‹ spricht, weil einem die Bezeichnung ›älterer Herr‹ soviel passender erscheint. Ausgesprochen gut hatte er nie ausgesehen. Mit zunehmendem Alter und nachdem er fast alle Haare verloren hatte, war das Gesicht mit den Hängebacken nicht schöner geworden, aber sein Ausdruck, der nicht so sehr Gutmütigkeit als vielmehr Toleranz allem, nur nicht der Intoleranz gegenüber verriet, machte diese Äußerlichkeiten wieder wett und verlieh seinen Zügen etwas durchaus Anziehendes. Er saß an seinem Rosenholzschreibtisch und versuchte, eine Richtlinie über die Verhütung von Straftaten zu Papier zu bringen. Jetzt schüttelte er ungeduldig den Kopf und legte den Stift aus der Hand.

»Uneingeweihte«, sagte Chief Inspector Wexford, »könnten auf den Gedanken kommen, daß Sie von einer Rattenplage reden.« Er schob seinen Sessel zurück und stand auf. »Müssen Sie alles so eng sehen? Es sind junge Leute, die ein bißchen Spaß haben wollen, nicht mehr und nicht weniger.«

»Warten Sie nur ab, bis die ersten Autos in Flammen stehen, die Ladendiebstähle sich häufen, anständige Bürger zusammengeschlagen werden und ... und die Hell's Angels anrücken. Dann sprechen wir uns wieder.«

»Vielleicht. Kommt Zeit, kommt Rat. Lassen Sie mich auch mal ran.«

Burden verlegte widerwillig seinen Beobachtungsposten und machte ein paar Zentimeter Fenster für Wexford frei. Man schrieb den 10. Juni, es war der frühe Nachmittag eines herrlichen Sommertages. Die High Street war belebt, wie stets am Freitag, Autos fuhren Parkplätze an und entfernten sich wieder, Frauen schoben Kinderwagen, gestreifte Markisen an den Ladenfronten schützten die Passanten vor einer fast südlichen Sonne, und auf den Bänken vor dem *Dragon* saßen Arbeiter und tranken Bier. Doch nicht diese Leute hatten Burdens Aufmerksamkeit erregt, sie verfolgten den Ansturm ebenso gespannt und manche ebenso feindselig wie er. Es war eine wahre Flut von Jugendlichen mit geschulterten Rucksäcken und schlenkernden Transistorradios in der Hand, die über die Straße zu der Bushaltestelle an der Baptistenkirche schwappte. Die am Zebrastreifen wartenden Wagen hupten protestierend, aber sie vermochten ebensowenig gegen den stetigen Strom, wie die Wellen des Roten Meers gegen die Kinder Israels. Es waren immer mehr, vielleicht nicht Tausende, aber ein paar Hundert, die lachend, drängelnd, singend näher kamen. Ein Junge, auf dessen T-Shirt ein aufgedruckter Che-Guevara-Kopf prangte, streckte einem zornigen Autofahrer die Zunge heraus und hob zwei Finger.

Jeans beherrschten das Bild. Die meisten dieser jungen Leute hatten ihre Schulzeit noch nicht lange hinter sich, manche gingen auch noch zur Schule, und Auflehnung gegen die Schuluniform gehörte bei ihnen gewissermaßen zum guten Ton. Hier aber präsentierten sie sich doch wieder in Uniform, allerdings in einer selbstgewählten: Blaue Baumwollhosen und Hemdblusen, langes Haar, nackte Füße. Hier und da aber gab es Versuche, sich völlig von konventionellen Bekleidungsnormen frei zu machen, wie bei dem Mädchen in dem roten Bikinioberteil und dem schmutzigen knöchellangen Satinrock und ihrem Begleiter, der schwitzend, aber glücklich, in schwarzem Leder herumlief. Sie alle überragte der junge Mann, der Burden vorhin aufgefallen war, ein gut gebauter, hochgewachsener Neger mit glänzendschwarzem Haarschopf, dessen bronzefarbener Körper vom Hals bis zu den Knöcheln in einen schwarz-weißen Mantel aus kurzgeschorenem Fell eingehüllt war.

»Und das ist erst der Anfang«, sagte Burden, als Wexford

seiner Meinung nach Zeit genug gehabt hatte, die Lage zu überschauen. »So geht es die ganze Nacht durch und morgen auch noch. Was machen Sie denn für ein Gesicht? Als ob... ja, als ob Sie was verloren hätten.«

»Hab ich auch. Meine Jugend. Ich würde gern zu denen da unten gehören und mit zum Popfestival ziehen. Sie nicht?«

»Nein, ehrlich nicht. Mein Fall wäre das nie gewesen. Diese jungen Leute werden eine Menge Ärger und einen Mordskrach machen und den Ärmsten, die das Pech haben, in der Sundays-Siedlung zu wohnen, das Wochenende verderben. Mehr will ich dazu gar nicht sagen.« Wie so mancher, der sich dieser Floskel bedient, sagte Burden noch sehr viel mehr dazu. »Meine Eltern haben mich gelehrt, Rücksicht auf meine Mitmenschen zu nehmen, und dafür bin ich ihnen sehr dankbar. Mal eine Tanzerei am Wochenende und ein paar Bierchen, dazu habe ich früher nicht nein gesagt, aber einen riesigen Park besetzen, bloß um sich auf Kosten anderer zu amüsieren – nein, das hätte ich nicht gewollt. Ich hätte mir immer gedacht, daß ich mir so was gar nicht verdient habe.«

Wexford schnaufte leicht gereizt. »Von dieser penetranten Tugendhaftigkeit wird die Welt auch nicht lustiger. Dann lassen Sie Ihren Jungen wohl auch nicht auf die Fete, was?«

»Morgen abend kann er zwei Stunden hingehen, um sich diesen Zeno Vedast anzuhören, aber bis elf muß er wieder zu Hause sein. Daß er im Park kampiert, kommt überhaupt nicht in Frage. Er ist schließlich erst fünfzehn. Zeno Vedast! Möchte wetten, daß ihm *den* Namen seine Paten bei der Taufe nicht gegeben haben. Wahrscheinlich heißt er Jim Bloggs oder so. Er soll hier aus der Gegend stammen. Ein Glück, daß wir ihn los sind. Diese Popmusikmode ist mir unbegreiflich. Warum kann John keine klassische Musik hören?«

»Wie sein Alter, der zu Hause sitzt und auf Gustav Mahler abfährt? Machen Sie's halblang, Mike.«

»Ich steh nun mal nicht auf Popmusik«, sagte Burden verdrossen. »Die ganze Richtung paßt mir nicht.«

»Macht mich nicht an, Mike. Bleiben wir im Jargon. Wenn wir für unsere Jugend schon die Bullen sind, brauchen wir nicht auch noch kleinkariert daherzureden. Jedenfalls habe ich es satt, nur den Zuschauer zu spielen. Wollen wir uns die Sache nicht mal aus der Nähe ansehen?«

»Jetzt gleich? Morgen, wenn sie anfangen zu raufen und zu zündeln, müssen wir doch sowieso antreten.«

»Ich fahr jedenfalls hin. Sie können das natürlich halten, wie Sie wollen, aber vielleicht lassen Sie sich das Wort eines Mannes durch den Kopf gehen, der auch Puritaner war: ›Bedenket in eurem Herzen, liebe Christenbrüder, daß ihr auch irren könnt.‹«

Dort, wo sich jetzt das Herrenhaus aus der Regency-Zeit erhebt, stand schon seit der normannischen Eroberung ein Haus, das sich Sundays nannte. Woher der Name kommt, weiß kein Mensch. Wahrscheinlich hat er nichts mit dem Tag des Herrn zu tun, sondern geht auf den ersten Bauherrn zurück, der Sir Geffroy Beauvoir de Saint Dieu hieß.

Früher erstreckten sich die Sundays-Ländereien von Kingsmarkham bis nach Forby und darüber hinaus, nach und nach aber wurden immer mehr Wald und Ackerland verkauft, bis nur noch ein kleiner Garten und ein mehrere Morgen großer Park übrigblieben. Nach Ansicht der Umweltschützer ist Sundays ein für allemal verschandelt. Die hohen Zedern und die Hainbuchenallee sind zwar noch da, der überwucherte Steinbruch ist bisher unberührt, aber der italienische Garten ist verschwunden, in der Orangerie hat

Martin Silk, der jetzige Besitzer, eine Champignonzucht angelegt, und die kürzlich entstandene Sundays-Siedlung verstellt den früher so herrlich weiten Blick.

Die Forbyer Straße zieht sich am Parkrand entlang und schneidet die Siedlung in zwei Teile. Viermal am Tag rollt über diese Straße der Bus nach Forby und hält vor dem Parktor von Sundays, wo sich eine Bedarfshaltestelle befindet. Wexford und Burden stellten den Wagen in einer Parkbucht ab und sahen zu, wie die ersten jungen Pilger aus dem Vierzehn-Uhr-dreißig-Bus kletterten und ihr Gepäck zu dem offenstehenden Tor hinüberschleppten. Am Pförtnerhaus standen Martin Silk und fünf, sechs Helfer, um die Eintrittskarten zu kontrollieren. Wexford stieg aus und las das Plakat, das an einem der Torflügel klebte: »Sundays-Scene, 11. und 12. Juni, Zeno Vedast, Betti Ho, The Verb to Be, Greatheart, The Acid, Emmanuel Ellerman.« Als die Busladung junger Leute in der Hainbuchenallee verschwunden war, trat er an Silk heran.

»Läuft alles, Mr. Silk?«

Silk, ein ziemlich kleingeratener Mann mittleren Alters, hatte schulterlanges graues Haar und – wenn man nicht so genau hinsah oder ihn nicht beim Gehen beobachtete – die Figur eines Zwanzigjährigen. Er war reich und exzentrisch und gehörte zu den Menschen, die sich einfach nicht von ihrer Jugend trennen können. »Natürlich läuft alles«, sagte er brüsk. Mit Gleichaltrigen konnte er nicht viel anfangen. »Es kann überhaupt nichts passieren, sofern Sie uns in Ruhe lassen.«

Er trat zur Seite und setzte ein breites Lächeln auf, während er die Eintrittskarten von fünf, sechs jungen Leuten entgegennahm, deren mit rosa-, orange- und purpurfarbenen Slogans geziertes Wohnmobil am Pförtnerhaus angehalten hatte.

»Willkommen auf Sundays, Freunde. Zelten könnt ihr, wo ihr wollt. Wer zuerst kommt, mahlt zuerst. Den Wagen stellt ihr am besten vor dem Haus ab.«

Burden, der inzwischen dazugekommen war, sah dem Wohnmobil nach, das heftig schwankend die Allee hinaufschaukelte. Aus den Fenstern dröhnte laute Musik.

»Hoffentlich wissen Sie, worauf Sie sich da einlassen«, sagte er brummig. »Können Sie mir mal verraten, wieso Sie das überhaupt machen?«

»Weil ich die Jugend liebe, Inspector. Die Jugend und ihre Musik. Von der Insel Wight hat man sie vertrieben, niemand will sie haben. Nur ich. Dieses Festival wird Tausende verschlingen, und den größten Teil des Geldes werde ich aus meiner eigenen Tasche zahlen. Um die ganze Sache finanzieren zu können, mußte ich noch ein Stück Land verkaufen, aber was soll's? Ich laß die Leute reden...«

»Die werden dazu wohl auch einiges zu sagen haben, besonders die Umweltschützer«, ereiferte sich Burden. »Die hiesige Bevölkerung ist in der Mehrzahl gegen Ihre Neubauten. Baugenehmigungen können auch rückgängig gemacht werden, so was soll's schon gegeben haben.«

Wexford sah, daß Silk vor Wut rot angelaufen war, und griff rasch ein.

»Wir hoffen alle, daß das Festival ein Erfolg wird, ich jedenfalls wünsche es Ihnen von Herzen. Ich habe gehört, daß Betti Ho morgen nachmittag im eigenen Hubschrauber einschweben soll. Stimmt das?« Silk nickte einigermaßen besänftigt, und Wexford fuhr fort: »Wichtig ist, daß die Hell's Angels nicht hereinkommen und daß es möglichst wenig Ärger gibt. Vor allem wollen wir keine Gewalttätigkeiten, verbrannte Fahrräder und dergleichen, wie wir es damals in Weely erlebt haben. Ich würde gern vor dem Konzert ein paar Worte an die Besucher richten, von Ihrer Bühne aus. Sagen wir morgen abend um sechs?«

»Meinetwegen, aber passen Sie auf, daß die Leute nicht sauer werden.« Strahlend begrüßte Silk eine Gruppe junger Mädchen, die Gitarren über der Schulter und knöchellange Oma-Kleider trugen, und machte ihnen Komplimente. Die Mädchen kicherten. Sie lachen ihn aus und nicht an, dachte Wexford bei sich, aber die kleine Szene hatte Silks Laune verbessert. Als die Mädchen im Park verschwunden waren, fragte er gnädig: »Möchten Sie sich mal ein bißchen umsehen?«

»Ja, gern«, sagte Wexford.

Das Gelände links von der Allee, wo sonst unter Linden und Zedern eine kleine Herde Schwarzbunter graste, war als Lagerplatz vorgesehen. Das Vieh hatte man auf eine Weide hinter dem Haus getrieben, und die ersten Zelte standen schon. Mitten im Park war eine von Bogenlampen umstandene Bühne aufgebaut worden. Wexford, der sonst eine ausgesprochene Abneigung gegen Zäune und befestigte Abgrenzungen hatte, war froh, daß den Park von Sundays eine stachelbewehrte Mauer umgab, die »unerwünschte Elemente«, wie Burden sich ausdrückte, abschrecken würde. Nur an einer Stelle war die Abgrenzung unterbrochen, nämlich am Steinbruch, der sich halbkreisförmig tief in die Kalksteinfelsen an der Forbyer Straße eingegraben hatte. Die beiden Polizeibeamten gingen zum Haus und peilten von der Terrasse aus die Lage.

Ein ambulanter Händler, bei dem man alkoholfreie Getränke, Kartoffelchips und Süßigkeiten erstehen konnte, hatte sich bereits auf der Allee postiert, und die hungrige Jugend stand bei ihm Schlange. Andere, denen es gelungen war, diesen Verlockungen zu widerstehen, steckten an reizvollen Stellen ihre Claims ab und klopften Zeltpflöcke fest. Ein dünner, aber stetiger Strom von Autos und Motorrädern passierte das Tor. Wexford nickte zum Steinbruch hinüber und setzte sich in Bewegung. Burden folgte ihm.

Wer das Glück gehabt hatte, sich einen Tag Urlaub nehmen oder eine Vorlesung schwänzen zu können, war schon frühmorgens angekommen und hatte sich im Park bereits häuslich eingerichtet. Ein junger Mann in marokkanischem Burnus briet Würste über einem Propangaskocher, seine Freunde saßen im Schneidersitz daneben und unterhielten ihn mit Witzen, Gesängen und einer Gitarre. Der Kingsbrook fließt durch den Park von Sundays, unterquert die Forbyer Straße und schlängelt sich dann dicht an der Mauer durch Weiden- und Erlengrund. Der seichte Flußlauf bot sich zum Baden förmlich an. Mehrere junge Leute planschten im Wasser herum, die Mädchen in BH und Höschen, die Jungen in den knapp bemessenen schwarzen Slips, die sich ebensogut als Unterhosen wie als Badebekleidung nutzen lassen. Als sie die kleine Holzbrücke überquerten, sah Burden so konsequent in die andere Richtung, daß er um ein Haar über ein Pärchen gefallen wäre, das engumschlungen im hohen Gras lag. Wexford lachte.

»O gib sie hin, die schwarzen Zelte deines Stammes, und zieh ins rote Lusthaus meines Herzens ein…« zitierte er. »So was bekommen wir in der nächsten Zeit hier häufiger zu sehen, Mike, daran müssen Sie sich schon gewöhnen. Letts wird zwei seiner Leute an den Steinbruch stellen müssen, damit wir keine uneingeladenen Gäste bekommen.«

»Meinen Sie wirklich?« fragte Burden. »Mit dem Motorrad kommt man da nicht durch. Im übrigen«, setzte er bösartig hinzu, »ist es mir völlig egal, wer sich gratis auf Silks dämlichem Festival vergnügt. Hauptsache, uns machen sie keinen Ärger.«

An der Seite des Sundays-Grundstücks war der Hang ungeschützt, auf der anderen Seite stand eine recht gebrechliche Einfriedung aus Latten und Stacheldraht. Jenseits des Stacheldrahts, hinter einem schmalen Grasstreifen, lagen die Gärten von drei Häusern einer kleinen Durchgangsstraße, die sich Pathway nannte. Jedes Grundstück hatte einen hohen Zaun und ein eigenes Gartentor. Wexford sah in den Steinbruch hinein. Er war etwa sieben Meter tief, die Hänge waren mit Brombeerbüschen, Geißblatt und Kletterrosen bewachsen. Die Rosen standen in voller Blüte, zu Tausenden leuchteten sie in sanftem Muschelrosa vor den dunklen Ranken und dem goldlodernden Ginster. Hier und da erhoben sich schlanke, silbrige Birkenstämme. Am Grund des Steinbruchs breitete sich eine kleine Rasenfläche aus, auf der Glockenblumen wippten. Als Wexford hinunterblickte, schien sich eine von ihnen in die Lüfte zu erheben, doch dann erkannte er, daß es keine Blume war, sondern ein Schmetterling, ein Geißklee-Bläuling, glockenblumenblau mit himmelblauen Schwingen.

»Schade, daß sie die Häuser da hingestellt haben. Schön sieht das wahrhaftig nicht aus.«

Burden nickte. »Eigentlich müßte man heutzutage ständig mit halbgeschlossenen Augen durch die Gegend laufen oder sich eine Genickstarre holen.«

»Abends ist es trotzdem hübsch hier, besonders wenn der Mond scheint. Ich freue mich auf Betti Ho. In ihren Liedern tritt sie für den Schutz der Umwelt ein, und wenn wir uns über eins einig sind, Mike, dann doch bestimmt darüber, daß die Umweltverschmutzung aufhören muß. Betti Ho wird Ihnen gefallen. Und ich muß zugeben, daß ich auch auf die Songs von diesem Zeno Vedast gespannt bin.«

»Den hör ich schon zu Hause mehr als genug«, sagte Burden grämlich. »Tag und Nacht dudelt John seine schnulzigen Liebeslieder.«

Sie machten kehrt und gingen unter den Weiden zurück. Einer der Badenden spritzte Wexfords Hosenbeine naß, und Burden brüllte ihn wütend an, aber Wexford lachte nur.

2

»Alles in allem benehmen sie sich ja sehr manierlich«, befand Inspector Burden im Ton ungläubigen Erstaunens, als er mit Wexford von einer kleinen Hügelkuppe aus die *jeunesse dorée* zu seinen Füßen betrachtete. Es war Samstag nacht oder vielmehr später Abend, der Himmel hing, einer umgestülpten purpurnen Schüssel gleich, über ihnen, in die, wie in eine Perle, der Mond eingelassen war, umgeben von funkelnden Galaxien. Die Sterne schienen hell, und doch reichte ihr Licht nicht aus, so daß man die Bühne, auf der Sterne anderer Art sich produzierten, mit Bogenlampen, Monden aus Menschenhand, angestrahlt hatte.

Die Zelte standen leer, denn ihre Bewohner saßen oder lagen in dem blauschimmernden, taubeperlten Gras, und ihre bizarrbunten Gewänder wirkten in dem natürlichen und künstlichen Mondlicht eher düster, saphir- und rauchfarben. Die Haare schimmerten silbern, nicht von der Zeit, sondern vom Licht der Nacht gebleicht. Die Propangasbrenner waren nicht mehr in Betrieb, aber hier und da brannte ein Feuerchen, von dem spiralförmig dünne blaue Fäden aufstiegen, die sich im Himmelsblau verloren. Der ganze Lagerplatz war in Blautöne getaucht, hier leuchtete es azurfarben, dort, wo Park und Himmel aneinanderstießen, schimmerte es jadeblau, an anderen Stellen wie Eisvogelgefieder, dazwischen erkannte man als dunkelblaue Schatten die hingelagerten *aficionados.*

»Wie viele mögen es sein, was schätzen Sie?« fragte Wexford.

»Siebzig-, achtzigtausend. Sehr laut sind sie ja nicht.«

»Der Taube Gurren in den alten Ulmen
und ungezählter Bienen Flüsterweisen...«
zitierte Wexford.

»Ja, vielleicht hätte ich sie nicht mit Ratten vergleichen sollen. Sie sind mehr wie Bienen, ein riesiger Bienenschwarm.«

Das Stimmengesumm hatte eingesetzt, nachdem Betti Ho von der Bühne gegangen war. Einzelne Worte ließen sich nicht unterscheiden, aber die konzentrierte, gespannte Atmosphäre, das Gefühl völliger Einmütigkeit und stiller Empörung, sagten Wexford, daß von den Liedern die Rede war, die sie gerade gehört hatten und mit deren Gesinnung sie einiggingen.

Die zierliche Chinesin, die so schön und zart und frisch war wie eine Blume, hatte von Schmutz- und Giftströmen, von einer Flut heranbrandenden Verderbens gesungen. Seltsam hatte ihn das berührt, da es von solchen Lippen kam, seltsam in dieser klaren, reinen Nacht, und doch wußte er – wußten sie alle –, daß es diesen Schmutz, dieses Gift gab, die häßlichen Müllberge, die schlimme Gleichgültigkeit. Der Applaus hatte die Sängerin zurückgerufen, und noch einmal hatte sie das Lieblingslied der Menge singen müssen, die Ballade von den sterbenden Schmetterlingen. Sacht war der Holzrauch aufgestiegen, und der Kingsbrook hatte eine leise Begleitmusik geplätschert.

Zu den Liedern hatte Burden in nachdrücklicher Zustimmung genickt, jetzt aber sah er sich unruhig in der murmelnden Menge der Lagernden um. Endlich entdeckte er seinen Sohn in einer Gruppe von Mitschülern und atmete sichtlich auf. Er sagte nichts, aber Wexford hatte bemerkt, daß John und seine Freunde gewisse Konzessionen in ihrer Kleidung gemacht und ein kleines Zelt aufgestellt hatten, um sich der Menge anzupassen, um nicht als Hinterwäldler und Außenseiter abgestempelt zu werden.

Burden schlug nach einer Schnake, die sich auf seinem Handgelenk niedergelassen hatte, und sah dabei auf die Armbanduhr. »Jetzt müßte Vedast bald dran sein«, sagte er. »Sobald er fertig ist, schnappe ich mir John und schicke ihn nach Hause.«

»Spielverderber.«

Der Inspector hatte wohl schon eine passende Antwort auf der Zunge, aber da steigerte sich plötzlich das Summen, wurde zu einem erregt-erwartungsvollen Brausen. Immer mehr Leute standen auf, sahen zur Bühne hinüber oder rückten noch ein Stück näher an sie heran. Jäh lag Spannung in der Luft.

»Da kommt er«, sagte Wexford.

Zeno Vedast wurde von dem Disc-Jockey, der als Conferencier des Popfestivals fungierte, als ein Star angekündigt, bei dem sich jede Vorstellung erübrigt, und als er aus dem Schatten auf die Bühne trat, erhob sich von den Lippen der Zuhörer ein einstimmiger Jubelschrei. Das war allerdings etwas anderes, dachte Wexford bekümmert, als das Gebrüll, mit dem die jungen Leute auf seine sorgsam vorbereitete Rede reagiert hatten. Er war stolz auf diese Rede gewesen, sie war, so fand er, getragen von Toleranz und Entgegenkommen. Es sei nicht daran gedacht, ihre Freiheit zu beschneiden, sofern sie nicht über die Stränge schlugen, hatte er gesagt, die Polizei wolle ihnen nicht ihr Fest verderben, hatte er versichert und einen kleinen Scherz eingeflochten, die Fans sollten sich wohl fühlen, zusammenhalten und weder den Anwohnern noch sich gegenseitig das Leben schwermachen. Aber sein Appell war nicht gut angekommen. Er war Polizist, und damit hatte er schon verloren. »Runter von der Bühne«, hatten sie gebrüllt und »Bullen raus!« Angst hatte er keinen Augenblick gehabt, aber er hatte sich doch gefragt, was als nächstes kommen würde. Aber es kam nichts. Brav und friedlich saßen sie da und machten ihr eigenes Ding, lauschten ihrer eigenen Musik in dieser blauen, opalisierenden Nacht.

Jetzt schrien sie nach Vedast, schrien ihm entgegen. Der Laut ihrer Stimmen, der rhythmisch klatschenden Hände, der trommelnden Füße schlug zu dem Künstler hoch und schien über ihn hinwegzuschwappen wie eine Flutwelle. Er stand ganz still in dem weißen Licht, mit gesenktem Kopf nahm er die Huldigung entgegen, das helle Haar verdeckte zur Hälfte sein Gesicht wie eine Kapuze aus Silberstoff.

Dann warf er plötzlich den Kopf zurück und hob eine Hand. Das Brausen verebbte, zerrann in Stille. Aus dem Schweigen erhob sich eine Mädchenstimme: »Zeno, wir lieben dich.« Er lächelte. Man reichte ihm ein wulstiges Saiteninstrument auf die Bühne. Er schlug einen einzigen leise schwingenden Ton an, einen Ton, der für die Menge eine geheime Bedeutung hatte, denn ein vielstimmiger Seufzer, ein zufriedenes Raunen wurde laut. Sie wußten, was er zuerst singen würde, dieser eine Ton hatte es ihnen verraten. Ein Glücksschauer schien über die achtzigtausend hinzugehen, und dann rückten sie sich zurecht, um sich anzuhören, was dieser eine Ton ihnen in Aussicht gestellt hatte.

»›Wunschtraumbild‹ heißt das Lied«, flüsterte Burden.

»John hat es auf einer LP.« Und grämlich fügte er an: »Bei uns zu Hause ist es bekannter als die Nationalhymne.«

»Ich kenne es nicht«, sagte Wexford.

Vedast schlug erneut jenen einsamen Ton an und begann zu singen. Es war ein Lied über die Liebe. Über eine Frau, soweit Wexford das ausmachen konnte, die in das Haus ihres Liebhabers oder ihres Ehemannes geht, über das Unvermögen zur Liebe, über Trauer und Versagen. Ein durchaus vertrautes Thema. Vedast sang klar und leise, mit unbewegtem Gesicht, aber er kam über die erste Zeile nicht hinaus. Seine Zuhörer brüllten und trommelten. Wieder blieb er mit gesenktem Kopf stehen, wieder sah er auf, schlug jene schwirrende Note an. Diesmal ließen sie ihn zu Ende singen, reagierten nur mit anerkennendem Summen, als er in der zweiten Strophe eine Oktave höher fortfuhr:

»Denk doch, mein Liebling, an mein leeres Leben,
Das Licht nicht mehr, das Blüten nicht erfüllt.
Kann es für uns ein Wir denn nicht mehr geben?
O komm, web mit an meinem Wunschtraumbild...«

Die Melodie war volksliedhaft, eingängig, klangvoll, von leiser Trauer erfüllt, wie es sich für den Text und für die zärtliche Schönheit der Nacht gehörte. Und es war genau die richtige Melodie für Vedasts Stimme, einen ungeschulten, reinen Tenor. Zeno Vedast schien das absolute Gehör zu haben. Sein Gesicht war hager, die Nase groß, der Mund breit und beweglich, die Haut schimmerte bleich im Mondlicht, die Augen waren sehr hell, hellbraun vielleicht oder graugrün. Die langen, fast skeletthaft knochigen Finger entlockten den Saiten keine richtige Begleitung, keine Melodie, sondern eine Reihe einzelner, vibrierender Töne, die in Wexfords Hirn schwirrten, bis ihm schwindlig wurde.

»Sei mir nah, komm zu mir
Und erklär mir, wofür
Die einen
Nur weinen,
Indes andren beschieden
Die Lüge, die Not,
Das Sterben, der Tod.«

Dann war es zu Ende, Vedast wartete auf ein erneutes Anbranden der Flut. Und da rollte sie schon heran, eine hochschlagende Woge der Begeisterung. Schlaff stand er da und badete im Beifall, bis drei Musiker zu ihm auf die Bühne traten und die ersten Akkorde ihrer Instrumente sich gegen den Tumult durchsetzten. Vedast sang noch eine Ballade, die von Kindern auf einem Rummelplatz handelte, und dann ein weiteres Liebeslied. Obgleich er während seines Auftritts nicht herumgezappelt war und keinerlei Verrenkungen gemacht hatte, war seine nackte, mit Perlenketten behängte Brust schweißnaß.

Als das dritte Lied verklungen war, blieb er wieder stehen, erschöpft, leidend, hingegeben, als lege er sein ganzes Herz, seine ganze Seele vor seinen Zuhörern bloß, als fühle er das Prasseln des Beifalls, das rasende Klatschen wie Peitschenhiebe.

Wie kommt es, überlegte Wexford, daß der Mann mich trotz seiner Intensität, seiner Schlichtheit, seines Ernstes nicht überzeugt? Vielleicht liegt es einfach daran, daß ich alt und zynisch werde und alle Entertainer im Verdacht habe, daß sie mit einem Auge auf die Publicity und mit dem anderen aufs Geld schielen.

Bei Betti Ho allerdings waren ihm solche Gedanken nicht gekommen. Ihr beinahe kindliches Geschrei, ihre gerechte Empörung waren ihm lieber gewesen. Aber da lag er wohl falsch. Nach dem Getöse zu urteilen, das die Menge veranstaltete, als ihr Idol die Bühne verließ, stand er mit seiner Meinung allein – von Burden abgesehen, der von Anfang an zu kompromißloser Ablehnung entschlossen gewesen war und der sich schon auf die Suche nach John begeben hatte.

»Gott, wenn ich da an meine Jugend denke«, sagte Wexford, als sie zu einem freien Platz hinüberschlenderten, auf dem gerade eine rollende Würstchenbude eingetroffen war. »Wenn ich denke, daß Jungsein damals absolut unpopulär war... Wir konnten es gar nicht erwarten, älter zu werden, um mit den Alten mithalten zu können, die damals allgemein das Sagen hatten. ›Das verstehst du noch nicht‹, hieß es ständig, ›dafür bist du noch zu jung.‹ Jetzt sind es die jungen Leute, die sich für allwissend halten, die in der Sprache, im Benehmen, in der Kleidung den Ton angeben, und es sind die Alten, die da nicht mehr mitkommen.«

»Hm«, sagte Burden.

»Jetzt sind wir wieder zwei Nationen, aber diesmal nicht die Reichen und die Armen, sondern die Jungen und die Alten. Mögen Sie ein Würstchen?«

»Warum nicht?« Burden reihte sich, ohne auf die feindseligen Blicke zu achten, die ihn trafen, in die Schlange ein und erstand bei einem Jungen in gestreifter Schürze zwei heiße Würstchen. »Besten Dank.«

»Danke gleichfalls, Daddy«, sagte der Junge.

Wexford lachte laut auf. »Sie armer Tattergreis! Hoffentlich werden Ihre Zähne mit dem Ding da noch fertig. Aber kommen Sie erst mal in mein Alter...« Er schob sich durch die Schlange hindurch, um an einen Stand mit alkoholfreien Getränken zu kommen. »Pardon.«

»He, gedrängelt wird hier nicht, Opa«, sagte ein Mädchen.

Jetzt hatte Burden gut lachen. »Da haben Sie's! Wir sind

drei Nationen – die Jungen, die Alten und das Mittelalter. Das war immer schon so, und das wird auch nicht anders. Sehen wir uns mal kurz am Steinbruch um?«

In der nächsten Stunde war keine Live-Musik angesagt. Die Festivalbesucher waren jetzt mit dem Einkauf oder der Zubereitung des Abendessens beschäftigt. Der Geruch von Gebratenem und kleine Rauchwolken stiegen in die Luft. Schon liefen Jungen und Mädchen in roten und gelben T-Shirts herum, die auf Brust und Ärmeln den Aufdruck *Scene Sundays* trugen. Das Licht der Bogenlampen reichte nicht bis zum Fluß, aber inzwischen schien der Mond sehr hell. Im Augenblick planschte niemand in dem klaren, seichten Wasser, aber Badehosen, BHs und Jeans, die zum Trocknen über dem Brückengeländer hingen, zeugten von nicht lange zurückliegenden Badefreuden.

Sie gingen am Rand des Steinbruchs entlang. Brombeerranken langten nach ihren Knöcheln, die winzigen Beerenansätze des Schneeballs streiften ihre Gesichter wie eisigkalte Glasperlen.

Kein Mensch war zu sehen, aber an der Seite der Siedlung war der Stacheldraht durchgeschnitten und heruntergetreten. Das verbogene Metall blinkte silbern im Mondlicht. Weder Wexford noch Burden konnten sich erinnern, ob der Draht gestern schon so ausgesehen hatte. Es schien nicht wichtig. Schweigend schlenderten sie weiter, freuten sich an der Schönheit der Nacht, dem Duft des Mädesüß, der sanften, klagenden Musik aus der Ferne.

Plötzlich öffnete sich die Gartentür des letzten Hauses, und ein Mann kam heraus. Er war hochgewachsen und hatte ein scharfgeschnittenes, durchaus attraktives Gesicht, das im Augenblick ausgesprochen bose wirkte. »Sagen Sie mal, sind Sie für diese...« – er suchte nach einem passenden Wort – »...für diese Wahnsinnsfete verantwortlich?«

»Wie meinen Sie?« fragte Wexford.

»Für Zuhörer sind Sie in meinen Augen nämlich reichlich vergreist«, sagte der Mann rüde.

»Wir sind Polizeibeamte. Stimmt etwas nicht?«

»Na, Sie sind gut! Mein Name ist Peveril. Ich wohne dort.« Er deutete auf das Haus hinter dem Gartenzaun. »Seit vierundzwanzig Stunden herrscht hier ein ohrenbetäubender Lärm, und in den letzten drei Stunden ist es immer schlimmer geworden. Ich habe versucht zu arbeiten, aber das ist ein Ding der Unmöglichkeit. Was gedenken Sie dagegen zu tun?«

»Nichts, Mr. Peveril, sofern keine strafbaren Handlungen vorliegen.« Wexford legte den Kopf schief. »Im Augenblick höre ich nichts, nur ein fernes Summen.«

»Dann sollten Sie mal zum Ohrenarzt gehen. Hier unten fangen die Bäume den Krach ein bißchen auf, wenn Sie hier rumlaufen, nützt uns das überhaupt nichts. Sitzen Sie mal in meinem Arbeitszimmer!«

»Sie sind rechtzeitig informiert worden. Morgen ist alles überstanden. Den Anwohnern, die Bedenken wegen des Festivals hatten, haben wir geraten, übers Wochenende zu verreisen und in unserer Polizeidienststelle Bescheid zu geben.«

»Ja, damit halbwüchsige Rowdies in die leeren Häuser einsteigen können, was? Aber ich hätte ja aus Erfahrung wissen müssen, daß ich von Ihresgleichen keinerlei Kooperation zu erwarten habe. Sie haben sich ja nicht mal richtig in den Trubel hineingetraut.« Peveril ging in den Garten zurück und knallte das Törchen zu.

Burden feixte. »Wir hätten ihn fragen sollen, ob er Eindringlinge gesehen hat.«

»Der betrachtet doch jeden als Eindringling.«

Wexford schnupperte genüßlich. Er lebte auf dem Land

und war an Landluft gewöhnt. Seit Jahren aber hatte er sich nicht die Zeit genommen, sie bewußt zu genießen. Wer weiß, wie lange man das noch kann, dachte er. Die Nacht brachte Feuchtigkeit, kleine Nebelfetzen, die dicht über dem Gras hingen, weiße Wölkchen, die an den Wänden des Steinbruchs vorüberzogen. Ein Hase fuhr erschrocken aus einem Hundsrosenbusch hoch, sah sie kurz an und floh in gestrecktem Galopp über die breite, silbrige Wiese.

»Hören Sie mal«, flüsterte Wexford. »Die Nachtigall…«

Aber Burden hörte nicht hin. Er war stehengeblieben, hatte einen Blick in das Dickicht geworfen, aus dem der Hase gekommen war, hatte den Blick weiter nach unten gehen lassen und sich jäh umgedreht. Er war puterrot geworden.

»Jetzt sehen Sie sich das an! So was geht denn doch zu weit. Es ist nicht nur – ja, widerwärtig, es ist auch nicht erlaubt. Schließlich ist das hier ein öffentlicher Weg.«

Von Sundays aus waren die beiden nicht zu sehen gewesen. Sie lagen in einer kleinen Mulde am Grund des Steinbruchs, einem grasbewachsenen Lager von der Größe eines Doppelbetts. Burden hatte in normaler Lautstärke gesprochen, doch die beiden hatte das nicht gestört, und Wexford erinnerte sich an eine Bemerkung Kinseys, man könne unter diesen Umständen in nächster Nähe eine Kanone abfeuern, und der Knall würde ungehört verhallen.

Sie liebten sich. Beide waren nackt, achtzehn oder neunzehn Jahre alt und körperlich vollendet. Über den langen, gewölbten Rücken des Jungen warfen die farnartigen Blätter der Eberesche, die sie beschirmten, ein sacht bewegtes Muster aus fedrigschwarzen Schatten. Sie gaben keinen Laut von sich, waren völlig ineinander versunken. Gleichzeitig aber schienen sie eins zu sein mit ihrer Umgebung, als habe dieses Lager ein gütiger Gott bereitet, der schon sehnlichst auf das Liebespaar gewartet hatte, um das Glück vollkommen zu machen.

Der Junge hatte lange, goldene Locken, das schwarze Haar des Mädchens war wie ein Fächer um sie gebreitet, ihr Gesicht wie ein geschliffener Kristall im Mondlicht. Wexford konnte den Blick nicht von ihnen wenden. Er war fasziniert, aber er verspürte keinen voyeuristischen Kitzel, keinerlei erotische Regung. Ein kalter, atavistischer Schauer überlief ihn, ein Anflug heiliger Scheu. In Mondlicht gebadet, von der purpurnen Nacht umhüllt, waren diese beiden jungen Menschen Adam und Eva, Venus und Adonis, Mann und Frau allein zu Anbeginn der Welt. Die ineinander verschlungenen silbrigen Körper, die ein Spitzentuch aus zitternden, flirrenden Blattschatten überspann, waren so schmerzhaft schön, daß Wexford plötzlich von jenem wahrhaft panischen Schrecken, jenem Ansturm der starken, lebenspendenden Natur erfüllt war, der die Nähe Gottes verrät.

Er fröstelte. Dann flüsterte er dem Kollegen zu – und es war wie ein ironisches Echo auf Burdens Worte –: »Kommen Sie. Schließlich ist das hier eine ganz private Angelegenheit.«

Sie hätten ihn nicht gehört, auch wenn er es herausgeschrien hätte, ebensowenig wie sie das plötzliche Hämmern hörten, das von der Bühne herüberwehte, das Stampfen, Kreischen und Brüllen, als The Verb to Be anfing zu singen.

3

Es hatte keinen Ärger gegeben. Eine kleine Rockergang war vor dem Tor von Sundays aufgetaucht und abgewiesen worden. Um die Rocker fernzuhalten, waren die Mauern nicht hoch genug, aber wenigstens gegen ihre heißen Öfen hatten sie sich als wirksamer Schutz erwiesen. Ein Zelt war in Flammen aufgegangen. Von Brandstiftung keine Rede – jemand hatte sich mit einem Feuerchen zu nah an die Zeltbahn gewagt. Silk hatte die heimatlos gewordenen Besitzer in einem seiner Gästezimmer untergebracht.

Fast die ganze Nacht hindurch sangen irgendwelche Gruppen, die klagenden Schwelltöne, das dröhnende Hämmern waren bis Forby zu hören, und die empörten Anwohner – unter ihnen auch Peveril – riefen mit schöner Regelmäßigkeit auf der Polizeiwache von Kingsmarkham an, um sich zu beschweren. Bis zum Tagesanbruch war es dann still geworden, die meisten jungen Leute schliefen. Die Feuer waren ausgetreten und die Bogenlampen ausgeschaltet worden, als die Sonne aufging und durch einen goldenen Dunstschleier hindurch Sundays beschien.

Der Tag versprach nicht ganz so heiß zu werden, aber es war noch immer so warm, daß die Badestellen im Fluß und die Eisbuden sich regen Zuspruchs erfreuten. Bis zum Mittag zog sich die Reihe der Verkaufswagen, die Eß- und Trinkbares und Souvenirs feilboten, die ganze Allee entlang. Die Musik vom Band und die Lieder kleiner Amateurgruppen verstummten, und Emmanuel Ellerman eröffnete den zweiten Tag des Popkonzerts mit seinem Hit »High Tide«. Der Morgennebel hatte sich gehoben und zu einer Wolkendecke verdichtet, durch die eine blasse Sonne drang. Es war schwül, und das Atmen fiel schwer.

Burdens Sohn John hatte sich wieder eingefunden, um sich Zeno Vedasts letzten Auftritt anzuhören. Seinem Vater ging er aus dem Weg. In dieser Umgebung war es ihm peinlich, einen Polizisten in der Familie zu haben. Burden schnupperte mißtrauisch, als er mit Wexford über den Lagerplatz ging.

»Ich rieche Hasch.«

»Wir haben genug um die Ohren, Mike. Eine Drogenrazzia können wir uns im Augenblick nicht leisten«, sagte Wexford. »Der Polizeipräsident hat gesagt, wir sollen ein Auge zudrücken, wenn wir nicht gerade jemanden sehen, der absolut vollgedröhnt ist und Randale macht oder in den Steinbruch fällt, weil er mit Acid vollgepumpt ist. Ich würde ja gern was Nettes über den Krawall sagen, den die Jungs dort auf der Bühne veranstalten, aber ich versteh das Zeug einfach nicht, ich bin wohl wirklich zu alt dazu. So, mit dem Stück ist offenbar jetzt Schluß. Wer kommt danach?«

»Für mich klingt von diesen Gruppen eine wie die andere.« Burden schaute sich unruhig nach seinem Sohn um, er sah ihn bei diesem schlechten Umgang wohl schon an der Nadel hängen, Liebe machen oder mit langen Haaren herumlaufen. »Und zum Verwechseln ähnlich sehen sie sich obendrein.«

»Jetzt hören Sie endlich auf, sich wegen John zu nerven. Das da drüben ist er übrigens gar nicht, ich habe ihn vorhin zu einer Imbißbude gehen sehen. Hören Sie den Lärm? Das wird der Hubschrauber sein, der Betti Ho abholt.«

Der knallgelbe Helikopter – einem Rieseninsekt aus einem Horrorfilm gleich – schwebte, kreiste und ließ sich schließlich auf dem Feld hinter dem Haus nieder. Die beiden Polizeibeamten warteten, bis er gelandet war, dann schlossen sie sich der Menge an, die durch das Tor nach draußen drängte. Die zierliche Chinesin trug ein gelbes Kleid – passend zu ihrem Transportmittel – und hatte das schwarze Haar zu einem Zopf geflochten.

»Was die für Geld bekommen muß«, meinte Burden. »Von ›verdienen‹ möchte ich in dem Zusammenhang gar nicht reden.«

»Sie bringt ihre Zuhörer zum Nachdenken, sie tut viel Gutes. Ihr gönne ich das Geld jedenfalls mehr als manchem Politiker. Da ist Ihr John, er will sich den Start ansehen. Nein, gehen Sie nicht hin, lassen Sie ihm den Spaß.«

»Hatte ich auch gar nicht vor. Denken Sie denn, ich hätte nicht gemerkt, daß er so tut, als ob er mich nicht kennt? Ich bin doch kein Trottel! Da ist Vedast. Herrje, das ist ja wie bei einem Staatsbesuch.«

Das fand Wexford nun nicht gerade. Etwa tausend Fans hatten sich um den Helikopter geschart, während Betti Ho, von Bewunderern umringt, mit Vedast sprach, der in schwarzen Jeans und noch immer mit nackter Brust herumlief. Eine weitere junge Frau stand dabei, Vedast hatte einen Arm um ihre Taille gelegt. Wexford trat näher heran, um sie genauer in Augenschein zu nehmen, denn von all den extravaganten, bizarren und seltsam gewandeten Erscheinungen, die er seit Freitag gesehen hatte, war sie entschieden die auffallendste.

Sie war fast so groß wie Vedast und sah, wenn auch grell und ziemlich künstlich hergerichtet wie für eine Mißwahl, durchaus gut aus. Wexford mochte kaum glauben, daß ein Mensch so viel Haar haben konnte. Die hochtoupierten, eisblonden Strähnen umstanden wie eine Wolke ihr Gesicht und reichten ihr fast bis zur Taille. Die Figur war makellos. Und das ist ihr Glück, überlegte er, sonst hätte sie in dem hautengen Hemdchen, den Hotpants im Häkellook und langen Goldlederstiefeln leicht lächerlich wirken können. Er erkannte, daß sie sich auf die Lider schillernde Glitzersteine geklebt hatte.

»Wer mag das wohl sein?« sagte er zu Burden.

»Sie heißt Nell Tate«, gab Burden zu Wexfords Überraschung prompt Bescheid, »und ist die Frau von Vedasts Roadmanager.«

»Man hat eher den Eindruck, als wäre sie mit Vedast verheiratet. Woher kennen Sie denn die Frau?«

»Na, woher wohl? John hat mir von ihr erzählt. Manchmal wünschte ich, er hätte Popmusik als Prüfungsfach, dann könnte ich ruhiger schlafen.«

Wexford lachte. Er konnte den Blick kaum von der Frau wenden. Nicht etwa, weil ihn ihr Aussehen gefesselt, ihre Schönheit verlockt hätte. Nein, was ihn an ihr faszinierte, war der Einblick in eine Welt, die ihm und der Mehrzahl der hier versammelten Fans fern und sehr fremd war. Vedast, so hieß es, sei ein Junge von hier, der es »geschafft« hatte. Woher kam sie wohl? Über welche mühsamen Stufen hatte sie sich hocharbeiten müssen, um jetzt hier oben zu stehen, im Mittelpunkt des Interesses, an der Seite eines Lieblings der Szene, der sie in aller Öffentlichkeit umarmte?

Vedast ließ sie los und küßte Betti Ho auf beide Wangen – die herkömmliche Begrüßung europäischer Staatsmänner, die für eine bestimmte Elite mittlerweile »in« war. Betti wandte sich Nell Tate zu, auch die beiden Frauen tauschten Küßchen aus, dann bestieg die Chinesin ihren Hubschrauber, und die Türen wurden geschlossen.

»Hier ist jetzt bald Feierabend«, sagte Burden. »Wie spät haben wir es?«

»Halb fünf. Furchtbar stickige Luft, es wird ein Gewitter geben.«

»In so einem Vogel möchte ich bei Gewitter nicht sitzen.«

Surrend und summend erhob sich der Hubschrauber in die Lüfte. Betti Ho lehnte sich heraus und schwenkte winkend einen gelben Seidenärmel. Die Fans drängten langsam wieder in den Park, angelockt durch elektronisch verstärkte Gitarrenklänge. Die Greathearts, eine Drei-Mann-Gruppe, waren auf die Bühne gekommen. Zum erstenmal während des Pop-Festivals ließ Burden so etwas wie Zustimmung erkennen. Spezialität der Greathearts waren Parodien von Schlagern aus den Kriegsjahren, aber Burden hatte noch nicht mitgekriegt, daß es Parodien waren, und ein halb sentimentales, halb mißtrauisches Lächeln spielte um seine Lippen.

Martin Silk saß auf einem Klappstuhl an einem heruntergebrannten Feuer und unterhielt sich mit dem Jungen im gescheckten Mantel. Für Jacken, geschweige denn für Pelzmäntel war es viel zu warm und feucht, aber der Afrikaner hatte sich, wie Wexford festgestellt hatte, seit seiner Ankunft nicht von dem Kleidungsstück getrennt. Vielleicht war seine bronzefarbene Haut an tropische Temperaturen gewöhnt.

Silk sah auf. »Was hab ich gesagt? Kein einziger Zwischenfall, alles Friede, Freude, Eierkuchen.«

»Ganz so würde ich das nicht sagen. Ein Zelt ist abgebrannt, ein Fahrrad als gestohlen gemeldet worden, und der Mann, der die T-Shirts verkauft, hat eine Menge Schwund.«

»Unternehmer darf man beklauen, das ist völlig okay«, sagte der Afrikaner mit sanfter Stimme.

»Vielleicht sieht Ihre Weltanschauung das vor. Aber die hat sich bei uns bisher noch nicht so recht durchgesetzt.«

»Warten Sie's nur ab, Mann, warten Sie's nur ab. Es lebe die Revolution.« Seit seiner Jugend in den dreißiger Jahren hatte es Wexford nicht mehr erlebt, daß jemand von der versprochenen Revolution als einer ernstzunehmenden Möglichkeit gesprochen hätte, aber manche Leute waren demnach immer noch auf der alten Rille.

»Dann dürfte es aber wohl kaum noch Unternehmer geben, wie?«

Der Afrikaner lächelte nur nachsichtig. »Louis studiert Philosophie an der University of the South«, erläuterte Silk stolz. »Er vertritt eine ganz bemerkenswert politische Theorie und ist durchaus bereit, für seine Überzeugungen ins Gefängnis zu gehen.«

»Für seine Überzeugungen wird bei uns keiner eingesperrt«, sagte Wexford. »Wenn er nicht gerade öffentliche Ruhestörung begeht.«

»Louis ist der älteste Sohn eines bedeutenden Stammesfürsten. Louis Mbowele wird einmal ein Name sein, mit dem man in den jungen afrikanischen Staaten wird rechnen müssen.«

»Das kann ich mir gut vorstellen«, sagte Wexford überzeugt. Vor seinem geistigen Auge sah er schon die Schlagzeilen. Blut, Katastrophen, Tyrannei – und alles gutgemeint. »Doktor der Philosophie, politische Theorie, britisches Gefängnis – die nötigen Voraussetzungen hat er ja bald zusammen. Na, dann viel Glück! Gedenke mein, wenn du in dein Reich kommst.«

»Friede sei mit dir«, sagte der Afrikaner feierlich.

Burden stand mit Superintendent Letts, seinem Kollegen von der Schutzpolizei, zusammen.

»Jetzt haben wir's bald überstanden, Reg«, meinte Letts.

»Ich will ja nicht unken, aber je schneller wir es hinter uns haben, desto lieber ist es mir. Und zwar ohne Zoff.«

»Ja, und möglichst noch vor dem Unwetter. Wie wir die Leute bei strömendem Regen aus dem Park rauskriegen sollen, daran mag ich gar nicht denken.«

Der Himmel über dem Herrenhaus von Sundays hatte

sich indigoblau verfärbt, das Haus selbst war in jenes gespenstischfahle Licht getaucht, das unter der Wolkendecke hervorleuchtet, wenn ein Gewitter droht. Die Hainbuchen der Allee, standfeste, kegelförmig zugespitzte Bäume, boten dem stärker werdenden Wind keine wesentliche Angriffsfläche, aber die tief herabhängenden Zedernzweige streiften raschelnd über den Rasen, und die Koniferen am Haus erschauerten.

Der Wind wehte noch warm, und als Zeno Vedast die Bühne betrat, war er nach wie vor halbnackt. Noch einmal sang er vor einer schweigenden, in der Schwüle nervös-gespannten Menge die Ballade vom Wunschtraumbild.

Wexford war wieder ein paar Schritte weitergegangen und stand ganz nah an der Bühne, direkt neben Nell Tate. Vedast sang ohne Begleitung, Nell hielt seine Mandoline oder Okarina oder was immer es sein mochte. Daß ihre Augen den Sänger nicht losließen, war nichts Besonderes bei einer Menge von siebzig- oder achtzigtausend Augenpaaren, die auf ihn gerichtet waren. Während aber in den Blicken der anderen Begeisterung, Bewunderung, kritische Anerkennung lagen, hatte ihr Blick etwas Verzehrendes, fast Gieriges. Die maulbeerrot glänzenden Lippen waren geöffnet, den Kopf hatte sie in sehnsuchtsvoll-schwanengleicher Haltung zurückgelegt. Wexford, den der Song schon ein bißchen anödete, unterhielt sich damit, die junge Frau zu beobachten, und plötzlich drehte sie sich um und wandte ihm ihr Gesicht zu.

Es gab ihm einen regelrechten Ruck. Sie sah aus, als habe man ihr soeben endgültig den größten Wunsch ihres Lebens abgeschlagen. Der Jammer war durch das dick verkleisterte Make-up, das rosige Rouge, die grünblauen Lidschatten hindurch zu erkennen, und auch die albernen Glitzersteine, die sie sich um die Augen herum geklebt hatte, vermochten nicht darüber hinwegzutäuschen, daß sie litt. Warum wohl, dachte er. Sie war älter, als er zunächst gedacht hatte, aber immerhin höchstens achtundzwanzig. War sie in Vedast verliebt und konnte ihn nicht haben? Sehr wahrscheinlich war es das nicht. Nach seinem ersten Song trat Vedast an den Rand der Bühne, hockte sich hin, nahm Nell das komische Saiteninstrument aus der Hand und küßte sie langsam und leidenschaftlich auf den Mund. Als er danach wieder anfing zu singen, wirkte sie ruhiger, die glitzernden Lider senkten sich kurz über die Augen.

»War's das?« fragte Wexford, als er wieder bei Burden angekommen war. »Ich meine – ist das Konzert zu Ende?«

Burden betätigte sich widerspruchslos als Experte in Sachen Pop, obschon man sich einen weniger überzeugenden oder weniger engagierten Gewährsmann wohl kaum vorstellen konnte. »Noch zwei Songs von den Greathearts«, sagte er, »dann können wir alle nach Hause gehen. Die ersten ziehen schon ab, die wollten wohl nur noch den nackten Affen mitnehmen.«

»Bitte, keine Majestätsbeleidigung, Mike. Ich fand ihn eigentlich recht gut. Schauen Sie mal den rosa- und orangefarbenen Wagen da drüben, über und über mit Graffiti bepinselt.«

Die Zelte wurden abgebaut, Gaskocher und Kessel und die Dosen mit Kaffeepulver in Rucksäcken verstaut, ein barfüßiges Mädchen suchte in den Abfallhaufen nach den Schuhen, die sie vor vierundzwanzig Stunden ausgezogen hatte. Das künftige Oberhaupt eines afrikanischen Entwicklungslandes hatte seine Volksreden zunächst eingestellt, um sich prosaischerem Tun, nämlich dem Zusammenrollen seines Schlafsacks, zu widmen. Martin Silk schritt durch die Menge, lächelte huldvoll nach rechts und links und feixte Wexford in boshaftem Triumph an.

»Irgendwie können einem die Greathearts schon leid tun, da schaffen sie sich ab, und keiner hört hin. Die wissen doch bestimmt auch, daß die Leute nur wegen Vedast geblieben sind.«

Aber Wexfords Worte trafen auf taube Ohren. »Da sind die beiden, die wir gestern abend gesehen haben«, sagte Burden. »Das Mädchen und ihr Gespiele, sie kommen offenbar direkt aus dem Steinbruch. Hat sich wohl ausgeflittert bei den beiden, die scheinen sich verkracht zu haben, oder vielleicht hat sie auch was gebissen. Es heißt ja immer, daß es im Park von Sundays Schlangen gibt.«

»Das käme Ihnen wohl zupaß«, sagte Wexford scharf. »Die gerechte Strafe für ein Treiben, das im Garten Eden etwas ganz Natürliches ist.« Er hatte nicht den Eindruck, daß die beiden sich gestritten hatten oder verletzt waren, sie hielten sich an der Hand und rannten wie Sprinter bei der Olympiade. In dem uniformen Jeans- und T-Shirt-Look, schmutzig und ramponiert, das lange Haar windverweht, war von der unberührten Schönheit der vergangenen Nacht keine Spur mehr geblieben, der Zauber, das Wunderbare waren dahin. Da lief ein ganz gewöhnliches junges Paar, außer Atem und – ja, voller Angst. In plötzlicher Sorge ging Wexford ihnen entgegen.

Sie blieben dicht vor ihm stehen. Das Mädchen war totenblaß, sie rang keuchend nach Atem.

»Sie sind doch von der Polizei, nicht?« fragte der Junge, ehe Wexford etwas sagen konnte. »Könnten Sie wohl bitte kommen und sich ansehen, was...«

»Im Steinbruch«, würgte das Mädchen. »Ach ja, bitte... Es war so entsetzlich. Im Steinbruch liegt eine Frau, und sie... sie ist tot. Ganz tot. Und ihr Gesicht... Blut... gräßlich... O mein Gott...« Sie warf sich dem Jungen in die Arme und schluchzte jämmerlich.

4

Das Schluchzen hatte sich zu einem hysterischen Kreischen gesteigert.

Wexford wandte sich an den jungen Mann. »Sagen Sie mir, was los ist.«

»Wir sind vor ungefähr zehn Minuten zum Steinbruch gegangen«, brachte er stammelnd und abgerissen heraus. »Ich... wir... ich bin mit einer Clique hier und Rosie mit einer anderen und... und wir sehen uns jetzt einen ganzen Monat nicht mehr, da wollten wir irgendwo für uns sein, aber es ist noch hell, und wir haben was gesucht, wo man uns nicht sieht. Bitte nicht, Rosie hör doch auf zu weinen. Können Sie denn nichts tun?«

Schon waren sie von Neugierigen umringt. Wexford wandte sich an eine junge Frau, die recht umsichtig zu sein schien. »Bringen Sie das Mädchen in eins der Zelte und machen Sie ihr einen Tee. Heiß und stark. Und einer von euch läuft mal rasch zu Mr. Silk. Fragt ihn, ob er Cognac hat. Sie erzählt Ihnen bestimmt alles, es wird sie erleichtern.«

Rosie stieß einen langgezogenen Schrei aus. Wexford sah sich in der Einschätzung der umsichtigen jungen Frau bestätigt, die dem blassen, verheulten Mädchen, das vor ihr stand, eine kräftige Ohrfeige verpaßte. Rosie würgte und machte große Augen.

»Na also«, sagte Wexford. »Ab ins Zelt mit Ihnen. Wenn Sie was Warmes getrunken haben, wird Ihnen gleich besser.« Er wandte sich wieder dem Jungen zu. »Sie heißen –«

»Daniel. Daniel Somers.«

»Und Sie haben im Steinbruch eine weibliche Leiche gefunden?« Unvermittelt fingen die Greathearts an zu röhren. »Herrgott, hört denn das immer noch nicht auf? Wo haben Sie die Frau gefunden?«

»Unter Büschen, eigentlich eher Bäumen, an der Seite, wo der Draht ist.« Daniel schauderte und riß die Augen weit auf. »Es war alles voller Fliegen«, sagte er. »Sie hatte jede Menge Blut im Gesicht, es war schon ganz angetrocknet, und die Fliegen krochen drüber weg.«

»Kommen Sie mit.«

»Muß das sein?«

»Es dauert nicht lange«, sagte Wexford freundlich. »Sie brauchen die Frau nicht noch einmal anzuschauen, wir wollen nur wissen, wo sie liegt.«

Inzwischen hatte sich dort, wo sie standen, schon herumgesprochen, daß Gefahr im Verzug war, Gerüchte verbreiteten sich wie Lauffeuer. Neugierige kamen aus den Zelten, andere, die draußen langgelegen hatten, richteten sich auf, die Greathearts sangen zunehmend ins Leere. Ängstlich fragte einer den anderen, ob das wohl der Auftakt zu einer Drogenrazzia war. Daniel Somers, ebenso bleich, ebenso starr blickend wie seine Freundin, hatte es offenbar eilig, die Sache hinter sich zu bringen. Behende kletterte er den Kalksteinabhang hinunter, und die Polizeibeamten folgten ihm nicht ganz so gelenkig. Zunächst war nichts, jedenfalls nichts Beängstigendes zu sehen. Unter dem drohendgrauen, purpurn überhauchten Himmel, durch den kein Fetzen Blau mehr drang, glänzte das Gras im Steinbruch intensiver, wirkte fast blaugrün. Das schräg einfallende, von Wolkenrändern seltsam gefilterte Licht schenkte den weißen Blüten der Heckenrosen und den silbrigen Unterseiten der Birkenblätter, die sich zitternd im Wind hoben, einen ganz eigenen Glanz. Die Glockenblumen auf der kleinen Rasenfläche schwangen hin und her wie richtige Glocken ohne Klang. Ein, zwei Meter vor einer jungen Birke, die sich aus einem mannshohen Geißblatt- und Hartriegeldickicht erhob, blieb Daniel stehen. Er zitterte, auch er war gefährlich nah daran, die Fassung zu verlieren.

»Da drin.« Er streckte die Hand aus. »Ich hab sie nicht angefaßt.«

Wexford nickte.

»Jetzt können Sie sich um Ihre Rosie kümmern.«

Das dornenlose Buschwerk ließ sich leicht hochheben. Es war wie ein Zelt, mit der Baumwurzel als Stange. Darunter, halb um die Wurzel gerollt, lag die Frau, gekrümmt wie ein Fötus, die Knie angezogen, die Arme übereinandergeschlagen, so daß die Hände unter dem Kinn aneinanderlagen.

Selbst Wexford, der doch einiges gewöhnt war, verspürte ein flaues Gefühl in der Magengrube, als er das Gesicht sah – oder das, was von ihm übriggeblieben war. Es war eine einzige, mit schwärzlichem Blut überkrustete Masse, von der sich träge summend ein Schwarm schwarzer Fliegen erhob, als sich das Blätterdach bewegte. Auch im Haar war Blut, streifig durchzog es die gelben Strähnen und klumpte hier und da in harten Knoten zusammen. Das Kleid war vermutlich ebenfalls blutbedeckt, aber der Stoff, dunkelrot wie geronnenes Blut, hatte den Lebenssaft aufgesogen und negativiert.

Der Auftritt der Greathearts war noch immer nicht zu Ende.

»Eine Frau ist ermordet worden«, sagte Wexford zu Silk. »Schicken Sie die Gruppe von der Bühne und geben Sie mir ein Mikro.«

Die jungen Leute murrten, als die Popgruppe mitten in einem Song abbrach und sich zurückzog, das Murren wurde bedrohlicher, als Wexford ihren Platz einnahm. Er hob eine Hand, aber das nützte nichts.

»Bitte Ruhe. Darf ich um Ruhe bitten.«

»Bullen raus, Bullen raus«, skandierte die Menge.

Also gut, dann eben mit der Holzhammermethode, vielleicht brachte sie das zum Schweigen. »Eine Frau ist ermordet worden«, verkündete Wexford mit weithin hallender Stimme. »Die Leiche liegt im Steinbruch.« Jeder Laut erstarb. »Danke. Wir wissen noch nicht, wer die Frau ist. Ohne meine Erlaubnis darf niemand hier weg, ist das klar?« Schweigen. Sie taten ihm ehrlich leid, das Fest war ihnen verdorben, Ernüchterung und Angst machten sich in den fröhlichen jungen Gesichtern breit. »Wenn ihr ein Mädchen aus einer eurer Cliquen vermißt, eine blonde junge Frau in rotem Kleid, meldet euch bitte bei mir.«

Silk tat geradeso, als habe Wexford höchstpersönlich die Frau umgebracht und sie in seinem Steinbruch deponiert. »Es lief doch alles so gut«, jammerte er. »Und plötzlich passiert so was! Darauf hat die alte Garde nur gewartet, damit haben sie wieder eine Handhabe, jede freie Entfaltung zu unterdrücken und die Jugend zu knebeln.« Besorgt sah er zum Himmel auf, wo von Westen her graue Wolkenmassen aufgezogen waren.

Wexford wandte sich einem jungen Mann zu, der ihn angetippt hatte. »In unserer Gruppe war eine, die seit heute früh verschwunden ist. Bisher haben wir gedacht, sie ist nach Hause gefahren, sie fand es nämlich nicht so toll hier.«

»Was hatte sie an?«

Der Junge überlegte. »Jeans, glaube ich, und ein grünes T-Shirt.«

»Helles Haar? Lila Strumpfhosen und Schuhe?«

»Keine Spur. Sie ist dunkel, und solche Klamotten zieht sie bestimmt nicht an.«

»Dann kann sie es nicht sein«, entschied Wexford.

Die Regenwand rückte näher. Er sah, wie in einem bösen Traum, Wasserfluten auf den Lagerplatz niedergehen, die den zertrampelten Rasen in Schlammflächen verwandelten und auf die zerbrechlichen Zelte trommelten. Und er sah sich und alle verfügbaren Kollegen in Nacht und Regen herumtappen, um durchweichte, verstörte Teenager zu vernehmen.

Die Fotografen waren eingetroffen. Wexford beobachtete, wie ihre Wagen über den Grasboden holperten und an der Holzbrücke hielten. Wenn sie die nötigen Aufnahmen gemacht hatten, konnte er die Tote wegbringen lassen und vielleicht einen ersten Versuch der Identifizierung machen. Er spürte einen kalten Spritzer auf der Hand, die ersten Tropfen fielen.

»Ich überlege mir, ob wir sie nicht im Haus unterbringen könnten...«, meinte Silk.

Achtzigtausend in einem Haus? Gut, es war ein ziemlich großer Kasten, aber trotzdem...

»Ausgeschlossen. Das schlagen Sie sich nur gleich aus dem Kopf.«

Eine junge Frau hinter ihm räusperte sich, um seine Aufmerksamkeit auf sich zu lenken, eine zweite stand neben ihr und hielt einen schwarzen Samtmantel in der Hand.

»Ja?« fragte er rasch.

»Wir haben unsere Freundin seit gestern abend nicht mehr gesehen. Sie hat den Mantel im Zelt gelassen und ist auf und davon. Wir können sie und ihren Freund nicht finden, und da haben wir gedacht...«

»...sie könnte die Tote sein, die wir gefunden haben? Beschreiben Sie mir doch bitte Ihre Freundin.«

»Sie ist achtzehn, sehr dunkles Haar, sehr hübsch, schwarze Jeans. Rosie heißt sie, und ihr Freund –«

»– heißt Daniel.« Die junge Frau riß vor lauter Staunen über Wexfords Allwissenheit die Augen auf. »Rosie ist nichts passiert«, sagte er. »Sie ist in dem Zelt dort drüben.« Er deutete hin.

»Gott sei Dank! Das war ein schöner Schreck.«

Wie viele Gespräche dieser Art, überlegte er, stehen mir noch bevor, bis ich einmal sagen muß: Ja, das könnte sie sein... Dann sah er die schlanke, drahtige Gestalt Dr. Crokkers zielstrebig auf sich zukommen. Der Polizeiarzt trug einen weißen Regenmantel und hatte nicht nur seine Arzttasche, sondern auch einen Regenschirm in der Hand.

»Ich habe den Rat der Polizei beherzigt, Reg, und bin übers Wochenende weggefahren, weil ich mit der ganzen Sache nichts zu tun haben wollte. Was liegt denn an?«

»Hat man Ihnen das noch nicht gesagt?«

»Nur so viel, daß ich gebraucht werde.«

»Im Steinbruch liegt eine Tote.«

»Ach, du liebe Güte... Eine von dieser Gesellschaft da?« Crocker deutete unbestimmt in die Menge.

»Keine Ahnung. Kommen Sie!«

Der Regen fiel, wie immer nach einer Trockenperiode, dünn und ungleichmäßig, als müsse sich jeder Tropfen mühsam aus den Wolken quälen. Drei Streifenwagen hatten es glücklich über das holprige Gelände bis zum Steinbruch geschafft und parkten am Hang. Im Steinbruch selbst hatten die Fotografen ihre Arbeit beendet, eine Zeltbahn schirmte die Tote vor den Blicken Neugieriger ab. Ein paar junge Leute hatten sich am Steinbruch hingehockt, glotzten und stellten Spekulationen an.

»Macht, daß ihr wieder in die Zelte kommt«, sagte Wexford. »Ihr werdet nur naß, und zu sehen gibt's hier doch nichts.« Langsam rückten sie ab. »Ein bißchen schneller, wenn ich bitten darf. Makabre Neugier ist was für die verknöcherten Gruftis, eure Generation hat doch damit angeblich nichts am Hut.«

Das wirkte. Ein oder zwei grienten verlegen. Als Wexford und der Arzt zu der kleinen Rasenfläche heruntergeklettert waren – die Glockenblumen lagen zerquetscht am Boden –, hatten sich die Zuschauer verlaufen. Crocker kniete neben der Toten nieder und untersuchte sie.

»Sie ist seit mindestens fünf Tagen tot.«

Wexford fiel ein Stein vom Herzen.

»Sie war schon tot, ehe das Tamtam hier losging«, sagte Crocker, »und sie war kein Teenager mehr. Ich schätze sie auf mindestens siebenundzwanzig, vielleicht sogar dreißig.«

Unter der Zeltbahn lärmte ein Fliegenschwarm. Wexford rollte die Leiche auf die Seite. Eine große Handtasche aus lila Lackleder kam zum Vorschein. Handtasche, Schuhe und Strumpfhosen waren farblich aufeinander, aber nicht auf das rote Kleid abgestimmt. Er öffnete die Tasche und schüttete den Inhalt auf eine Plastikfolie. Ein Umschlag, adressiert an Miss Dawn Stonor, Philimede Gardens 23, London S. W. 5, fiel heraus. Auf dem Briefblatt stand als Absenderadresse Lower Road, Kingsmarkham. *Liebe Dawn, daß Du am Montag mal kommen willst, ist ja ganz nett, aber so wie ich Dir kenne, machst Dus mal wieder kurz und bleibst nicht über Nacht, da bist Du Dir wohl zu gut zu. Der Oma gings mal wieder nicht so gut aber jetzt hat sie sich wieder gerappelt. Die lila Hose und Bluse hab ich von der Reinigung geholt, kannst sie mitnehmen. Macht 65 Pence nur das wirs nicht vergessen. Bis Montag also, schöne Grüße Mum.*

Er registrierte die Schnitzer und Ausrutscher, die unbeholfene Schrift. Und noch etwas fiel ihm auf, aber darüber konnte er sich später noch Gedanken machen. Wichtig war zunächst, daß die Tote schnell und mühelos hatte identifiziert werden können. »Sie können die Leiche wegbringen«, sagte er zu Sergeant Martin. »Und dann lassen Sie den Steinbruch absuchen.«

Er hatte Blut an der Hand, frisches Blut. Eigenartig, die Frau war immerhin schon seit fünf Tagen tot... Er sah noch einmal hin und erkannte, daß es sein eigenes Blut war, das aus einer kleinen Wunde am Handballen quoll.

»Überall Glassplitter«, sagte er nachdenklich.

»Fällt Ihnen das jetzt erst auf?« Crocker lachte kurz und ohne Heiterkeit. »Zumindest bleibt Ihnen die Suche nach einer Waffe erspart.«

Fröhlich lärmend, aus Autos und Zügen und Bussen quellend, waren sie gekommen, an einem Sommertag, um zusammen Musik zu hören und Musik zu machen. Still und bedrückt zogen sie ab, schleppenden Schrittes, in strömendem Regen. Die meisten hatten an diesem Wochenende alles in allem nicht mehr als zehn, zwölf Stunden geschlafen. Die blassen, schmutzigen Gesichter waren vom Schock gezeichnet.

Keiner rannte, keiner trieb fröhlichen Unfug. Sie bauten die nassen Zelte ab, schulterten ihr Gepäck und ließen grauweiße Müllberge zurück. Wie sie so in langer, regelloser Reihe zum Tor zogen, sahen sie aus wie Flüchtlinge, die einen Katastrophenort verlassen. Daniel und Rosie gingen nebeneinander, er hatte einen Arm um das Mädchen gelegt, mit dem anderen hielt er ein zusammengerolltes Zelt über der Schulter fest, das gegen seinen Rucksack schlug. Louis Mbowele durchschritt das Tor, ohne von dem Buch aufzusehen, in dem er las. Sie kauten Süßigkeiten und ließen Weinflaschen von Hand zu Hand gehen, ihrem von Trauer getrübten Wir-Gefühl galt es gleich, wer aß und trank und wer zahlte. Eng zusammengedrängt zündeten sie sich Zigaretten an, die Streichholzflammen vor dem strömenden Regen schützend.

Blitze zuckten über den Himmel bei Stowerton, im Westen grollte der Donner. Aus rasch ziehenden Wolken in Blau und Schwarz und grollendem Grau strömte der Regen und spülte die Menschen und ihre Habseligkeiten in die Allee hinaus wie Treibgut, das von der Flut fortgetragen wird. Die Zedern schlugen mit den schwarzen Ästen auf das, was einstmals Rasen gewesen war. Tausende von kräftigen jungen Füßen hatten das Gras zu Stoppeln und kahler Dürre hinuntergetreten. Der Regen fiel auf eine weite braune Steppe.

Ein zerrissenes rotes Zelt war zurückgeblieben, mit dem der Wind spielte wie mit einem ertrinkenden Riesenschmetterling, bis es sich mit Wasser vollgesogen hatte und am Unterbau der Bühne in sich zusammenfiel. Der Fluß begann zu steigen und nahm auf seinem Weg unter der Forbyer Straße hindurch eine wippende Sammlung von Papier, Blechdosen, Transistorradios und verlorenen Schuhen mit.

5

Der Regen hatte so etwas wie eine falsche Nacht gebracht, eine regenverhangene, frühe Dämmerung, die jedermann ins Haus trieb. Bis auf die scheidenden Festivalbesucher natürlich, die sich durch den Wolkenbruch nach Kingsmarkham hineinschleppten. Durchweicht und fröstelnd zogen sie in langer Reihe zu den Bussen und zum Bahnhof. Ein paar waren auf der Forbyer Straße zurückgeblieben in der Hoffnung, per Anhalter weiterzukommen, und ließen sich auch nicht entmutigen, als ein Auto nach dem anderen weiterfuhr, ohne anzuhalten, oder die Fahrer sie, abgeschreckt durch ihren abgerissenen Aufzug und die langen nassen Haare, kurzerhand zurückwiesen.

Sie marschierten in die Innenstadt ein und warteten wahllos auf jeden Bus, egal, in welche Richtung, die traurigen Schlangen zogen sich durch die ganze High Street. Die Jugend ballte sich im Zentrum, aber die Nebenstraßen und die Außenbezirke waren menschenleer. In der Lower Road, wo alle Fenster und Türen geschlossen und die Vorhänge vorgezogen waren und der Regen auf die Wagen trommelte, die in langer Reihe auf dem Gehsteig standen, konnte man meinen, im tiefsten Winter zu sein. Nur die Rosen in den Vorgärten der geduckten roten Backsteinhäuser, das schlaffe Laub der Kirschbäume deuteten darauf hin, daß von Rechts wegen die Sonne hätte scheinen müssen, daß es ein Juni-Abend war.

Nummer fünfzehn unterschied sich in nichts von seinen Nachbarn – auch hier rankte eine Dorothy Perkins-Kletterrose über der Haustür, biß sich das grelle Pink der Blüten mit dem ockerfarbenen Backstein, auch hier hingen über Kreuz wie Nachthemd-Oberteile drapierte weiße Tüllgardinen in den Fenstern. Ein Gitterwerk von Fernsehantennen sproß aus dem einzigen Schornstein und schwankte im Wind.

Wexford ging langsam den Gartenweg hinauf. Es regnete so stark, daß er selbst für die kurze Strecke vom Wagen zur Haustür den Schirm hatte aufspannen müssen. Er haßte es, Hinterbliebene vernehmen zu müssen, haßte sich selbst, weil er in ihren Kummer eindrang und weil er ungeduldig wurde – obschon er sich das meist nicht anmerken ließ –, wenn die Erinnerungen sie einholten und Tränen sie am Sprechen hinderten. Er wußte inzwischen, daß Dawn Stonor keinen Vater mehr gehabt hatte. Die Frau, die er vernehmen mußte, steckte tief im Ödland der Lebensmitte, sie war allein und vielleicht völlig gebrochen. Er klopfte leise.

Seine Kollegin Polly Davies ließ ihn ein.

»Wie geht es ihr, Polly?«

»Ganz leidlich, Sir. Ich habe den Eindruck, daß Mutter und Tochter sich nicht recht grün waren. Dawn wohnte schon seit zehn Jahren nicht mehr zu Hause.«

Wie schrecklich, wenn man Erleichterung verspürt, weil es an Liebe gefehlt hat. »Dann rede ich jetzt mal mit ihr.«

Ein Polizeifahrzeug hatte Mrs. Stonor zur Leichenhalle und wieder nach Hause gefahren. Jetzt saß sie, noch immer im Mantel, den roten Strohhut auf der Sessellehne, im Wohnzimmer und trank Tee. Sie war eine breite Frau von fünfundfünfzig mit rotem Gesicht und schlimmen Krampfadern. Die geschwollenen Füße hatte sie in Pumps gezwängt.

»Meinen Sie, daß Sie mir ein paar Fragen beantworten können, Mrs. Stonor? Es muß ein Schock für Sie gewesen sein.«

»Was wollen Sie wissen?« Sie sprach brüsk, mit abgehackter, schriller Stimme. »Warum sie in dem Steinbruch war, kann ich Ihnen nicht sagen. Schön zugerichtet hat er sie, was?«

Wexford war nicht geschockt. Er wußte, daß die meisten Menschen eine sadomasochistische Ader besitzen. Selbst die Hinterbliebenen eines Mordopfers haben einen makaber anmutenden Hang, in Gedanken mit genüßlichem Schauder bei den Verletzungen des oder der Toten zu verweilen. Ob sie darüber reden, hängt nicht so sehr vom Ausmaß ihres Kummers als von dem Grad der ihnen anerzogenen Repression ab.

»Wer war ›er‹, Mrs. Stonor?«

Sie zuckte die Schultern. »Irgendein Kerl. Einen Kerl hatte sie immer.«

»Was hat sie beruflich gemacht?«

»In einem Klub gekellnert. Der *Townsman* in London, irgendwo im Westen. Ich war nie da.« Mrs. Stonor warf ihm einen finster-herausfordernden Blick zu. »Da verkehren nur Männer. Die Mädels laufen in albernen Kostümen rum, so 'ne Art Badeanzug mit Röckchen, und zeigen alles, was sie haben. ›Widerlich‹, hab ich zu ihr gesagt. ›Erzähl mir bloß nichts davon, ich will's gar nicht wissen.‹ Ihr Papa hätt sich im Grab umgedreht, wenn er gewußt hätt, was sie getrieben hat.«

»Sie war am Montag hier?«

»Stimmt.« Mrs. Stonor zog den Mantel aus, und er sah jetzt, daß sie sehr stark und in ein enges Korsett gezwängt war. Ihr Gesicht wirkte grämlich und unzufrieden. Ob es heute grämlicher und unzufriedener aussah als gewöhnlich, vermochte Wexford nicht zu sagen. »Ein anständiges Mädel geht nicht mit 'nem Kerl in den Steinbruch«, sagte sie. »Hat er was mit ihr gemacht?«

Die Frage klang grotesk – schließlich hatten sie beide die Tote mit eigenen Augen gesehen –, aber er wußte, was sie meinte. »Ein Sittlichkeitsverbrechen schließen wir aus, es hat kein Geschlechtsverkehr stattgefunden.«

Sie lief dunkelrot an. Er wartete auf einen Protest wegen seiner unverblümten Ausdrucksweise, aber sie beeilte sich, seine Frage zu beantworten. »Sie ist mit dem Zug um halb zwölf gekommen. Ich hatte ihr was zum Mittag gemacht, ein Steak.« Die Stimme schwankte leicht. »Steak hat sie immer gern gegessen, die Dawn. Dann haben wir ein bißchen geredet. Im Grunde hatten wir uns nichts mehr zu sagen.«

»Könnten Sie mir in etwa schildern, worüber Sie geredet haben?«

»Jedenfalls nicht über Männer, wenn Sie das meinen. Sie war sauer, weil irgendein Fratz sich im Zug die klebrigen Finger an ihrem Kleid abgewischt hatte. Es war ein neues Kleid, ein Mini, die Beine sah man bis sonstwohin. Ich hab gesagt, daß sie was anderes anziehen muß, und das hat sie dann auch gemacht.«

»Das dunkelrote Kleid, in dem wir sie gefunden haben?«

»Ach wo, das hat nicht ihr gehört. Keine Ahnung, woher sie das hatte. Sie hatte einen lila Fummel hier, ich hatte ihn gerade aus der Reinigung geholt, Hosenanzug nennt man das wohl heutzutage, den hat sie angezogen. Die lila Schuhe, die sie anhatte, paßten dazu. Na ja, wie gesagt, wir haben ein bißchen geredet, dann ist sie raufgegangen zu ihrer Oma – das ist meine Mutter, sie wohnt bei mir –, und mit dem Zug um vier Uhr fünfzehn ist sie wieder los. Kurz vor vier ist sie hier weg.«

Wexford sah nachdenklich vor sich hin. »Und Sie waren der Meinung, daß sie direkt nach London zurückfahren würde?«

»Klar, das hat sie ja zu mir gesagt. Ich muß um sieben im Klub sein, hat sie gesagt. Das blaue Kleid hat sie in eine Tüte gesteckt und mitgenommen, und dann hat sie noch gesagt, daß sie sich beeilen muß, damit ihr der Zug nicht wegfährt.«

»Noch zwei Fragen, Mrs. Stonor, dann lasse ich Sie in Ruhe. Würden Sie mir bitte den Hosenanzug beschreiben.«

»Sehr auffällig, mehr wie 'n Schlafanzug wie was für die Straße. Hosen mit Schlag und darüber so was wie 'n Kasack. Lila Nylon, mit dunklerem Besatz um die Ärmel und unten am Kasack. Dawn trug gern ausgefallene Klamotten.«

»Haben Sie ein Bild von ihr?«

Mrs. Stonor beäugte ihn argwöhnisch. »In dem Fummel, meinen Sie?«

»Nein. Ein beliebiges Foto.«

»Sie hat mir eins zu Weihnachten geschickt. Komisches Weihnachtsgeschenk, hab ich noch gedacht. Das können Sie haben, wenn Sie wollen.«

Sie holte das Foto. Es war eine Porträtaufnahme, nicht gerahmt und so unberührt, als käme sie frisch aus der Kopieranstalt. Demnach, überlegte Wexford, hatte Mrs. Stonor das Bild nie voller Stolz bei Freunden und Bekannten herumgezeigt, sondern sogleich in einer Schublade verschwinden lassen. Dawn war eine ziemlich gewöhnlich wirkende junge Frau mit grobgeschnittenen Zügen gewesen. Auf dem Foto war sie stark geschminkt. Das blonde Haar war zu einer kompliziert gebauschten Lockenfrisur hochgetürmt, die Wexford an die Haaraufbauten einer Rokokoschönen erinnerte oder vielleicht an eine Schauspielerin in einem Kostümstück aus jener Zeit. Sie trug ein sehr tief ausgeschnittenes Abendkleid aus blauer Seide mit freizügig zur Schau gestelltem üppigem Busen und fleischigen Schultern.

Mrs. Stonor betrachtete das Bild voller Groll, und Wexford konnte durchaus verstehen, daß es für eine Mutter ihres Schlages ein enttäuschendes Geschenk gewesen sein mußte. Dawn war achtundzwanzig gewesen. Um der Mutter zu gefallen, hätte das Bild nicht nur die Tochter zeigen dürfen, sondern auch Enkel, an den steif posierenden Fingern hätte ein Trauring stecken und hinter der Gruppe sich der Umriß einer Doppelhaushälfte abzeichnen müssen, gepflegt und mit einer Hypothek erworben.

Leises Mitgefühl für diese Mutter, die keine Mutter mehr war, regte sich in ihm, doch die Aufwallung von Sympathie verflüchtigte sich rasch, als sie ihm zum Abschied mitgab:

»Hören Sie mal, dieser Hosenanzug...«

»Ja?«

»Er war fast neu, sie hatte ihn erst im Winter gekauft. Ich kenn da eine Dame, die würde mir fünf Pfund dafür geben.«

Wexford sah sie scharf an und versuchte, sich seine Abneigung nicht anmerken zu lassen.

»Wir wissen nicht, wo er abgeblieben ist, Mrs. Stonor. Vielleicht hat die Dame aber Interesse an den Schuhen und der Tasche. Beides wird man Ihnen zu gegebener Zeit zustellen.«

Der Exodus setzte sich fort. Inzwischen war die Dunkelheit gekommen, eine stürmische Nacht ohne Sterne, es regnete unerbittlich weiter. Wexford fuhr zurück nach Sundays, wo Streifenwagen rechts und links der Forbyer Straße das Gelände abfuhren oder in schwankenden schwarzen Wasserlachen parkten. Wenig später hatte Burden ihn entdeckt und setzte sich auf den Beifahrersitz.

»Hat sich schon was getan?«

»Nicht viel, Sir. An eine junge Frau in rotem Kleid kann sich bisher keiner erinnern. Aber am Montag nachmittag hat eine Frau aus der Sundays-Siedlung, eine gewisse Lorna Clarke aus der Hainstraße, angeblich eine blonde junge Frau beobachtet, auf die die Beschreibung zutrifft. Allerdings trug die –«

»– einen lila Hosenanzug?«

»Genau. Das war also Dawn? Ich hab's mir schon gedacht, weil Mrs. Clarke von lila Schuhen und einer lila Handtasche gesprochen hat. Wie ist sie dann aber an das rote Kleid gekommen?«

Wexford schüttelte den Kopf. »Sieht so aus, als ob sie am Montag gestorben ist. Am Montag nachmittag, kurz nach vier, hat sie das Haus ihrer Mutter verlassen. Wann und wo hat Ihre Mrs. Clarke sie gesehen?«

»Sie war in dem Bus, der um siebzehn Uhr fünfundzwanzig aus Kingsmarkham kam. Mrs. Clarke hat gesehen, wie sie ausstieg und über die Straße in Richtung Pathway ging.

Ein paar Minuten später hat jemand sie im Pathway beobachtet.«

»Die Rückfront der Häuser in dieser Straße gehen auf den Steinbruch hinaus. Und weiter?«

»Im Pathway stehen nur fünf Häuser, zwei ein- und drei zweigeschossige. Sie wissen ja, mehr hat man dort nicht gebaut, es hat einen ziemlichen Aufstand gegeben, und das Ministerium hat die Baugenehmigungen zurückgezogen. Dort ist sie von einer Frau gesehen worden, die in dem letzten Haus der Straße wohnt.«

»Etwa die Frau des aufgeregten Menschen, der uns am Samstag abend dieses Theater gemacht hat?«

Burden nickte. »Eine gewisse Mrs. Peveril. Die beiden sind tagsüber immer da. Er ist Graphiker und arbeitet zu Hause. Seine Frau sagt, sie habe um halb sechs eine blonde Frau in Lila gesehen, die sei ihre Straße hinunter zu dem Fußweg gegangen, der über die Felder nach Stowerton führt. Sie hat den Hosenanzug, die Schuhe und die Tasche sehr genau beschrieben. Natürlich konnte ich trotzdem nicht wissen, ob es Dawn war. Mich hat verunsichert, daß sie Lila trug. Mrs. Peveril hat ausgesagt, daß die Frau eine braune Tragetüte in der Hand hatte.«

»Ja, das muß sie gewesen sein. Sie hatte zuerst etwas Blaues an und hat sich dann umgezogen. Vermutlich hatte sie in der Tragetüte das blaue Kleid. Merkwürdig... Sie muß andauernd am Umziehen gewesen sein. Keine weiteren Hinweise aus dem Pathway?«

»Sonst hat niemand sie gesehen. Die Leute, die in den Bungalows wohnen – es ist jeweils nur eine Person –, waren zur fraglichen Zeit nicht da. Miss Mowler war früher Gemeindeschwester und ist jetzt in Pension, und am Montag war sie bis acht außer Haus. Dunsand lehrt an der University of the South, Philosophie oder so was, und ist erst nach halb sieben von seiner Vorlesung gekommen. Sonst habe ich niemanden auftreiben können, der sie am Montag oder zu irgendeinem anderen Zeitpunkt gesehen hat. Ich schätze, daß sie einen Typ aufgegabelt und sich an dem Abend irgendwo zwischen Sundays und Stowerton mit ihm verabredet hat.«

»Ja, so muß es wohl gewesen sein. Um vier ist sie bei ihrer Mutter weggegangen, demnach hat sie den Bus um 17.12 genommen. Nachmittags fahren ja nur zwei Busse nach Forby. Was hat sie aber in der Zwischenzeit – immerhin siebzig Minuten – gemacht? Wir müssen versuchen festzustellen, ob jemand sie auf der High Street gesehen hat. Auch in London müssen wir uns umhören, aber da hab ich schon einiges in Gang gesetzt.«

»Wollen Sie mit Mrs. Peveril sprechen?«

»Nicht jetzt, Mike. Heute abend wird sich nicht mehr viel tun. Ich will mal abwarten, was bei der Haus-zu-Haus-Befragung noch herauskommt. Vielleicht hat jemand sie später noch gesehen. Spekulationen bringen im Augenblick gar nichts.«

Burden stieg aus, legte sich den Regenmantel über den Kopf und kämpfte sich durch den Wolkenbruch. Wexford wendete und fuhr langsam und vorsichtig durch Sturm und Regen davon. Nur einmal noch sah er nach Sundays hinüber, wo gerade die letzten verregneten Nachzügler den Park verließen.

6

Am nächsten Morgen stand fest, daß Mrs. Margaret Peveril, wohnhaft Pathway Nr. 5, höchstwahrscheinlich als letzte Dawn Stonor lebend gesehen hatte. Am Montag, dem sechsten Juni, hatte Dawn den Fußweg nach Stowerton eingeschlagen, dann war sie verschwunden. Früh um neun waren Wexford und Burden wieder im Pathway. Gleichzeitig war im Gemeindesaal der Baptistenkirche ein provisorischer Vernehmungsraum eröffnet worden, in dem Sergeant Martin und etliche Kollegen auf Zeugen warteten, die Dawn möglicherweise an dem bewußten Montag nachmittag gesehen hatten. Das Foto war zur Gedächtnisauffrischung auf Poster-Format vergrößert worden, eine weitere Aufnahme zeigte Polly Davies mit blonder Perücke und in Kleidungsstücken, die so weit wie möglich Mrs. Stonors Beschreibung entsprachen.

Im Lauf der Nacht hatte der Regen aufgehört. Stadt und Umland sahen aus wie gewaschen, geschleudert und zum Trocknen aufgehängt. Mit dem Gewitter hatte sich auch die sommerliche Wärme verflüchtigt, statt dessen wehte ein scharfer Wind dicke Wolken über einen gräulich-blauen Himmel und sorgte für winterliche Temperaturen.

Auf Sundays war Martin Silk damit beschäftigt, die Abfallberge zu verbrennen, die achtzigtausend Menschen an einem Wochenende hinterlassen hatten. An der Mauer brannte ein Feuer am anderen, und der Wind wehte Schwaden von beißendem weißen Rauch über das Haus, die Forbyer Straße und die braune Dürre des Parks. Silks kleine Schwarzbunten-Herde war auf die gewohnten Weidegründe zurückgekehrt, die Tiere hatten sich, verunsichert durch den Rauch, unter den Zedern dicht zusammengedrängt.

Der Pathway glich einem Arm mit angewinkeltem Ellbogen, die Schulter war die Einmündung in die Forbyer Straße, Handgelenk und Hand – oder vielleicht einer der Zeigefinger – ein Fußweg, der durch hügelige Wiesen und kleine Gehölze nach Stowerton führte. An dem Arm selbst standen drei Häuser und zwei Bungalows, aber in der Armbeuge lagen nur offene Felder. Die Bungalows wirkten wie Zwillinge, es waren ziemlich große, rosafarben verputzte Flachbauten mit rotem Ziegeldach und getrennter Garage. Sie waren »umgeben von Gartenland«, wie die Makler zu formulieren belieben, wenn sie zum Ausdruck bringen wollen, daß ein Haus nicht nur vorn und hinten, sondern auch rechts und links ein Stückchen Garten hat. Der Abstand zwischen beiden Bungalows betrug etwa sechs Meter. Wiederum sechs Meter weiter stand ein zweigeschossiges Haus. Für dieses und die beiden anderen Häuser am »Oberarm« des Pathways war das gleiche Baumaterial verwendet worden – rote Ziegel, weißer Stein, Zedernholz –, aber sie unterschieden sich in der Größe und im Schnitt. Alle Gärten zierten dürftige Rasenflächen und Blumenbeete mit kümmernden Einjahresblumen.

»Zuerst sind die Peverils gekommen«, erläuterte Burden. »Ihr Haus ist im Januar fertig geworden, Miss Mowler und Mr. Dunsand sind im März eingezogen. Er hat vorher in Myringham gewohnt, Miss Mowler stammt von hier, die Peverils sind aus Brighton zugezogen. Die Robinsons sind aus London und wollen hier ihren Lebensabend verbringen, sie sind seit April hier, und die Streets sind letzten Monat aus dem Norden gekommen.«

»Führen alle Gartentore auf das Gelände am Steinbruch?« fragte Wexford.

»Nein, nur die von den Peverils und den beiden Bungalows. Hinter den Häusern sollte eigentlich ein Weg angelegt werden, aber irgendwer hat die Baubehörde aufgehetzt, und die hat den Weg nicht genehmigt.«

»Dann wollen wir uns mal Mrs. Peveril vornehmen.«

Sie war sehr nervös, fast atemlos vor Erregung. Wexford schätzte sie auf Ende Dreißig. Frisur und Kleidung waren aufwendig, aber nicht modisch. Sie schien in abgeänderter Form die Mode weiterzutragen, die sie aus ihrer Jugend gewöhnt war: ziemlich langer, weiter Rock und hohe, spitze Absätze. Er erkannte in ihr gleich einen ganz bestimmten, nicht einmal seltenen Typ, den der behüteten, konservativen Frau, die, kinderlos und emotional ganz auf den Ehepartner fixiert, andere Männer und die Außenwelt mit Argwohn zu betrachten pflegt. Solche Frauen sind im allgemeinen zu fast allem bereit, um ihre Sicherheit und den häuslichen Frieden zu bewahren, und Wexford war deshalb recht überrascht, daß Mrs. Peveril ihnen aus eigenem Antrieb Informationen über ein Mordopfer geliefert hatte.

»Scheußlich, dieser Rauch«, klagte sie, während sie die beiden Kriminalbeamten in ein geradezu erschreckend aufgeräumtes Wohnzimmer führte. »Da muß ich bestimmt noch Stunden warten, bis ich meine Wäsche aufhängen kann. Dieser Krawall übers Wochenende war schon schlimm genug, ich habe kein Auge zugetan. Unerträglich, dieser Lärm, es wundert mich gar nicht, daß dabei jemand ermordet worden ist.«

»Der Mord wurde schon ein paar Tage vor Beginn des Festivals begangen«, sagte Wexford.

»Ach ja?« sagte Mrs. Peveril ohne rechte Überzeugung. »Als ich hörte, daß es eine Tote gegeben hat, hab ich zu meinem Mann gesagt, da haben sie zuviel von diesem Drogenzeug genommen, das sie heute alle nehmen, und einer ist zu weit gegangen. Ach, würden Sie sich bitte nicht auf das Kissen da setzen? Ich habe es gerade frisch bezogen.«

Wexford zog auf einen Sessel mit anscheinend unverwüstlichem Lederpolster um. »Sie haben die Frau gesehen?«

»Ja, sicher, da gibt es gar keinen Zweifel.« Sie lachte kurz und nervös auf. »Ich kenne nicht viele Leute hier, befreundet bin ich nur mit einer Frau am anderen Ende der Siedlung, aber daß dieses Mädchen nicht von hier war, ist mir gleich klar gewesen, die Hiesigen ziehen sich nicht so an.«

»Was ist Ihnen denn an ihr besonders aufgefallen?«

»Wenn Sie mich alles mögliche fragen wollen, möchte ich gern meinen Mann dabeihaben. Er arbeitet, aber es macht ihm nichts aus, kurz zu unterbrechen. Wenn er nicht dabei ist, könnte ich... das Falsche sagen. Ich rufe ihn mal eben.«

Wexford zuckte die Schultern. Womöglich war das »Falsche« genau das, was er gern von ihr gehört hätte. Aber sie hatte ihren Mann verlangt, wie andere einen Anwalt, obgleich sie es vermutlich gar nicht nötig hatte. Weshalb sollte man ihr den Gefallen nicht tun? Mit verbindlichem Lächeln stand er auf, als Peveril das Zimmer betrat.

»Sie selbst haben das Mädchen nicht gesehen, Mr. Peveril?«

»Nein, ich habe gearbeitet.« Peveril gehörte zu jenen Zeitgenossen, die von der Arbeit reden, als sei sie ihnen allein als schwere Bürde auferlegt, während die übrige Menschheit süßem Nichtstun frönt. »Ich arbeite zehn Stunden am Tag, sonst könnte ich dieses Haus gar nicht halten. Von dem Mädchen habe ich zum erstenmal gehört, als meine Frau mir gestern abend sagte, sie hätte der Polizei Informationen geliefert.« Er warf Burden einen bösen Blick zu. »Ich saß bei der Arbeit, als Ihre Leute kamen.«

»Dann wollen wir Sie jetzt nicht aufhalten...«

»Bitte, geh nicht, Edward. Du hast doch gemeint, daß das, was ich gestern abend gesagt habe, dumm war, und jetzt...«

»Na ja, eine kurze Verschnaufpause ist vielleicht nicht schlecht«, räumte Peveril unwillig ein. »Ich schufte seit acht, bei dem Höllenspektakel am Wochenende habe ich rein gar nichts geschafft. Ich bin fix und fertig.«

Etwas beruhigt, aber unverändert nervös mischte seine Frau sich ein. »Es war reiner Zufall, daß ich zu Hause war. Eigentlich hatte ich ins Kino gehen wollen – mein Mann hatte den Film in London gesehen und gesagt, daß er sich lohnt –, aber weil der Nachmittag so schön war, bin ich dann doch am Fenster sitzen geblieben, und da habe ich gesehen, wie sie zum Fußweg gegangen ist.«

»Beschreiben Sie die Frau, bitte. So genau wie möglich.«

»Sie war ungefähr so groß wie ich und hatte lange, blondierte Haare, furchtbar zottelig geschnitten, wie das heute Mode ist.« Mrs. Peveril zupfte unruhig an ihrem stark dauergekrausten dunklen Haar herum. »Und sie war entsetzlich aufgetakelt, richtig nuttig. Sie trug einen Hosenanzug in knalligem Lila, die Augen konnten einem weh tun, an den Kanten in dunklerem Lila abgesetzt, und lila Lackschuhe mit hohen Absätzen. Die Handtasche war auch lila, ein Riesenapparat mit vergoldetem Bügel, außerdem hatte sie noch eine braune Tüte mit. Ich habe mir das alles so genau gemerkt, weil ich meinem Mann erzählen wollte, wie unmöglich sie aussah – er hat einen sehr exklusiven Geschmack, weil er doch so was wie ein Künstler ist –, und ich sammele immer ein paar Kleinigkeiten zum Erzählen, wenn er mit seiner Arbeit Schluß gemacht hat.«

»Aber Sie haben es ihm nicht erzählt, Mrs. Peveril?«

»Das muß ich glatt vergessen haben.« In den Worten schwang plötzlich Verlegenheit. »Warum hab ich es dir wohl nicht erzählt, Edward?«

Der Mann, den seine Frau als ›so was wie ein Künstler‹ bezeichnet hatte, zog die Mundwinkel herunter. »Weil ich zu erledigt war, um hinzuhören, schätze ich. Ist das alles? Ich muß nämlich so langsam wieder weitermachen.«

»Noch eine Frage, Mrs. Peveril. Wohin ist sie gegangen?«

»Über die Felder«, antwortete Mrs. Peveril prompt. »Den Fußweg entlang. Ich habe noch lange am Fenster gesessen, aber sie ist nicht zurückgekommen.«

Sie begleitete die Beamten zur Tür und beobachtete unruhig, wie sie in ihren Wagen stiegen. Wexfords Fahrer wurde, als er ahnungslos aufsah, von ihr mit einem so scharfen Blick bedacht, daß er rot wurde und sich abwandte.

»Ich weiß zwar noch nicht recht, was ich von den Peverils halten soll, Mike, aber ich habe den Eindruck, daß die Frau Dawn Stonor gesehen hat, sonst hätte sie keine so genaue Beschreibung geben können. Im Augenblick sieht es so aus, als ob Dawn über die Felder gegangen ist, um sich mit einem Mann zu treffen. Wo mag sie sich wohl mit ihm verabredet haben?«

»Vermutlich unterwegs irgendwo, zu einem Treffpunkt in Stowerton wäre sie nicht zu Fuß gegangen, die Busse fahren zwischen vier und sieben alle zehn Minuten. Bis Stowerton hat man keinerlei Sicht- und Wetterschutz, von Bäumen und dem alten Pumpwerk abgesehen.«

Wexford nickte. Burden meinte einen Schuppen mit stillgelegter Pumpausrüstung in einem Wäldchen am Ufer des Kingsbrook.

»Gute Idee«, sagte er. »Da schicken wir unsere Leute mal hin. Aber jetzt will ich erst wissen, was sich auf der High Street tut.«

Dort hatte sich einiges getan. Als Wexford den Gemeindesaal betrat, warteten schon zwei Zeugen auf ihn, aber was sie zu sagen hatten, war, wie sich herausstellen sollte, eher dazu angetan, den Fall noch weiter zu komplizieren.

Zuerst kam eine Mitarbeiterin der Schneeweiß-Reinigung in der High Street von Kingsmarkham an die Reihe, eine gutgelaunte Frau mittleren Alters, die Dawn Stonor seit deren Schulzeit kannte und sie gelegentlich traf, wenn Dawn einen ihrer seltenen Besuche in der alten Heimat machte.

»Wir kannten uns vom Sehen«, sagte sie. »Am letzten Montag, gegen Viertel nach vier, war sie bei uns im Geschäft.«

»In Lila?«

»Ja, in einem sehr schicken Hosenanzug, ich hatte ihn so um Ostern herum für sie gereinigt. Ich weiß nicht recht, ob sie mich erkannt hat, jedenfalls habe ich sie nach ihrer Mutter und ihrer Oma gefragt, und sie hat gesagt, daß alles in Ordnung ist. Sie hatte ein blaues Kleid mit, es sollte im Eilverfahren gemacht werden, weil sie es am nächsten Morgen wieder abholen wollte. ›Das klappt gerade noch‹, hab ich zu ihr gesagt, ›weil Sie's vor halb fünf gebracht haben.‹ Wer später kommt, kriegt seine Sachen nämlich erst am nächsten Nachmittag.

›Ich nehme morgen den Zug um 10.15‹, hat sie gesagt. ›Kann ich es um zehn haben?‹«

»Sie wollte es selbst abholen?« vergewisserte sich Wexford.

»Jedenfalls hat sie ›ich‹ gesagt, es war nicht davon die Rede, daß ihre Mutter es abholen würde, wie sonst manchmal. Ja, hab ich gesagt, das geht, und hab ihr einen Zettel ausgeschrieben. Sie können unseren Abschnitt sehen, ich hab ihn mitgebracht.«

Wexford nahm ihr dankend den Zettel ab und registrierte Namen und Datum.

»Aber sie hat das Kleid nicht abgeholt?«

»Nein. Ich hatte es schon rausgehängt, aber sie ist nicht

gekommen. Eigentlich wollte ich die Woche mal bei ihrer Mutter vorbeigehen und es abgeben, und dann hab ich gehört, was passiert ist. Schrecklich, nicht? Eiskalt ist es mir über den Rücken gelaufen.«

Danach sprach Wexford mit dem Marktleiter des *Luximart*, einem großen neuen Supermarkt zwischen dem *Dragon* und der Baptistenkirche, direkt neben der Bushaltestelle in Richtung Forby. Der junge Mann war eifrig und hilfsbereit.

»Die junge Dame kam um halb fünf. Am Montag haben wir so spät kaum noch Kunden, weil wir am Montag kein Fleisch verkaufen, und das Gemüse ist nicht frisch. Die meisten Leute essen die Reste vom Wochenende und gehen erst am Dienstag wieder einkaufen.

Sie war fast meine letzte Kundin, und als sie ging, hat sie eine gute halbe Stunde auf den Bus nach Forby gewartet, den um 17.12 Uhr. Hier vorn hat sie gestanden. Ich hätte mich ohrfeigen können, denn kaum war der Bus glücklich da, und sie war eingestiegen, da hab ich im Laden ausgefegt und den Abschnitt von der Reinigung gefunden.«

»Darf ich mal sehen?«

»Ich war ganz sicher, daß sie ihn verloren hatte, vorher war er bestimmt noch nicht da, und ich hab mir richtig Sorgen gemacht, weil ich mir dachte, daß sie nun vielleicht ihre Sachen nicht bekommt. Aber dann habe ich mir gesagt, daß sie sicher wiederkommt, und als ich die Plakate sah und den Namen hörte…«

»Sie kannten die Frau nicht?«

»Ich kann mich nicht erinnern, sie schon mal gesehen zu haben«, erwiderte der Marktleiter.

Wexford legte die beiden Abschnitte zusammen. *Miss Stonor*, las er, *15 Lower Road, Kingsmarkham. Blaues*

Kleid, Express-Reinigung, 45 Pence. »Beschreiben Sie mir bitte die Frau.«

»Gutaussehende Blondine. Sehr schick angezogen, Bluse und lange Hosen, irgendwas in Lila. Tut mir leid, mit Damensachen kenne ich mich nicht so aus. Ich glaube, sie hatte eine lila Tasche. Ich weiß noch, daß ich gedacht habe...« Der junge Mann sah verlegen auf und biß sich auf die Lippen. »Flotte Biene, hab ich gedacht, aber jetzt, wo sie tot ist, hört sich das irgendwie gemein an.«

»Was hat sie gekauft?«

»Ich hab mir gedacht, daß Sie danach fragen würden, und hab mir das überlegt. Ich war an der Kasse, und sie rief mich zur Tiefkühltruhe und fragte, wie die Erdbeerbecher sind. Eine Art Mousse in Pappbehältern. Die kann ich empfehlen, hab ich gesagt, und sie hat zwei in ihren Einkaufswagen getan. Warten Sie, ich versuche es mir gerade vorzustellen...«

Wexford nickte und faßte sich in Geduld. Er hielt viel von dieser Methode, eine Art freier Assoziation, und gab dem Mann Zeit, die Augen zu schließen, sich in die damalige Situation zu versetzen, sich neben die Frau zu stellen, in den fast leeren Einkaufswagen zu schauen.

»Sie hatte eine Dose in ihrem Wagen.« Er konzentrierte sich. »Jetzt weiß ich... es war eine dieser Suppen, die man warm oder auch kalt essen kann. So langsam kommt's mir wieder. Sie hat eine Dose Huhn vom Regal genommen und Tomaten – ja, eine Packung Tomaten. Ich glaube, sie hat Brot gekauft, Schnittbrot, vielleicht auch Butter, aber das könnte ich nicht beschwören. Und eine Flasche Wein, das weiß ich noch genau, es war die billigste Sorte, die wir führen, spanischer Beaujolais. Und Zigaretten. Sie hatte keine Einkaufstasche mit, ich habe ihr eine braune Tragetüte gegeben.«

Mehr Zeugen waren nicht gekommen. Wexford fuhr zurück zum Revier, wo Burden und der Arzt auf ihn warteten. Der Wind rüttelte an den Scheiben, leichter Regen sprühte an das Glas.

»Sie hatte vor, hier zu übernachten«, sagte er. »Das Kleid wollte sie erst am Dienstag vormittag abholen. Und sie hatte Lebensmittel in der Tüte, als Mrs. Peveril sie sah. Verpflegung für zwei.«

»Für sich und ihren Partner«, sagte Burden.

»Dann war es also keine Zufallsbekanntschaft. Ein Mann, dem es nur um eine schnelle Nummer ging, hätte sie entweder gar nicht zum Essen eingeladen oder wäre mit ihr in ein Restaurant gegangen. Eine Frau, die sich mit einem Unbekannten verabredet, läßt sich von ihm wohl kaum auftragen, ein Drei-Gänge-Menü für ein Picknick mitzubringen. Sie muß ihn gekannt, und zwar gut gekannt haben.« Wexford berichtete, was sie gekauft hatte. »Was ist das Interessanteste an diesen Sachen, Mike?«

»Daß man sie kalt oder warm essen kann. Mit anderen Worten, sie kann das Zeug ebensogut unter freiem Himmel oder – zumindest die Suppe und das Huhn – zum Aufwärmen im Haus gekauft haben.«

Der Arzt, der indessen auf die Rückseite von Wexfords Entwurf einer Direktive zur Verhütung von Straftaten einen Zwölffingerdarm gezeichnet hatte, sah auf. »Sie hat von den Sachen überhaupt nichts gegessen. Nach meinem vorläufigen Befund – der ausführliche Bericht der Experten kommt später – war ihr Magen eindeutig leer. Sie hatte seit fünf oder sechs Stunden nichts mehr zu sich genommen. Vielleicht hat ihr Liebhaber seinen Anteil allein verputzt.«

»Oder die Lebensmittel und der Wein und die Tragetüte sind irgendwo zusammen mit dem lila Hosenanzug versteckt.«

»Nicht der Wein.« Crocker hörte auf zu kritzeln und

machte ein grimmiges Gesicht. »Der Wein ist futsch. Erinnern Sie sich nicht an die Scherben, die Sie gefunden haben, Reg? Sie haben sich noch daran geschnitten. Ihr Gesicht und ihr Hals waren voller Glassplitter. Auf dem Kleid waren außer dem Blut auch Weinflecke. Es dürfte nicht zu dick aufgetragen sein, wenn ich sage, daß ihr Angreifer sich gebärdet hat wie ein Wahnsinniger. Vielleicht kriegen Sie und Mike ja noch heraus, was sie zu ihm gesagt oder was sie ihm angetan hat. Irgend etwas hat ihn um den Verstand gebracht. Er hat sie mit der Weinflasche erschlagen, und er hat in derartiger Raserei auf sie eingedroschen, daß das Glas an den Gesichtsknochen zersplittert ist.«

Es war dunkel in dem zur Hälfte mit schweren, rostigen Apparaturen gefüllten Schuppen, und die Männer arbeiteten im Licht der mitgebrachten Lampen. Vor dem Pumpwerk rauschte der Fluß, und der Wind schlug monoton die Tür gegen den morschen Rahmen.

»Wenn sie hier waren«, befand Wexford schließlich, »war es ein sehr kurzer Besuch. Kein Blut, keine Krümel, keine Kippen.« Er wischte sich eine Handvoll Spinnweben aus dem Haar. »Es ist eine dreckige Bude, nicht sehr verlockend für eine Frau wie Dawn Stonor, die Wert auf ihr Aussehen legte.« Er sah seinen Leuten zu, die alte Säcke hochhoben und in verrotteten Taurollen herumstöberten. »Wenn ich nur wüßte, weshalb sie das rote Kleid angezogen hat«, sagte er. »Ich habe so das Gefühl, daß wir damit den Schlüssel zu dem Fall in der Hand hätten.«

»Vielleicht weil sie sich hier schmutzig gemacht hat?« vermutete Burden.

»Wie denn? Sie haben nichts gegessen, nicht geraucht, nicht miteinander geschlafen. Höchstens miteinander geredet. Wo hat sie dann aber das Kleid her? Sie hatte es nicht mit. Vielleicht hat er es mitgebracht. Ich kann mir einfach nicht vorstellen, daß man sich an einem Tag zwei Kleider so schmutzig macht, daß man sie nicht mehr tragen kann. Das wäre ein zu großer Zufall. Daß er ein Kleid sozusagen als Reserve mitgebracht hat, ist auch nicht recht glaubhaft. Und wer war der Mann?«

»Vielleicht kriegen wir dazu Hilfe aus London.«

»Hoffentlich. Gehen wir? Ich für mein Teil habe hier schon genug Staub geschluckt.«

Während der Suche am Fluß war die Hilfe aus London bereits eingetroffen. Nicht in Form von Informationen, Daten, Zeugenaussagen, sondern in menschlicher Gestalt, in Gestalt einer attraktiven jungen Frau, die sich mit Dawn Stonor die Wohnung Philimede Gardens, Earls Court, geteilt hatte. Als Wexford den Vernehmungsraum betrat, in dem man sie hatte warten lassen, trank sie Tee und rauchte Kette. Der Aschenbecher, der vor ihr auf dem Tisch stand, war schon bis zum Rand mit Kippen gefüllt.

7

Sie hatte einen vertrauenerweckend festen Händedruck. »Mein Name ist Joan Miall. Heute vormittag war ein Inspektor bei mir und hat mir einen Haufen Fragen gestellt. Er hat auch gesagt, daß Sie mich sprechen wollen, und da hab ich mir gedacht, ich spare Ihnen einen Weg und komme gleich selbst.« Joan Miall hatte dunkles Haar, ein hübsches, intelligentes Gesicht und dunkelblaue Augen. Sie mochte etwa vierundzwanzig sein. »Ich kann noch immer nicht glauben, daß Dawn tot ist, es ist so unfaßbar.«

»Sehr nett von Ihnen, daß Sie gekommen sind, Miss Miall. Ich habe sehr viel mit Ihnen zu besprechen. Am besten gehen wir in mein Büro, da sitzen wir bequemer.«

Im Aufzug zündete sie sich stumm die nächste Zigarette an. Wexford vermutete, daß sie versuchte, sich mit dem starken Rauchen über den Schock hinwegzuhelfen. Sie bot ein erfreuliches Bild: knielanger Rock, rote Bluse, ein frisches, feingeschnittenes, nur ganz leicht geschminktes Gesicht, von langem, glänzendem, in der Mitte gescheiteltem Haar umrahmt. Die Nägel der unberingten Hände waren kurzgefeilt und blaßrosa lackiert. In seinem behaglichen Büro, das durchaus wohnlich wirkte, schien sie sich gleich wohler zu fühlen. Sie lockerte sich, lächelte und drückte ihre Zigarette aus. »Ich rauche zuviel.«

»Mag sein«, sagte er. »Sie hatten Dawn gern?«

Sie zögerte. »Ich weiß nicht recht... Wir haben vier Jahre zusammengewohnt, haben uns täglich gesehen, haben zusammen gearbeitet. Es war ein Schock.«

»Sie arbeiteten beide im *Townsman Club*?«

»Ja, dort haben wir uns kennengelernt. Wir waren damals beide ziemlich schlecht drauf. Dawn hatte gerade eine Beziehung mit einem fast krankhaft eifersüchtigen Mann hinter sich, und ich wohnte bei meiner Schwester, die sehr besitzergreifend ist. Da haben wir beschlossen, uns zusammenzutun, und haben verabredet, uns gegenseitig nicht zu nerven und kein Theater zu machen, wenn eine von uns abends mal nicht nach Hause kommen sollte. Deshalb hab ich mir auch keine Sorgen gemacht. Bis Samstag. Und dann...«

»Sie greifen vor, Miss Miall«, unterbrach Wexford. »Erzählen Sie erst, was sich am Montag abgespielt hat.«

Das war wieder eine kleine Belastung, die den Griff zur Zigarette nötig machte. Sie inhalierte und lehnte sich zurück. »Dawn hatte ab Samstag, dem 4. Juni, eine Woche Urlaub. Sie konnte sich nicht entschließen, ob sie verreisen sollte oder nicht. Ihr Freund – er heißt Paul Wickford und hat eine Tankstelle in der Nähe unserer Wohnung – wollte mit ihr ein bißchen in Devon herumfahren, aber am Montag morgen hatte sie sich noch nicht entschieden.«

»Sie hatten Miss Stonor am Montag abend zurückerwartet?«

»Ja, eigentlich schon. Als sie früh wegging, um mit dem Zug nach Kingsmarkham zu fahren, war sie ziemlich mieser Laune. Das war sie immer, wenn sie zu ihrer Mutter fuhr, die beiden hatten keinen Draht zueinander. Mit ihrer Großmutter kam Dawn besser zurecht.« Joan Miall machte eine kleine Pause und schien zu überlegen. »Gegen sechs kam Paul, aber als sie bis sieben noch nicht da war, hat er mich in den Klub gebracht und ist dann in unsere Wohnung zurückgefahren, um auf sie zu warten. Als sie am Dienstag und Mittwoch nicht aufkreuzte und Paul sich auch nicht sehen ließ, dachte ich mir, die beiden wären nun doch zusammen nach Devon gefahren. Zettel haben wir uns nie hingelegt, wir hatten ja diesen Nichteinmischungsvertrag.«

»Ihrer Mutter hat Dawn gesagt, daß sie am Abend wieder zum Dienst müßte.«

Joan lächelte leicht. »Kann ich mir denken! Aber das war nur eine Ausrede, um wegzukommen. Länger als vier oder fünf Stunden konnte sie ihre Mutter nicht ertragen.« Sie drückte die Zigarette aus und wischte sich sehr sorgfältig die Asche von den Fingern. »Am Samstag tauchte dann Paul wieder auf. Er war nicht in Devon gewesen. Seine Mutter war an dem bewußten Montag gestorben, und er hatte zur Beerdigung und Nachlaßregelung in den Norden fahren müssen. Wo Dawn steckte, wußte er genausowenig wie ich.

Gestern, als wir uns schon ernsthafte Sorgen machten – heute abend hätte Dawn wieder Dienst machen müssen –, kam die Polizei und hat mir gesagt, was passiert ist.«

»Als Dawn gefunden wurde«, sagte Wexford, »trug sie ein dunkelrotes Kleid.« Er registrierte ihren überraschten Blick, ging aber zunächst darüber hinweg. »Wir haben das Kleid hier. Es hat böse Flecken, aber ich möchte Sie trotzdem fragen, ob Sie Ihren Mut zusammennehmen und es sich ansehen könnten. Ich muß Sie warnen – ein erfreulicher Anblick ist es nicht. Würden Sie das für uns tun?«

Sie nickte. »Wenn es Ihnen weiterhilft... Ich kann mich nicht erinnern, Dawn je in Rot gesehen zu haben, die Farbe stand ihr nicht. Aber ich schau es mir an.«

Das Kleid aus dunkelroter Kunstfaser war antailliert, hatte Tütenärmel und einen Bindegürtel. Wegen der Farbe sah man auf dem Oberteil keine eigentlichen Flecken, sondern nur eine größere angetrocknete Stelle.

Joan Miall wurde blaß und preßte die Lippen zusammen. »Darf ich mal anfassen?« fragte sie leise.

»Ja.«

Ihre Hände zitterten ein bißchen, als sie über den Ausschnitt strich. Sie warf einen Blick auf das Etikett. »Das ist Größe achtunddreißig«, sagte sie. »Dawn war ziemlich üppig, sie hatte mindestens Größe vierzig.«

»Aber sie trug dieses Kleid.«

»Das hat nicht ihr gehört, es muß sehr eng gesessen haben.« Sie wandte sich unvermittelt ab und fröstelte. »Sie kennen sich da vielleicht nicht so aus, aber das Kleid ist total unmodern, so was trägt man seit mindestens sieben, acht Jahren nicht mehr. Dawn war sehr modebewußt.«

Wexford brachte sie zurück in sein Büro. Sie setzte sich, und langsam bekam ihr Gesicht wieder ein wenig Farbe. Er wartete noch eine Weile und machte sich so seine Gedanken darüber, wie schwer die Freundin etwas nahm, was die Mutter gleichgültig gelassen hatte. Dann sagte er: »Miss Miall, ich wäre Ihnen dankbar, wenn Sie mir Dawns Charakter etwas näher schildern könnten. Was war sie für ein Mensch, was für Bekannte hatte sie, wie reagierte sie auf andere Leute?«

»Ich will es versuchen«, sagte Joan Miall.

»Bitte, denken Sie nicht«, begann sie, »daß Dawn nicht nett war. Sie war sogar sehr nett. Aber sie hatte ein paar... nun ja, ein paar Eigenheiten.« Sie hob den Kopf und sah Wexford ernsthaft, fast herausfordernd an.

»Sie sollen ihr ja kein Leumundszeugnis ausstellen. Und was Sie mir sagen, bleibt unter uns, ich hänge es nicht an die große Glocke.«

»Nein, natürlich nicht. Nur – sie ist tot, und ich bin nun mal der altmodischen Ansicht, daß man über Tote nicht schlecht reden sollte. Aber wahrscheinlich denken Sie bei sich, daß eine dumme Pute, die in einem Klub Drinks serviert, sich keine Schwachheiten einbilden soll und überhaupt nicht das Recht hat, an anderen Leuten herumzukritisieren.«

Wexford antwortete nicht, er lächelte nur leicht und schüttelte den Kopf.

»Kritisieren wäre auch zuviel gesagt«, fuhr sie fort. »Nur ist es eben nicht immer einfach, mit einer gewohnheitsmäßigen Lügnerin zusammenzuleben. Bei solchen Leuten weiß man nie, woran man ist, im Grunde kennt man sie gar nicht, es ist eine irgendwie unwirkliche Beziehung. Irgend jemand hat zwar mal gesagt, daß selbst der ärgste Lügner öfter die Wahrheit spricht als die Unwahrheit, aber was wahr ist und was nicht, kann man bei solchen Leuten einfach nicht auseinanderhalten.«

Wexford lag die Frage auf der Zunge, was eine intelligente junge Frau wie Joan Miall im *Townsman Club* zu suchen hatte, aber er verkniff sie sich dann doch lieber.

»Dawn war also eine Lügnerin«, sagte er statt dessen und überlegte, daß seine Aufgabe damit nicht gerade leichter wurde. Er sah in die klaren, ehrlichen Augen der jungen Frau, die ihm gegenübersaß und die es bestimmt mit der Wahrheit genau nahm. »Was für Lügen hat sie denn erzählt?«

»Hauptsächlich hat sie sich wichtig gemacht und mit ihren Freunden und Bekannten angegeben. Sie hatte eine unglückliche Jugend hinter sich. Bei ihrem Vater setzte es Prügel auf den Körper, bei ihrer Mutter Prügel auf die Seele. Die hat ihr vorgeworfen, daß sie ein unmoralisches, nichtsnutziges Geschöpf sei, und im gleichen Atemzug gejammert, wie sehr Dawn ihr fehlt, und sie soll doch um Himmels willen wieder nach Hause kommen, heiraten und eine Familie gründen. Warten Sie, was hat Mrs. Stonor immer gesagt? Ja, richtig: ›Wir sind doch ganz einfache Leute‹, hat sie gesagt, und Dawn sollte bloß nicht so vornehm tun. Und im Grunde sei ihr Job doch nur eine bessere Anschaffe.

Ja, und deshalb brauchte Dawn Selbstbestätigung. Tut mir leid, wenn das ein bißchen nach Seelendoktorei klingt, aber so Sachen interessieren mich einfach. Ich habe versucht, dahinterzukommen, was in Dawn vorging. Als wir zusammenzogen, habe ich zuerst wirklich gedacht, sie kennt haufenweise Prominente. Einmal hat sie einen Hund mitgebracht, den sie angeblich vierzehn Tage betreuen sollte, solange sein Herrchen verreist war. Er gehörte einem berühmten Schauspieler, hat sie behauptet, einem ganz bekannten Typ, er ist ständig im Fernsehen.

Der Hund war längst wieder aus dem Haus, da hatten wir an einem Abend beide Dienst, und der Schauspieler kam herein. Ein Mitglied hatte ihn als Gast mitgebracht, und ich habe ihn natürlich erkannt. Er hatte Dawn noch nie gesehen. Es war nicht so, daß sie gestritten hätten und nicht mehr miteinander sprachen, nein, man merkte genau, daß er sie gar nicht kannte.« Joan zuckte die Schultern und steckte die Zigaretten in ihre Handtasche, die sie mit einer entschlossenen Bewegung zuklappte. »Wenn sie in der Zeitung ein Foto von irgendeinem Prominenten fand, hat sie gesagt, mit dem hätte sie schon mal gearbeitet oder schon mal geschlafen. Ich habe nie viel dazu gesagt, mir war das peinlich. Der bekannteste Name, mit dem sie sich wichtig gemacht hat, war der eines ganz berühmten Popsängers, den sie angeblich seit Jahren kannte und mit dem sie öfter mal zusammen war. Vor zwei Wochen läutete das Telefon. Dawn meldete sich, sah mich an und legte die Hand über den Hörer. Das sei der Mann, hat sie gesagt, aber als sie mit ihm sprach, hat sie ihn nicht ein einziges Mal angeredet, sondern nur ja und nein gesagt und ›Das wär toll!‹. Sie hat ihn nicht Zeno genannt. Und bei einem Anruf kann man ja dem, der das Gespräch nicht mitkriegt, Gott weiß was erzählen, nicht? Sie wußte ganz genau, daß ich nicht an unseren zweiten Apparat gehen und mithören würde.«

»Zeno?« wiederholte Wexford. »Sie hat behauptet, Zeno Vedast zu kennen?«

»Behauptet ist der richtige Ausdruck. Er ist nie in unsere Wohnung gekommen, ich habe die beiden nie zusammen gesehen. Nein, das war dieselbe Geschichte wie mit dem Fernsehstar, sie wollte nur mit ihm angeben.«

»War nach Ihrer Einschätzung Dawn eine Frau, die sich von einem Unbekannten hätte ansprechen lassen, um mit ihm die Nacht zu verbringen?«

Sie zögerte. »Denkbar wär's. Es klingt scheußlich, aber Dawn war sehr auf Geld aus. Als Kind hatte sie nie welches, nur ganz lächerliche Summen, einen Shilling die Woche oder so, und davon sollte sie noch die Hälfte in die Sparbüchse stecken, die man nicht aufmachen konnte. Als sie bei uns im Klub anfing, hat man ihr – wie uns allen – gesagt, daß sie mit sofortiger Entlassung zu rechnen hat, wenn sie sich von einem Gast einladen läßt. Die Mitglieder wissen das, aber ab und zu versucht doch mal einer, bei uns zu landen. Dawn hat trotz des Verbots eine Einladung von einem Gast angenommen. Er hatte ihr einen Pelzmantel versprochen, wenn sie übers Wochenende mit ihm wegfahren würde. Da hat sie sich breitschlagen lassen, und der Typ hat ihr zehn Pfund gegeben. Den Pelzmantel hat sie nie gesehen. Ich glaube, es hat sie sehr in ihrem Stolz getroffen, denn so was hat sie nie wieder gemacht. Sie ließ sich auch gern bewundern, und wenn ein Mann mit ihr schlafen wollte, hat sie gedacht... ja, sie hat wohl viel mehr hineingelesen, als eigentlich dran war. Wenn sie frei hatte, blieb sie manchmal über Nacht weg, und ich glaube, dann war sie mit einem Mann zusammen. In unsere Wohnung konnte sie ihn nicht mitbringen, weil Paul doch hin und wieder mal unangemeldet vorbeikam. Aber wir haben uns, wie gesagt, gegenseitig nie ausgefragt.«

»Dieser Mr. Wickford war Dawns fester Freund?«

Joan Miall nickte. »Die beiden gingen seit zwei Jahren miteinander. Ich denke mir, daß sie Paul früher oder später geheiratet hätte, obgleich er ihr im Grunde nicht reich oder berühmt genug war. Er ist um die fünfunddreißig, geschieden, ein netter Kerl. Das mit Dawn hat ihm sehr zugesetzt, der Arzt mußte ihm ein Beruhigungsmittel verschreiben. Sie hätte ihn bestimmt geheiratet, wenn sie nur diesen Tick mit ihren berühmten Freunden hätte loswerden können. Im Grunde war sie ein nettes Mädchen, großzügig, lustig, immer hilfsbereit. Nur eben diese ständigen Schwindeleien... Aber sie konnte wohl nicht aus ihrer Haut.«

»Noch ein letzter Punkt, Miss Miall. Dawn hat am Montag nachmittag in Kingsmarkham Lebensmittel eingekauft, eine Dose Suppe, eine Dose Huhn und zwei Becher Erdbeermousse. Kann es sein, daß diese Sachen für den Dienstag zum Mittagessen für Sie beide gedacht waren?«

»Ausgeschlossen!«

»Weshalb sind Sie da so sicher?«

»Erstens – denken Sie bitte nicht, daß mir Kingsmarkham nicht gefällt, es ist ein sehr hübsches Städtchen, aber da, wo Dawn wohnt – wohnte, meine ich – würde niemand auf den Gedanken kommen, von hier Lebensmittel mitzunehmen. Bei uns in der Gegend wimmelt es von Feinkostgeschäften und großen Supermärkten. Zweitens hätte sie nie für uns beide eingekauft. Ich bin ziemlich heikel mit meinem Essen, sehr gesundheitsbewußt.« Sie lachte ein bißchen. »Kaum zu glauben, wenn man mich rauchen sieht, was? Sachen aus Dosen kommen für mich nicht in Frage, und das wußte Dawn. Wir haben unser Essen immer getrennt gemacht, wenn es nicht gerade bei einer von uns einen Gemüseeintopf oder einen Salat gab. Dawn war es egal, was sie aß. Sie stand furchtbar ungern in der Küche und hat immer gesagt, daß sie nur ißt, um zu leben.« Bei dem letzten Wort, das sie gedankenlos und völlig automatisch gebraucht hatte, zuckte Joan zusammen. Sie schaute Wexford an, und er sah ungeweinte Tränen in ihren Augen.

»Aber es war kein sehr langes Leben, nicht?« sagte sie gepreßt.

Michael Burden war Witwer. Er hatte eine glückliche Ehe geführt und neigte deshalb dazu, sexuelle Beziehungen entweder in rosarotem Licht zu sehen oder – falls nicht durch einen Trauschein abgesegnet – als äußerst anstößig zu betrachten. Immerhin hatte die einzige Liebschaft, die er seit dem Tod seiner Frau gehabt hatte, seinen Horizont ein wenig erweitert. Inzwischen räumte er ein, daß sich zwei Menschen, die nicht miteinander verheiratet waren, durchaus lieben und diese Liebe auch körperlich vollziehen konnten, ohne sich ihrer Würde zu entäußern. Hin und wieder verführten ihn diese neuen, aufgeklärten Ansichten zu romantischen Theorien, und eine dieser Theorien legte er Wexford vor, als sie am Dienstag vormittag zusammen Kaffee tranken.

»Wir sind uns darüber einig«, fing er an, »daß Dawns Mörder keine Zufallsbekanntschaft gewesen sein kann – wegen der Sache mit den Lebensmitteln aus dem Supermarkt. Wir wissen, daß die Sachen nicht für sie und Joan Miall gedacht waren. Deshalb kannte sie den Mann, und zwar kannte sie ihn gut genug, um mit ihm zu verabreden, daß sie die Verpflegung einkaufen und sich mit ihm treffen würde, wenn er Feierabend machte. Der Zeitpunkt – zwischen halb sechs und sechs – deutet darauf hin, daß er tagsüber gearbeitet hat. Richtig?«

»Ich denke schon, Mike.«

»Ich habe mir nun überlegt, ob die beiden vielleicht eine dieser langjährigen innigen Freundschaften verband.«

»Langjährige innige Freundschaften? Ich verstehe kein Wort.«

»Sie kennen doch meine Schwägerin Grace...« Wexford nickte ungeduldig. Natürlich kannte er Grace, die Schwester von Burdens verstorbener Frau, die nach deren Tod Burdens Kinder betreut und sich später Hoffnungen gemacht hatte, die zweite Mrs. Burden zu werden. Doch daraus war nichts geworden. Grace hatte einen anderen Mann geheiratet und hatte jetzt selbst ein Kind. »Ich sage das deshalb«, erläuterte Burden, »weil mich das, was Grace erlebt hat, auf die Idee gebracht hat. Sie und Terry kannten sich seit Jahren. Die Verbindung zwischen ihnen ist nie abgerissen, auch wenn sie sich nicht oft trafen und beide andere – hm – Beziehungen hatten. Terry hat sich sogar mal mit einer anderen Frau verlobt.«

»Und Sie meinen, so könnte das bei Dawn auch gewesen sein?«

»Sie hat bis zu ihrem achtzehnten Jahr hier gelebt. Nehmen wir mal an, daß sie diesen Typ von damals kannte, daß die beiden ein Liebespaar gewesen waren und dann beide Kingsmarkham verließen, um sich anderswo Arbeit zu suchen. Oder er ist hiergeblieben, und sie ist nach London gegangen. Ich meine damit, daß sie in Verbindung blieben und sich trafen, wenn sie nach Hause kam oder er in London war, heimlich natürlich, weil er verheiratet und sie mit Wickford so gut wie verlobt war. Wenn Sie mich fragen, deckt das alle Aspekte des Falls ab und räumt sämtliche Schwierigkeiten aus dem Wege.«

Wexford rührte in seinem Kaffee, sah sehnsüchtig zur Zuckerdose hinüber und widerstand der Versuchung, sich noch einen Würfel zu nehmen. »Das Rätsel um dieses verdammte rote Kleid räumt Ihre Theorie aber nicht aus dem Wege«, sagte er gereizt.

»Doch – wenn sie sich in dem Haus des Mannes getroffen haben. Allerdings müßten wir da die Möglichkeit eines Zufalls gelten lassen – daß sie einen Fleck auf den lila Hosenanzug gemacht hat und ein Kleid von der Frau ihres Freundes angezogen hat.«

»Die – versteht sich – nicht daheim war. Dawn spaziert zu dem Haus ihres Freundes, er läßt sie ein. Und wo ist der lila Hosenanzug abgeblieben? Sie hatten nichts zu trinken, womit sie sich hätte bekleckern können, nichts zu essen, was ihr auf die Bluse hätte fallen können, sie haben sich nicht geliebt, so daß der Anzug – äh – hätte knittern können. (Ich will das mit Rücksicht auf Ihre empfindlichen Gefühle mal so ausdrücken.) Vielleicht hat das gute Stück gelitten, als er Dawn zur Begrüßung leidenschaftlich in die Arme schloß, und sie ist so pingelig, daß sie nach oben stürzt und sich in ein abgelegtes Kleid ihrer Rivalin wirft. Er ist derart empört darüber, daß sie mehr an ihre Klamotten als an ihn denkt, daß er hingeht und ihr mit der Flasche den Schädel einschlägt. So in der Art, ja?«

»Na ja, so ungefähr«, sagte Burden ziemlich steif. Daß Wexford ihn von den Höhenflügen seiner Phantasie unweigerlich mit einer kalten Dusche herunterholte, daran konnte er sich einfach nicht gewöhnen.

»Und wo soll dieses heimliche Liebesnest gewesen sein?«

»Am Rand von Stowerton, Richtung Forby. Sie ist über die Felder gegangen, weil er sich dort mit ihr verabredet hatte, um sie zu seinem Haus zu begleiten. Sie hatten das so abgemacht für den Fall, daß seine Frau es sich doch anders überlegt hatte und nicht weggegangen war.« Er verzog angewidert das Gesicht, sein Anstandsgefühl war im Augenblick entschieden stärker ausgeprägt als seine romantische Ader. »Es gibt genug Leute, die sich auf so was einlassen, glauben Sie mir.«

»Sie jedenfalls scheinen das felsenfest zu glauben. Wir brauchen jetzt also nur nach einem Mann zu suchen, der in einem Haus am Nordende von Stowerton wohnt, der mit Dawn Stonor schon in den Kindergottesdienst gegangen ist und dessen Frau am Montag abend aushäusig war. Ach ja, und seine Frau müssen wir mal eben fragen, ob sie ein rotes Kleid vermißt.«

»Sehr entzückt scheinen Sie nicht zu sein.«

»Bin ich auch nicht«, sagte Wexford unverblümt. »Mag ja sein, daß Sie Leute kennen, die sich auf so was einlassen, aber mir sind solche Typen noch nicht begegnet. Die Leute, die ich kenne, benehmen sich wie lebendige Menschen und nicht wie Chargen in einem Film, dem es nur um Sensationshascherei geht und nicht um die Schilderung menschlicher Zustände. Etwas Besseres fällt mir allerdings auch nicht ein. Also sollten wir wohl mal Mrs. Stonor fragen, was für einen Bekanntenkreis Dawn in Stowerton und Umgebung hatte und ob es da irgendwelche langjährigen ›Liebesbande‹ gab.«

8

»Unsere Leute«, sagte Mrs. Stonor, »waren der Dawn ja nicht gut genug. Sie hat die Nase verdammt hoch getragen, obgleich ich finde, daß sie dazu überhaupt keinen Grund hatte.«

Obschon sie aus ihren unmütterlichen Gefühlen keinen Hehl machte, trug Mrs. Stonor tiefe Trauer. Sie und die alte Dame, die sie als »meine Mutter, Mrs. Peckham«, vorstellte, hatten im Halbdunkel gesessen, denn die Vorhänge waren vorgezogen. Als die beiden Polizeibeamten das Zimmer betraten, wurde Licht gemacht. Ein Wandspiegel war mit einem schwarzen Tuch verhängt.

»Wir halten es für möglich«, sagte er, »daß Dawn sich am Montag abend mit einem alten Bekannten verabredet hatte. Überlegen Sie doch bitte mal, mit wem sie befreundet war, ehe sie ihr Elternhaus verließ, oder ob sie später einmal die Namen von irgendwelchen Bekannten erwähnt hat.«

Mrs. Stonor wandte sich an die alte Dame, die sich, ihre

beiden Gehstöcke umklammernd, begierig vorgebeugt hatte. »Du kannst dich jetzt wieder hinlegen, Mutter, das hier ist nichts für dich. Du bist sowieso schon zu lange auf.«

»Ich bin nicht müde«, sagte Mrs. Peckham. Sie war sehr alt, weit über achtzig, klein und hager, mit einem faltendurchfurchten Äffchengesicht. Das spärliche weiße Haar war auf dem Kopf zu einem Knoten zusammengezwirbelt und mit Haarnadeln gespickt. »Ich will nicht ins Bett, Phyllis. Gönn mir doch das bißchen Abwechslung.«

»Ich höre immer Abwechslung! Ist das eine Art zu reden, wenn ein Irrer daherkommt und Dawn den Schädel einschlägt? Komm schon, ich bring dich rauf.«

Wexford ritt der Teufel. »Lassen Sie Mrs. Peckham ruhig bleiben, vielleicht kann sie uns sogar behilflich sein«, sagte er – mehr, um Mrs. Stonor zu ärgern als in der Hoffnung, von ihrer Mutter irgendwelche Informationen zu erhalten.

Mrs. Peckham lächelte, erfreut über den Aufschub, fletschte ihr etwas zu groß geratenes Gebiß, bediente sich aus einer Bonbontüte, die neben ihr auf dem Tisch lag, und begann knirschend zu kauen. Ihre Tochter zog die Mundwinkel herunter und faltete die Hände.

»Wer käme da wohl in Frage, Mrs. Stonor?«

Mrs. Stonor war anzumerken, daß es ihr gegen den Strich ging, wenn jemand ihre Pläne durchkreuzte. Ziemlich unliebenswürdig sagte sie: »Ihr Papa hat ihr nie erlaubt, daß sie sich einen Freund anschafft, sie sollte ein anständiges Mädchen werden. Dawn hat uns Kummer genug gemacht mit ihren Lügengeschichten, und immer ist sie später nach Hause gekommen, als sie sollte. Mit allen Mitteln hat mein Mann versucht, ihr Anstand und Sitte beizubringen.«

»Hauptsächlich mit dem Riemen«, ergänzte Mrs. Peckham, der die Anwesenheit der Polizeibeamten Mut gemacht hatte, und lächelte ihrer Tochter triumphierend zu. Wie so viele alte Menschen, die völlig von einem ungeliebten Kind abhängig sind – Wexford kannte den Typ nur zu gut –, konnte sie, je nach Laune oder Bedarf, unterwürfig, duckmäuserisch, aufmüpfig oder bösartig sein. Als Mrs. Stonor auf diese Bemerkung nicht einging, sondern nur das Kinn hob, stieß ihre Mutter nach: »Du und George, ihr hättet überhaupt keine Kinder kriegen dürfen. Ständig habt ihr sie geprügelt und angebrüllt. Treib einen Teufel aus und zwei neue fahren drein, sag ich immer.«

Wexford räusperte sich. »Das bringt uns wohl kaum weiter. Es will mir nicht in den Kopf, daß Dawn nie von irgendwelchen Männerbekanntschaften gesprochen hat.«

»Hab ich ja auch nicht behauptet. Du kriegst wieder deinen sauren Magen, Mutter, wenn du die Finger nicht von den Drops läßt. Die Sache bei Dawn war einfach die, daß sie das Blaue vom Himmel heruntergelogen hat. Zum Schluß hab ich bloß noch auf Durchzug geschaltet, wenn sie mir was erzählen wollte. Diesen Wickford hab ich gekannt, weil sie ihn letztes Jahr mal mitgebracht hat. Sie sind nicht lange geblieben. Dawn hat wohl gemerkt, was ich von ihm gehalten hab. Ein Geschiedener mit 'ner Tankstelle –, was Besseres hat sie offenbar nicht gefunden.«

»Sonst war da niemand?« fragte Wexford kühl.

»Ich weiß es beim besten Willen nicht. Sie wollen mir doch nicht erzählen, daß einer sie kaltgemacht hat, mit dem sie zur Schule gegangen ist, wie? Denn sonst hat sie hier am Ort keine Jungen gekannt.«

Mrs. Peckham, die ihr letztes Bonbon nicht sorgfältig genug ausgewickelt hatte, klaubte sich Papierreste aus dem Mund. »Bis auf Harold Goodbody«, sagte sie.

»Sei nicht albern, Mutter. Als ob Harold sich mit einer

wie der Dawn einlassen würde. Über so was ist der doch raus.«

»Wer ist denn der Mann?« wollte Wexford wissen.

Mrs. Peckham brachte das Bonbon in einer schrumpeligen Backentasche unter und seufzte tief, aber nicht unglücklich. »Ein lieber Kerl, der Harold, alles was recht ist. Er und seine Eltern haben eine Straße weiter gewohnt. Ich war damals noch nicht hier, ich hatte selber ein Haus, aber ich kannte Harold von meiner Arbeit in der Schule her, da hab ich früher mal das Mittagessen ausgegeben. Das war einer, der Harold, immer am Witzereißen, das ganze Jahr über hat er die Leute in den April geschickt. Vom ersten Schultag an haben sie zusammengesteckt, er und unsere Dawnie. Später bin ich dann hierhergezogen, zu Phyllis und George, und Dawnie hat ihn zum Essen mitgebracht.«

»Das ist ja ganz was Neues«, sagte Mrs. Stonor scharf. »George hätte das nie erlaubt.«

»Der war ja nicht da. Und du hast hinter dem Ladentisch gestanden. Weshalb hätte Dawnie ihren Freund nicht mitbringen sollen?« Mrs. Peckham wandte ihrer Tochter den Rücken zu und schaute Wexford an. »Ausgesehen hat er wie 'ne Vogelscheuche, der Harold, nur Haut und Knochen, und sein Haar war fast so weiß wie meins jetzt. Mal hab ich harte Eier für uns drei gekocht, und als Dawnie und ich unsere aufschlagen wollten, waren's nur leere Schalen, die hatte Harold mitgebracht, um uns reinzulegen. Was haben wir mit dem Bengel für Spaß gehabt! Ein andermal war's ein nachgemachter Tintenfleck oder 'ne Gummispinne. Über die haben wir ganz schön gekreischt. Einmal hab ich ihn dabei ertappt, wie er am Telefon rumgemacht hat. Er wählte 'ne Nummer, und wie 'ne Frau sich meldet, sagt er, daß er von der Post ist. Es ist ein Notfall, hat er gesagt, sie soll kochendes Wasser in den Hörer gießen, es zehn Minuten stehenlassen und dann mit der Schere die Strippe durchschneiden. Das hätte die auch gemacht, die hat ihm aufs Wort geglaubt, aber da hab ich natürlich zwischengefunkt, obgleich ich mir den Bauch gehalten hab vor Lachen. Zum Quietschen war er, der Harold.«

»Ja, das glaub ich gern«, sagte Wexford. »Wie alt war er denn, als er sich diese Scherze geleistet hat?«

»So um die fünfzehn.«

»Und wohnt er noch hier in der Gegend?«

»Ach wo. Der Silk von Sundays hat sich dann ein bißchen um ihn gekümmert, und mit siebzehn ist er weg von zu Hause und ist nach London gegangen, und da ist er ja dann so berühmt geworden.«

Wexford blinzelte. »Berühmt? Harold Goodbody?«

Mrs. Peckham fuhr ungeduldig mit den gichtigen Händen durch die Luft. »Er hat einen anderen Namen angenommen, wie er mit der Singerei angefangen hat. Wie war der doch gleich? Ja, ja, das Alter, ich vergeß schon die einfachsten Sachen. Richtig, jetzt fällt's mir wieder ein. John Lennon hat er sich genannt.«

»Ich glaube kaum –«, setzte Wexford an.

Mrs. Stonor, die in stummer Verachtung zugehört hatte, zischte: »Zeno Vedast nennt er sich jetzt.«

»Dawn ist mit Zeno Vedast zur Schule gegangen?« fragte Wexford einigermaßen fassungslos. Demnach hatte sie diese Geschichte nicht ganz aus der Luft gegriffen. »Die beiden waren befreundet?«

»Hören Sie nicht auf Mutter«, sagte Mrs. Stonor. »Mag sein, daß Dawn manchmal mit ihm zusammen war, als sie noch zur Schule gingen. Aber in London haben sie sich nie getroffen.«

»Doch haben sie sich getroffen, Phyllis, das hat sie mir am

Montag noch erzählt. Mir hat sie Sachen erzählt, die sie dir nie sagen würde. Weil du ja doch nur alles runtergemacht hast.«

»Was hat sie Ihnen erzählt, Mrs. Peckham?«

»Ich hab im Bett gelegen, und sie ist zu mir ins Zimmer gekommen. Ob ich mich noch an Hal erinnere, hat sie gefragt. Wir haben ihn immer Hal genannt. Mit dem bin ich am Freitag essen gewesen, hat sie gesagt.«

»Und das hast du ihr abgenommen?« Mrs. Stonor lachte scheppernd. »Harold Goodbody war am Freitag abend in Manchester, im Fernsehen war eine Live-Aufnahme. Sie hat wieder mal geschwindelt, wie üblich.«

Mrs. Peckham kaute beleidigt an ihrem Drops. »Arme Dawnie... Hat sie sich eben im Tag geirrt.«

»Sei doch nicht so begriffsstutzig. Er ist ein berühmter Sänger. Wenn ich auch nicht kapiere, was so großartig an seiner Stimme sein soll. Richard Tauber, ja, *der* konnte singen...«

»Wohnen seine Eltern noch hier?« fragte Burden.

Am liebsten hätte wohl Mrs. Stonor auch ihm gesagt, er solle nicht so begriffsstutzig sein, aber sie nahm sich zusammen und erwiderte säuerlich: »Wie er reich geworden ist, hat er ihnen ein feudales Haus bei London gekauft. Manche Leute haben eben Glück. Ich bin immer anständig gewesen und hab meine Tochter anständig erzogen, und was hat sie für mich getan? Ich weiß noch, wie Freda Goodbody sich bei den Nachbarn ein Viertelpfund Tee geborgt hat, weil ihr Mann den ganzen Lohn beim Hunderennen gelassen hat. Harold hat nie mehr als ein Paar Schuhe auf einmal gehabt, und das waren abgelegte von seinem Vetter. ›Mein kleiner Schatz‹ hat sie immer gesagt, und ›mein liebster Hal‹, aber am Sonntag hat er von ihr Bohnen mit Tomatensoße aus der Dose gekriegt.«

Mrs. Peckham schlug plötzlich biblische Töne an. »Es ist besser ein Gericht Kraut mit Liebe denn ein gemästeter Ochse mit Haß.« Sie nahm sich den letzten Drops und lutschte ihn geräuschvoll.

»Hab ich's nicht gesagt?« meinte Burden, als sie wieder im Wagen saßen. »Eine langjährige Freundschaft.«

»Ganz so haben Sie es nicht gesagt, Mike. Zeno Vedast wohnt nicht in Stowerton, er ist nicht verheiratet, und ich glaube kaum, daß er sich allzuoft mit Kellnerinnen zu Picknicks aus Dosen niederläßt. Daß er sie gekannt hat, ist allerdings wirklich interessant. Es bestätigt das, was Joan Miall gesagt hat, daß nämlich selbst chronische Lügner öfter die Wahrheit als die Unwahrheit sagen. Wir kennen alle die Geschichte von dem Jungen, der so lange die Leute mit dem Ruf ›Wolf, Wolf!‹ erschreckte, bis eines Tages der Wolf leibhaftig vor ihm stand. Dawn Stonor war auf der Jagd nach Löwen – Partylöwen, wohlgemerkt –, und diesen einen scheint sie tatsächlich erlegt zu haben. Wir haben keinerlei Hinweise darauf, daß Vedast am letzten Montag mit ihr zusammen war. Es sieht so aus, als ob er da noch in Manchester gesteckt hat. Im Augenblick kann ich nur so viel sagen, daß es eine merkwürdige Geschichte ist.«

»Aber Sie sind doch bestimmt auch der Meinung, daß wir mit ihm sprechen müßten?«

»Natürlich. Wir müssen uns alle Männer vornehmen, die Dawn kannte, es sei denn, sie hätten für den bewußten Montag ein hieb- und stichfestes Alibi. Wir wissen auch noch nicht, was Wickford nach sieben Uhr gemacht hat.« Der Chief Inspector tippte dem Fahrer auf die Schulter. »Zurück ins Revier bitte, Stevens.«

Der Fahrer machte eine halbe Drehung zu Wexford hin. Er war erst vor kurzem aus Brighton zu ihnen versetzt worden und ziemlich schüchtern. Als Wexford ihn ansprach, wurde er so rot wie neulich unter Mrs. Peverils Blick.

»Wollten Sie etwas sagen?« fragte Wexford freundlich.

»Nein, Sir.«

»Gut, zurück zum Revier also. Wir können nicht den ganzen Tag hier sitzen.«

Am Mittwoch stand fest, daß Paul Wickford unverdächtig war. Nachdem er Joan Miall im *Townsman Club* in der Hertford Street abgesetzt hatte, war er in ein Pub am Shepherd Market gegangen, hatte dort einen Wodka-Tonic getrunken und war dann nach Earls Court zurückgefahren. Dort erwartete ihn sein Bruder mit der Nachricht, daß seine Mutter schwerkrank war. Paul müsse sofort mit ihm nach Sheffield fahren. Paul bat den Mieter im zweiten Stock, die Milch und die Zeitung für ihn abzubestellen und – falls er Dawn Stonor sehen sollte – ihr auszurichten, wohin er gefahren war. Die beiden Brüder trafen kurz nach Mitternacht im Haus ihrer Mutter in Sheffield ein, am nächsten Morgen war sie tot.

Obgleich nicht viel dafür sprach, daß Dawns Mörder in oder bei Stowerton wohnte, war am Dienstag nachmittag eine Haus-zu-Haus-Befragung im ganzen Bezirk durchgeführt worden. Niemand hatte Dawn gesehen. Niemand hatte eine junge Frau in Lila und in Herrenbegleitung gesehen. Nur zwei Ehefrauen waren an dem bewußten Abend nicht zu Hause gewesen, eine war mit ihrem Mann ausgegangen, die andere hatte ihn zur Betreuung ihrer vier Kinder zu Hause gelassen. Keine Ehefrau war die ganze Nacht weggeblieben, keine vermißte ein rotes Kleid. Wexfords Leute suchten die Felder nach dem Hosenanzug und den Lebensmitteln ab. Es war ein mühsames Geschäft, denn es regnete in Strömen, man befürchtete schon eine Überschwemmung.

Außer Mrs. Clarke und Mrs. Peveril hatte nach wie vor niemand Dawn nach 17.20 Uhr gesehen. Mrs. Peveril war noch immer die letzte, die sie – mit Ausnahme des Mörders – lebend gesehen hatte. Wexford konzentrierte sich auf die beiden Frauen und vernahm sie eingehend, und schon sehr bald kam ihm etwas an ihrer Aussage nicht recht geheuer vor. Auf den Gedanken, daß die beiden sich womöglich persönlich kannten, verfiel er allerdings erst, als er in Mrs. Clarkes Wohnzimmer saß und hörte, wie sie am Telefon sagte:

»Ich kann jetzt nicht reden, Margaret, ich ruf später zurück. Hoffentlich geht es Edward bald wieder besser.«

Wer sie angerufen hatte, verriet sie nicht. Warum auch? Mit einem breiten, unaufrichtigen Lächeln setzte sie sich wieder hin. »Entschuldigen Sie vielmals. Was sagten Sie gerade?«

»Haben Sie eben mit Mrs. Peveril gesprochen?« fragte Wexford streng.

»Wie sind Sie bloß darauf gekommen? Ja, es war Mrs. Peveril.«

»Sie erwähnte neulich, daß sie nur mit einer Frau hier in der Gegend befreundet ist. Dann sind Sie das?«

»Die arme Margaret. Sie ist so neurotisch, und sie hat es furchtbar schwer mit Edward. Ja, ich bin wohl ihre einzige Freundin, sie schließt sich nicht schnell an.«

»Wenn ich nicht irre, sind Sie am Sonntag abend wegen Dawn Stonor vernommen worden, Mrs. Clarke. Wir haben zuerst die Bewohner auf dieser Seite der Siedlung befragt.«

»Das müßten Sie eigentlich besser wissen als ich.«

Sie wirkte leicht pikiert, gelangweilt, aber nicht erschrokken. Wexford überlegte. Burden, Martin und Gates hatten um sieben in diesen Häusern mit der Befragung begonnen. In den Pathway waren sie erst um neun gekommen. »Haben Sie am Sonntag abend vor neun mit Mrs. Peveril telefoniert?« Sie ging merklich in die Defensive. »Also ja«, stellte er fest. »Sie haben ihr erzählt, daß Sie vernommen wurden und der Polizei einen Hinweis geben konnten. Es lag ja nahe, daß Sie mit Ihrer Freundin darüber gesprochen haben. Vermutlich haben Sie ihr die junge Frau beschrieben und ihr erzählt, in welche Richtung sie gegangen ist.«

»War das verboten?«

»Zurückhaltung wäre klüger gewesen, aber lassen wir das. Geben Sie mir doch bitte eine Beschreibung von Dawn Stonor.«

»Aber das habe ich jetzt schon hundertmal gemacht«, ereiferte sich Mrs. Clarke. »Immer und immer wieder.«

»Tun Sie mir den Gefallen. Zum letztenmal!«

»Ich wollte zum Bus nach Kingsmarkham und sah, wie sie aus dem Bus stieg, der aus der Gegenrichtung kam. Sie überquerte die Straße und ging in den Pathway.« Mrs. Clarke sprach langsam und bedächtig wie eine Mutter, die einem nicht besonders intelligenten Kind zum zehntenmal die Pointe einer simplen Geschichte erklärt. »Sie hatte helles Haar, sie war um die zwanzig, und sie hatte einen lila Hosenanzug und lila Schuhe an.«

»Das haben Sie auch Mrs. Peveril erzählt?«

»Ja, und Ihnen und Ihren Leuten. Mehr kann ich nicht sagen, weil ich nicht mehr weiß.«

»Die große lila Tasche mit dem goldenen Bügel ist Ihnen nicht aufgefallen? Oder daß der Anzug an den Rändern dunkler abgesetzt war?«

»Nein, und daran kann ich mich auch jetzt nicht erinnern, wo Sie es sagen. Tut mir leid, aber ich habe Ihnen alles erzählt, was ich weiß.«

Wexford schüttelte den Kopf. Nicht, weil er Zweifel an ihrer Aussage hegte, sondern weil er mit sich selbst nicht im reinen war. Nachdem sie aufgelegt hatte, war er einen Augenblick davon überzeugt gewesen, daß Mrs. Peveril Dawn überhaupt nicht gesehen hatte, daß sie nach dem Anruf ihrer Freundin eine Möglichkeit gesehen hatte, sich wichtig zu machen, an einer Sensation teilzuhaben. Sie hatte zwar gesagt, sie habe sich das Aussehen der jungen Frau genau eingeprägt, um ihrem Mann von ihr zu erzählen, hatte ihm aber nichts erzählt. Inzwischen stand für ihn fest, daß sie Dawn gesehen haben mußte. Wie sonst hätte sie – und nur sie! – die Tasche und den dunkler abgesetzten Rand des Kasacks beschreiben können?

9

Drei Häuser grenzten mit ihren Grundstücken an das Gelände von Sundays, drei Gartenpforten führten auf einen schmalen Streifen Land, hinter dem der Steinbruch lag. Die Gärten waren durch hohe Flechtzäune voneinander abgegrenzt, der Streifen Land war mit dichtem Buschwerk und ziemlich hohen Bäumen bewachsen. Man hätte mühelos, überlegte Wexford, des Nachts eine Leiche aus einem dieser Häuser tragen und in den Steinbruch werfen können. Hätte aber Dawn eins dieser Häuser betreten und nicht den Weg über die Felder eingeschlagen, hätte Mrs. Peveril sie dabei beobachtet und wäre von Sensationsgier erfaßt worden – wäre es dann nicht eine viel größere Sensation gewesen, bei der Polizei mit einer solchen Auskunft herauszurücken?

»Ich dachte, Sie würden mich in Ruhe lassen, nachdem ich Ihnen die Wahrheit gesagt habe«, quengelte Mrs. Peveril. »Wenn Sie mich plagen, werde ich krank. Gut, es stimmt, daß Mrs. Clarke mich angerufen hat. Das bedeutet aber doch noch nicht, daß ich die Person nicht gesehen habe. Ich hab sie gesehen, ganz genau hab ich gesehen, wie sie über die Felder gegangen ist.«

»In einem dieser Häuser hätte sie sowieso nicht verschwinden können, Sir«, sagte Burden. »Höchstens in dem von Mrs. Peveril. Und dann hätte die Gute bestimmt nichts davon verlauten lassen, daß sie Dawn gesehen hat. Zu Dunsand oder zu Miss Mowler kann Dawn nicht gegangen sein. Wir haben uns in Myringham erkundigt, an der Uni, da ist Dunsand erst gegen sechs weggefahren, und dann war er bestenfalls um halb sieben zu Hause, eher zwanzig vor sieben. Miss Mowler war bis Viertel vor acht bei einer Freundin in Kingsmarkham.«

Sie gingen zurück zum Revier und standen schon vor dem Aufzug, als Wexford an einem scharfen Zugwind merkte, daß jemand die Doppeltür zur Eingangshalle aufgerissen hatte. Er wandte sich um. Was er sah, war erstaunlich genug. Der Mann war ein Riese, bedeutend größer als Wexford, der über eins achtzig war, und hatte buschiges, pechschwarzes Haar. Er trug einen knöchellangen gescheckten Mantel aus kurzgeschorenem Fell und hatte eine durchweichte Leinentasche in der Hand, aus der es auf den Fußboden tropfte. In der Halle blieb er stehen, sah sich selbstsicher um und ging zielbewußt auf Sergeant Camb zu, der hinter seinem Tresen saß und Tee trank. Wexford trat ihm in den Weg. »Mr. Mbowele, wenn ich nicht irre? Wir sind uns schon einmal begegnet.« Wexford streckte seine Hand aus, die sogleich in dem schmerzhaften Griff einer kupferfarbigen Tatze verschwand. »Was kann ich für Sie tun?«

Der junge Afrikaner sah auffallend gut aus. Er besaß diese unwiderstehliche männliche Ausstrahlung, die Modeschöpfer, Model-Agenturen und Fotografen dazu veranlaßt haben, sich den Slogan »Black is beautiful« anzueignen. Er sah Wexford aus sanften dunklen Augen an, gab seine Hand frei, ließ die durchweichte Tasche zu Boden fallen und knöpfte den Mantel auf. Darunter kam eine nackte Brust zum Vorschein, auf der eine Kette aus kleinen grünen Steinen hing.

»Ätzend, dieser Regen, Mann«, sagte er und schüttelte sich Wassertropfen aus dem Haar. »Und so was nennt ihr Juni?«

»Für das Wetter kann ich nichts.« Wexford deutete auf die Tasche. »Und für das da kann der Regen auch nichts – es sei denn, die Sintflut hätte schon begonnen.«

»Hab ich aus dem Wasser gefischt«, sagte Louis Mbowele. »Nicht hier. In Myringham. Euer Kingsbrook hat sich ja im Augenblick zu einem richtigen Fluß gemausert. Ich geh jeden Morgen dort spazieren, am Wasser kann ich denken.« Er reckte die Arme. Man konnte sich gut vorstellen, wie er mit langen Schritten an dem lebhaft dahinrauschenden Fluß entlangging, seine Gedanken in ebenso lebhafter Bewegung, sein Körper strotzend vor federnder Kraft. »Ich habe über Wittgensteins Atomizitätsprinzip nachgedacht...«

»Über *was*?«

»Für ein Referat. Aber das nur nebenbei. Und wie ich so ins Wasser sehe, schwimmt da dieser Fummel aus lila Seide...«

»*Der* ist in der Tasche?«

»Haben Sie's noch nicht gerafft? Natürlich hab ich gleich gewußt, was es ist, Mann, ich les schließlich Zeitung. Ich wate also rein und fisch das Ding raus und greif mir eine Tasche – sie gehört meiner Freundin – und bring es her.«

»Sie hätten es nicht anrühren dürfen, Mr. Mbowele.«

»Louis, Mann, Louis. Wir sind schließlich alle Freunde.

Ich hab nichts gegen die Bullen. In einem ordentlichen Staat haben auch die Bullen ihren Platz. Ich bin kein Anarchist.«

Wexford seufzte. »Na gut, dann kommen Sie mal mit nach oben. Nehmen Sie die Tasche mit.«

Im Büro machte es sich Louis sogleich gemütlich, indem er den Fellmantel auszog und sich mit dem Futter die Haare abtrocknete. Er setzte sich in einen Sessel wie jemand, der eher gewohnt ist, auf dem Boden zu sitzen, ein langes Bein hatte er von sich gestreckt, das andere ließ er über die Sessellehne hängen.

»An welcher Stelle haben Sie das gefunden, Louis?«

»Im Fluß zwischen der Mill Street und dem Campus. Muß von hier flußabwärts geschwommen sein. Jetzt flippen Sie bloß nicht aus, Mann. Hätt ich's nicht rausgefischt, wär's jetzt schon irgendwo im Meer. Immer cool bleiben.«

Wexford mußte lachen. »Ich bleib ja cool. War sonst noch was im Fluß?«

»Fische.« Louis feixte. »Und Stöcke und Steine und 'ne Masse Wasser.«

Es hatte keinen Sinn, nach einer Tüte mit Lebensmitteln zu fragen. Welche Papiertüte, welcher Pappbecher hätten sich zehn Tage lang und zwanzig Kilometer weit in einem reißenden Fluß gehalten? Die Konserven, das Glas mochten noch intakt sein. Aber es wäre ein Wunder, wenn sie an genau derselben Stelle angetrieben worden wären wie der Hosenanzug, den Louis Mbowele ihm gebracht hatte. Vielleicht waren im Wittgensteinschen Prinzip solche Zufälle vorgesehen, aber Wexford hütete sich, diesen Gedanken weiter auszuspinnen. Die Tasche und zum Teil auch der Mantel durchweichten seinen Teppich.

»Ich bin Ihnen sehr dankbar, soviel Gemeinsinn ist wirklich erfreulich.« Mit großer Selbstüberwindung streckte Wexford dem Afrikaner erneut die Hand hin und brachte es fertig, nicht zu zucken, als der eiserne Griff sich um sie schloß. »In zehn Minuten geht ein Bus nach Myringham, den könnten Sie noch erwischen.«

»Muß ich auch, wenn ich Lens Tutorium mitnehmen will.« Er sah zum Fenster. Es goß in Strömen. »Waren Sie schon mal in Marumi?«

»In Marumi?«

»Das ist mein Land. Manchmal regnet's da drei Jahre hintereinander nicht. Verdammt trocken, Mann. Mögen Sie Sonne?«

»Wäre zur Abwechslung gar nicht schlecht«, sagte Wexford.

»Wie haben Sie neulich gesagt? Gedenke mein, wenn du in dein Reich kommst. Na ja, Reich ist vielleicht zuviel gesagt, aber Bullen hat auch ein kleines Land nötig, und ich könnte Sie gebrauchen. Sie müssen bloß noch Ihre Komplexe über Bord werfen. Na, war das nicht scharf?«

»Bis dahin bin ich zu alt, Louis.«

»Jeder«, verkündete der Philosoph, »ist so alt, wie er sich fühlt.« Wexford schätzte ihn auf etwa zwanzig. »Es dauert gar nicht mehr so lange, ehrlich. Überlegen Sie sich's, Mann. Wär echt stark.«

Vom Fenster aus sah Wexford ihm nach, wie er, die nasse, leere Tasche schwenkend, die Straße überquerte. Er lachte leise vor sich hin. Als Burden hereinkam, sah er von den lila Fetzen auf, die er gerade untersucht hatte.

»Man hat mir gerade einen Job angeboten, Mike.«

»Und was sollen Sie da machen?«

»Mein eigenes Ding, Mann, mein eigenes Ding. Wenn ich hier vor Regen und Langeweile ausflippe, kann ich in einem schwarzen Ruritanien Polizeichef werden. Stellen Sie sich mal vor, wie ich da herumstolziere – mit goldenen Epauletten, eine Mauser an jeder Hüfte...«

»Du liebe Güte!« Burden zupfte mit spitzen Fingern an dem zerrissenen Stoff herum. »Ist das der gesuchte Hosenanzug?«

Wexford nickte. »Genau so, wie ihn unsere akkurate Mrs. Peveril beschrieben hat, einschließlich der dunkler abgesetzten Ränder. Louis Mbowele hat ihn im Kingsbrook gefunden, in Myringham. Er ist offenbar durch die starken Regenfälle so weit flußabwärts getrieben worden.«

»Von den Feldern?«

»Aus unserer Gegend jedenfalls. Sie ist hier umgebracht worden, das weiß ich ebenso gewiß, wie ich weiß, daß aus mir niemals der Maigret von Marumi wird.«

Wexford kannte Miss Mowler noch aus der Zeit, als sie Gemeindeschwester in Kingsmarkham gewesen war. Als seine Frau sich den Knöchel gebrochen hatte, war Miss Mowler dreimal in der Woche vorbeigekommen, um sie zu baden und nach ihrem Gips zu sehen. Sie begrüßte ihn wie einen guten alten Freund.

»Mrs. Wexford turnt hoffentlich nicht mehr auf Leitern herum? Und was machen Ihre reizenden Töchter? Letzte Woche hab ich Sheila im Fernsehen gesehen, sie ist ja schon enorm bekannt. Ein erstaunlich gutaussehendes Mädchen.«

»Erstaunlich, wenn man bedenkt, wie der Vater aussieht, was?«

»Aber, Mr. Wexford! Sie wissen ganz genau, daß ich es nicht so gemeint habe.« Miss Mowler errötete und wand sich vor Verlegenheit. Sie versuchte ihren Ausrutscher mit umständlichen Erklärungen wiedergutzumachen, aber Wexford lachte nur und unterbrach sie.

»Ich komme wegen des Mordes, Miss Mowler.«

»Da kann ich Ihnen leider nicht helfen, ich war ja nicht zu Hause.«

»Nein, aber später am Abend waren Sie da. Wenn Ihnen irgend etwas aufgefallen ist, irgend etwas Ungewöhnliches, und sei es auch nur eine Kleinigkeit...«

»Ich kann Ihnen wirklich nicht helfen«, versicherte sie. »Ich wohne erst seit einem Vierteljahr hier und kenne noch kaum meine Nachbarn.«

»Erzählen Sie mir, was Sie über Ihre Nachbarn wissen. Besonders interessieren mich die Peverils.«

Die Diele des Bungalows war mit einem grellbunten Teppichboden ausgelegt, Schwarz- und Goldtöne dominierten. Der Fußbodenbelag war am Rand hochgezogen und ging in eine außergewöhnlich häßliche Tapete über. Wexford überlegte, ob die mit lippenstiftroten Blüten gezierten Zweige mit gewundenen schwarzen Stengeln und goldglänzenden Blättern wirklich Miss Mowlers Geschmack entsprachen. Er sagte es nicht laut, aber sein Gesicht sprach offenbar Bände, denn sobald Miss Mowler ihn ins Wohnzimmer geführt hatte, fing sie bezeichnenderweise sofort an, sich wortreich zu entschuldigen.

»Scheußlich, nicht? Die Baugesellschaft hat die Bungalows schlüsselfertig und komplett tapeziert übergeben. Haarsträubender Geschmack. Hier im Wohnzimmer hab ich blaue Vögel und orangefarbene Lilien an der Wand. Und bei Mr. Dunsand nebenan ist es ganz genauso. Soviel ich weiß, will er in den Ferien neu tapezieren. Aber für eine alleinstehende Frau wie mich ist das zu teuer und zu anstrengend. Dummerweise ist es eine sehr gute Tapete, problemlos abwaschbar. Ob es bei den Peverils ebenso aussieht, weiß ich nicht, ich glaube, sie konnten sich die Tapeten selber aussuchen, aber ich war nie dort.«

»Mrs. Peveril ist eine eigenartige Frau.«

»Sehr neurotisch, finde ich. Ich hab sie mal im Garten mit ihrem Mann streiten hören. Sie hat hysterisch geheult.«

»Worüber haben sie gestritten, Miss Mowler?« fragte Wexford.

»Sie warf ihm vor, ihr untreu zu sein. Ich habe alles mitbekommen, ich konnte gar nichts dagegen machen.« Wexford, der eine weitere Abschweifung mit einer Flut von Entschuldigungen fürchtete, schüttelte lächelnd den Kopf. »Na ja, wenn man der Polizei so was erzählt, ist es ja kein Klatsch, nicht? Mrs. Peveril spricht mich manchmal auf der Straße an. Ich kenne sie kaum, aber das hindert sie nicht daran, die – die intimsten Sachen zu sagen. Ich finde es nicht gut, wenn der Mann zu Hause arbeitet, was meinen Sie?«

»Warum nicht, Miss Mowler?«

»Solche Ehepaare hocken ständig beieinander. Und wenn die Frau besitzergreifend und eifersüchtig ist, nimmt sie es übel und schöpft Verdacht, sobald er doch mal ohne sie weggeht. Mrs. Peveril scheint total auf ihren Mann fixiert zu sein, und natürlich verkraftet der Ärmste das nicht. Wer täte das schon? Ich glaube, er wollte nicht hierherziehen, sie war die treibende Kraft dabei. Sie ist eine von denen, die immer wegläuft, wenn Sie wissen, was ich meine.«

»Geht sie denn nie ohne ihren Mann aus?«

»Frauen wie sie begreifen einfach nicht, daß das, was dem einen recht ist, dem anderen auch billig sein müßte. Am Montagabend hat sie ihren Nähkurs, und manchmal geht sie abends noch einmal mit Mrs. Clarke aus.«

»Sie haben sicher Dawn Stonor gekannt?«

Jede Andeutung, sie sei mit einem Mordopfer bekannt gewesen, hätte eigentlich bei einer Frau von Miss Mowlers Veranlagung der Auslöser für weitschweifige Rechtfertigungsversuche sein müssen. Aber sie verzog nur den Mund und machte ein pikiertes Gesicht. »Eine sehr egoistische, oberflächliche Person. Ich kenne die Familie gut. Natürlich schaue ich immer noch hin und wieder bei ihrer Großmutter, Mrs. Peckham, herein. Es hätte der alten Frau unheimlich gutgetan, wenn Dawn sich hätte überwinden können, öfter mal nach Hause zu fahren. Aber so ist die Jugend von heute… Als ich noch nicht im Ruhestand war, habe ich das Dawn auch gesagt, aber sie wurde immer gleich ausfallend. Sie könne unsere Stadt und ihre Mutter nicht riechen, hat sie gesagt und von einer unglücklichen Jugend gefaselt. Wenn ich das schon höre! Sie kommen alle mit ihrer unglücklichen Jugend daher, Mr. Wexford, wenn sie was angestellt haben.« Sie warf den Kopf zurück. »Ich habe sie schon zwei, drei Jahre nicht mehr gesehen und kann nicht behaupten, daß es mir leid tut.«

Es war völlig untypisch für Miss Mowler, daß ihr etwas nicht leid tat. Dawns Ausfälligkeiten hatten sie demnach tief getroffen. Wexford bedankte sich und ging. Dunsands Bungalow bot den unzugänglich-abweisenden Anblick eines Hauses, das tagsüber meist unbewohnt ist. Die Fenster waren geschlossen, auf der Schwelle stand eine Milchflasche, unter die ein Zettel geschoben war. Nebenan goß Mrs. Peveril, angetan mit einer blütenweißen Kittelschürze, einen Blumenkasten. Sie sah Wexford, tat, als habe sie ihn nicht bemerkt, lief ins Haus und schlug die Tür hinter sich zu.

Mrs. Peveril war ziemlich massiv und vorzeitig in die Breite gegangen. Sie mochte zehn, zwölf Kilo mehr wiegen als die fünfundzwanzig Jahre ältere Miss Mowler. Mit Sicherheit hatte sie nicht Größe achtunddreißig, eher schon vierundvierzig. Aber in sieben Jahren können Frauen einiges an Gewicht zulegen. Und Joan Miall hatte gesagt, das Kleid sei mindestens sieben Jahre alt…

Er ließ sich in die Lower Road fahren. Dabei fiel ihm wieder die nervöse Unruhe seines Fahrers, des jungen Stevens, auf. Er hatte schon seit ein paar Tagen den Eindruck, daß der

Junge etwas auf dem Herzen hatte und es nicht herausbrachte. Er sagte wohl »Ja, Sir« und »Nein, Sir«, aber es klang nie ganz endgültig, immer schwang in den Antworten ein vages Zögern mit, oft folgte eine geistesabwesende Pause, ehe er sich abwandte und den Wagen anließ. Wexford erkundigte sich ein paarmal, was los sei. Nachdem er als Antwort immer wieder nur ein respektvolles Kopfschütteln bekommen hatte, dachte er sich, daß Stevens privaten Kummer haben mochte, über den er liebend gern gesprochen hätte, wenn er nur seine Schüchternheit hätte überwinden können.

Mrs. Stonor stand in der Küche und bügelte, ihre Mutter saß in einem Schaukelstuhl daneben. Der Schaukelstuhl quietschte bei jeder Bewegung, und Mrs. Peckham, deren boshafte Munterkeit an diesem Tag noch ausgeprägter war, schaukelte fleißig hin und her, freute sich diebisch an dem Geräusch – es heißt, daß einem selbst erzeugte Geräusche nicht auf die Nerven gehen – und kaute an einer Pfefferminzstange.

»Peveril? Nein, den Namen hat sie nie erwähnt«, sagte Mrs. Stonor und ließ ihr Bügeleisen über ein Paar rosafarbene Interlockschlüpfer gleiten, die nur ihrer Mutter gehören konnten, aber so voluminös waren, daß sie die kleine, dürre Person komplett hätten aufnehmen können. »Sie war richtig stolz darauf, daß sie keinen hier aus der Gegend kannte, Provinzheinis hat sie uns genannt, reizend, nicht? In unserer Reinigung ist eine unheimlich nette Frau, die kennt Dawn von klein auf, aber die Dawn hat immer völlig fremd getan, als ob sie die Frau noch nie gesehen hat. Wie finden Sie das?«

Wexford mußte seine Meinung für sich behalten. Wieder einmal machte er sich so seine Gedanken über gewisse gängige Irrtümer. Die Ansicht, die Liebe der Kinder zu ihren Eltern sei naturgegeben, hat sich wohl allmählich überlebt. Nach wie vor aber ist die Auffassung weit verbreitet, Eltern liebten ihre Kinder gewissermaßen automatisch, durch dick und dünn, ungeachtet aller Enttäuschungen und Ernüchterungen. Er selbst hatte bis vor kurzem geglaubt, der Verlust eines Kindes sei das unerträglichste Los, das einen Menschen treffen konnte. Wann würde die Welt begreifen, daß der Tod eines Sohnes oder einer Tochter, der die Eltern der Notwendigkeit enthebt, das Gesicht zu wahren, vor den Nachbarn zu schwindeln, eine Lebenslüge durchzuhalten, eine Wohltat sein kann?

»Hätte sie sich in einen Hiesigen verliebt«, sagte er vorsichtig, »wäre diese vorgefaßte Meinung vielleicht nicht so ins Gewicht gefallen.« Noch während er es sagte, begriff er, daß diese Ausdrucksweise für Mrs. Stonor eine Fremdsprache war.

Sie griff sich den einen Punkt heraus, mit dem sie etwas anfangen konnte. »Die Dawn konnte überhaupt nicht lieben.«

Mrs. Peckham schnaubte. Mit erstaunlichem psychologischen Gespür sagte sie: »Vielleicht hat sie nicht gewußt, wie man's macht. Kinder, die selber nicht geliebt werden, lernen's auch nicht. Ist mit Hunden genauso.« Sie reichte Wexford die Bonbontüte und lächelte grimmig, als er eine Pfefferminzstange nahm. »Und mit Affen auch«, fügte sie hinzu. »Hab ich im *Reader's Digest* gelesen.«

»Wir überlegen, Mrs. Stonor, ob sie zu einem Mann ins Haus gegangen ist.« Bei einer anderen Mutter, die gerade erst die Tochter verloren hat, hätte er es schonender ausgedrückt, hier war Takt offenbar nur sentimentaler Ballast. »Wir halten es für denkbar, daß sie sich mit einem Hiesigen verabredet hatte, während seine Frau aus dem Haus war.«

»Würde ich ihr ohne weiteres zutrauen. Sie war eine

durch und durch unmoralische Person. Aber zu einem Kerl ins Haus wär sie nicht gegangen, das begreif sogar ich. Wär doch bescheuert, wo sie 'ne eigene Wohnung hatte. Da macht sich doch die eine gern dünne, wenn die andere 'ne krumme Tour vorhat.« Das war, wenn auch haarsträubend ausgedrückt, unwiderlegbar. »Dawn hatte noch nicht mal den Anstand, mir so Sachen zu verschweigen«, sagte Mrs. Stonor giftig. »Sie hat mir erzählt, daß sie mit Männern zusammen war. Aufrichtigkeit hat sie das genannt und das Recht auf ihr eigenes Leben. Aufrichtigkeit? Daß ich nicht lache. Ich wär lieber gestorben, als der eigenen Mutter so was zu erzählen.«

Mrs. Peckham stieß ein schrilles Gekakel aus. »Du hast ja auch nichts zu erzählen, Phyllis, du bist überhaupt keine Frau aus Fleisch und Blut.«

»Sei nicht albern, Mutter. Der Sergeant wird sich schön bedanken, daß du dich ständig reinhängst, und überhaupt ist es Zeit für deinen Mittagsschlaf. Seit heute vormittag dieser junge Schnösel da war und dir Honig ums Maul geschmiert hat, bildest du dir wer weiß was ein.«

Wexford, der sich zu seiner Belustigung unerwartet um zwei Stufen degradiert sah, hatte sich schon erhoben, um zu gehen. Jetzt lächelte er der Alten verschwörerisch zu. »Ein Enkel, Mrs. Peckham?«

»Nee, ich hab keine Kinder gehabt außer Phyllis. Ein Jammer.« Das hörte sich nicht so an, als sehne sie sich nach einer zweiten Mrs. Stonor, sondern vielleicht eher nach deren Antithese. »Obgleich er in mancher Beziehung wie ein Enkel für mich war, der Hal.«

»Jetzt tu mir den Gefallen, Mutter, und leg dich hin.«

»Ja doch, Phyllis, ja. Ich geh ja schon.« Der Gedanke, daß sie ohne ihre Tochter kein Dach über dem Kopf und nichts zu essen hätte, stimmte Mrs. Peckham etwas milder, aber lange hielt das nicht an. Sie hievte sich hoch und griff nach den Bonbons. »Du kannst den armen Hal bloß nicht leiden, weil er zu dir nicht so ist wie zu mir. Geküßt hat er mich«, verkündete sie stolz.

»Gehe ich recht in der Annahme, Mrs. Peckham, daß Zeno Vedast Sie besucht hat? Während des Festivals? Das haben Sie mir bisher noch nicht erzählt.«

Sie stützte sich auf ihre Gehstöcke und zog die schmalen Schultern hoch. »Heut vormittag war er da. Er will sich ein Haus hier in der Gegend kaufen, einen dieser großen Kästen, Herrenhäuser haben wir sie genannt. Mächtig rausgemacht hat er sich, der Hal. In dem vornehmen Hotel im Forest hat er 'ne ganze Suite, aber um die alte Oma Peckham zu besuchen und ihr zu sagen, wie leid ihm das mit Dawnie tut, dazu war er sich nicht zu gut. In einem großen goldenen Auto ist er vorgefahren, einen Kuß hat er mir gegeben und 'ne Zweipfundpackung Pralinen hat er mir mitgebracht.« Ihre Augen glitzerten begierig bei dem Gedanken an das Konfekt, das vielleicht in ihrem Zimmer auf sie wartete. Sie seufzte zufrieden. »Jetzt geh ich und mach mein Nickerchen«, sagte sie.

10

Burdens Kinder waren jetzt alt genug, um sich selbst etwas zum Abendessen zu machen, wenn sie in das leere Haus zurückkamen. Häufiger allerdings gingen sie direkt von der Schule zu ihrer Tante Grace, und in den Ferien verbrachte Pat Burden fast den ganzen Tag dort und spielte mit dem Baby. Ihr Bruder streunte nach Art aller Halbwüchsigen mit einer kleinen Clique Gleichaltriger herum. Zusammen streiften sie über die Felder, fischten im Kingsbrook oder ließen im *Carousel*, ihrem Stammcafé, die Musikbox dudeln. Burden wußte genau, daß das Leben seines Sohnes nur wenig anders verlaufen wäre, wenn es in dem Haus in der Tabard Road noch eine Mutter gegeben hätte. Er hatte Verständnis dafür, daß Mädchen eine erwachsene Frau als Vorbild brauchen, und wußte, daß Pat dieses Vorbild in Grace gefunden hatte. Trotzdem war er ständig in Sorge um seine Kinder. Würde John in die Kriminalität abgleiten, wenn er sich nach neun Uhr abends noch draußen herumtrieb? Würde Pat bleibenden Schaden erleiden, weil man ihr mit dreizehn gelegentlich abverlangte, eine Konservendose aufzumachen oder Tee zu brühen? War das Taschengeld, das sie von ihm bekamen, zu reichlich oder zu knapp bemessen? War er es seinen Kindern schuldig, eine zweite Ehe einzugehen? Obgleich er sich im Grunde keiner Schuld bewußt war, plagten ihn schwerste Gewissensbisse.

Er gab sich geradezu lächerliche Mühe, ihnen nicht etwas zuzumuten, was man zu Lebzeiten seiner Frau nicht von ihnen gefordert hatte. Deshalb ging er sehr oft mit ihnen essen oder kaufte teure Tiefkühlkost. Pat durfte die Strecke vom Haus ihrer Tante Grace bis zur Tabard Road – ein guter Kilometer – nie zu Fuß gehen. Zu Jeans Lebzeiten hätte er sich dabei überhaupt nichts gedacht. Ein mutterloses Kind aber mußte selbstverständlich in Vaters Wagen abgeholt werden. Er quälte sich mit schrecklichsten Selbstvorwürfen, wenn ein dringender Fall ihn festhielt und Pat eine Stunde warten oder gar den ganzen Abend bei ihrer Tante verbringen mußte.

Das alles war Wexford bekannt. Er hätte deswegen Burden zwar nie wichtige dienstliche Pflichten erlassen, aber er verzichtete – wenn auch ungern – auf die frühere Übung, nach dem Dienst mit dem Inspektor auf ein Bier ins *Olive and*

Dove zu gehen, um anstehende Probleme mit ihm zu besprechen. Als Diskussionspartner war Burden nicht mehr zu gebrauchen. Er ließ die Uhr nicht aus dem Auge, jedes Glas war »aber nun wirklich das letzte«, und von Zeit zu Zeit fuhr er hoch und fragte sich laut und sorgenvoll, ob wohl John schon zu Hause war.

Doch alte Gewohnheiten sind zählebig. Wexford hätte wesentlich lieber im Pub gesessen als in Burdens unordentlichem Wohnzimmer, dem zwei Teenager ihren Stempel aufgedrückt hatten. Er hatte ein schlechtes Gewissen, wenn Pat nicht fürs Ballett üben konnte und John den Plattenspieler abstellen mußte, aber hin und wieder mußte er einfach mit Burden reden, mußte auch außerhalb der Dienstzeit das eine oder andere mit ihm erörtern. Als er an jenem Abend zum Haus kam, hörte er schon von draußen das Dröhnen der Bässe, das Kreischen und Jaulen von Popmusik.

Burden war in Hemdsärmeln und hatte sich eine Plastikschürze umgebunden, die er eilig ablegte, als er sah, wer vor ihm stand. »Bin gerade mit dem Abwasch fertig«, sagte er. »Ich hol uns schnell noch Bier.«

»Nicht nötig, ich hab uns was mitgebracht. Was glauben Sie denn, was ich in der Tasche habe? Weitere Schätze aus dem Fluß? Wer ist der Sänger, John?«

»Zeno Vedast«, sagte John ehrfurchtsvoll und sah seinen Vater an. »Ich mach gleich aus…«

»Mich stört's nicht«, sagte Wexford. »Ich hör seine Stimme ganz gern.«

Vedast sang keins der Lieder vom Sundays-Festival, sondern einen älteren Hit, der so lange die Nummer Eins in den Charts gewesen war, daß sogar Wexford ihn kannte. Ein-, zweimal war es ihm sogar passiert, daß er die Melodie vor sich hin gesummt hatte. Es war ein sanfter Folk-Song über eine Hochzeit auf dem Lande.

»Dad will mir das Sundays-Album zum Geburtstag kaufen.«

»Da werden Sie einige Scheinchen los, Mike.«

»Sechs Pfund«, bestätigte Burden düster.

»Ich möchte wohl wissen, ob sich der eine oder andere dieser Songs halten wird. Wir vergessen gern, daß so manches Stück, das heute berühmt ist, zu seiner Zeit zur Popmusik zählte. Es heißt, daß Mozart nach der Uraufführung von *Figaros Hochzeit* hörte, wie die Laufjungen auf der Straße *Non piu andrai* pfiffen. Und heute ist es immer noch beliebt.«

»Tatsächlich?« sagte Burden ebenso höflich wie verständnislos. »Jetzt stell den Plattenspieler ab, John. Mr. Wexford ist nicht zu einem Schwatz über Zeno Vedast oder Goodbody oder wie er heißt gekommen.«

»Doch, eben deshalb bin ich gekommen.« Wexford ging in die Küche, griff sich ein Geschirrtuch und begann, ohne sich um Burdens Proteste zu kümmern, Gläser abzutrocknen. »Ich glaube, wir sollten, ehe wir weitere Ermittlungen anstellen, Dawns Löwen einen Besuch abstatten.«

»Wenn wir wüßten, wo er zur Zeit steckt.«

»Das ist kein Problem, Mike. Er steckt hier in der Gegend, genauer gesagt im *Cheriton Forest Hotel*.« Wexford trank das Bier, das Burden ihm eingeschenkt hatte, und berichtete dem Inspektor von seinem Gespräch mit Mrs. Peckham. »Möglich, daß die Sache völlig belanglos ist. Vielleicht ist es seine Masche, alte Damen mit seinem Besuch zu beglükken, so wie Unterhauskandidaten Babies auf den Arm nehmen, um sich bei der Bevölkerung im besten Licht zu zeigen. Vielleicht ist er auch nur ein lieber Mensch, dem es ein aufrichtiges Bedürfnis war, der Großmutter zu kondolieren. Allein daraus können wir noch nicht folgern, daß er vor kurzem mit Dawn zusammen war.«

John steckte den Kopf zur Tür herein. »Ich geh weg, Dad.«

Sofort geriet Burden in helle Aufregung. »Wohin? Warum? Was willst du denn jetzt noch draußen?«

»Nur ins *Carousel.*«

»Das trifft sich ganz gut, John«, sagte Wexford beschwichtigend, »wir müssen nämlich auch noch weg. Dein Vater kommt erst gegen halb elf zurück. Am besten läßt du dir den Schlüssel geben, denn du bist ja bestimmt früher wieder zurück.«

In stummer Verblüffung reichte Burden seinem Sohn den Schlüssel. Der nahm ihn entgegen wie einen kostbaren Schatz und verzog sich eiligst, damit sein Vater es sich nicht noch anders überlegen konnte. »Sie haben mit ihm geredet wie mit einem Erwachsenen«, sagte Burden argwöhnisch.

»Kein Bier mehr, Mike, ich möchte, daß Sie fahren.«

»Ins *Cheriton Forest* vermutlich?«

»Ganz recht. Vedast ißt heute im Hotel, ich habe mich erkundigt.« Wexford sah auf die Uhr. »Er müßte eigentlich inzwischen fertig sein.«

»Ich weiß nicht recht. Pat ist bei Grace, aber John...«

»Der Junge ist froh, daß Sie weggehen, ihm ist ein Stein vom Herzen gefallen, haben Sie das nicht gemerkt? Seinetwegen hocken Sie ständig zu Hause. Soll es so weit kommen, daß er Ihretwegen nicht mehr weggehen kann?«

»Wissen Sie, was ich manchmal glaube? Daß zwischenmenschliche Kontakte und Kommunikation einfach nicht machbar sind.«

»Und wissen Sie, was Sie sind? Ein Weihnachtsmann«, sagte Wexford, aber es klang durchaus freundschaftlich.

Der Cheriton Forest, ein großer Fichtenwald, liegt etwa drei Kilometer südlich von Kingsmarkham. Den Wald durchziehen eine Reihe von Schneisen und eine asphaltierte Straße, an der, auf einer großen heidekrautbewachsenen Lichtung, das *Cheriton Forest Hotel* steht.

Es ist neuer und sehr viel eleganter als das *Olive and Dove* in Kingsmarkham. Das Haupthaus aus den dreißiger Jahren ist einem Herrenhaus der Tudorzeit nachempfunden, aber es hat zu viele Balken und Pfosten, der Putz ist zu weiß, die Balken sind zu schwarz, die Holzarbeiten mehr Dekoration als integraler Teil des Baus. Mit der Zeit hätte das Haus vielleicht eine gewisse Patina angesetzt, aber eine riesige verglaste Bar und Reihen von Motel-Bungalows, die in den sechziger Jahren dazugekommen sind, haben es ein für allemal verschandelt.

Als Wexford und Burden eintrafen, war es noch hell, ein trüber Sommerabend, windig und kühl. Eine frische Brise bewegte die Bäume vor einem blassen Himmel, an dem graue, im Westen rötlich geränderte Wolken vorüberzogen, sich zusammenballten, auseinanderdrifteten, vom Wind verweht wurden.

Am Samstagabend hätten sich um diese Zeit auf dem Hof die Wagen und in der Bar die Gäste gedrängt. Heute, in der Wochenmitte, sah man durch die Tüllgardinen einige wenige gesetzte Dinnergäste und Kellner, die ohne Eile mit Tabletts an den Tischen entlanggingen. Das Fenster des *Speisesaals* war geschlossen wie alle anderen Fenster im Haus, bis auf eine Glastür im ersten Stock. Sie führte auf einen Balkon, der überhaupt nicht zum Stil des Hauses paßte. Der Wind schlug die Tür mit den Antikglasscheiben zu und ließ sie wieder aufspringen, hin und wieder erfaßte er auch die Samtvorhänge und zog und zerrte an ihnen wie an Wäschestücken auf der Leine.

In den Parkbuchten war reichlich Platz für die fünf, sechs Wagen, die dort standen. Auf dem eigentlichen Vorplatz war nur ein Wagen zu sehen, ein goldener, schräg geparkter

Rolls-Royce. Die silberne Schnauze seiner Kühlerhaube hatte sich in eine Blumenrabatte gebohrt und die Geranienblüten zerquetscht.

Wexford besah sich das Gefährt aus den Fenstern seines Wagens, den Burden ordentlich, wie man das von einem pflichtbewußten Staatsdiener erwarten durfte, in eine leere Parkbucht manövrierte. Gehört hatte er schon von der Mode, Autokarosserien mit einem pelzigen, wie Fell oder grober Samt wirkenden Überzug zu versehen, gesehen hatte er so etwas bis jetzt allerdings nur auf den Anzeigenseiten der Hochglanzmagazine, noch nie mit eigenen Augen. Der Rolls hatte ein goldgelbes Fell, kräftig sandfarben wie eine Löwenmähne, mit einem sanften, satten Glanz, und auf der Haube, direkt über dem Kühlergitter, war die Figur eines springenden Löwen angebracht, der aus massivem Gold zu sein schien.

»Schon wieder das Raubtiermotiv«, sagte er und trat an den Wagen heran. In diesem Augenblick öffnete sich die Fahrertür, und eine Frau stieg aus. Es war Nell Tate.

»Guten Abend«, sagte er. »Wir sind uns schon einmal begegnet.«

»So? Ich wüßte nicht...« Sie hatte offenbar Übung darin, den Star vor aufdringlichen Fans abzuschirmen.

»Auf dem Festival.« Wexford stellte sich und Burden vor. »Ich möchte gern mit Mr. Vedast sprechen.«

Nell Tate sah ihn erschrocken an. »Sie können nicht zu Zeno, er ruht, wahrscheinlich schläft er gerade. Wir versuchen alle, uns heute abend etwas zu erholen. Ich bin nur heruntergekommen, weil ich etwas aus dem Wagen brauchte.«

Nell Tate, angetan mit einem engen Gewand aus Silberspitze, offensichtlich ohne etwas darunter, schweren Platinschmuck an Hals und Handgelenken, sah in der Tat erholungsbedürftig aus. Sie wirkte erschöpft und abgehetzt. Das linke Auge unter der silbern-violetten Schminke war dick angeschwollen und blutunterlaufen. Wexford, der sie unauffällig musterte, dachte bei sich, daß es beträchtlicher Selbstüberwindung bedurfte, um an dieses wunde Häutchen falsche Wimpern zu kleben.

»Es hat keine Eile«, sagte er beschwichtigend. »Wir können warten. Wohnen Sie im Motel?«

»Aber nein.« Ihre künstliche Sicherheit geriet sichtlich ins Wanken. »Wir haben die sogenannte Elisabethensuite. Können Sie mir sagen, worum es geht?«

»Um Dawn Stonor. Richten Sie ihm aus, daß wir mit ihm über Dawn Stonor sprechen wollen.«

Sie bemühte sich gar nicht erst, Verständnislosigkeit zu heucheln, fragte nicht, wer Dawn Stonor sei. »Gut, ich sag's ihm. Könnten Sie nicht morgen kommen?«

»Wir warten lieber«, sagte Wexford. Burden und er folgten ihr in die Hotelhalle. Ein Portier war hochgeschnellt und riß ihr die Tür auf. Als Wexford sah, wie sie mit hocherhobenem Kopf und wiegenden Schultern ohne ein Wort oder ein Nicken an dem Mann vorbeirauschte, verhärtete er sein Herz. »Wir geben Ihnen eine Viertelstunde, dann kommen wir nach.«

Sie ging zum Aufzug. Den Portier schien die Abfuhr nicht zu stören. Er sah ihr bewundernd nach. Als sie in der Aufzugkabine stand, warfen die Spiegelwände ihr Bild dreifach zurück. Vier silbrig glitzernde Blondinen, vier verschwollene Augen funkelten Wexford böse an, dann schlossen sich die Türen, und sie entschwebte nach oben.

»Astrein«, sagte der Portier aus tiefstem Herzen.

»Was machen die Herrschaften denn hier?« fragte Wexford.

»Mr. Vedast möchte einen Landsitz erwerben, Sir.«

Jeder normale Mensch, dachte Wexford, würde sich

schlicht und einfach ein Haus kaufen. Er angelte nach Kleingeld, erwischte aber nur ein Fünfzig-Pence-Stück. »Schon was gefunden?«

»Vielen herzlichen Dank, Sir. Sie fahren jeden Tag los, Sir, er und Mr. und Mrs. Tate. Ein paar Fans haben versucht, ihn abzufangen, aber die haben kein Glück gehabt, weil Mr. Vedast immer in seiner Suite ißt.«

»Sie hat einen Heidenschrecken bekommen, als Sie ihr gesagt haben, wer wir sind«, meinte Burden, als der Portier außer Hörweite war.

»Ich weiß, aber vielleicht scheut sie sich nur, ihn zu stören. Wer mag ihr wohl zu dem blauen Auge verholfen haben?«

»Ich tippe auf ihren Mann, den armen Hund. Wenn das keine *ménage à trois* ist... Was meinen Sie, ob die Suite zwei Schlafzimmer hat oder nur eins?«

»Für jemanden, der sich als Puritaner sieht, haben Sie ein höchst ungesundes Interesse an solchen Dingen, Mike. Hier haben Sie die *Nova* zum Lesen, mir können Sie *The Fields* rüberreichen.«

Eine Viertelstunde blätterten sie in den Hochglanzzeitschriften, die in der Shakespeare Lounge auslagen. Ein betagtes Paar kam herein. Die beiden schalteten den Fernseher ein. Als der Bildschirm farbig flimmerte und der Ansager Cricket-Ergebnisse herunterspulte, sahen sie nicht mehr hin und vertieften sich in ihre Romane. Ein Dalmatiner kam herein, lief ein bißchen in der Lounge herum und ließ sich dann mit einem dumpfen Plumps vor den kalten Elektrokamin fallen.

»Es ist soweit«, sagte Wexford. »Auf in die Höhle des Löwen.«

11

Die Suite war im ersten Stock. Die Tür öffnete ihnen nicht Nell, sondern ein kleiner, brünetter Mensch um die Dreißig, der sich als Godfrey Tate vorstellte und sie mit einem kargen Lächeln bedachte. Er hatte überhaupt etwas Karges, Sparsames an sich, von dem ziemlich langen, dünnen, schwarzen Haar und der Andeutung eines Schnurrbärtchens bis zu den auffallend kleinen Füßen, an denen er Schnürschuhe trug. Er hatte schwarze Röhrenhosen an und ein sehr kurzes, enges Hemd, und vermittelte den Eindruck, daß er sich in seinen Bewegungen, seinen Worten und seinem Benehmen auf das Mindestmaß dessen beschränkte, was sich in unserer Gesellschaft gerade noch vertreten läßt.

»Zeno kann zehn Minuten für Sie erübrigen.«

Sie standen in einem kleinen Vorraum, der voller Blumen war, Gestecken mit Rosen, Wicken und Stephanotis, deren Duft schwer und süßlich in der Luft hing. Als Burden eine der Vasen streifte, fiel eine Rose heraus. Er fluchte leise. Der Salon hatte ganz und gar nichts Elisabethanisches, sondern glich mit seinen rosafarbenen Spiegeln an den Wänden, den Alkoven mit weiteren Blumengestecken in vergoldeten Urnen und einer Glastür mit Samtvorhang, die auf einen Balkon führte, eher einem provinziellen Spielkasino. Hier war die Luft weder stickig noch einschläfernd. Sämtliche Türen standen offen, man konnte in ein Badezimmer sehen, in dem nasse Handtücher herumlagen, und in zwei Schlafzimmer, eins mit einem breiten Doppelbett und das andere mit zwei einzelnen Betten. Das zerwühlte Bettzeug ließ darauf schließen, daß beide bis vor kurzem noch benutzt worden waren, aber wer mit wem in welchem gelegen hatte, ließ sich nicht ausmachen. In den Schlafzimmern lagen – wie im

Salon auch – getragene Kleidungsstücke, Zeitschriften und Schallplatten herum, überquellende Koffer standen im Wege. Ein kräftiger Wind blies durch die geöffneten Fenster, rüttelte an den Blumen und ließ die geblähten Vorhänge flattern.

Nell Tate war blau vor Kälte und hatte Gänsehaut an den Armen. Ihr Gespiele hingegen saß mit nackter Brust an einem Tisch am Fenster und vertilgte mit der Hingabe eines Menschen, der in seiner Kindheit von Bohnen mit Tomatensoße gelebt hat, einen Entenbraten.

»Guten Abend, Mr. Vedast. Entschuldigen Sie, daß wir Sie beim Essen stören.«

Vedast stand nicht auf, aber über sein haarloses, wie poliert wirkendes Gesicht, das nur aus Haut und Knochen zu bestehen schien und einen fast slawischen Schnitt hatte, ging ein breites Grinsen. »Hallo. Guten Abend, miteinander. Kaffee?« Seine Stimme klang nicht affektiert, sie verriet noch immer die hiesige Mischung aus schnarrendem Sussex-Dialekt und Cockney-Anklängen. »Laß noch Kaffee kommen, Nello, und nimm das da weg.« Mit einer umfassenden Geste wies er auf die anderen beiden Teller mit erkaltetem, fast unberührtem Essen, die Schüsseln, das Körbchen mit Toast. »Los, sag dem Zimmerservice Bescheid.« Auch die Nachspeise hatte noch niemand angerührt. Vedast nahm kurzerhand die Schüssel auf den Schoß.

»Vielleicht möchten die Herren lieber was trinken«, sagte Godfrey Tate.

»Im Klartext: Du möchtest was trinken, Goffo. Weißt du nicht, daß ihnen Alkohol im Dienst verboten ist?«

Vedast löffelte die Nachspeise und griente Wexford an. Er hatte ein bei aller Häßlichkeit attraktives Gesicht, sehr blaß und seltsam nackt. Seine hellbraunen Augen wirkten manchmal fast gelb. »Das Schlimme bei Nello und Goffo ist, daß sie nichts lesen«, sagte er. »Sie sind nicht gebildet. Jetzt los, Kinder, ans Telefon und an die Flasche.«

Wie verdrossene Sklaven taten die Tates, was er verlangte. Tate nahm eine fast leere Flasche Brandy aus einem auf Louis-Quinze gequälten Schränkchen und kippte den Rest in ein Glas. Er trank im Stehen und betrachtete mit finsterer Miene seine Frau, die den Kaffee bestellte. Vedast lachte.

»Setz dich doch. Es ist dir hoffentlich nicht zu kalt?« Er streckte Nell eine Hand hin und winkte ihr, die Lippen wie zu einem Pfiff spitzend. Nell Tate kam bereitwillig – allzu bereitwillig – zu ihm herüber. Sie zitterte vor Kälte, nur mit Mühe brachte sie es fertig, nicht mit den Zähnen zu klappern. »Frische Luft ist gut für Nello und Goffo. Wenn ich nicht auf ihre Gesundheit achte, würden sie den lieben langen Tag im warmen Stall hocken wie die Hühner. Ich glaube fast, wir gehen morgen zu Fuß auf Haussuche, Nello.«

»Ohne mich«, sagte Tate.

»Ich bin untröstlich! Du hast aber sicher nichts dagegen, wenn Nello mich begleitet?« Vedast, der hager und ausgehungert wirkte, machte die für drei Personen gedachte Schüssel leer. »Vielleicht können unsere Besucher uns ein paar Tips geben, was hier an hübschen Häusern zum Verkauf steht?«

»Wir sind keine Grundstücksmakler, Mr. Vedast«, sagte Burden, »und wir sind hier, um Ihnen Fragen zu stellen, nicht um sie zu beantworten.«

Der Kaffee kam, ehe Vedast etwas erwidern konnte. Tate sah nur kurz hin, leerte sein Glas und suchte im Schrank nach einer neuen Flasche. Während seine Frau Kaffee einschenkte, fand er eine, sie war ganz hinten versteckt und offen, aber noch voll. Er goß sich einen großzügigen Schuß ein und nahm einen tiefen Zug.

Gleich darauf krümmte er sich, würgte und legte eine Hand vor den Mund.

»Pfui Deibel!« Feucht rann es durch seine Finger. »Das ist kein Brandy. Was, zum Teufel, ist das für ein Zeug?«

Vedast lachte mit schiefgelegtem Kopf. »Methylalkohol und kalter Tee, Goffo. Nur ein kleines Experiment, wollte mal sehen, ob du den Unterschied schmeckst.« Nell kicherte und schmiegte sich an den Sänger. »Den Brandy hab ich ins Klo geschüttet, da gehört er nämlich hin.«

Tate sagte nichts. Er ging ins Badezimmer und knallte die Tür hinter sich zu.

»Armes Kerlchen. Dafür nehmen wir ihn morgen mit in das tolle Restaurant in Pomfret. Küßchen, Nello? So ist's recht. Und nichts für ungut, Schätzchen, ich spiel deinem Alten eben zu gern einen Streich. Wie ist der Kaffee, Chief Inspector?«

»Zumindest scheint es Kaffee zu sein, Mr. Vedast. Offenbar ist es nicht ungefährlich, bei Ihnen etwas zu trinken.«

»Ich würde mich nie trauen, Ihnen was in den Kaffee zu tun, dazu hab ich viel zu großen Respekt vor der Polizei.«

»Das freut mich«, sagte Wexford trocken. »Dann haben Sie sicher nichts dagegen, mir zu verraten, welcher Art Ihre Beziehung zu Dawn Stonor war.«

Vedast schwieg einen Augenblick, schien aber nicht beunruhigt. Er wartete, während Nell Sahne in seine Tasse goß und vier Würfel Zucker hineingab.

»Danke, Liebling. Jetzt lauf und spiel schön mit deinem Malkasten. Dein armes Auge könnte sicher was daraus gebrauchen.«

»Muß ich?« fragte Nell wie ein Kind, das erfahren hat, daß ein Besuch beim Zahnarzt droht.

»Aber natürlich, wenn Zeno es sagt. Je eher du drangehst, desto schneller hast du's hinter dir. Jetzt lauf.«

Sie gehorchte – kein Kind mehr, sondern eine erwachsene Frau mit einem blauen Auge, die vor Kälte zitterte. Vedast lächelte nachsichtig. Er ging zur Badezimmertür und lauschte. Man hörte, wie Tate Wasser laufen ließ und sich die Zähne putzte. Dann kam Vedast zurück, stieß im Vorbeigehen die Tür des Barschranks zu und legte sich der Länge nach auf das rote Samtsofa.

»Sie fragen nach Dawnie«, sagte er. »Demnach haben Sie mit Mama Stonor oder gar mit Oma Peckham gesprochen?«

»Die beiden sagen, daß Sie mit Dawn zur Schule gegangen sind.«

»Stimmt. Aber da war noch ein Haufen anderer Leute. Weshalb picken Sie gerade mich heraus?«

»Weil«, sagte Wexford nachdrücklich, »Dawn ihrer Wohnungsgenossin gesagt hat, daß der Kontakt zwischen Ihnen seit der Schulzeit nicht abgerissen ist. Und ihrer Großmutter hat sie erzählt, Sie seien mit ihr an dem Freitag vor ihrem Tod zum Essen gewesen. Wir wissen, daß das nicht stimmen kann, weil Sie an dem Tag in Manchester waren, aber wir möchten wissen, wie gut Sie Dawn kannten und wann Sie sie zuletzt gesehen haben.«

Vedast nahm sich ein Stück Zucker und lutschte daran. Er schien völlig entspannt, ein Bein war nachlässig über das andere geschlagen. Wexford und Burden war nicht besonders warm, obgleich sie ihre Mäntel anhatten, aber den nahezu nackten Vedast schien der kalte, feuchte Wind nicht zu stören. Die goldenen Haare auf seiner Brust lagen unter der goldenen Kette flach auf der Haut.

»Als wir beide noch hier wohnten, war sie meine Freundin«, sagte er.

»Sie waren ein Liebespaar?«

Vedast nickte und lächelte verbindlich. »Ich war ihr erster Liebhaber. Wir waren sechzehn. Rührend, nicht? Dann hat Martin Silk mich entdeckt, und ich habe alle möglichen aufregenden Sachen erlebt, die Sie mit Sicherheit nicht interessieren würden. Dawnie und ich haben uns aus den Augen verloren, ich habe sie erst in diesem Jahr wiedergesehen.«

»Und wo, Mr. Vedast?«

Vedasts Antwort kam prompt. »Im *Townsman Club*. Ein Bekannter hatte Nello und Goffo und mich als Gäste mitgebracht. Und wen seh ich da? Dawnie als Kellnerin. Meine arme kleine Dawnie in gelber Satincorsage und Strumpfhosen. Ich hätte am liebsten laut losgelacht, aber das wäre nicht nett gewesen. Sie setzte sich an unseren Tisch, und wir haben lange über alte Zeiten geredet. Sie wußte sogar noch, was ich gern trinke, Orangensaft mit Zucker drin.«

»Hatten Sie danach noch mit ihr Verbindung?«

»Nur einmal«, sagte Vedast leichthin, fast unbeteiligt. Seine Finger spielten mit der goldenen Kette. »Nello und Goffo waren zu Goffos Mama gefahren, und ich war ein bißchen einsam, es war ganz komisch, so mutterseelenallein zu sein.« Er lächelte – der unverdorbene Star, der kleine arme reiche Junge. »Dawnie hatte mir die Telefonnummer von diesem Klub aufgeschrieben. Nello fand das übrigens gar nicht lustig, das können Sie sich ja vorstellen. Ja, und da habe ich mir gedacht, eigentlich könntest du Dawnie mal anrufen.«

»Und haben Sie Ihre Absicht ausgeführt?«

»Natürlich.« Vedasts Lächeln war jetzt entschuldigend und ein bißchen wehmütig, das Lächeln des unverdorbenen Stars, der zu gern von den Gefährten seines früheren, einfachen Lebens als der schlichte Junge vom Land behandelt werden möchte, der er im Grunde seines Herzens geblieben ist. »Aber es gibt Leute, vor denen man sich nicht retten kann, die einen immerzu anhimmeln und das finde ich ziemlich unsympathisch, können Sie das verstehen?«

»Mit anderen Worten – sie ist Ihnen auf den Wecker gegangen«, sagte Burden schroff.

»Das hört sich reichlich herzlos an, finde ich. Sagen wir so: Ich hielt es für besser, eine Beziehung, die tot und begraben war, nicht wiederzubeleben. Pardon, das war keine sehr geschmackvolle Formulierung. Ich habe Dawnie abgewimmelt. Es wäre wirklich nett, wenn wir uns wieder mal treffen könnten, habe ich zu ihr gesagt, aber im Augenblick habe ich einfach zu viel zu tun.«

»Wann hat dieses Telefongespräch stattgefunden, Mr. Vedast?«

»Vor drei, vier Wochen. Nur ein kleiner Schwatz, aus dem sich nichts weiter ergeben hat. Und Dawnie hat Oma Peckham erzählt, wir hätten uns getroffen? Nicht zu glauben… Nello und Goffo können Ihnen sagen, wann sie weggefahren sind.« Er sah Wexford aus schmalen, gelben Katzenaugen an, in denen ein durchtriebenes Glitzern stand. »Die beiden werden Ihnen auch sagen, wo ich am 6. Juni war, denn das dürfte Ihre nächste Frage sein.«

»Und wo waren Sie, Mr. Vedast?«

»In meinem Haus in Duvette Gardens, South Kensington. Mit Nello und Goffo. Wir waren am Sonntag spät aus Manchester gekommen und haben den ganzen Montag nur geschlafen und gefaulenzt. Da ist ja Goffo, schön sauber, wie frisch gereinigt, der wird es Ihnen bestätigen.«

Godfrey Tate war aus dem Badezimmer gekommen. Sein Gesicht war ausdruckslos, beherrscht und wachsam, aber offenbar trug er Vedast den demütigenden Schabernack nicht nach. »Wer lästert da über mich?« witzelte er matt.

»Sag den Herren, wo ich am 6. Juni war, Goffo.«

»Mit mir und Nell zusammen.« Das kam so prompt und

so geläufig, daß das Alibi ganz offenkundig geprobt war. »Wir waren den ganzen Tag und die ganze Nacht in Duvette Gardens. Nell kann Ihnen das bestätigen. Nell!«

Wexford war davon überzeugt, daß sie gehorcht hatte, denn sie schrie leise auf, als ihr Mann die Tür aufmachte, offenbar hatte sie sich gestoßen.

»Natürlich waren wir alle da«, sagte sie. Sie hatte einen langen Mantel übergezogen, fror aber immer noch und ging zum Fenster, um es zu schließen. Als Vedast lächelnd den Kopf schüttelte, setzte sie sich gehorsam hin und wickelte sich in den Mantel. »Wir sind den ganzen Tag nicht aus dem Haus gegangen. Nach Manchester waren wir fix und fertig«, sagte sie, seinem auffordernden Blick folgend. Sie hob eine Hand, als wolle sie das geschwollene Auge berühren, die Hand verharrte einen Augenblick zögernd und fiel dann in ihren Schoß zurück.

»Und jetzt«, verlangte der Sänger, »sag den Herren, wann du mit Goffo seine Mutter besucht hast.«

Wenn Tate nur gekonnt hätte, dachte Wexford, hätte er jetzt wohl am liebsten gewedelt. Wie ein dressierter Hund, der seinen Herrn liebt, aber auch fürchtet, und der völlig in seinem Bann steht, setzte er sich auf und hob eifrig den Kopf.

»Es muß etwa einen Monat her sein, nicht?« half Vedast nach.

»Am zweiundzwanzigsten Mai sind wir hingefahren«, sagte Nell, »und –«

»– am Mittwoch, dem fünfundzwanzigsten, sind wir zurückgekommen«, ergänzte ihr Mann.

Vedast machte ein zufriedenes Gesicht. Einen Augenblick sah es aus, als wolle er seinen Hunden den Kopf kraulen, dann aber lächelte er Tate nur zu und schenkte Tates Frau einen Luftkuß. »Da hören Sie es, Chief Inspector! Wir führen ein sehr ruhiges Leben. Ich habe Dawnie nicht aus Leidenschaft umgebracht. Goffo hat sie nicht auf mein Betreiben umgebracht – obgleich er sicher dazu bereit gewesen wäre, wenn ich es von ihm verlangt hätte –, und Nello hat sie nicht aus Eifersucht umgebracht. Somit können wir Ihnen nicht helfen. Wir müssen heute abend noch eine Menge Papierkram von unseren Maklern durchsehen. Wenn Sie nichts dagegen haben, würden wir gern die Suche nach unserem Haus fortsetzen.«

»Ich habe nichts dagegen, Mr. Vedast. Allerdings kann ich nicht versprechen, daß dies mein einziger Besuch bleibt.«

Vedast erhob sich geschmeidig. »Das brauchen Sie auch nicht, ich würde mich sehr freuen, Sie wiederzusehen. Es war wirklich ein nettes Gespräch. Wir haben nicht viele Bekannte, man muß ja so vorsichtig sein.« Herzhaft schüttelte er Wexford die Hand. »Bring sie hinaus, Goffo, und schließ den Wagen ab.«

»Viel Erfolg bei Ihrer Suche, Mr. Vedast«, sagte Wexford.

John Burden lag schon im Bett. Er hatte seinem Vater einen Zettel hingelegt: Pat würde bei ihrer Tante übernachten. Der Schlüssel lag unter einem Blumentopf, was Burden aus dienstlicher Sicht empörte, während er als Vater einen fast lächerlichen Stolz ob dieser Umsicht an den Tag legte. Er nahm die Vedast-Scheibe vom Plattenteller.

»Einer der Songs heißt: ›Wenn du pfeifst, komm ich zu dir, mein Schatz‹«, sagte er.

»Sehr passend.« Wexford warf einen Blick auf die Plattenhülle. »Den muß er als Kennmelodie für die Tates geschrieben haben.«

»Weiß Gott. Weshalb lassen sie sich das bloß gefallen?«

»Ihr geht's um Liebe, ihm ums Geld. Beiden um einen Abglanz des Ruhms. Vedast hat den Nagel auf den Kopf getroffen, als er sagte, ›Goffo‹ hätte Dawn umgebracht, wenn er es von ihm verlangt hätte. ›Das ist des Sklaven Art, daß ihm die Fessel, die langgewohnte, unentbehrlich wird.‹ Aber nicht nur Liebe und Geld und Ruhm sind im Spiel, sondern auch Vedasts starke persönliche Ausstrahlung. Die ganze Situation ist übel und unerfreulich. Unter diesen Umständen ist das Alibi keinen Pfifferling wert. Ein von Sklaven geliefertes Alibi ist keins. Die Römer haben auf dem Gipfel ihrer Macht Aussagen von Sklaven nur sehr sparsam als Beweismittel zugelassen.«

Burden lachte vor sich hin. »Wahr gesprochen, Cäsar. Woher wußte er übrigens, daß er ein Alibi für den 6. Juni brauchte? Wir haben es ihm nicht gesagt.«

»Vielleicht hat er es von Mrs. Stonor oder Mrs. Peckham erfahren. Auch die Presse hat sich in dem Sinn geäußert, daß wir den 6. Juni für den mutmaßlichen Todestag halten. Im Grunde glaube ich nicht, daß er etwas mit der Sache zu tun hat. Er hat einfach Spaß daran, mit uns zu spielen, bewegt sich gern ein bißchen am Rande der Legalität. Und vor allem hat er Freude daran, seinen Mitmenschen angst zu machen.« Und mit den Worten des Herzogs von Wellington fügte Wexford hinzu: »Bei Gott, mir graut vor diesem Menschen.«

12

Die Innenausstattung von Leonard Dunsands Bungalow war genauso wie bei Miss Mowler. Die gleiche Tapete mit den roten Punkten an den Dielenwänden, die gleichen Vögel und Lilien im Wohnzimmer taten dem Auge weh. Miss Mowler aber hatte ungeachtet ihrer abfälligen Bemerkungen über den verantwortlichen Innenarchitekten der Baugesellschaft selbst kaum einen besseren Geschmack bewiesen und das Haus mit billigen Möbeln und fließbandgefertigten Bildern vollgestopft. Dunsands tristes Mobiliar, die braunen Lederklubsessel und spätviktorianischen Tische und vor allem die vielen Regale voll gelehrter Bücher sahen hier geradezu unmöglich aus. Töpfe mit verschrumpelten Kakteen, leblosen grünlichbraunen Nadelkissen, zierten die Fensterbänke. In der Diele stand nur ein kahler Mahagonitisch, auf dem Boden lag kein Teppich. Es war das typische Heim eines intellektuellen Junggesellen und fiel nur insofern aus dem Rahmen, als hier ebenso peinliche Sauberkeit herrschte wie bei Mrs. Peveril und daß auf einem Tisch im Wohnzimmer ein Stapel von Reisekatalogen lag, deren Titelbilder in noch grelleren Farben leuchteten als die Tapete.

Dunsand, der gerade von der Hochschule zurückgekommen war, bat sie mit ausdrucksloser, aber gebildeter Stimme, Platz zu nehmen. Er war um die vierzig, hatte dünnes, mausfarbenes Haar und einen für das teigig auseinanderlaufende Gesicht überraschend schmalen Mund. Hinter den starken Brillengläsern schwammen verzerrt vorstehende Augen. Er trug einen makellosen, stockkonservativen dunklen Anzug mit weißem Hemd und dunklem Binder. Dunsand wiederholte – weder störrisch noch schmeichlerisch – das, was er schon Burden gesagt hatte: daß er am 6. Juni gegen 18.40 nach Hause gekommen und daß ihm an dem Abend nichts Ungewöhnliches in seiner Straße aufgefallen sei.

»Ich habe mir etwas zu essen gemacht«, sagte er, »und dann das Haus geputzt. Es ist sehr häßlich, aber deshalb braucht man es ja nicht verkommen zu lassen.«

»Haben Sie etwas von Ihren Nachbarn gesehen?«

»Mrs. Peveril ist um halb acht die Straße hinuntergegangen. Sie besucht irgendeinen Handarbeitskurs, soviel ich weiß.«

»Sie selbst sind nicht aus dem Haus gegangen? Es war ein schöner Abend.«

»Soso«, sagte Dunsand höflich. »Nein, ich bin nicht aus dem Haus gegangen.«

»Stehen Sie auf freundschaftlichem Fuß mit Ihren Nachbarn, Mr. Dunsand?«

»O ja, durchaus.«

»Sie machen dort gelegentlich einen Besuch? Oder laden sie ein?«

»Nein. Da habe ich Sie wohl mißverstanden. Ich meinte damit nur, daß wir uns zunicken oder mal ein Wort miteinander reden, wenn wir uns auf der Straße begegnen.«

Wexford seufzte lautlos. Dunsand deprimierte ihn, und seine Studenten taten ihm leid. Er wußte – auch wenn er nicht viel davon verstand –, daß zur Philosophie nicht nur Ethik, witzige Syllogismen und Anekdoten über Pythagoras gehören, sondern daß sie auch etwas mit Logik zu tun hat, mit abstruser Mathematik, mit Argumenten und Exempeln, epistemologischen Prämissen. Man stelle sich einmal diesen Typ bei einer zweistündigen Vorlesung über Wittgenstein vor...

»Sie können uns also nichts über Mr. und Mrs. Peverils Lebensrhythmus, ihre Gewohnheiten, Besucher oder dergleichen sagen?«

»Nein, nichts«, erwiderte Dunsand in unverändert farblosem Ton, aber Wexford meinte, für einen kurzen Moment eine leise Regung in seinen Augen gesehen zu haben, ein Zeichen von Leben, vielleicht eine Spur von Schmerz. Dann war es vorbei, die schwimmenden Augen blickten ausdruckslos. »Ich kann wohl sagen, Chief Inspector, daß ich keines Menschen Privatleben kenne – bis auf mein eigenes.«

»Und das ist…« Wexford zögerte.

»Was Sie hier sehen.« Dunsand räusperte sich. »Es regnet schon wieder. Wenn Sie keine Fragen mehr haben, fahre ich meinen Wagen in die Garage.«

»Sind Sie hin und wieder auch mal in London, Mr. Peveril?«

»Natürlich, aus beruflichen Gründen«, erwiderte Peveril mürrisch und mit gereizter Betonung der letzten Worte. Schon wieder hatte man ihn aus seinem Atelier geholt, seine Finger waren voller Tinte. Wexford drängte sich der Verdacht auf, daß die Tinte absichtlich aufgetragen, das Haar absichtlich zerzaust war und zu Berge stand. »Ich fahre öfter mal hin, alle vierzehn Tage oder einmal im Monat.«

»Und dann übernachten Sie dort?«

»Manchmal schon.«

»Wann waren Sie zuletzt in London?«

»Das muß am ersten Juni gewesen sein. Ich bin nicht über Nacht geblieben.« Peveril warf einen Blick auf die geschlossene Tür, die seiner Frau den Zugang verwehrte. »Es gibt Szenen«, sagte er steif, »wenn ich es wage, eine Nacht nicht im ehelichen Nest zu verbringen.« Er war ein typischer Misanthrop, und wenn auch sein Gebaren deutlich erkennen ließ, daß ihm die bohrenden Fragen gegen den Strich gingen, mochte er sich die Chance, boshafte Enthüllungen zum Besten zu geben, nicht entgehen lassen. »Eigentlich müßte doch eine Frau, die ein so schönes Leben führt, die sich einen Mann geangelt hat, bei dem sie nicht einen Penny mitverdienen muß, gern bereit sein, dem Ernährer auch mal ein paar freie Stunden zu gönnen. Aber nein, wenn ich nach London fahre, muß ich sie anrufen, sobald ich angekommen bin, und ihr eine Nummer hinterlassen, unter der sie mich erreichen kann, wann immer sie Lust dazu verspürt, und daß heißt ungefähr dreimal an einem Abend.«

Wexford zuckte die Schultern. Ehen, wie Peveril sie geschildert hatte, waren nichts Ungewöhnliches. Er war nur einer von vielen, die sich freiwillig dazu entschlossen hatten, die mühsamste und längste aller Reisen mit einem eifersüchtigen Widerpart zurückzulegen. Aber warum sprach er darüber? Weil er ihnen damit einreden wollte, daß die Bewachung ihn von anderen Frauen fernhielt? Über eine derartige Naivität konnte Wexford nur müde lächeln. Er wußte, daß gutaussehende, unzufriedene und kinderlose Männer vom Typ Peveril, die ihre Ehefrauen schon lange nicht mehr lieben, mit der Geschicklichkeit eines Zauberkünstlers häuslichen Banden zu entschlüpfen pflegen. Er schwenkte auf ein anderes Thema um.

»An dem bewußten Montag«, sagte er, »ist Ihre Frau zu einem Abendkurs gegangen. Was haben Sie gemacht, als sie aus dem Haus war?«

»Ich habe mich im Atelier an die Arbeit gesetzt und mich nicht von der Stelle gerührt, bis meine Frau um elf zurückkam.«

»So spät abends fahren keine Busse mehr. Hat sie Ihren Wagen genommen?«

In Peverils Ton schwang leise Verachtung. »Sie fährt nicht Auto. Sie ist zu Fuß nach Kingsmarkham gegangen, und eine Bekannte hat sie mit dem Wagen zurückgebracht.«

»Auf den Gedanken, sie hinzufahren, sind Sie demnach nicht gekommen. Es war ein schöner Abend, und es ist nicht weit.«

»Herrgott noch mal!« Peverils Jähzorn brach sich Bahn. »Weshalb, zum Teufel, sollte ich sie zu einem blödsinnigen Klatschverein fahren, in dem die Weiber doch nichts lernen? Ja, wenn sie einen Job hätte, dringend benötigtes Geld nach Hause bringen würde…« Mürrisch fügte er hinzu: »Aber sonst fahre ich sie meistens, das stimmt schon.«

»Und warum nicht an dem Abend?«

»Auch der Wurm krümmt sich, wenn er getreten wird«, sagte Peveril. »Darum. Und jetzt wäre ich Ihnen dankbar, wenn ich mich wieder an meine Arbeit setzen könnte.«

Am Freitag konzentrierte sich Wexford auf das rote Kleid. Er rief Burden, Dr. Crocker, Sergeant Martin und Polly Davies zu einer halboffiziellen Besprechung zu sich. Sie saßen im Kreis in seinem Büro, das Kleid lag auf dem Schreibtisch. Damit alle es während der Beratung besser sehen konnten, verfiel Wexford auf die Idee, es an die Decke zu hängen. Polly holte einen Kleiderbügel, und wenig später baumelten Kleid und Bügel an der Schnur von Wexfords Deckenlampe.

Im Labor war das Kleid genau untersucht worden. Es bestand aus Synthetikfasern und war häufig – wahrscheinlich immer von der gleichen Person – getragen worden, einer Weißen mit braunem Haar und heller Haut. Die Armbeugen wiesen keine Schweißflecken auf. Im Stoff hatten sich Spuren eines nicht identifizierten Parfums, von Talkumpuder, Antiperspirant und Tetrachlorkohlenstoff, einem Reinigungsmittel, nachweisen lassen. Weitere Nachforschungen hatten ergeben, daß das Kleid vor acht oder neun Jahren in einer Fabrik im Norden Londons angefertigt und an einen kleinen Konfektionär geliefert worden war, der hauptsächlich Kleidung der mittleren Preisklasse vertrieb. Es konnte in London, Manchester, Birmingham oder vielen anderen Städten auf den Britischen Inseln seinen Käufer gefunden haben. In Kingsmarkham gab es kein Geschäft, das Kleidung dieser Konfektionsfirma führte, aber in Brighton konnte man sie damals wie heute kaufen.

Das Kleid war dunkelrot mit einem kräftigen Blaustich. Es war antailliert, hatte einen schlichten runden Ausschnitt, dreiviertellange Ärmel, Bindegürtel und einen

Rock in knieumspielender Länge. Demnach war es für eine Frau gekauft worden, die etwa 1,67 m groß und schlank, wenn auch nicht übertrieben schlank gewesen war, es handelte sich um eine Größe achtunddreißig. Dawn Stonor war das Kleid zu knapp gewesen, und bei ihrer Größe hätte es für sie weder vor sieben, acht Jahren noch jetzt die modische Länge gehabt.

»Ich darf um Stellungnahmen bitten«, sagte Wexford.

»Machen Sie den Anfang, Polly, Sie sehen aus, als hätten Sie etwas zu sagen.«

»Ich hab mir nur gerade überlegt, daß sie darin bestimmt wie 'ne Grufti ausgesehen hat.« Polly war eine temperamentvolle junge Frau mit schwarzem Haar, die Miniröcke, flippige Westen und Samtbaretts bevorzugte. Da sie sich darüber hinaus den Mund erdbeerrot zu schminken und zwei kreisrunde rote Rougeflecken auf die Wangen zu klecksen pflegte, wirkte sie weniger intelligent, als sie in Wirklichkeit war. Sie sah an Wexfords Stirnrunzeln, daß die unpräzise Bezeichnung sein Mißfallen erregt hatte, und korrigierte sich schleunigst. »Es hat ihr bestimmt nicht gestanden, meine ich, sie muß grauenhaft spießig darin ausgesehen haben, eine richtige Vogelscheuche. Ich weiß, das klingt gemein – als sie gefunden wurde, sah sie natürlich furchtbar aus, ich will damit nur sagen, daß sie in dem Kleid immer furchtbar ausgesehen haben muß.«

»Würden Sie sagen, daß das Kleid an sich reizlos ist? Ich frage speziell Sie, Polly, weil Sie eine Frau sind und solche Sachen besser erkennen als unsereins.«

»Schwer zu sagen, Sir, wenn ein Kleid erst mal aus der Mode ist. Mit Schmuck und so weiter hätte es einer Brünetten, der es gut saß, vielleicht ganz gut gestanden, aber nicht Dawn mit ihrem rotblonden Haar, die in dem Kleid gesteckt haben muß wie die Wurst in der Pelle. Daß sie es freiwillig angezogen hat, kann ich mir beim besten Willen nicht vorstellen. Aber weil Sie meinen, Sir, daß ich solche Sachen besser erkenne... Ich würde Sie alle gern etwas fragen, nur so interessehalber: Hätte Ihnen so ein Kleid an Ihrer Frau gefallen?«

»Was meinen Sie, Doktor?«

Crocker, der die langen, schlanken Beine übereinandergeschlagen hatte, legte den Kopf schief. »Es ist nicht einfach, das Kleid von seinen unerfreulichen Assoziationen zu trennen, aber ich will es versuchen. Ich würde sagen, daß es ein ziemlich *braves* Kleid ist. Oder anders ausgedrückt: Wenn meine Frau es tragen würde, könnte ich mich überall mit ihr sehen lassen. Es hat, wie man wohl sagt, eine ›schlichte Linienführung‹ und zeichnet die weibliche Figur diskret nach. Wenn ich allerdings der Typ wäre, der gern mal fremdgeht, wäre ich vermutlich nicht begeistert, meine Freundin beim Rendezvous darin zu sehen. Es wäre mir nicht... nicht unternehmungslustig genug.«

»Mike?«

Burden hatte keine Frau mehr, aber mittlerweile hatte er diesen Zustand akzeptiert und konnte von Ehefrauen ohne geheimen Schmerz oder äußerlich erkennbare Befangenheit sprechen. »Ich bin ganz der Meinung des Doktors, daß es einem gegen den Strich geht, sich eine nahestehende Person darin vorzustellen, wegen der Begleitumstände und so weiter. Wenn ich versuche, es so zu betrachten wie ein Kleid, das im Schaufenster ausgestellt ist, würde es mir durchaus gefallen. Ich habe wahrscheinlich keinen Schimmer von Mode, aber ich finde es schick. Wenn ich – äh – verheiratet wäre, würde ich meine Frau gern darin sehen.«

»Sergeant?«

»Ein flottes Kleid, Sir«, sagte Martin eifrig. »Meine Frau hat ein ganz ähnliches, auch eine ähnliche Farbe. Ich habe es ihr zu Weihnachten selbst ausgesucht. Meine Tochter – sie ist zweiundzwanzig – sagt, daß sie es nicht geschenkt nehmen würde, aber Sie wissen ja, wie diese jungen Dinger sind, entschuldigen Sie schon, Polly. Es ist ein nettes, flottes Kleid. Oder war es mal.«

»Gut, dann will ich auch meinen Senf dazugeben«, meinte Wexford. »Mir gefällt das Kleid. Es sieht bequem aus und praktisch für alle Tage. Als Mann würde ich mir angenehm beständig und irgendwie geborgen vorkommen, wenn ich abends mit einer Frau zusammensäße, die dieses Kleid anhat. Und ich glaube, der richtigen Frau würde es stehen. Es zeichnet, wie der Doktor sagt, die natürlichen weiblichen Formen nach. Es ist nicht gewagt oder sensationell oder peinlich, es ist konservativ. So, Polly, da haben Sie unsere Meinung. Was sagen Sie dazu?«

Polly lachte. »Daß ich dadurch mehr über Sie als über das Kleid erfahren habe«, meinte sie ein bißchen vorlaut. »Aber soviel ist doch herausgekommen: Es ist ein Männerkleid. Ich meine, es ist ein Kleid, das ein Mann aussuchen würde, weil es der Figur schmeichelt und schlicht ist und irgendwie, wie Sie sagen, ein Gefühl der Geborgenheit vermittelt. Dr. Crocker sagt, daß er seine Freundin nicht gern darin sehen würde. Das alles deutet meiner Meinung nach darauf hin, daß es ein Kleid für eine verheiratete Frau ist, das ihr Mann ausgesucht hat, weil er spürte, daß sie darin wie eine brave Ehefrau aussieht und anderen Männern signalisiert, daß sie nicht zu haben ist.«

»Mag sein«, sagte Wexford nachdenklich. Das Fenster stand offen, und das Kleid drehte sich im Wind. Wenn ich weiß, wem es gehört, dachte er, ist der Fall schon fast gelöst. »Das ist eine intelligente Einschätzung, Polly, aber was bringt sie uns? Sie haben mich davon überzeugt, daß das Kleid früher einmal einer verheirateten Frau gehört hat, die es kaufte, um ihrem Mann eine Freude zu machen. Wir wissen bereits, daß es nicht Dawns Kleid war. Vielleicht hat die Besitzerin es zu einem Basar gegeben, der Frau von der Reinigung geschenkt oder es in einen Dritte-Welt-Laden gebracht.«

»Wir könnten uns mal umhören, Sir.«

»Ja, Sergeant, das müssen wir sogar. Mrs. Peveril leugnet, daß das Kleid ihr gehört, Mike?«

»Kann sein, daß sie lügt. Als wir es ihr zeigten, hab ich gedacht, sie fällt in Ohnmacht. Der Fleck ist ja wirklich kein schöner Anblick, und da sind, wie wir sagten, die Assoziationen. Aber sie hat sehr heftig reagiert. Andererseits wissen wir, daß sie nervös ist und zur Hysterie neigt, vielleicht ist so eine Reaktion da naheliegend.«

»Haben Sie noch einmal mit Mrs. Clarke gesprochen?«

»Sie sagt, daß ihre Freundin im letzten Jahr eine Art Nervenzusammenbruch hatte und stark abgenommen hat, es sieht also nicht so aus, als ob sie je schlank genug war, um das Kleid tragen zu können. Aber Mrs. Clarke kennt sie erst seit vier Jahren.«

»Vor acht Jahren«, sagte Wexford nachdenklich, »könnten bei den Peverils durchaus noch rosarote Zeiten geherrscht haben. Vielleicht hat er damals Sachen für sie ausgesucht, die ihm besonders gut an ihr gefielen. Aber ich bin ganz Ihrer Meinung, auf Grund der Größe ist das unwahrscheinlich. Ich will Sie nicht länger aufhalten. Was ich vorhabe, ist eine ziemlich umfangreiche Aktion, aber ich glaube, es ist der einzig gangbare Weg. Irgendwie müssen wir es fertigbringen, sämtliche Frauen zwischen dreißig und sechzig in Kingsmarkham und Stowerton zu vernehmen, ihnen das Kleid zu zeigen und ihre Reaktion zu beobachten. Jede einzelne muß gefragt werden, ob das Kleid ihr gehört oder ob sie es je an einer anderen Frau gesehen hat.«

Auf diese Ankündigung reagierten alle Anwesenden mit hörbarem Stöhnen – bis auf den Doktor, der sich rasch entfernte, weil er, wie er sagte, im Krankenhaus erwartet wurde.

13

Die Reaktion auf Wexfords Appell erfolgte prompt und umfassend. Vor dem Gemeindesaal der Baptistenkirche standen die Frauen Schlange wie am Morgen des ersten Schlußverkaufstages. Alles pflichtbewußte Staatsbürgerinnen? Wexford überlegte, daß diese Hilfsbereitschaft wohl eher dem Bedürfnis entsprang, auch einmal – und sei es noch so kurz – eine wichtige Rolle zu spielen. Der Mensch läßt sich nicht ungern in den Strudel eines aufsehenerregenden Falles hineinziehen, besonders, wenn er darin nicht bloße Masse ist, sondern kurzfristig ein Einzelwesen, das beachtet, angehört, ernst genommen wird. Bereitwillig gibt er Namen und Adresse preis und läßt sich registrieren. Wahrscheinlich weideten sie sich auch gern an dem Relikt einer Gewalttat. Und war das so schlimm? War es abartig, wie die jungen Festivalbesucher wohl gesagt hätten? Oder äußerte sich darin nicht vielmehr eine starke menschliche Vitalität, eine Neugier, die alles sehen, alles erfahren, und die nicht viel anders ist als der Wissensdrang, den – verfeinert und mit einem wissenschaftlichen Mäntelchen versehen – Historiker und Archäologen für sich in Anspruch nehmen?

Schon lange setzte er weniger auf Hoffnung als auf Erfahrung. Er rechnete nicht damit, daß eine Frau sich melden und aussagen würde, ihr Mann habe sich an dem bewußten Montag abend unerwarteter- und unerklärlicherweise das bewußte Kleid bei ihr ausgeliehen. Auch dramatische Szenen im Saal sah er nicht voraus, eine schreiende oder ohnmächtig zu Boden sinkende Ehefrau etwa, die das Kleid erkannt und gleichzeitig begriffen hatte, was dieses Erkennen bedeutete. Wer so eine Gewissenslast mit sich herumschleppte, würde gar nicht erst in den Gemeindesaal kommen. Doch auf irgend etwas hoffte er trotzdem. Eine dieser Frauen würde aussagen, daß sie das Kleidungsstück bei einer Freundin oder einer Bekannten gesehen hatte, würde zugeben, daß sie es besessen und dann verschenkt oder verkauft hatte.

Nichts dergleichen geschah. Den ganzen Freitag tappten sie in langer Reihe über die Dielenbretter des Korridors, in dem es nach Gesangbüchern und Pfadfindern roch, betraten den tristen braunen Saal, saßen auf den Stühlen des Frauenkreises und besahen sich die Anschläge mit den Einladungen zum Morgenkaffee und zu geselligen Abenden. Dann traten sie nacheinander hinter die Wandschirme, wo Martin und Polly das Kleid auf einem Tapeziertisch ausgebreitet hatten. Eine nach der anderen kam wieder heraus, mit dem frustrierten, mißvergnügten Ausdruck von Weltverbesserern, denen das Schicksal die Chance, sich wieder einmal nützlich zu machen, nicht gegönnt hat.

»Es wäre allenfalls noch denkbar«, sagte Burden, »daß ein Autofahrer sie mitgenommen hat. Nach vorheriger Verabredung natürlich. Der kann von Gottweißwo gekommen sein.«

»Warum hat sie dann aber einen Bus nach Sundays genommen und ist über die Felder gegangen? Mrs. Peveril sagt, sie habe Dawn über die Felder gehen sehen, und ihre Beschreibung ist so präzise, daß wir sie ihr wohl oder übel abnehmen müssen. Es könnte natürlich sein, daß Dawn zu früh dran war – es war, wie gesagt, der einzige Bus um diese

Zeit –, daß sie über den Feldweg gegangen ist, sich irgendwo hingesetzt und gewartet hat und umgekehrt ist. Weit ist sie dabei dann aber nicht gekommen.«

»Wieso?«

»Zwischen vier Uhr, als sie das Haus ihrer Mutter verlassen hat, bis halb sechs, als sie über die Felder ging, haben vier Zeugen sie beobachtet. Trotz aller Aufrufe und Befragungen haben wir niemanden gefunden, der sie *nach* halb sechs noch gesehen hat. Deshalb steht so gut wie fest, daß sie irgendwann kurz nach halb sechs in einem Haus verschwunden ist.«

Burden runzelte die Stirn. »In der Sundays-Siedlung, meinen Sie?«

»Ja, und ich will es noch weiter einengen: Im Pathway. Die Leiche lag im Steinbruch, Mike. Sie ist getragen oder geschleift und nicht mit einem Auto transportiert worden. Sie wissen ja, wieviel Mühe es uns gekostet hat, unsere Fahrzeuge dorthin zu bugsieren. Bei geschlossenem Tor kommt kein Wagen auf das Gelände.« Wexford sah auf die Uhr. »Es ist halb sechs, das *Olive* hat wieder auf. Können wir nicht für heute Martin seinem Schicksal überlassen und uns auf einen Drink zusammensetzen? Bei einem Bier läßt sich das alles viel besser bereden.«

Burdens Stirnfalten vertieften sich. Er biß sich auf die Lippen. »Und was ist mit Pat? Sie müßte sich ihr Abendessen selber machen und zu Fuß zur Ballettstunde gehen. John ist dann ganz allein im Haus.«

In einem Ton, den der Sprachgebrauch als geduldig bezeichnet, der aber in Wirklichkeit einen hohen Grad an beherrschter Ungeduld verrät, sagte Wexford: »Der Junge ist eins achtzig groß und fünfzehn Jahre alt. Mein Vater hatte in seinem Alter schon seit eineinhalb Jahren eine feste Arbeitsstelle. Was spricht dagegen, daß er seine Schwester zur

Ballettstunde bringt? Natürlich nur, sofern man davon ausgeht, daß die Entführer schon an der nächsten Ecke lauern, wenn sie an einem hellen Sommerabend dreihundert Meter ohne Begleitung zu Fuß geht.«

Burden lächelte verlegen. »Ich ruf sie an.«

Die Bar des *Olive and Dove* war fast leer und wirkte recht düster und wenig einladend, wie man es oft in niedrigen Räumen hat, wenn draußen die Sonne scheint. Wexford ging mit den Gläsern in den Garten, wo unter einer Pergola hölzerne Tische und Stühle aufgestellt waren. Weinlaub und Clematis bildeten ein Blätterdach. Es ging auf den Feierabend zu, um diese Zeit wurde die friedliche Stimmung hier draußen meist durch Brems- und Schaltgeräusche beeinträchtigt, mit denen sich der Verkehr über die Brücke des Kingsbrook quälte.

Heute übertönte das Rauschen des Flusses, der sich an dem terrassenförmig angelegten Garten hinzog, die Geräuschkulisse aus der Menschenwelt. Es war ein stetiges leises Brausen, konstant und unveränderlich, aber wie alle Naturlaute weder störend noch hinderlich bei der Unterhaltung. Es war ein beruhigender Laut. Er kündete von zeitlosen Kräften, die rein und unzähmbar in einer Welt der Abscheulichkeit und der Gewalt dem unbekümmert die Erde verschmutzenden Menschen widerstanden. Während Wexford dem Brausen nachhorchte, machte er sich seine Gedanken über diese Abscheulichkeit, über einen Weltenplan, in dem es möglich war, daß eine junge Frau erschlagen und wie Unrat weggeschafft wurde – in eine grüne Laube, die für die Liebe gemacht und die zur Liebe benutzt worden war.

Er fröstelte. Nie war es ihm ganz gelungen, sich an all das Schreckliche zu gewöhnen, das auf der Welt geschah, an ihren Irrwitz und ihre Sinnlosigkeit. Jetzt aber ging es um eine praktische Frage: Wie und warum war es zu diesem speziellen Fall von Abscheulichkeit gekommen, und als Burden an den Tisch kam, sagte er:

»Sie haben – im Gegensatz zu mir – mit den Bewohnern der anderen beiden Häuser im Pathway gesprochen. Würden Sie sagen, daß wir sie ausschließen können?«

»Die Streets sind verheiratet und haben vier Kinder, die alle den ganzen Abend bei ihren Eltern zu Hause verbracht haben. Keiner aus der Familie hat Dawn gesehen. Mrs. Street hat beobachtet, wie Miss Mowler um acht nach Hause kam. Ansonsten haben sie an dem Abend nichts von ihren Nachbarn gesehen oder gehört. Von etwa sechs bis zehn haben sie sich in den vorderen Räumen aufgehalten. Mrs. Streets Küche geht nach vorn hinaus.

Die Robinsons sind ältere Leute, er ist bettlägerig, und sie haben eine grimmig auf Anstand bedachte alte Haushälterin. Mr. Robinsons Schlafzimmer geht auf Sundays, aber nicht auf den Steinbruch hinaus. Mrs. Robinson hat den Abend wie gewöhnlich bei ihrem Mann verbracht und ist um halb zehn auf ihr Zimmer gegangen. Sie hat nichts gesehen und nichts gehört. Die Haushälterin hat Dunsand um zwanzig vor sieben und Miss Mowler um acht nach Hause kommen sehen. Die Peverils hat sie nicht gesehen. Sie selbst ist um zehn schlafen gegangen.«

Wexford nickte. »Und Silk?«

»War vom 6. bis 8. Juni in London, um letzte Vorbereitungen für das Festival zu treffen. Er selbst sagt aus, daß er Sundays am Abend des 6. verlassen hat.«

»Kann das jemand bestätigen?«

»Seine Frau und seine beiden erwachsenen Kinder sind in Italien, und zwar schon seit Ende Mai. Silk sagt, daß sie im Sommer immer für zwei Monate ins Ausland gehen, aber ich habe den Eindruck, daß sie nicht so scharf auf die Popszene sind wie er.«

»Und es ist sein Steinbruch«, sagte Wexford nachdenklich, »der für ihn besonders leicht zugänglich sein dürfte. Vermutlich ist er häufig in London. Er ist wohl nicht mit Dawn zur Schule gegangen?«

»Kaum«, sagte Burden. »Er ist in Ihrem Alter.« Großzügig fügte er hinzu: »Aber er wirkt bedeutend älter.«

Wexford lachte. »Sehr beruhigend. Dann brauche ich mir also nicht die Haare über den Kragen wachsen zu lassen. Es ist demnach wohl nicht sehr wahrscheinlich, daß Dawn etwas mit ihm angefangen hat. Oder aber sie wäre gleich zum Herrenhaus gegangen und hätte nicht versucht, sich hintenherum einzuschleichen. In Sundays gab es ja keine Ehefrau, vor der sie sich hätte verstecken müssen.«

»Und keinen ersichtlichen Grund für sie, Picknickverpflegung mitzubringen.«

»Nein, Silk können wir wohl ausschließen – auf Grund seines Alters und weil er auch sonst nicht in Frage kommt. Bleiben die Peverils, Dunsand und Miss Mowler. Peveril war um halb sechs nicht allein im Haus, und Miss Mowler und Dunsand waren gar nicht daheim. Aber wer außer den Bewohnern in einem der drei Häuser hätte Dawns Leiche unbemerkt in den Steinbruch schaffen können?«

Burden sah verstohlen auf die Uhr und rutschte unruhig auf seinem Stuhl herum. »Wir gehen also davon aus, Sir, daß sie kehrtmachte und in eins der Häuser eingelassen wurde. Von wem aber? Gewiß nicht von Dunsand oder Miss Mowler. Von Mr. oder Mrs. Peveril? Das würde bedeuten, daß die Peverils Dreck am Stecken haben. Warum hat dann aber Mrs. Peveril zugegeben, daß sie die Frau gesehen hat? Warum hat sie überhaupt etwas gesagt?«

»Vielleicht, weil sie wirklich unbeteiligt ist. Weil sie Dawn tatsächlich über die Felder gehen sah und von der Beziehung zwischen Dawn und ihrem Mann nichts wußte.

Dawn nahm diesen Bus, weil es der einzige war, der in Frage kam. Sie bummelte zwei Stunden im Freien herum – es war ja ein schöner, sonniger Tag – und betrat Peverils Haus, *nachdem* Mrs. Peveril zu ihrem Abendkurs gegangen war. Möchten Sie noch ein Glas?«

»Nein, danke«, sagte Burden rasch. »Besten Dank, wirklich nicht.«

»Dann gehen wir am besten zu Ihnen, dieses ständige Auf-die-Uhr-Sehen macht mich ganz verrückt.«

Die Schlange vor der Baptistenkirche war noch länger geworden. Die Hausfrauen, die inzwischen nach Hause gegangen waren und sich um das Abendessen kümmerten, waren von Berufstätigen abgelöst worden, die aus den Geschäften und Büros kamen.

»Ich will nur schnell noch was Nettes für die Kinder zum Abendessen holen«, sagte Burden, der Mustervater. »Am Freitag hat der Luximart länger auf. Essen Sie mit uns?«

»Nein danke. Meine Frau macht mir gegen acht etwas zurecht.«

Der Marktleiter erkannte sie sofort wieder. Er bestand darauf, ihnen persönlich zu zeigen, was Dawn damals gekauft hatte – von den sechs Tomaten in Plastikfolie bis zu der billigen Flasche Wein. Das Geschäft war voll und die Stimme des Marktleiters weithin hörbar, als versuche er aus einer besonders makabren Form der Werbung Kapital zu schlagen.

»Tomatenarie für eine Tote«, sagte Wexford angewidert.

Burden machte einen weiten Bogen um den Gemüsestand und sah weg, als die Erdbeerbecher in sein Blickfeld kamen. »Sie haben bei Ihrer Theorie die Lebensmittel vergessen«, flüsterte er. »Peveril hatte doch schon gegessen. Seine Frau hat ihm bestimmt sein Abendessen gemacht, ehe sie wegging.«

Ohne Rücksicht auf den Preis nahm er drei Pakete *Bœuf bourguignon* aus der Tiefkühltruhe. »Und Sie haben auch vergessen, daß sie über Nacht bleiben wollte. Oder hatte Peveril vor, sie in seinem Atelier zu verstecken, wenn seine Frau um elf zurückkam?«

»Alles in Ordnung, Sir?« fragte der Marktleiter. »Möchten Sie nicht eine Flasche Wein dazu?«

»Nein, danke.« Burden zahlte, und sie machten, daß sie wegkamen. Zehn, zwölf neugierige Augenpaare folgten ihnen. Die Sonne schien noch immer, der Wind war frisch. Martin befestigte ein neues, größeres Poster mit Dawns Bild an der Kirchentür.

»Schon Erfolg gehabt?« fragte Wexford.

»Es waren fünfhundert Frauen da, Sir, aber nicht eine einzige hat uns einen Hinweis geben können.«

»Machen Sie morgen weiter.«

Sie gingen die High Street entlang und bogen links in die Tabard Road ein. An dieser Stelle beschleunigte Burden stets den Schritt. Erst wenn er sicher war, daß kein Feuerwehrauto und kein Krankenwagen die Straße vor seinem Bungalow versperrte, atmete er auf und wurde ruhiger.

»Wollte Peveril sie die ganze Nacht verstecken?« fragte er. »Oder vielleicht ist sie durchs Speisekammerfenster in Dunsands Haus geklettert. Das wär doch was: Der arme Dunsand, der sich, wie ich, mühsam mit rasch noch vor Feierabend gekaufter Tiefkühlkost durchschlagen muß... Miss Mowler muß sie persönlich gekannt haben, Gemeindeschwestern kennen ja Gott und die Welt. Vielleicht hat sich Dawn bis acht in ihrem Garten versteckt und aus lauter Langeweile ein Kleid anprobiert, das sie in Miss Mowlers Geräteschuppen gefunden hat?«

»Für Ironie bin ich zuständig, Mike. Dieser Rollentausch verunsichert mich.« Wexford betrachtete mit erhobenen

Brauen die drei Fahrräder, die am Gartentor lehnten, und das Moped, das am Gehsteig geparkt war. »Sieht nicht aus, als ob Ihr Sohn allein zu Hause sitzt und Trübsal bläst. Nur gut, daß er so klug war, die Fenster zuzumachen.«

Die sechs Teenager, die in Burdens Wohnzimmer energische Verrenkungen vollführten, blieben leicht bedeppert stehen, als die Polizeibeamten hereinkamen, und Pat, die den Plattenspieler bediente, schaltete auf Reject. Vedasts Zeile *Kann es für uns ein Wir denn nicht mehr geben...* endete mit einem leisen Jaulen, das letzte Wort verröchelte in melancholischem Stöhnen.

Wexford lächelte. »Die Ballettstunde findet wohl heute zu Hause statt?«

Die beiden jungen Burdens stammelten hastige Entschuldigungen, während ihre Freunde sich mit einer Eile zur Tür bewegten, die den Verdacht der Fahnenflucht nahelegte, in Wirklichkeit aber eine Loyalitätsbekundung war, weil die jungen Leute, mit elterlichen Vorwürfen vertraut, wohl wußten, daß sie sich ohne Zeugen besser ertragen ließen. Wexford fand, daß sie sich für ein so harmloses Vergnügen eigentlich nicht zu entschuldigen brauchten, und unterbrach Burdens halbherzige Vorhaltungen.

»Spiel's doch bitte noch mal, Pat.«

Geschickt, ohne auf die Plattenhülle sehen zu müssen, fand sie die richtige Rille auf der Langspielplatte und senkte behutsam den Tonarm.

»So was macht man nicht«, sagte John. »Das gibt Kratzer auf der Scheibe.«

»Gibt es nicht. Meine Platten halten immer länger als deine, ätsch.« Die beiden kabbelten sich ständig und ließen selten eine Gelegenheit aus, sich gegenseitig eins auszuwischen. »Und überhaupt ist der Song echt Asche. Kitschiger Kiki-Kram. Bei Folk muß immer eine Aussage mit drin sein, und Zeno Vedast hat nie eine Aussage.«

»Was meinst du mit Aussage, Pat?«

»Na, daß man gegen den Krieg ist oder daß man alle Menschen lieben soll und nicht bloß eine blöde Tussi. Oder gegen die ganze Umweltschweinerei wie Betti Ho. Der Zeno Vedast singt immer bloß für sich selber.«

Wexford hatte interessiert zugehört, aber Burden bemerkte säuerlich: »Alle Menschen lieben, das sagt sich so leicht.« Er zog die Nase hoch. »Ich halte nichts von dieser Weltverbesserungsmasche.«

»Dann dürften Sie nicht bei der Polizei sein«, meinte Wexford. »Laß hören, Pat.«

Der Song begann mit einem kleinen knirschenden Kratzen, und John runzelte die Stirn und machte schmale Lippen. Dann schwirrten Vedasts Saiten, und die klare, ungekünstelte Stimme begann zu singen:

»Ihr Haar im Wind, ihr Lächeln kann ich missen,
Fernsein und Warten stören mich nicht mehr...«

»Schreibt er die Texte für seine Lieder selbst?« flüsterte Wexford.

»Ja, immer«, sagte John ehrfürchtig. »Der hier ist zwei Jahre alt, aber es ist sein bester.«

»Ist doch lahm.« Pat duckte sich hinter den Plattenspieler, um dem Zorn ihres Bruders zu entgehen.

Es war nicht lahm. Wexford hatte, als er sich die kleine, zarte Story anhörte, die in den Versen und dem Refrain erzählt wurde, ganz deutlich das Gefühl, daß der Sänger eine wahre Geschichte zum Besten gab.

Die Begleitung wurde jäh lauter, und Vedasts Stimme klang bitter und klagend:

»Der harsche Morgen hat sie fortgenommen,
Die Nacht mag nichts verraten, füg dich drein,
Mir bleibt das Warten, Hoffen auf ihr Kommen
Und ihren Wunsch, erneut ganz mein zu sein.

Sei mir nah, komm zu mir
Und erklär mir, wofür
Die einen
Nur weinen,
des andren beschieden
Die Lüge, die Not,
Das Sterben, der To-hod.«

Burden brach das Schweigen. »Ich mach mal das Essen warm.« Er ging in die Küche, aber Wexford blieb im Wohnzimmer stehen.

»Schreibt er auch hin und wieder Scherzlieder, John?«

»Scherzlieder?«

»Ich meine – es ist vielleicht nicht vergleichbar, aber Haydn und Mozart haben sich in ihrer Musik hin und wieder einen Spaß gemacht. Wer im Privatleben gern Schabernack treibt, tut das auch in seinen Werken. Kennt ihr die Symphonie mit dem Paukenschlag?«

»Hatten wir in der Schule«, sagte Pat. »Da ist die Musik eine Weile ganz zart und leise, und plötzlich kommt ein Riesenlärm, daß dir fast die Ohren abfliegen.«

Wexford nickte. »Ich überlege mir, ob Vedast...«

»Ja, bei manchen seiner Lieder ist es so ähnlich«, sagte John. »Plötzlich ganz laute Stellen oder ein komischer Tonartwechsel. Und alle Songs sind angeblich echte Erlebnisse von irgendwelchen Leuten oder haben eine spezielle Bedeutung für seine Freunde. Ich kann Ihnen noch mehr vorspielen...«

»Nicht jetzt.« Burden kam zurück, um den Tisch zu dekken. Pat versuchte, ihm die Bestecke aus der Hand zu nehmen, aber die Tochter, die gerügt worden war, weil sie nicht genug Liebe hatte erkennen lassen, durfte nun zur Strafe dem Vater nicht zur Hand gehen. Er hielt Messer und Gabeln fest und schüttelte mit Leidensmiene den Kopf. »In fünf Minuten ist das Essen fertig, wascht euch die Hände und setzt euch schon an den Tisch.«

Wexford folgte ihm in die Küche.

»Ich habe ein paar interessante Einzelheiten über unseren Sklaventreiber erfahren. Wie lange mag er unserer Gegend wohl noch erhalten bleiben?«

»Für immer«, sagte John. »Sie glauben doch nicht im Ernst, daß er etwas mit der Sache zu tun hatte?«

Wexford zuckte die Schultern. »Der Mann fasziniert mich, und sein Lied geht mir nach. Ich glaube, ich kaufe mir morgen die Single.«

Burden schaltete den Backofen aus. »Wir könnten sie bei Ihnen im Büro spielen«, sagte er sarkastisch. »Dann holen wir uns noch zwei Kolleginnen zum Tanzen und feiern eine rauschende Fete. Wenn keiner das Kleid identifiziert hat, haben wir ja sonst nichts zu tun.«

»Ich schon.« Wexford wandte sich zum Gehen. »Ich fahre nach London und rede noch mal mit Joan Miall.«

14

Wexford kaufte sich für die Bahnfahrt eine Lokalzeitung. Der *Kingsmarkham Courier* erschien immer freitags, und Dawns Leiche war am Montag gefunden worden, so daß die Nachricht selbst für Provinzverhältnisse abgestanden war.

Chefreporter Harry Wild hatte immerhin noch Wexfords Appell zur Identifizierung des roten Kleides zu einer Schlagzeile verarbeitet, aber hauptsächlich verbreitete sich die Titelseite über Zeno Vedast. Ein großes Bild, von einem nicht allzu befähigten Fotografen des *Courier* aufgenommen, zeigte den Sänger mit den Tates, alle drei lehnten an der Haube des goldenen Rolls. Nell lächelte heiter und streichelte mit einer Hand den goldenen Löwen. Wild hatte seine beiden Titelgeschichten miteinander verknüpft, indem er in seine Bildunterschrift Vedasts offenes Geständnis eingebaut hatte, daß er mit Dawn Stonor zur Schule gegangen war. Während er las, war Wexford mehr denn je davon überzeugt, daß Vedast nichts mit Dawns Tod zu tun haben konnte, daß er nichts zu verbergen hatte. Warum war er dann aber immer noch in Cheriton Forest, obgleich er inzwischen ein ihm zusagendes Haus gefunden hatte und die Verkaufsverhandlungen bereits liefen? Konnte es sein, daß er blieb, um den Fall auszusitzen, das Ergebnis abzuwarten?

Joan Miall wohnte im zweiten Stock eines hohen, schäbigen Hauses zwischen der Earls Court Road und Warwick Road. Die Wohnung selbst war alles andere als schäbig, sondern schick, ja, gewagt eingerichtet, die Decken waren in kühnen dunklen Farben gehalten, um den Zimmern etwas von ihrer Höhe zu nehmen. Ein aufmerksamer Beobachter hätte erkannt, daß die meisten Möbel aus zweiter Hand waren, aber die beiden jungen Frauen hatten die Sessel frisch bezogen, alte Rahmen mit neuen Bildern versehen und die Regale mit bunten Taschenbüchern bestückt. Es gab viele Topfpflanzen, die offenbar gut gepflegt wurden, denn sie prangten in üppigem Grün. Joan empfing ihn ohne Feierlichkeit oder besondere Vorbereitungen. Sie trug lange rote Hosen, einen rotgepunkteten Kittel und war nicht geschminkt. Ein großer, alter, vielleicht von wohlhabenden

Verwandten ausrangierter Staubsauger war neben der Eingangstür angeschlossen. Wexford hatte beim Klingeln gehört, wie das Jaulen verstummte.

Sie hatte ihn schon erwartet und stellte den Kessel für das Kaffeewasser auf. »Dawn fehlt mir«, sagte sie. »Besonders um die Mittagszeit, da waren wir eigentlich regelmäßig zusammen. Immer wieder denke ich, gleich muß sie aus dem Schlafzimmer rufen: Ich fall tot um, wenn ich nicht gleich eine Tasse Kaffee kriege. Tot umfallen... was man so für Sachen sagt... Aber den Ausdruck hat sie oft benutzt, tot umfallen vor Langeweile, tot umfallen, wenn nicht bald was zu trinken anrollt...«

»Ich weiß so wenig über Dawn. Wenn ich mehr wüßte, könnte ich vielleicht das Wie und das Warum begreifen. Sehen Sie, Miss Miall bei Mordopfern unterscheiden wir zwei Kategorien. Eine, die von Unbekannten aus Gewinnsucht oder aus obskuren pathologischen Gründen umgebracht wird, und eine zweite, bei der die Täter keine Unbekannten, sondern vielleicht mit dem Opfer befreundet sind oder waren. In diesen Fällen müssen wir den größten Wert darauf legen, soviel wie möglich über den Charakter, Neigungen und Eigenheiten des oder der Toten zu erfahren.«

»Ja, das leuchtet mir ein.« Sie hielt stirnrunzelnd inne. »Aber jeder Mensch ist doch eine kleine Welt für sich mit Tiefen und Schichten, einer Fülle fremder Länder gewissermaßen. Ich möchte Ihnen nicht das falsche Land zeigen...«

Das Kaffeekochen war eine längere Aktion, und Wexford erinnerte sich, daß Joan Miall es sehr genau nahm mit dem, was sie aß und trank. Er hörte und roch, wie sie die Bohnen frisch mahlte – gemahlenen Kaffee aus der Packung lehnte sie naturlich ab –, und als sie mit dem Tablett hereinkam, sah er, daß der Kaffee in einer Steinzeugkanne war. Aber sobald sie sich gesetzt harte, zündete sie sich eine Zigarette an und seufzte genüßlich, während sie den Rauch ausstieß. Er mußte an ihr Bild von den fremden Ländern denken. Sie hatte nichts von den Widersprüchen gesagt, die einem, wenn man sich näher mit dem Wesen eines Menschen befaßt, zuweilen ebenso große Rätsel aufgeben wie das Unbekannte in ihm.

»Arbeiten Sie jeden Abend im *Townsman*?« fragte er.

»So einfach läßt sich das nicht beantworten. Bei uns können die Mitglieder auch zu Mittag essen, und zwar zwischen zwölf und drei. Wir arbeiten entweder tagsüber, von elf bis fünf, oder von sieben Uhr abends bis zwei Uhr morgens. Wenn man die Nachtschicht hat, steht fest, daß man am nächsten Tag mittags keinen Dienst zu machen braucht, aber sonst ist die Einteilung ziemlich willkürlich. Wir haben in der Woche zwei ganze Tage frei, natürlich nicht unbedingt den Samstag und den Sonntag. Dawn und ich haben oft zusammen Dienst gemacht, aber ebenso oft auch nicht. Sie war häufig allein hier und hatte Besucher und Anrufe, von denen ich nichts wußte.«

»Von dem bewußten Anruf, von dem Sie mir erzählt haben, einmal abgesehen...«

»Ja«, bestätigte sie. »Darüber habe ich seither viel nachgedacht, und da sind mir alle möglichen Sachen eingefallen, die ich Ihnen nicht erzählt habe, die Ihnen aber kaum weiterhelfen werden. Die beweisen nämlich alle bloß, daß es nicht Zeno Vedast war, der sie angerufen hat.«

»Das macht nichts. Erzählen Sie nur...«

»Ich hatte vergessen, Ihnen zu sagen, daß sein Name lange vor dem Anruf zur Sprache kam. Es muß März oder April gewesen sein. Wir hatten ihn uns natürlich im Fernsehen angeschaut und in der Zeitung über ihn gelesen, und Dawn hatte gesagt, daß sie ihn seit Jahren kannte, aber daß sie sich mit ihm traf, davon war nie die Rede gewesen.

Dann, an einem Vormittag – es war Ende März –, erzählte sie, er sei am Abend zuvor im Klub gewesen. Ich hatte meinen freien Tag gehabt und – also ehrlich, ich habe es ihr zuerst gar nicht abgenommen. Ich wußte, daß er nicht Mitglied bei uns ist. Dann habe ich eins der anderen Mädchen gefragt, und die hat gesagt, Zeno Vedast sei dagewesen und hätte ein bißchen mit Dawn geschwätzt. Ich war noch immer nicht überzeugt und bin es auch jetzt noch nicht – was die Freundschaft zwischen den beiden betrifft, meine ich. Wir haben oft Prominente im Klub, und die quatschen manchmal auch die Bedienung an, aber dazu sind wir ja da.«

»Wann kam der Anruf, Miss Miall?«

»Es war ein Montag.« Sie runzelte die Stirn und dachte angestrengt nach. »Dawn hatte frei, ich war mittags im Dienst gewesen. Warten Sie, es war nicht der letzte Montag im Mai, ich glaube, es war der 13., abends gegen halb neun. Wir waren beide allein in der Wohnung und saßen vor dem Fernseher. Das Telefon läutete, und Dawn hob ab. Sie meldete sich, und dann sagte sie so was wie: ›Toll, daß du anrufst.‹ Sie legte die Hand über das Mundstück und flüsterte, ich solle den Fernseher leiser stellen. Dann sagte sie: ›Es ist Zeno Vedast.‹ Ich fand das peinlich. Ganz schön neurotisch, diese Spinnereien, hab ich gedacht.«

Wexford ließ sich eine zweite Tasse Kaffee einschenken. »Wie würden Sie reagieren, Miss Miall, wenn ich Ihnen sagen würde, daß Vedast Dawn Stonor im Klub erkannt hat, daß tatsächlich er es war, der sie an jenem Abend angerufen hat?«

»Ich würde antworten, daß ich Dawn gekannt habe und Sie nicht«, erwiderte Joan Miall eigensinnig. »Daß er im Klub war, weiß ich. Und auch, daß er sich mit ihr unterhalten hat. Mit mir hat sich mal abends ein Maharadscha eine halbe Stunde lang unterhalten, aber dadurch sind wir noch nicht Freunde fürs Leben geworden. Ich will Ihnen auch sagen, weshalb ich so sicher bin, daß es nicht Zeno Vedast war, der angerufen hat. Wenn irgendein Prominenter – ein Filmstar vielleicht – wirklich mal Notiz von Dawn genommen hat, sprach sie tagelang davon. Wenn sie nur so tat als ob, wenn sie sich ein Wunschtraumbild ausmalte, wie es in diesem Song heißt, wenn sie auf einem Foto oder im Fernsehen einen angeblichen Bekannten entdeckt hatte, sagte sie das, schwelgte ein bißchen in Erinnerungen, und das war's dann. Nach dem Anruf war sie kein bißchen aufgekratzt. Sie meinte nur: ›Ich hab dir ja gesagt, daß ich ihn kenne‹, und dann war sie richtig deprimiert, wie nach einem der gemeinen Briefe ihrer Mutter, oder wenn ein Typ sie versetzt hatte.«

»Wer hat sie denn Ihrer Meinung nach angerufen?«

»Ein neuer Freund«, erklärte Joan Miall überzeugt. »Einer, dem sie gefiel, der aber nicht so reich oder bekannt war, daß Dawn mit ihm hätte angeben können.« Ein Schatten ging über ihr hübsches Gesicht. »Dawn wurde allmählich ein bißchen alt für unser Geschäft, sie verbrauchte sich rasch. Ich weiß, das klingt lächerlich, sie war erst achtundzwanzig. Aber es hat sie sehr bedrückt, daß sie in ein, zwei Jahren weg vom Fenster sein würde. Sie würde sich einen anderen Job suchen – oder Paul heiraten müssen. Verzweifelt versuchte sie, sich und den anderen zu beweisen, daß sie noch genauso attraktiv wie früher war, und nach ihrer Ansicht war eine Frau um so attraktiver, je mehr erfolgreiche Männer sich fanden, die sie ausführten.«

Wexford seufzte. Für einen Fünfundzwanzigjährigen ist jemand mit dreißig alt, das ist durchaus in Ordnung so und liegt in der Natur der Sache. Aber müßte einem nicht, wenn man vierzig ist, eine Dreißigjährige jung vorkommen? Es widerte ihn an, daß diese junge Frau und ihresgleichen sich in einer Welt bewegten, in der für einen Fünfundzwanzigjährigen eine Achtundzwanzigjährige »weg vom Fenster« war.

»Sie haben aber keinen konkreten Beweis dafür«, sagte er, »daß es diesen neuen Freund tatsächlich gegeben hat, nicht wahr? Nur dieses Telefongespräch, das in Wirklichkeit Vedast geführt hat...«

»Doch. Sie ist in der Woche darauf mit ihm ausgegangen.«

»Das hätten Sie mir schon längst sagen müssen«, erklärte Wexford ziemlich streng. »Gehört das zu den Sachen, die Ihnen wieder eingefallen sind und die mir angeblich nicht weiterhelfen?«

»Eine der Sachen, die beweisen, daß es nicht Vedast war, ja. Aber ich weiß nicht, wie er heißt. Ich weiß nicht einmal, ob ihn Dawn sich nicht auch nur ausgedacht hat.«

Auf dem Kaminsims stand ein gerahmtes Bild, das vergrößerte Amateurfoto zeigte einen brünetten jungen Mann und eine junge Frau an einem Strand. Wexford nahm das Bild in die Hand und betrachtete es genau.

»Das ist Paul«, sagte Joan Miall.

Es dauerte einen Moment, bis er begriffen hatte, daß das Mädchen Dawn war. In Shorts, Bluse und mit windverwehtem Haar hatte sie nur wenig Ähnlichkeit mit dem geschminkten, aufgeputzten Wesen, dessen Porträt überall in Kingsmarkham auf Anschlägen prangte wie Werbung für einen Nachtklubstar. Endlich dachte er, hatte sie es zu einer – wenn auch zweifelhaften – Berühmtheit gebracht, stand posthum im Licht der Öffentlichkeit. Auf dem Schnappschuß wirkte sie glücklicher. Nein, das war nicht das richtige Wort. Zufrieden, ruhig – und vielleicht eine Spur gelangweilt? Sie hatte es nicht als erregend, als beglückend empfunden, mit einem ganz gewöhnlichen Verlobten am Strand herumzulaufen. Das war Mrs. Stonors Schuld. Indem sie ihre Tochter herabsetzte, unvorteilhafte Vergleiche mit anderen Mädchen zog, ihr Liebe versagte, hatte sie ihre Persönlichkeit verbogen, so daß normale Zuneigung Dawn nichts bedeutete. Für Dawn war Liebe nur noch etwas, was mit Geld und Erfolg verknüpft war, und deshalb wünschte sie sich die Liebe eines Mannes, der sie reich machen und ihren Namen in die Schlagzeilen bringen würde. Und dieser letzte Wunsch war ja nun in Erfüllung gegangen...

Wexford legte das Foto aus der Hand. »Erzählen Sie weiter, Miss Miall.«

»Der Tag, von dem ich Ihnen erzählen will, war der 1. Juni, ein Mittwoch, und Paul hatte Geburtstag.«

Wexford horchte auf.

»Am Dienstag, dem Tag davor, hatten Dawn und ich frei gehabt, und nachmittags war Dawn losgegangen und hatte sich das blaue Kleid gekauft, in dem sie zu ihrer Mutter gefahren ist. Ich weiß noch, daß ich sie gefragt habe, ob sie es für den Urlaub mit Paul haben wollte. Sie wüßte noch nicht, sagte sie, ob sie mit Paul Urlaub machen würde, wollte mir aber nicht sagen, warum nicht, sie meinte nur, es könnte langweilig werden. Sie hatten sich nicht gestritten. Paul verbrachte den Abend bei uns und blieb über Nacht bei Dawn, sie machten einen sehr glücklichen Eindruck.«

»Und was war nun am 1. Juni?«

»Paul ging zur Arbeit, ehe wir aufgestanden waren. Er wollte mittags zurück sein, Dawn wollte ein Geburtstagsessen für ihn machen und dann den Nachmittag freinehmen. Dawn und ich waren für die Abendschicht eingeteilt. Sie ging einkaufen – es sollte Steak und Salat geben, ich hatte auf frische Sachen bestanden –, und nachdem sie zurückgekommen war und gerade den Tisch deckte, läutete das Telefon. Ich hob ab, und ein Mann meldete sich und wollte Dawn sprechen. Ich habe nicht nach seinem Namen gefragt, und er hat ihn nicht genannt. Ich gab den Hörer an Dawn weiter und beschäftigte mich in der Küche mit den Vorbereitungen zum Essen. Als sie zu mir kam, war sie erhitzt und erregt, aber auch… ein bißchen sauer. Ich kann das schlecht erklären, aber ich erinnere mich noch deutlich daran. Sie war aufgeregt, und dabei auch verstimmt. Ich merkte, daß sie nicht sagen mochte, wer angerufen hatte, deshalb habe ich sie nicht gefragt.«

»Und Sie haben es auch später nicht herausbekommen?«

»Nein. Aber die Geschichte geht noch weiter. Um halb zwei sollte Paul kommen. Um Viertel vor zwölf war alles vorbereitet, wir brauchten, wenn Paul da war, nur noch die Steaks zu grillen. Dawn war schon angezogen und geschminkt, aber um zwölf ging sie in ihr Zimmer und zog sich um, und als sie wieder herauskam, trug sie das neue Kleid, hatte sich die Haare hochgesteckt und noch mehr Lidschatten aufgelegt, sie hatte sich mächtig aufgetakelt und viel zuviel Parfum genommen. Ich saß im Wohnzimmer und las eine Zeitschrift. Sie kam herein und sagte: ›Ich muß mal eine Stunde weg. Wenn Paul vorher kommt, erzähl ihm irgendwas. Sag, ich hätte den Wein vergessen oder so.‹ Wie gesagt, wir haben einander nie ausgefragt. Aber ich fand es nicht sehr gut, Paul anzuschwindeln. Der Wein stand schon auf dem Tisch, mit der Ausrede war es also nichts. Ich hoffte nur, daß sie bald wieder da sein würde.«

»Und war sie bald wieder da?«

»Sie ging zwischen zwölf und halb eins. Paul hatte sich ein bißchen verspätet. Er kam um zwanzig vor zwei, da war sie immer noch nicht zurück. Ich sagte, sie hätte in letzter Minute noch was besorgen müssen, aber ich merkte, daß er eingeschnappt war. Immerhin hatte er Geburtstag, und sie waren mehr oder weniger verlobt.«

»Wann ist Dawn denn gekommen?«

»Zehn nach drei. Ich weiß das so genau, weil ich ihr anmerkte, daß sie in einem Pub gewesen war, und die machen um drei zu. Sie hatte mehr getrunken, als sie vertragen konnte. Ihr Gesicht war verquollen, und sie sprach mit etwas schwerer Zunge. Paul ist ein sehr gutmütiger Mensch, aber inzwischen war er fast ausgeflippt.«

»Wo war sie denn angeblich gewesen?«

»Sie hätte eine Bekannte getroffen, erzählte sie, eine frühere Kollegin aus dem Klub, die Model geworden sei – die arme Dawn mußte einfach alles immer eine Nummer größer haben –, sie seien in ein Pub gegangen und hätten sich verplaudert.«

»Und das haben Sie ihr nicht abgenommen?«

»Natürlich nicht. Als Paul weg war, schrieb Dawn an ihre Mutter, daß sie am Montag der folgenden Woche kommen würde.«

»Und Sie haben den Besuch im Pub nicht mit dem Brief in Verbindung gebracht?«

»Damals noch nicht«, sagte Joan nachdenklich. »Jetzt schon. Spontane Entscheidungen sahen Dawn nämlich gar nicht ähnlich, wenn es um ihre Mutter ging. Daß sie hin und wieder nach Kingsmarkham fahren mußte, war ihr schon klar, aber meist fing sie Wochen vorher an, die Sache mit sich selbst zu bereden. Sie wissen schon, sie sagte, daß sie wohl fahren müßte, aber gar keine Lust hätte, und vielleicht könnte sie es noch ein paar Wochen aufschieben. Dann schrieb sie einen Brief und zerriß ihn wieder und schimpfte vor sich hin. Es dauerte Wochen, bis sie den Schrieb dann endlich zustande gebracht und zur Post gegeben hatte. Diesmal war das anders, sie setzte sich hin und machte den Brief in einem Zug fertig.«

»Hat sie Ihnen später mal verraten, was am 1. Juni geschehen war?«

Joan nickte und machte ein unglückliches Gesicht. »Am Samstag, ihrem ersten Urlaubstag, da hat sie gesagt: ›Was würdest du von einem Typ halten, der sagt, daß er tot umfallen würde, wenn er dich nicht wiedersehen kann, und der dich dann auf ein paar Drinks in ein Pub einlädt?‹ Sie ging zu dem Spiegel dort drüben, ganz dicht ging sie heran, betrachtete sich genau und zupfte an der Haut unter ihren Augen. ›Bei einem Mann, nach dem du wirklich verrückt wärst‹, sagte sie, ›wär dir das egal, stimmt's? Du würdest einfach mit ihm zusammensein wollen. Du würdest dir keine Gedanken darüber machen, daß er zuviel Schiß hat oder zu geizig ist, um für eine Nacht mit dir ins Hotel zu gehen.‹

Ich wußte nicht recht, ob sie mich oder sich meinte. Vielleicht spricht sie von mir, hab ich gedacht, weil mein Freund kein Geld hat. Dann hat Paul sie abgeholt, und ich war der Meinung, daß sie nun doch mit ihm Urlaub machen wollte.«

Joan Miall seufzte. Sie griff nach der nächsten Zigarette, aber die Packung war leer. Das Zimmer war blau vor Rauch. Wexford bedankte sich und ging. In einem Schallplattengeschäft in der Earls Court Road kaufte er die »Wunschtraumbild«-Single.

15

Das rote Kleid war wieder in Wexfords Büro gelandet. Mehrere tausend Frauen hatten es vor Augen und in der Hand gehabt und waren beim Anblick der dunklen Verfarbung zurückgewichen. Keine einzige hatte es erkannt. Es lag auf der Rosenholzplatte, zu der es im Ton paßte, ein schäbiges altes Fähnchen, zerknittert und schmutzig, und bewahrte eisern sein Geheimnis.

Wexford fuhr über den Stoff, warf noch einen Blick auf das Etikett und die weißen Talkumspuren um den Ausschnitt herum. Dawn hatte das Kleid getragen, aber es hatte ihr nie gehört. Sie hatte es in Kingsmarkham gefunden und aus irgendeinem unerfindlichen Grund angezogen, sie, die so modebewußt war, daß sie Kleid, Schuhe und Tasche farblich aufeinander abzustimmen pflegte. Sie hatte es in Kingsmarkham gefunden, aber keine Frau aus Kingsmarkham oder Stowerton hatte – wenn die Polizei nicht belogen worden war – es je besessen. Ein Kleid, das eine Frau einmal getragen hat, bleibt ihr unvergeßlich, sie wird es nach fünfzig Jahren noch wiedererkennen. Um wieviel leichter aber muß ihr das fallen, wenn sie es erst vor sieben oder acht Jahren abgelegt hat!

Burden kam ins Büro, warf einen Blick auf Wexford und betrachtete das Kleid böse, als wollte er sagen: Wozu die Mühe? Weshalb muß uns dieses dumme Ding immer noch aufhalten und in die Irre führen? Laut sagte er: »Was haben Sie bei der Miall erfahren?«

»Es sieht so aus, als habe Dawn noch einen Freund gehabt. Ich überlege mir, Mike, ob das Peveril gewesen sein könnte. Er war am 1. Juni in London, und an dem Tag hat sich Dawn mit einem Mann in einem Pub getroffen. Sie ist heimlich hingegangen, obgleich sie zu Hause fest verabredet war. Dieses Rendezvous fand nur fünf Tage vor ihrem Todestag statt.«

»Und weiter?« fragte Burden gespannt.

»Dawn war Ostern in Kingsmarkham. Ostern wohnten die Peverils schon im Pathway. Nehmen wir an, Peveril hat sie irgendwo in Kingsmarkham aufgegabelt, mit ihr was getrunken, sich ihre Telefonnummer geben lassen...«

»Hat er sie nie angerufen?«

»Nach der Aussage von Joan Miall hatte Dawn am Montag, dem 23. Mai, ein ziemlich mysteriöses Telefongespräch mit einem Mann, der Peveril gewesen sein könnte. Am Montagabend ist seine Frau nicht zu Hause, da hätte er es riskieren können.«

»Hört sich vielversprechend an.«

»Ist es aber leider nicht. Wir wissen, daß um diese Zeit Zeno Vedast bei Dawn angerufen hat, das gibt er offen zu, und Dawn hat zu Joan Miall auch gesagt, daß er es war. Joan hat ihr das nicht abgenommen, weil Dawn hinterher nicht glücklich oder aufgeregt war. Aber Vedast selbst sagt, daß er sie mit vagen Versprechungen abgewimmelt hat. Dawn war nicht dumm, sie merkte, daß sie ihm auf die Nerven ging, und das hat sie so sehr getroffen, daß sie es nicht einmal mehr fertigbrachte, mit der Bekanntschaft zu prahlen oder eins ihrer Märchen zu erzählen. Daraus müssen wir wohl folgern, daß es Vedast war, der sie an jenem Abend angerufen hat, und daß Vedast danach keinerlei Kontakt mehr mit ihr hatte. Er ist demnach aus dem Schneider. Das bedeutet aber noch nicht, daß Peveril sie nie angerufen hat, er konnte das ohne weiteres tun, wenn Joan nicht da war.

An dem Wochenende nach dem Treff im Pub, an dem Wochenende vor ihrem Tod, gab sie Joan zu verstehen, daß sie sich mit einem Mann eingelassen hatte, der zu geizig oder zu ängstlich war, um mit ihr in ein Hotel zu gehen. Diese Beschreibung würde auf Edward Peveril passen. Peveril hat ein Haus, das an jedem Montagabend auf ein paar Stunden so was wie eine sturmfreie Bude ist. Peveril paßte uns auf dem Festival ab und versuchte, sobald er herausbekommen hatte, wer wir waren, unsere Aufmerksamkeit von dem Steinbruch abzulenken. Peveril macht sich nichts mehr aus seiner Frau und geht nach Miss Mowlers Aussage gelegentlich fremd.«

Burden überlegte. »Was hat sich also Ihrer Meinung nach an dem bewußten Abend abgespielt?«

»Was es auch war – Mrs. Peveril muß davon wissen.«

»Sie wollen doch nicht sagen, daß sie mitgemacht hat, Sir?«

»Bei den Vorbereitungen bestimmt nicht. Möglich, daß sie einen Verdacht hatte. Vergessen Sie nicht, daß sie um halb sechs nur per Zufall im Haus war. Ihr Mann hatte ihr nahegelegt, sie solle nachmittags nach Kingsmarkham ins Kino und von dort aus gleich in ihren Kurs gehen. Warum ist sie seinem Vorschlag nicht gefolgt? Weil ihr seine Motive nicht recht geheuer vorkamen? Er hatte offenbar fest damit gerechnet, sie überreden zu können, und hat deshalb Dawn gebeten, für sie beide etwas zu essen mitzubringen. Aber Mrs. Peveril tat ihm nicht den Gefallen, sie blieb im Haus. Sie hat Dawn zu der zwischen Dawn und Mr. Peveril verabredeten Zeit, um halb sechs, gesehen – und Dawn hat Mrs. Peveril gesehen und mit ihrer Lebensmitteltüte im Freien gewartet, bis sie sich auf den Weg nach Kingsmarkham machte.

Danach hat Peveril Dawn ins Haus gelassen, sie machte sich an die Vorbereitungen zum Abendessen und zog dazu ein altes Kleid an, das Peveril ihr gab, um das gute lila Stück zu schonen. Noch vor dem Abendessen aber fragte sie Peveril, ob sie über Nacht bleiben könne. Natürlich wußte er, daß das nicht ging, aber weil er Dawn unbedingt an sich fesseln wollte, hatte er es ihr versprochen. Als er ihr nun sagte, daß daraus nichts werden könne, gerieten sie sich in die Haare, sie drohte dazubleiben und ein offenes Wort mit seiner Frau zu sprechen. Er drehte durch und brachte sie um.«

»Und als Mrs. Peveril heimkam«, nahm Burden den Faden auf, »lieferte er sich ihr auf Gnade und Barmherzigkeit aus. Er brauchte sie ja – zum Saubermachen und zum Wegschaffen der Leiche.«

»Also sehr überzeugend kommt mir diese Theorie nicht vor, Mike. Wieso hat Mrs. Peveril dann überhaupt zugegeben, daß sie Dawn gesehen hat? Bei diesem Beweisstand bekomme ich nie einen Haussuchungsbefehl. Aber morgen frage ich Peveril, ob er uns erlaubt, sein Haus zu durchsuchen. Morgen ist Sonntag, und Sie haben frei.«

»Keine Sorge, ich komme mit.«

»Nein, nein, genießen Sie nur den Tag mit den Kindern. Wenn wir etwas finden, sage ich Ihnen sofort Bescheid.«

Wexford sah noch einmal auf das Kleid herunter, das eine Lichtbahn der Abendsonne anstrahlte wie ein Bühnenscheinwerfer. Er versuchte, sich Margaret Peveril schlanker und jünger vorzustellen, aber er sah sie nur in ihrer jetzigen Gestalt vor sich, größer und breiter als Dawn, mit einer Figur, der man ansah, daß sie dieses Kleid seit ihrer Teenagerzeit nie hätte tragen können. Er zuckte die Schultern.

Er versuchte gar nicht erst, sich einen Haussuchungsbefehl ausstellen zu lassen, sondern fuhr mit Martin und drei Constable am nächsten Tag direkt in den Pathway. Es war ein dunstiger, kühler Morgen, der einen schönen Tag versprach. Der Sonnenschein hing wie ein goldfarbiges Satintuch unter einem dünnen Tüllschleier.

Peveril murrte zwar, weil er meinte, seine Unterlagen würden durcheinanderkommen, erklärte sich aber ohne wesentlichen Widerstand bereit, die Durchsuchung über sich ergehen zu lassen, sehr zu Wexfords Enttäuschung, der mit Feindseligkeit, ja Aggression gerechnet hatte. Sie hoben den Teppichboden hoch, untersuchten Scheuerleisten und Vorhangsäume. Mrs. Peveril sah ihnen nägelkauend zu.

Nach dieser empörenden Entweihung ihres Heims hatte sie sich in Apathie und Schweigen zurückgezogen. Ihr Mann war in seinem Atelier sitzen geblieben, während Wexfords Leute auf dem Boden herumkrochen und unter die Schränke spähten. Er zeichnete Kringel und Zickzacklinien auf seinen Zeichenbogen, sinnlose Skizzen, die nie einen Käufer finden würden.

Miss Mowler, die aus der Kirche kam, trat zu Wexford ans Gartentor und erkundigte sich, ob sie Tee für seine Leute machen solle. Wexford lehnte ab. Wieder einmal fiel ihm auf, daß Kirchgängerinnen, für die es gewiß bequemer wäre, das Gesangbuch in der Handtasche mitzuführen, es stattdessen stets ostentativ in der Hand halten – ein äußeres und sichtbares Zeichen geistlich-frommer Überlegenheit. Dunsand mähte seinen Rasen und füllte den Rasenschnitt in eine grüne Schubkarre. Wexford ging wieder ins Haus. Als er aus dem Fenster schaute, sah er zu seiner Überraschung Louis Mbowele, der auf Dunsands Haus zuging. Sein Mantel stand offen, die sanfte Sommerluft streichelte seine braune, perlenbehängte Brust. Louis betrat Dunsands Garten, der Rasenmäher wurde abgestellt, und die beiden gingen zusammen ins Haus. Besonders verwunderlich war der Besuch im Grunde nicht, schließlich studierte Louis an der Uni von Myringham Philosophie, an der Dunsand als Philosophieprofessor tätig war.

»Wie kommt ihr voran?« fragte er Martin.

»Hier ist sie nicht umgebracht worden, Sir. Allenfalls im Badezimmer. Da könnten Sie vermutlich ein Schwein abstechen, ohne daß Spuren nachbleiben.«

»Tja, dann rücken wir am besten wieder ab, und ich verbringe den Rest meines Sonntags zu Hause.«

»Da wäre noch eine Sache, Sir... Stevens möchte Sie sprechen, ehe er heimgeht. Er wartet im Revier. Das hat er mir schon gestern abend gesagt, aber durch unseren Einsatz hatte ich es ganz vergessen. Irgendwas drückt ihn, aber mir gegenüber hat er nichts rausgelassen.«

Im Haus wurde die Ordnung wiederhergestellt. Wexford entschuldigte sich ziemlich knapp bei Mrs. Peveril. Sie sah ihn halb eingeschüchtert, halb vergrätzt an. »Ich hab Ihnen doch gesagt, daß sie nicht hier war. Sie ist in die andere Richtung gegangen. Über die Felder.«

Wexford setzte sich neben Martin in den Wagen. »Immer wieder stimmt sie diese alte Leier an. Ich kann's schon nicht mehr hören.« Er schlug die Tür zu. Martin zog ein höflich-aufmerksames Gesicht, war aber in Gedanken bei seinem Sonntagsessen, das auf ihn wartete. »Warum sagt sie das, wenn es nicht stimmt«, murrte Wexford.

»Vielleicht stimmt es ja wirklich, Sir.«

»Warum hat dann nach halb sechs niemand mehr Dawn Stonor gesehen? Um sechs kommen in der Sundays-Siedlung und in Stowetton die Männer haufenweise zum Essen nach Hause. Die hätten sie sehen müssen. Eine Frau wie sie macht Eindruck auf Männer.«

Das Stichwort ›Essen‹ schien Martins ohnehin nicht allzu schnelle Auffassungsgabe zusätzlich zu bremsen. »Vielleicht hat sie stundenlang da draußen rumgesessen. Bis es dunkel wurde.«

»Quatsch«, sagte Wexford grob. »Wenn sie stundenlang hätte warten müssen, hätte sie sich zu ihrer Mutter gesetzt, oder wenn sie das nicht ertragen hätte, wäre sie in Kingsmarkham ins Kino gegangen.«

»Aber der letzte Bus, Sir?«

»Sie hatte nur einen Kilometer zu gehen, Mann, sie war eine kräftige, gesunde Frau. Bestimmt wäre sie lieber später zu Fuß gegangen, als irgendwo herumzusitzen wie bestellt und nicht abgeholt.«

»Demnach hat Mrs. Peveril sie überhaupt nicht gesehen.«

»O doch. Sie hat Dawn sogar ganz genau beobachtet, in allen Einzelheiten.«

Der Wagen hielt. Martin begab sich zu einem ausgedehnten, verdienten Abendessen, Wexford zu Stevens, der schon in seinem Büro saß. Der schüchterne, wortkarge junge Polizeibeamte stand stramm, was Wexford in noch schlechtere Laune versetzte und ihn gleichzeitig zum Lachen reizte. Er forderte Stevens auf, Platz zu nehmen, der aber fühlte sich auf dem Sessel sichtlich unbehaglicher als in strammer Haltung.

Wexford verbiß sich das Lachen. Er sagte freundlich: »Wir haben einen Sozialarbeiter, Stevens, für den Fall, daß unsere Leute private Probleme haben, die ihnen beim Dienst in die Quere kommen.«

»Aber es ist was Dienstliches, was mir beim Dienst in die Quere kommt«, stotterte Stevens.

»Das müssen Sie mir schon ein bißchen genauer erklären.«

Stevens schluckte. »Sir.« Er verstummte. »Sir«, sagte er noch einmal, und dann stieß er hervor: »Mrs. Peveril, Sir. Ich hab Ihnen das schon seit Tagen sagen wollen, ich mochte mich bloß nicht vordrängen, ich hab einfach nicht gewußt, was ich machen soll.«

»Wenn Sie etwas über Mrs. Peveril wissen, was für mich wichtig ist, müssen Sie es mir gleich sagen, Stevens, das wissen Sie doch. Jetzt los, Mann, reißen Sie sich zusammen.«

»Letztes Jahr bin ich von Brighton hierher versetzt worden, Sir.« Er wartete, bis Wexford ihm ermutigend, wenn auch eine Spur ungeduldig zunickte. »Dort hatten wir letzten Sommer einen Bankraub. Mrs. Peveril hat den Überfall gesehen, und sie... sie ist freiwillig zur Polizei gekommen, um eine Aussage zu machen. Der Superintendent hat sie lange vernommen, und sie sollte versuchen, die Täter zu identifizieren. Wir haben die Burschen nie gekriegt.«

»Sie haben die Frau wiedererkannt? Ihren Namen? Ihr Gesicht?«

»Ihr Gesicht, Sir, und als ich den Namen hörte, fiel mir die Sache wieder ein. Sie hat mich auch erkannt. Sie war sehr hysterisch, Sir, eine schlechte Zeugin, ständig hat sie gesagt, daß sie krank davon wird. Es hat mir die ganze Woche auf der Seele gelegen, und dann habe ich mir gesagt, na wenn schon, sie hat ja schließlich die Bank nicht überfallen. Aber zuletzt war es so, daß ich gedacht habe... ja, also dann mußte ich es Ihnen einfach sagen, Sir.«

Wexford seufzte. »Sie müssen noch viel lernen, Stevens. Aber Schwamm drüber, jetzt haben Sie ja reinen Tisch gemacht. Gehen Sie ruhig essen, ich lasse mir die Einzelheiten aus Brighton geben.«

Nach und nach konnte er sich zusammenreimen, was geschehen war. Aber ehe er dem Haus im Pathway einen weiteren Besuch abstattete, mußte er Gewißheit haben. Für ihn würde das Sonntagsessen heute ausfallen.

Die Peverils hatten es gerade hinter sich. Wexford fiel auf, daß er Peveril heute zum erstenmal nicht bei der Arbeit sitzend oder auf dem Weg von der oder zurück zu seiner Arbeit erlebte.

»Was gibt's denn jetzt schon wieder?« Peveril sah von seinem traditionellen Roastbeef auf.

»Entschuldigen Sie, daß ich Sie beim Essen störe, Mr. Peveril. Ich möchte mit Ihrer Frau sprechen.«

Peveril griff eilfertig nach seinem Teller, steckte sich die Serviette in den Pulloverausschnitt, holte sich noch den Senftopf und steuerte die Tür zu seinem Atelier an.

»Laß mich nicht allein, Edward«, bat seine Frau mit hoher, dünner Stimme. Ein wenig mehr Lautstärke – und es wäre ein Schrei geworden. »Ich habe überhaupt keinen Halt an dir, das war schon immer so. Am Ende werde ich wieder krank. Ich vertrage diese Vernehmungen einfach nicht. Ich habe Angst.«

»Du mit deiner albernen Angst. Häng dich nicht immer an mich.«

Er schob sie weg. »Du siehst doch, daß ich einen Teller in der Hand habe.«

»Begreifst du nicht, was er von mir will, Edward? Ich soll sagen, wer es war, er wird mich zwingen, mit dem Finger auf jemanden zu zeigen.«

»Setzen Sie sich, Mrs. Peveril, bitte setzen Sie sich. Ich wäre Ihnen dankbar, wenn Sie bleiben würden, Sir. Es steht mir nicht zu, mich einzumischen, aber ich meine, Mrs. Peveril müßte vielleicht nicht so große Angst haben, wenn sie an Ihnen den Halt fände, den sie sich wünscht. Wenn ich also bitten darf...«

Wexford hatte sehr scharf und bestimmt gesprochen, und die Tonart tat ihre Wirkung. Maulhelden knicken rasch ein, wenn man sie ein bißchen hart anfaßt. Peveril näherte sich zwar seiner Frau nicht und gönnte ihr keinen Blick, aber er setzte sich, stellte seinen Teller an den Tischrand und schlug mürrisch die Arme übereinander. Mrs. Peveril schlängelte sich an ihn heran, blieb zaudernd stehen und kaute am Daumennagel. Sie warf Wexford den halb verschlagenen, halb verzweifelten Blick einer Hysterikerin zu, die ihre Neurose bedroht sieht.

»Ich möchte Sie beide bitten, mich ganz ruhig anzuhören.« Wexford wartete. Sie schwiegen. »Ich will Ihnen jetzt schildern, Mrs. Peveril, was sich meiner Meinung nach zugetragen hat. In Brighton wurden Sie Zeugin eines Banküberfalls.« Sie machte große Augen und murmelte etwas Unverständliches. »Das war ein sehr belastendes Erlebnis für Sie, aber Sie haben sich anerkennenswerterweise bei der Polizei gemeldet, um auszusagen, was Sie mit angesehen hatten. Sie waren eine wichtige Zeugin. Natürlich wurden Sie eingehend vernommen. Sie fühlten sich bedrängt und bekamen Angst, wurden vielleicht krank vor Angst, sowohl durch die ständigen Besuche der Polizei als auch durch die Vorstellung, daß man sich möglicherweise an Ihnen rächen könnte, weil Sie der Polizei Auskünfte gegeben hatten. Um alldem zu entkommen, zogen Sie hierher. Ist das soweit richtig?«

Mrs. Peveril schwieg, aber ihr Mann, der sich nie eine Gelegenheit für spitze Bemerkungen entgehen ließ, bestätigte: »Allerdings! Wo ich meine Wurzeln, meine Kontakte, mein ideales Atelier hatte, war ja unwichtig. Die gnädige Frau wollte Reißaus nehmen, also nahmen wir Reißaus.«

»Ich bitte Sie, Mr. Peveril!« Wexford wandte sich Mrs. Peveril zu. Er spürte, daß er jetzt sehr vorsichtig, sehr schonend vorgehen mußte. Ihre Reglosigkeit, das zwanghafte Nägelkauen, die tief eingekerbten Gesichtsfalten verhießen nichts Gutes. »Sie waren erst wenige Monate hier, als Ihnen auf Grund einer Beobachtung klar wurde, daß Sie in Kürze bei einer weiteren, womöglich noch weit folgenschwereren Ermittlung würden aussagen müssen. Wir wissen, daß Sie Dawn Stonor am Montag, dem 6. Juni, gesehen haben. Sie haben die Frau genau beschrieben, genauer als alle anderen Zeugen. Ich behaupte nun – bitte regen Sie sich nicht auf –, daß Sie die Frau entweder ins Haus ließen oder beobachteten, wie sie ein anderes Haus betrat. Sie haben uns gesagt, Sie hätten Dawn Stonor über die Felder gehen sehen, weil Sie glaubten, damit am besten die gefürchtete Aufmerksamkeit der Polizei von Ihnen und Ihrer unmittelbaren Umgebung ablenken zu können.«

Es hätte noch alles gutgehen können. Sie nahm die Hand vom Mund, biß sich auf die Lippen, sprach leise vor sich hin. Es war wie ein Anlauf. Es hätte gutgehen können, wenn Peveril nicht aufgesprungen wäre und seine Frau angeschrien hätte: »Herrgott noch mal, ist das wahr? Du dumme Kuh! Ich hab mir doch gleich gedacht, daß da was faul ist, ich hab's ja gewußt. Du hast die Polizei angeschwindelt und mich beinah auch noch reingezogen. Hat man so was schon erlebt...«

Sie begann zu schreien. »Ich hab sie überhaupt nicht gesehen, ich hab sie nie gesehen.« Eine Ohrfeige hätte vielleicht geholfen. Statt dessen begann ihr Mann sie zu schütteln, so daß die Schreie zu einem erstickten Keuchen wurden. Sie sackte zusammen und fiel zu Boden. Peveril wich zurück, er war kalkweiß geworden.

»Holen Sie Miss Mowler«, fuhr Wexford ihn an.

Als Peveril mit der Krankenschwester zurückkam, lag seine Frau im Sessel und stöhnte leise. Miss Mowler lächelte sonnig.

»Wir bringen Sie ins Bett, Schätzchen, und dann mach ich Ihnen eine schöne, starke Tasse Tee.«

Mrs. Peveril duckte sich. »Gehen Sie weg. Ich will Sie nicht, ich will Edward.«

»Schon gut, Schätzchen, ganz wie Sie wollen. Edward kann Sie ins Bett bringen, ich mach inzwischen den Tee.«

Peveril zog ein böses Gesicht, als Miss Mowler so einfach seinen Vornamen benutzte, aber er reichte seiner Frau den Arm und half ihr die Treppe hoch. Miss Mowler ging geschäftig hin und her, räumte das erkaltete Essen ab, setzte den Kessel auf, suchte nach Aspirin. Die kleine, dünne Person arbeitete schnell und umsichtig. Dabei redete sie ununterbrochen und entschuldigte sich für eingebildete Vergehen. Ein Jammer, daß sie nicht gleich zur Stelle gewesen war, als »es« passierte. Wäre sie zum Beispiel im Garten gewesen... Wie ärgerlich, daß sie sich noch die Hände waschen und die Kittelschürze ausziehen mußte, ehe sie mit Mr. Peveril herüberkommen konnte. Wexford sagte nicht viel. Er überlegte bedrückt, daß er aus Mrs. Peveril heute kaum mehr etwas herausbekommen würde.

Miss Mowler brachte den Tee nach oben. Peveril ließ sich nicht mehr sehen. Wexford begleitete Miss Mowler in ihren Bungalow, wo der Teppich in der Diele mit Zeitungen abgedeckt war und offenbar ein verspäteter Frühjahrsputz stattfand.

»Ich hab eine Tasse Kakao fallen lassen und die ganze Wand bespritzt. Ein Segen, daß die Tapete abwaschbar ist. Was werden Sie von mir denken – Hausputz am Sonntagnachmittag...«

Wexford widersprach höflich. »Was du heute kannst besorgen, das verschiebe nicht auf morgen. Ich möchte mich noch einmal im Steinbruch umsehen, Miss Mowler. Darf ich durch Ihren Garten gehen?«

Das wurde ihm gestattet, aber erst, nachdem er nachdrücklich den angebotenen Tee, Kaffee und Sherry sowie einen Imbiß abgelehnt hatte. Als er Miss Mowler überdies glaubhaft versichert hatte, er brauche weder ihre Begleitung über den Gartenweg noch Hilfe beim Öffnen des Gartentors, machte sie sich wieder an die Arbeit.

Wexford betrat den schmalen Streifen Niemandsland, der die Siedlung von Sundays trennte.

16

Nach den heftigen Regenfällen herrschte wieder herrlicher Sonnenschein. Aber noch zeigte sich kein frisches Grün, keine Spur des grünen Teppichs, der bis zum Herbst wieder die dürre Ebene bedecken würde, in die der Park von Sundays sich verwandelt hatte. Wexford setzte sich an den Rand des Steinbruchs. Hier hatte die Natur sich schon wieder erholt, denn nur fünf, sechs Fußpaare hatten Blumen und Büsche, das zarte und doch saftige Junigrün, zertrampelt. Neue Rosen, neue Glockenblumen waren neben den zerstörten Blumen aufgeblüht. Wexford besah sich den niedergetretenen Drahtzaun, die Mauer, die drei Gartenpforten, aber die Betrachtung brachte ihm keine neuen Erkenntnisse, und allmählich wehte die sonnenwarme, weiche, duftende Luft ihm alle dienstlichen Gedanken aus dem Kopf. Ein Zitronenfalter flatterte gemächlich an ihm vorbei und ließ sich auf einer Rose nieder, deren Blütenblätter heller und zartfarbiger waren als die dottergelben Flügel. Es gab heutzutage weniger Schmetterlinge als zu seiner Kinderzeit. Als seine Töchter klein waren, hatte es noch mehr gegeben. Er ertappte sich dabei, daß er leise eine Melodie summte. Zuerst dachte er, es sei dieser verflixte Song von Vedast, der sich in seinem Hirn eingenistet hatte und ihn nicht in Ruhe ließ, dann aber wurde ihm klar, daß es eine von Betti Hos Balladen war, in der sie prophezeite, daß ihre Kinder Schmetterlinge nur noch im Museum würden sehen können. Der Zitronenfalter flog wieder auf, hing in der Luft, schwebte…

»Privatgrundstück, Betreten verboten! Wußten Sie das nicht?« Wexford sprang auf und kehrte mit einem Ruck in die Wirklichkeit zurück.

»Betreten verboten«, wiederholte Silk nur halb im

Scherz. »Andauernd trampeln die Polizisten auf meinem Grund und Boden herum, das brauche ich mir nicht gefallen zu lassen.«

Wexford sah zu dem verärgerten weißen und dem lächelnden schwarzen Gesicht hoch. »Von Trampeln kann bei mir zumindest nicht die Rede sein. Ich habe dagesessen und nachgedacht. Was brüten Sie beide denn aus? Pläne für das nächste Festival?«

»Nein, wir wollen versuchen, in den Semesterferien hier eine Kommune aufzuziehen. Louis und ich und seine Freundin und noch fünf, sechs Leute. Louis möchte gern sehen, wie so was läuft, er will nämlich in Marumi ein Kibbuz-System einführen.«

»Ah, so«, sagte Wexford verblüfft. Die Einquartierung einer Handvoll junger Leute in einem voll möblierten und mit allem Notwendigen versehenen Herrenhaus schien ihm als Generalprobe für ein Kibbuzleben in Äquatorialafrika nicht recht geeignet, aber diesen Gedanken behielt er für sich. »Tja, dann will ich mal weitertrampeln.«

»Ich auch«, erklärte Louis unerwartet. Er beglückte Silk mit seinem strahlenden Lächeln und tätschelte den grauen Kopf, der ihm knapp bis zur Schulter reichte. »Friede sei mit dir.«

Sie gingen am Zaun der Peverils entlang durch den Pathway in Richtung Hauptstraße. In Mrs. Peverils Schlafzimmer waren die Vorhänge zugezogen. Dunsand rupfte mickrige Unkräuter aus seinen Rabatten, in denen nichts blühte. Neben Miss Mowlers Wagen stand ein Eimer mit seifigem Wasser. Es war ein strahlender, heißer Tag. Engländer pflegen nicht in ihren Vorgärten im Liegestuhl herumzuliegen, und bis auf die gebückte Gestalt des Philosophieprofessors war kein Mensch zu sehen. Louis winkte ihm huldvoll zu.

»Soll ich Sie nach Kingsmarkham mitnehmen?« fragte Wexford.

»Gern«, sagte Louis. »Dann krieg ich vielleicht noch den Fünfzehn-Uhr-dreißig-Bus nach Myringham.«

Wexfords Wagen war nicht klein, aber um Louis Mbowele bequem unterzubringen, wäre wohl – vielleicht mit Ausnahme von Vedasts Rolls – kein Fahrzeug geräumig genug gewesen. Lachend wickelte er sich in seinen gescheckten Mantel und schob den Beifahrersitz so weit wie möglich zurück.

»Werden Sie, wenn Sie in Ihrer Heimat ans Ruder kommen, die Leute *zwingen*, in Kommunen zu leben?«

»Was anderes ist bei uns gar nicht drin, Mann.«

»Und ihnen allgemeine Gleichheit verordnen, ihnen die Form ihrer Häuser und die Studienfächer vorschreiben, die Zensur einführen und andere politische Parteien verbieten?«

»Auf Zeit, Mann, nur auf Zeit. Es muß sein. Meine Leute haben noch viel zu lernen. Wenn sie erst gerafft haben, daß das alles so funktioniert, und wenn die neue Generation herangewachsen ist und wir Frieden und volle Bäuche haben, können wir alles lockerer sehen. Man muß sie zu ihrem Glück zwingen, im Augenblick sind sie einfach noch zu dämlich, um es aus eigener Kraft zu erreichen.«

»Es gibt da einen Ausspruch von James Boswell, vielleicht kennen Sie ihn: ›Wir haben kein Recht, die Menschen gegen ihren Willen glücklich zu machen…‹«

Louis nickte. Er lächelte nicht mehr.

»Kenn ich, Mann, und ich kenn auch den Zusammenhang. Ihm ging's um den Sklavenhandel. Die Sklavenhändler haben sich damit herausgeredet, daß meine Leute auf Plantagen glücklicher wären als im Busch. Das hier ist was anderes, das ist 'ne reelle Sache. Und es ist ja nur auf Zeit.«

Wexford bog auf die Forbyer Straße ein. »Ach, Louis, das sagen sie alle.«

Schweigend fuhren sie nach Kingsmarkham hinein. Die Hitze und die Tatsache, daß der Fall nicht von der Stelle kam, nervten Wexford. Für den Nachmittag blieb ihm nun wohl nichts weiter übrig, als heimzufahren, ein aufgewärmtes Sonntagsessen zu verdrücken und vielleicht eine kleine Siesta zu halten. Als sie sich der Bushaltestelle näherten, wurde ihm das anhaltende Schweigen seines Beifahrers bewußt. Hatte er den jungen Afrikaner gekränkt? Louis sah aus, als habe er einen gesunden Appetit, und das Sonntagsessen im *Olive and Dove* war recht ordentlich...

»Haben Sie schon gegessen?« fragte er.

»Ja, ich hab bei Len Brot und Käse geschnorrt.«

»Geschnorrt? Ist Mr. Dunsand nicht gastfreundlich?«

Louis griente. Offenbar war er nicht gekränkt, sondern nur müde von der Sonne. »Er ist ein Einsiedlertyp«, sagte er. »Mit Kommunikation tut er sich schwer. Ich hab ihn vor einiger Zeit – Mittwoch vor vierzehn Tagen war das – in Myringham zum Essen eingeladen, da hatte ich wohl noch was bei ihm gut.«

»Komisch. Man sollte doch denken, daß ein Philosophieprofessor...«

»...wissen müßte, wo's langgeht? Daß er sich selbst gefunden hätte?«

Louis sprang aus dem Wagen und ging zu Wexfords Tür hinüber. »Ein weit verbreiteter Irrtum, Mann. Leben lernt man nur durch das Leben – das Leben in seiner ganzen Breite – und nicht durch die Philosophie. Die Philosophie lehrt dich nur das Denken.«

Der Bus hatte Verspätung. Louis verschmähte es, sich in die Warteschlange einzureihen, und hockte sich statt dessen auf die Stufen der Schneeweiß-Reinigung. Wexford ließ den Wagen am Randstein stehen und folgte ihm.

»Wie kommen Sie mit ihm aus?«

Louis überlegte. Die zehn, zwölf Wartenden musterten ihn mit schlecht verhehlter Neugier. Hier in der Provinz gab es noch nicht viele dunkelhäutige Männer und Frauen. Für die Leute in der Schlange mochten der Mantel, die Perlen, der um den Kopf gewundene grüne Seidenschal, die im Grunde nur von Schwarzen wie von Weißen getragenes modisches Beiwerk waren, Zeichen einer bestimmten Stammeszugehörigkeit sein. Er quittierte die Blicke mit dem huldvollen Lächeln eines regierenden Fürsten und sagte zu Wexford:

»Als Lehrer ist er okay, in seinem Fach hat er was drauf. Aber Menschen scheint er nicht zu mögen, er hat Angst vor ihnen.«

»Wovor sollte man auch sonst Angst haben?« Wexford war diese profunde Erkenntnis ganz unversehens gekommen, wie ein Blitz aus heiterem Himmel. »Außer vielleicht vor Gewittern und Überschwemmungen, vor höherer Gewalt, wie die Versicherungen es nennen. Wenn jemand behauptet, Angst vor Bomben oder vor dem Krieg zu haben, sind es ja letztlich Menschen, die Bomben und Krieg produzieren.«

»Stimmt, Mann, aber es gibt sehr viele Menschen, und alle haben sie Angst. Und es ist noch schlimmer, wenn einer von den Menschen, vor denen du Angst hast, du selber bist.«

Louis sah in den Glast der Nachmittagssonne. »Irgendwer hat mir mal erzählt, daß Len besser drauf war, als er seine Frau noch bei sich gehabt hat. Damals ist er noch auf Urlaub gefahren, auf den Rummel in Mallorca, an den Costa Brava-Grill. Jetzt kennt er bloß noch Lesen und Renovieren und Rasenmähen. Aber daß er *die* zur Frau gehabt hat, ist ja auch leicht abartig, was?« Louis stand auf und hob die Hand. »Da ist der Bus.«

»Kennen Sie denn seine Frau?«

Louis streckte einen kräftigen Arm aus, um einer zerbrechlich wirkenden alten Dame in den Bus zu helfen. Errötend, kichernd, völlig aufgelöst, bot sie das Bild einer Frau, deren Mädchenträume, einmal in die Gewalt eines Scheichs zu geraten, endlich wahr geworden sind. Die anderen Fahrgäste rissen die Augen auf und flüsterten miteinander. »Mach schon«, sagte der Fahrer. »Wir haben nicht den ganzen Tag Zeit.«

Louis, der die anderen Fahrgäste um Haupteslänge überragte, zahlte feixend. Über den Hut eines dürren Weibleins hinweg sah er Wexford an.

»Kennen wär zuviel gesagt. Silk hat mir auf dem Festival gesagt, wer sie ist, er hat sie mir gezeigt, als Zeno Vedast seinen Auftritt hatte. Sie haben neben ihr gestanden, Mann.«

»Ich?«

Der Bus fuhr an.

»Friede sei mit dir«, rief Louis.

»Und mit dir«, rief Wexford zurück.

Der goldene Wagen war nicht da, er hätte wohl auch nicht damit rechnen dürfen. An einem so schönen Nachmittag waren sie sicher alle zu dem Haus gefahren, das Vedast sich ausgesucht hatte. Auf dem nahezu leeren, in dem gleißenden Sonnenlicht fast aschefarbenen Vorplatz nahm sich Wexfords Wagen geradezu verloren aus. Das *Cheriton Forest Hotel* machte einen verschlafenen Eindruck, der Portier aber, der Nell Tate so bewundert hatte, war noch nicht entschlummert. Er saß in der leeren Hotelhalle, las den *Sunday Express* und rauchte eine Zigarette, die er rasch ausdrückte, als Wexford zu ihm trat.

»Leider nein, Sir«, antwortete er auf dessen Frage. »Mr. Vedast und Mrs. Tate sind nach dem Essen in Mr. Vedasts Wagen weggefahren.«

»Und Sie haben keine Ahnung, wann sie zurück sein wollten?« Die Erinnerung an ein leicht verdientes Fünfzig-Pence-Stück aktivierte das Gedächtnis des Portiers. Er mochte Wexford offenbar nicht enttäuschen. »Mr. Tate nimmt seinen Kaffee im Garten, Sir. Soll ich…«

»Nein, ich gehe selbst.«

»Wie Sie wünschen, Sir«, sagte der Portier und besah sich gefaßt den geringeren Betrag, den ihm sein Entgegenkommen eingebracht hatte.

Wexford ging langsam um das Haus mit seinen Giebelchen, Erkern, tüllverhangenen Fenstern und Kletterrosen. Kein Mensch war zu sehen. Vögel sangen schläfrig in den Laubbäumen am Rande des Fichtenwäldchens. Auf der Terrasse hinter dem Haus ruhten die beiden Alten, mit denen er in der Shakespeare Lounge zusammengesessen hatte, sanft schnarchend in Liegestühlen. Ein Kiesweg schlängelte sich zwischen Rosenbeeten hindurch zu einem Rasenrondell, auf dem unter einem Sonnenschirm ein Tisch und ein Sessel standen. In dem Sessel saß, mit dem Rücken zur Terrasse, ein Mann. Der Portier, ein taktvoller Domestik, hatte gesagt, Tate nehme seinen Kaffee im Garten, und tatsächlich stand auf dem Tisch – weitgehend unbeachtet – ein zierliches Täßchen, während Tate fleißig Gehaltvollerem zusprach. Er hatte gerade die Hand nach der Courvoisierflasche ausgestreckt, um das noch halbvolle Glas aufzufüllen.

»Guten Tag, Mr. Tate.«

Wenn Wexford gehofft hatte, Tate einen gelinden Schrekken einzujagen, sah er sich getäuscht. Völlig ungerührt schenkte Tate sich ein und schraubte die Flasche wieder zu. »Hallo! Trinken Sie was?«

Wexford, der noch fahren mußte und mittags nichts gegessen hatte, verzichtete dankend. »Ich möchte mit Ihnen reden. Haben Sie was dagegen, wenn ich mir einen Stuhl heranrücke?«

»Nein«, sagte Tate einsilbig.

Wexford holte sich einen Liegestuhl und stellte ihn unter den Schirm. Tate schwieg. Mit ausdruckslosem Gesicht sah er auf das leicht ansteigende Wäldchen, das schwarzgezackt unter einem wolkenlos blauen Himmel lag. Er war nicht beduselt, Alkoholiker sind das nie. Und eben dies, überlegte Wexford, war wohl Tates Unglück – daß er so viel und so chronisch trank, daß er, auf Dauer alkoholisiert, nie mehr die Seligkeit jenes Zustands genießen konnte, den man im allgemeinen einen Schwips nennt. Seine Haut war rauh und rötlichgrau, die Augen rot geädert, die Augenränder entzündet und feucht. Dabei war er noch relativ jung, schlank und faltenlos, mit einem durchaus attraktiven Gesicht und ohne eine Spur von Grau im Haar.

»Eigentlich wollte ich mit Ihrer Frau sprechen, Mr. Tate.«

»Sie ist mit Zeno weggefahren, sie wollen sich das neue Haus ansehen.«

»Mr. Vedast hat also etwas gefunden, was ihm zusagt?«

Tate bejahte. Er nahm einen Schluck Cognac. »Es heißt *Cheriton Hall.*«

»Ich glaube, das Haus kenne ich. Auf der anderen Seite des Wäldchens, Richtung Pomfret. Und Sie werden alle dort wohnen?«

»Wir sind immer da, wo Zeno ist.«

Wexford wagte einen Schuß ins Blaue. »Und Ihre Frau stört sich nicht daran, daß sie dann relativ nah bei ihrem früheren Mann wohnt?«

Tates Gesicht nahm eine noch ungesundere Farbe an, es war jetzt mehr grau als rot. Er sagte nichts, sondern sah Wexford nur aufsässig und etwas verblüfft an.

»Es stimmt doch, daß Ihre Frau früher mit Mr. Dunsand verheiratet war?« Tates Schulterzucken signalisierte nicht Zweifel, sondern Gleichgültigkeit. »Seit einer Woche«, fuhr Wexford fort, »bemühe ich mich, Verbindungen zwischen Dawn Stonor und Bewohnern der Sundays-Siedlung, besonders der vom Pathway, aufzuspüren, bislang ohne Erfolg.«

»Die Welt ist klein«, sagte Tate mit offenkundigem Unbehagen.

»Finden Sie? Ich finde sie im Gegenteil sehr, sehr groß. Ich finde es erstaunlich, daß Dawn zuletzt lebend im Pathway gesehen wurde, wo Mrs. Tates geschiedener Mann wohnt. Besonders eigenartig erscheint mir diese Tatsache, nachdem ich weiß, daß Dawn früher eng mit Zeno Vedast befreundet war, der jetzt ein – äh – guter Freund Ihrer Frau ist. Und da sagen Sie, die Welt ist klein...«

Tate hob erneut die Schultern. »Zeno und Nell und ich waren an dem Abend, den Sie meinen, in Duvette Gardens.« Wexford nahm interessiert zur Kenntnis, daß er Vedasts Namen vor dem seiner Frau nannte. »Wir waren alle zusammen, und gegen zehn kam Silk vorbei, um irgendwas wegen des Festivals mit uns zu besprechen.« Finster fügte er hinzu: »Wir haben Ihr dämliches Nest nicht mal von weitem gesehen.«

»Aber während des Festivals haben Sie es gesehen, und zwar aus beträchtlicher Nähe. Hat Ihre Frau Ihnen nicht Mr. Dunsands Haus gezeigt?«

Der schwerfällige Tate tappte prompt in die Falle. »Das da ist Lens Haus, ja, so was hat sie gesagt.«

Wexford schlug zu. »Sie kannte es also? Er wohnt erst seit wenigen Wochen in seinem neuen Haus, aber sie kannte es.

Nicht nach dem Straßennamen und der Hausnummer, sondern vom Aussehen her.«

»Ihren Job möcht ich nicht haben. Ewig im Privatleben fremder Leute rumschnüffeln – pfui Deibel!«

»Ihren Job hätte ich auch nicht gern, Mr. Tate«, schoß Wexford zurück. Er lehnte sich über den Tisch und zwang Tate, ihn anzusehen. »Ist Nell eigentlich Ihre Frau, oder gehört sie diesem Popstar, vor dem Sie katzbuckeln? Oder gar dem Mann, von dem sie geschieden ist? Was ist das für ein Arrangement bei Ihnen? Oder machen Sie stets das, was man von Ihnen verlangt... lügen, kuppeln, die Arbeit der Polizei behindern, kurzum alles, was die beiden Ihnen auftragen?«

Um auf diese Vorwürfe entsprechend zu reagieren, hätte Tate nicht so sehr den Geist des Weines als seinen eigenen bemühen müssen. Er fuhr sich mit der Hand über die glasigen Augen, als habe er Kopfschmerzen, und sagte säuerlich, aber hörbar eingeschüchtert: »Regen Sie sich bloß ab, Mann. Mit meiner Frau werd ich schon allein fertig.«

»Indem Sie ihr ein Veilchen verpassen?«

»Hat sie Ihnen das gesteckt? Aber wie's dazu gekommen ist, das hat sie Ihnen nicht verraten, woll 'n wir wetten?«

»Weil Sie herausbekommen haben, daß sie bei Dunsand gewesen ist, schätze ich. Auf dem Festival, als sie Ihnen sein Haus zeigte, ist bei Ihnen der Groschen gefallen. Die Sache mit Vedast störte Sie nicht, das war was anderes. Möglicherweise haben Sie mitbekommen, daß sie einen Schlüssel für Dunsands Haus hatte, haben sie zur Rede gestellt und sie grün und blau geschlagen.«

Tate rang sich ein leichtes Lächeln ab. Es war ein Lächeln widerwilliger Bewunderung, wie man es bei Menschen findet, die es gewöhnt sind, sich einem überlegenen Intellekt unterzuordnen. Er langte in die Hosentasche und legte einen Schlüssel auf den Tisch. »Den hab ich in ihrer Handtasche gefunden. Bei Ihnen ist er besser aufgehoben. Sie luchst ihn mir womöglich wieder ab und treibt weiter Unfug damit.« Er stand unvermittelt auf, griff sich die Flasche, ging sehr behutsam und ohne Schwanken die Terrassenstufen hinauf und verschwand im Hotel.

Wexford steckte den Schlüssel ein. Er ging auf Zehenspitzen an dem alten Paar vorbei und durch einen kühlen, schattigen Gang zum Hoteleingang. Als er sah, daß der goldene Wagen inzwischen eingetroffen war, verzog er sich wieder in die Halle und wartete.

Nell und Zeno Vedast stiegen aus. Nells Auge war abgeschwollen, das geschminkte Gesicht wirkte fast heiter. Das frisch gewaschene Haar umwallte das Gesicht wie eine gelbe Wolke, aber in dem gleißenden Licht war der dunklere Ansatz zu erkennen. Vedast, in Jeans und einer dünnen gestickten Weste, ging mit federndem Schritt auf Wexfords Wagen zu und betrachtete ihn lächelnd, mit schiefgelegtem Kopf. Er machte ein Gesicht wie in dem Augenblick, ehe Tate den gepanschten Brandy getrunken hatte.

»Was meinst du, sollen wir ihm unseren Strafzettel unter die Windschutzscheibe klemmen?« fragte er Nell.

»Wozu?«

»Aus Spaß, Schätzchen. Er wird sehr schnell merken, was los ist, aber überleg mal, was der im ersten Augenblick für eine Wut haben muß. Hol den Wisch, Nell, er liegt auf dem Rücksitz.«

Sie öffnete die hintere Tür des Rolls und brachte ihm, willfährig und unterwürfig wie immer, den Strafzettel. Doch als er einen der Scheibenwischer hochhob, brach es aus ihr heraus:

»Ich hab die Späße satt. Können wir nicht endlich erwachsen werden und uns wie normale Menschen benehmen? Ich hab die Nase voll von der ewigen Ulkerei.«

»Wirklich, Nello? Du bist schon ein merkwürdiges Mädchen.« Lachend schob Vedast den Strafzettel unter den Scheibenwischer und warf das Haar zurück. Die gelben Augen glühten. »Das nehm ich dir nicht ab. Ich schätze, daß dir die komische Verkleidung Spaß gemacht hat, daß du es lustig gefunden hast, das brave Weibchen zu spielen.« Er nahm ihre Hand und gab ihr einen flüchtigen Kuß auf die Wange. »Deshalb verstehen wir beide uns ja so gut, wir mit unserem Hang zum Fabulieren. Jetzt komm, wir wollen Goffo aus seinem Sonntagstran wecken.«

Sie nickte und hakte sich bei ihm ein. Arm in Arm gingen sie zum Rosengarten hinüber. Als sie außer Sicht waren, verließ Wexford sehr nachdenklich die Halle. Da er prinzipiell etwas gegen Umweltverschmutzung in Form von herumliegendem Papier hatte, steckte er den Strafzettel dem goldenen Löwen unter die Pfoten. Dann fuhr er los.

17

Ein Gutes hatte Mrs. Peverils hysterischer Anfall immerhin gehabt. Die Auskünfte, mit denen sie jetzt herausrückte, kamen zu spät, um noch viel zu nützen – das meiste wußte Wexford bereits –, aber ihre Verzweiflung war für ihren Mann doch ein heilsamer Schock gewesen.

»Sie haben sich wirklich sehr anständig verhalten und viel Geduld bewiesen«, sagte er ernst. »Mir war bis dahin gar nicht klar, wie schlimm es um sie stand. Wird sie als Zeugin auftreten müssen?«

»Das kann ich noch nicht sagen, Mr. Peveril. Noch weiß

ich ja nicht in allen Einzelheiten, was sie gesehen hat. Ich muß ein letztes Mal mit ihr sprechen.«

»Wenn sie vor Gericht erscheinen muß, begleite ich sie, dann fällt es ihr nicht so schwer. Ich habe mich einfach zu sehr von meiner Arbeit vereinnahmen lassen. Die Sache in Brighton mußte sie allein durchstehen, und das war zuviel für sie. Wenn diese Geschichte hier überstanden ist, kratze ich unser Bares zusammen und mache mit ihr einen schönen Urlaub.«

Wexford wußte wohl, daß Peveril die Rolle des besorgten Ehemannes nicht lange würde durchhalten können. In einer Ehekrise kommt es schon mal zu einer Läuterung, aber nur im Liebesroman wird sie zum Dauerzustand.

Peveril selbst ließ erkennen, wie oberflächlich sein Sinneswandel war, als er Wexford auf der Treppe zuflüsterte: »Manche Frauen brauchen eben ein ganzes Leben lang ein Kindermädchen. Wenn Sie mich in der nächsten halben Stunde nicht brauchen, kann ich vielleicht ein bißchen was von meiner Arbeit aufholen.«

Mrs. Peveril saß blaß, aber gefaßt im Bett. Sie hatte einen bestickten Morgenmantel an, der einmal bessere Tage gesehen hatte. »Es war so, wie Sie gesagt haben«, gab sie zu. »Ich wollte den Eindruck erwecken, daß sie in eine ganz andere Richtung gegangen ist, weil ich meine Ruhe haben wollte. Erst habe ich Edward von ihr erzählen wollen, aber das hab ich dann gelassen, weil er so böse wird, wenn ich tratsche, wie er es nennt. Ich schufte den lieben langen Tag für dich, sagt er, und du hast nichts Besseres zu tun, als aus dem Fenster zu starren und über die Nachbarn zu tratschen.« Sie stieß einen tiefen Seufzer aus. »Als Mrs. Clarke mich dann am Sonntag abend anrief und erzählte, daß Sie überall herumgehen und Fragen stellen, hab ich mir vorgenommen zu sagen, daß sie über die Felder gegangen ist. Hätte ich gesagt, daß sie in dem Haus nebenan verschwunden ist, hätten Sie mich immer weiter geplagt. Und hätte ich gesagt, daß ich sie überhaupt nicht gesehen habe, wäre das wohl eine Falschaussage gewesen.«

Wexford schüttelte den Kopf. Es war sinnlos, ihr erklären zu wollen, daß sie sich mit ihrer vorherigen Auskunft ebenso einer Falschaussage schuldig gemacht hatte.

»Sie haben also Miss Stonor zu Mr. Dunsand gehen sehen, nicht wahr? Um welche Zeit?«

»Um halb sechs, das hab ich ja gesagt«, erklärte Mrs. Peveril, eifrig darauf bedacht, ihre Unbescholtenheit wiederherzustellen. »Ich hab sie um halb sechs gesehen, ganz genau hab ich sie gesehen. Sie ist bis zur Haustür gegangen, und irgendwer muß sie hereingelassen haben, denn sie ist nicht wieder herausgekommen.« Einmal aus der Reserve gelockt, war Mrs. Peveril in ihrer verspäteten Aussagefreude kaum zu bremsen. Wexford spürte, daß sie jetzt die Wahrheit sagte. »Das hat mich sehr interessiert, ich konnte mir nämlich beim besten Willen nicht erklären, wer das sein mochte. Mr. Dunsand hat nie Besuch, nur der eine oder andere von seinen Studenten kommt hin und wieder vorbei.«

»Nie?« vergewisserte sich Wexford.

»Nein, das wäre mir aufgefallen«, versicherte sie naiv. »Ich sitze viel am Fenster, wenn Edward in seinem Atelier ist, und jetzt, wo es abends noch so hell ist, sieht man ja alles. Deshalb hat mich diese Frau ja auch so fasziniert.« Dann aber bekam sie es erneut mit der Angst zu tun und wirkte wieder matt und schwach. »Sie werden mich beschützen, nicht? Ich meine, wenn ich im Prozeß ausgesagt habe, daß es Mr. Dunsand war, passen Sie doch auf, daß mir nichts passiert...«

»Wenn Sie im Prozeß die Wahrheit gesagt haben, Mrs. Peveril«, stellte Wexford richtig, »werden wir für Ihre Sicherheit sorgen.«

Er warf noch einen nachdenklichen Blick auf Dunsands Bungalow mit den an diesem schönen Sommerabend geschlossenen Fenstern, dann fuhr er zur Tabard Road. Burden und die Kinder hielten sich – ausnahmsweise ohne musikalische Untermalung – im Garten auf. Als konservativer Mensch mit stark ausgeprägtem sozialen Gewissen hätte Burden nie erlaubt, daß Plattenspieler oder Transistorradios im Freien dudelten. Die Kinder saßen an einem Korbtisch, kabbelten sich und erledigten ziemlich lustlos ihre Hausaufgaben. John, in dessen Augen der Chief Inspector ein Verbündeter und Freund der unterdrückten Jugend war, holte ihm einen Stuhl.

»Ob Sie mir wohl ein bißchen helfen könnten, Mr. Wexford? Ich muß einen Aufsatz über die Französische Revolution schreiben, und Paps ist dazu nicht zu gebrauchen, der hat keine Bildung.«

»Na hör mal!« empörte sich Burden. »Was soll denn diese Frechheit...«

Sein Sohn kümmerte sich gar nicht um ihn. »Ich hab mein Buch in der Schule liegenlassen und kann mich nicht mehr an die neuen Namen erinnern, die der Nationalkonvent für die Monate eingeführt hat. Die brauch ich aber, und da hab ich gedacht...«

Wexford überlegte. »Zur Zeit haben wir *Messidor*, das ist der Juni. Eigentlich fängt man wohl mit dem September an. Mal sehen... *Vendemiaire, Brumaire, Frimaire; Nivose, Pluviose, Ventose;* dann *Germinal* wie der Roman von Zola, *Floreal und Prairial; Messidor, Thermidor* und... warte mal...«

»*Fructidor*«, ergänzte John.

Wexford lachte. »Vielleicht interessiert dich auch, wie

Zeitgenossen das ziemlich boshaft übersetzt haben: ›Der Schluck, der Schnief, der Bibber, der Rutsch, der Tropf, der Braus, Keim, Blüten, Wiese, Ernte – da kenn sich einer aus.‹ Wenn du das in deinem Aufsatz bringst, kriegst du vielleicht eine Eins.« Er wehrte ab, als John sich bedanken wollte. »Eine Hand wäscht die andere. Jetzt brauche ich nämlich deine Hilfe.«

»Meine?«

»Ja. Und zwar im Zusammenhang mit Zeno Vedast, oder vielmehr mit Godfrey Tate. Über den weißt du sicher auch Bescheid, du hast ja deinem Vater erzählt, wer seine Frau ist.«

»Das hab ich im *Musical Express* gelesen«, sagte John. »Die bringen doch alles, was mit Zeno zu tun hat.« Er legte den Kugelschreiber aus der Hand und warf seinem Vater einen triumphierenden Blick zu. »Was möchten Sie denn wissen, Mr. Wexford?«

»Alles über Zeno, was du so gelesen hast.«

»Zeno hat sie mit seinem Rolls überfahren...«

»Das darf ja nicht wahr sein...«

»Also das war so: Er ist nach Myringham gekommen, um ein Konzert zu geben, Sponsor war dieser Silk, Silk Enterprises, und hinterher war ein Riesenrummel vor dem Konzertsaal, und sie ist ihm vor den Wagen gelaufen und hat sich verletzt. In der Zeitung stand, daß Silk Enterprises für sie das Einzelzimmer gezahlt und ihr Blumen und Obst und so Sachen geschickt hat. Zeno hat sich wohl Publicity davon versprochen. Es muß vor zwei oder drei Jahren gewesen sein. Dad erlaubt nicht, daß ich die alten Zeitschriften aufhebe«, vermerkte John grollend. »Ich soll das Zeug nicht horten, sagt er. Sie war damals mit einem anderen Mann verheiratet. Dunn hieß er oder so ähnlich.«

»Und weiter?«

»Als sie wieder geheiratet hat, stand das in der Zeitung, weil Zeno zu der Hochzeit gekommen ist und der Silk auch. Wahrscheinlich hätte sie lieber den Zeno geheiratet.«

»Das glaube ich auch, John, aber als der sie nicht wollte, hat sie den Zweitbesten genommen. Wer hat, der hat.«

»Verdammt zynische Ansichten, die Sie da verbreiten«, sagte Burden verärgert. »Muß das sein?«

Wexford zwinkerte dem Jungen übertrieben zu und ließ das Thema zunächst auf sich beruhen. Er überdachte die karge Geschichte, die er gehört hatte. Die zahlreichen Lükken darin vermochte nur jemand mit mehr Lebenserfahrung auszufüllen. Nell war noch jung. Als sie Dunsand geheiratet hatte, mußte sie blutjung gewesen sein. Wie war es wohl zu der Verbindung zwischen so ungleichen Partnern gekommen? Was hatte Nell bewogen, sich für den introvertierten, gehemmten Hochschullehrer zu entscheiden? Eine unglückliche Kindheit wie bei Dawn Stonor? Das Bedürfnis, einem tristen Provinznest zu entkommen? Dabei war sie aus dem Regen in die Traufe geraten. Er versuchte, sie sich in Gesellschaft der Professorenfrauen vorzustellen, die um Jahrzehnte älter waren als sie, oder an den langen Abenden zu Hause mit Dunsand, seinen Klubsesseln, Wittgenstein, dem Rasenmäher... Im Grunde war sie ja noch immer nicht ganz erwachsen, sie mußte sich nach jüngeren Menschen, nach Musik, nach Abwechslung gesehnt haben. Andererseits hatte sie etwas von einer Sklavin an sich. War sie auch Dunsands Sklavin gewesen? Vielleicht. Aber sie war ihm entflohen – in ein Leben voller Aufregung, Luxus, Glanz und Glitzer, das dennoch Sklaverei bedeutete. Etwa zwei Jahre war das her – und vor zwei Jahren war auch der Song entstanden.

»Sei mir nah, komm zu mir
Und erklär mir, wofür
Die einen
Nur weinen,
Indes andren beschieden
Die Lüge, die Not,
Das Sterben, der Tod.«

Er hatte die Zeilen laut gesungen, und die anderen sahen ihn mit großen Augen an. Pat gickerte.

»Große Klasse, Mr. Wexford«, sagte John.

»Viel Kohle würde ich damit nicht machen können, John«, gab Wexford zurück. »Erstens kann ich nicht singen, zweitens hab ich nicht die entsprechende Figur.« Er hievte seinen massigen Körper aus dem Sessel und sagte ziemlich scharf zu Burden: »Kommen Sie mit ins Haus.«

»Als erstes«, sagte Wexford, »möchte ich Sie bitten, morgen einen Haussuchungsbefehl für Dunsands Bungalow zu beantragen.«

»Noch ein Schuß in den Ofen?«

»Vielleicht haben wir diesmal mehr Erfolg.«

Burden räumte Pats Ballettschuhe von einem und Johns Tennisschläger von einem zweiten Sessel. »Können Sie mir mal verraten, wie ich den Antrag begründen soll?«

»Wenn wir Mrs. Peverils Aussage glauben dürfen, verschwand Dawn Stonor in Dunsands Haus. Sie wurde zuletzt davor beobachtet, niemand hat sie wieder herauskommen sehen, niemand hat sie hinterher irgendwo gesichtet. Er dürfte von allen Anwohnern den kürzesten Weg vom Garten zum Steinbruch haben. Sie ist in seinem Haus umgebracht worden, Mike.«

»Werden Sie erst Dunsands Erlaubnis einholen?«

»Ja, aber ich rechne mit einer Ablehnung. Ich werde ihn auch ersuchen, morgen nicht in die Uni zu fahren. Ende der Woche fangen die Semesterferien an, da kann eigentlich für ihn nicht mehr viel Dringendes anliegen.«

Burden machte ein ziemlich ratloses Gesicht. »Bei Peveril waren Sie sich Ihrer Sache ebenso sicher. Wollen Sie behaupten, sie hätte Dunsand gekannt, hätte sich am 1. Juni in dem Pub mit Dunsand getroffen?«

»Nein, das nicht. Dunsand war am 1. Juni in Myringham. Das weiß ich von Louis Mbowele.«

»Und Dunsand kann sie am Montag nicht hereingelassen haben, er war um halb sechs nicht daheim. Wir können ziemlich sicher sein, daß sie Dunsand nicht kannte. Halten Sie es für vorstellbar, daß er eine Frau anspricht und sie sich ins Haus bestellt?«

»Bedenken Sie, daß Dunsand nicht der einzige ist, der sie hereinlassen konnte. Nell Tate hatte einen Schlüssel.«

»Hat sie öfter Besuche bei ihrem Mann gemacht?« fragte Burden skeptisch.

»Kaum. Das hätte Mrs. Peveril beobachtet, und Mrs. Peveril hat sie vorher nie zu Gesicht bekommen. Vielleicht hat er ihr den Schlüssel geschickt, weil er sich Hoffnungen auf einen Besuch machte. Daß sie einen Schlüssel hatte, steht jedenfalls fest, sie kann um halb sechs in Dunsands Haus gewesen sein. Haben Sie das Alibi in Duvette Gardens nachgeprüft?«

Burden sah ihn leicht gekränkt an. Er war gewissenhaft und stolz auf seine Gründlichkeit. »Natürlich. Obgleich es nach Ihrem Interesse an Peveril nicht sehr sinnvoll schien. Ich hab die Londoner Kollegen draufgesetzt.«

»Und?«

»Vedasts Wagen parkte den ganzen Tag und die ganze Nacht vor dem Haus, er hat die üblichen Strafzettel kassiert. Ob die drei tatsächlich daheim waren oder einer aus dem Trio sich vielleicht draußen irgendwo herumtrieb, läßt sich nicht sagen.«

Wexford nickte. »Die Tates würden das Blaue vom Himmel herunterschwindeln, um ihren Herrn und Meister zu schützen, und er hätte im Interesse seiner lieben Kleinen bestimmt auch keine Hemmungen, die Unwahrheit zu sagen. Allerdings habe ich den Eindruck, daß ihm ›Goffo‹ sehr viel mehr am Herzen liegt als ›Nello‹. Wenn ich nur ein Motiv erkennen könnte! Es wäre denkbar, daß Nell eifersüchtig auf Dawns Beziehung zu Zeno Vedast war, nur gab es ja diese Beziehung nicht mehr. Oder daß Vedast sich irgendwo in der Gegend mit Dawn verabredet hatte, daß Nell es herausbekam und sie ins Haus lockte, um sie umzubringen. Was halten Sie von dieser Theorie?«

»Nicht viel.«

»Tate könnte sich bei einem Besuch im *Townsman Club* in Dawn verliebt und seiner Frau den Schlüssel geklaut haben, um Dunsands Haus als Liebesnest zu benutzen, woraufhin Vedast Dawn umbrachte, um die für ihn so bequeme heilige Dreieinigkeit nicht zu gefährden. Ist Ihnen das lieber?«

»Bei diesen Typen ist wahrscheinlich alles drin.«

»Stimmt. Noch eine Möglichkeit: Nell hat sich mit Dawn dort verabredet, weil ihr wegen Dunsands Vereinsamung das Gewissen schlug. Sie sah in Dawn eine passende zweite Ehefrau – jedenfalls nicht weniger passend als die erste –, aber als Dawn gestand, daß Vedast sie angerufen und Interesse an ihr gezeigt hatte, geriet Nell in Wut. Ja, und außerdem hatte sie Dawn gebeten, ein abgelegtes rotes Kleid mitzubringen, weil Dunsand abgelegte Kleider schätzt, Rot seine Lieblingsfarbe ist und er es knalleng liebt.«

»Ich weiß nicht recht, was das soll, Sir«, sagte Burden

ziemlich ablehnend. »Mir scheint, Sie führen hier eher ein Selbstgespräch. *Sie* wollen das Haus durchsuchen, nicht ich.«

»Recht haben Sie, Mike. Ich habe keine Ahnung, wie das alles zusammenhängt, aber zweierlei weiß ich bestimmt: Wir werden morgen in Dunsands Haus Blutspuren finden, und Dunsand wird den Mord an Dawn Stonor gestehen – ein Ritter ohne Fehl und Tadel, der sich vor seine noch immer sehr geliebte Ex-Frau stellt. Es dürfte ein harter Tag werden, da fahre ich am besten jetzt erst mal nach Hause.«

18

Während seine Leute den Bungalow auf den Kopf stellten, saß Wexford mit Dunsand in dessen düsterem Wohnzimmer. Sie hatten ihm den Haussuchungsbefehl gezeigt, und er hatte ihn langsam und gründlich gelesen, ohne ein Wort zu sagen. Dann hatte er stumm die Schultern gezuckt, hatte genickt und war Wexford ins Wohnzimmer gefolgt. Am Fenster war er kurz stehengeblieben, um eine Blüte von einer der dürren Kakteen zu zupfen. Dann hatte er sich hingesetzt und angefangen, in einem Reiseprospekt zu blättern, als säße er beim Arzt im Wartezimmer. Das Licht ließ die dicken Brillengläser aufblitzen und machte die Augen dahinter unsichtbar, der breite Mund war geschlossen, so daß das Gesicht völlig ausdruckslos wirkte. Doch als er beim Blättern an eine Seite geriet, an deren Rand ein paar Worte mit Bleistift notiert waren, spannten sich die schlaffen Wangen wie in jähem Schmerz.

»Ihre Frau hatte einen Schlüssel zu diesem Haus, Mr. Dunsand.«

Er sah auf. »Ja, den habe ich ihr geschickt. Aber sie ist nicht mehr meine Frau.«

»Ich bitte um Verzeihung. Wir glauben, daß sie oder eine Bekannte von ihr sich am 6. Juni in diesem Haus aufgehalten hat.«

»Nein«, sagte er. »Bestimmt nicht.«

Wexford hatte das Gefühl, daß Dunsand die Augen geschlossen hatte. Es war erschreckend still im Zimmer. Die Stille war so tief, daß die Geräusche aus der Diele und über ihrem Kopf sie noch unterstrichen. Dunsand hatte äußerlich und vom Verhalten her ganz und gar keine Ähnlichkeit mit Godfrey Tate, aber die eigenartig zurückgenommene Art war beiden gemeinsam. Nell Tates erster Mann besaß genau wie ihr zweiter die seltene Gabe, eine bohrende Frage mit einem lakonischen Ja oder Nein zu beantworten. Hatte Nell sich deshalb für diese Männer entschieden – oder hatte sie die beiden erst zu dem gemacht, was sie waren? Hatte sie überhaupt eine bewußte Wahl getroffen? *Einen* Mann, dachte Wexford, hat sie sich ganz bestimmt bewußt ausgesucht, und der ist gesprächig wortgewandt, extrovertiert – vielleicht auch charmant. Das war allerdings Geschmackssache.

Er machte einen neuen Anlauf. »Treffen Sie sich gelegentlich mit Ihrer früheren Frau?«

»Nein.«

»Überhaupt nicht, Mr. Dunsand?«

»Jetzt nicht. Das ist vorbei – ein für allemal.«

»Sie wußten, daß sie im *Cheriton Forest Hotel* wohnt?«

»Ja, es stand in der Zeitung, sie haben ein Foto von ihr gebracht mit einem Haufen Blumen. Sie hatte immer das Haus voller Blumen.« Er warf einen Blick auf die kümmerlichen Kakteen, dann griff er sich wieder seinen Prospekt vom Stapel. Darunter kamen ein Katalog für Geschirrspülmaschinen und einer für Gartengeräte zum Vorschein. »Entschuldigen Sie, aber ich möchte jetzt nicht mehr reden.« Und mit einem seltsamen Unterton fügte er hinzu: »Ich bin doch nicht verpflichtet, etwas zu sagen, oder?«

Wexford ging in eins der Schlafzimmer, wo Bryant, Gates und Loring auf dem Teppich herumkrochen.

»Hat er Damenkleidung im Schrank?«

»Nein, Sir, und wir finden kein Blut. Wir sind im ganzen Haus durch, das ist das letzte Zimmer, wir waren sogar im Dach.«

»Ich hab's gehört. Was mit dem Kühlschrank?«

»Leer. Er hat ihn abgetaut. Der Mann muß einen richtigen Putzfimmel haben. Falls Sie das wegen der Lebensmittel fragen, die sie gekauft hat – seit dem 6. Juni war die Müllabfuhr schon zweimal da.«

Bestürzt und plötzlich entmutigt stieß Wexford hervor: »Ich weiß, daß sie hier umgebracht worden ist.«

»In der Diele liegt ein flüssig und fugenlos aufgebrachter Kunststoffbelag. Wir könnten ihn natürlich aufnehmen lassen. Das gleiche gilt für die Kacheln im Bad.«

Wexford ging zu Dunsand zurück. Er räusperte sich und merkte plötzlich, daß er nicht recht wußte, was er sagen sollte. Er sah Dunsand an, aber sein Blick begegnete nicht Dunsands Augen, sondern den dicken Gläsern, die wie ein Schutzschild waren. Dunsand stand auf und gab ihm zwei identische Schlüssel.

»Der eine gehört mir«, sagte er ruhig und nüchtern. »Den anderen habe ich meiner früheren Frau geschickt, und sie hat ihn mir mit der Post zurückgesandt.« Der eine Schlüssel war verkratzt, man sah ihm an, daß er täglich benutzt wurde, der andere war so gut wie neu. »Mrs. Tate war nie hier«, betonte Dunsand. »Das möchte ich ausdrücklich festhalten.« Es läuft also tatsächlich ungefähr so, wie ich es erwartet habe, dachte Wexford. Dunsand schluckte und sah zu Boden. »Ich fand die Frau hier vor, als ich am 6. Juni zurückkam. Sie muß durch ein Fenster eingedrungen sein. Das Oberlicht in der Küche stand offen. Ich sah sie, sobald ich aufgeschlossen hatte. Sie hat wohl die Lage gepeilt, wie man so sagt. Wir gerieten aneinander, und ich – ich tötete sie. Ich schlug mit einer Weinflasche auf sie ein, die sie auf dem Tisch in der Diele abgestellt hatte.«

»Mr. Dunsand...«, begann Wexford fast bittend.

»Nein, lassen Sie mich ausreden. Sie hatte außer dem Wein noch dies und das mitgebracht, Lebensmittel in einer Tüte und etwas an Kleidung. Vielleicht dachte sie, mein Haus sei leer, und wollte sich hier einnisten. Hausbesetzungen sind ja sehr beliebt heutzutage. Nach Anbruch der Dunkelheit habe ich die Leiche in den Steinbruch geschafft und die Sachen, die sie mitgebracht hatte, an der Brücke in den Fluß geworfen. Dann habe ich Fußboden und Wände abgewaschen.« Er sah Wexford einen Augenblick wartend an, dann sagte er schroff: »Wo bleibt die Rechtsbelehrung? Brauchen Sie nicht Zeugen, wenn das alles protokolliert wird?«

»Sie bestehen darauf, dieses Geständnis abzulegen?«

»Natürlich. Es ist die Wahrheit. Ich habe die Frau umgebracht. Ich wußte, daß meine Verhaftung nur eine Frage der Zeit sein würde.« Er setzte die Brille ab und putzte sie an seinem Ärmel. Die ungeschützten Augen wirkten beängstigend. Etwas Schreckliches, aber Undefinierbares stand in ihrer Tiefe, ein Licht, das von Leidenschaft, von einem rücksichtslosen Fanatismus hinter dem laschen Äußeren künden mochte. Das Unterweisen lag ihm im Blut, und in lehrhaftem Ton fuhr er fort:

»Das beste wird jetzt sein, wenn ich auf der Polizeiwache meine Aussage zu Protokoll gebe.« Er setzte die Brille wieder auf und wischte sich ein paar Schweißtropfen von der linken Augenbraue. »Ich kann meinen Wagen nehmen oder auch mit Ihnen fahren, wenn Sie das für besser halten. Ich bin bereit.«

»Sie lagen also richtig«, sagte Burden mit widerwilliger Anerkennung.

»Nur bis zu einem gewissen Grade. Wir haben keinerlei Blutspuren gefunden.«

»Er muß verrückt oder ein Heiliger sein, wenn er das alles auf sich nimmt, um eine Frau wie Nell Tate zu schützen.« Burden lief in steigender Erregung im Zimmer auf und ab. »Seine Aussage paßt auch nicht im entferntesten zu den Tatsachen. Erstens: Jemand muß Dawn ins Haus gelassen haben, wir wissen, daß sie nicht durchs Fenster geklettert ist. Zweitens: Weshalb sollte sie sich eingebildet haben, daß Dunsands Haus leer, ich meine unbewohnt war? Außerdem gab es für sie überhaupt keinen Grund, dort zu kampieren, sie hatte ja noch ihr Elternhaus. Können Sie sich vorstellen, daß Dunsand eine Frau totschlägt, weil er den Verdacht hat, sie sei bei ihm eingestiegen? Crocker sagt, der Mörder sei rasend vor Wut gewesen. Dieser Phlegmatiker und rasend?«

»Möglicherweise«, sagte Wexford, »sind er und Tate nur scheinbar phlegmatische Typen, stille Wasser, die nicht nur tief sind, sondern unter Umständen gefährliche Strudel haben. Es ist doch eigenartig, daß Dunsand keinen Anwalt verlangt, sich überhaupt nicht zur Wehr gesetzt hat. Ein fast fatalistisches Verhalten. Diese Frau vernichtet die Männer, an denen ihr nichts liegt, aber bei dem Mann, den sie haben will, kann sie nichts ausrichten.«

Burden schüttelte ungeduldig den Kopf. »Und wie geht es jetzt weiter?«

»Wir werden wohl noch einmal zu Dunsand fahren, uns

dort umsehen und ein bißchen mit den Schlüsseln experimentieren müssen.«

Der Pathway lag im Schein der heißen Mittagssonne, es war der bisher wärmste Tag des Jahres, das einen Jahrhundertsommer zu liefern versprach. In Miss Mowlers Garten hatte die Sonne rosa Blütchen hervorgelockt. Auf den Wiesen in der »Armbeuge« der Straße schnitten Bauern Heu und Blumen, die weit saftiger und lebenskräftiger waren als die vom Menschen herangezogenen. Das flirrende Licht hatte das grelle Pink von Dunsands Bungalow zu rosiger Blässe gemildert.

Wexford ging zur Haustür und probierte Dunsands Schlüssel aus. Beide paßten. Der dritte Schlüssel, den Tate ihm gegeben hatte, sah anders aus. Was er vermutet hatte, traf ein: Mit Tates Schlüssel ließ sich die Haustür nicht öffnen.

»Der Schlüssel ist ein viel älteres Modell«, sagte Burden. »Hat sich Tate einen Scherz mit uns erlaubt?«

»Gehen wir hinein.«

Das Haus war schon einmal von oben bis unten durchsucht worden, aber neulich hatten sie nach Spuren eines Verbrechens, nicht nach Spuren eines Lebens gefahndet. Wexford fiel ein, daß Dunsand hatte renovieren wollen, und hielt den Gedanken fest, er war gewiß von Bedeutung. In einer Woche wären vielleicht diese häßlichen Tapeten, die sich windenden schwarzen Stengel, die goldenen Blumen verschwunden. Dunsand hätte sie heruntergerissen und durch andere Muster ersetzt. Aber Dunsand hatte gestanden...

Zögernd, weil ihm die Aufgabe widerstrebte, ging Wexford ins Wohnzimmer, wo die Kakteen standen, wo Dunsand gesessen und blicklos in seinen Prospekten geblättert hatte, und trat an den Schreibtisch heran. Keine Briefe, keine Fotoalben, nur Rechnungen. Immerhin entdeckte er in einem kleinen Fach unter dem Rolldeckel Dunsands Adreßbuch, einen braunen Lederband mit sehr spärlichen Eintragungen. Unter dem Buchstaben T stand eine Londoner Telefonnummer, dahinter ein Bindestrich und der Name Helen. Wexford nahm den Code zur Kenntnis. Möglicherweise war das Vedasts Anschluß. Er sah unter S und D nach, fand aber keinen Hinweis auf Dawn Stonor.

Plötzlich kam ihm in den Sinn, daß diese Tote, die doch die Ermittlungen erst ausgelöst hatte, seit ein paar Tagen mehr und mehr in den Hintergrund gedrängt wurde. Es war, als habe sie, die doch ein lebendiger Mensch, eine eigene Persönlichkeit gewesen war, ihre Bedeutung verloren, als suche er jetzt nach dem Weg aus einem rätselhaften Labyrinth, in dessen Verästelungen ihr Tod sich mehr oder weniger zufällig zugetragen hatte. Und er sah sie – deutlich, aber nur kurz – als ein Bauernopfer, ein ausgenutztes Wesen, dessen Leben anderen, helleren Existenzen in die Quere gekommen und durch Torheit und Eitelkeit ausgelöscht worden war.

Dann verblaßte das Bild, und er war nicht klüger als zuvor. Erneut tastete er die Schreibtischfächer ab und wurde schließlich doch noch fündig. Die Fotos waren in einem Umschlag, der in einem Schlitz an der Seite des Rolldeckels steckte. Die meisten zeigten einen wesentlich jüngeren Dunsand, offenbar mit seinen Eltern, darunter aber waren zwei größere Aufnahmen, mit denen Wexford ans Fenster trat. Das helle Licht fiel auf ein Hochzeitsbild. Der junge Dunsand strahlte eine Braut im schlecht sitzenden Hochzeitskleid an. Der Schleier wehte im Wind, magere junge Hände krampften sich um ein braves Rosenknospenbukett. Wenn er nicht zweimal Hochzeit gehalten hatte, mußte die Braut Nell sein. Die Jahre – acht? Zehn? – und die Kniffe der

Kosmetik hatten sie fast bis zur Unkenntlichkeit verändert. Auf dem Foto hatte sie dunkles, kurzgeschnittenes Haar, ein frisches, kindliches Gesicht. Aber es war Nell, kein Zweifel, Nell mit ihren großen, sehnsüchtigen Augen und der kurzen, schon damals verdrießlich gekräuselten Oberlippe.

Er griff nach der letzten Aufnahme des Stapels. Wieder Nell, nur wenig älter, das Haar noch immer kurz und locker, die Haut offenbar ungeschminkt. Es war ein in alten Porzellanfarben getöntes Porträt – rosenrot, sepia, eisblau, pflaumenfarben. Nells Trauring hob sich messinggelb von dem stumpfen Rot des Kleides ab, und auf dem schlichten Oberteil, knapp unterhalb des runden Ausschnitts, hing ein Perlenanhänger an einer goldenen Kette.

Mit schweren Schritten ging Wexford in die Diele hinaus.

19

Burden kroch auf allen vieren auf dem Boden herum und besah sich die scheußliche Tapete mit dem Muster aus kleinen goldenen Blüten und regelmäßig verteilten scharlachroten Blättchen, die sich ohne Scheuerleiste direkt an den Fußbodenbelag anschloß.

»Steh auf, Mike, es ist sinnlos. Das haben wir alles schon durchexerziert.«

»Irgendwas muß man ja machen«, sagte Burden gereizt. Er erhob sich und klopfte sich den Staub von den Händen. »Haben Sie was gefunden?«

»Das hier.«

»Das Kleid! Aber wer ist die Frau?«

»Nell Tate.«

Burden betrachtete ungläubig das Porträt. Dann hielt er es neben das Hochzeitsbild und nickte. »Mir hätte sie so, wie sie auf dem Bild war, besser gefallen«, meinte er sachlich.

»Den meisten Männern hätte sie so besser gefallen, aber vielleicht weiß sie das nicht.« Wexford steckte die beiden Bilder wieder in den Umschlag. »Ich habe das komische Gefühl, Mike, daß ich den Kontakt mit Dawn Stonor verliere, daß sie mir entgleitet und dafür etwas Seltsameres in den Vordergrund tritt, etwas, was fast noch abscheulicher ist als ihr Tod. Es muß viele Mordopfer geben«, fügte er hinzu, »die in den Tod gehen, ohne daß sie eine Ahnung davon haben, weshalb sie sterben.«

»Die meisten, würde ich sagen. Giftopfer, alte Leute, die in ihrem Laden überfallen werden und wissen, daß die Kasse leer ist, alle Kinder…«

»Sie war kein Kind«, sagte Wexford. »Vielleicht ist Ihre Liste nicht ganz vollständig. Eine komische Situation, Mike. Ich träume nur und komme nicht weiter. Ein düsterer Kasten, dieses Haus. Riesige Fenster, und trotzdem hat man den Eindruck, daß nicht genug Licht hereinkommt. Natürlich ist das Einbildung, irgendwie hängt es mit dem stumpfen, glanzlosen Wesen dieses Dunsand zusammen.«

Sie gingen zurück ins Wohnzimmer, wo die Bücher mit strengem Blick auf die blauen Vögel und orangefarbenen Lilien an den Wänden sahen.

»Also ich habe ja mit Träumen nicht viel am Hut«, sagte Burden. »Mir wäre wohler, wenn ich das mit den Schlüsseln begreifen würde, wenn ich wüßte, wie Dawn in dieses Haus gekommen ist.«

»Jemand hat sie hergebeten und eingelassen, als sie um halb sechs eintraf. Aber es war nicht Dunsand.«

»Aber Dunsand hat den Dreckskram weggeputzt. Er

mußte die Leiche loswerden, die er gefunden hatte, als er heimkam.«

»Mag sein. Aber wo ist der Dreck, Mike? Wo sind seine Spuren? Ist das der erste Mörder, den wir kennenlernen, der ein derart blutiges Verbrechen begehen kann, ohne Spuren zu hinterlassen? Das glaube ich einfach nicht.«

»Wir werden das Haus auseinandernehmen müssen.« Burden betrat das Badezimmer. »Wenn die Tat ohne sichtbare Spuren begangen worden ist, muß sie hier geschehen sein.« Er betrachtete die blitzenden Armaturen, das fleckenlose Waschbecken. Selbst in der gleißenden Sonne sah man keine Staubschicht auf den Gläsern, keine Fingerabdrücke auf den Spiegeln.

Wexford nickte. »Ja. Wir müssen die Kacheln abschlagen und die Leitungen herausnehmen. Und wenn das nichts bringt, müssen wir es in der Küche genauso machen.«

»Vielleicht kapituliert Dunsand und verrät uns, was er bisher noch eisern verschweigt.«

»Wenn er etwas zu verschweigen hat.«

»Na, hören Sie mal! Er muß mehr wissen als das, was er uns gesagt hat. Er muß wissen, warum seine Frau eine Unbekannte in seiner Wohnung umgebracht hat, muß den Tatablauf, die Umstände kennen.«

»Meinen Sie?« sagte Wexford. »Weiß er mehr, als daß seine Frau – denn das ist Nell Tate für ihn im Grunde immer noch – möglicherweise in Gefahr ist? Ich glaube, er weiß sehr wenig, Mike, so wenig wie die Frau, die sterben mußte.«

Er sah zur Decke auf und ließ seinen Blick prüfend über die glatten, glänzenden Wände gleiten. Überall roch es nach Seife, nach makelloser Sauberkeit.

»Stolpern Sie nicht«, warnte Burden. »Ihr Schnürsenkel ist aufgegangen. Dort hinauf brauchen Sie gar nicht zu schauen. Wenn sie hier umgebracht worden ist, hat jemand ganze Arbeit geleistet.«

Wexford bückte sich, um den Schnürsenkel neu zu binden. Ein heller Kringel, ein durch eine Scheibe gebrochener Sonnenstrahl, tanzte an der Wand neben seinem linken Bein. Er sah auf das zitternde Licht. Die goldenen Blüten waren in senkrechten Reihen in etwa fünf Zentimeter Abstand auf der Tapete verteilt, ein dünner schwarzer Streifen trennte sie, und die birnenförmigen roten Blätter waren in Dreiergruppen zwischen jeder Blüte angeordnet. Blüte, Blätter, Blüte folgten einander gleichmäßig bis hinunter zum Fußbodenbelag. Das Muster war leicht verwischt, als sei die Tapete abgewaschen worden, aber getilgt war nichts. Drei Blätter, eine Blüte, drei Blätter...

»Mike, Sie sehen besser als ich. Schauen Sie sich das mal an«, sagte Wexford.

»Ich war vorhin gerade dabei, aber Sie haben ja gemeint, daß es nichts bringt. Die Tapete ist abgewaschen worden. Na und?«

»Sie wollten herausbekommen, ob jemand die Tapete abgewaschen hat, haben vielleicht nach einem fehlenden Musterstück gesucht. Schauen Sie noch einmal hin.«

Ungeduldig ging Burden in die Knie und konzentrierte sich auf den Lichtkringel.

»In dem Muster fehlt kein einziges Blatt«, sagte Wexford. »Im Gegenteil. Die unterste Gruppe hat nicht drei Blätter, sondern vier.«

Sie hockten jetzt nebeneinander und betrachteten die Dielentapete.

»Sehen Sie«, sagte Wexford aufgeregt, »hier und hier und hier, überall drei birnenförmige Blättchen, wie bei einer Schwertlilie. Aber bei dieser Gruppe sitzt unter dem mittleren Blatt noch ein viertes.«

»Und es hat nicht die gleiche Farbe, es ist dunkler. Mehr braun.«

»Es ist Blut«, sagte Wexford und fügte nachdenklich hinzu: »Ein kleiner Tropfen Blut.«

»Soll ich ...«

»Nein, rühren Sie nichts an. Die Fachleute sollen herkommen und selber ihre Proben nehmen. Der Fleck ist viel zu kostbar, als daß wir daran herumpfuschen dürften. Ist Ihnen klar, Mike, daß das unser einziges brauchbares Beweisstück ist?«

»Wenn es Blut ist, stammt es von ihr.«

»Ja, ich weiß.«

Sie traten vor die Tür, wo die Sonne auf die Straße brannte, den Teer aufweichte und dort, wo der Asphalt endete und die Felder begannen, eine Luftspiegelung schuf, die aussah wie ein schimmernder Wasserschleier. Der Wagen war heiß wie ein Backofen, an den Sitzen konnte man sich fast die Finger verbrennen. Burden rollte an seiner Seite das Fenster herunter und fuhr in Hemdsärmeln.

»Jetzt zu dem Schlüssel«, sagte Wexford.

»Welchen meinen Sie, Sir? Den, der nicht gepaßt hat?«

»Ja. Ich schätze, wir werden eine Tür finden, die er uns öffnet.« Wexford, der heftig schwitzte, klappte die Sonnenblende herunter. »Aber das ist ein simpler Auftrag, etwas für Martin.«

»Da komm ich nicht mehr mit.« Burden hielt sich hinter einem Bus, der, mit Fahrgästen aus der Sundays-Siedlung besetzt, über die besonnte Straße nach Kingsmarkham rollte. »Ich habe keine Ahnung, welche Tür Sie damit aufsperren wollen.«

Wexford lächelte. »In meinem Kopf springen nach und nach alle möglichen Türen auf, Mike. Zunächst aber habe ich es auf eine ganz spezielle Tür abgesehen, sie ist in Myringham und führt zu dem Haus, in dem Dunsand gewohnt hat, ehe er hierherzog.«

Im Lauf des Nachmittags wurde es immer heißer, und gegen vier war es an die dreißig Grad. Wexford hatte sich bei offenen Fenstern und heruntergelassenen Jalousien in sein Büro zurückgezogen. Er saß allein, wartend, in Gedanken versunken, und weil es besser ist, ein Problem, dessen Lösung sich einem hartnäckig versagte, beiseite zu legen und sich später wieder vorzunehmen, machte er sich wieder an die Richtlinie zur Verhütung von Straftaten, die seit Beginn des Festivals unbeachtet auf seinem Schreibtisch gelegen hatte.

Dann liefen allmählich die Rückmeldungen ein. Es war menschliches Blut und Dawn Stonors Blutgruppe. Der Schlüssel, den Tate ihm im Garten des Hotels gegeben hatte, paßte in das Haustürschloß von Leonard Dunsands früherem Haus in Myringham. In der Sundays-Siedlung aber, wo den ganzen Nachmittag die Hausfrauen vernommen worden waren, hatte sich niemand gefunden, der Nell Tate je gesehen oder sie bei einem Besuch in Dunsands Haus beobachtet hatte.

Der Siebzehn-Uhr-zwölf-Bus hielt vor der Baptistenkirche, die Fahrgäste stiegen ein. Aus dem Luximart kam eine junge Frau mit einer braunen Papiertüte. Sie trug nicht Lila, sie hatte nicht die geringste Ähnlichkeit mit Dawn, und sie fuhr in ihr neues Haus in der Siedlung, nicht in den Tod. Wexford rief im *Cheriton Forest Hotel* an. Ja, Mr. Vedast sei noch da, er wolle am Abend abreisen. Mehr mochte man an der Rezeption nicht sagen. Falls Wexford von der Presse war, hatte man vielleicht schon zuviel gesagt…

Er drehte seine Richtlinie mit der Schriftseite nach unten. Während es sich langsam abkühlte und die Sonne sank, wandte er sich wieder seinem Problem zu. Um sieben ging er ins *Carousel* hinüber, wo Burden und seine Kinder bei Steak und Salat saßen, während Emmanuel Ellermans Hit »High Tide« aus den Lautsprechern dröhnte.

»Schade, daß Sie schon gegessen haben. Ich wollte Sie zum Abendessen ins *Cheriton Forest* einladen.« Er bestellte ein Sandwich. »Dann trinken wir statt dessen eben unseren Kaffee bei Zeno Vedast.«

»Könnte ich vielleicht...«, setzte John vorsichtig an.

»Nein, John, tut mir leid, aber du kannst nicht mitkommen. Das ist eine Dienstfahrt und ein ernstes Geschäft.«

»Pat und ich wollten in der High Street auf ihn warten, er fährt heute abend nach London zurück.«

»Ich fürchte, so schnell wird er dort nicht auftauchen«, sagte Wexford.

20

Die Angestellte in der Rezeption fragte in der Elisabethensuite nach. »Mr. Vedast läßt Sie bitten zu warten, er ist zur Zeit beschäftigt.« Sie war jung und hätte vom Alter her durchaus zu Vedasts Fangemeinde gepaßt. »Wenn Sie inzwischen in der Shakespeare Lounge Platz nehmen möchten, sie ist drüben in...«

»Wir kennen uns aus«, sagte Wexford.

Die Lounge war leer, nur der Hund erhob sich von seinem Ruheplatz, als sie hereinkamen, bedachte sie mit einem trübsinnigen Blick und streckte zwei Meter weiter erneut alle viere von sich.

»Ich verstehe überhaupt nichts mehr.« Burden winkte ungeduldig ab, als Wexford ihm ein paar Zeitschriften offerierte. »Wollen Sie mir nicht verraten, wozu wir hier sind?«

Wexford seufzte. »Wozu wohl? Um Fragen zu stellen, Schlüsse zu ziehen, Erkenntnisse zu gewinnen, den Schuldigen zu fangen – wie immer. Nur liegen die Dinge diesmal ein bißchen anders.«

»Sie mit Ihren Rätseln und philosophischen Betrachtungen. Was ich wissen möchte, ist –«

»Moment, Mike.«

Godfrey Tate war sehr leise hereingekommen. Er war, wie üblich, in modisches Schwarz gekleidet, in dem er schmal und schlaksig aussah wie ein Halbwüchsiger.

»Zeno sitzt mit diesem Silk zusammen«, sagte er ohne Gruß und ohne Vorrede. »Ich soll Sie fragen, was Sie wollen.«

»Ich will ihm sagen, was ich von ihm halte«, gab Wexford ruhig zurück.

Tate war deutlich alkoholisiert, aber der Alkoholkonsum hatte sein Stimmungsbarometer nicht in die Höhe getrieben, sondern in grundlose Tiefen stürzen lassen, er wirkte stumpf, benommen, fast wie ein Schlafwandler. »Soll ich ihm das ausrichten?«

»Was Sie ihm ausrichten, Mr. Tate, ist mir ehrlich gesagt völlig einerlei. Weshalb ist Silk bei ihm?«

»Er hat von Dunsands Festnahme erfahren und wollte es Nell sagen.«

»Und jetzt feiern Sie?«

Tate blinzelte. Dann machte er kehrt und schlurfte zur Tür.

Wexford sah auf die Uhr. »In zehn Minuten sehen wir uns wieder.«

Doch noch vor Ablauf der zehn Minuten – Burden hatte eine Zeitschrift nach der anderen in die Hand genommen und wieder weggelegt, Wexford hatte reglos dagesessen und die Hotelhalle im Auge behalten – kam Martin Silk aus dem

Aufzug. Ältere Herren mit langen Haaren erinnern einen häufig an Staatsmänner aus dem vorigen Jahrhundert, aber bei Silk endete diese Ähnlichkeit am Hals. Er trug ein weißes T-Shirt mit einer Weintraubenapplikation. An der Rezeption straffte er sich wie ein Teenager und wiegte sich in den Hüften, aber sobald er vorbei war, verfiel er in einen raschen Zuckeltrab – ein alter Mann, der es eilig hat, sich aus einer Gefahrenzone abzusetzen.

»Mr. Silk!«

Silk blieb stehen und zwang sich zu einem Lächeln, das sein Gesicht in tausend Knitterfalten legte und die Augen in pergamentfarbenen Hautsäcken verschwinden ließ.

»Hoffentlich haben wir Sie nicht vertrieben«, sagte Wexford. »Von uns aus hätten Sie gern bleiben können.«

Silk betrat zögernd die Shakespeare Lounge und setzte sich auf eine Sessellehne. Sein Kniegelenk knackte, als er ein Bein baumeln ließ.

»Ein reiner Höflichkeitsbesuch«, sagte er. »Ich bin vorbeigekommen, um Zeno zu sagen, daß ihn jede Menge Leute in Kingsmarkham erwarten, um Abschied von ihm zu nehmen. Wir werden uns jetzt natürlich häufig sehen, nachdem er bei uns seßhaft geworden ist.«

»Wenn ich nicht irre, haben Sie ihn immer häufig gesehen, Mr. Silk. Man könnte fast sagen, daß Sie so was wie seine graue Eminenz waren«, fügte Wexford mit einem bezeichnenden Blick auf Silks lange Mähne hinzu. »Oder gehören Sie auch zu seiner Sklavenschar?«

»Was soll denn das nun wieder heißen?«

»Ohne Sie wäre er noch immer Harold Goodbody, hätte er Nell Dunsand nie kennengelernt.«

Silk sah ihn groß an. »Ich habe es gut gemeint. Wer kann denn ahnen, daß völlig harmlose Handlungen zu Tragödien führen können? Ich habe der Jugend einen musikalischen

Genius geschenkt. Wenn Dunsand ausgeflippt ist, wenn gewisse Leute... nun... entbehrlich waren...«

»So sehen Sie das also, Mr. Silk? Sie mischen sich zu viel ein, sind zu viel am Organisieren. Ich warne Sie: Lassen Sie Louis Mbowele in Ruhe, sonst tragen Sie am Ende noch die Schuld an einem Krieg.«

»Na hören Sie mal! Sie sind wohl nicht ganz dicht? Sie haben ja einen Sprung in der Schüssel, Mann. Kein Wunder in Ihrem Alter.« Er feixte höhnisch. »Typisch für die Grufti-Generation!«

»Zu der wir beide gehören«, schoß Wexford zurück. »Wir sind gleichaltrig – mit dem Unterschied, daß ich das weiß und akzeptiere und Sie nicht. Ich akzeptiere, daß es Zeit ist, auf sogenannte Jugendstreiche zu verzichten. Und wenn ich denke, was manche Leute unter Jugendstreichen verstehen, tu ich das auch gern.«

Silk verzog gepeinigt das Gesicht, als Wexford ihn an sein Alter erinnerte. Spiegel zeigen uns gewöhnlich das, was wir zu sehen wünschen, nur wenn wir in einen lebendigen, in einen Menschenspiegel schauen, hat für kurze Zeit das Wunschdenken ein Ende. Wexford war dick, Silk war hager, der eine trug einen verknautschten alten Anzug, der andere T-Shirt und Jeans, beide aber waren sie sechzig Jahre alt, und der Spiegelvergleich machte Silk sein fortgeschrittenes Alter, seine schlaffen Muskeln und müden Knochen schmerzlich bewußt.

»Was tun Sie hier überhaupt?« fragte er schrill.

»Im Augenblick rede ich mit Ihnen. Und in Kürze werden wir mit Ihrem Genius reden.«

»Und was ist mit Dunsand? Zeno war gar nicht hier in der Gegend, ich habe mit ihm und den Tates in Kensington zusammengesessen. Sie haben Dunsand doch schon eingelocht.«

»*Der* Ausdruck ist nun wirklich aus der Opa-Kiste«, spottete Wexford. »Fällt Ihnen dazu nichts aus der Szene ein? Kommen Sie, Mike, wir haben genug Zeit vertrödelt.«

Sie gingen zu Fuß hinauf. Silk sah ihnen nach, hin und her gerissen zwischen der Sorge um seinen Schützling und der Angst, weitere unangenehme Wahrheiten über sein Alter zu hören.

»Der Mann weiß nichts«, stellte Wexford fest. »Er ist womöglich noch ahnungsloser als Dunsand.« Er lächelte grimmig. Dann klopfte er an die Tür der Elisabethensuite.

Sie waren beim Packen. Endlich ging es nach Hause. Tate lag mit hochrotem Gesicht auf den Knien und bemühte sich, einen übervollen Koffer zu schließen, während Vedast mit gekreuzten Beinen auf einem Lackschränkchen saß und ihm zusah. Nell führte sie wortlos durch das Gewirr von aufgetürmten Gepäckstücken und Bergen von Kinkerlitzchen, Zeitschriften und Schallplatten.

In hohen Haufen lagen welke Blumen auf dem Balkon, die einen durchdringenden Fäulnisgeruch verströmten. Auch an diesem Tag noch, vielleicht erst an diesem Nachmittag, waren frische Blumen – Rosen, Lilien und Nelken – angekommen, aber auch die welkten bereits. Niemand hatte sich die Mühe gemacht, sie ins Wasser zu stellen.

Nell Tate, sorgfältig gekleidet und geschminkt wie immer, wirkte durch die Anstrengung in der Hitze etwas aufgelöst. Es war immer noch sehr warm, kein Windhauch bewegte die Abendluft, die Sonne stand wie ein scharlachrot glühender Ball über dem Wald. Nell sah die Polizeibeamten böse an, begegnete Vedasts unbewegtem Blick und stellte sich rasch vor einen Spiegel, um sich prüfend zu betrachten. Vedast lachte auf.

»Mach endlich den Koffer zu, Goffo. Beeilt euch ein bißchen, Kinder. Du könntest Kaffee kommen lassen, Nello.« Mit einer geschmeidigen Bewegung wandte er sich Wexford zu und fügte an, als sei Nell gar nicht im Zimmer: »Bei dieser Gelegenheit kann sie gleich ihr ramponiertes Äußeres etwas restaurieren.«

Burden, der sich, Wexfords Beispiel folgend, eine Sitzgelegenheit freigeschaufelt hatte, sagte barsch: »Keinen Kaffee für uns.«

»Wie Sie wünschen.« Vedast winkte Nell, die, noch immer vor dem Spiegel stehend, apathisch an ihrem Haar herumzupfte und dabei die Polizeibeamten beobachtete, mit einem Fingerschnippen zu sich. Sie fuhr herum, als habe er ihr einen Stoß versetzt, holte seinen Orangensaft und reichte ihm das Glas mit einem flehenden Blick. Er angelte einen Eiswürfel heraus und leckte daran. »Warum schaut ihr eigentlich alle so miesepetrig drein?« Er ließ seinen Blick über die vier Gesichter gehen. »Sie machen meinen lieben Kleinen angst, Chief Inspector. Reden wir nicht lange um den heißen Brei herum. Ich weiß, was gelaufen ist, und Sie wissen es inzwischen offenbar auch. Hat ganz schön lange gedauert, bis Sie draufgekommen sind. Aber Sie können mir nichts beweisen. Ich mache Ihnen einen Vorschlag: Beglückwünschen wir uns gegenseitig zu einem Unentschieden bei unserem Katz- und Mausspiel, und dann ziehen Sie wieder ab.«

Wexford zitierte leise: »Was soll uns Furcht vor denen, die es wissen, wenn keiner unsere Macht gefährden kann?«

Die Tates betrachteten ihn verständnislos, und Nell rückte ein Stück näher an Vedast heran. »Macbeth«, sagte der. »Manchmal reizt mich der Gedanke durchaus, ans Theater zu gehen, ein richtiger Schauspieler zu werden. Angebote hab ich genug.« Er schluckte den zusammengeschmolzenen Eiswürfel herunter. »Aber damit muß man ja nicht gerade heute anfangen. Für ein Drama sind wir zur Zeit wohl alle nicht gut genug drauf.«

»Soll das heißen, daß Sie genug haben, daß Sie Ihrer selbstverfaßten Tragödie müde sind? Auftrag der Tragödie ist es bekanntlich, Mr. Vedast, durch Mitleid und Schauder zu läutern. Lassen Sie mich das bei Ihnen – oder auch bei Ihren Freunden – einmal versuchen. Setzen Sie sich, Mr. Tate, und Sie auch, Mrs. Tate, und hören Sie gut zu.«

Die beiden sahen Vedast fragend an. Er nickte leicht. »Tut, was er sagt, Kinder.«

Nell warf einen Haufen schmutziger Wäsche und einen Stapel Fanpost vom Sofa und setzte sich. Tate schlängelte sich, ein gefülltes Glas in der leicht zitternden Hand, an sie heran.

Sie machte eine kleine, abwehrende Bewegung, wandte sich halb um und breitete den weiten, reich bestickten Rock aus, so daß für Tate kein Platz an ihrer Seite blieb. Er warf ihr aus rotgeäderten, verschwollenen Augen einen bitterbösen Blick zu. Das Glas umklammernd wie einen Schutz versprechenden Talisman, ließ er sich auf der Sofalehne nieder.

Der Popstar nahm leicht amüsiert den blinden Gehorsam der beiden zur Kenntnis. Er selbst glitt von dem Schränkchen herunter und stellte sich unter die geöffnete Balkontür. Die Sonne ging allmählich unter, und ein leichter Wind war aufgekommen, der Vedasts Haar erfaßte, so daß es seinen Kopf umstand wie eine goldene Gloriole. Die Farbe des Himmels wechselte von Blau zu einem flamingorot gefederten Violett. Das beschlagene Glas mit Orangensaft glühte in seiner Hand wie eine Lampe. Er stand da, als wolle er anfangen zu singen, das Kinn erhoben, die Hüften vorgeschoben, regungslos, aber ohne jede Anspannung.

»Es handelt sich«, sagte Wexford, »um eine Tragödie in zwei Teilen und um zwei Menschen, denen dank ihres Aussehens und ihrer Ausstrahlung geradezu abgöttische Liebe entgegengebracht wurde. Um Sie, Mr. Vedast, und um Sie, Mrs. Tate. Bitte mißverstehen Sie das nicht als Kompliment. Es ist kein Verdienst, *so* geliebt zu werden, und nach meiner Erfahrung sind Menschen, denen das widerfährt, meist oberflächlich, narzißtisch und selbstbezogen.«

»Hör dir das an, Godfrey«, sagte Nell schrill. »Muß ich mir das gefallen lassen?«

Tate hatte den Kopf eingezogen, hielt sich an seinem Glas fest und sah sie finster an, ohne zu antworten. Ein Schauer überlief ihn in dem leichten Wind, die dunklen Haare an seinen Handgelenken standen hoch.

»Das Bedürfnis, auf diese Art zu lieben, liegt im Charakter der Liebenden begründet, die sich meist an den erstbesten begehrenswerten Menschen klammern, der ihnen begegnet, und ihn nach Möglichkeit nicht mehr loslassen. Leider spekuliert das Objekt ihrer Begierde meist genau darauf und nutzt diese Neigung für eigene Zwecke – zu Grausamkeiten und Schikanen. Für den Fall, daß Mrs. Tate sich im Hinblick auf den Mann, der sie abgöttisch liebt, einem Irrtum hingibt, für den Fall, daß sie so begriffsstutzig ist zu glauben, ich spräche von Mr. Vedast, möchte ich ausdrücklich darauf hinweisen, daß ich ihren ersten Mann, Leonard Dunsand, meine. Einen törichten, intelligenten, gelehrten, langweiligen, konservativen Mann von nicht eben imposanter Körpergröße, der sie liebte, seit sie mit achtzehn Jahren seine Frau geworden war.«

Frauen wie Nell schlucken anstandslos jede Beleidigung, sofern sie – und sei es auch nur ganz leicht – in Schmeichelei verpackt ist. Auch jetzt konnte sie der Versuchung nicht widerstehen, die Nase hochzutragen. Sie schlug die langen, sehr ansehnlichen Beine übereinander und warf Vedast einen verstohlenen Blick zu. Vedast strich über seine Halskette und ließ die Perlen durch die Finger gleiten.

Wexford fuhr fort: »Er dürfte auf Dauer der einzige Mann in Ihrem Leben sein, Mrs. Tate, der ein so großes Maß an Selbsttäuschung aufbrachte, daß er Sie ehrlich geliebt hat und noch liebt.« Er wartete auf eine Reaktion von Nells derzeitigem Ehemann. Tate reagierte wie immer, wenn eine Krise eingetreten war oder auch nur drohte. Er langte, ohne aufzustehen, nach der Brandyflasche. »Sie können dem Schicksal nicht dankbar genug sein, Mr. Tate, daß es Sie mit einer größeren Portion Weltgewandtheit und einem klareren Blick ausgestattet hat. Ein Jammer, daß Sie sich ständig mit diesem Zeugs zuschütten.«

»Ich kann schon für mich selber sorgen«, sagte Tate leise.

»Mir ist noch nie ein Mann begegnet, der dazu weniger in der Lage gewesen wäre als Sie – abgesehen vielleicht von Mr. Dunsand.«

»Ich werde für Goffo sorgen.« Vedast wandte sich lässig um, die Hände streichelten zärtlich das kühle Glas. »Verraten Sie uns doch, wer mich liebt, die Neugier bringt mich fast um.«

»Tausende, möchte ich meinen. Die Frau, von der ich spreche, ist tot. Die Liebe zu Ihnen hat sie umgebracht, lange Zeit in übertragenem und zuletzt im Wortsinne. Sie waren ihr erster Liebhaber. Eine solche Beziehung soll ja für eine Frau etwas ganz Besonderes sein, und bei Dawn Stonor traf das in der Tat zu. Ich frage mich, wie weit Mr. und Mrs. Tate die Geschichte kennen…« Während Vedast den Blick wieder zum Himmel hob, an dem inzwischen blasse Sterne aufgezogen waren, wandte sich Wexford an die Tates. »Sie sind zusammen zur Schule gegangen, Dawn und ein gewisser Harold Goodbody, der sich von der Großmutter seiner Freundin durchfüttern ließ, weil es bei ihm zu Hause nur Bohnen in Tomatensoße gab, und der die abgelegten Schuhe seines Vetters trug. Harold Goodbody, dessen Vater das Haushaltsgeld beim Windhundrennen verspielte, Harold, der seine Freunde mit endlosen Streichen zum Lachen brachte und der bestimmt Dawn die Schultasche getragen hat. Eine ländliche Idylle, nicht wahr? Dawn Stonor und Harold Goodbody, ihr erster Galan.«

»Es wäre mir lieb, wenn Sie mich nicht so nennen würden.« Zum erstenmal hörte Wexford eine Spur von Ärger in der Stimme des Stars.

»Es wäre Ihnen lieb, wenn ich gehen würde, aber diesen Gefallen werde ich Ihnen nicht tun«, schoß Wexford zurück. »Die Neugier bringt Sie fast um, haben Sie vorhin gesagt. Nun gut, sie soll befriedigt werden.« Er lehnte sich zurück. Mit einiger Genugtuung stellte er fest, daß Nell Unbehagen zu erkennen gab und Tate sich duckte. »Sie verließen Ihre Freundin«, sagte er zu Vedast, »und gingen nach London. Für Sie war die Idylle vorbei. Wenig später ging auch Dawn nach London, aber an ihren Jugendfreund kam sie schon nicht mehr heran. Dawn hat Sie nie vergessen. Sie machte ihren Bekannten und sich selbst vor, Sie seien noch immer ihr Liebhaber, es gäbe eine feste Beziehung zwischen Ihnen.« Wexford nickte Burden leicht zu und zollte ihm damit Anerkennung für eine Idee, über die er sich zunächst lustig gemacht hatte. »Fast zehn Jahre vergingen«, fuhr er fort, »bis es zu einem Wiedersehen kam. Inzwischen waren Sie, Mr. Vedast, sehr berühmt geworden und hatten Aufregendes erlebt. Was Dawn erlebt hatte, war kaum der Rede wert. Sie war Kellnerin in einem Klub geworden, dort arbeitete sie noch immer. Es war ausgesprochenes Pech, daß es Sie in diesen Klub verschlug. Sonst wäre Dawn vielleicht noch am

Leben und könnte jetzt mit ihrem Verlobten Hochzeitspläne schmieden. Warum sind Sie hingegangen?«

Vedast zuckte die Schultern. »Der Typ hatte uns eingeladen, wir hatten nichts Besseres zu tun.«

»Sie hätten kaum etwas Schlimmeres tun können.«

»Ich hab sie nicht umgebracht, ich hab sie überhaupt nicht angerührt.«

Wexford wandte sich den Tates zu. Godfrey Tate hatte die rotgeäderten Augen weit aufgerissen.

21

»Ich will jetzt«, sagte der Chief Inspector, »von einem Punkt Ihrer bemerkenswerten Karriere sprechen, von dem ich allerdings bezweifeln möchte, daß Sie selbst ihn bei der Abfassung Ihrer Memoiren als einen der Höhepunkte Ihres Lebens bezeichnen würden. Ich meine Ihre erste Begegnung mit Mrs. Tate. Dazu aber muß ich noch einmal auf die andere Liebesgeschichte zurückkommen.«

Vedast warf Nell einen Blick zu, die daraufhin aufstand und die Lampen mit den rosafarbenen Schirmchen anknipste. Sie bewegte sich steif und schimpfte leise, als sie über einen roten Reisekoffer stolperte. Vedast reichte ihr sein leeres Glas, sie schenkte ihm nach, und er nahm es ohne ein Wort des Dankes entgegen wie ein Herzog, der sich beim Zimmerservice einen Drink bestellt hat.

»Eis, Nello«, sagte er.

Sie angelte mit dem Löffel zwei Würfel aus einer Schale, die auf dem Schränkchen stand und hauptsächlich Wasser enthielt. Tate saß geduckt über seinem Brandy und sah in die goldfarbene Flüssigkeit. Das rosige Licht dämpfte das harte Schwarz seiner Haare. Als Nell Vedast das Glas zurückgab, umfaßte sie es mit beiden Händen, so daß seine Finger die ihren berühren mußten, wenn er es ihr abnahm. Fremd und flüchtig streifte seine Hand die ihre. Man sah ihr an, wie gern sie bei ihm auf dem kühlen, dunklen Balkon geblieben wäre, dessen Geländer, von der untergehenden Sonne rot umspielt, in schwarzem Filigran hinter dem Berg verwelkter Blumen stand.

»Geh weg, Nello, du machst mich nervös.«

Mit gesenktem Kopf trat sie ein paar Schritte zurück und ließ sich dicht am Balkon mit schlaff herabhängenden Armen auf einen Stuhl fallen.

»Sehr gut, Mrs. Tate, setzen Sie sich so, daß ich Sie im Auge behalten kann. Sie sind eine sehr gutaussehende Frau, aber Sie haben sich seit Ihrer ersten Eheschließung stark verändert. Sie haben Ihr Haar gefärbt. Dunkelrot dürfte Ihnen heute nicht mehr stehen.

Mr. Dunsand mochte Ihre Kurzhaarfrisur, er sah Sie am liebsten in schlichten, fraulichen Kleidern. Nach dem, was ich heute in Myringham in Erfahrung bringen konnte, kannte man Sie als eine stille, durchaus sympathische kleine Frau, die gut kochen konnte, Blumen und ihr Heim liebte, sich aber in den Kreisen, in denen Ihr Mann verkehrte, langweilte. Die Kollegenfrauen waren alle so viel älter als Sie, viel lieber wären Sie mit den Studenten Ihres Mannes zusammengewesen. Die Vormittagskaffees, die leeren Nachmittage gaben Ihnen nichts. Schlimmer noch waren die Abende, denn Sie mußten, nachdem Sie Mr. Dunsand ein Essen vorgesetzt hatten, das er mochte, stundenlang allein mit ihm zusammensitzen. Der Plattenspieler schwieg, und er plante mit Ihnen den Jahresurlaub, sprach das Haushaltsbudget durch und legte fest, was Sie sich in diesem Jahr an Haushaltsgeräten würden leisten können.

Etwas Schöneres als dieses Leben konnte Dunsand sich überhaupt nicht vorstellen. Ich möchte annehmen, daß Sie Ihre Rolle gespielt haben. Frauen Ihres Schlages tun das meist, und dabei warten sie auf die Chance zur Flucht. Ihre Chance kam, als Ihr Idol Zeno Vedast ein Konzert in Myringham gab. Vermutlich wollte Mr. Dunsand Sie nicht zu diesem Konzert gehen lassen. Die Vorstellung, daß seine Frau – eine Frau, die er finanziell völlig in der Hand hatte – sich unter einem Haufen von Teenagern bei einem Popkonzert vergnügte, kann ihm nicht angenehm gewesen sein. Nein, es war ihm gewiß nicht recht, daß Sie zusammen mit seinen Studenten toben und schreien würden, aber Sie gingen hin. Wären Sie nicht hingegangen, wäre Dawn Stonor heute am Leben.

Ich glaube nicht, daß Sie sich absichtlich vor Mr. Vedasts Wagen warfen, dazu dürfte Ihnen der Mut gefehlt haben. Es war vermutlich ein unbewußter Drang, den Sie nicht beherrschen, dem Sie nicht widerstehen konnten.

Mr. Vedast zahlte das Einzelzimmer im Krankenhaus, und natürlich war es Ihr sehnlichster Wunsch, er selbst möge mit den Trauben, mit dem Konfekt ins Zimmer treten. Sie kannten ihn nicht, und Sie kennen ihn inzwischen auch nicht besser. Er schickte seinen Lakaien. Sie, Mrs. Tate, brauchten einen Hafen im Sturm und konnten nicht wählerisch sein. Aber glauben Sie ja nicht, daß Sie ein Einzelfall sind. So mancher hohe Herr hat eine adrette Frauensperson mit seinem Diener verheiratet, um sich ohne Angst vor Folgen mit ihr vergnügen zu können.«

»Sie haben nicht das Recht, mich zu beleidigen«, fuhr Nell auf. Sie rechnete wohl damit, daß ihr Mann ihr zu Hilfe kommen würde. Als er schwieg – Vedast nippte indessen lächelnd an seinem Orangensaft –, sagte sie:

»Wieso hätte ich meinen Mann nicht verlassen sollen?

Wieso hätte ich nicht wieder heiraten sollen? So was machen schließlich viele Frauen heutzutage. Ich hatte das Leben mit Len einfach satt.«

Vedast wandte sich um. »Wie heißt es in Richterkreisen doch so schön? Wir sitzen hier nicht über die Moral zu Gericht, Mr. Wexford.«

»O doch. Darüber sollten wir wohl richten dürfen, wenn wir schon auf ein ordentliches Gericht verzichten müssen.«

Nell stand auf. »Aber nicht mit mir. Komm, Zeno, er kann uns hier nicht festhalten.«

»Mach, was du willst, Nello.« Vedast warf ihr einen durchtriebenen Blick zu. Sie konnte nicht machen, was sie wollte, sie hatte es nie gekonnt. »Meinetwegen kannst du dich verdrücken«, sagte er in seinem gewohnten Ton, der samtweich und lieblos zugleich klang. »Ich bleibe. Das ist doch alles ganz faszinierend. Wie steht's mit dir, Goffo? Begleitest du deine Frau, oder bleibst du und stehst deinem alten Kumpel bei?«

»Mr. Tate bleibt«, sagte Burden scharf.

Wexford sah ihn mit erhobenen Augenbrauen an. »Machen wir eine kleine Verschnaufpause. Wenn ich eine bessere Stimme hätte, würde ich Ihnen etwas vorsingen, aber in dieser Gesellschaft…« Er zögerte einen Augenblick, dann fuhr er fort: »Sie kennen das Lied alle. Es entstand, als Mrs. Tate zum zweitenmal heiratete. Natürlich handelt es sich dabei um eine wahre Geschichte, um das Leiden eines lebenden Menschen. Jede andere Auslegung wäre naiv. Es heißt, daß Dichter aus ihrem großen Leid kleine Lieder machen.« Er sah den Mann in der Balkontür an. »Sie, Mr. Vedast, haben zu Ihrer Unterhaltung und um Ihren bereits beträchtlichen Reichtum zu mehren, aus eines anderen Menschen Leid ein Lied gemacht.«

Vedast wandte sich rasch um und kam ins Zimmer zurück. Die gelben Augen waren schmale Schlitze.

»Ich singe es Ihnen vor«, sagte er. »Meiner Stimme fehlt nichts.«

Wexford nickte. Er wußte, was Burden dachte. Daß sein Sohn, daß sämtliche Fans auf jenem Festival einen Wochenlohn, ein Monatsstipendium, einen Semesterwechsel gegeben hätten, um jetzt hier zu sein. Vedast, der Tausende für ein Konzert verlangen konnte, gab ihnen eine Privatvorstellung. Er hatte ein flaues Gefühl in der Magengegend.

In dem rosig-weichen Licht sah Vedast sehr jung aus, fast selbst wie ein Teenager. Er stand in einer Ecke, die nackten Ellbogen auf ein Regal gestützt, von dem Rosenknospen hingen, vor kurzem geschnittene Rosenknospen, verdorrt, verdurstet, noch ehe sie sich geöffnet hatten. Wie wartend blieb er einen Augenblick in der Abendstille, der Waldesstille stehen, die sie umgab. Der erste Ton kam laut, wie ein Ton, der von einer Saite schwirrt, dann wurde die klare, helle Stimme ein wenig leiser und erfüllte das Zimmer mit süßer Bitternis.

Nell betrachtete den Sänger anbetend und klopfte während der ersten Strophe, des ersten Refrains mit der Schuhsohle den Takt. Wexford sah sie stirnrunzelnd an. Sie warf den Kopf zurück und ließ sich schmollend in die Polster zurückfallen. Das flaue Gefühl in Wexfords Magen legte sich. Er horchte den Worten nach, als höre er sie zum erstenmal, als habe er die Bedeutung der Verse noch nie in ihrer ganzen Tragweite erfaßt.

Denk doch, mein Liebling, an mein leeres Leben,
Das Licht nicht mehr, das Blüten nicht erfüllt.
Kann es für uns ein Wir denn nicht mehr geben?
O komm, web mit an meinem Wunschtraumbild.

Sei mir nah, komm zu mir
Und erklär mir, wofür
Die einen
Nur weinen,
Indes andren beschieden
Die Lüge, die Not,
Das Sterben, der Tod.

Es gab keinen Beifall. Vedast senkte kurz den Kopf, dann warf er das lange Haar zurück.

»Danke«, sagte Wexford nüchtern. »Dieser Song enthält Mr. Dunsands ganzen Jammer. Er hat Sie vermutlich angefleht, nicht ganz mit ihm zu brechen, Mrs. Tate, sein Leben nicht völlig jeden Sinns zu berauben, ihm wenigstens ab und zu die Illusion des Wir zu schenken. Und Sie haben Mr. Vedast von diesen Gesprächen erzählt und ihm damit eine hochwillkommene Vorlage für einen Song geliefert.«

Tate sah mit gerunzelter Stirn auf. Ein Brandyrinnsal lief an seinem Kinn herunter. Er wischte sich den Mund am Ärmel ab. »Warum haben Sie getan, worum Mr. Dunsand Sie bat?«

»Ich wollte ihm nicht allzu weh tun«, murmelte Nell. Burden entfuhr ein bitteres Lachen ohne Heiterkeit, in das überraschenderweise Tate einstimmte. Wexford lachte nicht. »Da muß ich mich aber doch sehr wundern, Mrs. Tate. Wann haben Sie sich je daran gestört, wem Sie weh taten? Im allgemeinen verstehen Sie sich doch nur zu gut darauf, die Träume anderer Menschen zu zertreten. Wenn Sie mir den wahren Grund nicht sagen wollen, muß ich raten.«

»Sie wollte mich auf die Palme bringen«, ließ sich Tate vernehmen.

»Aber Sie haben von der Sache erst nach dem Festival erfahren«, widersprach Wexford.

»Stimmt auch wieder«, sagte Tate verblüfft. »Sie war zwei- oder dreimal im Jahr bei ihm, in seinem Haus, sogar geschlafen hat sie mit ihm. Wie sie's mir gesagt hat, hab ich ihr ein Ding verpaßt.«

»Ja, das haben Sie mir erzählt. Und Sie haben mir einen Schlüssel gegeben. Nur war es nicht der Schlüssel zu Mr. Dunsands Haus im Pathway, sondern zu seinem früheren Heim in Myringham. Mrs. Tate hat das Haus im Pathway nie betreten, sie kannte es nur aus Mr. Dunsands Beschreibung. Er hatte ihr am Telefon gesagt, es sei das mittlere Haus einer Dreiergruppe. Den Schlüssel hatte er ihr geschickt, weil er hoffte, sie würde das Spiel fortsetzen, das sie in Myringham miteinander getrieben hatten.«

»Spiel? Was für ein Spiel?« wiederholte Tate langsam. »Ich versteh nur noch Bahnhof.«

»Ich nehme Ihnen ab, Mr. Tate, daß Sie von den Besuchen Ihrer Frau erst nach dem Festival erfuhren, als ihr allmählich doch Bedenken kamen. Allerdings waren ihre Bedenken nicht so stark, daß sie es für nötig gehalten hätte, Ihnen alles zu gestehen. Sie erzählte Ihnen nur, sie hätte ihren geschiedenen Mann besucht. Ich glaube, daß Sie sich in keinem Punkt der Beihilfe zu diesem Verbrechen schuldig gemacht haben. Sie tappten, wie vermutlich in vielen Dingen, völlig im dunkeln.« Tate zuckte verlegen die Schultern. Der Pegelstand der goldgelben Flüssigkeit in seiner Flasche sank stetig. Er schenkte sich nach und schwieg. »Ich glaube auch nicht, daß Sie mitgemacht hätten, wenn Ihnen die Wahrheit bekannt gewesen wäre.

Mr. Vedast tappte nicht im dunkeln. Er wußte Bescheid. Mrs. Tate hatte ihm erzählt, daß sie versprochen hatte, sich gelegentlich Dunsand... wie soll ich sagen... leihweise zur

Verfügung zu stellen. Damit komme ich zu ihrem Motiv. Warum hat sie sich darauf eingelassen? Sie sind nicht sehr glücklich, nicht wahr, Mrs. Tate? Scheinbar haben Sie alles, was sich eine Frau nur wünschen kann – aber eben nur scheinbar. Sie haben vermutlich sehr bald nach Ihrer zweiten Eheschließung begriffen, daß sie Ihnen zwar Luxus und Abwechslung bescherte, daß diese Annehmlichkeiten aber einen hohen Preis hatten. Der Mann an Ihrer Seite war wenig anregend – ich bitte um Verzeihung, Mr. Tate! –, wenn auch entgegenkommend. Vedast, Ihr Herr und Meister, behandelte Sie herablassend und verteilte Freundlichkeit gleichsam als Belohnung, sofern Sie ihm gehorchten. Ein Besuch bei Mr. Dunsand war für Sie ein Kontrastprogramm. Die wenigen Abende und Nächte, die Sie mit ihm verbrachten, führten Ihnen immerhin vor Augen, daß Ihr jetziges Leben Ihrer früheren Ehe vorzuziehen war. Nach einer Nacht in Myringham waren Sie nur zu gern wieder in London, im alten Europa, auf den Bermudas – gestärkt durch die Erinnerung an das, was Sie als Alternative erwartete.«

»Stimmt das, Nello? Das wußte ich ja gar nicht.«

»Ich freue mich, daß ich Ihnen doch noch etwas Neues habe sagen können, Mr. Vedast. Aber Sie wußten von der Rolle, die sie dort spielte, nicht wahr? Mrs. Tate hat Ihnen gewiß alle Einzelheiten berichtet, Ihnen die Kulissen, die Kostüme geschildert, hat Ihnen von dem kleinen Stück erzählt, das dort zwei- oder dreimal im Jahr über die Bühne ging, dem Ritual, das immer nach dem gleichen Muster ablief – Eheleben à la Dunsand. Ja, ich bin sogar sicher, daß sie Ihnen davon erzählt hat, denn sonst hätten Sie Ihren – Jux – ja gar nicht in Szene setzen können.«

»Ich brauch einen Drink, Godfrey«, sagte Nell.

»Nimm dir selber was.«

Sie griff sich eine Flasche, klirrend stieß der Flaschenhals gegen das Glas, Vermouth schwappte auf die helle Stickerei des weißen Leinenrocks, der rote Fleck sah aus wie Blut.

»Sie fanden das sicher alles sehr lustig, Mr. Vedast«, fuhr Wexford fort. »Bis zu dem Tage, da das Stück Ihre Pläne zu stören drohte. Vor etwa einem Monat erzählte Ihnen Mrs. Tate, daß sie am Nachmittag des 6. Juni, einem Montag, zum erstenmal Mr. Dunsand in seinem neuen Haus besuchen würde. Das aber paßte Ihnen nicht ins Konzept, denn Sie hatten ein Konzert in Manchester, von dem Sie und Mr. und Mrs. Tate erst an dem Tag zurückkommen wollten.«

Tate schüttelte den Kopf. »Nein, das stimmt nicht. Eigentlich wollte er bis Montag bleiben, ich hab dann im letzten Augenblick gesagt, das wäre zu anstrengend für ihn.«

Wexford seufzte. »Ah so. Um so besser... oder schlechter. Als Mrs. Tate sich Ihnen anvertraute, Mr. Vedast, hatten Sie es demnach so geplant, daß Sie und Ihre beiden Sklaven am 6. Juni gar nicht in Südengland gewesen wären.« Er betrachtete Nell, die mit hochrotem Gesicht dasaß und keine Anstalten machte, den roten Fleck von ihrem Rock zu putzen. »Warum haben Sie nicht einfach mit Ihrem Ex-Mann ein anderes Datum ausgemacht, Mrs. Tate? Der Besuch hätte sich doch sicher auch um ein paar Tage verschieben lassen?«

Einen Augenblick sah es aus, als überlege sie sich krampfhaft eine Ausrede. Sie streckte eine zitternde Hand nach Vedast aus, doch der legte nur den Kopf schief, feixte und sah über Nells Hand hinweg.

»Weil das Mr. Dunsand ›weh getan‹ hätte?« fuhr Wexford erbarmungslos fort. »Oder haben Sie, wie gewohnt, blind Mr. Vedast gehorcht?«

»Ich hab alles Zeno überlassen«, sagte sie leise und gepreßt.

»Sie haben alles Zeno überlassen. Er sollte sich also mit

Mr. Dunsand in Verbindung setzen? Er, ein weltberühmter Popstar, sollte Mr. Dunsand anrufen, ihm mitteilen, daß Sie verhindert seien, und ihn fragen, ob es nicht auch am Mittwoch ginge?«

Nell Tate war den Tränen nah. Sie hatte die Hände ineinandergekrampft, so daß die Nägel, von denen der Lack blätterte, sich in das Fleisch bohrten. »Sie wissen ganz genau, daß es nicht so gelaufen ist, Sie wollen mich nur quälen.«

»Nicht jeder ist so besorgt wie Sie um die Gefühle seiner Mitmenschen, Mrs. Tate. Nicht jeder bemüht sich, so geflissentlich durchs Leben zu gehen, ohne anderen Schmerz zuzufügen, so wie Sie das von sich behaupten. Aber Sie haben recht: Ich weiß, wie es gelaufen ist.« Wexford erhob sich und ging zu Vedast hinüber, der in Yogastellung am offenen Fenster auf dem Boden saß. Er baute sich vor dem Sänger auf und sah auf ihn herunter, die grauen Augen begegneten den bernsteinfarbenen.

»Nein, Mr. Vedast«, sagte er. »Für einen Menschen Ihres Schlages war es weit amüsanter, an dem Datum festzuhalten, nicht den Tag zu wechseln, sondern die Protagonistin.«

Tate brach das Schweigen.

»Da komm ich nun wirklich nicht mehr mit. Prota... Was heißt denn das?«

Wexford ging zu ihm hinüber und sagte behutsam: »Es heißt, Mr. Tate, daß Ihr Arbeitgeber eine Möglichkeit sah, Mrs. Tate den bewußten Besuch und vielleicht weitere Besuche dieser Art zu ersparen und gleichzeitig einen famosen Ulk zu veranstalten.

Er beschloß, Dunsand statt Ihrer Frau gewissermaßen eine zweite Besetzung ins Haus zu schicken. Zunächst hat er wohl an ein Callgirl gedacht. Dann aber mag er sich gesagt haben, daß er sich den Aufwand sparen könnte, wenn er statt dessen Dawn Stonor hinschickte, die er vor ein paar Wochen wiedergesehen und am 23. Mai angerufen hatte.«

22

Wexford nahm mitten im Zimmer Platz und wandte sich direkt an Vedast. »Warum Sie an jenem Abend Dawn angerufen haben, weiß ich nicht, ich möchte aber annehmen, daß Sie ähnliche Beweggründe hatten wie Mrs. Tate für die Besuche bei ihrem geschiedenen Mann. Wahrscheinlich haben Sie im *Townsman Club* Vergleiche zwischen Dawns eingeschränkten Verhältnissen und Ihrem Erfolgsmenschendasein angestellt und überlegt, daß Sie beide einen ähnlichen Werdegang hatten, daß Sie sich mit den gleichen Ausgangschancen auf die Suche nach Ruhm und Reichtum gemacht, daß aber nur Sie das Ziel erreicht hatten.

Am 23. Mai waren Mr. und Mrs. Tate nicht im Haus, Sie langweilten sich, waren vielleicht sogar verunsichert. Da kamen Sie auf die Idee, Dawn anzurufen, vielleicht alte Erinnerungen aufzufrischen, um sich nachher um so mehr an dem zu freuen, was Sie geworden waren, besonders, wenn Sie bedachten, was unter weniger günstigen Umständen aus Ihnen hätte werden können. Das Telefongespräch dürfte Ihnen das gewünschte Erfolgserlebnis beschert haben. Dawns Überschwang allerdings wurde Ihnen bald zuviel, und Sie legten auf, nachdem Sie vage in Aussicht gestellt hatten, sich ›irgendwann einmal‹ mit ihr zu treffen – ein Versprechen, das Sie natürlich nicht zu halten gedachten.

In jener Woche hat Ihnen vermutlich Mrs. Tate von dem geplanten Besuch in Dunsands neuem Haus erzählt. Am Telefon hatten Sie Dawn gegenüber mit dem Haus bei Kingsmarkham geprahlt, das Sie kaufen wollten. Bot sich da nicht der größte Schelmenstreich Ihrer bisherigen Karriere geradezu an?«

»Ganz so«, sagte Vedast, »läuft mein Denkprozeß nicht ab. Tanz nicht herum, Nello, setz dich irgendwohin.«

Nell aber wollte nicht irgendwo sitzen, sondern neben Vedast. Sie blickte auf das Sofa, auf dem ihr Mann hockte, auf die beiden belegten Sessel und die freien Sitzgelegenheiten, die entweder in der Nähe ihres Mannes oder in der Nähe der Polizeibeamten standen. Und wie ein Insekt mit empfindlichen Fühlern und bunten Flügeln flatterte, tanzte sie ratlos herum und landete schließlich mit klickenden Absätzen fast an derselben Stelle, von der er sie verscheucht hatte. Die Motte war wieder zum Licht zurückgekehrt.

Wexford hatte nach Vedasts Einwurf innegehalten, nahm aber bis auf ein kurzes Nicken von Nell Tate keine Notiz.

»Am 1. Juni«, fuhr er fort, »hatte der Mann Geburtstag, den Dawn höchstwahrscheinlich geheiratet hätte, wenn Sie die Finger von ihr gelassen hätten. Sie wartete zu Hause mit dem Essen auf ihn, als Sie anriefen. Das wußten Sie nicht. Hätte es Sie gekümmert? Sie verabredeten sich mit ihr auf einen Drink.« Burden bewegte sich unruhig auf seinem Sessel und machte große Augen. »Sehr begeistert war sie nicht. Vielleicht war ihr klar, daß ein reicher Mann wie Sie, der Londons teuerste Restaurants besuchen konnte, ohne mit der Wimper zu zucken, eine Frau auf einen Drink ins Pub nur einlädt, wenn er sie verachtet, wenn er meint, daß sie mehr nicht wert ist. Trotzdem zog sie die Sachen aus, die für einen gewöhnlichen Verlobten gut genug gewesen wären, und machte sich sehr sorgfältig für Sie zurecht.

Später, als die Aufregung des mittäglichen Rendezvous abgeebbt war, fragte sie sich – und ihre Wohnungsgenossin –, ob sie tatsächlich verachtet wurde, ob Sie deshalb nur zu einer klammheimlichen Affäre bereit waren und sie in einem Haus verstecken wollten, von dem noch niemand wußte, daß Sie es gekauft hatten, statt mit Ihnen in ein Hotel zu gehen.

Bei dem Treffen im Pub zwischen eins und drei haben Sie Dawn Stonor den Vorschlag gemacht – sicherlich nicht, ohne ihr vorher ein wenig geschmeichelt und schöngetan zu haben –, den Montag der folgenden Woche mit Ihnen in Ihrem neuen Haus zu verbringen. Natürlich sagte sie zu. Sie hatte ohnehin eine Urlaubswoche eingeplant, sie würde ihre Mutter besuchen und dann zum Pathway gehen. Daß Dawn und Dunsand menschliche fühlende Wesen waren, ist Ihnen nie in den Sinn gekommen, nicht wahr? Was die beiden empfanden, war Ihnen völlig gleichgültig. Daß Mrs. Tate bei diesen Besuchen ihrem Mann eins seiner Lieblingsgerichte zu kochen pflegte, daß sie guten Wein und schöne Blumen mitbrachte – als Ausgleich für die Leere in seinem Leben? –, kümmerte Sie nicht. Sie brauche sich beim Einkaufen keine Umstände zu machen, sagten Sie zu Dawn, es solle nur ein schneller Imbiß für Sie beide sein, mit irgendeinem Wein, dem billigsten, den sie bekommen konnte.

Dawn sollte zuerst zum Haus gehen. Sie gaben ihr den Schlüssel, den Dunsand an Mrs. Tate geschickt und den Mrs. Tate Ihnen ausgehändigt hatte. Nur keine Verantwortung, Mrs. Tate, nicht wahr? Alles Zeno überlassen...« Wexford wandte sich wieder an Vedast. »Sie wollten um halb sieben nachkommen. Wenn sie im Haus war, sollte sie nach oben gehen, dort würde sie ein rotes Kleid finden.

Dieses Kleid hatte Dunsand aufs Bett gelegt. Es war sein Lieblingskleid gewesen, als Mrs. Tate noch mit ihm verheiratet gewesen war. Wenn sie es jetzt trug, sich mit ihm zum Essen setzte, sich erzählen ließ, wie er den Tag verbracht hatte und selbst von ihren Erlebnissen berichtete, konnte er sich einbilden, der ›harsche Morgen‹ könne ihm nichts anhaben, und er sei wieder glücklich und geborgen bei seiner Frau.

Dawn wußte das nicht, und niemand weihte sie ein. Sie, Mr. Vedast machten ihr weis, das Kleid erinnere Sie an die schöne Zeit, als Sie beide noch ein Paar gewesen waren.«

Tate erhob sich schwankend. Er sah elend aus. Alle Farbe war aus seinem Gesicht gewichen. Er ging um das Sofa herum zu Vedast. »Stimmt das?«

»Wir haben es nicht böse gemeint.«

»Nicht böse gemeint? Das darf ja wohl nicht wahr sein. Du hast die Sache eingefädelt, und sie hat davon gewußt. Ich hab das Gefühl, als ob ich euch überhaupt nicht kenne, als ob ich euch heute zum erstenmal sehe...«

»Godfrey...« Nell streckte zögernd die Hand nach ihm aus. »Ich hab doch gar nichts gemacht. Ich hab ihm nur erzählt...«

»Gieß dir noch ein Glas ein, Goffo«, näselte Vedast.

»Ich mag nichts mehr trinken.« Tates schien selbst erstaunt darüber zu sein. Er fuhr zu Wexford herum. »Los, sagen Sie schon, wie es weiterging. Was geschah dann? Der da...« Er deutete auf Vedast, als bringe er seinen Namen nicht über die Lippen. »Die beiden waren an dem Abend mit mir zusammen, ehrlich. Die können sie nicht umgebracht haben.«

»Wer mordet, Mr. Tate? Derjenige, der das Messer hält, derjenige, der ›Stich zu!‹ ruft oder derjenige, der das Opfer an die verabredete Stelle schickt? Welche der drei Parzen hat unser Schicksal in der Hand, die Parze, die den Faden spinnt, diejenige, die ihn abschneidet, oder diejenige, die nur die Schere hält?« Wexford sah an Tates ratlos-leerer Miene, daß das zu hoch für ihn war. »Vielleicht könnte Mr. Dunsand es uns sagen, er ist der Philosoph.« Er sah Burden so beschwörend an, daß der auf jede Äußerung der Überraschung verzichtete. »Natürlich hat er sie getötet. Er hat es zugegeben. Ein Mann wie er hält Ausflüchte nicht lange durch. Nur aus Ritterlichkeit hat er in einigen Punkten gelogen, um seine geliebte Ex-Frau nicht mit hineinzuziehen.« Ein verächtlicher Blick traf Nell Tate.

»Ich will Ihnen sagen, wie es weiterging. Er schloß, voller Vorfreude auf den Abend, auf die Nacht, zwanzig Minuten vor sieben seine Haustür auf. Inzwischen muß Dawn sich recht unwohl in ihrer Haut gefühlt haben. Es gab vieles, was ihr mit Sicherheit nicht recht geheuer vorkam – die bescheidene Größe des Hauses, die sparsame Möblierung, die Fülle gelehrter Bücher. Und das Kleid, das ihr zu klein und zu eng war und ihr nicht stand. Natürlich war ihr unbehaglich zumute. Natürlich kam sie, als sie das Schließen hörte, schüchtern aus dem kleinen Wohnzimmer. Wartend, wortlos stand sie da.

Statt Vedast sah sie einen eher klein geratenen Mann mittleren Alters. Statt seiner Frau sah Dunsand – wen, Mrs. Tate?«

»Dawn Stonor«, sagte sie leise und verdrossen.

»Keineswegs. Eine Dawn Stonor gab es für Dunsand nicht, er kannte sie nicht einmal dem Namen nach. Er sah seine Frau und doch nicht seine Frau, eine Frau im Alter seiner Frau, aber größer, gröber, noch stärker geschminkt, mit noch heller blondierten Haaren, die sein Lieblingskleid trug.

Vielleicht traute er seinen Augen nicht. Selbst ein ausgeglichenerer Mensch als Dunsand hätte das, was da bedrohlich in der kleinen Diele stand, für eine Halluzination halten müssen. Für ihn war diese Erscheinung nicht einfach eine Travestie seiner Frau, es war eine Art Sukkubus, etwas, was sein kluges, abartiges Hirn ihm vorgaukelte, um ihn zu quälen. Er wollte diese Erscheinung zerstören, und das ist ihm gelungen. Er attackierte sie mit der erstbesten Waffe, die ihm in die Hand fiel, mit der Weinflasche, die seine seltsame Besucherin auf dem Dielentisch abgestellt hatte.«

Vedast stand auf, hob mit einem Ruck den Kopf, wie auf dem Festival, und schüttelte die Löwenmähne. »Woher sollte ich wissen, daß die Sache sich so entwickeln würde?« Er streckte das Glas aus. »Mach mir noch einen Drink, Goffo.«

»Mach dir deinen Scheißdrink selber«, gab Tate zurück.

»Na, na, was sind denn das für Ausdrücke...« Die goldenen Brauen hoben sich, in einem andeutungsweisen Lächeln zeigte Vedast die Zähne.

»Können Sie ihm das nicht heimzahlen?« fragte Tate. »Er hat sie umgebracht, er ist der wahre Mörder.«

»Ich weiß, Mr. Tate, aber ich kann es ihm nicht heimzahlen, wie Sie es ausdrücken. Wie denn auch? Er ist in seiner Art ebenso abartig wie Dunsand – ein Größenwahnsinniger, der nur seinen Hirngespinsten lebt.«

»Kommen Sie mir bloß nicht mit so was. Umlegen müßte man ihn, der Strick ist zu gut für so einen.«

»›Denn alles auf der Welt hat seine Grenzen, und von der Lieb zum Haß ist's nur ein kleiner Schritt...‹ Niemand zwingt Sie, mit den beiden zu verkehren, Mr. Tate. Nur weil Sie Nell geheiratet haben, brauchen Sie nicht wie ihr erster Mann den edlen Ritter zu spielen.«

»Da ist was dran.« Der Schock hatte Tate jäh ernüchtert. Er hockte sich hin, griff sich ein paar Bündel Sachen, stopfte sie in den roten Reisekoffer und einen kleineren Koffer und stand auf. »Mir reicht's, ich zieh Leine.« Er wandte sich an

Vedast. »Ich krieg noch hundert Pfund von dir. Schick sie an meine Mutter, die da kennt die Adresse.«

»Du kannst nicht weg.« Jetzt endlich spielte Vedast keine Rolle mehr, die Stimme hatte ihren unbeteiligten Klang verloren. »Wir sind seit acht Jahren zusammen. Was soll ich denn ohne dich machen?«

»Häng dich auf – aber knüpf die da erst an den Nebenast.« Tate streckte Wexford die Hand hin. »Sie und Ihresgleichen waren für mich früher bloß die Bullen, und vielleicht denk ich später wieder mal so. Aber jetzt möcht ich mich bedanken. Sie haben mir einen echten Gefallen getan. Durch Sie hab ich's geschafft, von denen da loszukommen. Vielleicht schaff ich es jetzt sogar, das Saufen zu lassen.« Dann sagte er zum erstenmal, seit Wexford ihn kannte, etwas halbwegs Kultiviertes. Aber der Chief Inspector wußte, daß Tate den Satz in der Szene aufgeschnappt hatte und nur wie ein Papagei wiederholte. »Sie hätten mich gänzlich zerstört.«

»Das glaube ich allerdings auch, Mr. Tate.«

Als er die Tür der Suite lautstark hinter sich geschlossen hatte, packte die verbleibende Sklavin Vedasts Arm. »So, den wären wir los. Ich bin richtig erleichtert. Du nicht auch?«

Vedast antwortete nicht. Verdrossen griff er zum Telefon und bestellte einen Pagen. Wie aufs Stichwort stopfte Nell Kleidungsstücke in Koffer, Reise- und Tragetaschen. Machtlos sahen Wexford und Burden zu. In fünf Minuten war alles verstaut. Vedast stand mit undeutbarem Gesichtsausdruck am Fenster. Einmal beugte er sich über das Geländer, vielleicht blickte er dem scheidenden Tate nach. Der Page kam herein, nahm zwei Koffer in die Hand und klemmte sich noch einen unter den Arm. Nell warf sich einen weißen Mantel um.

»Uns brauchen Sie wohl nicht mehr...«

»Sie werden als Zeuge bei Mr. Dunsands Prozeß benötigt, vorher müssen Sie Ihre Aussagen zu Protokoll geben.«

»Ich soll vor Gericht erscheinen?« fragte Vedast. »Ausgeschlossen!. So was ist total ungünstig fürs Image. Warum mußte Goffo bloß gehen? Der hätte gewußt, was man da machen kann.«

»Ich erledige das schon«, sagte Nell zärtlich. »Jetzt komm, es ist fast Mitternacht, wir müssen langsam los.«

Er schob sie weg. »Ich fahre allein«, sagte er. »Du kannst dir ein Taxi zum Bahnhof nehmen, wenn's so was in diesem Nest überhaupt gibt.«

»Aber wir haben doch den Wagen.«

Quengelig wie ein kleiner Junge sagte er: »Es ist mein Wagen, in dem hast du nichts zu suchen. Klipp und klar, Nello: Ohne Godfrey kann ich mit dir nichts anfangen. Er war meine rechte Hand. Na ja, und dann bist du auf der Bildfläche erschienen...« Sein Gesicht erhellte sich ein wenig. »Du warst eine ganz nette Dekoration.«

Nells Gesicht verfiel. Die Lippen zuckten, um die weit aufgerissenen Augen sprangen Falten auf. »Das kann doch nicht dein Ernst sein! Verlaß mich nicht, Zeno! Schon mit zwanzig hab ich dich angebetet, ich hab nie einen anderen Mann gewollt als dich.«

»Nein, Schätzchen, ich weiß. Die anderen hast du bloß geheiratet.«

Während der Page zurückkam, um das restliche Gepäck zu holen, versuchte Vedast, ihre Hände von seinen Schultern zu lösen. »Komm, Nello, laß mich los. Ich zahle die Rechnung, und dann fahre ich.« Er trat zu Wexford und versuchte einen leichten Ton anzuschlagen, aber das, was er zu sagen hatte, und die Anwesenheit des neugierigen Pagen machten es ihm nicht leicht. »Wir brauchen diese Sache doch nicht an die große Glocke zu hängen, was?« Die lange, hagere Hand deutete eine Bewegung zur Hosentasche an. »Ich schätze –«

»Wir gehen, Mr. Vedast.«

»Ich komme mit herunter.«

»Zeno«, kreischte Nell. »Zeno, ich liebe dich.«

Die beiden Polizeibeamten waren mit angewidertem Gesicht ein paar Schritte zurückgetreten. Nell stürzte sich auf Vedast, der Mantel rutschte ihr von den Schultern. Sie hängte sich an seinen Hals, fuhr ihm mit den Fingern durch das goldblonde Haar und drückte sich an ihn.

»Wo soll ich denn hin? Was soll ich denn machen?«

Er versuchte sie abzuschütteln. »Du kannst ja zu Godfreys Mutter. Mach, was du willst, nur laß mich los. Loslassen, sage ich! Herrgott, da wär ich ja mit Dawn Stonor noch besser bedient gewesen. Läßt du jetzt endlich los?«

Es war wie beim Freistilringen. Nell kreischte und klammerte sich an ihn, Vedast, kräftig und muskulös, aber doch nicht kräftig genug, trat und stieß, zerrte an Nells Haar und riß es ihr büschelweise aus. Sie stolperten und fielen zu Boden, wälzten sich zwischen welken Blumen und leeren Flaschen auf dem Boden und stießen das Saftglas um, das in tausend Scherben ging.

»Kommen Sie, Mike«, sagte Wexford knapp.

Im Gang schauten verschlafene Gäste aus vorsichtig geöffneten Türen. Auf der Treppe kamen Wexford und Burden vier, fünf Hotelangestellte der Nachtschicht entgegen, die, alarmiert durch das Geschrei und Gepolter, nach oben eilten. Lichter gingen an, das Hotel erwachte.

Die Nacht war so klar, so sanft blauviolett wie während des Festivals, nur schien jetzt ein abnehmender Mond. Und zu hören waren keine Balladen, nicht die schwirrenden Laute eines mit beherrschter Kraft gespielten Saiteninstruments. Vedasts Stimme erhob sich zu einem hohen, irren

Schrei, einem Laut, den keiner seiner Fans erkannt hätte. Statt des vibrierenden Schwirrens der Saiten erklang das Splittern von Holz, statt einer Melodie Nells hysterisches Schluchzen, statt des Beifalls die flehentliche und völlig wirkungslose Bitte des Hoteldirektors an seine Gäste, endlich Ruhe zu geben.

»Vielleicht bringen sie sich noch gegenseitig um«, meinte Burden, als sie an dem goldbepelzten Wagen vorbeigingen.

»Vielleicht. Und wenn schon...« Wexford seufzte. »Vedast wird es im Gerichtssaal nicht gefallen. Ob das seiner Karriere schadet?«

Wieder wandte er sich an Burden als den Fachmann in derlei Dingen. »Glaube ich kaum«, sagte der, während er den Motor anließ. »Diese Popstars haben ständig irgendwelche Prozesse wegen Drogenmißbrauchs am Hals. Haben Sie schon mal gehört, daß danach der Absatz ihrer Platten zurückgegangen ist?«

»Das ist etwas anderes. Wenn man sich nicht als Dealer betätigt, schadet man mit Drogen nur sich selbst. Aber im Augenblick hat es die Jugend wieder sehr mit der Nächstenliebe, der Friedfertigkeit und vor allem mit der Forderung, im Menschen den Menschen zu sehen. Ich glaube kaum, daß unsere jungen Leute sehr erbaut sein werden, wenn sie erfahren, daß ihr Idol das vergessen oder sich darüber hinweggesetzt hat.«

»Und was wird aus dem armen Dunsand?«

»Seine Karriere ist natürlich zu Ende. Im Gefängnis wird er wohl nicht landen, vielleicht aber für Jahre in einer Anstalt. Ob das viel besser ist? Er hat einen Sukkubus umgebracht. Nur wissen wir ja leider, daß das, was manche für einen Teufel in Weibsgestalt halten, immer aus Fleisch und Blut ist.«

In Burdens Bungalow brannte nur hinter einem Fenster

noch Licht. John lag mit zerzaustem Haar schlafend in einem Sessel im Wohnzimmer, ein halbleeres Glas Milch neben sich. Das rote Lämpchen am Plattenspieler leuchtete noch.

»Herrgott, bei all der Aufregung hab ich ganz die Kinder vergessen.« Burden beugte sich zärtlich über seinen Sohn, aber der rührte sich nicht. »Er wollte auf mich warten«, sagte er verwundert.

Wexford lächelte recht wehmütig. »Armer John. Ich glaube kaum, daß er jetzt das Sundays-Album zum Geburtstag bekommt.«

»Das fehlte noch!« Als Burden sah, was auf dem Plattenteller lag, wurde er rot vor Zorn. Mit einer heftigen Bewegung griff er nach dem »Wunschtraumbild« und war drauf und dran, die Platte zu verdrehen und zu verbiegen. Doch Wexford legte ihm warnend die Hand auf den Arm.

»Nein, Mike, tun Sie das nicht. Überlassen Sie es John und... und den anderen. Sie sollen das Urteil fällen.«